PRÉCIEUSE

Maria V. Snyder

PRÉCIEUSE

DARKISS

Collection : DARKISS

Titre original :
TOUCH OF POWER

Traduction de l'américain par EMMANUEL PLISSON

Réalisation graphique couverture : C. ESCARBELT (Harlequin SA)

83-85 boulevard Vincent-Auriol, 75646 PARIS CEDEX 13.
Service Lectrices — Tél. : 01 45 82 47 47
www.harlequin.fr

ISBN 978-2-2802-8515-5 — ISSN 2109-7631

Loi n° 49-956 du 16 juillet 1949 sur les publications destinées à la jeunesse.

1

Oh ! mon Dieu, faites qu'elle arrête de pleurer. Mais comment aurais-je pu lui en vouloir ? Après tout, il ne lui restait que quelques heures à vivre. Le liquide qui remplissait peu à peu les poumons de la fillette la condamnait à périr sous peu, comme noyée. Tournant et retournant sur mon matelas trop fin, j'écoutais ses sanglots lancinants monter vers moi à travers le plancher de bois et déchirer mon cœur comme autant de lames.

Mon cœur... Une partie de lui me poussait à la sauver ; je pouvais — et je devais — guérir cette petite fille au grand sourire et aux longues boucles rousses. Cependant, une autre partie n'avait de cesse de me mettre en garde. Pour tout remerciement, la famille de l'enfant me livrerait sans doute au guet de la ville. Sans autre forme de procès, on me pendrait pour crime de guerre.

Toute l'horreur des années sombres de la peste demeurait très vivace dans l'esprit des survivants. Pour eux, nous étions *toujours* en guerre — une guerre déclenchée par les guérisseurs. Car selon la rumeur, c'était bien par les guérisseurs que l'épidémie avait été répandue, et ils avaient ensuite refusé de la soigner.

Bien sûr, il s'agissait d'un mensonge. C'était complètement absurde ! Nous n'avions pas le pouvoir de guérir la peste, pas plus que nous n'étions responsables de l'apparition de la maladie. Mais qui pouvait entendre raison dans le chaos qu'était devenu notre monde ? Après tout, il était beaucoup plus simple de rejeter la faute sur un bouc émissaire...

Encore et encore, les pleurs de l'enfant transperçaient

mon cœur pourtant endurci. Ils devenaient insoutenables. Je venais de passer trois années à fuir, à me cacher, trois terribles années de peur et de solitude. Et tout cela dans quel but ? Sauver ma vie ? Certes, je vivais. En tout cas, je respirais et j'existais. Mais était-ce vraiment vivre ?

Rejetant mes couvertures, je me suis dirigée vers l'escalier. Pas besoin de m'habiller : je ne me changeais jamais pour dormir. A vrai dire, je ne quittais même pas mes bottes. Tout fugitif sait que ses poursuivants peuvent lui tomber dessus au beau milieu de la nuit ; s'il veut pouvoir en réchapper, il ne doit pas perdre la moindre seconde. Voilà pourquoi je ne quittais jamais mon pantalon de voyage noir et mes bottes. Leur couleur sombre était idéale pour se fondre dans l'obscurité.

Une autre règle d'or pour un fugitif consiste à trouver une cachette qui ne soit pas située en rez-de-chaussée — un escalier freine toujours les poursuivants — et si possible avec une issue à l'avant et une à l'arrière. L'idéal, enfin, est que la chambre soit *dépourvue de squelette.* Malheureusement, tout cela se révélait relativement difficile. En effet, dans la plupart des villes, on avait brûlé les maisons des pestiférés dans le vain espoir d'éradiquer la maladie. Les constructions demeurées intactes abritaient souvent un cadavre, car la plupart des victimes étaient mortes dans la solitude, abandonnées par les leurs. C'était donc presque par miracle que j'avais trouvé mon abri actuel, une chambre que me louait la famille de la fillette mourante, au premier étage de leur maison.

J'ai donc frappé à la porte de mes voisins du dessous, suffisamment fort pour que l'on m'entende malgré les gémissements de l'enfant. La porte s'est ouverte sur Mavis, la mère, qui m'a dévisagée sans un mot. Elle serrait la fillette de deux ans dans ses bras avec l'énergie du désespoir. La certitude que son enfant était en train de mourir se lisait dans ses yeux sombres. Le visage de la jeune femme était livide et marqué de lourds cernes noirâtres. L'épuisement la faisait tituber.

Malgré les torrents de larmes qui brillaient sur ses joues et les rougeurs de la fièvre, la fillette présentait quant à elle le teint plombé caractéristique de la mort. Sous peu, il ne lui resterait même plus assez de souffle pour gémir.

J'ai tendu les bras.

— Allez vous coucher, Mavis. Je veillerai sur Fawn.

Ainsi, et malgré moi, j'avais retenu leurs prénoms. Une autre règle capitale pour les fugitifs : ne *jamais* nouer de liens d'affection avec quiconque. Les amis n'existaient pas. Toutefois, j'avais besoin d'argent, et il m'avait également bien fallu me faire quelques relations pour me tenir au courant de ce qui se passait en ville. C'est dans ce but que j'avais accepté à plusieurs reprises de garder les enfants de Mavis.

Avec une expression farouche, la jeune femme a resserré encore ses bras autour de Fawn.

— Le reste de votre famille a besoin de vous également, ai-je insisté. Vous devriez prendre du repos avant de vous évanouir d'épuisement ou de tomber malade.

Je l'ai vue hésiter.

— Je vous réveillerai au moindre signe de changement, ai-je promis. Je vous en prie.

A ces mots, les dernières résistances de Mavis ont fondu. Elle m'a tendu Fawn. La fillette n'était plus assez lucide pour remarquer qu'elle changeait de bras, mais son contact a fait s'éveiller la magie au fond de moi, impatiente que je la libère.

Fawn était brûlante, ses vêtements trempés de sueur. Je me suis installée dans le grand rocking-chair du salon et j'ai commencé à bercer l'enfant dans mes bras. La faible lueur d'une lanterne éclairait le mobilier sommaire d'une lumière jaunâtre.

Assise près de la fenêtre, j'avais une vue dégagée sur la rue. La lune à moitié pleine illuminait les ruines calcinées des maisons serrées de part et d'autre de la grand-rue. L'eau de pluie avait détrempé la terre battue et inondait les nids-de-poule et les ornières.

La peste avait tué près de six millions de personnes — les deux tiers de la population —, et il ne restait plus personne pour s'occuper des tâches subalternes comme entretenir les routes ou abattre les ruines. Comment s'appelait cette ville, déjà ? Jaxton ? Ou était-ce Wola ? Les noms se mélangeaient dans mon esprit. Quoi qu'il en soit, celle-ci disposait encore d'un Conseil de ville, de quelques commerces et même d'un guet municipal. On n'y trouvait pas de charnier à ciel ouvert, et la population pouvait atteindre quelques centaines d'âmes. C'était beaucoup plus que ce dont pouvaient se vanter nombre d'autres bourgs.

Je berçais Fawn, fredonnant un air que me chantait ma mère lorsque j'étais enfant. Des effluves de ma magie se sont lentement glissés sous la peau enfiévrée de la fillette. Ses gémissements ont perdu peu à peu en intensité.

Au début, Mavis ne nous a pas quittées du regard. Peut-être se doutait-elle de quelque chose… Allait-elle me reprendre sa fille ? Au bout d'un moment — et heureusement pour moi — la jeune femme a décidé de suivre mon conseil et d'aller se coucher. Et je suis restée là, à fredonner et à me balancer d'avant en arrière en attendant que l'enfant s'endorme. Quand j'ai été certaine qu'un laps de temps suffisant s'était écoulé, j'ai immobilisé le fauteuil à bascule. Puis je me suis concentrée sur la fillette entre mes bras et j'ai libéré tout mon pouvoir, le laissant s'infiltrer dans son petit corps jusqu'à le remplir.

Ensuite, je l'ai rappelé à moi, absorbant et nettoyant la maladie qui rongeait l'enfant. Mes poumons se sont emplis de liquide à mesure que les siens se libéraient, et la fièvre s'est emparée de moi tandis que sa température descendait.

Elle a eu quelques hoquets suivis d'une série de respirations profondes. Alors, son corps s'est détendu et elle a sombré dans un sommeil réparateur.

La maladie s'est nichée dans ma poitrine, et ma respiration est devenue pénible, comme si j'inspirais de l'eau. *J'étais en train d'étouffer.* J'étais incapable de faire entrer suffisamment d'air dans mes poumons. Ma peau s'est couverte de chair de poule tandis qu'un sentiment de peur s'emparait de moi. Jamais auparavant je n'avais soigné quelqu'un d'aussi gravement malade. Serais-je assez forte ? Ou bien avais-je hésité trop longtemps avant de me porter au secours de la petite Fawn ? Finalement, ma propre lâcheté allait peut-être me tuer. Quelle ironie…

J'ai consacré toute mon énergie vitale sur mes efforts pour respirer. De petites taches noires et blanches se sont mises à voleter devant mes yeux tandis que je luttais de toutes mes forces pour ne pas perdre conscience. Même si mon corps avait la capacité de guérir dix fois plus vite que celui de n'importe qui, je savais qu'un jour ou l'autre, cela ne suffirait peut-être pas.

Mais, par chance, ce n'était pas ce jour-là. L'étau d'acier qui emprisonnait mes côtes s'est relâché très légèrement. Dès lors, je ne me suis plus concentrée que sur le fait de respirer.

Mavis m'a réveillée le lendemain matin. J'avais sombré dans le sommeil avec Fawn dans les bras.

— Comment as-tu réussi à l'endormir ? Voilà des jours qu'elle ne cessait de pleurer, m'a fait la jeune femme, les yeux écarquillés.

L'esprit encore embrumé, j'ai tenté d'inventer une vague explication.

— J'ai dû tellement l'ennuyer avec mon fredonnement qu'elle a fini par plonger.

Ma gorge était obstruée par des mucosités, et parler a déclenché un accès de toux grasse.

— Ah oui ?

Lèvres pincées, Mavis me fixait d'un regard suspicieux.

— J'ai l'impression que sa fièvre est tombée pendant la nuit, suis-je parvenue à articuler entre deux quintes de toux.

Visiblement peu convaincue, la jeune femme m'a repris Fawn et l'a déposée délicatement dans son berceau.

— Tu devrais te reposer toi aussi. Tu as l'air…

J'ai tenté de dissiper ses doutes d'un geste de la main.

— Rien qu'un peu de sommeil ne puisse arranger.

Mais, lorsque je me suis levée, mes jambes m'ont trahie, et j'ai titubé. Avec précaution, je me suis dirigée vers la porte.

Au moment où je posais la main sur la poignée, Mavis m'a lancé :

— Avry…

Je me suis figée et je l'ai regardée par-dessus mon épaule, attendant l'accusation.

— Merci.

J'ai hoché la tête et me suis empressée de quitter la pièce. Le simple fait de remonter l'escalier vers ma chambre a épuisé le peu de force qui me restait. J'ai craché du sang, et mon corps s'est instantanément couvert de sueur. A présent, il ne me restait plus qu'une chose à faire : récupérer le sac à dos que je tenais toujours prêt en cas d'urgence et quitter la ville sur-le-champ. Malheureusement, au moment où je me penchais pour saisir mon havresac sous le lit, une vague de vertige s'est emparée de moi. Au lieu de m'enfuir comme j'aurais dû le faire, et tout de suite, je me suis effondrée sur le sol.

Une partie de mon esprit savait que je n'aurais besoin que de quelques heures de sommeil pour me rétablir ; une autre continuait néanmoins à calculer le moyen le plus rapide pour quitter la ville. Une dernière partie de moi-même, enfin, hurlait son inquiétude.

Et elle n'avait pas tort.

*
* *

On tambourinait sur la porte à coups de poing, si fort que je pouvais sentir les vibrations dans ma joue. Je me suis réveillée en sursaut et me suis relevée tant bien que mal. Une voix d'homme me hurlait de me rendre. La chambre était plongée dans la pénombre et, à travers la fenêtre, j'ai vu que la nuit était tombée. *J'avais dormi toute la journée.*

Par malheur — ou par bonheur ? — une telle situation n'avait rien de nouveau pour moi. En toute hâte, j'ai ramassé mon havresac et me suis précipitée vers la porte qui donnait sur l'escalier extérieur, derrière la maison. Parvenue sur le palier, je me suis arrêtée un instant pour scruter les alentours. Le clair de lune tombait sur les marches de bois. Personne en vue pour barrer ma retraite. Passant mon sac dans mon dos, j'ai dévalé l'escalier pour enfiler au pas de course une allée sombre entre deux maisons. Elle empestait l'urine de chat.

J'ai tourné au coin. Et là, une silhouette me barrait l'extrémité sud de l'allée. J'ai aussitôt fait demi-tour… pour m'apercevoir que la sortie au nord était gardée elle aussi. Ma seule solution était donc de continuer à progresser tout droit dans l'espace étroit entre les maisons en direction de la rue principale — en priant pour que celle-ci ne soit pas gardée par d'autres membres du guet. Ce qui était malheureusement fort peu probable.

Le bruit d'une porte ouverte à la volée a résonné entre les murs de brique. Depuis le palier, à l'extérieur de ce qui avait été ma chambre, un homme a lancé :

— Vous la tenez ?

Les deux gardes qui se tenaient dans les allées ont tourné la tête et ont convergé vers lui. C'était le moment ou jamais de tenter ma chance, non ? Alors je me suis précipitée dans le passage étroit en direction de la rue…

Pour tomber directement entre les bras de la sentinelle qui m'y attendait.

Des cris se sont élevés.

— Ne touche pas sa peau !

— Prends son sac !

— Dépêche-toi de la menotter !

Connue sous le nom de « mal des noyés », la maladie qui envahissait mes poumons m'avait rendue trop faible pour résister avec la moindre efficacité. En quelques secondes à peine, je me suis retrouvée avec les mains liées derrière le dos. Pendant trois ans, j'avais été une fugitive. *A présent, c'était terminé.* Difficile de dire si à ce moment précis j'étais plus effrayée que soulagée : les deux sentiments cohabitaient en moi, pratiquement aussi intenses l'un que l'autre.

Le capitaine des gardes a déchiré d'un coup sec la manche droite de ma chemise pour exhiber mon épaule, exposant mon tatouage de guérisseuse à la foule qui commençait à affluer. On aurait dit que la ville entière s'était réunie pour assister à mon arrestation. Comme il fallait s'y attendre, plusieurs exclamations se sont élevées au moment où la réalité les frappait de plein fouet : un *monstre* vivait parmi eux. Et dire que, bien longtemps auparavant, j'avais été fière de porter le symbole de ma profession — un simple dessin circulaire qui, à distance, évoquait une marguerite dont les pétales auraient été formés par des mains.

J'ai scruté les visages tandis que les gardes se félicitaient chaleureusement de leur capture. Au milieu de la foule des badauds se tenait le mari de Mavis. Le regard furibond, il s'est approché de moi en traînant sa femme derrière lui. Celle-ci refusait de me regarder dans les yeux. La petite Fawn s'accrochait à ses jambes.

— Peu importe que tu aies sauvé la vie de ma fille, m'a lancé l'homme. Les tiens sont responsables de la mort de *millions* de gens. Et l'or que la ville va recevoir grâce à ton exécution sera le bienvenu, car nous en avons terriblement besoin.

C'était vrai. Tohon de Sogra offrait une prime de vingt pièces d'or pour tout guérisseur pris et exécuté. Je soupçonnais que la peste avait emporté un ou plusieurs des siens. Sinon, pourquoi un puissant magicien de vie aurait-il fait cas de nous ? La maladie, elle, se moquait de qui était qui ; elle frappait et tuait sans discernement ni raison.

Juste avant que l'on m'escorte vers la prison, Fawn m'a adressé un petit signe d'adieu timide. J'ai souri. Ma vie, creuse et sans but, contre la sienne… Ce n'était pas mal, après tout.

Une fois dans la prison, j'ai subi des heures et des heures d'interrogatoire, avec toujours les mêmes questions. Ils voulaient que je dénonce mes complices guérisseurs. A plusieurs reprises, j'ai failli éclater de rire. Voilà *trois ans* que je n'avais pas rencontré un seul de mes semblables. De fait, je pense qu'ils avaient tous été plus malins que moi et qu'ils s'étaient trouvé un refuge sûr où ils attendaient que cesse la folie actuelle…

J'ai donc refusé de répondre aux questions idiotes du guet ; j'ai laissé leurs voix couler sur moi en me concentrant sur l'image du visage de Fawn, resplendissant de santé. Ils ont fini par me retirer les menottes avant de prendre mes mesures pour un cercueil et de m'enfermer dans une cellule en sous-sol. Ils m'ont juré que le lendemain serait le dernier jour de ma vie : j'avais rendez-vous avec le billot.

Charmant…

Les gardes ont tout de même eu la prévenance de laisser une lanterne accrochée au mur de pierre du couloir qui menait à ma cellule — un simple cube délimité par trois grilles de métal et un mur équipé d'un seau d'aisance et d'un lit en fer. Au moins avais-je tout l'espace pour moi et pas de voisins dans les cellules attenantes. Les ressorts du lit ont grincé sous mon poids. A cause de la maladie coriace de Fawn, mes poumons laissaient échapper des sons sifflants dans l'air humide.

Je n'étais pas aussi terrifiée que je l'aurais imaginé. De

fait, je me préparais à connaître ma première vraie nuit de sommeil depuis trois ans. Un petit bonheur de la vie…

Malheureusement, même cette dernière volonté ne me serait pas accordée.

2

Une toux discrète m'a tirée de mon sommeil de plomb. Mes réflexes ont repris le dessus, et je me suis levée d'un bond avant de me souvenir de l'endroit où je me trouvais. *En prison, attendant mon exécution.*

— Tout doux, a dit une voix d'homme.

Il se tenait à la porte de ma cellule. Bien qu'armé d'une épée, il ne portait pas l'uniforme du guet de la ville, mais une courte cape noire assortie d'un pantalon et de bottes de même couleur. La lueur de la lanterne tombait sur son visage aux traits marqués, qui ne m'était pas étranger. Je me suis souvenue de l'avoir remarqué dans la foule des badauds qui avaient assisté à mon arrestation.

J'ai attendu.

— Es-tu une vraie guérisseuse ?

— Vous avez vu le tatouage, non ?

— Pour une ville qui lutte tous les jours pour subsister, vingt pièces d'or constituent une somme considérable. Je sais par expérience que dans des situations désespérées les gens sont susceptibles de commettre des actes désespérés. Tu ne serais pas la première innocente que l'on tatoue de force. Alors, que t'est-il arrivé au juste ?

Il s'est penché en avant, comme s'il attendait une réponse d'une importance capitale.

— Et qui veut le savoir ? ai-je rétorqué.

— Kerrick d'Alga.

J'avais cru qu'il faisait partie des notables de la ville, mais le royaume d'Alga était situé au nord de la Montagne des Neuf. S'il ne mentait pas, cet homme se trouvait fort loin de chez lui.

— Eh bien, Kerrick d'Alga, tu peux rentrer chez toi le cœur en paix. Les gardes ont arrêté la bonne fille… et demain, cette ville sera de nouveau tranquille.

Ma réponse n'était qu'en partie exacte. En réalité, j'avais vingt ans, et le terme de « fille » n'était plus vraiment adapté, mais utiliser le terme « femme » me paraissait un peu trop… formel.

— Comment te nommes-tu ? m'a-t-il demandé.

— Que t'importe ?

— C'est fort important, justement.

Sa voix paraissait sincère, et il me regardait comme si c'était *moi* qui tenais son destin entre mes mains.

J'ai poussé un soupir las. Après tout, cela ne faisait guère de différence à présent.

— Avry.

— De ?

— De nulle part. Cela n'a aucune importance. Plus maintenant.

— Si, c'en a, crois-moi.

— De Kazan, ai-je soupiré. Cela te convient-il ?

Au lieu de répondre, Kerrick a posé les deux mains sur les barreaux et y a appuyé le front pendant quelques instants. Comme s'il se sentait coupable pour mon exécution prochaine. Mais un tel comportement n'avait aucun sens…

Il s'est agenouillé devant la porte de ma cellule. Soudain, mon inquiétude a cédé la place… à la curiosité. De sa poche, l'homme a tiré plusieurs tiges métalliques. Effrayée, je me suis rencognée tout au fond. Devais-je crier pour alerter les gardes ? A moins qu'il ne les ait déjà neutralisés ?

A l'aide de ses fameuses tiges — je crois que les serruriers de mon royaume utilisaient le terme de « rossignol » — l'homme a crocheté la serrure avant d'ouvrir la porte en grand. Pour ma part, je m'étais littéralement plaquée contre le mur de pierre.

Kerrick, qui s'était redressé, m'a fait signe de le suivre.

— Allons-y.

Je n'ai pas bougé d'un pouce.

— Tu veux être exécutée, guérisseuse ?

— Il y a des choses pires que de mourir, lui ai-je répliqué.

— Qu'est-ce que tu… Oh ! je vois. Je ne te ferai aucun mal, je t'assure. Tu n'as rien à craindre. Voilà deux ans que je suis à la recherche d'un guérisseur.

Je comprenais mieux les raisons de son comportement, à présent…

— Tu souhaites toucher la récompense toi-même, c'est bien cela ?

— Pas du tout. Pour moi, tu as bien plus de valeur vivante que morte.

Il s'est interrompu, peut-être conscient de la maladresse de ses propos.

— Ce n'est pas ce que je voulais dire… J'ai besoin que tu soignes quelqu'un. Une fois que cette personne sera guérie, tu seras libre. Tu pourras retourner te cacher ou agir à ta guise.

De l'extérieur, un fracas de voix étouffées et de pas nous est parvenu. Kerrick a lancé un coup d'œil sur sa gauche.

— Mais si tu ne me suis pas immédiatement, nous n'aurons pas d'autre chance.

Là-dessus, il m'a tendu la main.

J'hésitais. Faire confiance à un inconnu ou rester en prison en attendant mon exécution ? Si elle s'avérait sincère, l'offre de Kerrick aurait pour avantage de me laisser la vie sauve. Pour autant que l'on puisse nommer « vie » la fuite permanente qu'était devenue mon existence.

Pourtant, une fois encore, l'instinct de survie qui me guidait depuis maintenant trois ans s'est ranimé en moi et a pris le dessus. Certes, l'homme pouvait mentir ; mais à quoi bon s'en soucier maintenant ? Pour l'instant, cela n'avait aucune importance : l'envie de vivre l'emportait soudain sur celle de mourir et de mettre un terme à ma fuite sans fin.

Alors j'ai saisi sa main. Des doigts fermes et calleux se sont refermés sur les miens ; leur contact était chaud. L'homme m'a entraînée à sa suite dans le couloir. Si je n'avais pas prêté grande attention à ces lieux en arrivant, je me souvenais toutefois que dans cette direction se trouvaient d'autres cellules. Où donc l'homme me menait-il ? Mon ventre s'est tordu sous l'effet de l'appréhension. Etonnant comme, quelques heures auparavant, vivre ou mourir m'était indifférent ; à présent, au contraire, une féroce envie de vivre me possédait.

Le couloir se terminait en cul-de-sac, mais Kerrick a ouvert la porte de la dernière cellule. Le clair de lune et l'air de la nuit entraient par une mince fenêtre, tout en haut du mur de pierre.

Kerrick a modulé un sifflement qui imitait le cri du coucou. Un jeune homme a passé la tête par l'ouverture.

— Il t'en a fallu, du temps ! a-t-il chuchoté.

Et, sans attendre de réponse, il a tendu les deux mains.

— Attrape ses poignets, m'a ordonné Kerrick tout en me faisant la courte échelle.

Je me suis exécutée sans attendre. Avec une force et une rapidité surprenantes, le jeune homme mince m'a hissée à travers la fenêtre, comme si je ne pesais rien. Une fois dehors toutefois, j'ai découvert comment il avait réussi son exploit : deux hommes le tenaient par les jambes, et c'était *eux* qui nous avaient tirés en arrière, en fait. Sous mes yeux, ils ont recommencé la manœuvre pour sortir Kerrick de la geôle. La fenêtre, je l'ai remarqué, aurait dû être garnie de barreaux ; or, il ne restait de ceux-ci que des moignons, comme s'ils avaient été détruits par la rouille.

En jetant un rapide coup d'œil autour de moi, j'ai compris pourquoi ces hommes avaient choisi cette ouverture. L'arrière de la geôle donnait sur une prairie où s'élevait seulement l'écurie du guet. La prison marquait la limite de la ville, et aucun autre bâtiment ne nous séparait de la route nord-sud empruntée par les marchands.

Kerrick nous a rejoints. L'effort m'avait mise hors d'haleine, et j'ai dû lutter pour retrouver ma respiration. Derrière le bâtiment, un tumulte s'est élevé ; on a entendu des pas, de plus en plus proches — des bottes, à en juger par le son. Et en grand nombre… Soudain, plusieurs jurons se sont élevés.

— On dirait qu'ils viennent de tomber sur Belen, a dit Kerrick.

— Fuite ou combat ? lui a demandé le jeune homme.

Kerrick a lancé un regard dans ma direction.

— Fuite.

Nous avons franchi sans attendre la clôture du pâturage avant de nous élancer en direction des bois. Derrière nous, des cris d'alarme ont commencé à fuser. La troupe des gardes nous avait repérés et se lançait à notre poursuite. J'ai jeté un coup d'œil par-dessus mon épaule, et étouffé un juron. Ils ne tarderaient pas à nous rattraper. Les restes du mal des noyés dans mes poumons me laissaient le souffle court, et je devais en permanence lutter pour trouver ma respiration. Un instant, je me suis demandé comment Fawn avait fait pour survivre aussi longtemps malgré son état.

Lorsque nous avons atteint la lisière de la forêt, Kerrick a lancé :

— A présent, messires, ne faites qu'un avec la nature. Nous nous retrouverons au lieu de rendez-vous habituel.

Puis il m'a saisie par la main.

Il m'a entraînée à sa suite dans la pénombre entre les arbres. Je semblais faire beaucoup plus de bruit que lui, ai-je remarqué. Par bonheur, mes pas hésitants sont devenus inaudibles dès l'instant où les hommes du guet ont pénétré à leur tour dans les bois. Un concert de jurons, de craquements de bois sec et de feuilles remuées s'est élevé.

Mais cet avantage n'a duré qu'un temps. Très vite, les

hommes du guet se sont rendu compte du vacarme qu'ils produisaient, et ils se sont mis à progresser avec davantage de précautions, s'arrêtant fréquemment pour guetter tout bruit suspect. Ils formaient une ligne, chacun tenant une lanterne à la main. J'ai compté au moins vingt points lumineux. Chaque fois qu'ils s'arrêtaient, Kerrick faisait de même. Nous progressions à une allure d'escargot qui me mettait à la torture. Je craignais trop que notre capture ne soit plus que l'affaire de quelques minutes… à moins que ne nous tombions auparavant sur un lys de la mort qui en quelques secondes nous emprisonnerait de ses pétales. A cette idée, j'ai frissonné. Mieux valait le billot que d'être dévorée par une plante carnivore.

— Ils sont là ! a lancé une voix.

Je me suis figée, prête à me rendre. Mais, me saisissant par les épaules, Kerrick m'a intimé d'un geste l'ordre de faire silence, avant de me forcer à m'allonger sur le sol avec lui. Ainsi collés l'un à l'autre, nous avons roulé ensemble dans les fourrés.

Une vibration étrange s'est élevée dans mon corps. Lorsque nous avons cessé de rouler, je me suis retrouvée allongée sur le dos, agrippée à mon compagnon. A en juger par le bruit, nos poursuivants se rapprochaient de plus en plus. J'ai fermé les yeux. *Ils ne pouvaient pas nous manquer* ; à vrai dire, ils nous marcheraient même sans doute dessus…

Kerrick se tenait sur les coudes, au-dessus de moi ; son corps constituait le dernier — et dérisoire — rempart pour me protéger des regards.

Les lueurs des torches ont crevé les ombres. Au-dessus de nous, j'ai distingué plusieurs gardes. Ils se sont approchés à seulement quelques centimètres de nous, et certains d'entre eux ont regardé dans notre direction. Pourtant, et pour une raison que je ne m'expliquais pas, *ils n'ont pas paru nous voir.*

Ma gorge s'est mise à me gratter. J'avais envie de

tousser. Plus que tout, j'éprouvais le besoin impérieux de me débattre, de hurler et de m'enfuir. Je me suis retenue à grand-peine. J'ai fermé les yeux, attendant le cri qui signalerait que nous étions repérés.

Mais rien n'est venu. Au contraire, les bruits de feuilles mortes et de bottes se sont éloignés peu à peu. Je me suis détendue, osant à peine croire ce qui venait de se passer. Kerrick, lui, n'a pas bougé d'un pouce.

— Quand ils auront compris qu'ils nous ont perdus, ils reviendront par ici, m'a-t-il soufflé.

Aussi, je suis demeurée immobile malgré l'humidité glacée du sol, détrempé par les pluies récentes, qui s'infiltrait en moi à travers mes vêtements. Immobile malgré la chaleur du corps de Kerrick contre le mien. Immobile malgré son odeur entêtante — un mélange de végétaux, de terre mouillée et de soleil de printemps.

Si les deux premiers parfums s'expliquaient par le fait que, comme les miens, ses vêtements étaient couverts de feuilles mortes et d'humus, je ne pouvais m'expliquer le troisième. Nous étions en plein cœur de l'automne ; comment pouvait-il émaner de lui une telle odeur printanière ? Le manque de sommeil devait jouer des tours à mon odorat…

M'efforçant de ne pas penser à l'inconfort de ma position, pas plus qu'à la proximité de son corps, j'ai contemplé la lune qui descendait derrière les arbres. Elle n'allait pas tarder à disparaître et à nous plonger dans une obscurité complète pendant plusieurs heures.

Comme l'avait annoncé Kerrick, les hommes du guet sont revenus sur leurs pas. Les lumières se sont rapprochées dangereusement de nous. Des bruits de bottes ont retenti à quelques centimètres de mon visage. Mon cœur battait si fort que j'ai bien cru qu'il allait trahir notre présence. De nouveau, je me suis retenue à grand-peine de hurler. Pourtant, pour la deuxième fois, les hommes ont fini par s'éloigner sans nous repérer.

Nous sommes restés immobiles et silencieux pendant un temps indéfini qui m'a paru durer des heures, des jours peut-être. Enfin, Kerrick s'est relevé et m'a aidée à me remettre sur pied. Je titubais. A travers mes vêtements trempés, l'air froid de la nuit me mordait cruellement.

Mon compagnon a examiné le ciel.

— Nous devons mettre le plus de distance possible entre Jaxton et nous avant que le soleil se lève, m'a-t-il dit. Pourras-tu tenir le coup ?

J'ai inspiré profondément pour tester mes poumons. Bonne nouvelle : le mal des noyés avait fini par disparaître complètement.

— Oui.

— Très bien.

Kerrick m'a prise par la main.

Une curieuse sensation, comme une étincelle, s'est répandue le long mon bras. J'ai failli retirer ma main, mais Kerrick avançait dans la forêt avec une telle aisance que je préférais le laisser me guider. Quand la lune a disparu, rendant le sentier impossible à discerner, il a à peine ralenti l'allure. On aurait dit qu'il voyait dans le noir. Je ne pouvais qu'avancer à sa suite d'un pas hésitant.

Lorsque le soleil s'est levé, j'avais perdu tout sens de l'orientation ; j'étais transie de froid et épuisée. Si, en plein cœur de la nuit, faire confiance à un étranger m'avait paru une très bonne idée, à présent, à la lumière du jour, je me demandais si je ne devais pas réviser mon jugement. Une fois que j'aurais guéri son ami, qu'est-ce qui empêcherait Kerrick de me livrer à Tohon pour toucher la prime ? Rien. Certes, il m'avait donné sa promesse qu'il ne me ferait aucun mal ; mais même s'il tenait sa parole, cela n'engageait en rien ses complices.

Toutefois, je devais reconnaître un point positif dans tout cela : pour l'instant du moins, ma tête se trouvait toujours attachée à mes épaules… J'ai donc décidé de rester sur mes gardes et de faire confiance à mon instinct de survie. Une chose après l'autre ; je me déciderais plus tard quant à la conduite à tenir.

L'aube a semblé rallumer le flamboiement rouge, jaune et orange de la forêt. Mais je n'ai guère eu le temps d'admirer le paysage, car Kerrick a hâté le pas. Plantant mes talons dans le sol, j'ai tenté de me libérer de sa main.

Il n'a pas cédé, mais s'est retourné vers moi avec un air ennuyé pour me demander :

— Que se passe-t-il ?

— J'ai besoin de repos. Les guérisseurs ne sont pas invulnérables. Si je suis trop faible, je ne pourrais pas soigner ton ami.

Il est demeuré pensif un instant, et j'en ai profité pour l'examiner plus à loisir. La couleur de ses yeux rappelait celle de la forêt — bruns avec des reflets or, orange et rouge. Sa chevelure châtaine était sillonnée de mèches blondes ; ses boucles descendaient jusqu'à ses épaules. La plupart d'entre elles s'étaient échappées du lien de cuir censé les retenir en arrière. Il dominait de dix bons centimètres mon mètre soixante-quinze, et devait avoir entre cinq et dix ans de plus que moi.

— Il est dangereux de rester à découvert. Nous ne sommes plus très loin du point de rendez-vous, m'a-t-il dit.

— Combien de temps ?

— Encore une heure. Peut-être deux. Je peux te porter, si tu le souhaites.

— Non, merci. Ça ira.

Ma réponse abrupte a fait naître sur son visage un sourire qui a adouci un instant ses traits burinés. Certaines femmes lui auraient sans doute trouvé du charme. Quatre cicatrices profondes, deux de chaque côté, marquaient son cou. La morsure d'un animal, à ce qu'il m'a paru.

Mon taciturne compagnon m'a entraînée de nouveau à sa suite. J'ai laissé mon esprit vagabonder. Quel genre de bête avait bien pu tenir dans sa gueule la gorge de

Kerrick ? On disait que les ufas prospéraient dans la région, et qu'ils se reproduisaient comme des lapins. Ces grands carnivores se nourrissaient des cadavres des victimes de la peste, et ils possédaient des gueules assez grandes et des dents assez aiguisées pour déchirer la carotide d'un homme. Dans les collines au pied de la Montagne des Neuf, on en trouvait des hordes entières.

Après une autre heure de marche forcée, je ne sentais plus mes pieds. J'ai trébuché à plusieurs reprises. Chaque fois, Kerrick m'a retenue par le bras pour m'empêcher de tomber.

— Plus qu'une lieue, m'a-t-il informée, enfin.

— Donne-moi... juste un moment...

Je haletais ; lui, au contraire, ne semblait même pas essoufflé. Quel toupet !

— Tu... tu n'es pas fatigué ?

— Non.

Il a scruté la forêt autour de nous.

— Depuis deux ans, j'ai parcouru plusieurs milliers de lieues, à la recherche d'un guérisseur.

— A pied ? Pas à cheval ?

— Non. Les chevaux sont trop gros pour se cacher.

Comme je le regardais avec incompréhension, il a ajouté :

— Nous voulions que notre mission reste secrète. Les guérisseurs s'effarouchent facilement.

— C'est souvent le cas des proies que l'on pourchasse, ai-je fait d'un ton narquois.

— Exact.

— Et combien de guérisseurs avez-vous trouvés, en deux ans ? lui ai-je demandé.

Il a soutenu mon regard.

— Une seule.

Mon cœur s'est serré.

— Mais vous avez entendu parler d'autres guérisseurs, non ?

— Oui. Patric de Tobory, Drina de Zainsk, Fredek de Vyg et Tara de Pomyt.

Tara avait été mon mentor. J'avais perdu toute trace d'elle pendant les terribles années de la peste.

— Et ?

Je redoutais sa réponse.

— Ils ont tous été exécutés avant que nous puissions les retrouver.

Même si j'avais tenté de mon mieux de m'y préparer, la nouvelle m'a frappée de plein fouet. Je me suis laissée tomber sur le sol, la tête entre les mains. J'avais voulu croire que les guérisseurs s'étaient regroupés et qu'ils vivaient à l'abri. Je m'étais construit une illusion — et celle-ci venait de voler en éclats. Le chagrin m'a envahie comme une vague, s'est coincé dans ma gorge. Ils n'avaient pas mérité ce destin tragique.

Je suis parvenue à faire refluer l'envie d'éclater en sanglots.

— Qui d'autre ? ai-je demandé. Qui as-tu rencontré ?

— Seulement toi.

— Comment m'as-tu trouvée ? lui ai-je fait tout en le dévisageant.

— Je te le dirai plus tard. Nous devons nous remettre en route. Ce n'est plus très loin, maintenant.

Il m'a aidée à me relever.

Hébétée, en pleine confusion, je l'ai suivi. Je ne sentais plus mes mains ni mes pieds. Malheureusement, je ne pouvais en dire autant de mon cœur.

Avant la peste, le nombre des guérisseurs avait toujours été relativement restreint — peut-être une centaine d'individus à travers les Quinze Royaumes. Lorsque ma famille avait appris que Tara acceptait de me prendre comme apprentie, cela avait constitué une magnifique nouvelle. La cérémonie où j'avais reçu mon tatouage avait été le plus beau moment de ma vie.

La voix de Kerrick m'a tirée de mes souvenirs.

— Par ici, m'a-t-il dit, en désignant une mince ouverture entre deux rochers de grande taille.

J'ai regardé autour de moi. Les blocs de pierre faisaient partie d'un éboulis plus grand, au pied d'une falaise qui s'élevait abruptement devant nous.

Kerrick m'a saisie par le poignet. M'entraînant à sa suite, il s'est faufilé dans la faille. Sans doute craignait-il de me perdre. Je ne pouvais guère le lui reprocher. A sa place, si j'avais cherché quelqu'un aussi longtemps, je me serais sans doute montré extrêmement précautionneuse.

Nous avons pénétré dans une caverne obscure. Il y régnait une odeur de pierre humide, mêlée à celle des déjections de chauve-souris. *Charmant*...

Kerrick s'est arrêté un instant pour laisser à nos yeux le temps de s'habituer à la pénombre. Au bout de quelques minutes, j'ai distingué une lueur jaunâtre sur notre gauche. Il m'a entraînée dans cette direction, et nous avons rapidement débouché dans une caverne plus petite.

Au centre, un feu brûlait dans un cercle de pierres. Devant celui-ci étaient assis les deux hommes qui, la nuit précédente, avaient retenu le troisième par les jambes. Quand ils nous ont vus, ils se sont levés pour nous accueillir avec de grands sourires.

— Loren, pourquoi n'as-tu pas laissé de garde ? a demandé Kerrick à celui qui se tenait à notre droite.

Les deux hommes ont échangé un regard.

— Mais j'en ai laissé un ! a protesté celui que Kerrick venait d'appeler Loren.

Kerrick m'a poussée dans sa direction.

— Garde-la à l'œil. Quain, tu viens avec moi.

Il a dégainé son épée avant de sortir, le dénommé Quain sur ses talons.

Un silence tendu s'est ensuivi. Loren m'observait des pieds à la tête.

— Je t'ai à l'œil.

Puis, sans transition :

— Sais-tu faire des tours ?

J'ai scruté son visage, incapable de déterminer s'il était sérieux ou s'il plaisantait.

— Je sais jongler.

Une lueur d'intérêt est passée dans ses yeux bleus.

— Avec combien de balles ?

— Cinq.

— Impressionnant. Quoi d'autre ?

— Avec six foulards, s'il n'y a pas de vent. Et avec trois dagues.

— Ah ! J'aimerais bien voir ça. Malheureusement, Kerrick ne te laissera pas faire.

— Pourquoi donc ?

— Tu risquerais de te couper.

— Et alors ? Je suis guérisseuse.

— Exactement. Tu es la dernière. A partir de maintenant, notre seule tâche est de te protéger.

La dernière. Les mots de Loren m'ont transpercée. Etre un guérisseur n'avait rien de simple, mais être le dernier d'entre eux ne pouvait qu'engendrer la crainte et l'inquiétude. Au moins, ces hommes semblaient-ils vouloir veiller sur ma sécurité. Après tout, ils m'avaient sauvée d'une mort certaine. Et la cordialité de Loren paraissait sincère. Plus âgé que Kerrick, il pouvait avoir trente-cinq ans. Ses cheveux noirs étaient coupés si court qu'ils se tenaient droit sur son crâne.

— Que se passera-t-il une fois que j'aurais guéri votre ami ? lui ai-je demandé.

— Tu seras une héroïne, m'a-t-il répondu simplement.

3

— Tout le monde déteste les guérisseurs. Comment le fait de sauver votre ami ferait-il de moi une héroïne ? ai-je demandé à Loren.

— Tout d'abord : nous ne te détestons pas. Et quand il sera rétabli, il va…

Des éclats de voix l'ont interrompu. Kerrick et Quain étaient de retour, encadrant le jeune garçon qui m'avait aidée à sortir du cachot. Les longs cheveux bruns qui lui tombaient sur les yeux ne parvenaient pas à dissimuler son expression penaude.

— Que s'est-il passé ? a demandé Loren.

— Il s'était endormi, a répondu Kerrick. Pourquoi diable lui as-tu fait prendre le premier quart ?

— Mais parce qu'il s'est proposé !

— Il n'a que seize ans, Loren ! Il n'a pas dormi de toute la nuit dernière.

— Nous non plus…

— Pourtant, vous étiez réveillés quand nous sommes arrivés. Alors pourquoi ?

Le ton de Kerrick demeurait parfaitement neutre, ce qui me semblait bien plus effrayant que s'il avait crié.

— Nous ne pouvions pas dormir. Nous étions inquiets pour toi et pour la guérisseuse.

— Moi aussi, j'étais inquiet ! a protesté le jeune homme.

— Oui, mais toi, tu ronflais comme un sonneur, lui a objecté Kerrick. Tu es en pleine croissance, Flea. Ne te propose pas pour prendre le premier quart avant que tu aies atteint tes vingt ans. Compris ?

— Oui, chef.

Kerrick a jeté un rapide coup d'œil autour de lui.

— Belen est-il arrivé ?

— Non, a répondu Quain.

L'homme s'est passé une main sur son crâne dégarni, comme pour effacer les plis d'inquiétude qui lui barraient le front. Apparemment, il ne portait pas d'arme ; pourtant, c'était bien lui que Kerrick avait choisi pour venir en renfort. Peut-être les muscles impressionnants de son torse, de ses épaules et de ses bras étaient-ils les seules armes dont il ait besoin. Je lui donnais à peu près mon âge.

— Tout le monde va prendre quelques heures de repos a déclaré Kerrick. Flea, assure-toi que notre… *invitée* ait tout le confort nécessaire. C'est moi qui monterai la garde.

Sur ce, il s'est éloigné à grandes enjambées sans attendre de voir si les autres suivaient ses ordres.

Flea m'a adressé un sourire en coin. Sous sa frange en désordre, ses yeux verts pétillaient de malice.

— Choisirez-vous le côté gauche ou le côté droit du feu, ma chère ? m'a-t-il demandé.

— Pas besoin de ronds de jambe, l'ai-je coupé net. Je m'appelle Avry.

Je suis restée près du feu, attendant que mes mains et mes pieds se réchauffent.

— Ça, je le sais, m'a dit Flea. *Avry du royaume de Kazan.* Cela fait une éternité que nous sommes à ta recherche.

Les trois hommes me dévisageaient.

— C'est maintenant que je dois jongler ? ai-je demandé à Loren.

Son rire a dissipé la gêne qui venait de s'installer entre nous.

— Désolé, Avry, mais nous avons encore du mal à croire que nous avons fini par te trouver. Que tu es là, devant nous. Voilà près d'un an que nous suivons tes… aventures.

Je ne m'attendais pas à ça. Et sa remarque m'a inquiétée.

— Comment est-ce possible ? ai-je fait, suspicieuse.

— Nous avons surtout entendu des rumeurs, a expliqué Quain. Plusieurs fois, nous avons entendu parler d'enfants guéris dans différentes villes des Quinze Royaumes. Le temps que nous arrivions, tu étais déjà repartie. A une ou deux reprises, on t'avait vue quitter la ville, ce qui nous a au moins donné une indication sur la direction que tu suivais. Mais, la plupart du temps, nous avons dû te chercher à l'aveuglette.

— C'est un vrai coup de chance que nous nous soyons trouvés à Jaxton au moment de ton arrestation, a ajouté Flea.

— Pas vraiment, lui a rétorqué Loren. Kerrick a fini par comprendre son mode de déplacement il y a déjà quelques mois.

— Mon mode de déplacement ? ai-je fait, fronçant les sourcils.

— Tu te dirigeais en gros vers le nord-ouest, en ne t'arrêtant que dans les bourgades d'importance. Tu y restais environ six ou huit semaines. Puis, comme si tu ne pouvais pas te retenir, tu guérissais quelqu'un, souvent un enfant. Alors, tu disparaissais.

Sur ce, Loren a installé sa mince paillasse près du feu pour s'y étendre.

Ses paroles m'ont donné à réfléchir. A vrai dire, il avait raison. Cette idée a fait naître un frisson de peur le long de mon échine. Dorénavant, il me faudrait redoubler de précautions — si toutefois je survivais à la mission qui m'attendait.

— Ce qui nous a le plus surpris, c'est que les gens du coin ne t'aient pas arrêtée plus tôt, a dit Quain en dépliant ses couvertures.

— Pourquoi ?

J'ai tourné le dos au feu, en espérant que mes vêtements commencent à sécher.

— Nous avions une liste avec le nom de tous les guérisseurs, a expliqué Loren. Mais chaque fois que nous arrivions à l'endroit où ils étaient censés se trouver, ils avaient déjà été exécutés. Et chaque fois, nous entendions la même rengaine : ils s'étaient fait prendre après avoir fait quelque chose de… stupide.

— Comme guérir un enfant, ai-je complété.

C'était ma faiblesse, évidemment. Même si je faisais tout pour l'éviter, en particulier en me tenant à l'écart des foules et en évitant le plus possible de passer du temps avec ceux que je rencontrais.

— Pas du tout, a dit Flea, qui s'acharnait à dérouler son matelas rétif. Au contraire, tu étais la seule à décamper après avoir sauvé quelqu'un. Les autres guérisseurs ont cru chaque fois que les parents leur seraient trop reconnaissants pour les dénoncer. Et ils ne prenaient pas la peine de se déguiser comme toi.

J'ai repoussé une courte mèche de cheveux blonds derrière mon oreille. Tu parles d'un déguisement ! Certes, je me coupais les cheveux à la garçonne et je les teignais… mais j'utilisais toujours mon vrai nom. A bien y réfléchir, il était même fort surprenant qu'on ne m'ait pas arrêtée plus tôt.

Néanmoins, autre chose me turlupinait. Une phrase de Loren, en particulier, avait retenu mon attention.

— Comment avez-vous fait pour obtenir une liste des guérisseurs ?

Il a haussé les épaules, l'air dubitatif.

— Kerrick l'avait. Sans doute l'a-t-il trouvée en visitant les archives d'un hôtel de ville. Les guérisseurs n'étaient-ils pas regroupés en guilde, jadis ?

Jadis… De nos jours, ce terme signifiait « avant la peste ».

— Si.

Seulement voilà : même si cette liste existait, mon nom n'aurait pas dû figurer dessus.

Mon apprentissage auprès de Tara avait commencé le jour de mes seize ans — quelques mois à peine avant les premières vagues de l'épidémie de peste. Lorsque le mal avait touché l'ensemble des Quinze Royaumes, ma tutrice avait interrompu mon initiation. Au lieu d'être intronisée membre de la guilde, j'étais retournée à Lekas, dans le Royaume de Kazan, la ville dont j'étais originaire… seulement pour y découvrir que ma famille avait disparu. Etaient-ils morts ? Avaient-ils fui ? Aucun des survivants n'avait su me le dire. Et lorsque les rumeurs au sujet des guérisseurs s'étaient muées en accusation, puis lorsque les premières exécutions avaient eu lieu, les gens avaient tout simplement cessé de me parler. J'avais passé le jour de mon dix-septième anniversaire dissimulée dans la boue d'une mare pour échapper aux anciens voisins et amis qui me traquaient pour me tuer. Après trois ans sans la moindre nouvelle de ma famille, j'avais perdu tout espoir de les revoir et même de connaître un jour la vérité sur leur sort.

Je jetais un coup d'œil autour de moi. A l'exception des quelques sacs de voyage rangés dans un coin, il n'y avait rien d'autre dans la caverne. Au plafond, très haut au-dessus de nos têtes, un trou de la taille d'un poing s'ouvrait.

Au moins la grotte était-elle chaude et sèche. J'ai considéré le sol de pierre avec appréhension, toutefois. Je regrettais mon havresac, qui avait contenu ma paillasse, de l'argent, quelques vivres et mon manteau.

Flea a achevé de disposer ses couvertures. Mais, au lieu de s'y allonger, il s'est incliné avec un grand geste du bras.

— Si madame veut bien se donner la peine… enfin, je veux dire : Avry, ton lit est prêt.

J'ai tressailli, déconcertée.

— Inutile de me laisser ton…

— Kerrick m'a dit de veiller à ton confort. Si je ne le fais pas, il me tuera. Et de toute façon, a-t-il conclu avec un nouveau sourire malicieux, c'est le lit de Kerrick.

— Ne risque-t-il pas de le prendre mal ?

A voir comment ses hommes se comportaient en sa présence, il valait sans doute mieux éviter de le mettre en colère…

— Non, m'a dit Quain. L'un de nous doit toujours monter la garde. Quand il me réveillera pour mon tour, il prendra simplement mon matelas.

Du pouce, Loren a désigné les sacs au fond de la grotte.

— Il peut aussi utiliser celui de Belen.

A la mention de ce nom, les hommes sont redevenus graves.

— Belen… C'est lui qui a fait diversion hier soir, n'est-ce pas ? ai-je deviné.

— Oui, m'a répondu Flea.

Ses épaules se sont affaissées et il a baissé la tête, si bien que je n'ai pu lire l'expression dans ses yeux.

— Il a dû se perdre, ou quelque chose de ce genre…, a-t-il soupiré.

— Belen ne se perd jamais, l'a rassuré Quain. Je parie qu'il est en train de balader les hommes du guet à travers toute la contrée.

— Combien de temps allons-nous encore l'attendre ? ai-je demandé à Quain.

— Pas longtemps.

— Pourquoi donc ?

— Parce que tu es plus importante que lui. Nom d'un chien, pour Kerrick, tu es plus importante que quiconque, et plus on reste ici, plus le danger est grand.

Je me suis allongée sur le matelas de Kerrick, où je retrouvais son odeur particulière, ce mélange de senteurs végétales et de soleil de printemps. C'était comme si la terre m'accueillait au cœur de sa douce chaleur. Je me suis pelotonnée dans les couvertures. La pensée que j'étais désormais la dernière guérisseuse s'était ancrée en moi, comme une douleur permanente dans mon cœur. Pour le moment, toutefois, je parvenais à laisser de côté toutes les questions que je voulais poser à Kerrick et à ses hommes.

Un cri m'a arrachée à mon sommeil profond. Je m'étais sentie en sécurité, ce qui était étrange compte tenu des circonstances. Il ne restait que des braises dans le foyer et les autres paillasses étaient vides. Alarmée, je me suis levée d'un bond. Des éclats de voix me parvenaient depuis la seule issue de la grotte. *J'étais prise au piège.*

Comme le tumulte s'amplifiait, j'ai reculé vers le fond de la grotte, jusqu'au moment où je me suis trouvée dos au mur. Si j'avais pu, j'aurais escaladé la paroi à mains nues. Face à moi, une masse sombre barrait l'entrée étroite. Ma première impression a été qu'un ours sauvage était venu reprendre possession de sa tanière — et que ma présence le rendrait furieux dès qu'il la découvrirait. En regardant mieux, toutefois, j'ai compris que je me trompais : il s'agissait en réalité d'un homme, un véritable géant, et qui semblait tout à fait capable de l'emporter sur un ours dans un combat à mains nues. Cette pensée n'avait rien de rassurant.

Malgré mes efforts pour me fondre à la paroi de pierre, le colosse a fini par me remarquer.

— Ah, te voilà, a-t-il dit d'une voix douce.

En deux enjambées à peine, il a traversé la caverne pour venir me tendre la main.

— Belen d'Alga.

Kerrick et ses hommes sont apparus derrière lui. Ils souriaient.

J'ai serré la patte… euh, je veux dire *la main* qui m'était tendue ; au passage, je me suis fait la remarque que Belen et Kerrick venaient du même royaume.

— Bonjour. Je suis Avry.

— Enchanté de faire enfin ta connaissance, Avry. Tiens, a-t-il ajouté en me tendant mon havresac. J'espère que c'est bien le tien. Sinon, je me suis donné beaucoup de mal pour rien.

— Tu n'aurais pas dû courir le risque d'y retourner simplement pour son sac, a dit Kerrick.

Belen lui a lancé un regard agacé.

— Bien sûr que si ! a-t-il protesté avec véhémence. Elle

avait besoin de ses affaires ! L'hiver approche et elle n'a même pas son manteau. Je parie que tu n'as même pas pensé à lui proposer le tien.

— C'est-à-dire que j'étais un petit peu occupé à lui sauver la vie, Belen…

Kerrick était visiblement vexé par la remarque de son camarade ; Loren et Quain, quant à eux, faisaient de leur mieux pour dissimuler leur amusement.

— Eh bien, elle va avoir besoin de toutes ses maigres affaires si elle doit traverser la Montagne des Neuf avant le premier blizzard.

J'ai serré mon paquetage plus fort contre moi, comme pour me protéger.

— La Montagne des Neuf ? Pourquoi ?

La peste avait détruit tous les gouvernements organisés à travers les Quinze Royaumes. Il avait fallu plusieurs années pour que les survivants se rassemblent en petits groupes tels que nous les connaissions aujourd'hui. Dans des royaumes comme Kazan et beaucoup d'autres, la loi n'existait plus.

Trop occupée à échapper aux chasseurs de prime, je n'avais guère prêté attention à la situation politique actuelle, mais j'avais tout de même entendu dire que des maraudeurs s'étaient installés au pied des Neuf Montagnes. Organisés en hordes, ils se battaient entre eux et ne suivaient que leurs propres lois. Et si par miracle on leur échappait, c'était pour tomber dans les griffes des meutes d'ufas.

— Il ne t'a rien dit ? m'a demandé Belen en désignant Kerrick du pouce.

— La nuit dernière, nous n'avons guère eu de temps pour bavarder, a rétorqué celui-ci. Notre ami, celui qui est malade, se trouve de l'autre côté de la Montagne des Neuf.

Rapidement, j'ai calculé qu'il nous faudrait donc plus de *deux mois* pour le rejoindre.

— Sa maladie est-elle grave ? Il ne survivra peut-être pas aussi longtemps…

— Il a été plongé dans une torpeur magique.

Voilà qui était intéressant… En effet, il ne restait que très peu de magiciens vivants. Combien de temps avait-il fallu à Kerrick pour en trouver un ?

— Plongé en torpeur… par un mage de vie ?

— Non, a-t-il fait en secouant la tête. Par un mage de mort.

C'était encore plus rare. J'ai réfléchi un instant.

— Dans quel état se trouve votre ami ? S'il est à l'article de la mort, je ne serai pas en mesure de l'aider.

— Il est plutôt en bonne santé, m'a répondu Kerrick. Le mage Sepp a réussi à créer la torpeur juste avant qu'il n'atteigne la deuxième phase.

La deuxième phase ? Une angoisse mortelle m'a étreinte. La peste était-elle revenue ? D'après ce que j'avais pu entendre, elle n'avait fait aucune victime depuis deux ans. Puis je me suis souvenue que Kerrick s'était mis à ma recherche depuis ce temps.

— Votre ami… il est atteint de la peste, n'est-ce pas ?

— Oui, m'a répondu Belen. Nous sommes certains qu'en tant que guérisseuse tu peux le sauver.

— Les guérisseurs n'ont pourtant rien pu faire au cours de l'épidémie, ai-je protesté. Pourquoi croyez-vous que je pourrais parvenir à quelque chose ?

— Tout le monde mourait, et vous n'étiez qu'une centaine. Comment auriez-vous pu sauver six millions de victimes ? C'était impossible. Nous savons que la guilde des guérisseurs a tenté d'envoyer des ordres pour organiser ses membres et chercher une façon de procéder aux guérisons, mais…

Sa voix s'est éteinte, et il a haussé les épaules avec fatalisme. Ainsi, cet homme en savait presque autant que moi sur le sort qu'avait connu notre guilde pendant l'épidémie. L'air absent, il a poursuivi :

— Tout cela est loin, Avry. Aujourd'hui, tout ce qu'il reste, c'est un homme malade. Et tu peux le sauver.

— Mais…

Kerrick m'a interrompue pour s'adresser à son camarade :

— Belen, tu as besoin de te reposer ?

— Non, chef.

— Alors, préparez-vous à partir, messires, a dit Kerrick.

Ses hommes se sont hâtés de préparer leur paquetage. Pour ma part, j'ai vérifié le contenu de mon havresac. Tous mes effets personnels s'y trouvaient. J'en ai retiré mon manteau et l'ai enroulé autour de mes épaules.

Devais-je leur avouer la vérité au sujet de la peste ? Ils m'avaient sauvée de la guillotine, et je leur devais la vie. Apparemment, il s'agissait d'hommes raisonnables, par opposition à tous les autres survivants que j'avais pu rencontrer jusque-là et qui, à la moindre mention d'un guérisseur, crachaient par terre et refusaient d'écouter la moindre explication. Le simple fait de vouloir défendre la cause des guérisseurs avait failli me valoir d'être capturée à plusieurs reprises, aussi avais-je rapidement cessé de le faire.

Mais Belen avait raison. Je pouvais guérir leur ami de la peste. *Le seul dilemme, c'est que je me retrouverais alors incapable de me soigner moi-même.*

Au fond, ils ne me demandaient rien d'autre que d'échanger une mort — rapide et certaine — pour une autre. Une mort lente, douloureuse… et tout aussi certaine.

J'ai décidé d'attendre et de tenter d'en apprendre davantage sur leur ami. Peut-être, comme la petite Fawn, serait-il digne que je me sacrifie pour lui. Toutefois, j'avais du mal à l'imaginer…

Les enfants, eux, méritaient d'être sauvés : ils avaient toute leur vie devant eux et n'avaient pas encore eu le temps de faire de mauvais choix ou de nuire à d'autres. En général, on ne pouvait pas en dire autant d'un adulte… Pourtant, j'étais prête à laisser à celui-là le bénéfice du doute.

Au signal, nous avons quitté la grotte et nous sommes

partis vers la forêt, en direction du nord. Kerrick menait la marche à une allure soutenue. Les derniers rayons du soleil transperçaient les frondaisons pour dessiner des flaques d'ombre sur le sol. L'air vif embaumait des senteurs d'automne.

Nous marchions en file indienne. Je restais derrière Belen, et Flea trottinait joyeusement sur mes talons comme un chiot espiègle. Personne ne parlait. Sous mes bottes, les feuilles mortes crissaient, étouffant le bruit des pas de mes compagnons. Ceux-ci gardaient leurs armes à portée de main comme s'ils s'attendaient à tout moment à une embuscade. Kerrick et Belen avaient des épées ; Loren tenait son arc, une flèche encochée ; Quain portait une dague courbe à l'aspect menaçant, et même Flea arborait un couteau à cran d'arrêt.

Pour de petits groupes, voyager à travers les Quinze Royaumes s'avérait difficile, voire impossible. Chaque fois que je voyageais vers une autre ville, je m'efforçais de me mêler à un pèlerinage — ces convois de personnes qui partaient à la recherche de leurs proches disparus, en récupérant au passage les biens nécessaires dans les maisons abandonnées et en enterrant les cadavres qu'ils trouvaient. Même les pèlerinages les mieux armés s'en tenaient aux routes principales qui avaient jadis relié les royaumes.

Ainsi, rien de surprenant au fait que nous ne rencontrions personne en plein cœur de la forêt. Aucun lys, qu'ils soient de la paix ou de la mort, ne semblait pousser à proximité du sentier. Il était d'ailleurs plutôt étrange de ne pas découvrir ces plantes géantes aux alentours. Avec la peste, la population s'était tant réduite qu'il ne restait désormais plus personne pour les abattre. Ces plantes sauvages s'étaient donc répandues de façon endémique, envahissant jusqu'aux champs cultivés, ce qui compliquait encore la tâche des survivants qui cherchaient à assurer leur subsistance.

Peu habituée à une allure aussi soutenue, il ne m'a fallu que quelques heures pour me sentir épuisée. Nous nous arrêtions de temps à autre pour avaler quelques vivres, mais c'était toujours en silence, et cela ne durait guère. Mes jambes me faisaient mal ; j'ai fini par ne plus être capable d'autre chose que de fixer des yeux le large dos de Belen devant moi.

Le soleil s'est couché et la lune a fait son apparition. Lorsqu'elle est parvenue à son apogée, j'étais à bout de forces. J'ai trébuché et roulé au sol, sur un tapis de feuilles.

Avant même que j'aie eu le temps de me redresser sur les coudes, Belen m'avait cueillie entre ses bras. Malgré mes protestations, il m'a portée comme un bébé ; d'après lui, je ne pesais pas plus qu'une plume. Finalement, j'ai fini par m'endormir dans ses bras, épuisée.

A l'aube, j'avais recouvré mes forces. C'est seulement alors que j'ai *senti* la présence de sa blessure. J'ai sauté à bas de ses bras et entrepris de replier la manche de sa chemise jusqu'à son coude.

— Ce n'est rien, a protesté le colosse.

Il s'efforçait de rabattre le vêtement sur la blessure de son avant-bras, longue de quinze bons centimètres, avant que Kerrick et les autres ne puissent la voir.

Je l'ai arrêté d'un regard noir, puis j'ai passé les doigts sur les contours de la plaie. En moi, la magie s'est éveillée. L'entaille était profonde et sale — les bords avaient commencé à s'infecter. Belen conservait une expression neutre, même si je savais que je devais lui faire terriblement mal en sondant ainsi sa blessure. Sa résistance était impressionnante.

— Belen ? l'a interrogé Kerrick.

— Ce n'est rien, a répondu celui-ci. Juste une égratignure. Je me la suis faite pendant que je « m'amusais » avec le guet de la ville, l'autre nuit. Aucune raison de s'inquiéter.

Mais je n'étais pas de cet avis :

— Si on ne s'en occupe pas, cette blessure va s'infecter, l'ai-je averti.

— Cela peut-il attendre que nous ayons trouvé un refuge ? m'a demandé Kerrick.

— Je peux m'en occuper tout de suite. Cela ne me dérange pas.

— Ce n'est pas ce que je t'ai demandé, guérisseuse. La blessure peut-elle attendre ?

— Cela dépend. Combien de temps ?

— Quelques heures.

Sa réponse était imprécise, mais je commençais à comprendre qu'il était inutile de discuter avec Kerrick.

— Alors oui, elle peut attendre.

Pourtant, il n'y avait aucune raison de remettre cela à plus tard. J'ai refusé que Belen me porte de nouveau, mais je suis restée à côté de lui, la main posée au creux de son coude. Tandis que nous marchions, je laissais la magie envelopper son avant-bras, soignant sa blessure, qui peu à peu se transférait à moi. L'entaille lançait et piquait, et du sang trempait ma manche.

Lorsque nous avons atteint une caverne où nous avons décidé de passer le reste de l'après-midi, la blessure de Belen avait disparu. Loren, Quain et Flea se sont regroupés autour de lui, bouche bée à la vue de sa peau intacte.

— Il n'y a même pas de cicatrice ! s'est exclamé Flea.

Bien qu'il ait marché pendant près de vingt heures d'affilée, il sautillait d'excitation. Voilà peut-être d'où il tenait son surnom[1]...

Mais Kerrick s'est dirigé droit sur moi ; d'un geste brusque, il a relevé ma manche, exposant l'entaille à moitié cicatrisée. Il l'a touchée du doigt, et j'ai poussé un petit cri.

— Pourquoi ne m'as-tu pas écouté ? m'a-t-il interrogée.

— Il n'y avait pas de raison de...

— Ce n'est pas toi qui prends les décisions, ici, a-t-il rugi.

1. En anglais, *flea* signifie « puce ».

Son regard étincelait de colère.

— C'est *moi*, compris ?

— Mais…

Il m'a tordu le bras. De nouveau, j'ai crié.

— Pas de discussion. Tu suis mes ordres. Compris ?

Dans la caverne, autour de nous, les autres nous regardaient en silence.

— Compris.

Tu peux toujours courir. J'avais peut-être entendu son message, mais ça ne signifiait pas que j'allais lui obéir aveuglément comme le reste de ses compagnons.

— Très bien, m'a-t-il dit en jetant à ceux-ci un regard sombre. Chacun prend son tour de garde, dans le même ordre que d'habitude.

Lorsque Kerrick a quitté la grotte, Flea s'est précipité vers moi.

— Incroyable ! Cette blessure a la même forme et la même taille que celle de Belen !

Une nouvelle fois, j'ai remarqué à quel point les quatre hommes paraissaient plus détendus lorsque leur chef était absent.

— Combien de temps te faudra-t-il pour guérir ? m'a demandé Belen.

Il examinait mon bras avec mille précautions, comme si celui-ci pouvait se casser au moindre contact. Ses yeux marron reflétaient son inquiétude.

— D'ici à deux jours, il ne restera plus qu'une toute petite cicatrice.

Flea a poussé une exclamation enthousiaste. Même Quain a paru impressionné.

— Il ne fallait pas te donner la peine de me guérir, a dit Belen. Ce n'était qu'une égratignure.

J'ai lâché son bras.

— Et il ne fallait pas te donner la peine de risquer ta vie en retournant chercher mon havresac. Considère que c'est ma façon de te remercier.

Loren m'a lancé un sourire amusé.

— C'est mieux que de jongler avec des couteaux, non ? lui ai-je demandé.

— Je te le dirai quand je t'aurais vu le faire, m'a-t-il répondu.

— Eh bien, messires, donnez-moi vos couteaux !

J'ai tendu la main vers eux.

Après une brève hésitation, Loren, Quain et Flea m'ont tendu chacun un poignard à la poignée de cuir. *Parfait.*

— Si Kerrick vous prend sur le fait, soyez certains que je pleurerai quelques larmes à votre enterrement, a dit Belen.

Il a secoué la tête, l'air dégoûté. Visiblement, il tenait à prendre ses distances face à cette situation.

J'ai vérifié un par un le poids des poignards. C'était Criss, mon frère aîné, qui m'avait appris à jongler. D'abord avec des foulards, puis des balles, et enfin avec des bâtons de bois, avant de me laisser essayer avec des objets pointus. Au moment où je lançais les couteaux en l'air, j'ai pensé à lui. Un sentiment de tristesse m'a envahie soudain.

Dans la lueur du feu de camp, les lames se sont mises à jeter des reflets d'argent. Flea a adoré le spectacle ; devant les couteaux qui tournoyaient, il riait à gorge déployée. Peu à peu, sa joie est parvenue à me faire retrouver le sourire. Lorsque j'ai terminé, il m'a suppliée de lui montrer comment faire.

— Pas mal, a dit Loren. Mais presque tout le monde peut apprendre à jongler. Personne d'autre ne peut guérir comme toi.

Un peu plus tard, nous nous sommes installés autour du feu. La nuit était tombée. Visiblement habitués à cette routine, les hommes préparaient le camp en silence, occupés à faire cuire les lapins que Loren avait chassés avec son arc.

— Est-ce ainsi que vous passez vos soirées depuis deux ans ? leur ai-je demandé.

Loren et Quain ont échangé un regard avec Belen.

— Pas vraiment, m'a dit celui-ci. D'abord, Kerrick et moi nous sommes mis à la recherche d'un guérisseur. C'était juste après que le magicien a enfermé notre ami dans la torpeur magique. Il y a six mois, nous avons rencontré ces deux énergumènes à Tobory.

Il désignait Loren et Quain de son doigt épais.

— Ils étaient en train de recevoir la raclée de leur vie, a-t-il précisé.

Il s'est mis à rire — un son grave qui vibrait jusqu'au fond de ma poitrine.

Quain a voulu se défendre :

— Nous étions inférieurs en nombre !

— Ça ne vous a pas empêchés de prendre d'assaut ce bord… euh, cette *maison close*, s'est repris Belen après m'avoir jeté un coup d'œil confus.

— Une maison close ? C'est bien le terme qui convient quand les filles sont *forcées* d'y rester, a répliqué Loren d'une voix aussi posée qu'intense.

Encore un point, s'il le fallait, qui montrait que notre monde était devenu fou. Tous les survivants ne rêvaient pas de revenir à la normale. Certains au contraire profitaient de l'effondrement général pour transformer en toute impunité de petites villes en chasse gardée.

— Que s'est-il passé ? ai-je demandé.

— Nous leur avons donné un coup de main, a dit Belen. Nous les avons aidés à nettoyer ce nid de serpents. Nous avons remis la ville sur pied. Et pour notre peine, nous voilà maintenant encombrés de ces deux-là…

— Nous ne faisons que vous payer notre dette, a répondu Loren.

Belen a grommelé quelques mots indistincts avant de s'allonger sous ses couvertures. Il a poussé un soupir… qui s'est bientôt mué en ronflements.

Etant donné le temps qu'il avait passé sans sommeil, pas étonnant qu'il ait sombré comme une masse.

Ma paillasse se trouvait à côté de celle de Flea. Depuis que je lui avais montré les rudiments du jonglage, il n'avait pas cessé de s'y exercer avec une pierre qu'il lançait d'une main à l'autre. Il maîtrisait déjà le mouvement de base, qui consistait, les mains à hauteur de la taille, à lancer la pierre au niveau de ses yeux pour qu'elle retombe dans l'autre main après avoir décrit en l'air une trajectoire en forme de V inversé. Je lui montrai l'étape suivante — le même mouvement, mais avec deux pierres. C'était un peu plus compliqué.

Au bout de quelques essais, toutefois, il y est parvenu.

— C'est ça, Flea. Lorsque la première pierre est en haut du V, tu lances la seconde.

J'ai continué à l'encourager. Il s'est exercé encore pendant quelques minutes avant de s'effondrer sur sa couverture.

— C'est trop difficile.

Flea me rappelait ma sœur cadette, Noëlle. Chaque fois que quelque chose lui paraissait trop compliqué, elle abandonnait.

Noëlle… Avait-elle attrapé la peste, elle aussi ? Avait-elle cessé très vite de lutter contre la maladie ? Hélas, quel que soit le caractère du malade, la peste ne laissait aucun survivant.

Seuls les guérisseurs étaient parvenus à soigner les premiers malades. Malheureusement, ils en étaient morts à leur tour. A l'époque, nous ignorions tout de ce que nous nommerions très vite « la peste », dont l'épidémie allait se propager à l'ensemble du monde connu.

La guilde avait réagi très vite. En toute logique, elle avait recommandé à ses membres de ne *pas* soigner ceux qui présentaient les symptômes du mal — même dans le cas où deux guérisseurs pouvaient s'unir pour partager leur énergie. C'était une décision parfaitement raisonnable : il y avait bien davantage de maladies que de guérisseurs, et mieux valait nous consacrer à celles que nous pouvions soigner. Pourtant, c'était ce décret qui avait entraîné notre condamnation à mort, tous autant que nous étions. Tout ça à cause de sa formulation : en effet, l'édit ne stipulait pas clairement qu'un guérisseur mourrait immanquablement s'il cherchait à venir en aide à une victime de la peste. Il disait simplement : « Dans les circonstances actuelles, la guérison a peu de chances de réussir. »

Je me suis efforcée de chasser ces sombres pensées pour me concentrer sur des nouvelles positives. Me retrouver avec ces hommes m'apportait un regain d'intérêt envers la vie. Puisqu'ils avaient voyagé à travers les Quinze Royaumes, peut-être avaient-ils entendu parler de ma famille ? Mais Loren et Quain étaient déjà endormis. Seul Flea veillait encore, fixant le plafond de la caverne d'un air morose.

— Ne boude pas, lui ai-je dit. Avec un peu d'entraînement, tu vas devenir un bon jongleur en un rien de temps.

Il a poussé un grognement.

— C'est ce que les autres me disent tout le temps. M'entraîner, m'entraîner, m'entraîner… c'est d'un ennui !

J'ai dissimulé un sourire.

— Tu as raison.

Il s'est redressé, intrigué.

— Tu le penses vraiment ?

— Oui. C'est terriblement ennuyeux. Malheureusement, c'est aussi indispensable…

Avec un nouveau grognement, il s'est laissé retomber sur sa paillasse, écartant mes explications d'un geste de la main.

— Tu peux arrêter le sermon tout de suite. J'ai déjà quatre « pères », pas besoin d'une maman en plus.

J'ai feint d'être catastrophée.

— C'est vrai, je parle comme ma propre mère, ai-je fait en hochant vigoureusement la tête. Quelle horreur ! Je te promets que je ne recommencerai plus.

— Vrai de vrai ? m'a demandé Flea en me jetant un coup d'œil plein d'espoir.

— Hélas non, désolée, ai-je répondu avec un sourire.

Etre guérisseur fait naître en nous un instinct de protection surdéveloppé.

Il a haussé les épaules, désabusé.

— Tant pis. Je suppose que chacun a ses défauts.

— Exact.

Il s'est redressé sur un coude pour m'examiner attentivement.

— Es-tu heureuse d'être guérisseuse ? Cette blessure que tu as prise à Belen, ça devait faire mal, non ?

— Absolument. Mais elle a duré bien moins longtemps pour moi qu'elle n'aurait duré pour lui.

Sans parler de la satisfaction d'aider son prochain.

Flea s'est renfrogné.

— Je ne crois pas que Belen ressente la douleur. Je lui ai donné un grand coup de pied dans le tibia, un jour, et il n'a même pas cillé.

— Pourquoi l'as-tu frappé ?

— Il ne voulait pas me laisser partir.

Sur ces mots, Flea a bâillé. Ses paupières étaient lourdes. Je soupçonnais que l'histoire allait un peu plus loin que ça, mais j'ai décidé de mettre un frein à ma curiosité. A la place, je me suis contentée de repousser Flea avec douceur et de tirer la couverture jusqu'à son menton.

Il m'a adressé un sourire paresseux avant de me dire :

— Il ne te laissera pas partir non plus, tu sais ?

Sa phrase sonnait curieusement, et il a remarqué mon inquiétude soudaine.

— Ce n'est pas ce que je veux dire. Une fois que tu auras guéri le prince Ryne, c'est *toi* qui ne voudras plus partir.

J'ai tressailli. A présent, j'étais parfaitement éveillée.

— Le prince Ryne… du royaume d'Ivdel ? C'est *lui*, votre ami ? Celui qui est malade ?

— Oui, il…

Derrière moi s'est élevée la voix de Kerrick :

— Flea, il vaudrait mieux que tu dormes, maintenant.

Flea m'a adressé une mimique comique avant de se retourner.

Je ne voyais vraiment pas ce que la situation avait de drôle. J'ai entrepris de rassembler mes affaires.

— Que fais-tu ? m'a demandé Kerrick.

Sa voix était basse et menaçante.

— Je m'en vais.

— *Non*, m'a-t-il répliqué d'un ton glacial.

— Je ne te demande pas la permission. Je le fais, un point c'est tout.

J'ai roulé ma paillasse et je l'ai glissée dans mon havresac.

— Voilà qui est hors de question ! a-t-il grondé.

J'ai jeté mon sac par-dessus mon épaule avant de me retourner vers lui.

— Je n'ai aucune raison de rester. Trouve-toi un autre guérisseur.

— J'ai dit *non*.

J'avais l'impression de parler avec un mur de briques. Pourtant, j'ai élevé la voix.

— Je vais être bien claire : je ne soignerai *pas* le prince Ryne. Rien de ce que tu pourras dire ou tenter ne peut me faire changer d'avis.

Mes éclats de voix ont réveillé les autres. Les yeux de Kerrick brillaient d'une lueur furieuse.

— Du calme, Kerrick, a lancé Belen en s'asseyant.

— Tu le soigneras, un point c'est tout.

Le ton menaçant sur lequel il prononçait ses paroles aurait dû m'avertir, mais je n'étais pas du genre à me laisser faire.

— Jamais.

Belen s'est levé.

— Cela suffit, Avry, m'a-t-il fait. Nous pouvons discuter de toute l'affaire demain matin.

— Il n'y a rien à discuter, ai-je répliqué. Je ne le soignerai pas. Pour tout dire, je suis ravie qu'il soit enfermé dans une torpeur magique. Au moins, il ne pourra plus nuire à personne. La seule chose qui me ferait davantage plaisir, c'est sa *mort*.

J'étais allée trop loin : Kerrick a explosé. Avec un cri étranglé, il s'est précipité sur moi. Belen a plongé dans sa direction pour s'interposer, et j'ai levé un bras pour me protéger, mais nous avons été trop lents tous les deux. Du revers de la main, Kerrick m'a frappée en plein visage. La force du coup m'a envoyée rouler au sol.

4

Ma joue me lançait douloureusement. Je suis demeurée un instant allongée sur le sol de la caverne. Belen s'était interposé entre Kerrick et moi.

— … mieux contrôler tes sautes d'humeur. C'est une fille bien, disait Belen.

— C'est une guérisseuse, Belen. Pas juste « une fille ». La seule chose qui m'importe, c'est que Ryne soit guéri. Toi-même, tu ne devrais pas penser à autre chose. Tu sais très bien…

— Oui, je sais très bien ce qui est en jeu, a craché Belen avec une expression de mépris. Mais si tu t'avises de la toucher de nouveau, je t'arracherai moi-même le bras.

Nom d'un chien ! J'ai relevé la tête, curieuse de voir comment Kerrick réagirait à ça.

Son visage, habituellement impénétrable, exprimait une certaine surprise.

— Assure-toi qu'elle garde pour elle-même ses opinions au sujet du prince Ryne, et je n'aurais plus à intervenir, a-t-il déclaré en me lançant un coup d'œil de travers.

J'ai soutenu son regard mauvais. A cet instant, j'ai compris que je ne signifiais *rien* pour lui. Contrairement à Belen, Kerrick savait certainement que je ne survivrais pas si je guérissais Ryne. Et il s'en moquait éperdument…

— Elle soignera Ryne, un point c'est tout, a-t-il répété avant de tourner les talons.

Par-dessus son épaule, il a lancé :

— Loren ! C'est ton tour de garde.

Ce dernier s'est levé d'un bond.

— Oui, chef.

En hâte, il est sorti de la caverne. Comme j'aurais voulu le suivre…

Belen s'est agenouillé près de moi pour tamponner ma joue à l'aide d'un chiffon humide.

— Je suis déso…

— Ne t'excuse pas pour lui, l'ai-je interrompu.

Le contact du linge frais m'a soulagée. J'ai scruté les alentours. A en juger par la raideur de leurs corps sous les couvertures, j'ai compris que Flea et Quain faisaient seulement semblant d'être endormis. Sans un regard dans notre direction, Kerrick a déchaussé ses bottes avant de s'installer à la place que venait de quitter Loren.

Pendant les heures qui ont suivi, Belen s'est comporté avec moi comme une parfaite petite infirmière, m'apportant de l'eau, installant ma paillasse et s'enquérant de ma santé. Je lui ai été très reconnaissante de ses efforts. Mais c'était bien dommage — car je ne resterais plus très longtemps en sa compagnie.

A partir de ce moment, j'ai guetté sans répit une occasion de m'échapper. Il m'a fallu deux jours pour la trouver. Deux jours de marche silencieuse à travers la forêt et une nuit dans une autre caverne, que j'ai passée à discrètement épier mes compagnons — et à panser les plaies de mon amour-propre.

Le refuge dans lequel nous avons passé la deuxième nuit s'est révélé tout sauf idéal pour mes plans d'évasion. Kerrick avait choisi une vaste grotte, où le moindre mouvement déclenchait des échos interminables : impossible de s'éclipser discrètement. *Se pouvait-il qu'il se doute de mes intentions ?* Kerrick donnait l'impression de connaître par cœur toutes les cavernes et cachettes de la forêt. Pourtant, l'idée de rester en sa compagnie plus longtemps m'était devenue insupportable.

— Dites, vous vous souvenez de la fois où trois ivrognes

ont cherché des noises à Belen ? a demandé Quain à la cantonade.

Nous dînions autour du feu de camp. Kerrick montait la garde à l'extérieur.

— Et Kerrick nous avait laissé des ordres stricts : pas de bagarres, sans quoi nous n'aurions plus jamais le droit d'approcher une taverne, a poursuivi Loren.

Flea a roulé des yeux, blasé.

— J'ai déjà entendu cette histoire une douzaine de fois.

— Seulement une douzaine ? lui a demandé Belen.

Il était confortablement allongé près du feu, bras croisés sous la tête.

— Pour une raison que j'ignore, ces deux macaques — il a désigné Loren et Quain — imaginent que cette anecdote mérite d'être répétée encore et encore. Peut-être s'agit-il seulement d'une regrettable manifestation de leur pauvre intelligence.

Quain a émis un reniflement méprisant.

— Une manifestation de… Ah, vraiment ? Tiens, tiens, il y a quelqu'un qui veut impressionner la guérisseuse.

— Il ne veut pas qu'on termine notre histoire. Il a peur qu'elle effraie Avry, a dit Loren, sans doute pour m'intégrer dans la conversation.

Tous quatre s'étaient montrés pleins de sollicitude (à l'excès, peut-être ?) tandis que ma joue avait enflé, viré au rouge puis au violet, pour finir par ne conserver qu'une trace d'un noir verdâtre. Je me suis obligée à me souvenir que ce n'étaient pas *eux* qui m'avaient frappée, et qu'il aurait été injuste de leur en vouloir.

— Je ne m'effraie pas si facilement, ai-je fait. Alors, qu'est-il arrivé aux ivrognes ?

— Il a cogné leurs têtes les unes contre les autres, et il les a assommés tout net. Et par conséquent… pas de bagarre !

— « Par conséquent » ? Tiens donc, en voilà un autre qui emploie les grands mots…, a dit Loren.

— « Par conséquent » n'est pas un grand mot, lui a rétorqué Quain.

Flea a poussé un soupir théâtral.

— Et c'est reparti…

Il a ramassé les deux pierres qui lui servaient à s'exercer au jonglage. En dépit de ses déclarations de l'avant-veille, il n'avait pas abandonné l'entraînement.

Je m'étais assurée que ma paillasse se trouve à côté de la sienne. Tandis que Quain et Loren se lançaient dans un débat animé sur ce qu'était ou non un « grand mot », j'en ai profité pour demander à Flea d'où il tenait son surnom de « puce ».

Sans quitter les pierres des yeux, il a désigné ses compagnons du menton.

— Ce sont eux qui me l'ont donné. C'était peut-être une façon délicate de me traiter de parasite…

— Quel est ton vrai nom ? lui ai-je demandé.

— Je n'en ai pas. En tout cas, je ne me souviens pas d'en avoir eu un.

Flea a manqué une pierre, et a juré à voix basse.

— J'ai grandi dans les rues. J'ai dû voler pour survivre. On m'a donc appelé « mon gars » ou « sale voleur », ainsi que d'autres termes encore plus déplaisants.

Il m'a adressé son sourire de guingois.

— Et ça, ce n'est pas un mot raffiné, « déplaisant » ?

— Je suis raisonnablement impressionnée, ai-je dit.

Pendant un certain nombre de passes, il est parvenu à conserver un mouvement régulier et efficace ; au bout d'un moment, toutefois, les deux pierres sont entrées en collision à mi-hauteur et sont tombées sur le sol. Avec un nouveau juron, Flea s'est remis à l'ouvrage.

— Comment en es-tu arrivé à faire équipe avec eux ? lui ai-je demandé.

— Il y a environ un an, ils ont débarqué dans la ville où je vivais et ils se sont mis à poser des questions sur les guérisseurs. Ils étaient discrets, mais la rumeur s'est tout de même répandue et les gros bras de la ville n'ont pas aimé ça. Pas plus qu'ils n'ont apprécié que je monnaie quelques informations auprès de Kerrick... Il faut dire que découvrir des secrets et les revendre faisait partie de mes talents les plus rémunérateurs.

— Ç'a même failli te coûter la vie, est intervenu Belen, qui écoutait mine de rien notre conversation.

— Cette fois-là seulement. J'avais organisé un très bon réseau d'informateurs... Mais ces gars-là sont arrivés et ils ont tout flanqué par terre.

— C'est drôle, mais mes souvenirs diffèrent quelque peu des tiens, a dit Belen tout en ajoutant une bûche dans le feu.

— Evidemment, a répondu Flea. Ce n'était pas ta vie à toi et ton gagne-pain qui étaient en jeu !

Il s'est gratté la tempe avec l'arête d'une de ses pierres avant de poursuivre :

— Quand les choses ont viré au grabuge, je les ai aidés à quitter la ville en douce et...

Il s'est interrompu quelques secondes pour poser sur Belen un regard affectueux ; mais ç'a été si rapide que le géant ne s'en est pas aperçu.

— ... et je suis resté avec eux.

— C'est ça, oui, a fait Belen. La vérité, c'est que *nous* l'avons tiré de là avant qu'on le pende. Et il a même fallu que nous l'empêchions d'y retourner, cet idiot !

Voilà qui expliquait peut-être la remarque de Flea sur le fait qu'il avait donné des coups de pied à Belen sans que celui-ci le laisse partir...

— Et donc, qui lui a donné ce surnom ? ai-je demandé.

— Kerrick, a répondu Belen.

Vraiment ? Cela m'a paru étonnant.

— Et pourquoi « Flea » ?

Ce dernier s'est fendu d'un sourire éclatant.

— Parce que je suis rapide et quasiment impossible à attraper.

— Parce que c'est une nuisance et qu'on ne peut pas l'écraser, plutôt, a rétorqué Belen.

— Parce qu'il fait des bonds de trois mètres de haut quand il est effrayé, a ajouté Loren.

— Parce qu'il est irritant et que tu as toujours envie de te gratter quand il est dans les parages, a renchéri Quain.

— Merci, les gars. Moi aussi je vous aime.

Flea a envoyé des baisers dans leur direction — avant de leur présenter son postérieur. En riant, ils lui ont lancé des quignons de pain et leur oreiller. Je me suis rendu compte que ces hommes formaient une vraie petite famille. Pendant quelques instants, je me suis sentie coupable pour ce que je m'apprêtais à faire ; mais ce sentiment s'est évanoui dès que Kerrick a fait irruption dans la caverne.

Patiemment, j'ai attendu mon heure. Je suis restée éveillée jusqu'à ce que Loren vienne chercher Quain pour son tour de garde, puis jusqu'à ce que Quain vienne réveiller Flea pour le sien. Lorsque j'ai entendu s'élever la respiration paisible de Quain, je me suis glissée hors de mes couvertures. Avec un regard de regret en direction de mon havresac, j'ai enroulé mon manteau et me suis éloignée du feu sur la pointe des pieds. Si l'un d'entre eux se réveillait, je comptais sur le fait que je n'emportais pas ma besace pour les convaincre que je me rendais simplement dans ce qui nous servait de toilettes — une caverne puante qui jouxtait celle-ci, et que je détestais d'ailleurs utiliser.

Flea était juché sur le sommet d'un bloc de pierre à quelques mètres de l'entrée de la grotte. Dès qu'il m'a aperçue, il s'est laissé glisser au sol pour me rejoindre.

— Que t'arrive-t-il ? Un problème ? m'a-t-il demandé dans un souffle.

— Pas du tout. J'avais seulement besoin d'air.

— Tu ne devrais pas te trouver dehors, tu sais ?

— Pourquoi donc ? Y aurait-il quelqu'un dans les parages ? ai-je fait en fronçant les sourcils.

Cela aurait été surprenant. Depuis que je me trouvais

en compagnie de Kerrick et de ses hommes, nous n'avions vu personne. Pour autant, ils n'en gardaient pas moins leurs armes à portée de main en permanence.

— Pas vraiment dans les parages, mais il y a un groupe de marchands — en tout cas, nous espérons qu'il s'agit de marchands — à environ deux lieues en direction de l'est. Tu peux apercevoir leurs feux, a-t-il ajouté en m'indiquant la direction.

J'ai plissé les paupières pour tâcher de percer les ténèbres. Nous nous trouvions en hauteur, sur le flanc d'une colline. D'où j'étais, je pouvais voir par-dessus les arbres. Au bout de quelques instants, j'ai distingué un point lumineux, orange et rouge, de la taille d'une tête d'épingle.

— Comment sais-tu qu'il s'agit de marchands ?

— Ils ont des wagons remplis de vivres, des chevaux et des gardes en armes. Evidemment, il pourrait s'agir de mercenaires, mais ils semblent un peu trop chargés pour cela. En général, les mercenaires préfèrent voyager léger.

— Où as-tu appris tout cela ?

Flea m'a souri.

— Kerrick est déjà allé les espionner de plus près, et il a jugé qu'ils étaient inoffensifs. Toutefois, nous devons désormais nous montrer plus prudents. Je suis sûr que les rumeurs sur ton sauvetage et le rôle que nous avons joué dans celui-ci se sont répandues plus vite que la peste. Vingt pièces d'or constituent une fort belle somme. Je connais quelques troupes de mercenaires qui tenteraient volontiers de te soustraire à notre garde.

Ma curiosité était telle que je n'ai pu m'empêcher de demander :

— Y parviendraient-elles ?

— Il y a très peu de chances, m'a-t-il répondu avec fierté. Mais ne t'inquiète pas, Avry. Nous sommes trop malins pour tomber dans une embuscade.

Le remords m'a serré le cœur. J'ai hésité un instant.

— Tu ferais mieux de rentrer, a poursuivi Flea. Si Kerrick

te trouve dehors, il me chassera de sa bande à coups de pied dans le derrière.

— D'accord.

J'ai fait mine de m'éloigner avant de me retourner vers lui. Puis je me suis figée brusquement et j'ai feint la terreur.

— Flea, ne bouge surtout pas !

Il s'est immobilisé à son tour.

— Que se passe-t-il ?

— Une araignée rouge. Les plus venimeuses. Reste tranquille.

A pas de loup, je me suis approchée de lui et, comme pour le débarrasser d'un ennemi imaginaire, j'ai posé la main sur sa nuque. Du bout des doigts, j'ai trouvé le creux que je cherchais entre ses vertèbres. Et j'ai relâché une décharge de pouvoir dans sa colonne vertébrale. Son corps s'est arqué brusquement, et une expression ébahie a contracté son visage... avant qu'il ne s'effondre à mes pieds.

Je l'ai rattrapé tant bien que mal et accompagné sa chute en douceur avant de l'installer dans une position confortable. L'estomac noué par la culpabilité, j'ai même arrangé ses cheveux sur son front. Nous autres, guérisseurs, possédons plusieurs moyens de défense, même si nous répugnons en général à les employer. Certains d'entre eux, comme celui que je venais d'utiliser sur Flea, nécessitaient que nous trouvions un point précis.

J'ai considéré un instant le jeune homme inanimé devant moi. A en juger par sa faible corpulence, il ne se réveillerait pas avant deux heures, peut-être trois. Néanmoins, le tour de garde de Belen commençait seulement une heure après. Il devenait donc impératif que je quitte les lieux, et sur-le-champ.

Un instant, j'ai hésité sur la direction à prendre. Devais-je tenter de rejoindre le campement des marchands dans l'espoir qu'ils me porteraient assistance ?

Non. Première règle de survie : ne faire confiance à

personne. Au pas de course, je me suis éloignée en direction de l'est.

Au bout de vingt minutes de course à peine — et après un magnifique vol plané — j'ai dû me rendre à l'évidence : traverser la forêt en pleine nuit n'était pas, et de loin, la meilleure idée qui me soit venue. Après avoir essuyé mon visage et mes mains maculés de terre, je me suis remise debout et je suis repartie, plus lentement cette fois. Suivre mes traces dans l'obscurité s'avérerait difficile ; aussi pouvais-je compter sur le fait que Kerrick attendrait l'aube pour se lancer à ma poursuite.

Avec un peu de chance, je disposais donc d'une avance d'environ trois ou quatre heures. Il ne me restait plus qu'à prier de ne pas tomber, dans les ténèbres, sur un lys de la mort. Mieux valait ne pas penser au fait que, si l'on mettait les choses au pire, mes poursuivants ne se trouvaient qu'à une heure derrière moi et que je pouvais à tout instant finir dans l'estomac d'une plante. Quoi qu'il en soit, j'ai concentré toute mon attention sur cet unique but : mettre le plus de distance possible entre Kerrick et moi.

Pour une fois, je ne jouais pas de déveine. Peu à peu, la lumière du petit jour est venue dissiper l'obscurité ; avec une meilleure vision, j'ai pu de nouveau accélérer le pas... jusqu'au moment où j'ai senti de la fumée.

Je me suis immobilisée immédiatement et j'ai pivoté sur moi-même pour repérer l'origine de l'odeur. Cela fait, je me suis mise à plat ventre pour ramper dans cette direction. Autant éviter de faire irruption au beau milieu d'une troupe de mercenaires. Toutefois, mieux valait savoir où ils se trouvaient et combien ils étaient que me contenter de le deviner.

Ma progression dans les fourrés n'était pas précisément silencieuse, mais en dépit du bruit des feuilles mortes, je suis parvenue à m'approcher suffisamment pour épier ce qui se passait dans la clairière.

Je comptais dix formes endormies autour des dernières braises du feu. Pas de chevaux. J'ai repéré toutefois un garde, appuyé à un tronc d'arbre, la bouche grande ouverte — endormi lui aussi.

Quel genre de campement se contentait d'une seule sentinelle ? Méfiante, j'ai scruté les bois alentours à la recherche de mouvements. *Rien.*

Satisfaite, je m'apprêtais à faire demi-tour et à quitter les lieux… lorsque je me suis cognée de plein fouet à une silhouette de haute taille.

La lame d'une épée s'est posée contre ma gorge et je me suis figée.

— Je te tiens !

5

— Retourne-toi lentement, m'a ordonné l'homme qui tenait l'épée.

J'ai obtempéré, tâchant de ne pas céder à la panique. Peut-être ignorait-il mon identité…

Tu parles ! Et peut-être tout cela n'était-il qu'un rêve et j'allais me réveiller dans ma maison, entourée de toute ma famille…

Mais cela n'arriverait pas. A en juger par le rictus d'exultation et l'éclat avide dans les yeux de celui qui se tenait devant moi, je pouvais seulement espérer qu'on ne m'exécuterait pas sur-le-champ.

— Garde tes mains bien en vue, m'a fait l'homme.

Sa lame restait appuyée contre mon cou.

J'ai levé les mains.

— Réveillez-vous ! a-t-il crié à la cantonade.

Son appel a tiré tout le reste de la troupe de leur sommeil.

— Aujourd'hui, c'est notre jour de chance !

Force exclamations et cris de surprise ont retenti à travers la forêt. Cela n'augurait rien de bon… Les sons se rapprochaient de plus en plus, et je me suis recroquevillée sur moi-même, terrifiée.

— N'aie pas peur, ma jolie. La récompense est doublée si nous te ramenons en vie.

Cette information m'a surprise.

— Quarante pièces d'or ? Pourquoi ?

— Je ne sais pas, et je m'en moque tant que Tohon paie la prime en entier.

— Et si ce n'est pas le cas ?

— Il y a d'autres personnes que tu intéresses. Je suis sûr que…

Venues de nulle part, des mains se sont posées sur la tête du mercenaire et ont imprimé une brusque torsion à sa nuque. La lame de l'épée a entaillé légèrement ma peau tandis qu'un craquement sinistre s'élevait. Puis l'homme s'est effondré sur le sol, pour laisser apparaître Kerrick à sa place — spectacle encore plus terrifiant s'il en était.

Il s'est jeté sur moi et m'a fait rouler avec lui sous les buissons pour nous dissimuler. Lorsque nous nous sommes arrêtés, je me suis retrouvée, comme quelques nuits auparavant, sous Kerrick ; mais, cette fois, il avait plaqué sa main sur ma bouche.

Qu'espérait-il donc ? Il faisait quasiment jour, et nous ne pouvions espérer que cette manœuvre suffise de nouveau à tromper les hommes attirés par le bruit de ma capture.

Nous avions roulé si vite sur nous-mêmes que la tête me tournait, mais je distinguais tout ce qui m'entourait avec une conscience accrue. Ainsi, j'ai remarqué que… la couleur de la peau et des vêtements de Kerrick *se confondaient avec celles de la forêt*. On ne parvenait pas à les distinguer — même ses cheveux prenaient la teinte du sol !

La magie s'est mise à crépiter à l'intérieur de moi, et j'ai compris soudain ce qui se passait. Kerrick tirait du sol un pouvoir magique qu'il utilisait pour nous camoufler. Ce qui signifiait qu'il était probablement un mage de terre… Voilà qui expliquait beaucoup de choses, en particulier comment nous étions parvenus, au cours de notre périple en forêt, à éviter les lys de la mort.

Nous sommes restés allongés sur le sol pendant ce qui m'a paru une éternité. Les bottes des hommes défilaient juste sous nos yeux. Des voix furieuses s'élevaient dans toute la forêt ; comme il fallait s'en douter, la mort du mercenaire avait mis ses compagnons en ébullition.

Au bout d'un moment, toutefois, il s'est produit quelque chose d'étrange : mes sens se sont projetés hors de mon corps, et je me suis sentie en connexion avec l'essence vivante de la forêt.

Pour celle-ci, ces hommes étaient des envahisseurs, des verrues sur un organisme sain. La forêt savait exactement où se trouvait chacune de ces sources d'irritation. Lorsqu'ils se sont éloignés de nous, Kerrick m'a obligée à me relever. Utilisant l'aversion de la forêt pour localiser les positions des mercenaires et nous en tenir éloignés, il est parvenu à quitter les lieux en m'entraînant à sa suite.

Lorsque nous avons été suffisamment loin, il a rompu la connexion magique avec moi. Me retrouver coupée de cette douceur végétale a été un vrai choc. J'ai titubé et je suis tombée aux pieds de Kerrick sans qu'il daigne réagir.

Lorsque je me suis remise debout, avec la ferme intention de fuir de nouveau, il m'a saisie par le poignet. A présent, sa peau et ses cheveux étaient revenus à la normale.

— Je te remercie pour ton aide, lui ai-je dit, mais cela ne me fera pas changer d'idée par rapport au prince Ryne.

— Tu préférerais être livrée à Tohon de Sogra ? m'a-t-il demandé en me regardant comme si j'étais devenue folle.

— Non. Je préférerais qu'on me laisse tranquille.

— Aucun risque que ça arrive ! s'est-il exclamé.

Sur ce, il m'a entraînée par le bras comme un enfant désobéissant.

Tenter de résister en plantant mes talons dans le sol aurait été inutile — aussi je me suis concentrée et j'ai fait appel à la magie pour envoyer un éclat de douleur dans la main qui tenait mon poignet.

Au lieu de lâcher mon bras comme l'aurait fait n'importe quelle personne normale, Kerrick a resserré son étreinte et m'a attirée tout près de lui. Or, nos peaux se trouvaient ainsi encore plus en contact, ce qui signifiait davantage de douleur pour lui ! Que diable manigançait-il ? J'ai accru l'intensité de ma magie. Cette fois il est tombé à genoux — mais sa main n'a pas lâché mon bras.

Malédiction ! J'ai rassemblé toute ma puissance et je l'ai

dirigée contre lui. Kerrick est tombé sur le côté… m'entraînant à sa suite. Ses muscles étaient agités de violentes convulsions ; mais, malgré son évidente souffrance, il refusait de lâcher mon bras.

Je me suis arrêtée lorsque j'ai épuisé toute mon énergie. Un long moment, nous sommes restés allongés, presque enlacés, haletant comme si nous avions couru pendant des lieues.

— C'est tout ce que tu as dans le ventre ? m'a-t-il lancé enfin d'une voix éraillée. Parce que tu n'auras pas d'autre chance de me le montrer.

J'ai ignoré sa remarque.

— Ta magie de terre a dû te protéger, sans quoi tu serais en ce moment inconscient, en train de baver sur toi-même comme un possédé.

En réalité, j'étais loin d'être certaine de ce que j'avançais. La seule chose dont j'étais sûre, c'était que Kerrick devait lui aussi avoir des pouvoirs magiques.

— Je ne te laisserai pas partir, a-t-il martelé pour toute réponse. Tu comprends ça ?

Je ne le comprenais que trop bien, hélas !

— Tu ne pourras pas m'obliger à guérir ton ami.

— C'est vrai. En revanche, je peux te rendre la vie si difficile que tu seras ravie de le soigner, juste parce que ça t'éloignera de *moi*.

Mon cœur s'est rempli de crainte.

— Tu as promis de ne pas me faire de mal. Et pourtant…

— Et pourtant je l'ai fait.

Un long moment, il m'a considérée en silence.

— Je suis désolé de t'avoir frappée. J'ai perdu la tête. Cela n'arrivera plus.

— Je ne te crois pas.

— Tu penses vraiment que je vais courir le risque de me faire arracher un bras ? Les menaces de Belen sont toujours sérieuses. Tout comme les miennes, d'ailleurs.

***

Kerrick m'entraînait derrière lui, me tirant d'une poigne d'acier. Il avançait à une allure soutenue, si bien que je devais courir pour ne pas tomber. Très vite, je me suis retrouvée à bout de souffle. Ma tentative de fuite avortée ainsi que la décharge magique que je venais de libérer m'avaient épuisée.

Loren nous a rejoints alors que nous approchions de la grotte. Il m'a lancé un regard dur.

— Des ennuis ? a-t-il demandé à Kerrick.

— Des mercenaires — au moins une douzaine. Elle s'est jetée d'elle-même dans la gueule du loup !

Loren a jeté un regard dans la direction d'où nous venions.

— Ils vous ont suivis ?

— Pas encore, mais je pense qu'ils vont finir par retrouver nos traces.

Kerrick m'a entraînée avec lui dans la grotte ; il m'a poussée en direction du feu.

— Prépare tes affaires immédiatement.

Pendant que je m'exécutais, j'ai remarqué du coin de l'œil les regards noirs que me lançait Quain. Flea, lui, affichait une expression boudeuse qui lui donnait des airs de petit chien. Mais Belen me souriait. Il a fait mine de se diriger vers moi… sauf que Kerrick l'en a empêché.

— Elle n'a pas besoin d'aide, a-t-il dit.

— Mais…

— C'est un ordre, Belen.

Belen a soutenu son regard.

— Ça ne marchera pas.

Kerrick n'a pas cédé :

— Ce n'est pas à toi de décider.

Une tension palpable s'élevait entre eux. Je me suis redressée pour enfiler mon sac sur l'épaule.

— Ne t'inquiète pas pour moi, Belen. Tout ira bien.

Ma petite fanfaronnade ne manquait pas de conviction.

Elle est même parvenue à me redonner de l'entrain. Mais Kerrick a refermé de nouveau sa poigne de fer sur mon bras endolori pour m'entraîner à sa suite à travers la forêt. Aussi soutenue qu'interminable, cette nouvelle marche m'a rapidement poussée à penser que je m'étais montrée bien trop optimiste.

Plus tard — beaucoup, beaucoup plus tard — nous nous sommes arrêtés. Il m'a fallu plusieurs minutes pour comprendre qu'il ne s'agissait pas d'une simple pause, mais que nous nous apprêtions à passer la nuit dans une petite clairière. Kerrick ne m'a permis de manger que la moitié d'une ration… avant de m'attacher à un arbre. Glaciales, les menottes d'acier m'entamaient la peau. Néanmoins, je me suis appuyée contre l'écorce avec un certain soulagement — au moins, je pouvais être assise.

J'ai vaguement entendu les voix des hommes autour de moi tandis que je sombrais par intermittences dans un sommeil de plomb.

— … la rendre malade.

C'était la voix de Belen, pleine de sollicitude.

— … impossible, c'est une guérisseuse.

Kerrick, rude et inflexible.

J'ai failli ouvrir la bouche pour le détromper — les guérisseurs tombaient eux aussi malades, comme tout le monde. Nous nous remettions simplement plus vite. Et si la blessure était trop grave, ou la maladie trop virulente, nous mourions. Mais j'ai préféré garder les lèvres closes. Ils s'en rendraient bien compte par eux-mêmes.

Le matin suivant, Kerrick m'a réveillée en me secouant par les épaules.

— C'est bon, je suis réveillée ! ai-je protesté.

Il n'a pas arrêté immédiatement ; à la place, il a gardé les mains sur mes épaules et plongé un regard noir dans le mien.

— Guériras-tu le prince Ryne ?

— Non.

Kerrick n'a pipé mot. Il a défait mes menottes. Je n'ai eu que le temps d'avaler quelques bouchées de pain avant qu'il ne saisisse de nouveau mon poignet et ne m'entraîne à sa suite. La journée a passé dans un nuage de couleurs d'automne — orange, rouge et jaune — tandis que je m'efforçais de maintenir l'allure derrière lui.

Cette nuit-là, Kerrick m'a confisqué mon manteau avant de m'attacher à un arbre. Allongée sur le côté avec les mains liées, dans une position inconfortable, je frissonnais.

Les hommes s'inquiétaient de l'approche des mercenaires. Si j'en avais eu l'énergie, j'aurais sans doute regretté de les avoir mis sur nos traces.

Le matin suivant, Kerrick m'a réveillée en me secouant par les épaules, exactement comme la veille.

— Guériras-tu le prince Ryne ?

— Non.

Ainsi s'est déroulée ma vie pendant… j'ignore au juste combien de temps. Se réveiller, répondre à la question de Kerrick, manger, courir toute la journée, manger, s'endormir en frissonnant et recommencer.

Il est toujours surprenant de constater à quel point notre organisme peut s'habituer aux pires conditions. Peu à peu, je me suis sentie moins épuisée chaque soir. Je parvenais à maintenir l'allure sans que Kerrick ait besoin de me tirer derrière lui. En revanche, chaque nuit était plus froide que la précédente, et je claquais des dents de plus en plus fort.

Le sixième soir — ou était-ce le septième ? — je me suis approchée du petit feu de camp, comme pour absorber le plus de chaleur possible avant que Kerrick ne m'attache à l'écart. Je me suis assise à côté de Flea. Depuis ma tentative d'évasion, il évitait soigneusement mon regard.

— Flea ? l'ai-je appelé.

Il s'est contenté de tisonner le feu en faisant mine de ne pas m'entendre. Je lui ai touché le bras, et il s'est écarté de moi avec un petit cri.

— Détends-toi. Je ne vais pas te faire de mal.

Avec un reniflement de mépris, il a continué à remuer les braises du bout de son bâton. Des étincelles vives ont crépité joyeusement.

— Je suis désolée. Je ne t'ai pas fait mal, la dernière fois, si ?

La décharge dans le cou n'était pas douloureuse ; elle vous plongeait seulement dans l'inconscience.

— Ça ne veut rien dire, m'a-t-il rétorqué.

Son profil se découpait à la lueur du feu. Son menton s'ornait de quelques poils follets, et il avait sur les joues plusieurs boutons d'acné.

— Tu t'es servie de moi pour t'enfuir. Tu m'as fait croire que tu m'aimais bien et que tu voulais m'apprendre à jongler. J'ai été idiot de te croire. Mais je ne commettrai pas cette erreur deux fois.

— Je ne faisais pas semblant.

— Je ne t'écoute pas.

— Si ton ami Kerrick avait été quelqu'un d'autre…

Flea s'est détourné de moi pour poser une question à Belen, qui se trouvait à côté de lui.

Lorsque Kerrick m'a entraînée près d'un arbre pour m'attacher de nouveau pour la nuit, j'ai décidé que j'accepterais de guérir n'importe qui — à part lui. A lui, je souhaitais une mort lente et douloureuse. Si possible, dans le froid et ligoté à un arbre.

La nuit suivante, j'ai essayé encore de parler à Flea, mais celui-ci a fait la sourde oreille. Au fond, pourquoi est-ce que je me donnais tant de peine ? *Sans doute à cause d'un sentiment de culpabilité…* Même si je n'avais pas réellement trompé Flea, c'est vrai, je m'étais servie de lui pour m'enfuir.

Belen, lui, gardait ses distances depuis le début. Pourtant, cette nuit-là, il est venu s'asseoir près de moi.

— Pourquoi refuses-tu de soigner le prince Ryne ? m'a-t-il demandé de but en blanc.

Même s'ils faisaient de leur mieux pour le dissimuler,

j'ai bien senti à quel point cette question intéressait tous les autres. Kerrick montait la garde, mais comme nous nous trouvions à l'air libre et non dans une grotte, il se pouvait qu'il soit à portée d'oreille… J'ai donc décidé de choisir mes mots avec soin.

— Avant la peste, le prince Ryne a… envahi le royaume de Casis et rasé la ville de Trenson par le feu. Il a massacré des milliers d'innocents et a abandonné les survivants sans toit ni vivres.

— C'est une rumeur, un mensonge éhonté ! s'est exclamé Belen. Les prêtres de Trenson avaient l'intention de sacrifier tous les incroyants. Ryne a envoyé ses troupes pour les en empêcher, mais les prêtres ont incendié la ville.

Voilà qui semblait fort difficile à croire. Les principales villes de Casis se trouvaient sous la coupe de sectes menées par des prêtres. Pourquoi ceux-ci auraient-ils mis le feu aux bourgs qui les abritaient ? Ils se seraient ainsi retrouvés sans lieu pour régner.

— Donne-moi une autre raison, a dit Belen.

— Il a annexé la Montagne des Neuf. Il a pillé toutes les ressources naturelles du royaume de Vyg, qui est notre voisin.

— C'est faux ! Ryne a simplement repris toutes les concessions minières. Les mines de Vyg perdaient de l'argent, et il les a rachetées dans le but de les rendre rentables. Le royaume de Vyg demeurait propriétaire des terrains et recevait un quart des profits miniers.

— Même si c'était vrai, je lui en voudrais encore. Et Ryne n'a amélioré la rentabilité des mines qu'en sacrifiant la sécurité, ai-je aussitôt ajouté. Il a attiré des travailleurs de l'ensemble des Quinze Royaumes en leur faisant miroiter des salaires mirobolants, mais il les a envoyés dans les galeries sans l'équipement nécessaire et sans leur laisser de temps de repos. Comment auraient-ils pu dépenser l'argent qu'ils gagnaient alors qu'ils n'avaient pas le droit de quitter les mines, même pour rendre visite à leurs familles ?

Le regard de Belen s'est voilé comme s'il méditait sur mes paroles.

— Il y a eu un terrible éboulement dans une galerie un peu avant la peste, a-t-il dit en me prenant la main avec douceur. Beaucoup de gens y ont perdu des proches. Est-ce ton cas, Avry ?

J'ai retiré ma main avec vivacité.

— Je n'ai *perdu* personne. Je sais très bien où ils se trouvent tous les deux : sous des milliers de tonnes de pierres.

Je me suis relevée dans l'intention de m'éloigner dans la forêt, pour me retrouver seule avec moi-même. Mais, bien sûr, Kerrick se tenait devant moi et me barrait le passage. J'ai donc préféré aller m'asseoir contre un arbre — et il en a profité pour me passer les menottes aux poignets. La nuit venue, je me suis recroquevillée sur moi-même pour pleurer tout à loisir.

Sans le moindre bruit. Je ne ferais pas ce plaisir à Kerrick — je ne lui laisserais pas cet espoir.

A partir de la dixième nuit — ou était-ce la douzième ? — quelque chose a changé. Kerrick a rempli mon bol de ragoût au lieu de ne m'en servir qu'une louche, et il m'a rendu mon manteau pour dormir. Chaque matin, il me posait la même question, mais il m'a semblé qu'il ralentissait l'allure de notre course à travers la forêt. Il s'arrêtait plus souvent pour écouter, et affichait ensuite un air absorbé.

Il échangeait souvent des propos à voix basse avec Belen, qui me jetait des regards inquiets.

Un soir, Kerrick a refusé que Belen allume le feu. Il s'est mis à faire les cent pas autour de notre campement, ce qui n'était pas bon signe. Quain arborait une mine anxieuse, le front barré par des rides inquiètes, et Flea semblait plus nerveux que jamais.

— Que se passe-t-il ? ai-je demandé à Belen.

— Les mercenaires se rapprochent.

— Je suis désolée…

Il a écarté mes excuses d'un geste.

— Ils auraient fini par nous rattraper de toute façon. Ils sont sur nos traces depuis que nous avons quitté Jaxton.

J'ai réfléchi un instant à cette information.

— Tu dis ça seulement pour me rassurer. Ce n'est pas vrai.

— De quoi parles-tu ?

— Avant mon évasion, nous dormions chaque nuit dans une grotte. Maintenant, nous passons la nuit à la belle étoile pour ne pas nous faire enfermer — je me trompe ?

L'expression de Belen a reflété une certaine fierté.

— Tu es très maligne…

— Pas assez pour échapper à Kerrick, ai-je murmuré.

Son sourire n'a pas changé.

— Personne ne peut échapper à Kerrick dans les bois.

— Ça, je m'en suis rendu compte par moi-même.

J'ai dardé sur Kerrick un regard furieux, mais celui-ci ne l'a même pas remarqué tant il était préoccupé. A contrecœur, j'ai dû admettre que, pour l'instant, être la prisonnière de Kerrick constituait la meilleure option pour moi. Ce qui en disait long sur ma vie…

Mais ce dernier avait cessé de marcher de long en large pour s'accroupir et poser une main au sol. Mon inquiétude a augmenté d'un cran.

— Impossible d'atteindre le ravin à temps. Nous ne pouvons pas les prendre de vitesse, et ils sont plus nombreux que nous. Notre seule chance est de nous montrer plus malins qu'eux…

Sur ce, il nous a donné ses instructions.

Nous avons regroupé nos paquetages et nous nous sommes élancés en direction du nord, vers le ravin. Après environ une heure de marche, Kerrick s'est arrêté. Il a enfin lâché mon poignet, et j'ai failli m'évanouir de fatigue. A voix basse, il s'est entretenu avec Belen, avant de lui administrer une tape affectueuse sur l'épaule.

Mortifiée, j'ai regardé Kerrick, Loren, Quain et Flea reprendre leur chemin en direction du nord en nous laissant derrière, Belen et moi. Ce dernier m'a tendu le bras, que j'ai saisi ; alors, nous sommes partis en direction de l'est.

Nous nous sommes arrêtés quelques heures plus tard. Belen avait découvert une anfractuosité dans les rochers — un abri trop petit pour qu'on puisse parler de grotte, mais au moins parvenait-il à nous protéger du vent et de la pluie.

Cela dit, elle n'a servi à rien contre les mercenaires.

Selon Belen, le plan de Kerrick était simple : lui et les autres entraînaient nos poursuivants vers la ravine. Sans moi, ils pouvaient voyager plus vite. Belen et moi étions censés nous cacher en attendant que nos camarades reviennent nous chercher une fois qu'ils auraient semé les mercenaires.

Ce n'était pas un plan extraordinaire mais, toujours selon Belen, ils l'avaient déjà mis à exécution par le passé. Il m'a expliqué tout cela pendant que nous nous reposions dans l'anfractuosité.

Il n'a pas fallu longtemps aux mercenaires pour nous trouver. Un bruit a alerté Belen, qui s'est dressé d'un bond et a tiré son épée. Il a avancé de quelques pas, me dissimulant à la vue.

J'ai jeté un œil par-dessus son épaule. Six hommes en armes s'étaient déployés devant lui. Un septième se tenait un peu en retrait. A la façon dont il a tordu le nez en croisant mon regard, j'ai compris sur-le-champ pourquoi le plan de Kerrick n'avait pas fonctionné.

Les mercenaires disposaient d'un *renifleur* — une personne qui, sans posséder de magie, pouvait la sentir dans les autres. Les plus puissants d'entre eux étaient non seulement capables de suivre une piste, parfois à plusieurs heures de distance, mais également de distinguer les types de magie par leur odeur. Avant la peste, on les avait employés pour détecter les enfants qui possédaient des dons magiques.

Il existait onze types différents de magiciens dans les Quinze Royaumes, dont dix naissaient avec des pouvoirs. Or, les enfants en bas âge et la magie constituaient un mélange détonant. On préférait qu'ils soient détectés très tôt afin de pouvoir les instruire.

La seule exception à ces pouvoirs de naissance concernait les guérisseurs. Leur don pouvait rester dormant pendant des années, et même les renifleurs ne pouvaient le sentir. Le mien ne s'était révélé qu'après mon quinzième anniversaire. Ma sœur Noëlle s'était fait une coupure à la main, et soudain un besoin était apparu dans mon cœur, m'attirant vers elle comme un aimant. Ce jour-là, ma mère s'était mise en quête d'un mentor pour moi.

Belen attendait que les mercenaires fassent le premier mouvement. Même supérieurs en nombre, ils hésitaient — ce qui n'avait rien de surprenant, car Belen était nettement plus grand et plus large d'épaules que le plus fort de leurs hommes.

— Ecoute, lui a lancé un homme à la barbe rousse. Laisse-nous la fille, et nous partirons sur-le-champ.

— Non.

J'ai touché le coude de Belen.

— Tu devrais accepter leur offre. Je ne veux pas que tu sois blessé.

Comme le colosse ne bougeait pas, j'ai tenté de le contourner pour me rendre, mais il m'a barré la route avec son bras.

— Reste derrière moi, a-t-il grondé.

Autant ne pas tenter de discuter avec lui. Le cœur battant, je me suis efforcée de réfléchir le plus vite possible.

— Elle est plus maligne que toi, a lancé Barbe-Rousse. Ecoute-la, c'est ta dernière chance.

Belen a raffermi sa prise sur la poignée de son épée

— une lourde lame à deux mains qu'il maniait d'une seule, comme si elle ne pesait rien.

— J'imagine que tu n'as pas trois couteaux à portée de main ? lui ai-je demandé.

— C'est un peu tard pour tenter de les distraire par un tour, tu ne crois pas ? m'a-t-il répondu.

— Il n'y a pas que jongler que je sache faire avec des couteaux.

De sa main libre, il a détaché sa dague de sa ceinture et me l'a tendue, avant d'aller puiser un autre couteau dissimulé dans sa botte.

— Voilà tout ce que j'ai sur moi.

C'était toujours mieux que rien…

— J'imagine que c'est ta réponse, a dit Barbe-Rousse.

Puis, à l'intention de ses hommes, il a ajouté :

— Ne tuez pas la fille.

Et il s'est avancé vers nous, prêt à affronter Belen. Deux autres mercenaires étaient flanqués à ses côtés. Comme Belen se tenait entre les parois rocheuses, pour me protéger, les trois autres hommes d'armes ne pouvaient ni les rejoindre ni tenter de s'emparer de moi.

L'intensité du combat, tout comme sa vitesse, m'ont surprise. Belen demeurait impassible. Tout d'abord, il a semblé avoir le dessus ; mais, au bout de quelques instants, les six hommes ont changé de place dans une manœuvre parfaitement exécutée, et Belen s'est retrouvé face à trois autres adversaires.

C'est ainsi qu'ils avaient l'intention de le combattre — en l'affrontant tour à tour pour l'user. Je guettais l'occasion de lancer un de mes couteaux, en visant les bras ou les épaules, mais les assaillants se déplaçaient trop vite. Jusqu'ici, je m'étais toujours exercée sur des cibles fixes. Pourquoi aurais-je fait autrement, d'ailleurs ? Je n'avais jamais imaginé me retrouver dans une telle situation !

Les mouvements de Belen devenaient plus lents, et j'ai compris que je devais venir à sa rescousse sans tarder.

Pourtant, même par accident, je ne pouvais me résoudre à tuer quelqu'un. C'était contre ma nature. J'ai donc décidé de viser bas — et d'espérer.

Le premier couteau que j'ai lancé s'est fiché dans la cuisse d'un homme. Il s'est mis à hurler et s'est éloigné du combat en claudiquant. Mais c'était la chance du débutant, et elle n'a pas duré : mon second poignard n'a même pas effleuré la cible que je visais.

Dès lors, il ne me restait plus qu'à les regarder battre Belen à l'usure, en attendant qu'il se fatigue. Une nouvelle fois, je lui ai proposé de me rendre, et une nouvelle fois il n'a répondu que par un grognement.

Barbe-Rousse est revenu à la charge ; il s'est fendu à gauche, a écarté de sa rapière l'épée de Belen… et a planté sa lame dans le ventre de mon compagnon. Celui-ci a gémi, et j'ai hurlé. Mais cette blessure ne l'a pas arrêté ; il a continué à se battre.

Barbe-Rousse, cependant, esquivait avec adresse ; à plusieurs reprises, il est parvenu à toucher de nouveau Belen. Celui-ci a fini par s'effondrer sur le sol.

Je me suis jetée à ses côtés, terrifiée.

Sa tunique était couverte de sang. Il m'a tendu son épée.

— N'abandonne pas.

J'ai lutté pour me relever, tenant la lourde lame à deux mains. Les hommes me regardaient avec des sourires narquois… jusqu'à ce que, rendue furieuse par les blessures qu'ils avaient infligées à Belen, je me jette sur eux de toutes mes forces.

6

Les hommes se sont écartés pour éviter la pointe de l'épée de Belen. Aussitôt, j'ai fait volte-face pour un nouvel assaut, mais cette fois Barbe-Rousse a écarté mon arme du plat de la sienne ; emportée par mon élan, je suis partie de côté. En un éclair, Barbe-Rousse s'est rapproché et, d'un geste vif, m'a arraché l'arme que je tenais à deux mains.

Jetant celle-ci au sol, il m'a saisie sans ménagement par le bras.

— Allez, viens. Nous devons partir.

J'ai résisté.

— Je dois guérir mon…

— Pas le temps. Il…

La main sur mon biceps, serrant à m'en faire mal, Barbe-Rousse scrutait les alentours.

Je l'ai imité. En regardant autour de moi, j'ai compté cinq hommes. *Le renifleur avait disparu.*

— Où est Conner ? a lancé Barbe-Rousse à ses hommes.

Ils ont échangé quelques regards abasourdis avant de se rendre compte du danger. Barbe-Rousse m'a entraînée près de l'endroit où gisait Belen ; dos aux rochers, il me tenait devant lui comme un bouclier. Pour nous protéger, ses hommes se sont déployés en cercle face à la forêt. Barbe-Rousse a rengainé son épée avant de tirer de sa ceinture un poignard qu'il a pointé sur ma gorge. Par pur réflexe, j'ai saisi son poignet et j'ai tenté de le tordre pour éloigner l'arme de mon cou. Mais l'homme m'a résisté sans peine et s'est contenté de me murmurer un avertissement. J'ai cessé mes efforts et laissé ma main sur son bras.

— J'ai la fille. Montrez-vous ou je lui tranche la gorge, a lancé Barbe-Rousse à la cantonade.

Rien.

— Je peux toucher la récompense, qu'elle soit morte ou vive.

Il y a eu un bruit de feuilles — et Kerrick a émergé des buissons. L'étoffe de sa tunique et de son pantalon se fondait au paysage environnant, mais son visage, ses mains et ses cheveux demeuraient normaux. Malgré moi, je n'ai pu qu'être impressionnée par son niveau de contrôle de la magie.

La lame du couteau m'a entaillé légèrement la gorge, et j'ai poussé un gémissement de douleur.

— Garde tes mains bien en évidence, a ordonné Barbe-Rousse.

Kerrick semblait sans armes. Il a considéré un instant la forme inanimée de Belen avant que son regard ne se pose de nouveau sur Barbe-Rousse.

— J'ai assez d'or pour payer l'équivalent de la récompense. Prends-le et va-t'en.

Barbe-Rousse s'est mis à rire.

— Elle vaut *quarante pièces d'or.* Je ne crois pas que tu aies les moyens de…

Avec des gestes lents, Kerrick a tiré de sa poche une bourse de cuir, qu'il a tenue à bout de bras et a secouée doucement. Le tintement caractéristique des pièces s'est élevé.

Barbe-Rousse a retenu son souffle, surpris et pensif.

— Hache ! Vérifie-moi cette bourse.

Un de ces hommes s'est avancé et a raflé le sac de cuir des mains de Kerrick. Il l'a ouvert et l'a retourné, faisant pleuvoir les pièces dans sa paume. Avec une exclamation de joie, il s'est mis à les compter avant de lancer sa conclusion :

— Quarante, c'est bien ça.

Barbe-Rousse s'est tendu.

— Où est mon renifleur ?

— Est-ce vraiment important ? lui a demandé Kerrick.

Il y a eu une pause.

— Plus vraiment, a reconnu Barbe-Rousse.

J'ai senti la tension se relâcher dans ses épaules. Un instant, j'ai cru qu'il allait me laisser partir. Mon cœur a bondi de joie… mais j'ai déchanté bien vite.

Avec un rire sardonique, le mercenaire a resserré sa prise autour de moi.

— Tu n'es qu'un niais ! a-t-il lancé à Kerrick. Maintenant, me voilà avec quatre-vingts pièces d'or : quarante de toi, et quarante de Tohon.

Le regard de Kerrick s'est posé sur ma main, qui tenait toujours le bras de Barbe-Rousse. C'était un avertissement. La magie a grandi en moi, impatiente que je la relâche, mais j'attendais le signal de Kerrick.

— Sais-tu que la cupidité est un vilain défaut ? a-t-il lancé au mercenaire sur le ton de la conversation.

De la main, il a désigné le garçon qui tenait toujours les pièces, visiblement fasciné par tout cet or.

— Tu ne donnes pas un bon exemple à ton jeune ami ici présent. Je ne me permettrais jamais une telle conduite. N'est-ce pas vrai, Flea ?

— Parfaitement vrai, a répondu la voix de celui-ci… au-dessus de nos têtes.

Tout le monde a levé les yeux. Flea, Quain et Loren se tenaient sur les rochers, au-dessus de nous.

— *Maintenant*, a ordonné Kerrick.

J'ai envoyé une décharge d'énergie dans le bras de Barbe-Rousse tandis que Flea et les autres sautaient dans la clairière avec agilité. Barbe-Rousse a poussé un juron. Je lui ai tordu le poignet pour écarter l'arme de ma gorge et, tenant son bras à deux mains, lui ai envoyé une nouvelle décharge de douleur intense. Il s'est effondré à genoux. Autour de moi, la lutte a fait rage pendant quelques instants ; le tumulte s'est vite apaisé. Lorsque enfin Barbe-Rousse s'est effondré sur le sol, inconscient, ses compagnons se trouvaient déjà… J'aurais aimé dire « désarmés ».

Hélas, ils étaient morts.

Pourquoi ce massacre ? Les tuer était inutile ! Furieuse, je me suis tournée vers Kerrick pour exiger des explications. Mais, lorsque je l'ai découvert agenouillé devant Belen, mes accusations se sont figées dans ma gorge. Le visage de notre compagnon était livide. A mon tour, je me suis précipitée à ses côtés pour poser la main sur son front brûlant.

— Avry est-elle saine est sauve ? a demandé le colosse à Kerrick, comme s'il ne pouvait pas me voir.

— Oui, a répondu celui-ci, sans manifester la moindre émotion — comme à son habitude.

Belen a poussé un soupir de soulagement avant de fermer les yeux.

— Non ! me suis-je écriée. *Non*, je ne suis pas saine et sauve, Belen. Qui sera là pour arracher le bras de Kerrick s'il me frappe, dis-moi ? Allez, tiens bon, l'ai-je imploré. Reste avec nous.

Mais mon ami semblait déjà ne plus m'entendre. J'ai relevé la tête pour découvrir Kerrick, qui me fixait d'un œil anxieux.

— Peux-tu le sauver ?

— Je l'ignore. Je dois examiner ses blessures.

Il s'est relevé d'un bond.

— Messires, nous devons confectionner une civière. Maintenant !

Les trois autres, qui jusque-là étaient restés en retrait, se sont immédiatement mis en action. Je suis restée auprès de Belen pour lui tenir la main. En moi, la magie enflait et se pressait pour que je la relâche, mais je l'ai retenue. Si l'état de Belen permettait que je le sauve, il me faudrait disposer de tout mon pouvoir et de toute ma concentration.

En un rien de temps — beaucoup plus vite que je ne l'aurais imaginé — ils ont confectionné une civière. Quain et Loren ont fait rouler Belen sur un matelas de branches qu'ils ont entrepris de tirer. Fort heureusement, nous ne sommes pas allés bien loin : Kerrick savait où trouver des grottes — évidemment.

Les hommes ont allumé des torches. La civière rendait notre progression difficile dans les galeries. Pas un instant je n'ai cessé de parler à Belen, en lui enjoignant de rester éveillé et de tenir bon. Enfin, nous sommes parvenus à une caverne que Kerrick jugeait adaptée. J'ai ordonné à mes compagnons d'allumer un feu et de mettre de l'eau à bouillir. A vrai dire, je n'avais pas réellement besoin de cette eau, mais au moins cela les occuperait pendant un certain temps. Kerrick, en revanche, a refusé de bouger : il est resté près de moi, m'éclairant avec sa torche.

D'un geste précis, j'ai relevé la chemise de Belen. Son abdomen m'évoquait une balle qu'un chien aurait mâchonnée pour jouer. Incroyable qu'il soit resté conscient si longtemps. Une odeur fétide s'élevait de la blessure, mélange de sang, de sucs digestifs et d'excréments. Kerrick a manqué de s'étouffer.

Avec délicatesse, j'ai passé les mains au-dessus des blessures, les sondant de ma magie pour évaluer leur profondeur. Elles étaient graves : les intestins de Belen étaient déchirés, son estomac perforé. Certes, je pouvais le guérir ; malheureusement, il y avait des risques que je n'y survive pas.

Je me suis rassise sur mes talons. Je devais réfléchir.

— Alors ? m'a demandé Kerrick.

Je me suis tournée pour le dévisager. Il avait beau se disputer souvent avec lui, je savais que Belen était son ami.

— Quelle vie te semble la plus importante ? Celle de Belen, ou celle du prince Ryne ?

Son visage s'est durci.

— Pourquoi cette question ?

— Parce que si je soigne Belen, il se peut que j'en meure,

et il te faudra trouver un nouveau guérisseur pour le prince Ryne.

La réalité lui est apparue dans toute sa cruauté. Je n'ai pas détourné les yeux de son visage. Je comprenais à quel point le choix que je lui offrais était difficile, mais il n'y avait pas d'autre choix.

— Tu ne survivrais pas ? Mais… quelles sont les chances ? m'a-t-il demandé.

— Je me donnerais environ une chance sur deux de survivre.

A vrai dire, une chance sur *dix* aurait sans doute constitué une meilleure estimation, mais je voulais que Kerrick fasse son choix indépendamment des risques.

J'ai attendu patiemment. Dans ses yeux, je pouvais voir défiler tout un torrent d'émotions — des émotions qu'il parvenait toujours à contrôler… sauf quand il explosait. Rien d'étonnant à son accès de fureur passé, donc.

Tandis qu'il évaluait les risques, j'envoyais ma magie dans les blessures de Belen, pour les soulager. Toutefois, je ne quittais pas Kerrick des yeux.

La décision qu'il a prise a paru le blesser au plus profond de lui-même.

— Ne guéris pas Belen, m'a-t-il dit d'une voix sourde. C'est trop risqué.

A ces mots, j'ai fait refluer ma magie à l'intérieur de moi. Bon sang ! Je ne m'attendais pas à ça. J'étais persuadée qu'il choisirait Belen plutôt que Ryne…

Quant à moi, toutefois, j'avais déjà pris ma décision depuis longtemps. C'était ainsi que fonctionnaient les guérisseurs, et je n'avais demandé l'avis de Kerrick que pour mieux le comprendre et le cerner.

— Partez, nous a-t-il ordonné. Je resterai avec lui jusqu'à ce que…

Sa voix s'est brisée.

Je me suis écartée en hâte. Une douleur vive m'a transpercé l'estomac. Le sang s'est mis à couler, trempant le bas de ma chemise. Je suis parvenue à me traîner jusqu'au feu de camp avant de m'effondrer. J'avais l'impression que mes muscles avaient été réduits en charpie, et j'arrivais à peine à respirer. A présent je comprenais pourquoi Tara ne parlait jamais des guerres du royaume, à l'occasion desquelles elle était partie soigner des soldats aux frontières. C'était une expérience impossible à raconter.

La douleur a grandi encore lorsque les sucs gastriques sont passés dans mon corps à travers l'estomac perforé, brûlant ma chair. Ma magie faisait de son mieux pour limiter les dégâts, mais elle n'était pas assez rapide. *Je ne m'en tirerai pas vivante*, ai-je pensé dans un flash. Mais je n'avais aucun regret : Belen méritait de vivre.

Des cris. Des jurons. Un grand bruit. Flea qui s'approchait de moi. Sa bouche bougeait, mais je ne comprenais pas un traître mot de ce qu'il disait. Ma vision s'est brouillée ; des points noirs et blancs se sont mis à danser autour de moi, comme si je me trouvais en plein milieu d'une tempête de neige chaotique. A l'aveuglette, j'ai tendu le bras pour rencontrer une main chaude… puis j'ai sombré dans un repos paisible, hors de la vie.

Après tout, voilà ce qui était censé arriver. On rejoignait un au-delà bienheureux où l'on retrouvait enfin nos chers disparus. Je flottais dans la béatitude… à l'exception de ce tiraillement agaçant, ce sentiment qu'on me retenait en arrière, qu'on me forçait à repartir dans une direction où régnaient la douleur, la colère, les éclats de voix.

Rien de ce qui m'attendait par là ne me donnait envie d'y retourner, et j'ai résisté de mon mieux… mais, par l'enfer, je n'étais pas assez forte.

Lorsque je me suis éveillée, j'ai d'abord cru que j'avais vaincu le tiraillement et que je me trouvais dans l'au-delà. Un nuage immaculé m'entourait. Mon corps se trouvait entouré d'une chaleur cotonneuse. J'ai étendu mes jambes et voulu faire de même avec mes bras, mais le gauche a refusé de bouger. J'ai roulé sur moi-même... pour découvrir une réalité plutôt déplaisante.

J'étais en vie. Je me trouvais dans une chambre. J'étais nue, à l'exception d'un pansement qui entourait mon ventre. Kerrick était étendu à côté de moi, et sa main emprisonnait la mienne.

De nouveau, j'ai voulu mourir — de honte, cette fois.

La seule chose positive, c'était qu'il dormait. J'ai scruté les alentours à la recherche de mes vêtements. En vain. Evidemment : dissimuler mes effets personnels était une bonne façon de s'assurer que je ne m'enfuirais pas.

J'ai étudié un instant le visage de Kerrick. Se réveillerait-il au moment où je tenterais de libérer ma main ? Endormi, il paraissait plus jeune de quelques années — on ne lui aurait pas donné plus de vingt-cinq ou vingt-six ans. Les rides sévères avaient disparu. Son nez était peut-être un peu trop aquilin à mon goût, mais il était en harmonie avec son menton volontaire. Ses sourcils étaient fournis, certes, mais au moins ils étaient détendus et non froncés comme quand il me regardait. Sans compter qu'ils s'accordaient avec ses longs cils.

J'ai eu un pincement au cœur. Mon petit frère, Allyn, arborait lui aussi quand il dormait une expression angélique et innocente — exactement comme Kerrick. Il devait s'agir d'une technique de survie. Si Allyn n'avait pas eu l'air aussi doux, nous l'aurions probablement assassiné pendant son sommeil. Eveillé, c'était un véritable démon — exactement comme Kerrick.

Un démon... d'accord, le terme était peut-être exagéré. Je parle de mon petit frère. Pour Kerrick, en revanche, pas de doute : il était le mal incarné.

Pourtant, la pensée de mon petit frère m'a fait sourire. Allyn avait un don rarissime, celui de se tirer des pires situations grâce à sa langue bien pendue. J'espérais très fort qu'il avait survécu à la peste, tout comme Noëlle et ma mère. J'aurais tant voulu savoir où ils se trouvaient.

Comme une vague, un sentiment de solitude s'est emparé de moi. Ainsi que je l'avais dit à Belen, je savais où se trouvaient Criss, mon frère aîné, et Père — ensevelis sous des centaines de tonnes de rochers. Au moins étaient-ils morts rapidement, au contraire des victimes de la peste. Pour certaines d'entre elles, l'agonie pouvait durer jusqu'à deux semaines. Quatorze jours de souffrance sans le moindre espoir de survie…

J'ai dû faire un effort sur moi-même pour revenir aux problèmes du moment. J'ai décidé de libérer ma main de celle de Kerrick… qui s'est éveillé à l'instant même où je bougeais les doigts.

Je me suis figée, redoutant sa colère. J'avais désobéi à ses ordres. J'avais failli mourir pour avoir soigné Belen.

Il m'a dévisagée en silence. J'aurais voulu enfouir ma tête sous les couvertures. On m'avait enlevé mes vêtements, tout de même… Il a bougé légèrement et j'ai tressailli. Ce mouvement de crainte a paru le surprendre, et il s'est figé de nouveau.

Pourquoi ne se mettait-il pas à crier tout de suite ? L'attente était pire que sa fureur.

Mais il s'est contenté de s'asseoir sur le rebord du lit, dos tourné à moi. Il était torse nu — un torse fin et musclé, sans une once de graisse. Il portait un pantalon, par contre. Encore heureux…

Sans un mot, il a quitté la chambre et a refermé la porte derrière lui. Je suis restée un moment immobile, à contempler l'embrasure comme s'il allait revenir. Je m'étais attendue à un sermon, voire à une punition pour ce que j'avais fait — et là, rien.

Je n'étais toutefois pas du genre à laisser filer une occasion de m'enfuir. Je me suis glissée hors du lit et j'ai entrepris de fouiller la pièce à la recherche de mes vêtements, ou au moins d'un morceau de tissu avec lequel m'habiller. En cet instant, je me serais contentée de n'importe quoi…

mais je ne trouvais rien. Aussi, j'ai fini par enrouler le drap autour de moi avant de me diriger vers la fenêtre.

Les volets étaient fermés, mais ils se sont ouverts sans difficulté. Ma chambre se trouvait à l'étage, et elle donnait sur une forêt. *Parfait.* Je pouvais me laisser glisser le long de la gouttière. *Seulement vêtue d'un drap ?* a demandé une petite voix dans ma tête. J'ai écarté cette pensée d'un petit rire. Ç'aurait pu être bien pire…

A cet instant, on a frappé à ma porte. En hâte, j'ai refermé les volets et bondi dans le lit au moment où une femme à la chevelure d'un blanc immaculé faisait irruption dans la chambre.

— Dieu soit loué ! M. Kerrick avait raison, vous voilà réveillée. Nous nous sommes fait un sang d'encre à votre sujet !

Entre les mains, elle portait un panier de linge qu'elle a déposé sur le lit avant de se diriger vers la fenêtre pour ouvrir les volets en grand.

— Habillez-vous. Je vais vous apporter quelques victuailles. Vous devez être absolument affamée. Déjà que vous êtes maigre comme un clou, j'imagine mal comment vous avez pu passer plusieurs jours sans nourriture !

Sur ce, elle s'est dirigée vers la porte, secouant la tête avec inquiétude.

— Plusieurs jours ? me suis-je exclamée. Combien, exactement ?

— Quatre ou cinq, m'a-t-elle répondu. Ce sont les garçons qui vous ont emmenée ici.

— Mais où suis-je ?

— A Mengels, mon chou.

Sur un dernier petit signe de la main, elle a disparu aussi vite qu'elle était arrivée.

A en juger par le temps que nous avions passé à marcher, nous aurions dû nous trouver plus loin que Mengels ; pourtant…

Oh ! et puis tant pis. Ce n'était pas mon problème. J'ai

examiné les vêtements que m'avait apportés la femme. Il s'agissait d'une longue jupe d'un vert sombre ornée d'un fin motif de fleurs, qui semblaient pousser sur une liane, accompagnée d'une tunique jaune pâle, de sous-vêtements et de guêtres de laine noire. N'ayant pas d'autre choix, je me suis habillée. J'espérais seulement que je retrouverais bientôt mes propres affaires…

J'ai surpris mon reflet dans le miroir ; sans un mot, j'ai contemplé cette fille étrange, de l'autre côté de la glace. Les cheveux me descendaient jusqu'aux épaules. Les racines auburn foncé juraient étrangement avec les mèches teintes en blond ; mes cheveux faisaient un épi d'un côté et étaient complètement aplatis de l'autre. J'y ai passé la main pour les discipliner, et me suis rendu compte qu'ils étaient propres. *Qui donc les avait lavés ?*

Avec curiosité, j'ai soulevé ma tunique et écarté le pansement qui se trouvait dessous. De vilaines cicatrices circulaires d'un rouge violacé marquaient ma peau, accompagnées des marques de brûlure laissées par l'acide de mon estomac. Je me suis souvenue de Tara qui me montrait les marques sur son corps : chacune d'elles était un motif de fierté et non de honte. Comme j'étais à l'époque une apprentie, je ne portais qu'une seule cicatrice, celle que je m'étais faite en guérissant Noëlle. A présent, je garderais celles de Belen.

La femme est revenue, portant un plateau. Je me suis hâtée de me rajuster, et elle a poussé une exclamation enthousiaste devant mes nouveaux vêtements.

— Les vieux étaient bons à jeter. Cette saleté de sanglier les avait réduits en charpie. Les garçons ont bien choisi — ils ont trouvé la bonne taille pour vous. Vos bottes sont au rez-de-chaussée, m'a-t-elle informée.

Elle a posé le plateau près du lit et a tiré une chaise avant de poursuivre :

— Je vous les apporterai tout à l'heure, mais une gentille jeune fille comme vous devrait porter quelque chose de plus… féminin. Voulez-vous que je charge Mélina de vous en trouver une paire ?

— Non. Merci, madame…

— Appelez-moi Maman. Tout le monde le fait. Je prends soin de ceux qui logent à l'Auberge du Lampadaire comme s'il s'agissait de mes propres enfants.

— Alors, merci… Maman.

— De rien, mon chou. Je suis si heureuse que vous ayez survécu. Franchement, quand M. Kerrick vous a emmenée, j'ai failli appeler le fossoyeur. C'est un miracle que vous ayez survécu.

Avec douceur mais fermeté, « Maman » m'a forcée à m'asseoir sur la chaise.

Au moins, elle ne soupçonnait pas que j'étais une guérisseuse.

Lorsque j'ai humé la nourriture, mon estomac s'est mis à gronder. Sur le plateau se trouvaient un bol de soupe fumante, une miche de pain et un gros morceau de fromage.

— Essayez de ne pas l'engloutir, car vous ne pourriez pas le garder dans l'estomac, m'a-t-elle prévenue.

Tandis que j'entamais mon repas à petites bouchées, Maman ne me quittait pas des yeux. Au bout d'un moment, toutefois, elle m'a lancé :

— Je reviens dans un moment. Nous nous occuperons de vos cheveux.

J'ai repoussé une mèche derrière mon oreille.

— Mes cheveux ? Qu'ont-ils de…

Mais elle était déjà partie. D'autres questions me taraudaient l'esprit ; toutefois, je me suis réjouie du repas et de ce moment de solitude. Je vivais seule depuis trois ans, et je m'étais habituée au calme. Or, cela faisait au moins vingt-cinq jours, et peut-être davantage, que Kerrick et ses hommes ne m'avaient pas quittée d'une semelle.

Maman est revenue avec mes bottes, deux bouteilles, des serviettes, des ciseaux, ainsi qu'une jeune fille qui portait une cuvette et un broc. Maman me l'a présentée comme étant Mélina. Elle devait avoir à peu près l'âge de Flea. Elle a rempli la bassine d'eau et elle est restée là à attendre les ordres.

Je me suis levée d'un bond.

— Je n'ai pas besoin…

— M. Kerrick voudrait que vos cheveux soient d'une seule couleur, ce qui vous rendrait moins facile à repérer.

Si elle savait ce que j'en avais à fiche, de ce que voulait « M. Kerrick »… mais j'ai eu beau tenter de résister, Maman s'est montrée intraitable, et m'a fait faire ce qu'elle voulait comme si j'avais été un bambin de deux ans. Avant que j'aie eu le temps de protester, elle m'avait installée à une table, les cheveux dans la bassine.

— Auburn ou blond ? m'a-t-elle demandé.

— Pas d'ordre de M. Kerrick là-dessus ?

Elle a ignoré mon sarcasme.

— Il a dit qu'il préférait votre couleur naturelle, mais que c'était à vous de décider.

Quel gentilhomme, vraiment…

— Le brun-roux s'harmonise très bien avec vos beaux yeux vert émeraude, a dit Maman. Mais si vous choisissez le blond, je vous donnerai une teinture pour que vous puissiez continuer à vous occuper des racines quand vous le voudrez.

J'ai tenté de m'imaginer à quoi je ressemblerais, en train de me teindre les cheveux au beau milieu de la Montagne des Neuf… et j'ai failli éclater de rire.

— Ma couleur naturelle conviendra très bien.

C'était agréable de se laisser faire. Quand Maman a achevé de teindre mes cheveux de la même couleur que les racines, Mélina en a égalisé les pointes avec les ciseaux. Ma coupe maison avait poussé n'importe comment…

Quand elles ont terminé, Maman s'est écartée d'un pas pour juger de son travail.

— C'est beaucoup, beaucoup mieux, mon chou. Vous êtes à croquer. Ces messieurs ne vous reconnaîtront pas.

Tant mieux. Peut-être pourrais-je m'échapper vraiment, cette fois…

— Je vais aller les chercher, a poursuivi Maman, réduisant à néant mon fugace espoir. Voilà des heures qu'ils insistent pour venir vous voir, mais j'ai refusé qu'ils entrent dans votre chambre avant que vous soyez décente.

Ce commentaire m'a rappelé une de mes interrogations.

— Est-ce vous qui… euh… qui m'avez… ?

— Aucune inquiétude, mon chou. Mélina et moi, nous vous enlevé vos vêtements — ils étaient tout tachés de sang, c'était horrible ! — et nous vous avons veillée de notre mieux. Il y a eu plusieurs nuits où nous avons bien cru vous perdre définitivement, mais M. Kerrick est resté à votre chevet pendant tout ce temps.

Voilà qui expliquait ce sentiment de tiraillement agaçant. Kerrick ne pouvait même pas me laisser reposer en paix ! N'était-ce pas lui, également, qui m'avait empêchée de rejoindre l'au-delà ? Dans l'état de colère où je me trouvais, j'aurais adoré lui reprocher également cela. Toutefois, je devais admettre qu'il s'agissait de pure mauvaise foi de ma part : je le savais, les mages de terre n'avaient aucun pouvoir de guérison.

Je me suis donc contentée d'offrir mon plus beau sourire aux deux femmes qui s'étaient si bien occupées de moi.

— Merci, Maman. Et merci à toi aussi, Mélina.

Cette dernière a rosi de plaisir. Une fois qu'elles ont été parties, j'ai enfilé mes bottes en hâte et me suis précipitée vers la fenêtre. Certes, je n'avais toujours pas mon havresac et mon manteau, mais je pouvais…

La porte s'est ouverte en grand et Loren, Flea et Quain se sont rués sur moi. J'ai reculé, craignant leur assaut… avant de me rendre compte que leur visage arborait de larges sourires. Ils semblaient ravis de me voir.

— Je t'avais dit qu'elle survivrait, a dit Loren. Tu me dois quinze pièces d'argent.

— Tu as dit qu'elle s'en tirerait « en un rien de temps »,

a protesté Quain. Cinq jours, ça ne fait pas « un rien de temps ».

Flea m'a détaillée des pieds à la tête, radieux.

— Oh, dis donc, on dirait… une fille !

Belen les a écartés pour s'avancer vers moi. Il m'a prise dans ses bras et s'est mis à me serrer fort, me soulevant de terre.

— Doucement, Belen. Mes côtes…

Il m'a reposée avec délicatesse.

— Avry, je ne peux pas croire que tu as risqué ta vie pour sauver la mienne ! Kerrick t'avait pourtant ordonné de ne pas essayer de me guérir. Tu as souffert pendant des jours ! Tu n'aurais pas dû faire ça.

La chambre est devenue silencieuse. Du coin de l'œil, j'ai aperçu Kerrick qui se tenait dans l'embrasure de la porte.

— Belen, c'est *moi* qui choisis qui je guéris. Moi et moi seule. Pas Kerrick. Ni toi. Ni qui que ce soit d'autre. C'est *ma* décision. La seule qui me reste…

J'ai posé la main sur sa joue.

— Tu *méritais* d'être guéri. Je n'avais aucun doute là-dessus.

Il a posé sa main sur la mienne, la recouvrant entièrement.

— Merci.

— De rien. Je suis prête à recommencer au besoin.

J'étais sérieuse.

Maman a réapparu sur le seuil.

— Ça y est, vous l'avez vue ; maintenant, la visite est terminée, alors ouste ! Nous ne voudrions pas qu'elle rechute, n'est-ce pas ?

Tous sont sortis en file indienne, à l'exception de Kerrick. Maman lui a lancé un regard courroucé, bras croisés, mais il n'a pas bougé d'un pouce. Elle a poussé un soupir accusateur, si exagéré que je n'ai pu m'empêcher de sourire. Toutefois, devant l'obstination de Kerrick, elle a dû capituler. Elle s'est contentée de lui recommander de ne pas me fatiguer avant de sortir.

Ma bonne humeur a disparu avec elle. Kerrick a refermé la porte derrière eux avant de me faire face.

C'était parti. *Le moment du sermon.* Je me suis apprêtée à entendre ses récriminations.

— Est-ce un sourire que je viens de voir sur ton visage ?

Je l'ai regardé, décontenancée.

— Je sais que tu peux sourire, m'a-t-il dit comme si nous avions une charmante conversation. Je t'ai vue le faire au moment où tu regardais cette petite fille, alors que sa famille venait de te livrer au guet. Pourquoi, d'ailleurs ?

J'ai hésité un moment avant de retrouver mes esprits.

— Ce n'était pas sa faute si son père m'avait dénoncée. C'est une enfant charmante, et j'étais heureuse de la voir en bonne santé.

— Même si ç'a failli conduire à ton exécution ?

— Aucun rapport entre les deux. C'est *moi* qui ai décidé de la guérir. *Moi* qui ai pris le risque d'être capturée. Tout était ma faute.

— Je comprends.

Eh bien ce n'était pas mon cas. *A quel petit jeu Kerrick se livrait-il ?*

— Nous quitterons Mengels quelques heures après le coucher du soleil.

D'un geste, il a désigné le lit, avant de poursuivre :

— Je te suggère de profiter du confort de cette auberge tant que tu le peux. Nous ne coucherons pas dans un lit de sitôt.

— Tu as toujours l'intention de m'emmener auprès du prince Ryne ?

— *Oui.*

— Tu es certain d'en être capable ?

Il s'est raidi :

— Tu ne m'as pas échappé, si ? m'a-t-il rétorqué avec assurance.

Pas encore.

— Ce n'est pas ce que je veux dire. Les mercenaires

et autres chasseurs de primes sont à mes trousses. Les derniers ont failli m'avoir, et Belen aurait pu mourir. Pouvez-vous réellement m'escorter jusqu'à votre prince sans perdre un de vos hommes, ou bien moi ? Pour ces gens-là, quarante pièces d'or représentent une fortune.

— Ils ont *failli* t'avoir. Ce qui veut dire qu'ils n'ont pas réussi. Si tu t'en souviens bien, nous t'avons sauvée. De nouveau.

— Et vous avez tué tous ces hommes. Même le renifleur, qui…

— … qui travaillait pour l'ennemi, m'a-t-il coupé. Si je ne les avais pas tués, ils se seraient mis à nos trousses pour nous attaquer de nouveau.

— Mais d'autres viendront à leur place. Vous n'avez pas neutralisé la source. Tant que Tohon de Sogra agite ces quarante pièces d'or, ils continueront à nous pourchasser comme des ufas sur la piste d'un gibier blessé. Et l'un d'entre eux finira par réussir.

Le regard de Kerrick s'est fait pensif.

— Serais-tu en train de suggérer quelque chose ?

Je n'avais pas pris conscience de ce vers quoi me menaient mes pensées ; mais, effectivement, tout me poussait vers la seule conclusion logique.

— Et si nous découvrions pourquoi Tohon me cherche ? Peut-être que si tu me livres à lui…

— C'est de la folie ! Je n'ai pas besoin de…

— Pas pour la récompense. Si tu me livres à lui, ai-je repris, alors il n'y a plus aucune raison pour les mercenaires et les chasseurs de primes de me traquer. Nous pourrons savoir pourquoi Tohon me veut vivante. Peut-être, comme toi, espère-t-il simplement que je guérisse un de ses amis ou un membre de sa famille. Dans ce cas, il suffirait de le faire pour que nous soyons libres d'agir.

— Certes, mais s'il te recherche pour une tout autre raison ?

— Alors, nous nous enfuirons. Tu as ta magie de terre, non ?

— Malheureusement, cela ne marchera pas. Car tu te trompes, guérisseuse : je suis un mage *sylvestre*, pas un mage de terre. On confond souvent les deux. Ma magie est un don de l'essence de la forêt. Or, Tohon vit dans le château de Sogra. Je ne peux rien faire dans un lieu cerné de pierres et de terre. Et de toute façon, je doute fort que Tohon s'intéresse suffisamment à quelqu'un d'autre que lui-même au point d'offrir quarante pièces d'or pour sa survie.

— Tu le connais donc ? ai-je demandé.

— Pour mon malheur, oui. Pourquoi crois-tu qu'il a mis à prix la tête des guérisseurs ?

— J'ai imaginé qu'il avait perdu une personne aimée pendant la peste et qu'il nous en voulait.

— Non. Il sait que Ryne est malade, et que seul un guérisseur peut le sauver. Il souhaite plus que tout la mort du prince.

A vrai dire, c'était aussi mon cas ; toutefois, jamais je n'aurais pu me résoudre à de telles extrémités.

— Pourquoi ?

— Parce que Ryne est le seul qui puisse s'opposer aux plans de Tohon.

7

— Les plans de Tohon ? Mais de quoi parles-tu ?

— Tohon a décidé de faire des Quinze Royaumes son fief personnel.

Je ne m'attendais pas à cette réponse.

— Tout d'abord, je ne vois pas comment un homme pourrait contrecarrer un tel projet à lui seul. Ensuite, en quoi le plan de Tohon serait-il mauvais ? Au cas où tu ne t'en serais pas rendu compte, notre monde part à vau-l'eau. Rétablir la paix dans les Quinze Royaumes serait un pas dans le bon sens.

Kerrick a secoué la tête.

— Tu as vécue cachée pendant trop longtemps. Tu ignores ce qui se passe réellement. Tohon n'a aucune intention d'aider les survivants de la peste. Il se contente de les enrôler afin de dresser une armée capable de prendre d'assaut et envahir toutes les villes qui ont réussi à se maintenir. Des villes comme Jaxton, qui lui permettent de renforcer encore ses troupes. Et quiconque lui résiste périt sur-le-champ. Tohon est… mentalement instable, pour le dire avec charité. S'il devenait le roi des rois, ce serait un véritable cauchemar.

— Pourquoi crois-tu que seul Ryne pourrait l'arrêter ? ai-je insisté. Pourquoi ne pas fonder ta propre armée ?

— Parce que Ryne est un brillant stratège, et qu'il a déjà triomphé de Tohon par le passé.

J'ai reniflé avec mépris avant de lancer :

— Tu veux dire que Ryne et Tohon sont tous les deux des mégalomanes ?

A la façon dont Kerrick s'est raidi à ces mots, je me suis rendu compte que je venais de commettre une erreur. J'ai reculé, de crainte qu'un nouvel accès de fureur ne s'empare de lui.

Mais il s'est contenté de me répondre d'une voix contenue et monocorde :

— Nous allons traverser la Montagne des Neuf. Je te suggère de prendre du repos tant que cela t'est possible.

Je n'ai pas renoncé à le dissuader pour autant.

— Nous marchons depuis vingt-cinq jours et nous sommes à peine arrivés à Mengels. Penses-tu vraiment que nous puissions atteindre la Montagne des Neuf ?

Il a froncé les sourcils, l'air agacé.

— Nous avons dû éviter les mercenaires, nous tenir à l'écart des routes principales et traîner avec nous une guérisseuse récalcitrante. Et cependant, je ne doute pas un seul instant que nous rejoindrons le prince Ryne.

Là-dessus, il a ouvert la porte pour sortir de ma chambre ; mais, sur le seuil, il s'est retourné pour ajouter :

— Et tu n'as rien à craindre, personne ne te dérangera. Mes hommes monteront la garde auprès de toi.

Je me suis mordu les lèvres pour retenir une réponse sarcastique. Une fois Kerrick parti, je me suis dirigée vers la fenêtre. Respirant l'air frais du dehors, j'ai évalué la distance qui me séparait du sol. *Le tuyau de la gouttière supporterait-il mon poids ?*

Même si je parvenais à m'échapper, combien de temps resterais-je libre avant d'être retrouvée par Kerrick — ou, pire encore, par des mercenaires ? Et si je me livrais moi-même à Tohon, me donnerait-il les quarante pièces d'or ? C'était sans doute une idée ridicule, *je sais,* mais je me suis malgré tout attardée quelques instants sur cette perspective.

— Avry ? m'a lancé Loren depuis le seuil. Que fais-tu ?

— Je profite du paysage.

— Vraiment ?

— Que se passe-t-il, Loren ? Tu as peur que je saute par la fenêtre ?

— Quelque chose dans ce genre, oui.

J'ai soupiré. J'avais beau rêver de fausser compagnie à Kerrick, j'étais suffisamment maligne pour comprendre que rester avec lui était de loin préférable au fait d'être livrée à Tohon par un groupe de mercenaires. A contrecœur, je me suis donc dirigée vers mon lit, j'ai déchaussé mes bottes et me suis glissée sous les couvertures.

Loren a refermé les volets et la fenêtre avant de s'installer sur une chaise, à mon chevet. Les couvertures étaient chaudes et accueillantes, mais je ne suis pas parvenue à trouver le sommeil.

— Pourquoi sommes-nous venus à Mengels ? ai-je demandé à Loren.

— Tu veux la vérité brute et crue, ou tu préfères que je t'invente un joli petit mensonge pour te faire plaisir ?

J'ai perçu la colère dans sa voix. Je me suis redressée sur un coude pour étudier l'expression de son visage. Il semblait à la fois furieux et perturbé.

— Tu aurais préféré que Belen meure ?

— Non... si... non.

Il s'est frotté le menton, l'air perplexe.

— Ce n'était pas *ma* décision.

— Exact. C'était *la mienne*, et elle ne m'a posé aucun problème. Je suis désolée qu'elle ait... engendré toutes ces difficultés. Mais ne crois pas que je vais te promettre de ne pas recommencer.

Loren a ri.

— Je n'oserais pas te demander ça, même dans mes rêves. Je ne voudrais surtout pas t'obliger à nous rendre la vie facile, je t'assure.

— Si je le faisais, vous vous ennuieriez.

Je me suis laissée retomber sur l'oreiller.

— De toute façon, je ne m'en veux pas trop d'avoir

agi comme j'ai agi, puisque je me retrouve dans ce lit confortable…

— Tu peux remercier Kerrick pour ça.

— Euh… j'aimerais mieux pas.

— Il t'a sans doute sauvé la vie, Avry.

— Vraiment ?

— Il a pansé les trous de ton estomac avec des feuilles et de l'argile, et il a fait un bandage serré autour de ta taille. Nous avons utilisé la civière que nous avions fabriquée pour Belen, et nous sommes venus jusqu'ici au pas de course. Les potions et les herbes de Maman sont célèbres. Elle t'a nourrie à la petite cuillère, jour après jour.

— C'est elle que je devrais remercier, alors…

— Ce n'est pas drôle, a protesté Loren.

Si Kerrick s'était donné tout ce mal pour me sauver la vie, c'était uniquement dans le but de me voir guérir Ryne. Il se moquait bien de mon existence.

— Tu as raison, ce n'est pas drôle.

— Repose-toi, Avry. Il faut que tu dormes.

Kerrick m'avait promis la tranquillité ; pourtant, au milieu de la nuit, j'ai été réveillée par un tumulte devant ma porte. La lumière de la lanterne avait été baissée au minimum, et Quain avait remplacé Loren. Il se tenait devant la porte, dague à la main.

— Que se passe-t-il ? ai-je demandé.

Il m'a fait signe de me taire avant d'entrebâiller la porte. La voix de Maman, paniquée, résonnait dans l'obscurité. On a entendu des pas pressés dans le couloir devant ma chambre, et d'autres cris se sont élevés. Incapable de rester allongée sans rien faire, je me suis glissée hors du lit et j'ai rejoint Quain sur la pointe des pieds. Il m'a coulé un regard noir avant de reporter son attention sur le couloir.

— Alors ? ai-je murmuré.

Il m'a menacée de la pointe de sa dague.

— Retourne au lit !

Mais j'avais déjà trop fréquenté Kerrick pour me laisser

intimider par Quain. Son attitude n'a fait au contraire que renforcer ma détermination.

— Non.

Je l'ai vu se raidir, surpris. Il a ouvert la bouche comme pour me répondre, puis l'a refermée sans mot dire.

Dans le hall, les bruits s'étaient tus. Peu après, Kerrick a fait irruption dans ma chambre, suivi par les autres. Les expressions sur leur visage étaient très révélatrices : Belen avait l'air soucieux, Loren mal à l'aise, Flea en colère. Quant à Kerrick, il était aussi impassible qu'à son habitude.

— Puisque nous sommes tous réveillés, autant en profiter pour partir maintenant, a lâché Kerrick.

Flea a émis une vague protestation, mais un regard noir de Kerrick a suffi à le faire taire.

— Pourquoi Maman semble-t-elle si paniquée ?

— Cela ne nous regarde pas, a dit Kerrick. Belen, tu as le manteau d'Avry ?

Le colosse a hoché la tête.

— Réponds-moi, Belen, ai-je insisté.

C'est Flea qui a rompu le silence :

— Mélina a disparu, m'a-t-il expliqué. Depuis six semaines, quelqu'un enlève des jeunes femmes et disparaît avec elles dans les bois. Le guet de la ville n'a pas réussi à les retrouver.

Il regardait Kerrick d'un air de reproche.

— Cela ne nous regarde pas, a répété celui-ci. Nous n'avons pas le temps de nous en occuper.

Je me suis retournée vers lui d'un seul bloc.

— Tu n'es qu'un sale égoïste et un sans-cœur.

J'ai bien senti à quel point mes paroles le mettaient en fureur ; pourtant, il s'efforçait de rester impassible. Mais cela ne durerait pas. *Tant pis pour lui.*

— Evidemment, que ça nous regarde ! ai-je martelé. Maman nous a accueillis et elle m'a aidée. *Toi*, tu peux les retrouver.

— Je ne sais pas si tu as écouté ce que j'ai dit jusqu'à

maintenant, mais si la vie de Ryne est plus importante à mes yeux que celle de Belen, tu peux comprendre que l'existence d'une pauvre fille n'est pas ma priorité.

— De *plusieurs* filles, Kerrick. Pas une seule. Qui que soit le monstre qui les enlève, il n'en est pas à son coup d'essai, et il recommencera. Puisque tu tiens ton prince en si haute estime, que penserait-il de te voir abandonner Mélina et Maman pour lui ?

Un tic nerveux a agité le visage de Kerrick, mais il est parvenu à dominer sa colère.

C'est Belen qui a répondu pour lui :

— Ryne serait furieux.

Il était plus que temps de faire des concessions.

— Retrouvons Mélina, ai-je proposé, et je te jure que je n'essaierai plus de m'évader. Si je coopère, nous pourrons voyager plus vite.

— Et tu guériras Ryne ? m'a demandé Kerrick.

— Non, mais je te laisserai tout le temps du voyage pour me convaincre de le faire. Qu'en dis-tu ?

— Le jures-tu ?

— Moi, Avry, du royaume de Kazan, je te donne ma parole.

— Et je l'accepte, m'a-t-il fait après m'avoir jaugée du regard.

Il m'a tendu la main.

Lorsque je l'ai serrée pour sceller notre pacte, j'ai senti une étincelle de magie me parcourir le bras. Je l'ai lâchée en toute hâte.

— Très bien, messires. On dirait qu'il est temps de nous mettre en chasse, n'est-ce pas ? a conclu Kerrick.

Chacun s'est hâté pour faire ses préparatifs. Avant de quitter ma chambre, Flea a posé la main sur mon épaule.

— Merci, Avry.

— Sommes-nous de nouveau amis ? ai-je demandé.

— Oh, que oui !

Sur ce, il m'a décoché un de ses sourires de guingois

tellement touchants avant de partir en courant sur les talons de Quain.

J'ai arrêté Belen au passage.

— Tu as mon havresac ? Je dois enfiler mes vêtements de voyage avant que nous partions.

— Tu restes ici ! a fait Kerrick d'un ton sans appel.

— Certainement pas ! lui ai-je aussitôt rétorqué. Mélina peut avoir besoin de mes soins.

— Nous te la ramènerons !

— A condition qu'elle accepte de vous suivre. Elle sera peut-être traumatisée au point de refuser d'obéir à un groupe d'hommes. Et la forcer ne ferait qu'empirer les choses.

Kerrick est demeuré pensif quelques instants. J'en ai profité pour enchaîner mes arguments.

— Je suppose que le guet est déjà en train de passer la forêt au peigne fin. Si des mercenaires débarquent en ville, il n'y aura personne pour me défendre.

Belen s'est mordu les lèvres pour ne pas sourire. Les épaules de Kerrick sont retombées de quelques centimètres, comme s'il abandonnait.

— D'accord.

Là-dessus, il a quitté la pièce. Belen, lui, m'a considérée en secouant la tête.

— Flea a supplié Kerrick de partir au secours de Mélina. Il a argumenté à en perdre haleine. Je l'ai fait également, ainsi que Loren. Sans le moindre résultat. Mais *toi*, tu as réussi à le faire changer d'avis.

— Seulement parce que j'ai renoncé à ma liberté.

— Je ne crois pas, non. Tu sais très bien t'y prendre avec lui. Ce voyage est décidément fascinant au plus haut point. J'ai hâte de voir ce qui va arriver ensuite.

— Pas moi ! ai-je protesté.

Sans répondre, Belen est sorti de la pièce pour aller chercher mon havresac. Lorsqu'il est revenu, je l'ai interrogé de nouveau : pourquoi Kerrick se trouvait-il à la tête de leur expédition ? Belen était un peu plus âgé que lui, plus fort, et certainement plus avenant.

— C'est le prince Ryne lui-même qui l'a chargé de trouver un guérisseur, m'a expliqué le colosse.

Il m'a tourné le dos le temps que j'enfile mon justaucorps noir — anciennement ma tenue de voyage de rechange, et désormais la seule qu'il me restait. J'ai replié la tunique et la robe, et les ai glissées dans le sac. Qui sait si elles ne me serviraient pas un jour ?

Belen m'a tendu ses deux dagues.

— Prends-les avec toi, juste au cas où.

— Qu'en pensera Kerrick ? Ne sera-t-il pas furieux ?

— Il ne nous a jamais ordonné de ne pas te donner d'arme, n'est-ce pas ?

J'ai souri. Belen et Kerrick me faisaient penser à deux frères, toujours très proches et pourtant opposés quasiment en tout.

— Kerrick et toi, vous venez du royaume d'Alga. Alors, comment avez-vous rencontré Ryne ? ai-je demandé.

— C'est une longue histoire. Occupons-nous d'abord de Mélina.

Plus facile à dire qu'à faire ! Malgré les pouvoirs magiques de Kerrick, nous ne sommes pas parvenus à retrouver trace du ravisseur de la jeune fille. Lorsque l'aube a ravivé les couleurs de la forêt, j'ai eu l'espoir qu'il nous serait plus simple de découvrir une piste ; là encore, je me trompais.

Voilà qui était très inquiétant. Kerrick n'allait-il pas décider d'interrompre les recherches sous prétexte que nous perdions notre temps ? Peu après, nous avons croisé un important groupe d'hommes, eux aussi à la recherche de Mélina. Je me suis rappelée comment la forêt réagissait aux intrus. Avec toutes ces présences humaines dans les parages, repérer deux individus en particulier allait s'avérer impossible.

— Nous devons parler avec Maman, ai-je dit à Kerrick au cours d'une brève pause.

Il était en train d'affûter la lame de son épée à l'aide d'une pierre.

— Pourquoi ? m'a-t-il demandé sans lever les yeux.

— Elle est la seule à pouvoir vider la forêt pour toi.

— Que veux-tu dire ?

— Tu le sais.

D'un geste, j'ai désigné les arbres autour de nous.

— La forêt réagit aux intrus, un peu comme un corps réagit à une maladie ou à des parasites.

Kerrick s'est figé, son geste en suspension, pour me décocher un regard plein de suspicion.

— Où diable as-tu appris cela ?

— Avec toi.

— Je ne t'ai rien dit de…

J'ai tapé du pied avec impatience.

— Quand tu m'as sauvée des mercenaires. Tu te souviens ? Ta peau et tes cheveux avaient pris la couleur de la forêt, et…

— Je sais ce que j'ai fait. J'ignorais simplement que tu pouvais… le sentir toi aussi. Je n'ai jamais réussi à expliquer à quiconque comment cela fonctionnait.

Il s'est tu pour me considérer d'un air pensif avant d'ajouter :

— Tu as raison. Je devrais demander à Maman de faire cesser les recherches pour vider la forêt.

Encore sous la surprise de l'entendre admettre pour une fois que j'avais raison, j'ai failli ne pas entendre la suite.

— Seulement voilà : pour mes pouvoirs, Maman n'est pas au courant, a dit Kerrick.

C'est à cet instant que Belen, parti en reconnaissance, est venu nous retrouver. Il avait dû capter la toute dernière partie de notre conversation.

— Pas au courant de quoi ? a-t-il demandé en s'asseyant près de moi.

De façon fugitive, j'ai distingué comme une lueur d'amusement dans les yeux de Kerrick. Alors seulement, j'ai compris que Belen ignorait lui aussi les pouvoirs magiques de son ami — et pour cause : celui-ci ne semblait guère enclin à les révéler à quiconque. Pourtant, avec moi, il n'avait même pas tenté de nier. Etrange…

Les magiciens, quels qu'ils soient, avaient en général tendance à se montrer méfiants. Lorsqu'une famille découvrait qu'un enfant présentait des pouvoirs magiques, elle le taisait jusqu'à ce que celui-ci ait appris à les contrôler et à se protéger. Avant la peste, les enlèvements de jeunes mages avaient posé un réel problème. Un enfant avec des pouvoirs magiques pouvait être vendu contre plusieurs centaines de pièces d'or aux tribus du nord, ces peuplades à moitié sauvages qui vivaient à l'extérieur des royaumes.

— Maman ne sait pas que je suis une guérisseuse, ai-je déclaré pour rattraper la situation. Et donc, si nous retrouvons Mélina blessée, il vaudrait mieux que ce ne soit pas en présence de témoins.

Pourquoi, spontanément, avais-je couvert le secret de Kerrick ? Je l'ignorais. Peut-être parce que je pourrais en tirer avantage un jour.

— Je comprends…

Pendant quelques instants, nous sommes restés assis en silence. Je réfléchissais au problème.

— Le ravisseur a dû se cacher quelque part dans cette forêt, ai-je conclu. Nous allons dire à Maman que nous savons où il se trouve, mais que nous craignons qu'il se terre jusqu'à ce que tout le monde ait abandonné les recherches. Elle nous comprendra, et fera en sorte que tous les poursuivants quittent la forêt, à part nous.

— Et si nous ne les retrouvons pas ? a objecté Kerrick.

— Tu as une autre idée ?

— Non.

C'est ainsi que Kerrick a accepté de suivre mon plan. Ainsi que nous en étions convenus, il est retourné en ville pour demander à Maman de faire rappeler les secours. Comme elle n'avait eu jusque-là aucune nouvelle de Mélina, elle était prête à nous croire et à obtempérer. J'avais beau tenter de me persuader que c'était pour le bien de tous, cette petite manipulation me laissait un goût amer de culpabilité dans la bouche.

Une fois que tous les hommes du guet et les volontaires ont été de retour à l'Auberge du Lampadaire, Kerrick a ordonné à ses compagnons de rester là également.

— Nous irons seuls, a-t-il fait en nous désignant tous les deux d'un geste.

Les autres ont protesté. Pour ma part, je m'interrogeais. *Qu'avait-il en tête exactement ?* Pourtant, il n'en a pas démordu. Nous nous sommes dirigés ensemble vers la porte. Avant de partir, j'ai glissé une des dagues de Belen à ma ceinture et l'autre dans ma botte. Kerrick m'a vue, mais n'a fait aucun commentaire.

Au moment où nous allions franchir le seuil, Belen s'est interposé.

— S'il arrive quoi que ce soit à Avry…

— Tu m'arracheras le bras, je le sais, a dit Kerrick.

— Je suis sérieux, a dit Belen.

— Je n'en doute pas. Crois-tu vraiment que j'oserais la mettre en danger ?

— Pas volontairement, mais il peut arriver des choses que, même toi, tu ne peux contrôler.

Kerrick a eu un mince sourire.

— Tu veux dire que je ne suis pas tout-puissant ?

— Tu n'es même pas *semi*-puissant.

— Ça existe, comme mot ? a demandé Kerrick.

— Il veut sans doute suggérer que tu es impuissant…, ai-je risqué.

J'ai été récompensée de ma plaisanterie par un rire étouffé de Belen, ainsi que par le regard outragé de Kerrick. Celui-ci a écarté son ami pour quitter l'auberge. Le rire grave et jovial de Belen nous a accompagnés jusque dehors.

Nous avons regagné la forêt. La journée était déjà avancée.

— Il ne nous reste que peu de temps avant que l'obscurité revienne, m'a dit Kerrick en s'arrêtant un instant. Nous devons agir vite. Es-tu décidée à retrouver Mélina ?

— Tout à fait.

Quelle étrange question…

Il m'a tendu la main.

— L'union fait la force.

Tout à coup, j'ai compris. Je n'avais pas très envie de le toucher, mais cela n'avait pas d'importance. Lorsque ses doigts se sont refermés sur les miens, la magie s'est répandue en moi, me connectant avec la forêt.

Mes perceptions se sont aiguisées et ma conscience a paru s'étendre le long des branches et dans le sol. La masse verte bruissait, mal à l'aise. Des intrus avaient piétiné les jeunes pousses ; la souffrance palpitait là où on avait coupé des branches et arraché des feuilles. Et au milieu de tout cela se trouvait un point névralgique, comme une écharde que la forêt aurait voulu rejeter.

Reliés à l'essence de la forêt, en communion avec elle, nous nous sommes mis en silence à la recherche de cette « épine ». Les mots étaient inutiles. Je n'étais plus Avry, mais seulement une partie de cette entité végétale.

Ensemble, nous avons retrouvé la piste de ce dangereux intrus. Tout d'abord lumineuse, la forêt nous a paru s'assombrir peu à peu, comme si un excès d'humidité la faisait moisir. Une odeur de pourriture flottait dans l'air.

Et soudain, elle a été devant nous. Une infection suppurant une bile surnaturelle. Kerrick a lâché ma main et je suis tombée à genoux. L'essence de la forêt s'est retirée de moi. J'étais redevenue Avry.

J'ai pris une inspiration profonde pour m'éclaircir les idées. Il m'a fallu un certain temps avant de retrouver ma vue normale, de redevenir une observatrice et non un élément de la forêt. A vrai dire, je regrettais que cet état végétal ait disparu ; comment Kerrick pouvait-il se montrer si revêche et agressif alors qu'il avait le pouvoir de se fondre sur commande à cette conscience végétale ?

Il s'est agenouillé près de moi pour désigner du doigt une butte qui s'élevait devant nous.

— Tu vois ceci ?

— La petite colline ?

J'ai plissé les yeux pour mieux scruter la pénombre. Sur son flanc, la butte présentait une forme étrange, comme une protubérance.

— C'est comme ça qu'il a réussi à échapper aux poursuivants. Il a creusé une cabane à flanc de coteau et il l'a dissimulée derrière un rideau de mousse, de feuilles et de terre. Reste ici.

Kerrick est parti en rampant à travers les bois, restant à distance de la cabane dissimulée. Ses déplacements étaient parfaitement silencieux. Bientôt, je l'ai perdu de vue.

J'ai attendu. Autour de moi, le ciel devenait plus sombre, l'air plus frais. Chaque minute qui s'écoulait ainsi, sans que je puisse rien faire, augmentait mes inquiétudes pour Mélina. Nous aurions dû prendre la cabane d'assaut avant que le monstre ait eu le temps de lui faire du mal. La jeune fille était-elle seulement encore en vie ?

La nuit était complètement tombée lorsque Kerrick est revenu. A la lueur de la lune, j'ai distingué sur ses lèvres un mince sourire de satisfaction.

— Où donc étais-tu passé ? ai-je chuchoté.

— Je t'ai manqué ?

— Certainement pas ! Mais je te rappelle qu'il y a une jeune femme qui…

— J'ai fait le tour de la cabane. Il n'y a qu'une seule entrée, et pas de fenêtre. En revanche, j'ai trouvé une sorte de cheminée. Il utilise un petit tuyau de métal pour évacuer la fumée de son feu.

— Et en quoi cela peut-il nous aider ?

— Réfléchis. Il n'y a qu'une seule façon d'entrer. Si nous essayons de passer par la porte, il nous verra venir. Tactiquement, il se trouvera en position de force.

En revanche, nous aurions l'avantage si nous parvenions à l'attirer à l'extérieur. Mais comment y parvenir ?

— Tu as bouché le tuyau ?

— Exactement, m'a-t-il répondu. Nous allons l'enfumer et le forcer à sortir.

Malin. Même si je ne l'aurais admis pour rien au monde, j'étais impressionnée.

— Quand il sortira, c'est *moi* qui m'en occuperai, a poursuivi Kerrick. Toi, tu t'occupes de trouver Mélina et de l'emmener à l'abri. Compris ?

— Oui.

Kerrick s'est rapproché de l'entrée de la cabane. Quant à moi, je suis restée quelques pas en retrait. Il n'a pas fallu longtemps avant que la porte dissimulée sous la mousse ne s'ouvre à la volée. La lueur d'un feu a percé l'obscurité tandis que des volutes de fumée se répandaient autour de nous. Un homme de grande taille s'est rué à l'extérieur, toussant et crachant, agitant les bras pour dissiper le nuage gris. Kerrick s'est rué sur lui et a refermé ses mains autour de son cou avant que l'autre ait eu le temps de réagir.

Je me suis raidie avant de passer à l'action. Je me suis vite approchée d'eux. *Pourvu que Kerrick ne tue pas son prisonnier !* J'allais le lui crier… lorsque trois hommes sont sortis en courant de la cabane.

8

Les trois hommes se sont rués sur Kerrick sans hésiter. Très vite, celui-ci s'est retrouvé au sol, aux prises avec le plus grand. Malgré la surprise, Kerrick est parvenu à leur décocher quelques coups bien placés avant de céder sous le nombre. Deux des hommes l'ont maintenu plaqué au sol tandis que le troisième lui confisquait son épée. Ils se sont mis à le questionner, mais il est resté silencieux.

Quant à moi, j'étais toujours debout aux abords de la clairière. Tout à leur lutte, les hommes ne m'avaient pas repérée. J'ai tenté de me glisser dans les fourrés sans être remarquée. C'est à ce moment que le plus grand des hommes, qui se remettait tant bien que mal de la prise d'étranglement que lui avait infligée Kerrick, m'a aperçue. En un bond, il a été sur moi. Il m'a saisie par le bras d'une main de fer et m'a traînée près de la cabane, à la lumière du feu.

— Tiens, tiens, qu'avons-nous donc ici ? a-t-il demandé.

Je commençais à en avoir assez d'être ainsi manipulée à tout bout de champ. Ma peur s'est transformée en colère.

— Seriez-vous donc aveugle ? lui ai-je lancé. Oh ! je comprends, bien sûr. Cela fait si longtemps que vous jouez avec des petites filles que vous avez oublié à quoi ressemble une femme.

Ces mots l'ont mis en fureur ; il m'a décoché un revers de la main. Fort heureusement, j'avais anticipé le coup ; je l'ai encaissé et l'ai accompagné avant de me laisser tomber à genoux comme si la force de la gifle m'avait précipitée au sol. J'en ai profité pour m'emparer du poignard attaché à ma taille, et l'ai maintenu contre mon corps. Le grand type m'a relevée en me tirant par les cheveux.

De ma main libre, j'ai saisi la main qui tenait ma tête. Non seulement ce mouvement a soulagé la douleur, mais à présent *je le touchais*. Peau contre peau. Au fond de moi, la magie s'est brusquement éveillée. Et je l'ai dirigée vers lui. Il a hurlé — mais a tenu bon.

Un autre homme, celui qui avait récupéré l'épée de Kerrick, a chargé. J'ai pivoté sur moi-même de manière à interposer le grand entre lui et moi. Celui-ci, qui ne cessait pas de hurler, est tombé à genoux. Cela m'a facilité la tâche : je me suis contentée d'appuyer la pointe de ma dague contre sa gorge. L'homme à l'épée s'est immobilisé en pleine course. J'ai réduit l'intensité de la décharge de magie que j'envoyais au grand. Peu à peu, ses cris se sont transformés en gémissements.

Au moins, j'avais obtenu leur attention. Très bien.

— Relâchez la fille, ou je tranche la gorge de votre ami.

Les deux hommes qui retenaient Kerrick se sont remis debout et l'ont aidé à se relever à son tour. L'homme à l'épée a pointé celle-ci sur la gorge de mon compagnon.

— Moi aussi, je peux jouer à ce jeu, m'a-t-il rétorqué.

Je me suis mise à rire :

— Ça marcherait s'il avait la moindre importance à mes yeux, ai-je répliqué. Malheureusement je me fiche de lui comme d'une guigne. Allez-y, tuez-le, si ça vous amuse.

A en juger par son silence stupéfait, ce n'était pas la réponse à laquelle le malandrin s'attendait. Kerrick est parvenu à conserver une expression neutre, mais il m'a coulé toutefois un regard noir. Puis il s'est mis à regarder le sol, l'expression de nouveau songeuse.

En quelques secondes, ses bottes et son pantalon ont pris la couleur sombre de la forêt et sont devenus indiscernables. En même temps, des lianes de lierre s'enroulaient lentement autour des chevilles de l'homme qui le retenait. Kerrick était en train d'utiliser sa magie sylvestre.

J'ai envoyé une nouvelle décharge dans le corps de mon captif, qui a poussé un autre cri de douleur.

— Allez chercher Mélina ou il meurt, ai-je grondé.

Ce n'était sans doute pas la meilleure des techniques de diversion, mais elle a fonctionné. Kerrick a continué sa transformation. En quelques secondes, il s'est complètement fondu avec les bois qui nous entouraient. Les deux hommes qui l'avaient retenu se sont aperçus de sa disparition. Stupéfaits, ils ont voulu s'élancer à sa recherche… pour découvrir simultanément que le lierre avait entravé leurs pieds. Tous deux ont roulé au sol dans un ensemble parfait, et les lianes rampantes sont venues ligoter solidement leurs jambes. Dans une tentative dérisoire pour leur venir en aide, l'homme à l'épée s'est mis à trancher tant bien que mal le lierre autour d'eux.

La scène aurait pu être comique si, soudain, Kerrick n'était pas réapparu derrière l'homme ; il a saisi sa tête entre ses mains comme il l'avait fait pour le mercenaire.

— Ne le tue pas ! ai-je hurlé.

Au lieu de lui tordre la nuque, Kerrick s'est contenté de serrer les mains autour de son cou jusqu'à ce que l'homme cesse de se débattre et s'effondre sur le sol. Moi-même, j'ai relâché un peu mon étreinte sur le bras du grand. Sa main est retombée, et il est resté à genoux, immobile et à peine conscient. J'en ai profité pour trouver du bout des doigts le point secret à la base de sa nuque avant de l'assommer pour de bon d'une décharge de magie.

Je me suis dirigée vers l'homme que Kerrick avait presque étranglé pour vérifier son état de santé. Son pouls battait encore.

— Occupe-toi des autres, m'a demandé Kerrick.

Sa voix était tendue et trahissait son épuisement. Les yeux fermés, il s'est appuyé contre un tronc d'arbre.

Je me suis hâtée de rejoindre les deux autres hommes. A présent, le lierre avait emprisonné leurs bras. L'un après l'autre, je les ai envoyés dans les bras de Morphée à l'aide d'une décharge de magie dans la nuque.

— Combien de temps cela nous laisse-t-il ? m'a demandé Kerrick.

— Ils resteront hors d'état de nuire pendant au moins trois heures.

— Très bien.

Là-dessus, il s'est effondré au sol.

Je me suis précipitée vers lui pour m'agenouiller à ses côtés.

— Qu'est-ce qui t'arrive ?

Il a levé la main pour m'empêcher d'approcher plus.

— Va voir comment se porte Mélina !

Mais, comme je ne bougeais pas, il a ajouté :

— Les lierres sont assez difficiles à manœuvrer lorsque vient l'automne.

J'ai hoché la tête. Je comprenais mieux. A bien y regarder, les feuilles de lierre avaient déjà viré au marron et les lianes semblaient desséchées. Kerrick avait épuisé son énergie.

— Fonce, m'a-t-il ordonné.

Je me suis précipitée vers l'entrée de la cabane. Sur le seuil, je me suis immobilisée un instant, redoutant ce que j'allais découvrir. *Mélina était restée seule avec quatre hommes pendant près de vingt-quatre heures.*

A pas lents, j'ai pénétré dans la cabane, pour découvrir une pièce centrale sans meubles. Contre le mur de gauche, le feu brûlait dans un foyer en pierre. A droite se trouvait une rangée de couchettes. La fumée roulait sous le plafond pour se déverser par la porte d'entrée. Une porte s'ouvrait dans le mur du fond. Je me suis élancée à travers la pièce principale pour aller l'ouvrir. Il m'a fallu plusieurs essais tant mon cœur battait fort.

Enfin, la porte s'est ouverte sur une pièce obscure. Une nouvelle fois, je me suis arrêtée sur le seuil, terrifiée à l'idée de ce que je pouvais trouver.

— Mélina ? ai-je appelé.

— Je suis ici, m'a répondu la voix de la jeune fille entre deux sanglots.

Mon soulagement a été immense.

— Tiens bon. Je vais chercher une lanterne.

Je me suis ruée dans la pièce principale pour en allumer une que j'ai brandie devant moi pour retourner dans la chambre plongée dans l'obscurité. Mélina a tressailli quand la lueur de ma lampe a illuminé son visage couvert de sang et d'ecchymoses. Elle était attachée près d'un grabat, le poignet gauche entravé par un lien de cuir. Elle n'était pas seule : deux autres jeunes filles étaient assises sur des couchettes semblables à la sienne, ligotées elles aussi. L'une d'elles avait également reçu des coups au visage, mais elles ne semblaient pas souffrir d'autres blessures. Toutes trois me regardaient avec stupéfaction.

— Es-tu blessée ? ai-je demandé à Mélina.

Elle s'est touché la joue.

— Rien de grave.

— Est-ce qu'ils t'ont…

Je n'ai pu terminer ma phrase.

— Non, m'a répondu l'autre fille au visage tuméfié. Ils avaient l'intention de nous vendre et préféraient ne pas nous brutaliser. Sauf si nous nous rebellions. Alors…

Elle s'est frappé la main avec son poing fermé pour m'indiquer le genre de traitements que leur avaient réservé les quatre individus.

— Vendues ? Mais pourquoi ?

La fille m'a regardée comme si ma naïveté était confondante.

— Vendues comme épouses, dans le meilleur des cas. Sinon, comme prostituées ou comme esclaves.

L'autre fille a désigné la porte, l'expression inquiète.

— Ils sont partis ?

— Ils ont été, comment dire… neutralisés. Savez-vous où se trouve la clé des menottes ? leur ai-je demandé.

— L'un de ces types… l'un de ces types la portait à la ceinture, m'a indiqué Mélina.

A l'expression de crainte et de souffrance qui accompagnait ces mots, j'ai compris à quel point la jeune fille avait dû avoir peur au cours de sa captivité.

J'ai posé la lanterne sur une table près d'elles.

— Je reviens tout de suite, leur ai-je dit.

Dehors, les hommes n'avaient pas bougé. Allongé sous un arbre, Kerrick semblait dormir. Pourtant, lorsque je me suis approchée, il m'a lancé :

— Est-elle…

— Elle est en vie, mais elle est blessée. Il y a deux autres filles avec elle, lui ai-je expliqué tout en fouillant les corps inanimés à la recherche de la clé.

— Malheureusement, la vente de femmes ne se limite pas à cette ville. La peste a laissé des disparités de population dans de nombreuses régions. Il y a des bandes organisées qui proposent aux survivants masculins de leur trouver une femme… pour un certain prix.

J'ai considéré avec mépris les quatre hommes qui gisaient au sol. *Les ordures !* Peut-être allais-je laisser Kerrick les tuer, finalement…

— As-tu guéri Mélina ?

— Pas encore.

Cela m'a valu un regard appréciateur. *Etrange.* Finalement, j'ai trouvé la clé dans la poche arrière du plus grand des hommes.

— C'est très bien ainsi, a assuré Kerrick. Libère ces filles et ramène-les à Maman le plus vite possible.

Il s'est redressé sur un coude au prix d'un effort visible.

— Pourquoi ?

Kerrick a poussé un soupir épuisé.

— Tu ne peux pas simplement suivre les ordres, pour une fois ?

— Tu veux vraiment que je te réponde ?

— Uniquement si c'est par « oui, chef ».

— Dans tes rêves !

Il s'est tu un instant, comme pour trouver la force de ne pas me crier dessus.

— Il y a un groupe — sept hommes et deux femmes — qui se dirigent vers nous. J'ignore si ce sont des amis ou des ennemis, aussi les filles et toi devez être loin quand ils arriveront ici.

— Et toi ? Que vas-tu devenir ?

— Je peux prendre soin de moi tout seul.

Pour en avoir le cœur net, je lui ai administré une très légère bourrade sur l'épaule. Kerrick est retombé sur le sol.

— Vraiment ? Tu veux essayer de recommencer ça, alors ? ai-je lancé avec légèreté.

— Ecoute, personne ne me poursuit, *moi*. C'est toi qui cours un danger — et qui le fais courir aux autres filles.

— Mais que se passera-t-il lorsque les quatre types se réveilleront ?

— Je croyais que mon sort t'était égal et qu'ils pouvaient me tuer si ça les amuse…

— J'aimerais beaucoup t'abandonner ici, Kerrick, crois-moi, ai-je soupiré. Mais j'ai donné ma parole. Alors allons-y.

Je l'ai aidé à se remettre sur pied. Même s'il était plus grand que moi, il s'est avéré que mon épaule se trouvait à la hauteur idéale pour qu'il s'y appuie.

— Et maintenant, que faisons-nous ? m'a-t-il demandé.

— Nous allons nous cacher dans la cabane en attendant que l'autre groupe soit passé.

— Et ces hommes ? Comment comptes-tu en disposer ? m'a-t-il lancé, dubitatif.

— Je vais les traîner à l'intérieur.

— Ton plan est…

Mais je l'ai entraîné de force dans la cabane avant qu'il ait eu le temps d'en dire davantage. Il était trop faible pour résister. Je l'ai allongé de force sur l'une des couchettes de la pièce principale avant d'aller libérer Mélina et les autres filles. Elles m'ont suivie dans la salle en se frottant les poignets pour rétablir la circulation du sang. Lorsqu'elles ont découvert Kerrick, elles se sont immobilisées avec une expression de panique.

— Tu as déjà rencontré Kerrick à l'auberge, n'est-ce pas ? ai-je demandé à Mélina.

— Oui.

— Ne t'inquiète pas : il fait partie des secours.

Elle a regardé autour d'elle, pensive :

— Les secours, tu dis… Mais où sont les autres ?

— Euh… il n'y a personne d'autre. Nous pensions avoir affaire à un seul homme — pas à quatre !

Mélina a haussé les épaules avec fatalisme.

— De plus, nous avons un petit problème, ai-je ajouté.

J'ai entrepris d'expliquer notre situation aux trois jeunes filles. Elles m'ont aussitôt offert leur aide.

— Où se trouve le conduit de cheminée ? ai-je demandé à Kerrick.

Et je lui ai exposé le plan qui venait de se former dans mon esprit. Bien qu'il lui paraisse extrêmement risqué, il m'a expliqué comment trouver le tuyau de métal dans l'obscurité. Je suis sortie de la cabane et me suis mise à sa recherche. Il m'a fallu plus de temps que je ne l'aurais voulu pour le découvrir enfin.

Kerrick l'avait obstrué au moyen d'une poignée de feuilles et de boue ; je les ai ôtées aussi rapidement que possible avant de retourner à l'intérieur.

Pendant mon absence, Bianca — la jeune fille dont le visage était marqué d'ecchymoses qui devaient remonter à plusieurs jours —, Penny et Mélina avaient traîné les hommes inconscients dans la cabane ; elles les avaient enchaînés aux couchettes de la pièce obscure avant de refermer la porte à clé. Juste retour des choses…

Comme si cette mission leur avait rendu leurs forces et leur dignité, elles se sont mises à discuter, avec des détails aussi crus que précis, de ce qu'elles aimeraient infliger à ces individus. En les entendant, Kerrick a poussé quelques gémissements horrifiés.

Au bout d'un moment, il a bien tenté de s'asseoir sur son lit, mais il est à peine parvenu à poser les pieds sur le sol de terre battue.

— Quand ces dames auront fini de mijoter leur revanche, elles décideront peut-être d'aller effacer nos traces à l'extérieur avant que les autres n'arrivent ?

— De combien de temps disposons-nous ? lui ai-je demandé.

— Dix minutes, quinze au maximum.

Malédiction. Je me suis précipitée à l'extérieur de la cabane et j'ai attendu que ma vision s'habitue à l'obscurité. Entre les traces du combat et celle des corps des hommes traînés sur le sol, il était évident, même pour quelqu'un d'aussi inexpérimenté que moi, qu'il s'était passé quelque chose — et l'endroit où nous nous dissimulions apparaissait avec autant d'évidence. Qui que soient les nouveaux arrivants, il ne leur faudrait que quelques instants pour découvrir la cabane.

Mélina est venue me rapporter les instructions de Kerrick. J'ai donc entrepris d'étaler les feuilles éparses avec mes mains et de les…

— Tu es certaine qu'il a dit *d'arroser* les feuilles ? ai-je demandé.

— Sûre et certaine.

— Mais avec quoi ?

— Ça, il ne l'a pas précisé.

Ce qui ne me laissait guère de solution dans la mesure où je n'avais pas le temps de me mettre à la recherche d'un point d'eau… J'ai soupiré. Toute gênée, j'ai baissé mon pantalon — et je me suis acquittée aussi vite que possible de cette mission un peu particulière, avant de continuer à travailler pour dissimuler toutes nos traces. Enfin, j'ai rejoint le seuil de la cabane, d'où j'ai considéré mes efforts d'un œil critique. Nous n'étions pas tirés d'affaire, loin de là.

Pourtant, je ne pouvais rien faire de plus, aussi j'ai refermé la porte sur moi. J'ai tendu ma dague à Bianca avant de ramasser l'épée de Kerrick. Mélina et Penny se sont armées de couteaux de cuisine trouvés près du foyer.

— Donne-moi ton autre dague, m'a demandé Kerrick.

J'avais oublié l'arme que je dissimulais dans ma botte. Pas lui. Je la lui ai tendue.

— Aide-moi à me relever, m'a-t-il dit.

— Mais tu es trop…

— Ça, les autres ne peuvent pas le savoir.

Il n'avait pas tort. Je l'ai saisi par les poignets et l'ai aidé à se mettre debout. Une sensation de magie légère, comme étouffée, s'est répandue le long de mon bras. Avant de le lâcher, j'ai perçu brièvement la présence des voyageurs à proximité de la cabane. Pendant quelques instants, Kerrick a chancelé sur ses jambes ; mais en appuyant son épaule contre le mur de terre, il est parvenu à se stabiliser.

Bianca et moi-même avons pris position de chaque côté de la porte, prêtes à… à quoi, au juste ? A vrai dire, je l'ignorais. Je me suis tendue, aux aguets. Tandis que je guettais le moindre bruit, j'ai regardé l'expression sur le visage de Kerrick.

Quelques minutes ont passé, sans incident — puis j'ai vu ce dernier se raidir.

— Ils se méfient, a-t-il chuchoté.

— Que fais-tu ? lui ai-je demandé sur le même ton.

— J'augmente le camouflage autour de la porte.

Son visage est devenu livide.

— Je…, a-t-il commencé avant de tituber en direction de la couchette. Ils sont en train de…

J'ai hésité un instant avant de quitter mon poste. Kerrick était parvenu à s'asseoir sur le rebord du lit, où je l'ai rejoint. J'ai pris sa main et libéré mon pouvoir de guérison dans son corps. L'énergie m'a quittée pour se déverser en lui. Dans le même temps, je devenais consciente de ce qu'il percevait. Ainsi, à travers ses sensations, j'ai compris que la mousse sur la porte avait épaissi et poussé jusqu'à masquer les interstices qui auraient pu trahir notre présence.

Mais j'ai perçu également la présence de neuf personnes qui fouillaient les alentours devant la cabane. Une aura de magie entourait deux d'entre elles.

La conscience de Kerrick s'est étendue plus loin dans la forêt, comme s'il cherchait quelque chose. Et il l'a trouvé, à près d'une centaine de mètres de là… et par son pouvoir magique, il s'est mis à secouer un arbre.

Une branche morte s'est détachée et elle est tombée sur le sol avec fracas. J'ai *senti* son impact dans le corps de Kerrick.

Le bruit a attiré l'attention de nos poursuivants, qui sont aussitôt partis dans cette direction.

Enfin, Kerrick a relâché ma main.

— Mais je peux te…

— *Non.* Il faut que tu économises tes forces, m'a-t-il murmuré d'une voix épuisée.

Mélina s'est approchée de nous.

— Sont-ils… ?

— Partis.

Gardant un pied sur le sol, Kerrick s'est rallongé sur la couchette, où il s'est endormi instantanément. Je suis restée quelques instants immobile, les jambes flageolantes.

Mélina me regardait. Ses doigts jouaient nerveusement avec les boutons de sa chemise.

— Pouvons-nous partir, maintenant ?

— Non, lui ai-je répondu en secouant la tête. Il nous faut attendre que Kerrick ait recouvré des forces. Je suis désolée.

— C'est un magicien, n'est-ce pas ? m'a-t-elle demandé à voix basse.

— Oui. Mais je pense qu'il préfère que cela ne s'ébruite pas.

La jeune fille a hoché la tête avec une expression de compréhension :

— Je ne peux pas le lui reprocher. Avec la récompense de dix pièces d'or offerte pour tout renseignement concernant les magiciens, je crois bien qu'à sa place, moi aussi je me ferais discrète.

— Dix pièces d'or ? ai-je fait, surprise. Mais pourquoi ?

— Maman dit que depuis la mort de tous les dirigeants des Quinze Royaumes, les quelques personnes de pouvoir qui demeurent se hâtent de regrouper des armées pour s'approprier toutes les ressources des territoires… y compris les magiciens.

— J'ai toujours cru qu'il ne s'agissait que d'une rumeur infondée !

— Tu as dû vivre en ermite pendant un moment, alors !

Sans attendre ma réponse, elle a poursuivi :

— Nous avons eu un client venu de Grzebien ; il nous a appris que sa ville était en cours de reconstruction lorsqu'une armée était arrivée sur les lieux, soi-disant pour les aider. Sauf que les soldats se sont empressés de créer leur propre garde ; sans attendre, ils ont proclamé que la ville faisait désormais officiellement partie du royaume d'Ozero et se trouvait donc sous la protection de la Sainte Armée de la Grande Prêtresse.

— Il n'y a eu aucune résistance ?

— J'en doute. Si Grzebien ressemble à Mengels, il ne s'y trouve pas assez de gens, et encore moins assez de gens *courageux* pour se battre.

Avec un regard en direction de la porte du fond, la jeune fille a ajouté :

— Si l'armée de la Grande Prêtresse peut s'occuper des scélérats comme les quatre qui nous ont enlevées, je serais ravie d'enfiler moi aussi une robe rouge et de lui jurer fidélité !

Ce n'étaient pas des paroles en l'air. En effet, Tara me l'avait appris, c'était bien ce que Mélina risquait de devoir faire. La Grande Prêtresse — nom que se donnait Estrid d'Ozero — ne tolérait aucun autre culte que le sien, et ses sujets devaient obligatoirement se soumettre à sa religion et lui prêter serment. *Etait-elle meilleure ou pire que Tohon ?* Cette question me trottait dans la tête pendant que je me mettais en quête de nourriture.

Bianca et Penny m'ont aidée à cuisiner un simple bouillon de légumes. La pâleur de Mélina m'inquiétait, tout de même. Elle restait assise près de nous, appliquant un linge mouillé sur sa joue tuméfiée. Pour lui faire un peu oublier sa douleur, je lui ai demandé des précisions sur les derniers dirigeants des Quinze Royaumes, ceux qui avaient réchappé à l'épidémie de peste.

— Il restait Tohon de Sogra et le prince Ryne d'Ivdel, mais ce dernier a disparu, m'a-t-elle répondu. J'ai également entendu dire que quelques princes d'Algan, la fille du Président Lyady et d'autres nobliaux auraient survécu. Mais aucun d'eux ne cherche à conquérir le pouvoir. Ils se contentent de subsister de leur mieux, comme nous tous. Oh ! et on m'a aussi raconté qu'un homme qui veut se faire appeler le roi Squelette possède une petite armée dans le royaume de Ryazan.

— Est-ce tout ?

Soudain, le commentaire de Kerrick sur le fait que Tohon voulait la mort de Ryne me paraissait logique. A mesure que je réfléchissais au problème, je me demandais jusqu'où pouvait aller la cupidité du magicien. Si trois dirigeants se partageaient équitablement les Quinze Royaumes, ils se retrouveraient chacun à la tête de cinq pays. Mais, bien entendu, il leur faudrait d'abord décider de *quels* royaumes il s'agirait. Chaque région avait ses atouts et ses faiblesses ; certaines étaient plus riches, et donc plus intéressantes pour les souverains…

Mais à quoi bon réfléchir à tout cela maintenant ? Cela ne changerait rien à notre situation actuelle. En fouillant la pièce, j'ai découvert une miche de pain et une tomme de fromage de chèvre pour accompagner la soupe. Mélina s'est mise à manger sans enthousiasme tandis que pour ma part je dévorais ma portion. J'avais également mis de côté une ration pour Kerrick.

Lorsque j'ai suggéré que nous nous accordions quelques heures de repos, Mélina a bondi, terrifiée.

— Non. Je ne… je ne peux pas. Je veux rentrer chez moi.

La jeune fille tremblait de tout son corps.

Au moment où je l'ai prise dans mes bras, elle s'est effondrée. Au cours des dernières heures, elle s'était montrée tellement forte et déterminée — elle ne s'était pas plainte une seule fois — que j'en avais oublié son jeune âge. Elle avait près de trois ans de moins que Bianca et Penny.

Je l'ai accompagnée vers une couchette avant de m'allonger à ses côtés. La magie battait entre mes côtes, et j'ai décidé de la libérer. Mélina avait reçu plusieurs coups de poing au visage. Mais si je pouvais guérir ses blessures, j'étais malheureusement incapable d'effacer ses souvenirs.

Je me consolais en pensant que Maman l'y aiderait.

Une main m'a secouée par l'épaule, et je me suis réveillée en sursaut. Kerrick était penché sur moi, une expression contrariée sur le visage. Mélina se tenait derrière lui. Nos regards se sont croisés, et j'ai vu la stupéfaction se peindre sur ses traits. Elle a porté une main à sa bouche comme pour retenir une exclamation.

Elle avait tout compris. Ce n'était pas difficile : elle devait se sentir bien, toute douleur disparue, tandis que mon visage était couvert de bleus. A présent, je risquais bel et bien que Mélina ou une autre fille me dénonce… mais j'étais bien trop épuisée pour m'en soucier pour l'instant.

— Mes hommes ne vont plus tarder, a annoncé Kerrick en se redressant.

— Tes hommes ? Ceux à qui tu as ordonné de rester à l'auberge ? ai-je demandé en me mordant les lèvres pour ne pas sourire.

— Exactement. Ils amènent Maman et le guet de la ville

vers ici. Quain nous suit à la trace… ce qui normalement ne devrait pas être possible.

Il a haussé les épaules, l'air dépité.

— Je l'ai trop bien entraîné. A moins qu'il ne soit à moitié un aigle.

— Ou plutôt un vautour. Un vautour chauve…, ai-je plaisanté.

Kerrick a souri — un sourire véritable, qui a illuminé jusqu'à ses yeux. Dieu merci, j'étais déjà allongée, sans quoi je crois bien que la surprise m'aurait étendue pour le compte.

Mais son sourire a disparu rapidement tandis qu'il scrutait mon visage.

— Seras-tu capable de te déplacer ?

— Oui.

— Parfait.

D'un pas décidé, il s'est dirigé vers la porte et l'a ouverte. La main sur la poignée, il s'est arrêté pour me lancer un dernier regard.

— Mes hommes n'auraient *jamais* désobéi à un ordre avant que nous te rencontrions.

Bien entendu, c'était un reproche qu'il m'adressait, mais je me suis contentée de le remercier — pour le plaisir de le faire enrager. Et ça a marché ! Pour le coup, il a décidé d'aller attendre ses hommes dehors.

Par la porte ouverte, un soleil aveuglant s'est répandu dans la pièce. J'ai cligné des yeux. Etait-ce déjà le matin ?

— Avry, que t'est-il arrivé ? m'a demandé Mélina. Ton visage… Est-ce que tu es… ?

Je me suis assise sur mon lit et lui ai fait signe de s'installer à côté de moi.

— Oui, je suis une guérisseuse.

Je parlais à voix basse pour que les autres ne puissent pas m'entendre — même si, en me voyant comme ça, elles se douteraient certainement de quelque chose.

— C'est pour ça que les hommes de l'autre nuit s'en sont pris à toi ? m'a-t-elle demandé.

— Malheureusement, oui.

— Et Kerrick ? Te protège-t-il seulement pour pouvoir toucher la récompense lui-même ?

Elle avait l'esprit vif, décidément. Par curiosité, j'ai répondu à sa question par une autre :

— Qu'en penses-tu ?

Rajustant sa chemise, elle a pris quelques instants pour réfléchir avant de me répondre :

— Je suis sûre qu'il te protège, mais ce n'est pas pour de l'argent.

Là-dessus, elle a posé la main sur ma joue.

— Est-ce que ça te fait mal ? m'a-t-elle demandé.

— Non.

C'était la vérité. Ou presque.

— Est-ce que ça t'a fait mal, au moment où tu m'as guérie ? a-t-elle insisté.

— C'est sans importance.

— Bien sûr que si !

— Non, Mélina, je t'assure.

Comment le lui expliquer ? Je cherchais les mots justes.

— Pour toi, la douleur était un souvenir de ce que tu avais enduré. Mais la douleur que j'ai ressentie, moi, était reliée à ta personnalité — celle d'une jeune fille très intelligente et pleine de qualités. En guérissant tes blessures, je t'ai aidée, et cela transforme la façon dont je perçois la souffrance. C'est ce qui la rend bien plus supportable.

Mes paroles n'ont pas paru beaucoup la convaincre.

J'ai décidé de tenter autre chose, alors.

— C'est comme le jour où j'ai tenu entre mes bras ma petite sœur Noëlle, qui venait de naître. J'étais encore très jeune moi-même ; elle était lourde, et j'avais du mal à la porter ; mais la douleur dans mes muscles n'avait pas d'importance par rapport à la joie de l'avoir contre moi…

Une vague de chagrin m'a étreinte, et mes paroles se

sont étranglées dans ma gorge. J'avais six ans ce jour-là, mais je n'oublierais jamais le besoin intense que j'avais ressenti de la tenir et de la protéger pour toujours.

Noëlle… Elle avait grandi pour devenir une petite fille espiègle et curieuse. Elle me suivait partout, si bien que j'avais fini par la surnommer ma « petite ombre ».

A ce moment, Kerrick est entré dans la cabane, ce qui m'a tirée à point nommé de mes souvenirs mélancoliques.

— Ils sont arrivés, nous a-t-il lancé.

Le temps que je me retourne, il avait déjà disparu. Son irruption m'avait surprise, et je suis restée un instant le cœur battant la chamade. Nom d'un chien, quand se déciderait-il à s'annoncer avant d'entrer ?

Mais j'ai bien vite oublié ma mauvaise humeur. Au bout de quelques secondes, Maman a fait irruption dans la pièce, bousculant tous ses compagnons pour prendre Mélina dans ses bras.

Les hommes du guet se sont saisis des quatre ravisseurs et les ont entraînés avec eux, enchaînés. Je voyais bien que Maman me lançait des regards suspicieux, et je me suis immédiatement sentie coupable. Pourtant, elle n'a fait aucun commentaire sur les bleus qui ornaient mon visage. Mélina et ses compagnes se sont mises à raconter leur mésaventure, mais aucune d'entre elles n'a fait allusion à mes pouvoirs de guérisseuse.

Belen et les autres attendaient dehors. Ils avaient emmené avec eux tout notre attirail de voyage. Ainsi, nous pouvions nous remettre en chemin sans avoir à repasser par l'Auberge du Lampadaire. Kerrick ne cachait pas sa satisfaction.

Lorsque je les ai rejoints, mes compagnons se sont montrés très contents de me voir. Belen a scruté mon visage avec attention.

— Une bonne chose que je n'aie pas été là, a-t-il grondé d'une voix menaçante. Je leur aurais arraché les bras et les jambes à tous les quatre pour les jeter aux charognards.

Pendant ce temps, Quain continuait à observer le sol autour de nous.

— On dirait qu'il y a eu une sacrée bagarre. Que s'est-il passé ici ? a-t-il demandé en montrant une longue traînée sur le sol.

— C'est là qu'elle a utilisé le couteau de Belen — ou plutôt devrais-je dire *son* couteau, maintenant, lui a répondu Kerrick.

Puis, se tournant vers moi :

— Tu peux les garder si tu promets de ne pas les utiliser contre nous.

J'ai fait de mon mieux pour imiter son expression impassible.

— D'abord, ce n'est pas à toi de décider si je peux conserver ou non les dagues. Elles appartiennent à Belen. Ensuite, je ne promettrai rien de…

— Les couteaux sont à toi, m'a interrompue Belen. Et il serait temps que nous t'apprenions à te servir d'une épée.

Kerrick a toussoté, l'air un peu crispé.

— Certainement pas. Elle est déjà bien assez dangereuse comme ça !

Il a mis un terme à la discussion en nous ordonnant de prendre nos sacs.

Nous avons fait nos adieux à Bianca, Penny, Mélina et Maman.

— Tu es la bienvenue chez nous quand tu le voudras, m'a assuré cette dernière. Nous aurons toujours une chambre pour toi. Gratuite. Je sais ce que tu as fait pour cette jeune fille, mais ne t'inquiète pas : nous ne dirons pas un mot.

Je l'ai serrée dans mes bras pour la remercier. Comme il était doux, même pour un instant, de sentir une étreinte !

Nous sommes partis en direction du nord. Le ciel était d'un bleu éclatant, sans le moindre nuage. L'air frais exhalait des parfums de terre et de feuilles — un temps idéal pour une longue marche. Kerrick nous guidait, et pour la première fois depuis que lui et ses camarades m'avaient libérée de la prison de Jaxton, je me sentais… peut-être pas « heureuse » (car l'inquiétude, les soucis et la peur ne me quittaient jamais tout à fait) mais indéniablement plus « vivante ».

Lorsque j'utilisais ma magie pour guérir les autres, j'avais un but dans la vie ; les aider me remplissait de satisfaction. On avait besoin de moi. Même si cette « aventure » ne durait pas, elle m'avait tirée chaque fois du vide qu'était devenue mon existence pendant ces trois dernières années. Trois années perdues : même si j'avais guéri quelques enfants au passage, j'aurais pu en soigner bien davantage. J'avais eu trop peur pour essayer.

En dépit de la routine que mes compagnons de voyage avaient mise en place depuis des mois, et pour laquelle je n'avais guère mon mot à dire, je me suis décidée à les aider lorsque nous avons fait halte pour la nuit. Loren, notre cuisinier désigné, préparait le repas. Ses recettes étaient mangeables, mais pas très raffinées, aussi me suis-je décidée à partir à la recherche de quelque chose de plus… exotique. Je me suis éloignée du campement.

Bien entendu, Kerrick m'a suivie.

— Où vas-tu ? m'a-t-il demandé.

J'ai dû me mordre la lèvre pour ne pas lui renvoyer un sarcasme.

— Si j'avais dû rompre mon serment de ne pas m'enfuir, je l'aurais fait hier soir, quand tu t'es endormi comme une souche, tu ne crois pas ?

Il n'a pas répondu tout de suite, comme s'il cherchait une réponse appropriée. Finalement, il m'a lancé :

— Ne t'éloigne pas trop.

Sur ce, il est retourné au camp.

Intéressant. Je me suis mise à fureter à droite et à gauche, examinant les plantes et les baies des sous-bois. Tara m'avait appris lesquelles on pouvait utiliser contre les fièvres et autres maladies. Selon elle, pour des affections ou des blessures mineures, les plantes étaient aussi efficaces que notre pouvoir, ce qui nous permettait de conserver celui-ci pour les cas les plus graves.

J'avais appris énormément de choses pendant les six mois qu'avaient duré mon apprentissage, mais cela ne constituait pourtant qu'une minuscule partie du vaste savoir et de l'expérience de Tara. Je pleurais encore sa mort, non seulement à cause du chagrin d'avoir perdu une amie, mais aussi pour toutes les connaissances qui avaient disparu avec elle.

Je trouvai un buisson de romarin, dont je ramenai quelques tiges au camp. Quand les hommes m'ont vue revenir, ils ont poussé un soupir de soulagement collectif. J'ai tendu les branches à Loren.

Il les a reniflées avec suspicion.

— Qu'est-ce que c'est ?

J'ai compris que, bien que je leur aie donné ma parole, cela ne leur suffisait pas vraiment.

— Du romarin.

Il m'a regardée sans paraître comprendre.

— C'est pour améliorer le goût de ton civet. Quel genre de cuisinier es-tu, si tu ne connais pas les herbes et les épices ?

— Je n'ai pas vraiment choisi : je cuisine pour nous sauver la vie, figure-toi. Quain fait brûler tout ce qu'il prépare, et Belen considère que la viande séchée suffit à se nourrir. Pour Flea, un bon repas, c'est n'importe quoi qui ne soit pas resté trop longtemps dans une poubelle. Quant à Kerrick, la seule fois où il est passé aux fourneaux, il a tenté de nous empoisonner…

— Je n'ai pas fait exprès, a protesté celui-ci. La viande avait l'air à point !

Kerrick avait attribué la première garde à Quain, me suis-je soudain rendu compte. Encore quelque chose d'étrange.

— Eh bien, mes propres talents de cuisinière sont

rudimentaires, mais au moins je connais les herbes et je peux t'aider si tu veux.

Loren a jeté un coup d'œil interrogateur à Kerrick avant de répondre :

— Pourquoi pas ?

Il m'a rendu les branches de romarin que j'ai dépiautées avant de les plonger dans le ragoût.

— En parlant de nourriture…, a dit Kerrick. Belen, tu te souviens de la fois où nous étions à l'Académie, et où Ryne s'était fâché à cause de la quantité de nourriture qui se perdait ?

Et c'était reparti ! Kerrick était subtil comme un ouragan. Belen s'est mis à rire.

— Oui. C'était la fois où on l'avait mis de corvée de poubelle parce qu'il s'était battu.

Sa version à lui paraissait plus crédible…

— Je n'appellerais pas ça se battre, lui a rétorqué Kerrick. Il protégeait le nouvel élève de cette grosse brute de Stanslov.

— C'est une bonne chose que maître Fang soit arrivé à temps, sans quoi Ryne aurait été réduit en bouillie.

— A la place, il a récolté deux semaines de corvée de poubelles, a poursuivi Kerrick en remettant une bûche dans le feu. A la fin de cette période, il avait inventé un système qui permettait de redistribuer la nourriture en trop aux pauvres de la ville.

J'ai bien failli faire mine de les ignorer, mais après tout cette conversation pouvait aussi être l'occasion d'obtenir d'autres informations…

— Ainsi, vous avez rencontré Ryne à l'école ? ai-je demandé à Belen.

— Oui, m'a-t-il confirmé. Nous étions tous les trois dans un établissement pour enfants gâtés.

— Des enfants gâtés ? Je t'imagine mal dans ce genre de compagnie ! lui ai-je lancé.

Le gros rire de Belen a fait résonner l'air autour de nous.

— Et tu as raison : je n'étais pas vraiment dans mon monde ! J'ai beau avoir quatre ans de plus que lui, a-t-il expliqué en désignant Kerrick du doigt, son père a insisté pour que je l'accompagne. Pour lui éviter les ennuis.

Le colosse s'est interrompu pour pouffer de nouveau de rire. Puis il a poursuivi :

— Ça n'a pas vraiment marché, d'ailleurs. Le pire, c'est qu'à chaque fois qu'il se fourrait dans le pétrin ça me retombait dessus, et je me retrouvais avec lui dans les pires galères.

— Sans ça, tu te serais ennuyé ! lui a lancé Kerrick.

— Etes-vous… cousins ? ai-je demandé à Belen.

— Non. En fait, mes parents ont travaillé pour sa famille pendant des années. Nous avons grandi ensemble.

Avec un air plus sérieux, il a poursuivi :

— La peste a pris ma mère et ma sœur aînée. Mais ma sœur cadette a survécu, ainsi qu'Izak, un des frères de Kerrick.

Une atmosphère grave s'était soudain installée.

— Pour autant que je sache, ma grand-tante Yasmine est toujours en vie, a ajouté Kerrick. Ce qui est un comble, car elle est très âgée et on m'a toujours dit qu'elle était très malade !

La nature de la peste restait parfaitement mystérieuse. Les guérisseurs avaient testé toutes sortes d'herbes et de remèdes. Ils avaient épuisé leurs connaissances, en vain.

— Où se trouve ta sœur, maintenant ? ai-je demandé à Belen.

— Sayen garde le prince Ryne. Tu sais, nous sommes nombreux à lui être restés fidèles. Avant de tomber malade, il avait entrepris de mettre de l'ordre dans tout ce chaos, et il réussissait plutôt bien… mais la peste l'a arrêté. Il reste notre dernier espoir. Il est unique, tu sais ?

— Je n'en doute pas, ai-je lâché, sarcastique. Aucun autre souverain des Quinze Royaumes n'a exécuté autant de prisonniers que le prince Ryne.

Les mots avaient jailli de ma bouche sans que je puisse les arrêter. J'ai jeté un coup d'œil rapide à Kerrick, mais il n'avait pas bougé. Il restait assis dans une position décontractée, près du feu.

— C'est son père qui a ordonné toutes ces exécutions, a finalement dit Belen.

— Allons donc ! Tout le monde sait que le roi Micah, après son accident et pendant les six ans qui ont suivi, n'était plus qu'un pantin. Et il est mort avant que la peste ne se déclare.

— Un pantin qui avait toujours à son service plusieurs généraux loyaux en dépit de son comportement lunatique. Lorsque Micah a ordonné que l'on purge les donjons de tous les prisonniers qui s'y trouvaient, ils ont exécuté ses ordres. Le temps que la nouvelle parvienne à Ryne, il était trop tard.

Je me suis tournée vers Flea, qui avait recommencé ses exercices de jonglage, et lui ai offert de lui apprendre de nouvelles passes. A vrai dire, je préférais en rester là de la conversation au sujet du prince Ryne.

Pourtant, celle-ci a repris le lendemain soir, et les trois nuits qui ont suivi. J'avais commis une erreur en posant mes questions à Belen, la première fois. Impossible d'ignorer à quel point il était honnête et sincère. Ainsi, Kerrick se contentait à présent d'orienter la conversation sur son sujet favori, et Belen se mettait à évoquer tous ses souvenirs...

Le cinquième soir, toutefois, c'est Kerrick qui a pris le premier tour de garde. Belen, silencieux, faisait les cent pas autour du feu de camp, et même Flea ne pipait mot. Au cours de la journée, j'avais remarqué l'air préoccupé de Quain et surpris plusieurs conversations inquiètes entre les hommes.

— Que se passe-t-il ? ai-je fini par demander à Loren.

Il faisait chauffer de l'eau sur un feu minuscule — Kerrick avait interdit d'en faire un plus grand. Loren a échangé un regard avec Belen.

— Si vous essayez de me mettre à l'abri des mauvaises nouvelles, vous pouvez arrêter tout de suite. Je n'aime pas les secrets, leur ai-je lancé à tous les deux. Si vous ne me mettez pas au courant, comment voulez-vous que je me rende utile ?

— Nous avons une compagnie de mercenaires à nos trousses, m'a appris Belen de but en blanc. Peut-être même deux, sinon davantage.

La nouvelle ne m'a guère surprise, en fait. Après tout, j'avais déjà mis Kerrick en garde contre cette possibilité.

Pendant les deux jours qui ont suivi, nous avons joué à cache-cache avec non pas deux, mais trois bandes de chasseurs de primes. Nous avons d'abord réduit le temps de nos haltes — avant de les supprimer complètement. Pieds gelés, ventre vide et manque de sommeil (nous ne dormions plus que quelques heures, et toujours en plein jour) sont devenus nos nouveaux compagnons de voyage.

Kerrick n'avait pas besoin de nous dire que les mercenaires approchaient. Je le devinais aux expressions des autres. Personne ne souriait ; nous n'échangions que quelques mots, et mes compagnons conservaient en permanence leurs armes à la main.

Lorsque le soleil s'est levé à l'aube du troisième jour, Kerrick a fait halte. Nous nous trouvions à la lisière de la forêt. Devant nous s'étendait un village abandonné. Les murs de bois des ruelles sombres étaient envahis d'une épaisse couverture de ronces et de lierre, parsemée de taches blanches : des lys, aussi grands que des hommes. *Mais s'agissait-il de lys de la mort ou de lys de la paix ?* A cette distance, impossible de le dire.

— Malédiction. Ils nous ont dirigés ici comme du bétail dans un enclos, a dit Kerrick entre ses dents.

Belen a dû remarquer mon incompréhension, car il m'a aussitôt expliqué :

— Les mercenaires savaient ce qui se trouvait ici, m'a-t-il dit en désignant le village de la main. Ils ont dû coordonner leurs efforts pour nous encercler sur trois côtés. La seule façon de leur échapper serait de traverser les champs de lys.

Une décharge de terreur m'a parcourue, et il m'a semblé qu'elle donnait une énergie nouvelle à mes muscles fatigués. *Malheureusement, cela ne servirait à rien.*

— Nous sommes pris au piège, a fait Loren.

— Non, a ajouté Quain. Cette fois, nous sommes *morts.*

9

— Les épines ont l'air pointues, d'accord, mais est-ce vraiment dangereux de traverser un champ de lys ? a demandé Flea.

— Pas du tout — tant qu'il s'agit bien de lys de la paix, lui a répondu Belen.

— Malheureusement, a poursuivi Quain, il n'y a aucun moyen de savoir si un lys de la mort se trouve ou non parmi eux.

Mes yeux ont rencontré ceux de Kerrick.

— Tu ne savais pas que les mercenaires nous entraînaient dans un piège ? lui ai-je demandé.

— Non, m'a-t-il avoué. Mais nous n'avons pas le choix : nous devons traverser ce village si nous voulons rejoindre l'autre côté de la forêt. Le gros risque, c'est que je suis incapable de déterminer de quel type de lys il s'agit.

— C'est bien le problème, dit Quain. Personne ne le peut. La seule façon de le savoir, c'est de regarder à l'intérieur de la fleur… mais cela signifie que c'est déjà trop tard pour celui qui s'y risque.

J'ai observé l'obstacle qui se dressait devant nous, tâchant de trouver une route qui nous permettrait de passer à l'écart des fleurs blanches. En vain. A l'époque où les Quinze Royaumes ne manquaient pas de main-d'œuvre, des journaliers étaient payés pour couper les nouvelles pousses de lys avant qu'elles ne deviennent des fleurs. Les racines de ces plantes formaient des réseaux inextricables qui couraient sur des lieues, et leur éradication avait constitué une tâche capitale. Les lys, en effet, pouvaient pousser n'importe où, et il n'était pas rare que des imprudents soient victimes des lys de la mort.

— Alors, que faisons-nous ? a demandé Flea.

— Et si nous leur tendions une embuscade à notre tour ? a suggéré Kerrick. Si nous sommes assez rapides, nous pourrions peut-être créer une brèche dans leurs rangs et en profiter pour nous enfuir.

— Ça ne marchera pas, lui a répondu Belen, l'air sombre. Ils sont bien trop nombreux.

— Alors je vais me rendre, ai-je annoncé. Ils vous épargneront.

— Hors de question ! se sont exclamés Belen et Kerrick d'une seule voix.

Après une courte pause, ce dernier a repris :

— Nous allons tenter notre chance et traverser le village… et les lys.

— Tu es dingue ! a protesté Quain en soulignant ses paroles d'un mouvement de son couteau. Je préfère encore tenter ma chance contre les mercenaires.

— Quelles sont nos chances, justement ? a demandé Loren.

— Dans notre cas, je dirais qu'il s'agit plutôt de probabilités, lui a répondu Kerrick. Il y a environ un lys de la mort pour cent lys de la paix.

D'un seul mouvement, nous nous sommes tournés vers la rue principale du village. Au bas mot, il pouvait s'y trouver environ trois cents fleurs…

— Ce qui nous fait environ trois lys de la mort, a conclu Kerrick. Je vais partir en tête en tâchant de trouver une façon de nous tenir éloignés du plus grand nombre de fleurs possible. Belen, garde Avry près de toi. Tu fermeras la marche. Qui veut passer derrière moi ?

C'était bien la première fois que Kerrick faisait appel à des volontaires.

— Je serai deuxième, a proposé Loren sans la moindre hésitation.

— Troisième, a dit Quain.

— Puis Flea, a achevé Kerrick. Si l'une des fleurs se met à bouger, fuyez.

Nous nous sommes donc rangés dans l'ordre décidé et nous avons emboîté le pas à Kerrick. Le parfum caractéristique des fleurs imprégnait l'air autour de nous, mélange de miel et de notes citronnées. Curieusement, ces odeurs semblaient évoquer en moi un certain nombre de réminiscences, sans que je parvienne toutefois à retrouver précisément à quoi elles renvoyaient. Nous faufilant entre les longs pétales des plantes, nous avons tenté de notre mieux d'éviter leurs épines — sans grand succès à vrai dire.

Nous nous trouvions au beau milieu du champ de lys lorsqu'un concert de bruits de bottes et de cris s'est élevé derrière nous. Je me suis retournée — pour découvrir une rangée de mercenaires à la lisière de la forêt. Cette fois, nous ne pouvions plus revenir en arrière.

Une série de jurons a fusé ; les soldats nous maudissaient de leur avoir échappé, et dans le même temps se moquaient de nous et de notre « folie », comme ils disaient.

Comment leur donner tort, d'ailleurs ? Lorsqu'un lys de la mort s'emparait de vous, c'était de deux choses l'une : soit il vous dévorait lentement, ne recrachant que vos os, soit il vous laissait partir sur-le-champ. Toutefois, cette dernière possibilité n'était pas aussi réjouissante qu'il pouvait y paraître : vous n'étiez libéré que pour mourir un peu plus tard. En effet, seulement une personne sur dix survivait au poison que la plante lui avait injecté.

Si vous étiez pris, en outre, personne ne pouvait vous libérer. Les pétales de la plante qui se refermaient sur vous étaient fibreux et épais, pratiquement impossibles à couper. Sans compter que cela aurait nécessité que quelqu'un s'approche de la plante — au risque d'être capturé à son tour dans ses ramifications semblables à des lianes et d'y rester prisonnier jusqu'à devenir son prochain repas. Réjouissante perspective, n'est-ce pas ?

Conscient de la présence des mercenaires, Kerrick a encore accéléré l'allure. Nous tentions de faire des détours pour éviter le plus de fleurs blanches possible, mais nous devions tout de même passer à proximité de certaines.

Des souvenirs de mon plus jeune frère me revenaient sans cesse à la mémoire. Quelque chose dans le parfum des lys me rappelait Allyn. Il avait su marcher très tôt ; de fait, il était passé de la phase « quatre pattes » à la course en quelques jours à peine… et à partir de là, il ne s'arrêtait plus que pour dormir. Avec ma famille, nous passions notre vie à lui courir après. Je me souvenais d'une fois où je m'étais précipitée sur ses traces, le cœur battant : il s'était dirigé droit vers un bosquet, inconscient des dangers qui le guettaient. Etait-ce moi qui l'avais ramené à la maison ? Je ne parvenais pas à m'en souvenir.

Ces questions m'ont tourmentée jusqu'au moment où le bruit m'est parvenu — un sifflement monotone et grave, que j'ai reconnu immédiatement.

La mémoire est étrange… *Comment avais-je pu oublier ?* Le son, assourdi au départ, a enflé peu à peu. Flea s'était arrêté sous un bouton de fleur de grande taille tandis que Kerrick et les autres s'étaient avancés un peu plus loin.

Au-dessus de la tête de Flea, les pétales se sont ouverts. J'ai bondi et, de toutes mes forces, je l'ai poussé hors de portée de la fleur qui attaquait. Dans mes oreilles, le sifflement s'est fait suraigu ; puis des pétales blancs m'ont entourée… et je me suis retrouvée plongée dans le silence et l'obscurité.

Emprisonnée dans le lys comme dans un cocon, j'ai attendu les piqûres. La toxine que secrétait la plante était censée me tuer de manière à ce que celle-ci puisse me digérer tout à loisir. J'aurais dû être terrifiée… sauf que, je l'ai compris à cet instant, *ce n'était pas la première fois que je me retrouvais à l'intérieur d'un lys* !

Allyn, mon petit frère, avait fini ce jour-là par s'immobiliser suffisamment longtemps pour que je le rattrape. C'est alors qu'il m'avait désigné du doigt une grande fleur blanche qui sifflait... et je m'étais retrouvée prisonnière en une fraction de seconde. De toute évidence, je m'en étais tirée vivante — sauf que je n'avais aucun souvenir d'avoir été recrachée...

Deux épines m'ont transpercé les bras. Un sentiment familier s'est emparé de moi, et mon esprit s'est mis à dériver comme si je venais d'être transformée en un nuage de fumée. Des souvenirs enfouis me sont revenus à la mémoire. Après avoir été recrachée, j'avais été malade pendant deux semaines. Toutefois, le poison avait dû bloquer les souvenirs de ce qui s'était passé tandis que je me trouvais à l'intérieur de la fleur, et comme personne à l'exception d'Allyn n'avait été témoin de ma capture, personne n'avait su ce qui m'avait rendue malade. Les symptômes ressemblaient à ceux d'une très mauvaise grippe intestinale.

A présent, ma conscience se répandait le long des racines de la plante et jusque dans son essence. Grâce à cette étrange connexion mentale, je parvenais même à distinguer ce qui se passait derrière l'écran des pétales.

Kerrick et les autres avaient fait demi-tour et tenté de couper la tige de la plante... pour se retrouver prisonniers des lianes qui poussaient à ses pieds. Les mercenaires profitaient du spectacle de loin, même s'ils avaient poussé des cris de déception en voyant qu'ils venaient de me perdre — ou, pour être plus précise, qu'ils venaient de perdre leurs quarante pièces d'or.

Le lys de la mort a abaissé lentement sa corolle pour me recracher.

Attends, ai-je pensé. *Garde-moi jusqu'au départ des mercenaires.*

La plante s'est immobilisée. Tout s'embrouillait. J'ai senti la joie qu'elle éprouvait à cause de... nos retrouvailles, la fierté qu'elle concevait pour ce que j'avais fait de ma vie. J'ai ressenti également les regrets qu'elle éprouvait pour les « rencontres » qui avaient échoué. Pourtant, elle ne cessait jamais d'espérer. Elle avait senti du potentiel en Flea, et c'est pour cela qu'elle l'avait visé.

Je lui ai demandé de me permettre de retrouver mes souvenirs. Le lys de la mort n'était pas réellement un prédateur. De fait, il cherchait à aider les gens — mais ses efforts les tuaient, sur-le-champ ou plus tard. Seuls quelques-uns survivaient.

Du temps est passé. Voyant que le soleil se couchait, et dans la mesure où ils me croyaient morts et mes compagnons condamnés, les mercenaires ont quitté les lieux.

Ne prends pas Flea, ai-je supplié. *Laisse-nous nous en aller.*

La fleur m'a communiqué en même temps son accord et le chagrin de nous voir nous en aller. Elle a retiré les épines de mon bras. Je me suis retrouvée à l'intérieur de mon corps avec la sensation d'être lourde, aveugle, raide et maladroite. Ses pétales se sont ouverts et j'ai chuté en direction du sol. Par bonheur, Belen m'a rattrapée en plein vol.

— Avry, que s'est-il passé ? m'a-t-il demandé.

Les lianes se sont rétractées et ont libéré mes compagnons.

— Fuyons avant qu'elle ne trouve une nouvelle cible ! s'est écrié Kerrick.

Ils se sont élancés en direction de la sortie du village ; Belen a refusé de me laisser courir à leurs côtés, et il a préféré me porter sur son épaule. Aucun autre lys ne nous a attaqués. En quelques instants, nous avons rejoint l'abri de la forêt. Kerrick a maintenu l'allure jusqu'au moment où nous avons débouché dans une petite clairière. Seulement alors, il s'est arrêté pour que nous reprenions notre souffle.

— Nom d'un chien ! s'est exclamé Quain. J'ai bien cru ma dernière heure arrivée…

Il a frotté sur son cou les marques rouges laissées par une des ramifications du lys.

Je me suis libérée des bras de Belen et j'ai sauté à terre ; à peine étais-je campée sur mes jambes que Kerrick s'est dirigée vers moi, l'air furibond. Je suis parvenue à lui faire face même si, à vrai dire, j'aurais plutôt préféré me cacher derrière Belen.

— Dis-moi, as-tu vraiment envie de mourir ? m'a-t-il demandé d'une voix pleine de fureur.

— Bien sûr que non ! J'ai agi par pur réflexe, voilà tout.

— Et donc tu t'imagines que tu es capable de survivre au poison ? m'a-t-il lancé. Allez, dis-moi tout, guérisseuse : combien de temps avons-nous avant qu'il ne commence à faire effet ?

Le lys avait exaucé mon vœu : je me souvenais de tout. Néanmoins, j'avais besoin d'un peu de temps pour mettre de l'ordre dans mes pensées.

— Je suis immunisée contre la toxine, ai-je expliqué de but en blanc.

J'espérais que Kerrick prendrait bien la nouvelle ; c'est l'inverse qui s'est produit. Il s'est rapproché de moi et s'est mis à hurler :

— *Pardon* ? Mais… pourquoi ne l'as-tu pas dit plus tôt ?

— Parce que je ne le savais pas !

Ma réponse a paru le déstabiliser. Pendant quelques instants, il est resté à bafouiller, avant de retrouver une contenance.

— Alors, comment le sais-tu *à présent* ?

— Par simple bon sens : je suis restée dans cette fleur un bon moment. Si je n'ai pas eu de réaction jusqu'à maintenant, je n'en aurai pas du tout.

Kerrick a choisi de changer de sujet — pour l'instant. Se tournant vers ses hommes, il leur a aboyé des ordres pour dresser le camp. Pendant tout le dîner, il s'est montré d'une humeur massacrante.

Ça a fini par me taper sur les nerfs : alors qu'il venait de décocher une énième remarque acerbe, je lui ai répondu sur le même ton.

— Tu devrais être content, non ? Les mercenaires me croient morte, et vous avec. Ils ne nous pourchasseront plus.

Pour toute réponse, il a vrillé sur moi un regard étincelant de rage.

Belen, lui, s'est frappé sur la cuisse, l'air ravi :

— Elle a raison ! Mais quelle journée ! J'ai cru que nous allions tous y passer. Dévorés par une plante géante... Ce n'est vraiment pas comme ça que je voudrais finir.

— Ah bon ? Parce que tu voudrais mourir comment ? a rebondi Loren.

— En accomplissant quelque chose d'héroïque, pas comme ça, bêtement, lui a répondu Belen.

— On ne choisit pas vraiment, a dit Flea. Par exemple, moi je sais que mourir de faim n'est ni héroïque ni bête. C'est juste triste.

Cela faisait plusieurs fois que j'entendais des allusions au sujet de Flea et de la faim. Rien d'étonnant à cela. Pendant les quelque deux années qu'avait duré la peste, personne n'avait pu s'occuper des récoltes ni du bétail. Ainsi, nombre de ceux qui avaient réchappé de l'épidémie étaient morts de famine.

Mais Flea pensait déjà à autre chose. Assis près du feu, il jonglait avec deux pierres. Il maîtrisait à présent la technique, aussi lui ai-je proposé de lui enseigner comment y ajouter un troisième objet.

— Bonne idée ! s'est-il exclamé, très enthousiaste.

Nous nous sommes donc mis à la recherche d'une pierre de taille et de poids équivalents aux deux autres. Quand nous l'avons trouvée, je lui ai montré les mouvements.

— Tu dois tenir deux pierres dans une main et la troisième dans l'autre. Comme ça. Tu te souviens que je t'avais expliqué de lancer la deuxième pierre lorsque la première atteignait le sommet du V inversé ? Eh bien, quand la deuxième pierre se trouve en haut de sa parabole, tu dois lancer la troisième d'une main et rattraper la première de l'autre. Et tu dois continuer à lancer encore et encore, de manière à ce qu'il y ait toujours une pierre en l'air.

Il s'est hâté d'essayer… et a failli assommer Loren en laissant échapper une des pierres. Au deuxième et au troisième essai, il a touché Belen à l'épaule, mais le colosse s'est contenté de lui rendre les pierres avec un sourire. Ce n'est que lorsque Flea a failli éborgner Kerrick que celui-ci nous a ordonné sèchement d'aller jouer ailleurs.

Mais, malgré ses échecs, Flea prenait l'exercice comme un défi, et il ne se décourageait pas. Au bout d'une vingtaine d'essais, il est parvenu à effectuer une passe complète — avant de faire tomber les trois pierres en même temps.

— C'est ça ! me suis-je exclamée. Maintenant, tu n'as plus qu'à…

— *M'entraîner,* je sais.

Puis, soudain sérieux :

— Il faut que je te remercie, Avry.

— Pas la peine, lui ai-je répondu avec un geste négligent. Tu sais, ça m'amuse aussi. Ça me rappelle le bon vieux temps où…

— Je ne parle pas que du jonglage. Je voulais aussi te remercier de m'avoir tiré des… griffes d'une fleur géante et carnivore.

— Ce n'est rien, lui ai-je assuré.

— Bien sûr que si !

Flea s'est redressé et toute trace de jovialité a disparu de son visage, remplacée par une expression de profonde solennité :

— Il ne faut plus que tu risques ta vie pour moi. Je suis prêt à mourir pour le prince Ryne. C'est mon choix. Mais ce n'est pas le tien.

Surprise par son changement d'attitude, j'ai pris quelques instants pour méditer sur ses paroles.

— Mais tu n'as même pas rencontré Ryne, Flea ! Pourquoi es-tu prêt à donner ta vie pour lui ?

D'un geste, Flea a désigné le feu de camp, autour duquel Quain, Belen et Loren se détendaient en se lançant piques et plaisanteries. Kerrick, lui, montait déjà la garde quelque part sous le couvert des arbres.

— Eux sont prêts à le faire. Je leur fais confiance. C'est aussi simple que ça.

Bras croisés, il a ajouté :

— Promets-moi que tu ne risqueras *plus jamais* ta vie pour moi.

— Non, Flea. Parce que, pour moi, ce n'est pas « aussi simple que ça », comme tu le dis.

Il s'est renfrogné ; en cet instant, sa grimace ressemblait tant à l'expression habituelle de Kerrick que j'ai failli éclater de rire.

— Ce n'est pas drôle, a-t-il protesté. J'aimerais tant que tu fasses comme moi, que tu te fies un peu plus aux autres.

— Mais pourquoi ?

— Parce que ! Tu ne fais pas confiance à Kerrick ?

Cette fois, franchement, je n'ai pu retenir un petit rire.

— Non, désolée.

— Et Belen ? Tu lui fais confiance, non ?

— C'est autre chose. Belen voit le bon côté de tout un chacun. Je sais qu'il ne me ment pas au sujet du prince Ryne… Cela dit, je ne fais pas pour autant confiance à son jugement.

Visiblement blessé, Flea a préféré abandonner la conversation et se diriger vers le feu d'un pas traînant. Moi je suis restée sur place pour me repasser notre échange dans la tête. Lorsque les hommes de Belen avaient trouvé Flea, celui-ci vivait seul, d'aussi loin que remontaient ses souvenirs. Ils l'avaient protégé et pratiquement adopté. Comment s'étonner que Flea se montre reconnaissant et loyal envers eux ? Ils étaient ni plus ni moins que sa famille… et je ne pouvais donc pas non plus me confier à son jugement.

Soudain, la voix de Kerrick s'est élevée tout près de moi.

— Il se fait tard…

J'ai sursauté et failli pousser un cri.

— Mais quand donc arrêteras-tu de faire ça ? me suis-je écriée, sans réellement savoir où il se trouvait.

— De quoi parles-tu ? m'a-t-il demandé.

Il est enfin sorti de l'ombre pour s'immobiliser à quelques mètres de moi.

— De ta façon de me surprendre à tout bout de champ !

— Je n'ai pas fait exprès. C'est juste que tu n'es pas capable d'entendre les bruits de la forêt.

Il parlait d'une voix calme, ce qui indiquait au moins qu'il avait surmonté la fureur qui l'avait animé un peu plus tôt…

— Il faut dire que je n'ai pas ta magie sylvestre, lui ai-je rétorqué.

— Tu n'en as pas besoin. La forêt produit son propre, comment dire ? Son propre… chant. J'ai appris à mes hommes à l'écouter et à repérer les fausses notes et les silences qui signifient la présence de dangers.

La curiosité l'a emporté, et je n'ai pu m'empêcher de demander :

— Leur as-tu appris à se déplacer sans faire le moindre bruit ?

— Oui. Sauf qu'en réalité, ils font du bruit. Simplement, celui-ci se fond au chant de la forêt, et on ne le remarque pas. Je pourrais t'apprendre à toi aussi, si ça te dit.

Etait-il sérieux ou non ? J'ai scruté son visage pour tenter de le déterminer, mais en vain.

Au lieu de lui répondre, je lui ai adressé une autre question :

— Pourquoi n'as-tu pas parlé de ta magie sylvestre à tes hommes, alors ?

— Je ne veux pas qu'ils se reposent sur elle pour s'en sortir en cas de danger.

— Mais tu l'utilises en permanence !

— Seulement depuis que tu es parmi nous. Je ne veux pas qu'ils deviennent paresseux ou négligents à force de croire que je peux protéger tout le monde. Si je leur ai appris à se déplacer dans la forêt, c'est pour une bonne raison : si quelque chose venait à m'arriver, ils doivent pouvoir se tirer d'affaire sans moi.

— Et Belen ? Il est à tes côtés depuis toujours, ou presque. Il doit bien se douter de quelque chose, non ?

— Nous n'en avons jamais parlé. Il se peut qu'il soit au courant — en partie.

— C'est forcé. A un moment ou à un autre, il a certainement senti que tu utilisais la magie…

Kerrick a eu une étrange grimace, et son visage s'est creusé pendant quelques secondes, comme si ce que je venais de dire le mettait très mal à l'aise.

— Ceux qui n'ont pas de pouvoir ne ressentent pas la magie. En fait, j'étais même persuadé que seul un autre mage sylvestre pouvait se rendre compte de mes pouvoirs, et encore, uniquement si nous nous trouvions ensemble en forêt. Pour ma part, je ne peux pas sentir la magie des autres ailleurs que dans des bois.

Voilà qui expliquait son expression de malaise.

— Mais lorsque tu as pris ma main pour la première fois, non seulement j'ai ressenti ton pouvoir, mais j'ai aussi perçu ce que tu faisais. Cette… connexion provient-elle de tes capacités, ou bien des miennes ? ai-je demandé, perplexe.

— Je l'ignore. J'ai rencontré plusieurs autres magiciens, mais jamais rien de tel ne s'est produit pour moi.

— Quant à moi, je n'ai fréquenté que d'autres guérisseurs, ai-je fait, songeuse. Entre personnes aux pouvoirs identiques, il nous est possible de partager nos capacités

— comme quand je t'ai envoyé une partie de mon énergie. Mais cette connexion entre toi et moi… elle est unique.

A l'exception, toutefois, du lien que j'avais ressenti lorsque je m'étais retrouvée captive du lys de la mort. Voilà qui était intéressant…

Penser à la magie m'a remis à la mémoire la nuit où nous avions secouru Mélina.

— L'autre soir, dans la cabane… Il y avait deux magiciens parmi ceux qui nous cherchaient. Pourquoi n'ont-ils pas senti ton pouvoir ?

— Ils ne font pas partie de la forêt. L'un était un mage d'eau. Quant à l'autre, il m'a semblé qu'il s'agissait d'une mage de lune.

— Etaient-ils puissants ?

— Difficile à dire.

Avec tous les mercenaires et autres chasseurs de primes qui étaient à mes trousses, pourquoi Tohon se serait-il séparé de deux éléments de valeur ? Et où se trouvaient ces deux magiciens au moment où le lys de la mort m'avait capturée ? Je ne me souvenais pas de les avoir vus parmi les mercenaires. Je me suis rappelée ce que Mélina avait dit au sujet de Grzebien, et j'en suis arrivée à la seule hypothèse plausible… qui était loin de me ravir.

— Ces magiciens ne sont pas au service de Tohon. Alors, qui d'autre peut bien nous poursuivre ?

— Comment diable es-tu parvenue à cette conclusion ?

Je me suis tue un instant. Kerrick cherchait-il à mettre mes capacités d'analyse à l'épreuve, ou bien la possibilité qu'une autre faction soit à nos trousses ne lui était-elle pas encore venue à l'esprit ? La première possibilité m'a paru la plus probable. Je me suis donc décidée à lui répéter ce que m'avait raconté Mélina.

— Il se peut que les gens d'Estrid d'Ozero soient également à notre recherche, m'a-t-il confié en retour. Elle a offert de l'or contre toute information à ton sujet, et je suis certain qu'elle n'aimerait pas que Tohon ou Ryne disposent d'un guérisseur.

J'ai retenu un soupir de découragement.

— C'est comme un grand jeu, n'est-ce pas ? Une lutte de pouvoir entre eux trois pour savoir qui fera main basse sur la plus grande partie des Quinze Royaumes.

Cette idée m'a remplie de tristesse. Je n'étais qu'un pion dans ce jeu, et pendant ce temps j'étais empêchée de guérir ceux qui en avaient besoin.

— Avant même que l'épidémie ne se termine, Ryne voulait organiser les survivants, et les aider à reconstruire les villes, m'a dit Kerrick. Il savait que si personne ne faisait rien pour rétablir l'autorité et les lois, les criminels prendraient le pouvoir en formant des bandes et des troupes de maraudeurs qui mettraient le pays à feu et à sang. S'il n'était pas tombé malade, je pense que les Quinze Royaumes existeraient encore.

— Sauf qu'il a attrapé la peste, l'ai-je coupé, et maintenant il aura besoin d'une grande armée ainsi que de magiciens pour lutter contre les troupes de mercenaires et les autres factions, sans même parler d'arrêter Tohon et Estrid. C'est une tâche impossible.

— Ryne y parviendra, lui.

— Tu ne peux pas en être certain.

— Bien sûr que si !

Il m'a lancé un regard brûlant.

— Je n'aurais pas passé deux ans de ma vie à te chercher si je n'avais pas une foi inébranlable en lui.

En toute logique, j'aurais dû lui demander à ce moment-là pourquoi sa foi en Ryne était si forte. Mais je me suis retenue. Je préférais ne pas le savoir. *Ou bien avais-je peur de l'apprendre ?*

J'ai détourné le regard.

Kerrick a poursuivi :

— Tu as raison en ce qui concerne Estrid. Elle nous a envoyé ses chiens pour nous empêcher de rejoindre Ryne.

En ce moment même, ils doivent se positionner pour nous barrer la Grand-Passe au milieu de la Montagne des Neuf.

— La Grand-Passe ? Il n'y en a qu'une ? J'étais persuadée qu'il existait d'autres routes pour traverser le massif…

Même si elles étaient infestées de dangereux maraudeurs et de meutes d'ufas. *Génial…*

— Pas pendant l'hiver.

— Avons-nous une chance d'atteindre cette passe avant eux ? ai-je demandé en scrutant son visage.

— Non. Nous avons pris trop de retard, m'a répondu Kerrick avec un regard appuyé.

— Alors, que faisons-nous ?

— Comme tu l'as fait remarquer, les mercenaires nous croient morts. Si nous évitons de nous faire remarquer pendant quelques semaines, la nouvelle de notre décès parviendra à Estrid. Dans ce cas, il est possible qu'elle rappelle ses troupes.

Mon cœur a manqué un battement.

— Eviter de nous faire remarquer… Tu suggères que nous nous cachions ?

— Oui. Ça ne devrait pas te poser de problème, si ? Tu as pratiqué cela pendant de longs mois…

Sur ces mots, il a tourné les talons et disparu dans l'ombre.

Fantastique. La dernière phrase de Kerrick constituait sans conteste un coup bas, mais ce n'était rien en comparaison de la perspective de passer encore davantage de temps avec lui et ses fidèles compagnons.

Je suis retournée près du feu de camp. Les autres s'étaient déjà endormis. Je me suis pelotonnée sous ma couverture et j'ai contemplé le ciel nocturne. Ainsi, Kerrick voulait trouver une cachette… Il y avait toutes les chances que ce soit encore une grotte, qui me priverait de cette vue fantastique. Dormir sous la voûte céleste émaillée de millions d'étoiles me procurait une impression magique. Cela dit, je ne me dirais sans doute pas la même chose au cours d'une nuit de tempête de neige. Après tout, une grotte n'était sans doute pas une si mauvaise solution…

C'était toutefois la nuit idéale pour contempler les galaxies. J'ai retrouvé le groupe d'étoiles que mon père nommait les Cornes du Taureau. Avec un sourire attendri, je me suis souvenue de la légende qu'il nous racontait au sujet de cet animal distrait qui avait perdu ses cornes. Les histoires de mon père cherchaient toujours à nous apprendre quelque chose sur la vie, même si à l'époque où il nous avait raconté celle-ci, je l'avais prise au premier degré au point de me désoler pour le pauvre Yegor, le taureau condamné à chercher ses cornes pour l'éternité sans jamais penser à lever la tête.

Comme je regrettais ces soirées passées sous le porche avec mes deux frères et ma sœur Noëlle blottie sur mes genoux ! Aujourd'hui, je me disais que je n'avais pas su les apprécier à leur juste valeur. Notre père nous racontait des histoires jusque tard dans la nuit. C'était un rêveur, un passionné d'étoiles. Avec le recul, je me rendais compte à quel point le fait de devoir travailler au fond des mines avait dû être pénible pour lui. S'il avait accepté ce travail risqué mais rémunérateur, c'était seulement pour pouvoir payer les frais de mon apprentissage.

Et moi, je m'étais comportée comme une enfant gâtée en me plaignant de ne pas pouvoir commencer les leçons immédiatement. Avais-je seulement remercié mon père pour son sacrifice ? Non, pas plus que je n'avais tenu compte des sentiments de ma petite sœur. Depuis sa naissance, nous étions ensemble en permanence, et j'étais partie pour Galee, à un mois de voyage de notre foyer, sans même penser à ce qu'elle devait ressentir en mon absence. Tara habitait trop loin de chez nous pour que nous puissions envisager des visites ; j'avais prévu de ne revenir chez moi qu'une seule fois au cours de mes quatre années d'apprentissage.

Pas facile de s'endormir avec autant de culpabilité dans

le cœur… Je me suis tournée et retournée sur ma couchette jusqu'à ce que l'aube vienne dissiper le noir du ciel.

Pendant cinq jours, nous avons voyagé en direction de l'est. Je ne m'étais pas trompée dans mes prédictions : c'était bien dans une grotte, ou plutôt une série de cavernes proches de la ville de Grzebien, que Kerrick a décidé de faire halte pour une durée indéterminée.

— Ne sommes-nous pas dans le royaume de Pomyt, occupé par Estrid ? a demandé Loren.

Il était en train de fabriquer un foyer avec les pierres que lui apportaient Quain et Flea. Belen, quant à lui, avait été envoyé dans la forêt pour ramasser du bois.

— Exactement, lui a répondu Kerrick tandis qu'il fourrageait dans son sac.

— Alors pourquoi… ?

— Estrid est à notre recherche.

Loren l'a fixé d'un regard surpris, mais Kerrick ne lui a pas offert davantage d'explications. J'ai décidé de m'en charger à sa place.

— En toute logique, c'est vrai, nous ferions mieux de nous diriger vers l'ouest pour fuir ceux qui en ont après nous, ai-je précisé.

Avant de continuer ma démonstration, j'ai jeté quelques brins de persil dans la soupe — c'était mon premier essai en tant que cuisinière.

— Et de par ce fait, ai-je repris, nous cacher ainsi, précisément dans les territoires qu'ils occupent, est un mouvement des plus stratégiques. Je suppose que cet endroit n'est pas très connu ni utilisé par les gens du coin, n'est-ce pas ?

Cette question s'adressait à Kerrick.

— Exactement, m'a-t-il répondu.

— Cela me semble tout de même très risqué, a objecté Quain.

— Considère les choses selon le point de vue d'Estrid,

ai-je expliqué en égouttant la cuillère au-dessus du pot. Elle croit que nous cherchons à rejoindre Ryne, et elle a très certainement fait bloquer la Grand-Passe pour nous en empêcher. Quand elle verra que nous n'arrivons pas, elle pensera soit que nous sommes morts, soit que nous avons été capturés par Tohon, ou enfin que nous nous terrons quelque part à proximité des montagnes en attendant l'occasion de les franchir à la sauvette.

— On ne franchit pas la Montagne des Neuf « à la sauvette », m'a coupée Kerrick. C'est impossible.

— Ce n'est pas la question pour le moment, lui ai-je rétorqué.

— Alors, à quoi rime le fait de nous cacher ici ? a demandé Flea.

— A toi de me le dire.

Il s'est mis à se mordiller les lèvres, l'air pensif.

— Eh bien… c'est le dernier endroit où elle nous chercherait, n'est-ce pas ? a-t-il avancé enfin.

— Exactement.

— N'empêche, je trouve que c'est dangereux, a répété Quain, obstiné.

— Ce qui serait dangereux, ce serait de se rapprocher davantage de Tohon, a déclaré Kerrick.

— Ou bien de tenter de contourner les montagnes, ai-je ajouté.

Kerrick m'a lancé un regard surpris comme si cette idée ne lui était pas venue.

— N'y pense même pas, ai-je protesté. Cela prendrait des mois, et la mer de Ronel est dangereuse même en plein été. En hiver, ce serait carrément du suicide.

Kerrick ne s'est pas departi pour autant de son air songeur. Aussi, j'ai ajouté :

— Et il nous faudrait traverser Pomyt. C'est une chose de se cacher près de la frontière, mais voyager à découvert…

— … ce serait courir vers les ennuis, a complété Quain.

— Qui donc veut courir vers les ennuis ? a demandé Belen à la cantonade.

Il venait d'entrer dans la grotte avec un énorme fagot de bois, qu'il a posé dans un coin avant d'en prélever quelques branches.

— Devine, lui a fait Quain.

Avec un ricanement, il m'a désignée du doigt.

Belen n'a pas répondu tout de suite ; il s'est d'abord consacré au feu, qu'il a préparé en disposant du petit bois autour de bûches plus conséquentes.

— A mon avis, c'est *toi* qui cherches les ennuis, Quain. Parce que c'est ce qui va t'arriver si tu continues à taquiner Avry.

Mais son compagnon n'a pas paru affecté le moins du monde. Au contraire, il a rétorqué d'un air crâne :

— Et qui me ferait des ennuis ? Toi ou Kerrick ?

— *Avry*, lui a répondu Belen en se redressant. N'oublie jamais qu'elle sait très bien se défendre toute seule.

Ç'a été à mon tour de ricaner. Quain a ouvert la bouche pour répondre, mais Kerrick l'a fait taire d'un simple haussement de sourcils.

Il n'a fallu que quelques instants à Belen pour faire démarrer le feu. La fumée s'évacuait par un conduit naturel dans la voûte de la grotte. Je me demandais bien comment Kerrick avait découvert toutes ces cavernes formées par l'érosion. Trouver des trous formés par l'eau faisait partie selon moi des capacités des mages de pierre, pas de celles des mages sylvestres. Néanmoins, je n'étais pas une experte sur la question. J'avais appris le nom des onze types de magie — sylvestre, de terre, d'eau, de feu, d'air, de vie, de pierre, de mort, de lune, de soleil et de guérison — mais mes connaissances n'allaient guère au-delà.

J'aurais pu poser la question à Kerrick, bien sûr, mais cela devrait attendre que nous nous trouvions en tête à tête. Ce qui semblait peu probable : depuis notre installation et cette nuit où il m'avait parlé de Ryne, il m'avait à peine adressé la parole. Je doutais donc fort que cela se produise avant un moment…

— Nous serons bientôt à court de vivres, a-t-il soudain annoncé. Il y a un marché à Grzebien, mais certains d'entre nous risqueraient d'être reconnus…

— Loren et Quain peuvent y aller, a suggéré Belen.

— Sauf qu'ils ont dû laisser quelques souvenirs aux hommes du guet, la dernière fois qu'ils y sont allés…

Les deux hommes ont échangé des regards confus.

— Je parle de Mlle Wendy, plus connue sous le nom de « Whisky », a précisé Kerrick.

— Oh ! mais c'est vrai ! s'est exclamé Loren.

Un sourire a fleuri sur son visage.

— C'était donc à Grzebien ? J'avais oublié le nom de la ville. On peut dire qu'on a vécu une sacrée aventure…

— Allons donc ! Cela se passait plus d'un an avant qu'Estrid n'envahisse le pays, à l'époque où c'était le Baron de la Gnôle qui dirigeait la ville. Tu crois vraiment que les gens se souviendront de nous ? a demandé Quain.

— Wendy, *alias* « Whisky », a répété Loren avec un regard insistant. Ça te dit quelque chose, non ?

Quain a paru réfléchir un instant… puis son regard s'est éclairé.

— Ça me revient, oui… Oh ! effectivement, les gens doivent s'en souvenir.

— Nous avons assez de provisions pour tenir une semaine, a dit Kerrick. Ensuite, Flea pourra aller au marché, peut-être avec Avry…

Il s'est tourné vers moi pour achever sa phrase :

— A condition qu'elle apprenne à se déplacer dans la forêt sans faire autant de bruit qu'un cerf qui marque son territoire.

— J'aurais dit « qu'une ourse qui protège ses petits », a proposé Loren.

— Vous n'y connaissez rien, a lancé Quain. Elle fait

le même bruit qu'une troupe de gardes à la poursuite d'un braconnier.

Avec un sourire malicieux, Flea s'est joint à la conversation.

— Moi, quand je l'entends marcher, je pense plutôt à la fois où nous avons été pourchassés par une meute de chiens sauvages dans la forêt du Fer-à-Cheval.

Tous se sont retournés vers Belen, attendant sa contribution.

— Je trouve qu'elle s'en sort très bien pour quelqu'un qui n'a jamais appris à le faire.

— Merci, Belen, lui ai-je dit avec un sourire sincère.

Les autres ont poussé des grognements de déception. Quain a même lancé une pierre dans sa direction, mais Belen l'a rattrapée sans ciller. Tandis que les hommes continuaient à se taquiner, j'ai ajouté les derniers ingrédients à ma soupe, puis j'ai tiré quelques braises à l'écart du feu pour y poser le pot. Tandis que je remuais, je me remémorais les paroles de Kerrick. J'étais partagée entre l'excitation à la perspective de me rendre en ville et la crainte de ce qu'il risquait de se produire si Kerrick se mettait en tête de m'apprendre le « chant de la forêt », comme il disait. A moins que Belen ne puisse être mon instructeur ?

Quand la soupe a été prête, j'ai laissé ce dernier se servir avant les autres ; j'ai pris un malin plaisir à leur montrer que c'était ma façon de le remercier pour m'avoir défendue.

— Ça me va très bien, a raillé Quain. Ainsi, il sera aussi le premier à s'effondrer, tué par la cuisine d'Avry.

— Et si j'avais utilisé un poison lourd ? lui ai-je répliqué. Un de ceux qui coulent au fond du pot et ne tue que ceux qui se servent les derniers bols du chaudron ?

Quain m'a lancé un regard accusateur ; de toute évidence, il ignorait si je plaisantais… ou non.

— Tu as vraiment un esprit diabolique, m'a-t-il assuré.

— Merci, lui ai-je répondu en affectant un sourire flatté.

— Les guérisseurs ne sont-ils pas censés prêter serment de ne jamais nuire à quiconque, ou quelque chose comme ça ? m'a demandé Loren.

— Lorsque nous avons terminé notre apprentissage, nous nous rendons à la Maison de la guilde pour y travailler pendant une année, ce qui nous permet de montrer nos compétences aux Anciens, ai-je expliqué. A la fin de cette année, nous obtenons notre diplôme. Au cours de la cérémonie, nous prêtons serment de ne jamais blesser ou tuer quiconque de façon intentionnelle.

Sauf en cas de légitime défense.

— Mais tu as bel et bien assommé Flea l'autre fois ! Sans compter que tu as blessé le chef des mercenaires, m'a fait remarquer Loren.

— Effectivement. C'est parce que je n'ai jamais obtenu mon diplôme, et donc pas prêté serment…

Cette révélation a fait naître une lueur de doute dans les yeux de mon auditoire.

C'est alors que Belen a porté les mains à sa gorge et s'est mis à émettre des bruits étouffés ; au bout de quelques secondes, il est tombé à la renverse à même le sol de la caverne.

D'un seul mouvement, nous nous sommes tous levés d'un bond — à l'exception de Kerrick. Je me suis précipitée vers Belen et me suis agenouillée à ses côtés. *Etait-il allergique au persil ?* Son grand corps semblait secoué de spasmes. J'ai touché son épaule et tenté de le retourner vers moi… jusqu'au moment où j'ai compris ce qui se passait.

Allongé sur le sol, le colosse était secoué d'un fou rire silencieux.

D'accord. J'ai décidé de jouer le jeu et j'ai poussé un cri de désespoir ; je me suis mise à me lamenter, me reprochant à voix haute de ne pas avoir attendu assez longtemps pour que le poison soit descendu au fond du chaudron.

Les trois hommes se sont approchés de nous, anxieux

et circonspects. C'est seulement alors que Belen s'est redressé pour laisser éclater un rire tonitruant :

— Je vous ai bien eus !

Découvrant la supercherie dont ils avaient été victimes, les autres l'ont couvert d'imprécations...

Sans cesser de rire, il leur a rétorqué :

— Je n'arrive pas à croire que vous vous êtes laissé avoir. Pourquoi donc Avry tenterait-elle de nous empoisonner alors qu'elle m'a sauvé la vie et qu'elle a empêché Flea d'être dévoré par une fleur ?

— Sans compter, ai-je ajouté, que je ne gâcherais pas du bon poison pour des gens comme vous.

— Ah, ah, très drôle, a fait Flea.

— Ça existe, du « bon poison » ? m'a demandé Loren.

— Eh bien en fait, oui, lui ai-je dit. Par exemple, le fruit du tulipier est vénéneux, mais si tu le fais sécher, que tu le broies et le mélanges avec du sirop de gingembre, il devient un remède contre les maux d'estomac.

— On dirait que tu sais ce que tu fais... mais pourquoi n'as-tu pas obtenu ton diplôme, alors ?

— Parce que la peste s'est déclarée alors que je n'avais pas fini mon apprentissage.

Cette dernière remarque a fait instantanément retomber l'hilarité générale. La peste avait détruit nos existences et bouleversé notre avenir à tous.

J'ai servi le reste de la soupe en silence. J'ai remarqué tout de même qu'à l'exception de Belen les hommes ont attendu que j'aie avalé quelques gorgées avant de se mettre à manger à leur tour... *Toute plaisanterie mise à part, ils ne me faisaient toujours pas confiance.*

— Tu réfléchis trop. Ta tête empêche tes pieds d'agir, m'a lancé Kerrick.

— Ça n'a aucun sens, lui ai-je répondu, piquée au vif et frustrée.

Depuis le matin, je marchais dans la forêt sans le moindre

résultat ; j'allais et venais aux alentours de la caverne et je ne parvenais toujours pas à copier les mouvements souples et silencieux de Kerrick.

— Tout est dans la façon dont tu répartis le poids de ton corps sur tes pieds.

Il me regardait avec attention tandis que je faisais une nouvelle tentative.

— Utilise davantage ton bassin.

— Comme ça ?

Je roulais déjà tellement des hanches que je me sentais complètement ridicule.

— Non, pas du tout.

Il s'est approché de moi par-derrière.

— Laisse-moi te montrer…

Lorsque Kerrick m'a saisie par les hanches, sa magie s'est répandue en moi, éveillant une sensation de chaleur dans des endroits… peu appropriés.

— Pourquoi utilises-tu ton pouvoir ? lui ai-je demandé.

— C'est ce que je fais ? m'a-t-il interrogé à son tour, visiblement surpris.

— *Oui.*

— L'habitude, je suppose… Je garde ma connexion avec la forêt, juste au cas où. N'y fais pas attention.

Facile à dire, pour lui ! Il n'avait pas un corps appuyé contre son dos, en train de lui envoyer des vibrations très perturbantes…

— Marche comme tu le faisais à l'instant, m'a-t-il demandé.

J'ai fait quelques pas, et il a corrigé ma démarche — de nouveau. Nous avons avancé ainsi sur quelques mètres, avant de revenir sur nos pas. J'avais l'impression de comprendre enfin ce qu'il m'avait expliqué. Pourtant, lorsqu'il m'a lâchée, je n'en étais plus aussi sûre… Mais il m'a encouragée.

— C'est mieux. Essaie de nouveau.

Je me suis exécutée, et j'ai refait les mouvements encore

et encore, tout au long de l'après-midi. Je m'étais attendue à une expérience pénible mais, en tant que professeur, Kerrick révélait une personnalité très différente de celle qu'il avait en tant que meneur d'hommes.

— C'est ça, m'a-t-il dit. Tu as compris la technique. Maintenant, tu n'as plus qu'une chose à faire…

— M'entraîner.

Exactement ce que j'avais dit à Flea !

— Très bien. Je te donne deux jours.

— Et si je ne m'améliore pas ?

— Alors c'est moi qui irai au marché avec Flea. Mais si tu t'améliores, tu auras ton diplôme…

Une lueur amusée est passée dans ses yeux gris — ils avaient changé de couleur en même temps que la forêt prenait ses teintes d'hiver.

— Tant que je ne dois pas prêter serment…

— Oh non, je n'oserais pas t'en demander autant. De toute façon, tu as tenu ta parole. C'est tout ce que j'attends de toi.

J'ai passé les deux journées suivantes à m'exercer dans mon coin. C'était bon de me retrouver seule pour quelques heures. Sans la pression d'être observée, je parvenais davantage à concentrer toute mon énergie sur le « chant de la forêt », comme disait Kerrick. Une fois que j'ai commencé à percevoir les sons dont il m'avait parlé, je me suis demandé comment j'avais pu les ignorer jusqu'alors.

A l'issue de mes deux jours d'entraînement, Kerrick nous a annoncé que nous allions jouer tous ensemble à cache-cache.

— Si elle trouve tout le monde, elle gagne !

— Parfait, a dit Flea.

— Les règles sont les suivantes, a lancé Kerrick pour attirer l'attention des autres. On n'a pas le droit de rester trop longtemps au même endroit. Vous devez bouger de temps à autre pour lui donner une chance de vous entendre.

Il s'est interrompu quelques secondes, histoire de marquer une pause dramatique, avant de lancer :

— A vos marques… prêts… partez !

10

Ainsi a débuté la partie de cache-cache. Les hommes se sont dispersés en direction de la forêt. Pour ma part, je leur ai tourné le dos pour faire face au mur de la caverne.

— Et pas d'entourloupe, m'a lancé Quain. Tu as intérêt à compter jusqu'à cent avant de te mettre à notre recherche.

— N'oublie pas de crier « C'est moi le loup » quand tu auras fini de compter ! a ajouté Loren.

J'étais partagée entre un sentiment de ridicule et le bonheur simple de retrouver les jours insouciants de l'enfance — rien d'autre dans la tête que le pur plaisir du jeu et de l'excitation. Bien vite, j'ai décidé d'ignorer les récriminations de l'adulte pour donner libre cours à mon côté enfantin. Je me suis mise à compter plus vite, retrouvant peu à peu des stratégies oubliées. Dommage que les garçons (je ne pouvais pas les appeler « les hommes », impossible, pas tant que nous jouions à ce petit jeu !) soient vêtus de gris, de noir et de couleurs sombres. C'était pour eux un avantage, car ils se fondaient ainsi à la forêt dans son manteau d'hiver.

— … quatre-vingt-dix-neuf, cent. C'est moi le loup !

Je me suis retournée vivement, espérant surprendre du coin de l'œil un retardataire bondissant pour mieux se cacher. Mais… rien. La forêt était immobile jusqu'à la plus petite branche. Pendant quelques instants, je suis restée immobile, l'oreille aux aguets. J'ai fini par percevoir un bruit intempestif, là sur ma droite ; une « fausse note », comme dirait Kerrick.

En dépit de l'air glacial, j'ai retiré mon manteau. Je

portais mes vêtements sombres, et j'avais pris le temps de répandre sur ma chemise et mon pantalon un peu d'argile grise trouvée au fond d'une flaque dans la grotte. Ainsi, j'étais aussi bien camouflée, sinon mieux, que mes camarades de jeu.

Au lieu d'avancer tout droit, j'ai utilisé la… comment dire ? La « démarche » particulière que m'avait apprise Kerrick. Je me suis dirigée légèrement sur la droite pour contourner l'endroit d'où provenait le bruit anormal. De temps à autre, je m'immobilisais pour m'assurer que ma proie n'avait pas bougé. Je me suis ainsi approchée de la source du bruit, et j'ai repéré un fourré épais qui devait constituer une excellente cachette. Au lieu d'y pénétrer, je me suis dissimulée près d'un tronc et j'ai attendu. Il ne m'a fallu que quelques minutes avant de voir apparaître Flea ; il s'extrayait des buissons, manifestement pour se trouver une autre cachette. J'ai décidé de le suivre en silence. C'est ainsi que je l'ai vu se blottir sous un rocher.

Et quand il a été bien installé… je lui ai sauté dessus. Son cri de surprise a résonné dans toute la forêt.

— Ce… ce n'est pas juste ! Tu n'étais pas obligée de me faire peur !

Son indignation était telle qu'il en bégayait !

— Je croyais que tu m'avais entendue ! me suis-je écriée en feignant l'innocence.

— C'est ça, oui. Je vois bien la lueur maligne dans tes yeux. Comment as-tu réussi ce coup-là ? Tu as fait exprès de te montrer bruyante pendant tous ces jours de marche ou quoi ?

— Non. Mais tu ne sais pas tout de moi, lui ai-je répondu avec un petit sourire. Par exemple, tu ignores que quand j'étais petite, je gagnais tout le temps à cache-cache. J'étais la reine de ce jeu.

J'avais grandi dans une petite ville, mais les règles de l'art de la recherche dans un environnement citadin s'appliquaient aussi au milieu d'une forêt.

Flea a continué de bougonner, mais je l'ai poussé en direction de la caverne.

— Dépêche-toi, j'ai encore tous les autres à trouver !

— Tu ne découvriras jamais Kerrick, m'a-t-il dit, narquois.

Je n'ai pas répondu. J'ai simplement attendu que le silence retombe et j'ai guetté d'autres bruits révélateurs. Cette fois, c'est Quain que j'ai attrapé.

— Au moins, je ne suis pas le premier, m'a-t-il lancé.

Il avait couvert son crâne chauve d'une casquette de laine grise.

— Tu apprends vite, Avry, mais tu ne trouveras pas Kerrick.

Quain et Flea s'étaient-ils donné le mot pour me décourager ? En tout cas, cela ne marcherait pas. J'ai poursuivi mon manège, avançant et écoutant tour à tour. Au bout d'un moment, je suis parvenue aux abords d'un ruisseau asséché. Un arbre mort était tombé en travers. Instantanément, j'ai su qu'un des garçons y trouverait refuge à un moment ou un autre. Comment auraient-ils pu résister ? C'était une cachette idéale. Je me suis donc glissée silencieusement le long de la berge et me suis recroquevillée sous le tronc d'arbre. Mes années de fuite n'avaient pas été vaines : j'avais appris quelques tours qui allaient me servir. Le meilleur d'entre eux était la patience…

Gagné ! Au bout de vingt minutes, peut-être trente, j'ai vu Loren se glisser sous l'arbre.

— Oh non ! s'est-il exclamé. J'aurais dû savoir que cette cachette était trop belle pour être vraie.

Et de trois. Plus que deux. Repartant de l'entrée de la caverne, j'ai effectué une série de demi-cercles dans la forêt, m'éloignant de plus en plus jusqu'au moment où je suis parvenue devant une série de gros rochers qui jonchaient le sol. En regardant autour de moi, j'ai senti quelque chose d'étrange. J'ai scruté les lieux avec plus d'attention. L'une des pierres semblait différente, non par sa couleur ni par sa taille, mais par sa forme. Elle avait quelque chose de doux et de symétrique qui la distinguait des autres.

Lorsque j'ai touché le rocher… il s'est mis à rire. Belen a ouvert son manteau pour me lancer un regard pétillant.

— Avec ma taille, je n'ai pas vraiment le choix, m'a-t-il dit.

— Tu te fondais complètement au paysage, lui ai-je assuré. Mais mon apprentissage m'a enseigné quelque chose de fondamental : toujours être observatrice. Par exemple, une rougeur peut être bénigne, mais une rougeur aux bords peu marqués peut signifier une maladie plus grave.

— Je savais que tu étais maligne, et je ne suis pas surpris que tu nous aies trouvés tous les quatre. Mais…

— Mais je ne trouverai pas Kerrick. Oui, je sais. Tout le monde se fait un malin plaisir de me le répéter.

— Ne le prends pas mal, m'a fait Belen, toujours aussi conciliant. Sa capacité à disparaître dans la forêt est tout simplement impressionnante. Nous sommes vraiment fiers de lui.

Mais qu'adviendrait-il de ce sentiment de fierté s'ils découvraient les pouvoirs magiques de Kerrick ? ai-je songé tandis que Belen s'éloignait en direction de la grotte.

J'ai considéré un instant le problème qui se posait à moi. Kerrick ne ferait aucun bruit, et la forêt ne le trahirait pas non plus. D'un autre côté, il serait camouflé, mais pas de façon magique, ce qui aurait été de la triche — à moins qu'il ne le fasse inconsciemment, gardant la connexion avec la forêt « juste au cas où », pour reprendre ses termes… Mais même alors, il était toujours possible que je le « sente » et retrouve sa trace.

Sauf que cela n'arrivait que lorsque je le touchais, que nos peaux entraient en contact. J'ai fouillé dans mes souvenirs. Kerrick avait fait quelque chose… Pour savoir où se trouvaient les mercenaires… Je l'ai revu accroupi, la main posée sur le sol.

A mon tour, j'ai touché la terre avec ma paume. Un fourmillement léger m'a parcouru les doigts. Restait à déterminer la direction… Je me suis concentrée davantage. *Oui.* Cette sensation bizarre provenait probablement de ma gauche. Malheureusement, pour trouver Kerrick, il aurait fallu que je conserve ce contact avec le sol. Or, à moins de ramper — et dans ce cas le bruit l'avertirait de mon arrivée — je ne voyais pas de solution…

Minute. Bien sûr que si ! Je me suis assise et j'ai entrepris d'ôter mes bottes et mes chaussettes. Lorsque je me suis relevée, je suis restée quelques instants immobile à frissonner. Sous la plante de mes pieds, le sol était glacial, mais mon corps s'est vite adapté à la température. Peu à peu, j'ai retrouvé le fourmillement que j'avais ressenti l'instant précédent, m'attirant toujours vers la gauche. Il faudrait toutefois que je me hâte de retrouver Kerrick avant que mes pieds ne soient engourdis par le froid et que je perde toute sensation.

Tandis que j'avançais, les vibrations sont devenues plus fortes. Au bout d'un certain temps toutefois, elles ont disparu d'un seul coup. Ce qui signifiait certainement que Kerrick m'avait vu pieds nus et, ayant compris ce que je faisais, avait coupé sa magie. A moins bien entendu que j'aie simplement les orteils gelés…

J'ai opté pour la première hypothèse ; elle impliquait que Kerrick devait se trouver dans les environs immédiats. J'ai donc entrepris de progresser par cercles concentriques à partir de l'endroit où je me trouvais lorsque les vibrations avaient cessé. Au bout d'un certain temps de recherches infructueuses, je me suis rappelée une chose : quoi qu'il arrive, je ne parviendrais pas à le voir tant il se fondait à la forêt. Un intense sentiment de frustration s'est emparé de moi, mais j'ai réussi à ne pas m'emporter. *De quels choix disposais-je ?* Je ne pouvais utiliser la vue, le toucher ni l'ouïe. Que me restait-il ? *Le goût et l'odorat.*

Hors de question de goûter la terre ! J'ai donc humé l'air autour de moi. Le parfum humide et froid des feuilles mortes a empli mes narines. J'ai repris mes recherches, en effectuant des cercles de plus en plus grands. Cette fois, au lieu d'écouter, je reniflais, aspirant de pleines goulées d'air. Dix, douze, quinze, vingt, vingt-trois allers-retours plus tard, j'ai capté un soupçon de soleil de printemps. Je l'ai suivi comme un chien de chasse. J'avalais tant d'air que la tête me tournait.

Le parfum s'est fait plus présent, et j'ai consacré toute mon énergie à suivre sa trace jusqu'à un buisson d'églantier aux épines menaçantes. Je me suis souvenue de la fois où Kerrick m'avait entraînée dans un buisson semblable, sans que les ronces ne nous retiennent. Cette fois-là, il avait employé sa magie ; aujourd'hui, il avait peut-être fait de même, du moins le temps de se glisser au cœur du fourré. Seulement voilà : son odeur ne parvenait pas des broussailles elles-mêmes, mais semblait m'entourer. *Etrange.*

J'ai effectué plusieurs fois le tour du buisson, cherchant à comprendre cette bizarrerie. Mais rien ne m'est venu. Je l'avais perdu. Je pouvais passer ma vie à le chercher, comme, dans la légende, le taureau Yegor cherchait ses cornes.

La légende… Les cornes du taureau… Mais bien sûr ! J'ai levé la tête pour découvrir Kerrick, négligemment allongé sur une branche haute, un sourire moqueur sur le visage.

— Il t'en a fallu, du temps…

— Il faut dire que j'ai dû faire la sieste pendant une ou deux heures pour ne pas donner aux garçons l'impression que je les trouvais tout de suite.

— Ah, la fragilité de la fierté masculine… Tu as bien fait de ne pas trop les bousculer.

Il s'est laissé tomber de sa branche et a atterri près de moi sans le moindre bruit.

— Alors, qu'est-ce qui m'a trahi ? Ma magie ?

— Au début, oui, mais tu as arrêté de l'utiliser au bout d'un certain temps.

— Effectivement, quand je me suis aperçu que j'étais

connecté à la forêt, j'ai décidé de cesser. Ça n'aurait pas été juste pour toi…

— C'est ça, oui, ai-je fait avec un sourire narquois. Continue à répéter ça, et l'un de nous finira peut-être par te croire.

A présent que le jeu était terminé, je me suis détendue un peu. J'ai retrouvé alors des sensations plus « normales », comme l'air glacial sur ma peau ainsi que mes mains et mes pieds engourdis. Je suis retournée sur mes pas jusqu'à l'endroit où j'avais laissé mes bottes.

Kerrick m'a suivie en silence. J'ai enfilé mes chaussettes en frissonnant. Mon manteau se trouvait dans la caverne. Il nous faudrait assez longtemps pour y retourner car, bien entendu, Kerrick s'était caché bien plus loin que les autres.

Nous avons pris le chemin de la « maison ».

Au bout de quelques minutes, Kerrick est revenu à la charge :

— Tu n'as pas répondu à ma question. Comment m'as-tu trouvé ?

J'ai feint la surprise.

— Moi, je ne t'ai pas répondu ? C'est étrange. D'habitude, je réponds toujours aux questions qu'on me pose.

— Tu n'as pas l'intention de me le dire, n'est-ce pas ?

— Mais pourquoi donc ? ai-je demandé avec ingénuité.

— Parce que si tu me révèles comment tu m'as trouvé, tu as peur que je change quelque chose et que tu ne puisses pas rééditer ton exploit la prochaine fois que nous jouerons.

Exact… Sans compter le fait que j'étais bien trop gênée pour lui avouer que j'avais reniflé sa trace. Je ne pouvais lui parler de son odeur de soleil de printemps, que d'ailleurs je n'aurais pas dû remarquer. Pourtant, le connaissant, il me tannerait jusqu'à obtenir une réponse.

— Tu te souviens de la fois où Belen a été blessé par les mercenaires ? lui ai-je demandé.

— Je ne vois pas comment j'aurais pu l'oublier.

— Tu avais distrait nos ennemis tandis que Flea et

les autres prenaient position sur les rochers. C'était une bonne stratégie. En général, les gens ne pensent pas à regarder en l'air. Comme je ne trouvais pas trace de toi, j'ai repensé à ça.

— Intéressant, a-t-il simplement lâché.

Il n'a rien ajouté jusqu'à notre retour à la grotte.

Les autres nous attendaient à l'extérieur de celle-ci. Ils nous ont regardés arriver avec des expressions pleines de curiosité. Leurs yeux allaient de Kerrick à moi comme pour demander lequel avait trouvé l'autre en premier, et comment s'était déroulé le jeu. Evidemment, ils espéraient tous que la perdante, ce soit moi. Après tout, ils tiraient une grande fierté des capacités de Kerrick en forêt.

C'est Quain qui a posé la question en premier :

— Alors ?

— Tu avais raison, ai-je répondu avant que Kerrick n'ait eu le temps d'ouvrir la bouche. Je n'ai pas réussi à le trouver.

J'ai dû ensuite supporter quelques cris de joie, taquineries et autres variations sur le thème de « On te l'avait bien dit » de la part de Flea, Quain et Loren. Belen, lui, m'a considérée longuement d'un air roublard, mais je suis parvenue à soutenir son regard sans ciller. Mes années de fuite m'avaient appris à mentir — ma survie avait souvent dépendu de cette capacité. Et dire qu'autrefois il suffisait à ma mère de me regarder dans les yeux pour savoir si je disais la vérité…

Quand les garçons ont terminé leurs pitreries, ils sont retournés dans la grotte où, nous ont-ils annoncé, nous attendait une surprise. J'ai ramassé mon manteau et me suis apprêtée à les suivre lorsque Kerrick m'a retenue en posant la main sur mon épaule.

— Explique-toi, m'a-t-il ordonné.

— Je ne pouvais pas les décevoir.

— Ça n'a aucun sens. C'est *moi* qui ai échoué, pas toi. De toute façon, ce n'était qu'un jeu idiot. Et ils ne t'épargneront pas leurs moqueries : je te rappelle que tu t'es vantée d'être la reine du cache-cache.

— C'était peut-être un jeu idiot pour toi, mais pas pour eux. Tu es leur meneur. Ils te font totalement confiance, et c'est très bien ainsi. A quoi bon les faire douter, même sur un sujet aussi futile ? C'est toi qui peux être amené à leur ordonner de risquer leur vie, pas moi, « la reine du cache-cache ».

Kerrick n'a rien répondu et s'est contenté de me dévisager, si longtemps que cela m'a mise mal à l'aise. Que pensait-il vraiment ? Lorsqu'il a enfin détourné les yeux, j'ai poussé un soupir de soulagement.

Avec une courbette galante, il m'a indiqué l'entrée de la grotte :

— Si Votre Majesté veut bien se donner la peine…

Je lui ai administré une bourrade dans l'épaule.

— Ne commence pas. J'ai dit que je supporterais les moqueries des autres, mais pas les tiennes.

— Qui a dit que je me moquais ?

Ç'a été à mon tour de le regarder fixement.

— Dites donc, qu'est-ce qui vous prend si longtemps ? a lancé la voix de Quain depuis la grotte. Avry n'arrive-t-elle même pas à *trouver* l'entrée ?

Les rires des autres ont fait écho à cette plaisanterie.

— Je t'avais prévenue, m'a dit Kerrick.

— J'ai grandi avec deux frères. Je peux supporter qu'on se moque de moi. D'ailleurs, le rire guérit l'esprit. Tu devrais essayer, je pense.

Là-dessus, je suis entrée dans la grotte d'un pas décidé et sans un regard en arrière.

J'ai été accueillie par des cris de joie et quelques réflexions goguenardes. Les quatre hommes se tenaient en file indienne, les mains cachées derrière leur dos. On aurait dit des enfants pris sur le fait au moment où ils volaient des bonbons ; ils observaient Kerrick, qui était entré à ma suite. Celui-ci a hoché la tête.

— D'accord, les gars. Que se passe-t-il ? ai-je demandé.

Belen s'est avancé.

— Même si tu n'as pas trouvé Kerrick, tu as attrapé tous les autres ; nous avons donc décidé de t'accorder ton diplôme de maraudeuse des forêts. Félicitations !

Des bravos et des vivats ont accompagné sa déclaration.

— Merci à tous, leur ai-je déclaré avec un sourire de reconnaissance. Et maintenant, faites-moi de la place près du feu, je suis gelée.

— Pas si vite, a dit Belen. Nous devons d'abord te donner tes cadeaux.

— Mais…

Il s'est avancé vers moi et a tendu la main avant de l'ouvrir théâtralement pour exhiber une paire de gants noirs.

— J'ai remarqué que tu n'en avais pas.

— Mais où les as-tu…

— Ils étaient à moi, mais il y avait des trous au bout des doigts. Il m'a suffi de les couper et de les recoudre à ta taille. Essaie-les, m'a-t-il dit en me les tendant.

Je me suis exécutée. Ils m'allaient très bien, mais la seule réflexion qui m'est venue a été :

— Tu sais coudre ?

— Après deux ans sur la route, il faut bien que quelqu'un le fasse. Tu les aimes ?

— Oui, beaucoup ! Ils sont adorables, merci.

Quain et Loren m'ont à leur tour tendu un paquet fait d'un morceau de cuir entouré de ficelle.

— Ouvre-le, m'a dit Loren.

J'ai dû ôter mes gants pour défaire les nœuds. J'ai déroulé le morceau de cuir, qui présentait une série de poches à l'intérieur. Je suis restée un moment à regarder l'ensemble avec curiosité. De quoi s'agissait-il ?

— C'est pour tes herbes et tes aromates, m'a expliqué Quain. Tu peux les stocker dans les poches séparées, et quand tu roules le paquet, tu peux le transporter dans ton sac.

— C'est…

Incroyable. Inattendu.

— C'est extraordinaire. Merci.

Puis est venu le tour de Flea. Avec un sourire intimidé, il a exhibé trois pierres et s'est mis à jongler avec. Il faisait preuve d'une belle maîtrise, variant les mouvements et les lancers ; il a même terminé son numéro en lançant une pierre jusqu'au plafond avant de la rattraper dans son dos sur une pirouette.

Les autres l'ont applaudi et félicité à grand renfort d'exclamations joyeuses. Pour ma part, je suis restée bouche bée. Quand les autres se sont tus, je n'ai rien pu dire d'autre que :

— Tu t'es entraîné…

— Un petit peu, a-t-il admis modestement.

— C'était vraiment… grandiose. Je te remercie, Flea.

Kerrick, pour finir, m'a tendu un morceau de papier, que j'ai regardé avec circonspection. S'agissait-il du fameux serment à propos duquel nous avions plaisanté ? Non sans appréhension, je l'ai déplié… pour découvrir une liste de commissions.

— Les articles à acheter au marché, m'a-t-il dit, avant de me tendre une bourse pleine. Tu pourras y aller demain, avec Flea. Je te suggère de porter ta tunique jaune et ta jupe verte pour passer inaperçue dans la foule.

— Il faut dire que les vêtements tachés d'argile ne sont plus du tout à la mode cette année, a ajouté Quain.

Cette nuit-là, allongée sur ma paillasse, je n'ai pas trouvé le sommeil. Les cadeaux inattendus de mes compagnons m'avaient beaucoup émue. Pour moi, cela signifiait que — peut-être à l'exception de Kerrick — ils ne me considéraient pas seulement comme une guérisseuse pour Ryne. *Je comptais pour eux.* Pendant ces deux dernières années, j'avais évité de nouer de vraies relations humaines, car je savais qu'elles risquaient de me retenir contre mon gré.

J'avais eu raison : à présent, il me serait très pénible de quitter mes compagnons quand le moment serait venu.

Et zut. Je détestais avoir raison.

Même en sachant que Kerrick et les autres passeraient la journée cachés à la lisière de la forêt au cas où nous aurions besoin de leur renfort, je me suis apprêtée à profiter pleinement de notre expédition. L'aube s'était levée sur une belle journée froide. Je portais la jupe et la tunique dont avait parlé Kerrick, mais dans la mesure où mon manteau les cachait, cela n'avait guère d'importance.

Le marché se tenait au cœur de la ville. Une foule d'acheteurs et de marchands s'y pressaient, sans compter les quelques indésirables, prêts à détrousser les chalands sans méfiance. La plupart des commerçants tenaient leur étal dans des échoppes fermées de trois côtés et protégées par un toit de paille. D'autres s'étaient installés juste devant leur chariot, biens et marchandises exposés sur des couvertures à même le sol. Des enfants couraient dans tous les sens, se cognant aux jambes des adultes. Des voix s'élevaient, entre les cris et les marchandages, formant un brouhaha joyeux et prospère. Je me laissais baigner dans cette énergie débordante, humant à pleins poumons l'air qui embaumait le pain chaud.

Flea et moi avons d'abord effectué un tour du marché pour repérer les marchands qui vendaient ce dont nous avions besoin. Bien que nous nous soyons mis d'accord pour rester ensemble — en réalité, c'était Kerrick qui avait insisté — je gardais la liste avec moi. J'avais également emporté les quelques pièces qui me restaient, dans l'espoir de trouver au marché certains articles qui me faisaient défaut.

A un moment donné, Flea a posé la main sur mon épaule.

— Tu vois l'enfant, là-bas ?

— La petite fille avec un chapeau rouge ?

— Non, le petit garçon avec de longs cheveux noirs, près du marchand de pommes.

J'ai repéré le gamin dont il parlait.

— Oui ?

— Regarde-le bien.

Des clients se sont présentés devant l'étal. Tandis qu'ils s'entretenaient avec le marchand, le garçon s'est empressé d'empocher le plus de pommes possible sans être vu, avant de filer à l'anglaise.

— Bonne technique, a reconnu Flea.

— Comment savais-tu qu'il allait voler quelque chose ?

— Manteau trop petit. Pantalon usé jusqu'à la corde. Pas de chapeau ni de gants. Et puis il avait cet air.

— L'air de quelqu'un qui a faim, ou l'air de quelqu'un qui va commettre un délit ?

Flea s'est mis à rire.

— Je ne pense pas qu'il considère ça comme un délit, Avry. Pour lui, il s'agit de *survie.* Il avait cette expression inquiète — l'inquiétude quand on ne sait pas comment on trouvera son prochain repas. C'est une expression qui reste sur le visage même quand tu as le ventre plein et quelques tranches de pain d'avance.

Ma joie s'est évanouie.

— Pourtant, la ville a l'air de prospérer, non ? J'aurais imaginé que personne ne risquait d'y mourir de faim.

— On pourrait le croire, Avry, mais malheureusement je suis bien placé pour savoir que cela ne se passe pas comme ça. Même avant la peste, il y avait des gens qui n'avaient rien à manger.

Il a regardé autour de lui.

— Au moins, nous ne courons pas de danger immédiat. Selon Belen, l'année dernière, avec le Baron de la Gnôle qui gouvernait la ville, c'était la loi de la jungle.

Il a désigné deux gardes bien armés qui surveillaient le marché.

— Les hommes d'Estrid, m'a-t-il expliqué.

— Donc sa présence est bonne pour la ville…

— Je n'en suis pas si sûr, Avry. Si tout le monde est content, pourquoi diable y a-t-il tant de soldats dans les parages ?

Un peu soupçonneuse, j'ai scruté son regard. Kerrick lui aurait-il par hasard soufflé les paroles à utiliser avec moi aujourd'hui ?

— Tu n'as pas tort, ai-je admis. Mais nous ne pouvons pas nous attarder, sans quoi Kerrick va piquer une crise. Je suggère que nous achetions d'abord les choses légères et que nous terminions par les biens les plus lourds.

— Maintenant, c'est toi qui as cet air, m'a dit Flea.

— Quel air ?

— Celui de l'acheteur. Si j'étais un pickpocket, je m'en prendrais à ta bourse sur-le-champ, avant que tu n'aies eu le temps de dépenser ton argent.

— Heureusement, tu n'en es plus un.

— Grâce à Kerrick.

J'ai ignoré ce dernier commentaire pour me diriger vers un étal qui proposait du bœuf séché. Nous sommes passés ainsi d'échoppe en échoppe pour acheter ce qui était inscrit sur notre liste — des vivres et produits de base ainsi que des rations de voyage.

Soudain, j'ai perçu un mouvement vif derrière moi. Je me suis retournée, pour découvrir Flea, qui tenait une enfant par le bras. Elle avait manifestement cherché à me voler ma bourse, et il l'avait prise sur le fait. Sans se mettre en colère, Flea lui a fait des reproches sur sa technique — et lui a même donné quelques conseils avant de lui indiquer un badaud qui ferait une proie plus facile ! Il allait la laisser partir, mais je l'ai retenue.

— Prends ça, lui ai-je dit en lui tendant quelques-unes de mes pièces.

Après tout, je n'avais pas vraiment besoin d'un peigne ou de nouveaux sous-vêtements ; ceux que j'avais tiendraient encore quelques mois, et il me restait suffisamment d'argent pour m'acheter une tenue de voyage de rechange.

La fillette m'a regardée comme si j'étais devenue folle, avant de me remercier d'un hochement de tête rapide et de disparaître dans le marché. Flea me dévisageait lui aussi.

— Qu'y a-t-il ?

Il n'a rien répondu.

— C'est toujours un repas dont elle n'a pas à se soucier, ai-je argué.

— Un repas ? Non. Cinq ou six, plutôt !

— Tant mieux. Allons-y.

Nous avons passé le reste de la matinée à faire nos achats. A ma grande surprise, peu de gens portaient la robe rouge qui montrait leur dévotion envers le dieu d'Estrid. Peut-être avait-elle assoupli ses lois ?

Un peu plus tard, j'ai demandé à Flea :

— Tu crois que ça dérangerait Kerrick si j'achetais quelques épices ? Avec le froid, il nous sera plus difficile de trouver des herbes.

L'hiver approchait ; la mauvaise saison nous tomberait dessus dans quelques semaines.

— Si ça peut améliorer les repas, je crois que personne ne s'en plaindra, a-t-il reconnu.

Nous en avions pratiquement terminé avec nos courses. Nous attendions à l'étal d'un boucher que celui-ci en finisse avec la vieille dame devant nous. Les bras me faisaient mal à force de porter nos sacs de provisions. Flea était aussi chargé que moi. Heureusement, les autres nous attendaient à proximité.

La dame a achevé de payer son faux-filet avant de se tourner vers nous. Elle s'est figée d'un bloc, l'air stupéfait.

— Noëlle ? Je croyais qu'ils t'avaient prise ! Quand es-tu revenue ? m'a-t-elle demandé.

— Je suis navrée, ai-je articulé, sous le choc, mais je crois que vous me prenez pour quelqu'un d'autre.

Quelqu'un d'autre… qui portait le même prénom que ma sœur !

— Oh ! je vous demande pardon, ma petite. Mes yeux sont fatigués… Maintenant, je vois que vous êtes plus âgée qu'elle.

Mon sang s'est glacé.

— Cette Noëlle dont vous parlez, vous savez d'où elle vient ? ai-je demandé, d'un air aussi détaché que possible.

Comme la vieille dame me fixait d'un air interdit, j'ai poursuivi :

— Il se trouve que j'ai une… une *cousine* qui porte ce prénom. Elle a environ quatorze ans, et ma famille a perdu sa trace pendant la peste.

— Oh ! oui. Il y a eu tant de morts…, a fait la dame en hochant tristement la tête. Je sais que cette jeune fille était seule. Elle me rendait des services. C'était un amour. Mais quand Estrid d'Ozero est arrivée, elle a recruté les jeunes gens qui n'avaient pas de famille.

Puis, d'une voix plus basse :

— Recruté… je devrais dire « enrôlé ». Et pas forcément de leur plein gré.

Elle a froncé les sourcils, ce qui a eu pour effet d'accentuer encore les rides sur son visage.

— C'est pour cela que j'étais si surprise. J'ai cru qu'elle s'était échappée. Quelle misère, tout de même…

— Vous a-t-elle parlé de sa famille ? ai-je demandé.

— Non. Elle ne parlait de personne. Elle se contentait de faire son travail, de me remercier quand je la payais et de partir. Quand elle n'avait plus d'argent, elle venait me voir et me demandait si j'avais du travail pour elle. Pour sûr qu'elle me manque, la pauvre petite ! Mes jambes se font trop vieilles pour me porter tous les jours au marché.

J'ai remercié la vieille dame pour nous avoir consacré du temps. Elle nous a souhaité une bonne journée avant de s'en aller.

— Tu as vraiment une cousine appelée Noëlle ? m'a demandé Flea.

— Pas une cousine, non, mais j'ai… j'avais une petite sœur qui portait ce nom.

— Et tu ne sais pas si elle est toujours en vie ?

Je lui ai raconté brièvement ce que j'avais trouvé à mon retour de chez Tara.

— Pour ce que j'en sais, ma mère et ma sœur sont peut-être enterrées dans les fosses communes de Lekas.

— C'est affreux…

J'ai haussé les épaules pour donner le change.

— Noëlle… c'est un prénom plutôt commun. Il y a peu de chances qu'il s'agisse d'elle. De toute façon, tu as entendu la vieille dame : cette fille a disparu.

Flea a hésité un instant. Il a scruté le marché autour de nous avant de poser ses sacs sur le sol.

— Attends-moi ici. Je vais poser quelques questions pour toi.

— Flea, je ne suis pas sûre que ce soit une bonne idée. Il ne faudrait pas que nous nous fassions remarquer…

— Ne t'inquiète pas. Les enfants des rues savent se montrer discrets. Attends-moi ici.

Avant que j'aie pu protester, il s'est glissé dans le flot des passants et a disparu. Un tourbillon d'émotions contrastées m'étreignait.

Si la Noëlle dont avait parlé la femme n'était pas ma sœur, je me retrouverais de nouveau en proie à mes questions lancinantes sur le destin des miens. Et dans le cas contraire… je ne pourrais rien faire. L'armée d'Estrid la tenait. Tout au moins, je le supposais… Sans quoi nous pourrions peut-être la trouver en ville…

L'espoir voulait pousser en moi comme une plante vivace, mais je devais l'arracher avant qu'il ne fasse des dégâts. Il ne pouvait me mener qu'à la déception et au chagrin.

Quant à ce qui arriverait si Flea se faisait prendre…

Kerrick me tuerait. Pire : il me ferait regretter de ne pas être morte.

Incapable de rester là à attendre sans rien faire, j'ai entrepris de réorganiser nos sacs de provisions, déplaçant les articles les plus lourds pour qu'ils soient plus faciles à transporter. Quand j'ai terminé, Flea n'était toujours pas revenu. L'inquiétude m'a gagnée. Je tremblais quasiment tant j'étais impatiente de passer à l'action, mais je me forçais à rester sur place.

Et si Flea ne revenait pas ? Devrais-je me mettre à sa recherche, ou bien alerter Kerrick ? J'en étais là de mes réflexions lorsque mon compagnon a enfin reparu.

— Où diable étais-tu passé ? lui ai-je demandé de but en blanc.

— Je ne suis parti que pendant dix minutes ! a-t-il protesté.

— Dix minutes qui ont duré une éternité.

J'ai inspiré profondément pour retrouver mon calme, puis, désignant les sacs de provisions d'un geste :

— Ce sont les tiens. Hâtons-nous avant que Kerrick ne vienne nous chercher.

Flea s'est chargé de la moitié des sacs.

— Tu ne veux pas savoir ce que j'ai découvert ?

— Oh ! que si, lui ai-je fait. Mais, d'abord, allons-nous-en d'ici.

Nous nous sommes dirigés vers la route de l'est. Quand nous nous sommes trouvés suffisamment à l'écart du marché, n'y tenant plus, j'ai demandé à Flea ce qu'il avait appris.

— Beaucoup de choses à propos de l'armée d'Estrid, m'a-t-il répondu. La plupart des jeunes gens qui ont été enrôlés étaient des orphelins des rues. Ils sont retenus dans un camp d'entraînement à cinq lieues au nord de la ville.

J'ai tout de suite senti qu'il ne me disait pas tout.

— Continue, je t'en prie. Ne me laisse pas sur des charbons ardents.

— Cette Noëlle faisait effectivement partie des gamins des rues qui ont été enlevés. Personne ne la connaissait vraiment, ici. En revanche, ils savaient de quel pays elle venait.

Je me suis immobilisée pour le regarder en face.

— Et alors ?

— C'est ta sœur. Sans le moindre doute.

11

— Comment peux-tu en être sûr ? ai-je demandé à Flea.

— Les enfants qui t'ont vue t'ont prise pour elle, eux aussi — à part la petite qui a essayé de voler ta bourse. D'après eux, la Noëlle qu'ils connaissent vient de Lekas. C'est dans le royaume de Kazan, non ?

— Et ils t'ont révélé tout ça comme ça ?

Cela faisait *trois ans* que je cherchais le moindre indice au sujet du sort de ma famille. Etrange que ces informations sur ma sœur apparaissent maintenant. Pouvait-il s'agir d'un piège ?

— Entre orphelins des rues on se comprend.

— C'était aussi simple que ça, *vraiment* ?

— Et j'ai distribué quelques pièces. Tu es contente ?

— Ça paraît plus logique.

Je faisais de mon mieux pour ne pas me laisser submerger par mes émotions. Flea avait beau être certain de son identité, je ne voulais pas croire aveuglément qu'il s'agissait de ma sœur.

— As-tu appris quelque chose sur ce fameux camp ?

— Il est gardé, mais pas de façon trop stricte. Il faut les comprendre : la plupart des recrues n'ont plus à se préoccuper de leur prochain repas, ni de savoir si la neige va tomber demain. Tant qu'on leur fournit un toit, le couvert et des vêtements chauds, ils ne pensent pas à s'enfuir.

— Mais ils doivent tout de même se battre pour Estrid…

— C'est ce que je te disais tout à l'heure : les orphelins des rues se moquent de la politique. Ils se montrent loyaux envers ceux qui les traitent bien. De toute façon, il n'y a pas de combats ni de vraies rébellions en ce moment.

— En ce moment, c'est vrai. Mais que se passera-t-il le jour où Tohon et Estrid décideront d'occuper la même ville ?

Flea n'a pas répondu. Portant un doigt à sa bouche, il m'a indiqué de me taire et de guetter un bruit suspect qui venait de notre gauche. J'ai porté la main à mon couteau, mais c'est Belen qui a émergé de la forêt, bientôt suivis de nos autres compagnons.

— Vous êtes partis plus longtemps que prévu, a fait Loren. Avry a-t-elle eu du mal à trouver le marché ?

Quain a ricané.

J'ai lancé un regard à la dérobée en direction de Kerrick, pour juger de son humeur. *Rien.* J'aurais tiré davantage d'informations d'une pierre. Belen a voulu porter tous mes sacs de provisions, mais j'ai insisté pour en garder quelques-uns. Loren et Quain aidaient Flea.

Enfin, celui-ci a lancé :

— Nous avons eu l'occasion d'en apprendre plus sur Estrid et l'état de ses forces armées.

Tandis que nous nous dirigions vers la grotte, il les a mis au courant de l'existence du camp d'entraînement.

— Et nous devons secourir la sœur d'Avry.

Cette dernière phrase n'a éveillé qu'un silence stupéfait — le mien en particulier. Puis les questions ont fusé. Flea leur a parlé de Noëlle.

— Rien ne prouve que ce soit elle, ai-je rappelé.

— Nous pouvons commencer par une mission de reconnaissance, a suggéré Flea. Nous vérifierons qu'elle est bien là ; ensuite, nous nous glisserons dans le camp et…

— *Non.* C'est trop dangereux, a coupé Kerrick sur un ton sans réplique.

C'était aussi ce que je pensais quelques secondes auparavant, mais son assurance me donnait envie de le contredire.

— Aller jeter un coup d'œil ne serait pas tellement

risqué. Si c'est bien elle, je serais rassurée sur son sort. Au moins, je saurais si elle est bien en vie.

— Nous n'approcherons pas de ce camp. Tu pourras toujours revenir la chercher lorsque…

Une pensée a paru le frapper ; une lueur de roublardise a brillé dans son œil.

— Si tu promets de guérir Ryne, nous irons ensemble nous assurer qu'il s'agit bien d'elle.

J'ai eu l'impression qu'il me plongeait son épée dans la poitrine. Peut-être était-ce sa façon à lui de se venger de moi pour l'avoir forcé à choisir entre Belen et son prince.

— Hors de question, lui ai-je rétorqué.

J'étais fière que ma voix ne tremble pas. J'ai accéléré le pas, si bien que je me trouvais en tête du groupe lorsque nous sommes parvenus à la caverne — ce qui m'a permis de dissimuler les larmes dans mes yeux.

Une fois installés dans notre grotte, les autres ont commencé à défaire les paquets. C'était mon tour de cuisiner, et j'ai décidé de me concentrer exclusivement sur cette tâche. Avec des ingrédients frais, des épices et des herbes, comment aurais-je pu ne pas réussir le repas ? Loren, Quain et Flea l'ont dégusté avec des grognements appréciateurs ; Belen a prétendu qu'il s'agissait du meilleur rôti de sa vie. Quant à moi, malheureusement, je n'avais pas vraiment d'appétit. J'ai fini par me glisser dans mon sac de couchage pour attendre le sommeil.

Mes pensées sont revenues à Noëlle. Si elle était bien l'orpheline des rues disparue, la possibilité de la voir, et peut-être de lui parler, était la plus belle chose qui me soit arrivée depuis des années. Elle savait sans doute ce qu'il était advenu d'Allyn et de notre mère, même si le fait qu'elle se trouve seule semblait de mauvais augure : si les autres membres de ma famille avaient été en vie, rien au monde n'aurait pu les séparer. Rien… à part des circonstances exceptionnelles. *Ce qu'était justement la peste.*

Mon raisonnement tournait en rond. Trop de questions

sans réponses — et ces réponses valaient-elles que je risque ma vie ? Si ma petite sœur était devenue une garde d'Estrid, alors ses jours n'étaient pas en danger. Pour ma part au contraire, je risquais gros : à quoi bon promettre de sauver Ryne si c'était pour m'apercevoir ensuite que la fille dont avaient parlé les enfants des rues n'était pas ma sœur, ma « petite ombre » comme je l'appelais ?

J'avais pris la bonne décision, même si le désir de filer à l'anglaise pour aller jeter un coup d'œil à ce camp me tenaillait. De toute façon, c'était impossible : même si je n'avais pas donné ma parole de ne pas chercher à m'enfuir, je n'aurais pas pu aller bien loin sans que Kerrick me rattrape et me ramène au camp par la peau du cou.

Pourtant, savoir que j'obéissais à la logique ne suffisait pas à atténuer la douleur qui me poignardait le cœur. Pendant les deux jours qui ont suivi, je suis restée silencieuse, sortant le moins possible de mon lit et picorant à peine la nourriture.

Le troisième jour, Belen m'a forcée à me mettre debout et s'est fait tout sucre et tout miel pour m'entraîner hors de la grotte. J'ai fini par céder. Peu après, je me suis retrouvée dehors, sous un soleil éclatant. L'air était vif et piquait les poumons. Loren et Quain s'entraînaient avec des épées de bois. Flea faisait la sieste au soleil. Kerrick, bien entendu, était parti Dieu sait où.

— Tu vois cette cible ? m'a demandé Belen.

A quelque vingt mètres de distance, on avait peint une cible en rouge sur un arbre.

— Oui.

— Alors allons-y, m'a-t-il dit en me tendant mes couteaux. Ma mémoire me joue parfois des tours, mais il me semble me souvenir que certaines personnes ici ont besoin de travailler leur visée…

J'ai regardé les poignards aux lames étincelantes. Je me suis demandé lequel des deux j'avais planté dans la cuisse d'un homme.

— C'est de toi que je parle, Avry, a repris Belen. Essaie de toucher la cible en lançant les couteaux.

— Je n'en ai pas trop envie pour le moment. Peut-être plus tard, lui ai-je répondu.

Pourtant, il a refusé de me reprendre les dagues ou de me laisser m'éloigner.

— Tu ne rentreras pas dans la caverne tant que tu n'auras pas touché cette cible, m'a-t-il dit.

Je lui ai lancé un regard furieux, mais il n'en a fait aucun cas. J'ai fini par céder.

— Très bien, ai-je dit.

J'ai saisi le premier couteau par la lame et je l'ai lancé. Il a raté sa cible. Comme le suivant, et encore le suivant, et les cinq lancers qui lui ont succédé… Très vite, cela a commencé à m'agacer. Je me suis débarrassée de toutes mes pensées parasites pour me consacrer à la cible rouge et rien qu'elle. Enfin, le couteau a frappé cette fichue cible — pour retomber au sol sans se planter.

— Bon, je l'ai touchée, ta cible, ai-je bougonné en faisant mine de m'en aller.

Mais la grosse main de Belen s'est posée sur mon épaule et m'a retenue sur place.

— Pas si vite. Ça ne compte pas s'il retombe.

— Ça ne faisait pas partie du marché conclu !

— Dommage pour toi. Mais c'est comme ça. Allez, essaie encore.

J'ai soupiré… et obtempéré. Peu à peu, ma précision s'est améliorée ; toutefois, on aurait dit que mes couteaux refusaient obstinément de se planter dans l'écorce.

— C'est trop loin pour moi. Je ne suis pas assez forte, ai-je commencé à me plaindre.

En temps normal, je m'en serais voulu de me montrer aussi geignarde, mais pas aujourd'hui.

— Ce n'est pas ça, m'a fait Belen avec un geste de la main. Tu n'y mets pas assez de fièvre, voilà tout.

— De *fièvre* ?

— Exactement.

Belen s'est gratté le bras, cherchant les mots justes.

— De la chaleur. De l'énergie. Du désir. De l'émotion. Pense à cette cible comme à une araignée géante avant de lancer le couteau.

— Mais j'aime bien les araignées…

— Alors pense à quelque chose que tu n'aimes pas. Un serpent ou un lys de la mort, ce que tu veux.

D'accord. J'ai visé le cercle rouge et imaginé une image sur le tronc de l'arbre. La colère et le mépris m'ont envahie à parts égales ; j'ai lancé le couteau d'un mouvement puissant et souple, avec toute la « fièvre » dont parlait Belen.

Avec un bruit joyeux, il s'est fiché dans l'arbre.

— C'est tout à fait ça, a approuvé Belen. Alors, à quoi pensais-tu ? A un lys ou à un serpent ?

— Aucun des deux.

Pouvais-je rééditer mon exploit ? De nouveau, j'ai invoqué les sentiments qui me venaient à cette image… et le deuxième poignard s'est fiché dans l'arbre, juste à côté du précédent.

— Très bien. Tu vois bien que tu es assez forte…

Je suis allée jusqu'à l'arbre pour en retirer les deux couteaux, puis j'ai repris ma place et les ai lancés — en plein cœur de la cible, de nouveau.

— Tu as tout compris. Alors dis-moi, ta motivation, qu'est-ce que c'était ?

— Imaginer le visage de Kerrick dans cette cible, ai-je sifflé entre mes dents.

La douleur et la colère avaient un peu relâché leur étreinte. Peut-être une douzaine de lancers supplémentaires, juste entre ses yeux, me feraient-ils du bien.

— Ce n'est pas très gentil, a raillé Belen.

— Tant pis.

Lancé.

Touché.

— Dommage pour lui.

Lancé.

Touché.

— Au moins, tu souris. Tu penses pouvoir atteindre une cible en mouvement ?

— Peut-être.

— Quelle que soit la tâche, tu as principalement besoin de deux choses : confiance et entraînement. Quand les deux sont réunis, tu peux tout faire.

— J'ai déjà entendu ce genre de discours mille fois. Je t'en prie, Belen, épargne-moi ça.

— Pas la peine de te montrer désagréable : ça ne fera que prolonger la durée de ta leçon.

J'ai haussé les épaules.

— Ce n'est pas comme si j'avais autre chose à faire de ma journée.

— Ah non ? Je peux te proposer d'aller courir pour te mettre en forme. Il va nous falloir escalader la Montagne des Neuf, ce qui est éprouvant par tous les temps, mais particulièrement épuisant en hiver.

Et zut.

— Désolée. Alors, comment vas-tu te débrouiller pour trouver une cible mouvante ?

— Quain a fabriqué quelque chose avec du bois et de la ficelle. Quain, as-tu deux minutes à nous consacrer ?

Loren et lui avaient achevé leur entraînement.

— Oui, j'en ai assez de gagner tous mes combats, a répondu Quain en essuyant la sueur qui coulait de son front.

— Tu appelles ça des combats ? Moi, j'appelle ça faire mumuse, a aussitôt raillé Loren.

Pourtant, son visage cramoisi et sa chemise trempée disaient le contraire.

Flea s'est réveillé et s'est relevé avec un bâillement.

— Oui, c'était vraiment un très beau combat. Je vous remercie de m'avoir invité à le regarder, messieurs : j'avais un peu de sommeil en retard et j'ai pu en profiter pour me rattraper.

Les deux autres lui ont lancé leurs bâtons, qu'il a esquivés en riant.

Ensemble, nous nous sommes dirigés vers une clairière tout en longueur, à l'extrémité de laquelle une planche de bois peinte d'un cercle rouge était accrochée à une branche par un système complexe de cordes. Quain a entrepris de se hisser dans l'arbre.

— Prêt, a-t-il dit une fois installé.

— Commence doucement, lui a indiqué Belen. Avec des mouvements de gauche à droite.

Quain a tiré une série de cordes, et la planche s'est mise à bouger latéralement.

— Tout est dans la coordination, m'a dit Belen. Tu dois viser et lancer avec les mêmes mouvements que tout à l'heure, mais il faut le faire au moment exact.

Flea et Loren ne perdaient pas une miette du spectacle. Ainsi, j'allais avoir un public. Fantastique, non ? Avec une grande inspiration, j'ai empoigné un couteau et regardé la planche qui se balançait. Sans savoir exactement pourquoi, je me suis mise à calculer dans ma tête la fréquence de ses oscillations. J'ai lancé… et raté ma cible. Ce n'était pas la bonne solution, visiblement.

Après quelques échecs, je suis parvenue à toucher le bout de bois. Cela m'a permis de mieux ajuster ma coordination. A plusieurs reprises, j'ai effleuré la cible.

Lorsque enfin un couteau s'est fiché dans le cercle, mes compagnons ont poussé des cris d'encouragement. Quain a accéléré alors les mouvements de la cible. Une nouvelle fois, j'ai dû me concentrer pour trouver le bon moment pour lancer, et j'ai réussi à toucher le centre du cercle au bout de quelques essais. Dès lors, Quain a décidé de se montrer particulièrement créatif avec la cible : il s'est mis à tirer sur les cordes comme un marionnettiste, faisant bouger le morceau de bois en tout sens de manière imprévisible.

Dès que je parvenais à planter mon couteau, il changeait de mouvement, de rythme, ou les deux.

Sans vouloir l'admettre, je m'amusais énormément à relever ce défi. Belen s'était tu, il ne me donnait plus de conseils — ou bien je ne l'entendais plus. Mon monde s'était réduit à un cercle rouge et à des poignards de jet.

Lorsque la lumière a décliné, Belen a mis un terme à la session.

— C'est un bon début, m'a-t-il dit.

Il m'a administré une bourrade qui a bien failli m'envoyer bouler au sol.

— Kerrick a raison. Tu apprends vite. Bientôt, tu seras dangereuse, avec ces couteaux !

— Pour autant que mon adversaire reste à vingt mètres de distance, lui ai-je répondu.

— Une chose à la fois. Une fois que tu auras maîtrisé l'art du lancer, je t'apprendrai à te défendre contre un couteau et à te battre avec.

Nous avons regagné la caverne. Les bras me faisaient mal à force d'exercice. Pour la première fois depuis des jours, j'ai remarqué que mon ventre gargouillait — même si le retour de Kerrick m'a un peu coupé l'appétit. Tiens, tiens, le fantôme de la forêt… Il aurait pu épier le camp d'entraînement d'Estrid sans que personne n'ait la moindre chance de le remarquer, mais il refusait de le faire.

Amère, moi ? Pourquoi donc ?

Je suis parvenue à avaler la moitié d'un bol de soupe avant de me glisser sous ma couverture.

Un peu plus tard, des éclats de voix entre deux murmures m'ont tirée du sommeil. La lumière autour de moi était faible, et j'en ai déduit que le feu était en train de mourir. Au bout de quelques minutes, je suis arrivée à identifier les voix de Kerrick et de Belen. Pas vraiment une surprise…

— … ne voudra jamais guérir Ryne si tu ne montres pas une certaine gentillesse, disait Belen.

— De la gentillesse ? Et lui apprendre à se déplacer en forêt ou à lancer des couteaux, c'est méchant, peut-être ?

— Ce ne sont que des tactiques de survie. Dont elle a besoin à cause de nous.

— Parce qu'elle aurait survécu à la geôle dont nous l'avons tirée, peut-être ?

Bien qu'il ait chuchoté, sa voix était clairement sarcastique.

— Tu sais de quoi Tohon est capable, a rétorqué Belen. Je préférerais la voir passer à la guillotine plutôt que tomber entre ses griffes.

Ces mots ont fait naître en moi un frisson de terreur pure. J'osais à peine imaginer ce qui pourrait m'arriver dans ce cas. Le silence de Kerrick n'a fait que le confirmer : mon appréhension était bel et bien fondée. J'aurais aimé voir son visage.

— Je l'ai aidée à retrouver cette fille, Mélina, a-t-il repris d'un ton plus calme.

— Ça ne compte pas : vous avez passé un marché ensemble, voilà tout.

— Mais elle s'obstine à me refuser son aide. Or, nous n'avons pas beaucoup de temps devant nous. Chaque jour que Ryne passe plongé dans la torpeur magique, Estrid et Tohon deviennent plus forts et leurs troupes plus nombreuses.

— Même si nous le rejoignions demain, cela n'aurait pas d'importance. Elle refusera de le soigner. Et alors, que ferons-nous ? lui a demandé Belen.

Silence.

— Il vaudrait mieux prendre le temps et lui montrer ce qui arrive à ceux qui tombent sous la coupe de Tohon.

— Non. C'est trop dangereux, a objecté Kerrick. Il doit y avoir un autre moyen. Elle est trop intelligente pour ajouter foi aux rumeurs sur Ryne. Je ne comprends pas pourquoi elle refuse de le soigner.

— Elle a certainement une autre raison. Nous devons trouver laquelle, mais elle ne s'en ouvrira pas à nous si tu restes impassible et silencieux, à remâcher ta colère. Jaël est partie depuis quatre ans, Kerrick. Elle n'est pas…

— Ne commence pas avec ça.

Des bruits de pas ont retenti sur le sol de la caverne avant de s'éloigner.

Avec un juron étouffé, Belen a regagné sa paillasse. Il ne lui a fallu que quelques instants pour trouver le sommeil. J'aurais aimé pouvoir en dire autant ! Pour ma part, je ne cessais de passer et repasser cette conversation dans ma tête.

Et d'abord, qui était Jaël ? Quoi qu'il en soit, j'aimais autant que Kerrick continue à se comporter avec moi avec sa froideur et son arrogance habituelles. Cela me rendait facile de refuser mon aide à Ryne. Mais Belen avait raison : j'avais, pour détester le prince, bien d'autres motifs que de simples rumeurs.

Lors de mon apprentissage avec Tara, celle-ci m'avait raconté que la reine Alvena l'avait appelée pour soigner le roi Micah. Elle avait donc entrepris de traverser la Montagne des Neuf… pour se retrouver bloquée par Ryne. Selon lui, il était inutile de soigner son père ; le pouvoir des guérisseurs allait à l'encontre de l'ordre naturel des choses, et il fallait laisser la maladie réguler les populations.

Le prétexte de Ryne me semblait totalement fallacieux. Tout ce qu'il voulait, c'était le trône de son père. Il se moquait bien de l'ordre naturel. Tara m'avait raconté comment le prince s'était montré malpoli et grossier, et qu'il avait ordonné à ses gardes de l'escorter hors du château alors même que la nuit était tombée. Il n'avait pas non plus laissé ma tutrice s'entretenir avec la reine, sa mère.

Inutile de tenter de partager cette histoire avec Belen. Chaque fois que je lui parlais de Ryne, il contrait mes objections une par une, en donnant des raisons à son comportement odieux. Savait-il seulement que, même avant la peste, Ryne n'avait jamais aimé les guérisseurs ?

Cela dit, après mûre réflexion, ce n'était pas à Belen ni aux autres de me faire changer d'avis sur le prince.

Ç'aurait été à lui-même de s'en occuper… Quel dommage qu'il ne puisse parler pour sa défense !

Mes pensées se sont brouillées tandis que je sombrais dans les bras de Morphée. Cette nuit-là, des images de Noëlle, petite ou grande, ont peuplé mes rêves. Je tentais de l'atteindre, de la prendre par la main, mais des fleurs géantes s'interposaient sans cesse entre nous. Pour la rejoindre, je devais encore et encore repousser les pétales et me frayer un chemin à coups d'épaule. Au moment où j'allais enfin y arriver, des lianes se sont refermées autour de mes poignets et m'ont entravée. J'ai lutté de toutes mes forces, mais les plantes s'enroulaient autour de moi et m'empêchaient de bouger. Elles sortaient *des mains de Kerrick* et me ligotaient entièrement.

Lorsque je me suis réveillée, les images du rêve ont paru se fondre à la réalité : Kerrick était bel et bien agenouillé à mes côtés, et il me retenait par les poignets.

— Du calme, m'a-t-il dit. Ce n'est qu'un rêve.

J'ai cessé de me débattre.

Il m'a lâchée et s'est assis sur ses talons.

— Un cauchemar ?

— Quelque chose comme ça, oui, ai-je grommelé, encore à moitié endormie.

— Le prénom de ta petite sœur est-il Noëlle ?

— Oui, pourquoi ?

— Tu ne cessais de l'appeler.

— Ah…

Que pouvais-je répondre d'autre ?

— Et qui est Allyn ?

— Mon frère cadet. Pourquoi ? L'ai-je appelé aussi ?

— Pas cette nuit, mais je t'ai entendu prononcer son nom plusieurs fois pendant ton sommeil.

Fantastique. La pensée que Kerrick connaisse cette faiblesse me remplissait d'amertume.

— A-t-il survécu à la peste ? m'a-t-il demandé.

— Je ne sais pas. Il a disparu en même temps que ma mère et ma sœur.

— Tu as d'autres parents proches ?

J'ai compris où il voulait en venir…

— Si tu essaies d'utiliser ma famille pour me convaincre de guérir Ryne, cela ne marchera pas. Je me suis cachée pendant trois ans, et pendant tout ce temps je n'ai pas eu la moindre nouvelle des miens. Le fait d'apprendre que ma petite sœur est peut-être vivante et se trouve en sécurité dans un camp d'entraînement est merveilleux, mais en réalité tu t'en fiches. Trouve une autre tactique.

— Tu as vraiment une bien piètre opinion de moi, n'est-ce pas ?

— Tu es la seule personne que je connaisse à m'avoir giflée, affamée, attachée à un arbre et laissée dehors dans le froid chaque nuit. Je vois mal comment je pourrais te tenir en haute estime…

— Et le fait que je t'aie sauvée de la prison et des mercenaires ? Et tout ce que je t'ai appris sur la survie en forêt ?

— Tout cela, c'est pour sauver le prince Ryne. Pas pour moi. Tu as été très clair là-dessus : Ryne constitue ton unique priorité.

— Je te l'accorde. Cependant, réfléchis à ceci : de toute évidence, Noëlle compte beaucoup pour toi. Si elle était malade et que je sois la seule personne au monde à pouvoir la guérir, comment te comporterais-tu ? En particulier si tu savais qu'en vivant elle pourrait améliorer l'existence de milliers de personnes. Que me ferais-tu si je refusais de la soigner parce que j'ai entendu dire qu'elle avait frappé son frère ?

Ce que Ryne avait fait n'avait rien à voir avec une vulgaire querelle familiale.

— Si nous étions dans cette situation, lui ai-je répondu, je t'assure que je ne m'abaisserais pas à utiliser la violence ni l'intimidation. Je comprends ton point de vue et, oui, je consacrerais tous mes efforts à te faire changer d'avis sur Noëlle. Je n'ai rien à dire contre les histoires que me raconte Belen, contre vos leçons, ou même contre le fait d'être prisonnière — de toute façon, mon existence n'était guère plus brillante auparavant. Ce que je n'aime pas, c'est que tu te serves de moi pour arriver à tes fins. Tu te moques de ce que je pense ou de ce que j'éprouve ; tout ce qui compte, c'est que je t'obéisse. Tes compagnons acceptent peut-être cela, mais eux ont choisi de te suivre. *Pas moi.*

Le regard de Kerrick s'est voilé. Allait-il oui ou non finir par me comprendre ? Ce qui, au passage, ne me simplifierait guère la vie, car ses manières de brute ne faisaient que me renforcer dans ma résolution de ne pas guérir Ryne. Mais, comme à son habitude, il n'a rien laissé paraître de ses émotions.

— Tout à l'heure, Belen était en train de fabriquer des poignards avec des branches pour toi. Demain, une rude journée t'attend. Rendors-toi, Avry, m'a lancé Kerrick.

Ç'a été comme un coup de tonnerre dans ma poitrine. *Kerrick avait prononcé mon prénom, enfin !* J'avais l'impression confuse que les choses allaient changer entre nous — mais serait-ce en bien ou en mal ?

Même si Kerrick m'avait mise en garde, je ne m'attendais pas à ce que Belen en exige autant de moi. Il a commencé par me faire reprendre mes exercices de lancer sur cible fixe puis mouvante, jusqu'à ce qu'il juge le résultat satisfaisant. Ensuite, il a dessiné des cibles plus petites et m'a demandé de les viser. Une fois que je suis parvenue à les toucher de façon régulière, il m'a montré les rudiments pour se défendre lors d'un assaut au couteau. Nous utilisions des poignards qu'il avait fabriqués avec des branches.

C'est ainsi que ce soir-là, épuisée et couverte de bleus et d'égratignures, je me suis effondrée dans un sommeil réparateur. Aucun cauchemar n'est venu troubler ma nuit… jusqu'au moment où Kerrick m'a réveillée.

Penché sur moi, il me secouait par l'épaule. J'ai cligné les yeux, confuse.

— Suis-moi, m'a-t-il dit.

— Pourquoi ? Quelqu'un a découvert notre cachette ?

— Non. Mais nous devons partir maintenant si nous voulons arriver là-bas avant le jour.

— Là-bas ? Mais où donc ?

J'avais l'impression que mes pensées étaient engluées, comme collées dans un pot de miel.

— Là où se trouve ta petite sœur.

12

Je l'ai dévisagé sans un mot, parfaitement éveillée à présent.

— Là où se trouve ma sœur ? ai-je répété.

— Oui.

— Et en échange, que dois-je promettre ? ai-je demandé, méfiante.

— Rien.

J'ai dévisagé Kerrick, tentant de déchiffrer ses véritables intentions sur son visage. Belen se tenait derrière lui, les traits illuminés d'un grand sourire. *Intéressant.* Je n'étais pas du genre à laisser filer une telle occasion… Rejetant mes couvertures en arrière, j'ai bondi de ma couchette pour enfiler mes bottes et mon manteau.

— Tu t'occupes du camp jusqu'à notre retour, a lancé Kerrick à Belen.

— Et si vous n'êtes pas revenus à la nuit ?

— Tu iras chercher Avry au camp d'entraînement. Ne t'occupe pas de moi.

— C'est ça, oui.

Kerrick n'a pas répondu, se contentant de marmonner quelque chose dans sa barbe.

J'ai pris Belen dans mes bras et je l'ai serré fort.

— Merci, lui ai-je murmuré à l'oreille.

Il a feint l'innocence :

— Merci ? Pourquoi ?

— Tu mens très mal, Belen. Promets-moi de ne jamais jouer au poker.

— Trop tard. Les autres m'ont plumé il y a des mois.

— Pauvre Belen…

— Ce n'est que de l'argent, Avry. Allez, dépêche-toi, a-t-il ajouté en accompagnant ses paroles d'un grand geste, ou bien Kerrick va partir sans toi.

Ç'a été à mon tour de marmonner quelques mots dans ma barbe. Je me suis hâtée de suivre Kerrick et de quitter la grotte pour pénétrer dans la forêt obscure. C'était une nuit sans nuages et sans lune.

Kerrick s'est tourné vers moi.

— Veux-tu que…

Il m'a tendu la main.

— Nous pourrons avancer plus vite si…

Je l'ai considéré un instant, stupéfaite. Kerrick était-il en train de se montrer *timide* envers moi ? En temps normal, il se serait contenté de m'attraper par le bras et de me traîner à sa suite. A vrai dire, Kerrick-le-gentil me faisait plus peur que Kerrick-le-méchant…

Pour répondre à sa question en suspens, j'ai saisi sa main. Elle était beaucoup plus chaude que la mienne. La magie est remonté le long de mon bras. Lorsque j'ai levé les yeux, je pouvais distinguer la forêt comme en plein jour.

Kerrick s'est élancé, adoptant un pas rapide. Pour la première fois, néanmoins, je me suis rendu compte que je parvenais à le suivre sans peine. Grâce à ses pouvoirs, j'ai *senti* que nous étions seuls dans cette partie de la forêt. Aussi, j'en ai profité pour lui poser quelques questions.

— Comment sais-tu qu'il s'agit bien de ma sœur ?

— J'ai espionné le camp.

Il m'a jeté un regard amusé.

— Elle te ressemble beaucoup. Pas seulement physiquement : elle se bat aussi comme une lionne. Je l'ai vue se débarrasser d'adversaires bien plus grands qu'elle. Si ce n'est pas ta sœur, je veux bien laisser ma place de chef à Flea !

Une bouffée d'espoir et de fierté est montée en moi.

C'était un mélange dangereux, mais je ne pouvais plus lutter contre ces sentiments.

— Pourrais-je lui parler ? Comment ?

— La sécurité autour des baraquements est plutôt négligée. J'ai pu y pénétrer sans difficulté, et je n'ai croisé personne. C'est une installation ancienne, qui autrefois pouvait accueillir des centaines de soldats. Du coup, les recrues ont chacun leur chambre.

Ainsi, Kerrick avait déjà effectué sa reconnaissance. J'ai réfléchi un instant. Rien ne me ferait plus plaisir que de parler quelques instants avec ma petite sœur, mais si elle m'apprenait qu'elle était malheureuse ? Comment pourrais-je la laisser là ?

— Et si elle veut venir avec nous ? ai-je lâché.

Je me suis raidie en attendant sa réponse.

— Alors, nous reviendrons la chercher.

Je me suis arrêtée sur place.

— Mais ce ne sera pas gratuit, n'est-ce pas ? lui ai-je demandé. Je te l'ai déjà dit : jamais je ne te promettrai de…

— *Je sais.* Malgré ce que tu penses, je n'aurais pas cette cruauté.

Il a pris une profonde inspiration.

— Mon comportement a été… inexcusable, je l'admets. Mais si j'agis ainsi, c'est pour te montrer que tu es beaucoup plus qu'un simple outil pour moi.

Je suis demeurée suspicieuse — mais comment aurais-je pu refuser son aide ?

— Tu la laisserais voyager avec nous ?

— Non.

Il a aussitôt levé une main apaisante pour prévenir mes protestations.

— C'est trop dangereux pour elle. Nom d'un chien, c'est déjà trop dangereux pour *nous* ! J'ai pensé que nous pourrions plutôt la laisser chez Maman…

Ainsi, il avait réfléchi à toute la situation… J'aurais dû m'inquiéter de ce qu'il me demanderait en échange de sa bonté, mais en cet instant la sécurité de Noëlle était tout ce qui comptait pour moi.

— Alors, que devrai-je lui dire ?

— De préparer un sac de voyage et de le cacher. Lorsque nous quitterons les environs, nous repasserons la chercher. Préviens-la que ce sera en pleine nuit de nouveau, et sans doute pas avant une ou deux semaines.

Nous avons poursuivi notre route en direction du camp d'entraînement ; à mesure que nous approchions, nous avons ralenti l'allure. Comme Kerrick l'avait dit, seule une poignée de gardes patrouillaient le long de la palissade de bois décrépite. Deux d'entre eux sont passés devant nous ; quand ils ont disparu au coin du camp, nous nous sommes glissés dans un trou entre deux planches.

A l'intérieur de l'enceinte brûlait un cercle de torches qui créait des taches de lumière mouvantes. En catimini, nous nous sommes dirigés vers l'ombre qui entourait les baraquements ; de là, nous avons longé un mur percé d'une porte latérale.

Kerrick a entrepris de crocheter la porte au moyen du rossignol qu'il conservait toujours dans sa poche. Il y est parvenu en quelques secondes et s'est glissé dans la pièce. Je l'ai suivi et refermé la porte derrière nous. Il s'est dirigé droit vers une autre porte au milieu du couloir. Je n'ai même pas pris la peine de lui demander comment il savait qu'il s'agissait de la chambre de Noëlle.

— Je t'attends ici, m'a-t-il chuchoté. Ne traîne pas.

Soudain nerveuse, j'ai manœuvré la poignée et je suis entrée dans la pièce. Kerrick a refermé derrière moi. Un simple lit accompagné d'une table de chevet et d'un petit bureau constituait le mobilier de la petite chambre. A travers la fenêtre, une faible lueur jaune illuminait une masse de cheveux noirs tombant en cascade sur l'oreiller. Je me suis approchée à pas lents, inquiète. Et si ce n'était pas Noëlle ? Que se passerait-il si cette fille se mettait à hurler ? De crainte de l'effrayer, je me suis arrêtée à deux pas de la tête du lit.

— Noëlle ? ai-je murmuré.

— Mmm ?

Il y a des choses qui ne changent jamais. Pendant des années, nous avions partagé la même chambre, et j'avais pour habitude de la réveiller en plein milieu de la nuit pour discuter d'un sujet qui, sur le moment, semblait trop important pour attendre le matin. J'aurais reconnu entre mille sa façon de répondre d'une voix embrumée. Mes genoux se sont mis à trembler.

— *Noëlle*, ai-je lancé un peu plus fort.

Cette fois, elle s'est réveillée en sursaut.

— Tout va bien. C'est moi.

— Moi qui ?

— Avry.

Dans ses yeux, la peur a fait place à la surprise.

— Tu es vivante ?

Question idiote, mais étant donné les circonstances…

— Oui. Et cela fait des années que je cherche ma petite ombre.

Elle s'est littéralement jetée sur moi. L'espace d'un instant, j'ai bien cru que c'était pour m'attaquer, mais elle m'a prise dans ses bras et m'a serrée si fort que je me suis demandé si mes côtes allaient résister. Noëlle a enfoui son visage dans mon cou. Je l'ai tenue serrée contre moi, respirant son odeur familière pendant qu'un flot d'émotions me submergeait.

Consciente que Kerrick m'attendait dehors, je me suis enfin obligée à m'écarter d'elle. Elle avait les yeux brillants, mais contrairement à moi elle ne pleurait pas.

— Comment as-tu…

Je l'ai interrompue :

— Qu'est-il arrivé à maman et Allyn ?

Elle s'est raidie, et son regard s'est fait de glace.

— Morts. Tous les deux.

J'ai tressailli comme si je venais de recevoir un coup en plein ventre. J'avais beau m'être préparée à cette révélation, la vérité était terrible et brutale. Je suis restée un instant immobile, les jambes en guimauve, le souffle coupé.

— Pourquoi n'es-tu pas rentrée chez nous ? m'a interrogée Noëlle.

En cet instant, elle ne ressemblait plus à ma petite ombre chérie ; on aurait dit une parfaite étrangère.

Je lui ai jeté un regard inquiet.

— Je suis revenue, mais vous étiez parties.

— Pourquoi as-tu attendu si longtemps ? Je t'ai envoyé des dizaines de lettres quand ils sont tombés malades. Je te suppliais de revenir.

— *Des lettres* ? ai-je fait, sous le choc.

— Ne me fais pas croire que tu ne les as pas reçues. Je te décrivais leurs symptômes en détail. Avec ta formation, tu as dû comprendre bien avant nous que c'était la peste. Je n'arrive pas à croire que tu aies écouté les ordres de la guilde. Rien n'est plus important que la famille ! *Rien.*

Il m'a fallu un long moment pour comprendre ce qui s'était vraiment passé : Tara avait dû cacher ou carrément détruire les lettres de Noëlle. Elle savait, forcément, qu'en dépit des instructions de la guilde sur la peste j'aurais tout quitté pour retourner auprès de ma famille.

— Noëlle, je n'ai pas le temps de t'expliquer maintenant. Mais laisse-moi une chance.

A toute allure, je lui ai exposé le plan que nous avions mis sur pied pour la tirer de là ; j'en ai profité pour lui parler brièvement de Kerrick et de ses hommes.

— Le prince Kerrick d'Alga ? m'a-t-elle demandé.

— Le *prince* ? Ce n'est sûrement pas un prince, crois-moi !

J'ai saisi sa main.

— Je t'en prie, viens avec nous. Nous aurons tout le temps pour que je te raconte ce qui est arrivé.

— Bien sûr, que je vais venir, s'est-elle exclamée. Je déteste cet endroit !

Avec un immense soupir de soulagement, je l'ai prise de nouveau dans mes bras.

— Tu m'as tellement manqué !

La porte s'est ouverte, et Noëlle s'est raidie. Kerrick a passé la tête dans l'embrasure.

— Nous devons y aller, a-t-il soufflé avant de disparaître de nouveau.

J'ai répété rapidement à Noëlle les instructions qu'il m'avait données.

— Cela prendra une semaine ou deux, mais je te jure que nous reviendrons te chercher.

Elle a hoché la tête.

— Je serai prête.

Nous avons rejoint la grotte une heure avant l'aube. Les garçons nous avaient attendus. J'avais l'impression que tout était différent ; et pourtant, rien n'avait changé. Loren et Quain étaient comme d'habitude en train de se chamailler dans leur sac de couchage près du feu ; Flea m'a accueillie avec son sourire en biais, et Belen, avec cette expression chaleureuse sur son visage, me faisait plus que jamais penser à Papa Ours, comme dans l'histoire pour enfants. C'était lui qui montait la garde lorsque nous sommes arrivés.

Flea s'est redressé.

— Alors ? C'était elle ?

— Oui, lui ai-je répondu.

— Je le savais ! Et dire que tu ne me croyais pas !

— J'avais du mal à admettre la coïncidence, c'est vrai, ai-je avoué. Ç'aurait pu être un piège.

— Pourquoi avoir peur des coïncidences ? m'a-t-il demandé avec un haussement d'épaules.

— Je crois qu'il y a une loi contre les coïncidences dans le royaume de Ryazan, a plaisanté Quain.

— Je propose que nous évitions Ryazan…, a suggéré Kerrick.

— Tu préfères éviter de tomber de nouveau sur l'armée des squelettes de Xane, c'est ça ? lui a demandé Belen.

— Pas toi ?

— Si, si. Du moins tant que je n'ai pas une centaine d'hommes à mes côtés. Ces gens sont…

— Des monstres et des fous, a complété Quain.

— Comment ça ? ai-je demandé.

— D'abord, ils utilisent les ossements des morts pour en faire des armes, des armures et des tentes ; ensuite…

— Ça suffit, Quain, l'a interrompu Loren

Ce dernier s'est tourné vers moi pour me lancer :

— Qu'as-tu appris sur le reste de ta famille ?

Quain lui a envoyé une bourrade.

— Bel enchaînement, Loren. Je parle de fous, et tu poses une question sur la famille d'Avry, comme si tu sous-entendais qu'ils sont fous eux aussi.

Loren, qui n'avait de toute évidence pas compris le message, est reparti à la charge…

— Oh, vraiment ? Mais il n'y a que toi pour faire le lien, idiot. J'essayais juste de changer de sujet. Tu préfères que je parle de la fois où les hommes de Xane le roi Squelette ont failli t'écorcher vif ?

— Non ! ont répondu en chœur Quain, Flea et Belen.

— D'autres bonnes nouvelles ? a repris Flea en s'adressant à moi.

J'ai secoué la tête, submergée de nouveau par le chagrin.

— Non. D'autres victimes de la peste.

Ils ont compris ce que je voulais dire.

— Noëlle est tout ce qu'il me reste.

— Désolé d'entendre ça, Avry, a dit Belen. J'ai perdu une sœur et ma mère, moi aussi. Ma petite sœur et mon père s'en sont tirés.

— Mes parents et ma sœur sont morts, a dit Kerrick à son tour. Il me reste un frère et une grand-tante.

— J'ai perdu ma femme…, a confié Loren avant de

fermer les yeux comme pour retenir ses larmes. Elle, et le bébé qu'elle portait.

Je me suis mordu la lèvre. Quelle tristesse ! Chaque fois que des survivants faisaient connaissance, ils échangeaient ce genre de propos ; chacun comptait ses morts. J'étais touchée qu'ils partagent tout cela avec moi.

— Moi, je n'avais que mon père, a poursuivi Quain dans le silence qui était tombé. Il a résisté pendant un ou deux ans, mais la peste l'a eu à la fin.

Flea nous regardait d'un air curieux.

— Je ne sais pas ce qui est pire : perdre des membres de sa famille… ou n'avoir personne à perdre.

— N'avoir personne à perdre, ai-je répondu d'une voix plus ferme. Nous avons le cœur brisé, mais au moins avons-nous passé de bons moments avec eux.

— Et ils vivent toujours dans nos souvenirs, a déclaré Belen.

Les épaules de Flea se sont affaissées.

— Moi je n'ai aucun souvenir, a-t-il fait en secouant doucement la tête.

— Bien sûr que si, lui a rétorqué Belen.

Flea lui a jeté un regard intrigué.

— La fois où tu as donné des coups de pied dans le tibia de Belen ? ai-je suggéré.

— Et aussi quand nous avons secouru Avry ! a poursuivi Belen.

— C'est vrai, a admis Flea avec un sourire rasséréné.

Kerrick a suggéré ensuite que nous prenions quelques heures de repos.

— Je prendrai le quart, a proposé Belen.

— Mais tu as été de garde toute la nuit, non ? lui a demandé Kerrick.

Belen n'a rien répondu, mais son expression faussement innocente parlait pour lui.

Kerrick a soupiré.

— Belen, quand je te confie la responsabilité du camp,

ça ne veut pas dire que tu dois veiller pendant douze heures d'affilée !

— Je n'arrivais pas à dormir.

Loren a rejeté ses couvertures et s'est redressé :

— Je prendrai le prochain tour de garde. Moi, j'ai un peu dormi cette nuit.

Je me suis glissée dans mon sac de couchage et la fatigue s'est abattue d'un coup sur moi. Mes sentiments oscillaient sans cesse entre la tristesse d'avoir perdu ma mère et mon frère et la joie d'avoir retrouvé ma petite ombre en vie. Entre les deux, mon cœur était déchiré. Et puis finalement j'ai sombré dans le sommeil, incapable de rester éveillée plus longtemps.

Deux ou trois jours après notre visite nocturne à Noëlle, Kerrick nous a annoncé son plan : il allait partir vers le nord pour découvrir si les gardes d'Estrid se tenaient toujours en embuscade sur la Grand-Passe dans les montagnes.

— Le gros de son armée campe devant Zabin. Le groupe qui devait se tenir dans la passe voyagera sans doute le long de la frontière entre Pomyt et Vyg pour les rejoindre. Puisque nous avons déjà perdu tant de temps, je ne veux pas en gâcher davantage à me demander s'ils sont partis ou non.

En disant ces mots, il me fixait des yeux.

Hors de question que je me sente coupable de ce retard. Personnellement, je n'avais aucune raison de me hâter de me rendre au chevet de Ryne — puisque je n'avais pas l'intention de le soigner. Je redoutais d'ailleurs la réaction de Kerrick lorsque je le mettrais au pied du mur…

— Si je ne suis pas revenu dans dix jours, vous devrez quitter cet endroit, a indiqué Kerrick à Belen. Il vous faudra trouver une autre cachette et faire profil bas jusqu'au printemps. Ensuite, vous ferez traverser la Montagne des Neuf à Avry.

— Tu ne devrais pas partir sans escorte, a objecté Belen.

— Je me déplacerai plus vite tout seul. Ne t'inquiète pas, Belen. Je me tiendrai à distance de nos ennemis.

Il m'a jeté un dernier regard avant de disparaître. *Jusqu'où exactement s'étendait sa magie sylvestre ?* Je me posais la question sans cesse.

Pendant les neuf jours qui ont suivi, Belen m'a gardée occupée en m'apprenant à me battre avec un couteau et à me défendre. Nous avons pratiqué assidûment tout ce qu'il m'enseignait. Le soir venu, je travaillais avec Flea pour lui montrer comment jongler avec non pas trois mais *quatre* objets.

— Deux dans une main, lui ai-je indiqué. Il faut pouvoir les lancer et les attraper l'un après l'autre.

Je lui ai montré le mouvement.

— Quand tu sauras faire ça avec tes deux mains, tu verras, tu le feras simultanément. Ainsi, tu donnes l'impression que les pierres passent d'une main à l'autre, alors qu'en réalité chaque main est indépendante.

Flea a soupesé les pierres.

— Et donc tu vas me montrer des choses de plus en plus compliquées, c'est ça ?

— Exactement.

— Comme toi, a-t-il ajouté.

— Que veux-tu dire par là ? lui ai-je demandé en haussant les sourcils.

— Eh bien oui, au départ, c'était censé être simple : nous devions te trouver, t'emmener auprès du prince Ryne — et point final. Mais, à présent, tout est bien plus compliqué. Et en plus, si Kerrick ne revient pas, que ferons-nous ?

Ces paroles ont éveillé un écho inquiet au plus profond de moi. Inconsciemment, je ressentais la même crainte quant au sort de Kerrick. C'était pourtant stupide. *Du moins, j'aurais voulu m'en convaincre...* Je me suis concentrée sur la question de Flea.

— Eh bien, dans ce cas, nous nous mettrons à sa recherche et lui porterons secours si nous le pouvons !

— Mais Kerrick a dit…

— Réfléchis, Flea.

Il s'est tu un instant avant de hocher la tête.

— Tu as raison. Belen n'acceptera jamais de suivre les ordres qu'il nous a laissés.

— Ce qui n'a rien d'étonnant, si tu réfléchis à tout ce qui peut arriver.

— D'accord, mais parfois je me dis que *n'importe quoi* peut arriver.

— C'est le cas pour tout le monde ! Nous faisons de notre mieux avec ce que nous savons. Et les bons meneurs ont toujours deux étapes d'avance sur leurs hommes. Je commence à comprendre pourquoi ton prince a confié cette mission à Kerrick et pas à Belen. Elle requiert une certaine, comment dire… inflexibilité.

Le dixième jour, Kerrick n'avait toujours pas reparu. Belen a passé la journée à faire les cent pas et à s'agiter ; chaque fois que quelqu'un suggérait que nous prenions nos paquetages et que nous filions — en nous mettant peut-être au préalable à la recherche de Kerrick — il poussait un grognement menaçant, comme un ours en colère.

Le onzième jour, même chose.

A la tombée de la nuit, nous nous sommes retrouvés devant la caverne, Quain, Loren, Flea et moi. Belen n'était pas dans les parages.

— Devons-nous suivre les ordres de Kerrick, euh… en dépit de la mauvaise humeur de Belen ? a demandé Loren.

— Ou bien devons-nous essayer de savoir ce qui est arrivé à Kerrick d'abord ? a ajouté Quain.

— Nous devrions partir, ai-je tranché. Si Estrid l'a fait prisonnier, elle finira par apprendre où nous nous cachons. Nous pourrons toujours tenter de le secourir depuis notre nouvelle cachette. Et s'il a simplement été retardé, il saura retrouver nos traces pour nous rejoindre.

— Nous partons cette nuit, ou demain matin ? m'a demandé Loren.

— Cette nuit, pour profiter de l'obscurité, ai-je décidé.

— Et ta petite sœur ? m'a rappelé Flea.

J'ai hésité.

— Elle est suffisamment en sécurité à l'endroit où elle se trouve. Si j'ai l'occasion de la tirer de là avant le printemps, je le ferai, mais je refuse de vous mettre tous en danger pour cela.

Sans même y penser, j'avais pris le commandement du groupe, et comme je l'avais dit à Flea, une certaine inflexibilité était nécessaire. En tout état de cause, ma petite sœur devrait attendre.

En dépit des protestations de Belen, les hommes sont donc retournés dans la grotte et ont entrepris de faire leur paquetage. Au moment où j'allais les rejoindre à l'intérieur, le vent a tourné ; soudain, j'ai capté comme une odeur de verdure et de soleil de printemps. Je me suis retournée d'un bloc, m'attendant à trouver Kerrick devant moi… mais mon attente a été cruellement déçue — jusqu'à ce que je me souvienne que je le détestais. De toute façon, ai-je compris, il aurait bien été capable de se dissimuler dans les environs pour savoir comment nous nous débrouillerions sans lui — un comportement typique de sa part…

Sans cesser de renifler, je me suis donc dirigée vers le nord, suivant la piste de l'odeur de Kerrick. Je l'ai perdue aussi subitement que je l'avais trouvée. J'ai réfléchi un instant et j'ai retiré mes gants, pour plaquer ma paume contre le sol gelé. Un fort courant magique a éveillé des picotements dans mon bras ; il pointait vers le sud. *Kerrick s'était déplacé pour se dissimuler sous le vent.*

Je me suis raidie, me retournant en un éclair. *Personne…* mais, cette fois, je n'allais pas me fier à mes yeux.

— Je sais que tu es là, ai-je crié dans le vide. Aucune raison de dépenser encore de l'énergie.

Kerrick est apparu tout près d'un arbre, à quelques pas

de moi. Il avait utilisé sa magie pour se fondre dans la forêt au crépuscule. Son expression était indéchiffrable.

— Depuis combien de temps es-tu de retour ? lui ai-je demandé.

Je faisais de mon mieux pour paraître blasée — et dissimuler mon soulagement.

Au lieu de me répondre, il m'a demandé :

— Tu as senti mon odeur, n'est-ce pas ?

— Je t'ai posé une question en premier.

— C'est la seule explication, a-t-il poursuivi pour lui-même. Tu n'as pas eu besoin d'avoir recours à la magie jusqu'à ce que…

— *D'accord*, l'ai-je coupé, j'ai repéré ta puanteur. Ce n'est pas si compliqué. Et c'est bien moins grave que de jouer des tours à tes hommes, qui ne savaient plus quoi faire et qui envisageaient de se mutiner.

— *Mes* hommes ? Il y a moins d'une heure, c'était devenu *tes* hommes, et ils étaient prêts à ignorer les ordres de Belen pour suivre les tiens.

Il a incliné la tête avant de déclarer, l'air pensif :

— C'est drôle, je n'avais pas l'impression de t'avoir confié le commandement lorsque je suis parti…

J'ai croisé les bras sur ma poitrine d'un air de défi :

— As-tu ou non ordonné à Belen de quitter cet endroit si tu n'étais pas de retour au bout de dix jours ?

— Effectivement.

— Au cas où tu ne l'aurais pas remarqué, nous sommes toujours ici. Une situation plutôt risquée si tu t'étais trouvé aux mains d'Estrid ou même de mercenaires. Belen refusait de partir sans toi. Il fallait bien que quelqu'un se fasse la voix de la raison.

— *Toi*, la voix de la raison ? C'est difficile à croire.

Je ne méritais pas son commentaire sarcastique, aussi j'ai riposté :

— Dans la mesure où je me fichais que tu reviennes

ou non, il ne m'était pas difficile de prendre une décision basée sur la logique.

Refusant de poursuivre cette conversation inutile, je me suis dirigée vers la caverne. Bien avant que j'y pénètre, la voix de Belen m'est parvenue, pleine de colère. J'ai hâté le pas pour découvrir une scène étrange : le géant avait immobilisé Quain d'une clé au cou. Nos paillasses et les couvertures jonchaient le sol en tous sens. Flea et Loren, quant à eux, essayaient de rester à l'écart de la colère de Papa Ours.

— Belen ! a lancé Kerrick.

Tout le monde s'est retourné vers lui. D'un seul coup, la tension a disparu, et des sourires de soulagement ont remplacé les expressions soucieuses sur le visage des hommes. Belen a relâché Quain, qui s'est mis à se masser le cou en cherchant sa respiration.

— Que t'est-il arrivé ? a demandé Loren à Kerrick.

Celui-ci m'a lancé un regard noir avant d'expliquer :

— J'ai été retardé. Mais j'ai de bonnes nouvelles. Les hommes d'Estrid ont regagné leur camp, et je n'ai vu aucune trace des mercenaires non plus.

Il a jeté un regard sur la pagaille de la caverne avant de conclure :

— Nous partirons demain, une fois qu'Avry et moi serons allés récupérer sa petite sœur.

Flea, Quain et Loren ont de nouveau entrepris de rassembler leurs affaires, mais avant que Belen ait pu les accompagner, Kerrick l'a arrêté d'un geste :

— Il faut que je te dise quelque chose. En privé.

Et ils sont sortis ensemble de la caverne.

J'ai échangé un regard avec les autres.

— Il ne va pas faire de remontrances à Belen, a dit Flea. Il avait raison : nous n'étions pas en danger.

— *Pour cette fois*, lui a répondu Loren.

***

Au petit jour, mon paquetage était prêt. A vrai dire, cela ne m'a guère pris de temps. J'avais tellement hâte de retrouver ma petite sœur ! Elle m'avait tant manqué au cours de ces trois longues années que la seule idée d'attendre jusqu'à minuit me paraissait insupportable.

Pour faire passer le temps, Belen et moi nous nous sommes entraînés encore au maniement du couteau ; il était bien plus taciturne qu'à l'accoutumée, mais la journée a passé plus vite ainsi. Toutefois, après le dîner, je ne tenais plus en place.

— Tu devrais prendre du repos, m'a dit Kerrick. Il s'écoulera au moins vingt-quatre heures avant que nous puissions de nouveau dormir.

— Pourquoi ne lui racontes-tu pas une autre histoire au sujet du prince Ryne ? a demandé Quain. Ça l'endort chaque fois…

Je me suis retenue de pouffer devant l'expression irritée de Kerrick.

— Parle-lui de Jaël, lui a soufflé Belen d'une voix douce, le regard perdu dans les flammes du feu de camp. Dis à Avry comment tu aurais tué Ryne si Jaël ne s'était pas interposée.

J'ai lancé un coup d'œil à Kerrick, m'attendant à une réponse acerbe qui n'est pas venue. L'expression figée, il est resté un long moment près du feu avant de tourner les talons et de sortir. Quelques instants plus tard, Loren a fait son apparition. Il s'est réchauffé devant les flammes en se frottant les mains. Il a dû sentir la gêne dans l'ambiance, car il a demandé :

— J'ai raté quelque chose ?

— Rien, lui a répondu Belen en ajoutant une bûche. Absolument rien.

Allongée sur ma paillasse, je ne parvenais pas à dormir. Lorsque Kerrick s'est approché de moi pour me réveiller, je me suis levée d'un bond, pour me rendre compte qu'aucun de mes compagnons n'avait trouvé le sommeil non plus. J'ai fourré mes derniers effets dans mon havresac tandis qu'ils faisaient de même.

— Nous nous retrouverons au sud de Zabin vers midi, a indiqué Kerrick à Belen. Si nous ne sommes pas là à la tombée de la nuit…

— Je sais, a lâché Belen.

Ensemble, nous avons quitté la caverne. Belen a pris nos sacs et a mené les autres en direction du nord-ouest, tandis que Kerrick et moi empruntions un sentier qui partait vers le nord. Mon compagnon de voyage m'a tendu la main, et je l'ai prise sans hésitation. Grâce à sa connexion avec la forêt, je pouvais également sentir la présence des autres. *Pratique…*

Il ne nous a guère fallu de temps pour atteindre le camp d'entraînement. Rien n'avait changé. Une nouvelle fois, nous nous sommes glissés sans encombre dans les baraquements.

J'ai réveillé Noëlle.

Pendant un instant, elle m'a regardée avec surprise.

— Tu es revenue…

— Je te l'avais promis.

— Kerrick est avec toi ?

— Oui, il est dans le couloir. Es-tu prête à partir ?

Elle a repoussé ses couvertures et s'est assise. Elle ne portait pas de chemise de nuit, mais son uniforme d'entraînement. Futée, la sœurette…

— C'est gentil à lui de nous aider, m'a-t-elle dit.

J'ai acquiescé.

— Où as-tu caché ton sac ?

— Quand maman et Allyn sont tombés malades, personne dans le voisinage n'a voulu m'aider.

— Noëlle, nous devons partir. Tu me raconteras tout ça plus tard.

— J'avais dix ans. Personne ne voulait de moi. Ils sont

morts et ils m'ont laissée toute seule. J'ai été seule pendant *trois ans et demi*.

Je me suis assise à ses côtés et j'ai passé mon bras autour de son épaule.

— Tu n'es plus seule, petite ombre.

Elle a repoussé ma main et s'est levée.

— Ne m'appelle pas comme ça. Et tu as raison. Je ne suis plus seule.

Sur ces mots, Noëlle a traversé la pièce pour se diriger vers le bureau ; elle a saisi ce qui ressemblait à une énorme brosse à cheveux et s'est mise à la cogner de façon répétée sur le bois.

Le vacarme a brisé le silence de la nuit, secouant jusqu'aux fenêtres. J'ai bondi et me suis précipitée vers elle.

— Mais que fais…, ai-je commencé.

Puis je me suis figée, horrifiée.

Des cris et des bruits de bottes se sont élevés, suivis de portes qui claquaient ; dans le couloir a retenti le fracas caractéristique de l'acier contre l'acier.

Noëlle a cessé de cogner contre son bureau pour désigner la porte du bout de son maillet :

— Tu arrives trop tard. *Encore une fois.* Je n'ai pas besoin de ton aide — et je ne la veux pas.

13

Noëlle a abattu le maillet en direction de ma tête.

— Tu…

J'ai esquivé le coup ; le maillet a changé de trajectoire.

— … m'as…

J'ai esquivé de nouveau.

Plongeant dans ma direction, elle a visé mon ventre.

— … abandonnée !

J'ai sauté en arrière tandis qu'elle brandissait l'arme au-dessus de sa tête. Au moment où elle allait décocher son coup, je l'ai saisie par les poignets et je l'ai bloquée, me collant à elle, peau contre peau. Noëlle se débattait, mais j'ai tenu bon.

Elle a poussé un juron avant de lâcher entre ses dents, en un grognement quasi animal :

— Je te hais ! Je voudrais te tuer… mais tu es bien trop précieuse.

Ses mots m'ont brûlé le cœur comme de l'acide. Je n'ai pas relâché ma prise, mais je ne pouvais me résoudre à lui faire mal. Elle avait tant souffert — comment aurais-je pu lui causer davantage de douleur ?

La porte s'est ouverte à la volée. Des voix m'ont ordonné de la relâcher. Je lui ai arraché le maillet des mains et j'ai fait volte-face, interposant le corps de ma sœur entre les soldats et moi ; en hâte, j'ai tiré un poignard de ma ceinture. Avant que quiconque ait eu le temps de réagir, je l'ai lancé en direction du garde le plus proche. La lame s'est plantée dans son épaule, et il a poussé un hurlement de douleur.

J'ai projeté ensuite le maillet dans la fenêtre, dont le

verre a volé en éclats avec fracas. En deux enjambées, j'avais traversé la pièce et bondi à travers le châssis ; après un vol plané, j'ai tenté de me rattraper en effectuant un roulé-boulé. Mon épaule a heurté brutalement le sol. En dépit de la douleur, je me suis remise sur pied et me suis enfuie à toutes jambes. Un chapelet de jurons s'est élevé derrière moi, mais je ne me suis pas arrêtée avant d'avoir franchi la palissade.

Au lieu de me précipiter dans les bois, je me suis collée à celle-ci, cherchant un recoin sombre dans lequel me fondre.

J'ai fait de mon mieux pour dissimuler ma respiration haletante tandis que les soldats les plus rapides atteignaient la barrière. Malgré son rythme frénétique, mon cœur a manqué quelques battements quand ils sont apparus non loin de moi. Ils ont regardé de part et d'autre et j'ai bien cru que j'allais m'évanouir tant la tension était insupportable ; mais au moment même où je me croyais perdue, ils se sont élancés comme des flèches en direction de la forêt.

Lorsque le dernier soldat a disparu, je me suis laissée aller contre la palissade avec un gémissement soulagé. Tant bien que mal, j'ai tenté de retrouver mon calme. Tout s'était passé tellement vite ! Une fois encore, toutefois, c'étaient les années passées à me cacher qui m'avaient permis de me tirer de là. J'avais appris à ne jamais hésiter — même quand ma propre sœur tentait de me frapper à la tête avec un maillet de bois.

Lorsque mon cœur a ralenti un peu — il est passé de la panique à la simple frayeur — je me suis relevée et j'ai entrepris, en me déplaçant comme un fantôme, d'avancer le long de la palissade afin de trouver un espace par lequel je pouvais espionner l'intérieur du camp. Des soldats effectuaient une fouille minutieuse des baraquements. Au bout de quelques minutes, une porte s'est ouverte sur un groupe d'hommes en armes… traînant Kerrick à leur suite.

Il avait les mains liées derrière le dos, et du sang coulait d'une blessure sur son crâne ; il leur jetait un regard méprisant tandis qu'ils le bousculaient pour le faire avancer. Les soldats l'ont emmené vers un bâtiment carré dans l'angle nord-ouest du camp — sans doute une prison, ou en tout cas un lieu où ils pourraient l'interroger.

Et maintenant, que faire ? Rejoindre Belen et les autres constituait sans doute la solution la plus intelligente. En tout cas, c'était certainement ce que Kerrick attendait de moi. Seulement voilà : je me sentais bien trop coupable pour me comporter de façon intelligente. La culpabilité, voilà mon problème. Comme une petite voix dans mon oreille, elle me susurrait que c'était *à cause de moi* que nous étions venus ici — et que c'était donc à moi de réparer mes erreurs. Restait seulement à trouver un moyen de le secourir…

J'ai réfléchi aux atouts dont je disposais. L'élément de surprise — dans la mesure où, avec un peu de chance, les soldats considéraient que j'avais trouvé refuge dans la forêt —, mes pouvoirs défensifs, et un couteau. *Rien d'autre.* Histoire de ne pas entamer mon optimisme, je me suis bien gardée de faire la liste des éléments qui jouaient contre moi.

En attendant que le calme revienne dans le camp, je me suis tortillée pour trouver une position confortable qui me permettait d'épier à travers la fissure de la palissade. Malgré mon manteau épais, je frissonnais. Je ne parvenais pas à détacher mes pensées de Noëlle. Le venin dans sa voix et la rage dans son regard étaient gravés au fer rouge dans ma mémoire. Ma culpabilité ne cessait de croître.

A présent, je me souvenais d'avoir pensé, au cours de mon apprentissage, qu'il était étrange de ne pas avoir reçu de lettres de la maison pendant un long laps de temps. Mais, à cette époque, j'étais tellement concentrée sur mes études que je n'avais pas pris le temps de tenter de trouver une explication à tout cela. Noëlle avait toutes les raisons de me haïr. *Je l'avais abandonnée.* Le désir de m'excuser, de m'expliquer, de la tenir dans mes bras jusqu'à ce qu'elle me pardonne faisait palpiter mon cœur dans ma poitrine. Toutefois, Kerrick passait avant tout. Plus tard — s'il y avait un « plus tard » — je retrouverais ma petite ombre.

Les soldats qui avaient fouillé le bois sont revenus sur leurs pas. Lentement, les recherches ont cessé dans les baraquements, et le camp a retrouvé son calme. Quelques hommes seulement ont été laissés pour garder le bâtiment carré ; à l'intérieur, en revanche, ils étaient en trop grand nombre pour que je puisse en venir à bout par moi-même — du moins à en juger par le flot de lumière des torches qui luisaient à l'intérieur.

Lorsque je me suis enfin sentie en confiance — du moins autant que c'était possible dans ces circonstances — j'ai escaladé de nouveau la palissade et me suis coulée dans l'ombre des bâtiments. Aucun cri d'alarme ne s'est élevé. J'ai repris ma respiration. Collée au mur, je me suis glissée vers l'une des fenêtres et j'ai jeté un coup d'œil à l'intérieur.

Pendant un instant, la lumière vive m'a éblouie. En dépit de la vitre, j'ai entendu un homme demander : « Où est-elle allée ? » Pas de réponse… puis le bruit d'une gifle retentissante.

Ma vision s'est adaptée, et j'ai pu distinguer le dos de Kerrick. Il saignait. J'ai voulu fermer les yeux, mais trop tard : rien n'aurait pu effacer cette terrible vision.

Il était attaché par les poignets à deux montants métalliques. On lui avait arraché sa chemise. L'homme qui lui posait les questions tenait un fouet à la main. Et chaque fois que Kerrick refusait de répondre, une nouvelle trace rougeâtre venait s'ajouter aux précédentes.

Cinq autres soldats assistaient à la scène — trop nombreux pour que je puisse les combattre. Incapable de regarder plus longtemps, je me suis laissée glisser sur le sol. Je me suis mordu les lèvres pour ne pas gémir tandis que la torture continuait. *Dis-leur quelque chose,* ai-je imploré en m'adressant mentalement à Kerrick.

Mais, têtu comme il était, il ne prononçait pas un mot.

De tout le temps que je suis restée dans le noir, il n'a pas émis le moindre son. Pourtant, l'interrogatoire s'est poursuivi pendant plus d'une heure — une heure qui m'a paru durer une éternité. La seule chose qui me retenait de me rendre sur-le-champ aux gardes était que, dans ce cas, Kerrick aurait souffert pour rien.

Le soldat a fini par s'arrêter. Il a promis de revenir plus tard avec un magicien, puis a quitté les lieux, accompagné par trois gardes. Il n'en restait plus que deux, donc. *Serais-je capable de les éliminer seule ?*

Il le faudrait bien.

J'ai ôté mon manteau et je l'ai dissimulé dans un recoin. Ma tunique et mon pantalon noirs ressemblaient assez à ceux de l'uniforme des gardes. J'ai rassemblé mes cheveux en chignon. C'était maintenant que les choses se corsaient. Avec une démarche assurée, comme si j'étais ici à ma place, je me suis dirigée vers le puits qui marquait le centre d'une petite place. La chance m'a souri : personne ne m'a interpellée. Près du puits, j'ai découvert une louche et un seau. J'ai rempli celui-ci avant de me diriger vers le bâtiment carré.

La porte était fermée à clé, aussi ai-je dû frapper. Un soldat a passé la tête dans l'embrasure.

— Qu'y a-t-il ?

J'ai soulevé le seau.

— Le capitaine m'a ordonné d'apporter à boire au prisonnier, sergent.

Il s'est écarté pour me laisser passer. L'autre soldat se tenait appuyé contre le mur du fond ; il m'a jeté un regard distrait, une moue dubitative sur ses lèvres épaisses. Kerrick ne se tenait plus debout : il pendait en avant, retenu seulement par les liens de ses poignets.

— Vous voulez boire un coup d'abord, sergent ? ai-je demandé au garde.

— Certainement.

A l'aide de la louche, j'ai rempli une tasse et la lui ai

tendue ; il l'a saisie et s'est mis à boire. Je n'avais *qu'une seule* chance : posant trois doigts sur sa nuque, j'ai envoyé une décharge d'énergie. Le soldat est tombé en avant tandis que son collègue criait, alarmé. J'ai laissé le sergent choir face contre terre et me suis tournée vers Grosses Lèvres.

Celui-ci n'avait pas dégainé son arme ; il est resté quelques secondes paralysé — avant de mettre la main sur le pommeau de son épée. Mais je ne l'avais pas attendu : déjà, j'avais lancé mon couteau, en visant l'épaule droite. Difficile de bouger une arme lourde avec une lame fichée dans les muscles… Plongeant en avant, j'ai saisi l'homme par le bras et j'ai laissé ma magie couler en lui jusqu'à lui faire perdre connaissance. Le garde a poussé une plainte, avant de s'effondrer à son tour lourdement sur le sol.

Sans perdre une seconde, j'ai couru vers Kerrick. Il était inconscient. J'ai posé les mains sur son torse et partagé mon énergie avec lui. Avec un grognement sourd, il a ouvert les paupières.

Il a cligné les yeux en m'apercevant.

— Avry ? Mais que…

— Peux-tu tenir debout ?

Je me suis glissée sous son épaule pour l'aider à se relever. Sur la pointe des pieds, j'ai inspecté les menottes autour de ses poignets.

— Sais-tu où se trouve la clé ?

— Non.

J'ai aussitôt entrepris de fouiller les deux gardes inconscients. *Gagné !* A la ceinture du second, j'ai trouvé un trousseau de clés. J'ai saisi une chaise et je l'ai traînée jusqu'au bas des deux montants métalliques avant d'y grimper. Bien entendu, il m'a fallu essayer quasiment toutes les clés avant de trouver la bonne… Heureusement, je n'ai eu besoin que de quelques secondes pour déverrouiller la seconde chaîne.

La courte cape de Kerrick avait été jetée dans un coin, avec sa chemise déchirée. Le temps qu'il s'habille et que nous nous glissions hors du bâtiment carré, la lumière de l'aurore perçait déjà dans le ciel de la nuit.

Nous n'étions qu'à quelques mètres de la liberté… lorsqu'un cri tout proche nous a appris qu'on nous avait repérés.

— Vite ! m'a soufflé Kerrick tandis que des soldats s'élançaient à notre poursuite.

Tant bien que mal, nous avons escaladé la palissade et plongé dans la forêt. Dès que nous sommes parvenus à couvert, Kerrick m'a saisi le bras ; j'ai senti sa magie se répandre sous ma peau tandis que nous roulions une fois de plus sous un fourré. A grand fracas, nos poursuivants sont passés à quelques centimètres de nous — si près, me suis-je dit, qu'ils ont manqué de peu de nous marcher dessus.

C'était la troisième fois que Kerrick utilisait ce tour. Il était efficace — mais pas pour longtemps. En réponse à sa faiblesse physique et à la douleur qui pulsait dans tout son corps, ma propre magie s'est éveillée ; mais, au lieu d'envoyer mon pouvoir de guérison, je me suis contentée de continuer à partager mon énergie avec lui.

Nous sommes restés immobiles pendant plusieurs heures, attendant de nous sentir suffisamment en sécurité pour bouger. Malgré cela, lorsque nous avons décidé de quitter notre abri, Kerrick pouvait à peine se déplacer.

J'ai fouillé ma mémoire à la recherche d'un remède non magique pour le soulager.

— Y a-t-il un ruisseau ou un torrent dans les parages ?

Il a hoché la tête et m'a indiqué la direction de l'est. Je l'ai aidé à marcher. Lorsque nous avons fini par atteindre un petit cours d'eau, je l'ai fait s'asseoir et lui ai ôté sa cape. Le dos de sa chemise était trempé de sang ; le tissu collait aux plaies qui avaient séché en certains endroits.

— Ça va faire mal, l'ai-je prévenu.

Il a eu un petit rire :

— Difficile de croire que quoi que ce soit puisse être plus douloureux que ce que j'endure en ce moment…

J'ai puisé un peu d'eau glacée dans le lit du torrent et je l'ai fait s'écouler sur les plaies. Kerrick a poussé un sifflement de douleur.

— D'accord. Je me trompais.

J'ai recommencé l'opération jusqu'à ce que sa chemise soit entièrement imbibée. Alors, je l'ai décollée des plaies et l'ai fait passer par-dessus sa tête. Ensuite, je me suis avancée dans le lit du cours d'eau pour y puiser l'argile qui en tapissait le fond, avant de l'étaler sur ses blessures à vif. Kerrick a pâli.

Lorsque j'ai terminé, nous nous sommes retrouvés tous deux à frissonner dans l'air glacial. C'était la fin de la matinée. La fraîcheur de la température était la seule chose qui l'empêchait de s'évanouir. Il avait bien sa cape courte, mais je devais attendre que l'argile ait séché sur ses plaies. Mon manteau, lui, était resté au camp ; quant à sa chemise, elle était trempée. Je l'ai suspendue à une branche.

— Je peux peut-être faire du feu ? ai-je proposé.

— Non. Le vent souffle du mauvais côté. Ils nous repéreraient. Construisons un abri, m'a-t-il dit.

Malgré mes doigts engourdis, j'ai ramassé des branches, des rameaux et des feuilles et, en suivant ses instructions, j'ai fabriqué une petite structure allongée, dont j'ai colmaté les trous par de la terre et de la mousse.

Kerrick s'y est effondré plus qu'il ne s'y est glissé. J'ai rampé à travers l'ouverture pour lui passer sa cape, mais il m'a attirée contre lui.

— Tu es gelée.

Il nous a entourés tous deux avec le vêtement et m'a prise dans ses bras.

La chaleur de nos deux corps a fait peu à peu cesser nos frissons. Il s'est endormi, mais je pouvais toujours sentir la forêt à travers son pouvoir. Tant mieux : je préférais être certaine que personne n'approchait de notre refuge.

Devais-je le guérir ? J'ai débattu cette idée dans ma tête. Il ne l'aurait sans doute pas voulu. Je n'avais plus beaucoup d'énergie, et cela faisait plus de douze heures que je n'avais pas mangé. Dès lors, je n'aurais pas la force de me défendre si je prenais ses blessures pour moi. Néanmoins, en cet instant précis, sa magie sylvestre était plus utile que mon pouvoir de guérison… Qui plus est, il avait déjà suffisamment souffert. C'était *ma* faute s'il avait été capturé. Si des poursuivants venaient à s'approcher, il aurait la possibilité de nous camoufler — même si je n'aurais pas aimé devoir parier ma vie là-dessus.

Son bras était passé autour de ma taille. Alors j'ai posé la main sur son avant-bras et laissé circuler ma magie, qui s'est aussitôt répandue en lui. Les coupures de son dos se sont mises à palpiter, mais ce n'était déjà plus la douleur vive qui avait précédé. Rassemblant tout mon pouvoir, je les ai prises en moi. Mon dos a explosé de douleur. Sous ma tunique, ma peau s'est mise à me lancer sans répit ; le sang cognait dans mes tempes.

Puis il m'a semblé que les racines, sous la terre, se dressaient vers nous pour nous envelopper dans un cocon de verdure et de soleil de printemps. La douleur s'est faite moins intense, et j'ai sombré dans le sommeil.

— Avry.

Rien qu'en prononçant mon nom, Kerrick parvenait à traduire à la fois la colère et l'exaspération.

J'ai ouvert les yeux, mais les ténèbres ont demeuré.

La main de Kerrick s'est posée sur mon dos.

— Peux-tu bouger ?

Je me suis étirée pour tester mes capacités de mouvement. Mes muscles étaient raides, et le tissu de ma chemise collait à ma peau.

— Dois-je enduire ton dos d'argile ? m'a-t-il demandé.

Je me suis assise et j'ai passé à mon tour la main dans mon dos. J'ai touché une série de marques et de cicatrices au niveau de mon bassin.

— Pas la peine, ai-je répondu.

Kerrick s'est glissé hors de l'abri.

— Viens me montrer ça au clair de lune.

J'ai obtempéré avec des mouvements maladroits et douloureux. Lorsque je l'ai rejoint à l'extérieur, j'avais l'impression d'être une grand-mère percluse de rhumatismes. Un vent glacial a fait naître la chair de poule sur mes bras. Sans un mot, il a relevé le dos de ma chemise, et l'air froid m'a mordue plus cruellement encore. J'ai frissonné.

— Les plaies sont déjà à moitié cicatrisées, m'a annoncé Kerrick non sans une certaine admiration. Pourquoi as-tu fait ça ? Je croyais que tu me haïssais…

— C'est le cas.

Rabattant ma chemise, je me suis écartée de lui. Même en tenant compte de mon pouvoir, c'était étrange que la guérison ait été aussi rapide. A moins que…

— Combien de temps avons-nous dormi ?

— Environ dix heures.

Pas assez de temps. Mais il n'était pas question que j'attribue cette exceptionnelle rapidité à la magie sylvestre de Kerrick — comment cela aurait-il été possible ? Pourtant, une petite voix dans ma tête me susurrait que cela aurait expliqué également comment j'avais survécu après avoir guéri les terribles blessures de Belen. J'ai fini par enfermer la petite voix dans une boîte, boîte que j'ai expédiée vite fait tout au fond de ma conscience.

— Quel est le problème ? m'a demandé Kerrick.

— Il n'y en a pas, lui ai-je répondu un peu sèchement. Ne devrions-nous pas nous mettre en route ? Nous ferions mieux d'intercepter Belen et tes hommes avant qu'ils ne prennent le camp d'assaut.

Il m'a proposé sa cape, mais sa chemise n'avait pas

séché : au contraire même, elle était à présent gelée et raidie par le givre.

— Ça ira tant que nous nous déplaçons, lui ai-je assuré.

J'ai refusé la main qu'il me tendait.

Pourtant, après une heure passée à trébucher dans la forêt, je n'ai pas protesté lorsqu'il a pris mes doigts entre les siens — pas plus que quand, un peu plus tard, il a passé le bras sous le mien et m'a fait un peu profiter de sa chaleur.

Nous nous sommes arrêtés à l'aube. Sans un mot, nous avons construit un nouvel abri et nous avons mangé des noix que Kerrick avait ramassées. Plus tard, allongée près de lui, j'ai scruté le paysage aux teintes grisâtres. Une nouvelle fois, son bras enserrait ma taille, mais je sentais la tension qui en émanait, m'indiquant clairement qu'il ne dormait pas, lui non plus.

Je lui devais des excuses.

— Je suis désolée de ce qui s'est passé avec ma sœur.

— Tu n'avais aucun moyen de savoir qu'elle nous tendrait un piège.

— Elle a survécu pendant des années toute seule et elle a changé du tout au tout, ai-je poursuivi. Et pourtant… j'aurais dû me douter de quelque chose. Elle m'a donné plusieurs indices en parlant, la première fois que je l'ai retrouvée. Je n'y ai pas fait attention. Et regarde ce qui est arrivé…

— Nous nous en sommes tirés, c'est tout ce qui compte.

— Pas sans un certain nombre de… conséquences. Ce qui me pousse à me demander : qu'ai-je manqué d'autre, encore ?

— C'est très rare que tu rates des choses, Avry.

— Mais ma sœur…

— C'est différent. C'est ta sœur, justement. Quand il s'agit de la famille, nous avons tous certaines œillères.

Ses propos m'ont réconfortée quelque peu.

— Et tout cela a eu au moins une conséquence positive, a-t-il conclu.

— C'est difficile à croire…

— Je sais, et je suis le premier surpris. Mais je me suis rendu compte que si tu revenais me chercher, alors que tu me détestes pour tout un tas de bonnes raisons, cela signifie qu'il reste un espoir que tu guérisses Ryne, que tu détestes pour de *mauvaises* raisons. En fait, je suis à peu près certain que ta propre intelligence te fera changer d'avis.

J'ai poussé un soupir moqueur.

— « A peu près certain », tu dis ? Tu parles comme Belen.

— Je choisis de prendre ça comme un compliment.

Nous avons rejoint Belen, Loren, Quain et Flea la nuit suivante. Comme je l'avais supposé, ils s'étaient mis en marche vers le camp d'entraînement. Belen a exigé une explication à notre retard.

— Nous avons eu quelques problèmes, a dit Kerrick sans s'étendre sur le sujet.

Flea a regardé autour de nous.

— Où est Noëlle ?

— Elle a changé d'avis, a répondu Kerrick à ma place. Allez, ne perdons pas de temps.

Trop heureuse de retrouver mon havresac, j'en ai sorti ma couverture dont j'ai enveloppé mes épaules comme une cape. Kerrick est parti en tête, se dirigeant vers le nord-ouest à travers les bois sombres.

Tandis que nous marchions, Loren est venu à ma hauteur.

— Quand il dit « quelques problèmes », je suppose que c'est un euphémisme…, m'a-t-il dit.

— Pas vraiment, ai-je répondu, pas très à l'aise.

Même si je suivais Quain comme son ombre, je craignais à tout instant de trébucher sur une racine cachée et de tomber. La connexion à la forêt me manquait.

Loren m'a scrutée du regard.

— D'accord, oui. Alors où est ton manteau, pourquoi

y a-t-il une coupure sur ton front, et comment se fait-il que tu ne fusilles plus Kerrick du regard en permanence ?

— Un : c'est ma sœur qui l'a ; deux : je suis tombée ; et trois : je le fusillerai du regard la prochaine fois qu'il m'énervera.

Loren a souri.

— Ce qui ne devrait pas tarder…

J'ai acquiescé. Pourtant, je ne cessais de me poser des questions. Pourquoi Kerrick refusait-il de leur parler de l'embuscade ou de la séance de torture ? Et moi-même, pourquoi est-ce que je renâclais à le faire ? A bien y réfléchir, ce n'était pas la première fois que je gardais un secret pour Kerrick. Quelles étaient donc mes motivations ? Aucune raison ne me venait immédiatement à l'esprit.

Peut-être pourrais-je un jour utiliser ces informations contre lui ? Si, par exemple, il refusait de m'obéir, je révélerais aux autres ce que je savais sur sa magie… Sauf que ça ne marcherait pas. A la prison du camp, j'avais bien eu le temps de me rendre compte que Kerrick n'était pas du genre à céder aux menaces.

Nous nous sommes arrêtés peu avant l'aube. Notre nouvelle routine serait celle-ci : marcher pendant la nuit, nous cacher durant la journée. Loren a fait un petit feu. Je me suis assise aussi près que possible des flammes, tentant d'oublier le froid qui me glaçait jusqu'à la moelle. Mes muscles me faisaient mal, et les cicatrices sur mon dos me grattaient horriblement.

— Quel est ton plan ? a demandé Belen à Kerrick.

Tout le monde s'était rassemblé autour du ragoût d'écureuil préparé par Loren.

— Nous nous arrêterons à Zabin pour acheter quelques provisions, a expliqué Kerrick.

Toutefois, il paraissait pensif ; il ne cessait de tapoter sa lèvre avec sa cuillère.

— Mais tu nous as bien dit que le gros de l'armée

d'Estrid était stationné près de Zabin, non ? lui ai-je fait remarquer.

— Ils ont établi un camp à l'est de la bourgade. Tant que nous les contournons et que nous ne traînons pas en ville, tout devrait bien se passer.

— Et ensuite ? a demandé Belen.

— Ensuite, c'est là que tout devient un peu plus… compliqué.

Belen m'a jeté un regard interrogateur, comme s'il me croyait au courant de ce que voulait dire Kerrick ; mais j'étais aussi perdue que lui.

— Compliqué ? Mais comment ? a enfin demandé Loren.

— Estrid ne va pas tarder à savoir qu'Avry n'est pas morte. Et ce qu'Estrid sait, les mercenaires et Tohon l'apprendront très vite, a expliqué Kerrick.

— Ainsi, les « quelques problèmes » dont tu parlais, c'était ça ? Estrid et les siens savent qu'Avry a survécu ? a demandé Belen.

— Exactement.

— Dans ce cas, nous devons arriver avant eux à la Grand-Passe, a répondu Belen.

— Ce serait en effet logiquement l'étape suivante.

— Mais… je sens qu'il y a un « mais », a dit Quain.

— Mais, ai-je fait, tout le monde sait que c'est *logiquement* l'étape suivante.

— Exactement. L'armée d'Estrid et les mercenaires de Tohon vont foncer vers la passe, a dit Kerrick. Ce qui nous laisse deux issues possibles. Première hypothèse : nous atteignons la Grand-Passe avant eux, et ils nous pourchassent à travers la Montagne des Neuf. Or, même par beau temps, la passe est dangereuse. Si nous nous hâtons trop, nous risquons de tomber, et tout ce que nous faisons depuis deux ans sera anéanti.

— Quelle est l'autre hypothèse ? a demandé Belen.

— Estrid ou les mercenaires atteignent la passe avant nous et nous sommes bloqués.

— Nous ferions mieux d'attendre le printemps, ai-je dit. Nous aurions alors d'autres routes possibles.

Ce qui, malheureusement, signifiait aussi un peu plus de temps passé avec Kerrick et ses hommes, qui essaieraient encore et encore de me faire changer d'avis à propos de Ryne.

— Cela paraît plutôt évident, non ? a demandé Loren. Estrid dispose d'une armée fournie. Les neiges ne fondront pas avant trois mois, ce qui lui laisse tout le temps de bloquer les autres passages.

— Sauf si nous nous cachons déjà dans les contreforts des montagnes, a objecté Kerrick.

— Je crois que je préfère tenter ma chance et traverser les montagnes pendant l'hiver, a fait Quain.

Il traduisait mon sentiment, à moi aussi.

— Je me souviens de quelqu'un qui s'agrippait à la paroi sur un chemin au-dessus d'une gorge de trente mètres à peine. Comment cette personne réagirait-elle si elle devait emprunter un « sentier » large de *dix centimètres*, avec un précipice de trois cents mètres d'un côté et une paroi de pierre de l'autre ?

Avec une expression gênée, Quain a ravalé le commentaire qu'il s'apprêtait à faire.

— Je n'aime pas non plus l'idée de nous cacher dans les contreforts, m'a dit Kerrick.

— *Mais*…, ai-je objecté, d'une seule voix avec Quain.

Kerrick nous a adressé un sourire dépité.

— Mais c'est notre meilleure option pour le moment.

Nous sommes parvenus à Zabin le lendemain au petit jour. Située au nord-ouest, près de la frontière entre Pomyt et Vyg, la ville était plus grande que Grzebien. J'ai fourré ma couverture dans mon havresac au moment où nous approchions des faubourgs. Comme nous nous dirigions vers le centre, la vue de la foule qui se pressait dans les rues m'a mise mal à l'aise. Il faut dire que j'avais passé énormément de temps isolée en forêt avec mes compagnons. Qui plus est, des soldats en uniforme et des disciples en robe écarlate se mêlaient aux badauds.

— Ne ferions-nous pas mieux de nous en aller ? a demandé Belen en remarquant un trio de gardes qui surveillaient les étals du marché.

— Nous avons besoin de provisions. Il n'y a pas d'autres marchés avant Peti, et c'est trop loin pour nous, lui a répondu Kerrick. Le mieux est que nous nous séparions pour ne pas attirer l'attention inutilement. Flea, tu partiras avec Belen, Loren avec Quain, et Avry vient avec moi.

Il a distribué des poignées de pièces et une liste de provisions à chaque groupe.

— Nous nous retrouverons sur la route du nord.

Kerrick et moi, nous nous sommes dirigés vers l'échoppe d'une marchande de vêtements, qui proposait manteaux, capes et gants. Il n'a pas perdu de temps à fouiller, préférant s'adresser à elle directement.

— Avez-vous des manteaux de voyage gris à sa taille ? a-t-il demandé en me désignant du doigt.

La femme m'a regardée par-dessus une paire de lunettes épaisses.

— Bonté divine, mon chou, mais n'êtes-vous pas gelée, à vous promener comme ça ?

Elle a fusillé Kerrick d'un regard chargé de reproches.

Cette femme m'a plu tout de suite ; elle me faisait un peu penser à Maman.

Elle s'est mise à fouiller parmi des cintres.

— J'en ai un gris foncé qui devrait lui aller…

Quelques secondes plus tard, elle a exhibé un manteau qu'elle a passé autour de mes épaules.

— Il est doublé en fourrure, et il y a de nombreuses poches intérieures, sans compter les deux grandes poches latérales. Vous avez des gants ?

— Oui, ai-je répondu.

Lorsque j'avais secouru Kerrick, j'avais fourré dans la poche de mon pantalon les gants offerts par Belen.

La femme s'affairait autour de moi pour vérifier la longueur du manteau.

— Vos bottes sont trop fines pour la saison, mon chou. Les pétales des lys sont plus épais que l'année dernière, et c'est un signe qui ne trompe pas : l'hiver sera rude.

— Mes bottes sont très bien, ai-je protesté.

Mais ma réponse n'a pas paru faire fléchir sa détermination.

— J'en ai une paire très confortable…

Elle a sorti d'une caisse des bottes montantes à mi-cuisses, de la même couleur que le manteau.

— Essayez-les donc.

J'ai lancé un coup d'œil interrogateur à Kerrick.

— Vas-y, m'a-t-il encouragée.

La femme avait raison : les bottes étaient d'un confort extraordinaire, sans compter que j'avais les pieds bien au chaud. Leurs semelles présentaient une adhérence remarquable.

— Avec ça, vous pouvez marcher toute la journée et pas la moindre ampoule !

Elle m'a montré ses pieds.

— Vous voyez, moi-même, je ne porte rien d'autre. Je remercie tous les jours la Créatrice d'avoir épargné la vie du cordonnier qui les fabrique.

Ce qui signifiait certainement que les bottes valaient une petite fortune. *Je n'aurais pas dû les essayer.*

— Elles sont magnifiques, ai-je acquiescé, mais… nous n'avons pas assez d'argent.

— Ne vous inquiétez pas : je vais vous faire un bon prix pour l'ensemble.

— Mais…

— Nous les prenons, a dit Kerrick.

A vrai dire, il ne s'est même pas donné la peine de

négocier le tarif qu'elle nous a proposé car, comme elle l'avait annoncé, il était tout à fait honnête.

Après avoir payé, nous avons repris notre chemin au milieu des étals. Je m'interrogeais : si le manteau m'était nécessaire, je n'avais par contre pas réellement besoin des bottes. Kerrick avait-il des arrière-pensées ? Comptait-il vraiment m'amadouer par ses cadeaux ? Ce n'était pas son style…

En revanche, d'où son argent pouvait-il bien provenir ? Lorsque les mercenaires avaient attaqué Belen, Kerrick leur avait proposé quarante pièces d'or. En tenant compte du fait que Kerrick et ses compagnons étaient sur les routes depuis deux ans, il avait dû commencer le voyage avec une véritable fortune !

— Est-ce Ryne qui t'a donné tout cet argent ? lui ai-je demandé de but en blanc.

— Oui. Il m'a aussi transmis une liste de noms de guérisseurs qu'il tenait de la guilde.

Son regard s'est fait distant.

— D'ailleurs, tu n'as jamais achevé ton apprentissage, ton nom n'aurait pas dû y figurer. Alors, comment Ryne le connaissait-il ?

Parce que j'ai eu le malheur de rencontrer cette canaille, ai-je répondu intérieurement. Information que je me gardais bien de révéler à Kerrick. Pourquoi ? Peut-être par lâcheté. En effet, s'il parvenait à me convaincre de sauver le prince Ryne, j'en mourrais. Une perspective plutôt effrayante…

Ou bien était-ce par colère ? Kerrick était tout à fait conscient de ce qui m'arriverait si j'accomplissais ce qu'il me demandait. Pourtant, il semblait ne pas y accorder la moindre importance. A tout instant, je craignais qu'il se lance dans un grand discours sur le bien commun, sur la nécessité de se sacrifier ou de se comporter en héros, comme l'avait déjà fait Loren. Pourtant, c'est vrai, il s'en était jusque-là abstenu. Peut-être redoutait-il la réaction de Belen ? Sans doute avait-il tort de lui cacher tant de choses…

— Avry ?

J'ai soutenu le regard acéré de Kerrick.

— La liste devait contenir aussi le nom des apprentis, ai-je expliqué — sans grande conviction.

Il n'a rien répondu.

Mes pensées sont revenues à la guilde. Les guérisseurs avaient collecté des informations sur la peste jusqu'au moment où ils s'étaient retrouvés débordés par la maladie. *Le lieu où ils se réunissaient existait-il encore ?*

Espérant changer de sujet, j'ai repris :

— La Maison de la guilde se trouve à quelques lieues à l'est de la frontière entre Vyg et Pomyt. Ne passerons-nous pas à proximité, justement, en nous dirigeant vers les contreforts de la montagne ?

— Pas loin, effectivement. Pourquoi cette question ?

— Si les archives n'ont pas été détruites en entier, cela peut nous aider.

— Comment ?

Je lui ai parlé des plantes médicinales.

— Et comme nous devrons de toute façon nous cacher pendant deux mois, cela nous donnera de quoi nous exercer — à autre chose que le combat au couteau.

— Tant qu'il n'y a pas de danger, nous pourrons y faire une halte. C'est une bonne idée.

Mais son accord était venu trop vite. Cela m'inquiétait.

Nous avons poursuivi nos emplettes jusqu'au moment où Kerrick s'est arrêté devant l'échoppe d'un armurier.

— Après cela, nous en aurons fini, m'a-t-il indiqué.

Il a fouillé parmi les dagues, en saisissant quelques-unes pour les soupeser dans sa main.

Sentant la possibilité d'une vente, le boutiquier s'est approché.

— Elles sont toutes façonnées dans le meilleur acier de Zainsk.

— Elles sont trop lourdes. Avez-vous des couteaux de jet ? lui a demandé Kerrick.

— Oui, messire.

L'homme s'est penché sous la table pour y saisir une sacoche noire qu'il a ouverte pour découvrir une demi-douzaine de couteaux étroits au pommeau fin recouvert de cuir.

Kerrick en a sélectionné un, qu'il m'a tendu.

— Qu'en penses-tu ?

J'ai dissimulé ma surprise en évaluant le poids et l'équilibre de l'arme dans ma main.

— Ils sont plus agréables en main que ceux de Belen.

— J'ai une cible dans le fond du magasin, a proposé le marchand. Si vous voulez les essayer, vous êtes les bienvenus.

Il nous a entraînés à sa suite. L'arrière de sa boutique donnait sur un espace ouvert, au fond duquel un cercle rouge avait été peint sur une palissade de bois. J'ai rejeté le pan de mon manteau sur mon épaule pour libérer mon bras droit. Visant le centre de la cible, j'ai fait jouer mon poignet. Le couteau s'est envolé, dans une trajectoire parfaitement rectiligne, vif comme un éclair. *Amusant.* Sans m'interrompre, j'ai lancé les cinq armes suivantes — toutes en plein centre de la cible.

— Tu vises de mieux en mieux, a approuvé Kerrick tout en extirpant les poignards de la palissade.

— Ils sont si légers ! Ça devient plus facile, ai-je répondu.

Le propriétaire nous a adressé un large sourire.

— En auriez-vous d'autres un peu plus solides, mais aussi légers, par exemple pour l'autodéfense ? lui a demandé Kerrick.

— J'ai un *stiletto* qui ne pèse pas plus qu'une plume, mais qui reste solide comme un roc. Venez avec moi.

Le marchand est retourné à l'intérieur de son échoppe. D'une caisse, il a tiré un court fourreau de cuir qu'il a tendu à Kerrick.

— Il est fait à partir d'un métal liquide que l'on extrait des mines la Montagne des Neufs. Sa lame ne s'émousse jamais.

Kerrick a dégainé l'arme. Dans sa main, elle paraissait minuscule. Il a inspecté le tranchant de la lame avant de me la tendre.

— Il ne pèse rien du tout.

Il exagérait un peu, mais il fallait reconnaître que le couteau était extrêmement bien équilibré.

— Comme vous pouvez le voir, a ajouté le propriétaire de la boutique, la lame est un peu plus longue que celle d'une dague habituelle, ce qui donnera à votre épouse un avantage supplémentaire si on l'attaque.

J'ai gardé les yeux sur l'arme. Hors de question que je détrompe l'homme — il valait mieux qu'il nous prenne pour un couple. Quant à la réaction de Kerrick devant cette bévue, elle m'importait peu. Je m'en fichais même éperdument. A la place, j'ai brandi le poignard comme Belen me l'avait appris.

— Comment tient-elle en main ?

Le manche de cuir se logeait parfaitement au creux de ma paume. A son extrémité, une sphère d'acier constituait un contrepoids idéal, et la garde n'était pas trop longue.

— Parfaitement bien, merci, ai-je répondu.

— Je prendrai le stiletto et deux séries de couteaux de jet, a annoncé Kerrick.

J'ai cru que les yeux du propriétaire allaient jaillir de leurs orbites tant son contentement était grand.

— Mais bien sûr, messire !

Il s'est empressé de regrouper notre commande. Cette fois, Kerrick a pris le temps de marchander — peut-être parce que le prix des armes lui était plus familier que celui des vêtements…

La transaction conclue, il m'a tendu le poignard dans son étui.

— Mets-le à ta taille.

Je me suis exécutée et j'ai accroché le fourreau à ma hanche droite.

Puis il m'a tendu les sacs de cuir qui contenaient les couteaux, ajoutant :

— Gardes-en quelques-uns dans ton manteau, les autres dans ton havresac.

Enfin, nous sommes partis, coupant à travers le marché. A présent que j'étais au chaud et bien armée, je me sentais tout à fait rassérénée.

Malheureusement, cela n'a duré que quelques instants… En jetant un coup d'œil par-dessus mon épaule, j'ai découvert, à l'autre bout du marché, que le marchand d'armes parlait avec deux soldats en nous montrant du doigt. Immédiatement, les gardes se sont élancés dans notre direction, appelant leurs collègues en renfort.

— Kerrick…

— Je les vois. Nous risquions des ennuis, évidemment. Je me doutais bien que les soldats surveilleraient de près les clients du marchand d'armes.

Il ne paraissait pas s'en soucier outre mesure. J'ai pressé le pas pour ne pas me laisser semer tandis qu'il s'enfonçait dans les ruelles latérales qui s'éloignaient du centre-ville.

— Nous allons d'abord les semer, puis nous retrouverons Belen et les autres, m'a-t-il lancé.

Bonne idée… sauf que le nombre des soldats ne cessait d'augmenter à mesure que nous avancions. Entouré de bâtiments, Kerrick n'avait pas accès à sa magie sylvestre.

En plein milieu d'une rue d'où s'élevait une odeur pestilentielle, il s'est arrêté. Au bout de l'allée, trois personnes nous attendaient, plantées là comme si elles avaient guetté notre arrivée. Derrière nous, une cavalcade de bottes résonnait entre les murs de brique.

Pourquoi diable Kerrick hésitait-il ? Après tout, nous n'avions affaire qu'à trois adversaires…

— Veux-tu que je me serve de mes couteaux pour dégager le passage ?

— Ça ne marchera pas, m'a-t-il fait d'un air sombre.

— Pourquoi pas ?

Il n'a rien répondu. A la place, il s'est avancé lentement en direction des trois inconnus. Je lui ai emboîté le pas. Lorsque nous nous sommes trouvés suffisamment près, j'ai distingué deux femmes et un homme. La femme qui se tenait au milieu était d'une beauté stupéfiante. Grande et mince, avec de longs cheveux blonds et d'immenses yeux bleus, elle nous souriait de toute la grâce de ses lèvres magnifiques. La magie et la puissance irradiaient d'elle.

— Bonjour, Kerrick, a dit la magicienne d'une voix profonde. A ce que je vois, les rumeurs qui ont couru sur ta mort n'étaient pas complètement fondées.

— Désolé de te décevoir, Jaël.

Jaël ? C'était donc le nom de cette femme ? Belen l'avait mentionnée une ou deux fois, je m'en souvenais, mais dans quelles circonstances, déjà ?

Derrière nous, les soldats s'étaient immobilisés à distance, comme s'ils attendaient des ordres.

— Oh ! je ne suis pas déçue. Pas le moins du monde. Après tout, tu m'as rapporté un cadeau.

La femme a fait un pas en avant dans ma direction et m'a tendu la main.

— Tu dois être Avry de Kazan. Je suis enchantée de faire ta connaissance. Je suis Jaël d'Alga. L'épouse de Kerrick.

14

L'épouse de Kerrick ? Pour une surprise... Toutefois, cela expliquait pourquoi il refusait de parler d'elle. Jaël me dévisageait sans gêne tandis que je lui serrais la main, et a même retenu mes doigts entre les siens.

— Intéressant, a-t-elle lâché. On ne dirait pas que cela lui brise le cœur... Que lui as-tu raconté à mon sujet, Kerrick ?

Celui-ci n'a pas répondu.

— Il ne m'a rien dit, ai-je affirmé. Pour quelle raison serais-je donc triste ou inquiète ?

Si l'on exceptait, bien entendu, la douzaine de soldats derrière nous.

Elle a fait la moue avant de répondre :

— Parce qu'il se pourrait que je te reprenne Kerrick aussi vite que tu m'as volé son cœur.

A ces mots, je n'ai pu me retenir d'éclater de rire.

— Volé son cœur, moi ? C'est trop drôle ! Oh ! mais je t'en prie, reprends ton bien. Cela fait deux mois que je le traîne derrière moi comme un boulet.

Si elle était déçue de ne pas être parvenue à éveiller de la jalousie en moi, Jaël ne l'a pas laissé paraître. Elle a lâché ma main toutefois, sans plus s'occuper de moi.

— Cela fait quatre ans, Kerrick. Je vois que tu n'as pas changé, a-t-elle déclaré.

— Toi non plus, ma chère. Tu mens avec toujours autant d'aplomb.

A mon adresse, il a ajouté :

— Quoi qu'elle dise, Jaël n'est pas ma femme. Elle adore simplement embobiner les gens.

— Toujours amer, après tout ce temps ? C'est un vilain défaut, tu sais ? a-t-elle susurré. Pas étonnant que la jolie petite guérisseuse ait hâte de se débarrasser de toi.

Puis, s'adressant directement à moi :

— Kerrick et moi étions fiancés, et nous étions presque devant l'autel — lorsqu'un prétendant plus puissant lui a ravi mon cœur.

— Merci d'avoir partagé ces mauvais souvenirs, mais nous devons partir à présent, a dit Kerrick en saisissant mon bras.

Il a fait mine de continuer son chemin.

L'air autour de nous s'est instantanément fait plus épais, au point de nous immobiliser. La magie crépitait autour de ma tête comme de l'électricité statique.

— C'est touchant, a dit Jaël. Tu devais pourtant t'y attendre, Kerrick.

Elle nous a contournés pour nous faire face de nouveau.

— Ma magie provient de l'air, m'a-t-elle expliqué. Il m'obéit. Je peux même te retirer ton souffle…

Sidérée, je me suis rendu compte que l'air que contenaient mes poumons m'échappait peu à peu ; j'ai lutté pour le retenir et en avaler une nouvelle bouffée, mais c'était impossible. Ma poitrine s'est contractée et des points noirs et blancs se sont mis à danser devant mes yeux. Puis le mur d'air qui me retenait a disparu. Mes genoux ont cédé, et je suis tombée sur le sol, cherchant encore à aspirer l'air à grandes goulées sans y parvenir.

— Elle est forte, a admis Jaël, qui semblait curieusement admirative de ma résistance.

— Arrête ! s'est exclamé Kerrick.

— Tiens donc, a fait la magicienne ; ainsi, la guérisseuse compte vraiment pour toi ? Comme c'est mignon. Mais il faut tout de même qu'elle apprenne qui commande, ici.

A la limite de sombrer dans l'inconscience, je luttais pour invoquer ma propre magie, mais le fait d'avoir guéri

Kerrick avait épuisé mon énergie. J'ai suffoqué — et le monde a disparu.

Je me suis réveillée avec un mal de tête terrible. Malheureusement, ma rencontre avec Jaël n'avait pas été un rêve. Un livre à la main, elle attendait, assise dans un fauteuil fastueux. Avec un grognement, j'ai roulé sur le côté. On m'avait allongée sur un canapé.

— Il y a du thé sur la table près de toi, m'a-t-elle dit. Bois-en un peu. Cela dissipera ta migraine.

D'une main hésitante, j'ai saisi la tasse avant de me rasseoir, luttant de mon mieux contre la nausée qui m'envahissait. J'ai avalé le liquide brûlant. Peu à peu, le martèlement derrière mes paupières a diminué. J'ai vidé la tasse en deux gorgées supplémentaires.

Lorsque je me suis sentie mieux, j'ai observé la pièce autour de moi. Elle était occupée par des étagères de livres, un bureau, une chaise, un deuxième fauteuil et des tables de verre. Le soleil de l'après-midi entrait à flots, illuminant un magnifique tapis noir et blanc sous le bureau. Un feu de bois crépitait dans l'âtre de pierre. Nul garde devant la porte. Sans la présence de la puissante magicienne qui se tenait en face de moi, la pièce aurait été des plus accueillantes.

Jaël a refermé son livre d'un coup sec.

— A présent, il est temps que nous ayons une petite conversation, toi et moi.

Où donc avaient-ils emmené Kerrick ? Mais la dénommée Jaël, je l'avais appris à mes dépens, aimait embobiner les gens ; hors de question, donc, que je lui pose cette question — elle aurait pu s'en servir contre moi.

— Pas la peine d'avoir l'air terrifié, Avry. Je ne suis pas un lys de la mort prêt à te dévorer. Si tu coopères, aucun mal ne te sera fait. En fait, j'espère que tu nous rejoindras bientôt.

— « Nous » ?

— Ma belle-mère, la Grande Prêtresse Estrid d'Ozero, a aidé les infortunés survivants de la peste à recommencer à vivre. Nous avons rassemblé une véritable armée. Et un nombre non négligeable de magiciens coopèrent avec nous. Toutefois, nous avons subi quelques escarmouches — c'est un effet collatéral inévitable de toute avancée tactique — et nous avons notre lot de blessés. Sans compter les maladies et les infections qui pèsent aussi sur nous.

La magicienne s'est penchée vers moi, comme pour me faire une confidence.

— Nous avons besoin d'un guérisseur. Et il semblerait que tu sois la dernière en vie.

Elle m'a tendu la main, apaisante.

— Tu seras très bien traitée, avec tout le confort nécessaire, et protégée en permanence. La Grande Prêtresse te donne sa parole qu'aucun mal ne te sera fait.

Un travail de rêve. Où était le piège, alors ? Dans l'unique but de gagner du temps, j'ai demandé :

— Vous pouvez le promettre en son nom ?

— Bien sûr. J'ai épousé son fils aîné, Stanslov d'Ozero. Il était le prétendant légitime au trône… avant que je ne devienne sa veuve.

Quelle étrange façon de le dire… Elle semblait se préoccuper davantage du fait d'être veuve que du décès de son époux !

— Mais la Grande Prêtresse n'a-t-elle pas un autre fils ?

— C'était bien le cas, effectivement. Malheureusement, il a péri de la peste, en même temps que sa femme. Ils ont laissé un enfant, la seule petite-fille de la Grande Prêtresse. Mais elle est très malade. En réalité, voilà un certain temps que nous te cherchons. Elle souhaiterait avant tout que tu guérisses Nyrie, si cela t'est possible.

— Où se trouve cette Nyrie ? A combien de journées de cheval ?

— Elle est à l'étage.

— Vous voulez dire que vous l'avez amenée ici, dans

cette ville ? Mais la région n'est-elle pas dangereuse, en particulier pour une enfant malade ? me suis-je enquise, surprise.

— Oh non ! Grâce à nos efforts, la paix est rétablie dans tout le royaume de Pomyt. Elle est tout à fait en sécurité. Et lorsque nous avons eu vent de ta présence ici, nous avons décidé de tenter notre chance pour te retrouver.

Je me suis relevée.

— Emmenez-moi au chevet de Nyrie.

A son tour, Jaël s'est levée, une expression surprise sur le visage ; c'était la première fois qu'elle réagissait spontanément devant moi.

— Cela signifie-t-il que tu rejoins nos rangs ?

— Non. Je dois prendre un peu de temps pour y réfléchir. En revanche, il n'est pas question que je mette en jeu la vie d'une enfant.

La magicienne a retenu à grand-peine une exclamation d'étonnement ; de toute évidence, mon honnêteté la surprenait. Toutefois, elle a vite repris contenance :

— Par ici, m'a-t-elle indiqué.

Je l'ai suivie à travers un hall superbement décoré. Des chandeliers d'or étaient accrochés aux murs, illuminant de magnifiques tableaux.

— Vous avez dit que vous aviez entendu parler de moi, ai-je repris. Par qui ?

— Nous avons eu un rapport de notre camp d'entraînement à Grzebien.

Si j'éprouvais une certaine appréhension à me trouver ici, elle s'est transformée en cet instant en une peur véritable. Ainsi, mes ennemis étaient au courant de l'existence de ma sœur. Ce qui signifiait qu'ils pourraient l'utiliser pour m'obliger à collaborer avec eux. Toutefois, par bonheur, Jaël a eu la délicatesse de ne pas le mentionner à ce moment.

Nous avons gravi un imposant escalier. La chambre d'enfant ne manquait d'aucun ornement. Lorsque nous sommes entrées, la nourrice s'est levée d'un bond. Assise au chevet du lit à baldaquin, elle était en train de faire la lecture à la petite fille. Celle-ci pouvait avoir environ cinq ans. De longs cheveux cuivrés encadraient son visage à la peau diaphane.

Jaël m'a présentée à sa nièce. Malgré la douleur qui assombrissait son regard, Nyrie m'a adressé un sourire poli et accueillant.

Je me suis assise à ses côtés sur le bord du lit et j'ai pris sa petite main dans la mienne. Elle a regardé Jaël avec une expression inquiète.

— Quelle histoire ta nounou te lisait-elle ? ai-je demandé à la petite tandis qu'à l'aide de ma magie j'entreprenais de sonder la cause de son mal.

— L'histoire de Neil, le champion de la Première Reine, qui a traversé la mer de Ronel. C'était le seul chevalier assez brave pour demander l'aide des dragons des mers.

Sa voix frêle s'accordait parfaitement avec sa silhouette squelettique.

Ma magie me l'a appris très vite : l'enfant souffrait de la maladie qu'on nommait « mal des coulées ».

— Est-ce l'histoire où il rapporte quinze écailles de dragon qui deviennent des soldats lorsque les larmes de joie de la reine les touchent ? lui ai-je demandé.

Dans le même temps, j'ai ramassé à l'intérieur de son corps les fibres noires de son mal et les ai aspirées en moi.

— Oui. Les guerriers ont exilé les tribus dans les Terres sauvages, et la Première Reine a donné une terre à chacun d'eux. C'est ainsi que, selon la légende, les Quinze Royaumes sont nés.

« Selon la légende »… Effectivement, si Estrid poursuivait sa politique d'expansion, il était fort possible que les Quinze Royaumes cessent d'exister, sauf dans les vieilles histoires…

Une douleur vive m'a poignardé les intestins ; la maladie venait de se loger en moi.

Nyrie s'est redressée, une étincelle nouvelle dans ses yeux marron.

— Je n'ai plus mal au ventre ! s'est-elle exclamée.

Relâchant sa main, je me suis adressée à la nounou :

— Ne la laissez pas manger de trop grandes quantités, ou elle rendrait tout. Pour aujourd'hui, commencez par une soupe, puis vous pourrez lui proposer graduellement des nourritures plus solides.

Puis je me suis tournée vers Jaël.

— Y a-t-il un endroit où je pourrais m'allonger ?

— Bien entendu. Nous t'avons préparé une chambre.

Elle m'a menée à une pièce décorée avec opulence.

Je me suis glissée dans le lit. En dépit de la douleur brûlante dans mon estomac et le bas de mon ventre, j'ai apprécié le confort du matelas sous mon dos et la délicieuse chaleur des draps et de la couverture. Quel luxe !

— Puis-je te faire apporter quoi que ce soit ? m'a demandé Jaël sur le pas de la porte.

— Rien pour l'instant, je te remercie. Mais, dans cinq ou six heures, un peu de thé sera le bienvenu.

C'est seulement après son départ que je me suis demandé ce qu'il était advenu de mon havresac, de mon nouveau manteau et de mes armes. Ces pensées m'ont amenée à Kerrick et ses compagnons. Que faisaient-ils en ce moment ? Belen tentait-il d'organiser une expédition de sauvetage pour nous ? Je me suis inquiétée pour eux jusqu'à ce que la maladie et sa guérison se mettent à requérir toute mon énergie. Alors, j'ai sombré dans le sommeil.

Je me suis réveillée plusieurs heures plus tard ; une servante est venue m'apporter du thé, que j'ai englouti en quelques traits. Elle est allée m'en chercher un autre puis, quand la seconde théière a connu le même sort, elle est revenue avec un plateau chargé de nourriture. A l'instant même où l'odeur de la viande est parvenue à mes narines, je me suis sentie affamée. En un clin d'œil, j'ai dévoré le ragoût, le pain et le fromage.

La servante a débarrassé le plateau et elle est restée là à attendre d'autres instructions. Agée d'environ treize ans à vue d'œil, elle portait la robe grenat des disciples d'Estrid. L'avait-elle vraiment choisie, ou bien avait-elle été enrôlée de force dans les ordres comme beaucoup d'autres ?

Mais ce n'était pas le moment de lui poser des questions personnelles. Je me suis contentée de lui demander :

— Sais-tu où on a emporté mon sac ?

— Pourquoi en avez-vous besoin ?

— Je voudrais me changer, ai-je répondu patiemment.

— Voudriez-vous que je vous prépare un bain ?

Je me suis figée.

— Un bain… comme dans *baignoire* ?

— Oui, mademoiselle.

— Ce serait extraordinaire !

Mon enthousiasme l'a fait sourire. Elle s'est donc empressée de passer dans la salle de bains attenante. Quelques minutes plus tard, j'avais sous les yeux une baignoire fumante qui ressemblait pour moi au paradis.

— J'aurais besoin de mes affaires par la suite.

— Oui, mademoiselle. Pendant que vous prenez votre bain, je vais aller m'enquérir de vos effets.

— Merci bien.

Cette fois, j'ai perçu une certaine surprise dans son visage. Avec un nouveau sourire, elle a quitté la salle de bains. La pauvre petite réagissait comme si personne ne l'avait jamais remerciée pour son travail.

J'ai jeté en tas mes vêtements malodorants et j'ai plongé le pied dans l'eau au-dessus de laquelle s'élevait un nuage de vapeur. Toutes mes pensées au sujet de la servante, de ma situation, de Noëlle, de Kerrick, de Belen et de Jaël se sont évanouies tandis que je me laissais glisser dans cette baignoire de rêve. Très vite, je me suis assoupie dans cette délicieuse chaleur.

Je me suis réveillée en sursaut lorsque la servante a été de retour. Elle portait mon havresac avec elle.

— La Grande Prêtresse veut vous voir, mademoiselle. Disposez-vous d'une tenue appropriée pour une rencontre avec l'Elue ?

« L'Elue » ? Etait-ce ainsi que se faisait appeler Estrid parmi les siens ?

— Quel genre de tenue serait-elle la plus appropriée ?

— Pas des vêtements de voyage, mademoiselle. Une robe rouge serait préférable.

— J'ai une jupe dans mon sac.

— Je peux vous faire prêter une robe, a-t-elle insisté.

— Non, merci. Je préfère porter mes propres vêtements.

Elle a serré mon havresac un peu plus fort sur sa poitrine.

— Que se passe-t-il ? lui ai-je demandé. La Grande Prêtresse serait-elle mécontente contre toi si je portais une tenue inappropriée ?

— Ne vous inquiétez pas de moi, mademoiselle. Je suis seulement…

— … en mauvaise posture et forcée de sauver ta peau ? ai-je achevé pour elle. Contrainte de servir la famille de la Grande Prêtresse sous peine d'être envoyée dans un camp d'entraînement ?

— Je…

— Quel est ton nom ? lui ai-je demandé.

— Inari, mademoiselle.

— Inari, que dirais-tu d'un compromis ?

Elle m'a regardée avec un air d'incompréhension sur le visage.

— Je porterai ma jupe et une tunique, mais je mettrai la robe rouge sur mes épaules, comme un manteau.

Inari a réfléchi quelques instants.

— Et je te laisserai me coiffer.

C'est l'argument qui l'a convaincue. Son expression s'est éclaircie.

— Ce serait acceptable, effectivement… je veux dire, à votre service, mademoiselle.

Posant mon sac par terre, elle a saisi une serviette et me l'a tendue.

Je suis sortie du bain et me suis tournée de manière à ce qu'elle puisse la passer autour de mes épaules.

Inari a poussé une exclamation de surprise étranglée.

— Votre dos ! Il…

Effectivement, le spectacle devait être peu ragoûtant.

— Cela ne fait pas mal, l'ai-je rassurée.

Puis j'ai ajouté, curieuse :

— De quelles couleurs sont les marques ?

— D'un rouge foncé, presque violet.

Encore une fois, la guérison paraissait plus avancée qu'elle n'aurait dû être. C'était en tout cas l'impression que j'avais, car au fond je n'avais jamais subi de lacérations si profondes. J'ai examiné les cicatrices sur mon ventre. Cela faisait environ quarante jours que j'avais guéri Belen. Les traces en étaient encore visibles, non plus rouges et enflammées, mais comme des marques plus claires sur ma peau.

Inari a entouré mes épaules avec la serviette.

— Qui a osé vous faire une chose pareille ?

— Je me la suis faite toute seule.

La fille s'est couvert la bouche des deux mains, abasourdie. J'ai retenu un sourire moqueur. Elle était trop jeune pour se souvenir du temps où les guérisseurs étaient connus et respectés. A cette époque, chaque grande ville possédait au moins un des nôtres en résidence permanente.

— J'ai guéri un…

Quel terme utiliser pour Kerrick ? Certainement pas celui d'« ami ».

— Quelqu'un qui avait été fouetté.

J'aurais pu rajouter « par les soldats de la Grande Prêtresse », mais je ne tenais pas à ajouter à la confusion d'Inari. A la place, je lui ai expliqué comment fonctionnait ma magie, tout en me séchant et en revêtant ma jupe verte et ma tunique jaune.

Inari a relevé mes cheveux en un élégant chignon; elle a laissé dépasser quelques mèches, qu'elle a coiffées au moyen d'un fer à friser. Elle m'a ensuite présenté une robe et des chaussures de cuir souple. J'ai considéré leurs talons d'un œil critique. Ils n'étaient pas monstrueusement hauts, mais je n'irais tout de même pas bien loin si je devais courir avec ces choses aux pieds.

Lorsque j'ai été enfin prête, j'ai suivi Inari jusqu'à la salle de réception de la Grande Prêtresse. Deux colosses en uniforme montaient la garde autour de la porte à double battant. Celle-ci s'est ouverte devant nous lorsque Inari a frappé. Entrant dans la salle, la servante s'est agenouillée et s'est prosternée jusqu'à ce que son front touche le sol.

Je ne pouvais pas distinguer ce qui se trouvait plus loin, mais Inari a dû attendre qu'une voix lui donne la permission de parler. Bien que déjà peu élevée, l'estime dans laquelle je tenais la Grande Prêtresse sans même la connaître a diminué de plusieurs degrés.

D'une voix timide, Inari m'a annoncée. Toutefois, si l'Elue pensait que j'allais m'agenouiller devant elle, elle en serait quitte pour une belle déception. J'ai pénétré dans la pièce et Inari en est ressortie, refermant la porte derrière elle.

Assise sur un divan, Estrid lisait une histoire à sa petite-fille. Juchée sur ses genoux, Nyrie admirait les images du livre. Toutefois, le regard inquisiteur de la Grande Prêtresse ne me quittait pas.

Devais-je au moins m'incliner ? Faire la révérence ? J'ai décidé de rester debout. Estrid a fait signe à la nounou, assise dans un fauteuil dans un coin de la pièce, de venir chercher Nyrie et de l'emmener pour sa sieste de l'après-midi ; la femme s'est empressée de lui obéir.

Lorsque nous nous sommes retrouvées seules, je me suis raidie dans l'attente… l'attente de quoi, au juste ? Je l'ignorais, mais je redoutais que ce ne soit guère plaisant.

Pourtant, je me trompais. En effet, Estrid m'a adressé un sourire accueillant.

— Je vous en prie, Avry, asseyez-vous.

D'un geste, elle m'a désigné un siège près du sien.

La pièce était aussi luxueuse que celles que j'avais déjà eu l'occasion de découvrir. Des meubles de bois précieux, des dorures, des tapis épais et une vaste bibliothèque la décoraient. Je me suis assise sur un coussin, pas vraiment à mon aise.

— Merci d'avoir guéri ma petite-fille, a dit Estrid.

— De rien.

— Si j'avais dû la perdre, je…

La Grande Prêtresse a détourné le regard, comme pour masquer son désarroi. Après quelques instants de silence, elle a repris :

— Avez-vous réfléchi à notre offre ?

— Absolument.

— Et ?

— Je suis désolée, mais je ne peux pas l'accepter. Pas en ce moment.

J'ai attendu des menaces, mais elles ne sont pas venues. A la place, Estrid s'est contentée de me demander :

— Pourquoi donc ?

— J'ai donné ma parole à Kerrick de l'accompagner jusqu'à ce que nous retrouvions… son ami qui est malade.

— Je suis parfaitement au courant de l'état du prince Ryne. Serez-vous capable de le guérir ?

J'ai opté pour la franchise.

— Je peux le faire, mais je n'ai pas encore décidé si je le voulais ou non.

La Grande Prêtresse s'est mise à rire.

— Sa réputation est pire que la mienne, m'a-t-elle assuré.

Puis, pensive, elle s'est tapoté les lèvres du bout de ses longs doigts élégants.

— Etes-vous au courant que Tohon de Sogra est à vos trousses ?

— Tout à fait.

— Il est dangereux, m'a avertie Estrid. Je ne crois pas que mon armée puisse le retenir s'il décide d'envahir Pomyt.

Hors de question que je me laisse entraîner dans une discussion sur les troubles qu'elle avait elle-même engendrés. Je suis demeurée coite.

— Si Tohon parvient à conquérir tous les royaumes au sud de la Montagne des Neuf et qu'il impose sa loi, alors mes règles qui visent à ce que chacun garde un cœur pur au nom de la Créatrice paraîtront une amusette pour la populace.

Une nouvelle fois, elle s'est faite pensive.

— Croyez-vous que Kerrick est capable de vous emmener auprès de Ryne ?

— Oui.

— Et que diriez-vous si je mettais la vie de votre sœur dans la balance ? Si je vous ordonnais de rester ici et de soigner mes soldats sous peine de la tuer ?

Moi qui avais cru que les menaces ne viendraient pas… Mon cœur s'est rempli de chagrin. J'avais déjà tant fait souffrir Noëlle !

— J'obéirais, ai-je dit de mauvaise grâce.

Jusqu'à ce que je trouve un moyen de m'enfuir avec Noëlle et Kerrick…

Une porte dérobée s'est ouverte et Jaël est entrée dans la pièce. Elle portait un uniforme et une épée.

— Nous venons juste d'arrêter Belen et deux comparses qui tentaient de libérer Kerrick de prison, a-t-elle annoncé à Estrid. Peut-être l'un d'entre eux va-t-il…

Elle s'est interrompue en remarquant ma présence.

Son annonce m'a fait l'effet d'un coup de massue. Je me suis affaissée au fond de mon siège.

— Nous détenons tes compagnons, à présent. Et ta sœur est en route pour venir ici. Nous pourrons alors garder un œil sur elle, a dit la magicienne.

— C'est assez, Jaël, l'a interrompue Estrid.

Elle paraissait méditer sur ces nouvelles.

— Belen…, a-t-elle dit en s'adressant à Jaël. N'était-ce pas ce roturier qu'on avait admis à l'Académie en même temps que toi et Stanslov ?

— Oui. Il était censé être le garde du corps de Kerrick, mais celui-ci le traitait comme un égal. D'ailleurs, Kerrick passait plus de temps à protéger Belen que le contraire.

— Est-ce ainsi que vous avez rencontré Kerrick ? ai-je demandé à Jaël.

— Oui. Et Stanslov, également. Nous étions ensemble au pensionnat. En fait, il s'agissait d'une Académie destinée aux enfants des souverains de chaque royaume. En tant que futurs dirigeants, nous étions censés apprendre la tolérance et la coopération avec les autres royaumes. Mais en réalité, nous passions notre temps à conclure des alliances et à nous battre entre nous.

— Ce qui est une représentation plus exacte de la façon dont fonctionnent les Quinze Royaumes, a conclu Estrid. En tout cas, dont ils *fonctionnaient*. A présent, plus rien n'est certain.

Le silence s'est fait. Chacune à notre façon, nous regrettions le passé. Plus encore, ce que venait de dire Jaël sur les élèves qui deviendraient les dirigeants des royaumes me laissait perplexe. *Kerrick, un prince ?* C'était difficile à croire, et pourtant Noëlle l'avait appelé par ce titre, je m'en souvenais très bien. Aucune importance, finalement : cela ne changerait rien à ce que je ressentais pour lui.

Au fait… *que ressentais-je exactement pour lui ?*

Jaël a interrompu nos réflexions.

— Si vous en avez terminé avec Avry, a-t-elle dit à Estrid, je vais l'emmener avec moi à l'infirmerie.

— Pas encore. Laisse-nous, a ordonné la Grande Prêtresse à sa belle-fille.

Avec une rapide révérence, Jaël est repartie comme elle était venue. L'étincelle dans son regard m'a appris toutefois qu'elle était furieuse. Pourquoi au juste obéissait-elle aux ordres d'Estrid ? Sa magie commandait l'air tandis que sa belle-mère n'avait aucun pouvoir… Mais je me trompais. La Grande Prêtresse commandait *à son armée*. La magie n'était pas la seule des forces.

Comme si elle pouvait lire dans mes pensées, Estrid s'est adressée à moi :

— Que diriez-vous d'un compromis, Avry ?

C'était exactement les mots que j'avais employés avec Inari — ce qui m'a poussée à m'interroger : avait-elle posté quelqu'un pour nous espionner ? Cette inquiétude ne m'a pas quittée tandis que je lui demandais des détails. Elle m'a proposé ses conditions… et j'ai accepté. Nous nous sommes serré la main, puis j'ai quitté la pièce.

Lorsque je suis sortie, Inari est apparue à mes côtés.

— Pourrais-tu me montrer l'infirmerie, je te prie ? lui ai-je demandé.

— Oui, mademoiselle. Voulez-vous vous y rendre maintenant ?

— Je dois d'abord me changer.

Inari a pris une expression désolée.

— J'ai… j'ai fait laver vos vêtements. A vrai dire, ils…

— Puaient, c'est ça ?

— Oh non, mademoiselle !

— Ecoute, nous risquons de nous fréquenter un long moment. Je ne suis pas comme la Grande Prêtresse ou Jaël. Je veux que tu te montres honnête envers moi. Et que tu m'appelles Avry.

Elle a souri, avant de répondre :

— Vos vêtements empestaient, et ils étaient couverts de sang séché.

Elle a utilisé le ton d'un soldat rapportant le compte rendu d'une bataille.

— C'est un bon début, lui ai-je fait. Maintenant, où puis-je trouver des vêtements qui ne craignent pas d'être salis ? Je suis certaine que tacher une robe de sang est un péché capital.

Inari m'a menée à la buanderie, où elle m'a déniché

quelques tuniques et pantalons tout simples — ceux que portaient les serviteurs chargés des tâches médicales.

Pendant les deux semaines qui ont suivi, j'ai donc travaillé à l'infirmerie. J'ai appris aux soignants à faire des bandages, à nettoyer les plaies, à remettre les os en place et à reconnaître et utiliser les plantes médicinales. Je guérissais aussi ceux qui n'auraient pas survécu sans ma magie. Et même si je regagnais chaque soir ma chambre épuisée et malade, j'étais heureuse de venir en aide aux autres sans craindre d'être condamnée et exécutée. Si la situation avait été différente, c'était un poste qui aurait pu me plaire. Guérir mes semblables… voilà l'avenir qui m'avait été promis avant que la peste n'éclate. La seule chose que je regrettais, c'était de ne pas disposer d'une apprentie pour lui exhiber mes cicatrices avec fierté.

Pendant cette période également, je m'attendais à moitié à ce que Kerrick s'évade, ne vienne me trouver dans ma chambre et ne m'entraîne avec lui sous prétexte que nous perdions un temps précieux. A vrai dire, peu m'importait de retrouver Ryne. Pourtant, mon désir de fuir grandissait chaque jour.

Ce n'était pas à cause du fait que je devais guérir des gens sans relâche, mais parce que j'en apprenais un peu plus sur les règles strictes qu'imposait Estrid. Pour conserver un cœur pur, il fallait se passer de musique, de danse et de toute autre forme de distraction. On ne devait ni mentir, ni jurer, ni se montrer violent envers les autres disciples. Rire était mauvais. De plus, toutes les femmes célibataires se devaient de rester vierges sous peine d'être expédiées dans le monastère de Chinska Mare, où elles passeraient le reste de leur vie en prières dans l'espoir d'obtenir le pardon de la Créatrice. A vrai dire, ce n'était que grâce à l'arrivée fort opportune d'Inari, qui s'était portée garante de moi, que j'avais échappé à une inspection détaillée de la part de la prêtresse de la Pureté et de quatre de ses comparses… Certes, j'aurais passé leur fichu test, mais l'idée d'être ainsi examinée, jambes ouvertes, me donnait encore des frissons lorsque j'y pensais.

Noëlle est arrivée en ville à la fin de la première semaine, mais elle a refusé de me voir. Toutefois, elle a été nommée demoiselle de compagnie de Jaël. La magicienne était ravie à l'idée de prendre ma petite sœur sous son aile. Celle-ci s'ingéniait à m'éviter dans les couloirs du palais.

J'ai ainsi tenu parole pendant deux semaines ; comme promis, au bout de ce délai, Estrid m'a envoyé deux gardes qui m'ont escortée jusqu'à la prison.

Kerrick et ses hommes bénéficiaient chacun d'une cellule individuelle. Lorsque j'ai pénétré dans les geôles au petit matin, encadrée par mon escorte, les cinq hommes m'ont accueillie avec des expressions variées. Loren et Quain ne se sont pas donné la peine de quitter leur grabat ; ils arboraient des airs épuisés et désabusés. Belen, lui, ne pipait mot, sourcils froncés. Flea a bondi pour s'accrocher aux barreaux de la porte, le visage tendu. Quant à Kerrick, il n'a pas réagi, mais son regard était soucieux.

— Il était temps que tu viennes faire la fête avec nous ! a dit Quain.

— Ça ne m'étonne pas de vous : deux semaines à paresser ici ! ai-je rétorqué. A moins que vous ayez trouvé le temps de creuser un tunnel ?

— Si seulement, a lancé Flea. Je m'ennuie tellement que l'idée même de travailler me ravit.

— Eh bien, parfait, messires, ai-je répondu avec bonne humeur. Etes-vous prêts à partir ?

A elles seules, leurs réactions valaient toutes les cicatrices que j'avais pu accumuler en travaillant pour l'infirmerie d'Estrid. Quain et Loren ont sauté à bas de leur couchette ; Flea a poussé un hurlement d'excitation, et Belen a repris instantanément son expression de gros ours ravi. Quant à Kerrick… Kerrick, comme à son habitude, n'a pas manifesté la moindre émotion.

Les gardes qui m'accompagnaient ont ouvert les cellules, avant de nous rendre tous nos effets personnels et de nous escorter dehors. L'air frais et la lumière du jour ont eu un effet extraordinaire sur mes compagnons.

— Nous pouvons rester en ville jusqu'à la fonte des glaces, leur ai-je annoncé. Derrière les lignes d'Estrid, nous sommes en sécurité.

Lorsque nous nous sommes trouvés à quelque distance de la prison, Kerrick s'est arrêté et s'est retourné vers moi, l'air furieux.

— Tout ça doit avoir un prix, Avry ! s'est-il exclamé avec un grand geste qui englobait ses hommes et leur liberté. Qu'as-tu promis à Estrid ?

Il ne me faisait toujours pas confiance. J'ai décidé de le mener un peu en bateau pour le punir.

— Laisse-moi réfléchir… J'ai promis que Loren et Quain garderaient sa petite fille quand elle l'exigerait… que Flea apprendrait à ses soldats des techniques de pickpocket… ah, et aussi que Jaël pourrait te garder comme cible pour des exercices de lancer. D'ailleurs, je lui ai proposé de l'accompagner ce jour-là.

Les autres se sont mordu les lèvres pour ne pas rire, mais Kerrick ne s'est pas déridé, bien au contraire.

— *Avry…*, a-t-il grondé, menaçant.

— Détends-toi un peu, Kerrick ! lui ai-je lancé. J'ai simplement passé deux semaines à montrer à ses infirmières comment s'occuper des blessés. En échange, j'ai obtenu notre liberté. Et franchement, le vrai gagnant dans tout cela, c'est bien toi !

— J'ai du mal à te croire. Je crains le piège…

Cette fois, la moutarde m'est montée au nez.

— Eh bien tu as tort ! Je t'ai donné ma parole, et je ne reviendrai pas dessus. Cela dit, il y a bien un « piège », si c'est ainsi que tu as envie de l'appeler. Si je guéris Ryne, je suis chargée de lui proposer d'unir ses forces à celles d'Estrid pour vaincre Tohon. Cela te paraît-il vraiment si odieux ?

Sans attendre de réponse, j'ai poursuivi :

— Non, ça ne l'est pas. On pourrait même dire que c'est la situation idéale. Tout est pour le mieux, pour *tout le monde* !

— Même pour toi, Avry ? m'a demandé Belen.

Sa question a éteint ma colère d'un seul coup.

— Non. Non, pas pour moi.

Et je me suis éloignée, sans suivre une direction particulière.

Estrid craignait Tohon. Kerrick également. Si Estrid, qui aimait tant le pouvoir, avait l'intention de conclure une alliance avec Ryne, cela arguait en faveur de ce dernier bien plus que toutes les histoires de pensionnat de Belen.

Kerrick m'a interpellée :

— Où diable t'en vas-tu ainsi ?

Je me suis arrêtée. Les hommes m'avaient suivie.

— Je vais chercher une taverne. J'ai besoin d'un verre.

— Estrid a interdit l'alcool. Elle dit que c'est la boisson du démon, m'a prévenue Loren.

Quain a poussé une exclamation horrifiée.

— Nous ne pouvons pas rester dans le coin ! D'ici à ce que nous endossions des robes rouges et promettions notre âme à la Créatrice, il n'y a qu'un pas !

— Le rouge t'irait à ravir, Quain. En plus, tu pourrais exhiber tes jolies gambettes, l'a taquiné Loren.

— Estrid nous a fourni des vivres frais, a dit Kerrick, et le jour est à peine entamé. Nous allons nous mettre en marche vers le nord, en direction de la Montagne des Neuf, comme prévu.

Au grand dam de Kerrick, les autres se sont tournés vers moi, comme pour quêter mon approbation. Cela dit, qu'il soit mécontent ou non ne changerait rien à son expression habituelle…

Mener le groupe ne m'intéressait pas, de toute façon, aussi j'ai lancé à Kerrick :

— Je te suis.

Nous nous sommes mis en marche à travers les rues de Zabin. J'ai remarqué que les citoyens qui ne portaient pas la robe prenaient soin de toujours baisser les yeux ; ils marchaient d'un pas hâtif, comme s'ils craignaient qu'on les interpelle.

Nous avons quitté la ville et emprunté la route de la Frontière, ainsi baptisée parce qu'elle suivait la limite qui séparait Vyg et Pomyt.

Si Vyg demeurait en grande partie un territoire disputé par les uns et les autres, nous étions en sécurité sur les routes et dans les bois du côté de Pomyt depuis que les soldats d'Estrid ne constituaient plus une menace pour nous. Pourtant, une heure à peine après avoir franchi les portes de Zabin, nous avons rencontré des ennuis…

C'est Kerrick qui nous a alertés en poussant un juron et en dégainant son épée alors que rien ne signalait le danger. L'instant d'après, six cavaliers ont déboulé de la forêt. Mes autres compagnons ont réagi instantanément, sortant à leur tour leurs armes. Pour ma part, je me suis retrouvée avec un couteau à la main avant même d'en avoir pris conscience. Mais tout cela n'a servi à rien : Jaël était à la tête de l'embuscade, et aucune arme ne pouvait venir à bout de sa magie.

Les cinq autres assaillants étaient des soldats en armure, et, sur le cheval de Jaël, j'ai reconnu… *Noëlle*. Ma petite sœur évitait toujours mon regard, mais elle posait sur mes compagnons un œil méprisant.

— Estrid a été stupide de vous laisser partir, a dit Jaël. Notre armée est tout à fait capable de vaincre celle de Tohon.

— Ainsi, tu n'es venue que pour nous souhaiter bon voyage ? lui a demandé Kerrick.

— Pour vous faire mes adieux, plus exactement, a répondu Jaël avec un rictus de haine pure. Je ne suis pas aussi stupide qu'Estrid, Kerrick. Te laisser en vie serait bien trop dangereux.

— Estrid ne va pas être contente…, l'a prévenue mon compagnon avec un air de défi.

— C'est bien pour cela que je ne ramènerai pas la guérisseuse avec moi. Elle irait tout raconter à la Grande Prêtresse, et je ne veux pas dévoiler mon jeu dès à présent.

— Pourtant, tu fais confiance à la sœur d'Avry ?

— Ma petite protégée s'est montrée d'une aide précieuse, à ma grande surprise. Elle est également valeureuse et loyale. Nous sommes d'accord sur tant de points !

Tristes nouvelles… Noëlle m'a regardée, enfin, droit dans les yeux — et c'est moi qui ai détourné le regard. Son visage, en effet, rayonnait d'une joie sauvage et mauvaise à la perspective de ma mort. Ma petite sœur chérie avait non seulement changé du tout au tout, elle avait en outre trouvé une nouvelle personne dont elle était l'ombre.

— Inutile de tuer mes hommes, a dit Kerrick.

— Et pourquoi donc ? a répondu Jaël d'un air hautain. Voudrais-tu que je les laisse en vie pour leur permettre de te venger ? Je crois t'avoir déjà dit que je n'étais pas stupide. Adieu, Kerrick. Je crains fort qu'il n'y ait désormais plus aucune chance pour que nous vivions ensemble…

Dans un élan de désespoir, j'ai lancé mon couteau dans sa direction, visant son cou… mais l'air s'est fait épais comme de la lave, et l'arme s'est immobilisée en plein vol avant de retomber sur le sol avec un tintement.

Jaël a eu un claquement de langue réprobateur devant ma tentative avortée. L'instant d'après, une véritable muraille d'air nous frappait de plein fouet et nous jetait au sol — et quand elle s'est retirée, elle a entraîné avec nous tout l'air de nos poumons.

Cette fois, Jaël ne jouait plus.

15

Allongée sur le sol, je luttais pour retrouver mon souffle. J'avais beau avoir déjà connu cette sensation, elle n'en restait pas moins atroce, et la terreur me gagnait. Seule l'idée que Belen et les autres connaissaient le même sort me retenait de paniquer complètement.

Ma magie de guérison a surgi, s'efforçant de m'aider à conserver l'air dans mes poumons. Le pouvoir de Jaël s'est fait plus fort, mais j'ai senti une autre forme de magie qui me sollicitait, comme si elle cherchait à me prendre par la main. J'ai regardé sur ma gauche. Kerrick était étendu à côté de moi, le bras tendu. Jaël devait tout ignorer de sa magie sylvestre, ou bien estimait-elle qu'elle n'était pas suffisamment puissante. Ce qui était probablement le cas tant qu'elle demeurait seule, mais combinée à la mienne…

J'ai pris la main tendue, et ç'a été comme si la foudre me frappait. Au contraire de ce qui s'était passé précédemment, c'est Kerrick qui m'a transmis son pouvoir. Et, nom d'un chien, il était intense. L'immense énergie de la forêt m'a submergée. L'air est revenu à flots dans mes poumons — la magie de guérison avait remporté la bataille. Immédiatement, j'ai « guéri » Kerrick à son tour en renversant le flot d'énergie — c'était lui qui désormais puisait dans la mienne.

Jaël nous regardait, comme figée. Elle ne comprenait pas ce qui se passait. Toutefois, si le fait d'étouffer six personnes devait requérir toute sa force, il ne lui restait plus à présent que quatre victimes. Et si nous ne l'arrêtions pas très vite, elle les tuerait.

Tenant toujours la main de Kerrick, j'ai brandi un de mes couteaux et je l'ai lancé dans sa direction. *Touché !* Il s'est fiché dans l'épaule de la magicienne, qui a poussé un hurlement de douleur. Sans attendre une autre réaction, j'en ai lancé un autre, qui l'a atteinte à la cuisse cette fois. Affolé par l'odeur du sang, son cheval s'est cabré brusquement. Noëlle a dû s'accrocher à la taille de Jaël pour ne pas être désarçonnée, mais toutes deux sont parvenues tant bien que mal à rester en selle. En revanche, mon attaque a brisé net la concentration de la magicienne. Derrière moi, j'ai entendu les cris de soulagement et les halètements de mes compagnons.

Les soldats qui accompagnaient la magicienne d'air ont dégainé leurs armes. Kerrick m'a lâché la main pour leur tenir tête le temps que nos compagnons récupèrent leurs forces.

De grosses branches se sont mises à tomber des arbres, effrayant les chevaux. Seul contre cinq cavaliers, Kerrick parvenait à tirer son épingle du jeu. *Impressionnant…* Pourtant, je savais que son énergie était limitée et qu'il ne pourrait tenir ainsi longtemps. Alors, mes couteaux se sont envolés de nouveau, et j'ai blessé deux des soldats avant qu'ils aient pu attaquer. Cela a suffi à contenir suffisamment leurs assauts pour que Belen, Loren et Quain se joignent à nous.

Jaël ne s'était pas vantée en répétant qu'elle n'était pas stupide : elle a sonné la retraite. En un clin d'œil, les six chevaux ont disparu de notre vue.

Nous avons poussé des cris de joie et nous nous sommes congratulés… jusqu'au moment où nous nous sommes rendu compte que Flea manquait à l'appel. J'ai tourné la tête. Il était là, un peu plus loin, allongé sur le sol, yeux grands ouverts, immobile. Je me suis précipitée à son côté, pour découvrir des lèvres bleues, un regard vide et la lividité de la mort sur son visage.

J'ai posé la main sur son front, mais aucune magie de guérison n'est montée de mon être.

— Kerrick ! ai-je hurlé.

Il m'a rejointe en hâte et a posé la main sur la mienne. Cette fois, j'ai senti notre pouvoir combiné se répandre dans mon bras… mais je ne suis pas parvenue à le canaliser dans le corps de Flea. J'ai essayé et essayé encore, jusqu'à l'épuisement — et j'aurais continué si Kerrick ne m'avait tirée en arrière. J'aurais voulu hurler ma rage et mon impuissance. Tout pouvoir a ses limites. Les guérisseurs ne pouvaient ramener les morts à la vie.

Accablée, je suis restée assise à côté de Flea tandis que Kerrick et Belen discutaient de la tâche macabre et pourtant nécessaire de disposer de sa dépouille. A proximité, Loren et Quain demeuraient prostrés, anéantis par la nouvelle.

— … la terre est trop dure pour creuser en profondeur, les charognards le déterreraient, disait Belen.

— … un bûcher mettrait tous les mercenaires de Vyg à nos trousses, a répondu Kerrick.

— … une grotte… sceller l'entrée ?

Mais j'ai cessé de m'intéresser à leur conversation pour me plonger tout entière dans le souvenir de Flea, de son énergie et de son enthousiasme. Son sourire de travers, ses manières de chiot joueur, sa joie simple et communicative le jour où il avait appris à maîtriser le jonglage à trois pierres. Il y avait tant de potentiel dans notre jeune compagnon…

Ce terme a déclenché un souvenir. Du *potentiel.* Voilà ce que le lys avait senti en lui.

Je me suis redressée pour me joindre à brûle-pourpoint à la conversation :

— Offrons son corps à un lys de la mort, me suis-je exclamée.

Ils ont réagi tous en même temps, passant successivement par la surprise, la répulsion, le refus et la colère. Je me suis justifiée du mieux possible, tentant de leur expliquer ce que je savais sans passer pour une folle. Ils ont résisté un long moment — ce qui était logique, car ce que je leur proposais allait à l'encontre de la décence, de la morale, et même de la raison. Mais, bon sang, je *savais* que c'était la meilleure solution.

— Avry, c'est le chagrin qui te fait parler ainsi, m'a dit Belen.

Loren et Quain ont approuvé, l'air abattu. Ils étaient certains que j'avais perdu la tête — ce qui était peut-être le cas, d'ailleurs.

— Faites-moi confiance. *Il le faut*, ai-je insisté une dernière fois. N'avez-vous pas vu la joie sur le visage de ma sœur à l'idée de ma mort ? J'aurais pu rester aux côtés d'Estrid pour tenter de renouer les liens avec elle. Mais non, j'ai choisi de…

Ma gorge s'est serrée, et j'ai bien cru que j'allais éclater en sanglots.

— Laissez tomber.

Je leur ai tourné le dos pour dissimuler les larmes qui envahissaient mes yeux.

— Il y a un bosquet de lys à deux lieues à l'ouest d'ici, a dit Kerrick.

J'ai essuyé mon visage et leur ai fait face de nouveau. Kerrick avait posé la main sur le sol.

— Ça se trouve derrière la frontière de Vyg, mais il n'y a personne dans ce coin.

— Vous êtes fous ! s'est exclamé Quain. Vous n'allez tout de même pas…

— *Si*. Belen, prends la couverture de Flea.

Belen a obtempéré et a enveloppé la dépouille de notre camarade dans son plaid avant de le charger sur son épaule et de se mettre en route. Nous l'avons suivi sans prononcer un mot. Lorsque nous avons atteint le champ de lys dont avait parlé Kerrick, le jour tombait déjà.

Belen a déposé le corps sur le sol avec délicatesse avant de raconter comment, un jour, il avait parlé à Flea de ce qu'il appelait les « choses de la vie » ; encore tout jeune, Flea avait tout d'abord trouvé cela répugnant — mais quelques mois plus tard il avait changé d'opinion et était revenu vers lui pour lui poser de nouvelles questions ! Loren et Quain, tour à tour, ont raconté comment ils lui avaient appris à se battre.

Quant à Kerrick, il n'a prononcé qu'une phrase :

— Il était comme un fils pour moi.

Les autres ont hoché la tête, solennels.

Pour ma part, je n'ai pu articuler le moindre mot.

Ramassant la couverture, Kerrick a emporté Flea en direction d'un bosquet constitué de deux arbres. Je l'ai accompagné au cas où un lys nous aurait attaqués. Les pieds des arbres se touchaient presque, mais leurs troncs s'écartaient à mesure qu'ils s'élevaient, ce qui leur donnait l'aspect d'un gigantesque V. Un lys poussait juste derrière. S'agissait-il d'un lys de la mort ou d'un lys de la paix ? Nous n'allions pas tarder à le découvrir.

Cette fois, je n'ai entendu nul sifflement ; avec un mouvement lent et délicat, les pétales se sont écartés et se sont penchés sur Flea ; leur pointe s'est recourbée sous son corps, et la fleur a soulevé notre ami comme une mère portant son enfant. Puis il a disparu en elle.

Pendant les six jours qui ont suivi, nous sommes demeurés sur la route de la Frontière. Les escouades de l'armée d'Estrid nous laissaient tranquilles et nous n'avons vu nulle trace de mercenaires, ce qui nous a permis de couvrir près de cent lieues. Nos conversations se limitaient au strict minimum. Aucun de nous ne souriait ni ne plaisantait.

La nuit, nous avions repris nos habitudes — corvée de bois, cuisine sur le feu de camp et veillée — sauf qu'à présent nous regardions les flammes en silence au lieu de parler. Mes pensées revenaient toujours à Flea, ou bien à ces villages et ces hameaux désertés que nous traversions chaque jour. Il y en avait tant… Souvent, je m'appuyais contre Belen. Il passait son énorme bras autour de mes épaules et nous nous réconfortions mutuellement. Mon cher Papa Ours avait perdu un de ses oursons, et c'était sans doute lui qui de nous tous souffrait le plus. Il n'était pas rare qu'épuisée je m'endorme contre son épaule et qu'il finisse par m'allonger sur ma paillasse et me border.

Pourquoi Belen ? Sa présence solide et rassurante allégeait un peu mon chagrin. C'était à la fois un allié et un protecteur pour moi. Plus encore, c'était mon ami — le premier ami que j'avais depuis... depuis que j'avais quitté mon apprentissage avec Tara. Loren et Quain, de la même façon, comptaient l'un sur l'autre, comme deux frères à qui il ne manquait que les liens du sang. Quant à Kerrick, il n'avait selon moi besoin de personne. Jaël lui avait sans doute brisé le cœur — celui-ci avait cessé de battre et s'était racorni dans sa poitrine des années plus tôt. Et pourtant, il n'avait pas renoncé à trouver un guérisseur pour son ami Ryne ; après tout, l'espoir n'était peut-être pas tout à fait perdu.

J'éprouvais un tel chagrin pour la mort de Flea que je commençais à me demander si, au fond, Kerrick n'avait pas raison. Il fallait garder ses distances. Surtout au cours d'une mission aussi dangereuse que la nôtre. Malheureusement, il était trop tard. Pendant trois ans, j'avais vécu sans famille ni amis, et j'avais donc fini par m'attacher à mes quatre compagnons. Peut-être même à mes *cinq* compagnons.

Au septième jour de notre périple, Kerrick nous a fait obliquer vers l'est et emprunter un sentier qui partait de la route principale. Un vent glacial s'était levé et nous mordait cruellement le visage, comme pour nous rappeler que nous étions en plein milieu de l'hiver. Avant la peste, chaque ville et chaque village des Quinze Royaumes aurait tenu une foire ou une fête pour célébrer ce solstice et annoncer la venue prochaine du printemps. A présent, nous ne nous réjouissions plus qu'à l'idée d'avoir passé la moitié d'un nouvel hiver sans mourir de faim.

Deux heures plus tard, Kerrick a fait halte devant des ruines imposantes. Trois édifices grandioses s'étaient élevés ici, mais leurs somptueuses colonnades de pierre s'étaient écroulées, leurs toits s'étaient effondrés, et le feu avait ravagé l'intérieur. Les constructions plus petites qui les entouraient avaient connu le même sort.

— Ce qu'il reste des bâtiments de la guilde des guérisseurs, a annoncé sobrement Kerrick.

C'était moi qui à l'origine avais proposé de faire un crochet par ces lieux, mais l'idée m'était depuis sortie de la tête.

Je regardais autour de moi les vestiges de cet endroit mythique où j'aurais dû achever ma formation si la peste ne s'était pas déclarée. *Ainsi, il n'en restait rien…*

Mais quoi de surprenant à cela ? Les gens étaient en colère, pleins de tristesse et de désespoir. Ils s'étaient vengés sur les seuls boucs émissaires qu'ils avaient trouvés. En silence, nous avons entrepris de fouiller les ruines, à la recherche de quoi que ce soit qui pourrait se révéler utile.

Je n'étais venue ici qu'à une seule occasion, et bien malgré moi mes souvenirs ont refleuri. Guérir, chercher et enseigner avaient été les maîtres mots de cette institution. Chacun des bâtiments était dédié à un de ces trois buts. Si j'avais obtenu mon diplôme, la cérémonie se serait tenue dans l'édifice consacré au savoir. Ceux qui venaient en quête d'une aide médicale se dirigeaient vers l'aile de la guérison. Quant à la dernière maison, elle abritait ceux qui voulaient en apprendre davantage sur nos pouvoirs et les plantes qui pouvaient secourir.

Les chercheurs partageaient leur savoir avec les autres guérisseurs, mais savaient toutefois protéger leurs secrets des mains malintentionnées. Une phrase qu'avait prononcée Tara m'est revenue à la mémoire : elle avait parlé d'une pièce connue des seuls guérisseurs, « un lieu à l'abri des curieux et des éléments » — qui ne se situait pas dans le bâtiment de l'enseignement.

Prise d'une intuition, je me suis dirigée vers le plus petit des édifices de l'ensemble, mais je me suis arrêtée en chemin. Y dissimuler une pièce aurait été trop évident. Mieux valait chercher une construction qui ne se différenciait pas des autres.

Kerrick me suivait.

— Que cherches-tu ? m'a-t-il demandé.

Je lui ai révélé l'existence de la pièce secrète.

— Il est peu probable qu'elle ait subsisté, malheureusement, ai-je ajouté.

Il a réfléchi un instant.

— Ce n'est pas sûr. Pour peu qu'elle se trouve dans une cave en pierre, il se peut qu'elle soit toujours intacte.

Au lieu de s'occuper des bâtiments qui nous entouraient, il s'est mis à scruter la forêt.

La forêt ? Pendant quelques instants, je me suis interrogée sur la raison de cette attitude, jusqu'au moment où j'ai compris : les bois avaient envahi l'enceinte de la guilde. Kerrick s'est agenouillé et a posé la main sur le sol. Si les racines avaient suffisamment poussé, il serait peut-être capable de détecter toute anomalie.

Il s'est relevé pour se diriger vers l'est des principaux édifices et je lui ai emboîté le pas. Un peu plus loin, il s'est arrêté devant un bâtiment qui, comme je m'y attendais, n'avait absolument rien de remarquable.

— Une pièce souterraine ? ai-je demandé.

— Peut-être. En tout cas, il y a quelque chose sous cette maison.

Nous avons hélé nos compagnons, et entrepris avec eux de dégager les ruines. La force de Belen ne cessait de me surprendre : il relevait des pans entiers de mur sans paraître forcer le moins du monde ! Peu à peu, la fièvre du travail nous a gagnés. Pour la première fois depuis des jours, j'ai cessé de penser à la mort de Flea. Mes compagnons se sont mis à lancer quelques commentaires. Quain a raillé les « bras de fillette » de Loren ; Belen, avec une mauvaise humeur feinte, a demandé à Kerrick d'arrêter de donner des ordres et de se mettre un peu à l'œuvre. Bien entendu, ce n'était pas l'entrain de jadis, mais c'était toujours un début.

Il nous a fallu toute une journée pour déterrer les restes de ce qui pouvait être l'entrée d'un souterrain. Tandis que nous œuvrions, de lourds nuages gris avaient envahi le ciel bleu vif. Quain a levé la tête avec une grimace, et s'est mis à humer l'air. Au bout de quelques instants, il a livré son verdict : d'après lui, une tempête de neige approchait.

— Dans combien de temps ? lui a demandé Kerrick.

Quain a ramassé une poignée de feuilles et les a jetées en l'air pour évaluer la vitesse du vent.

— Je dirais une demi-journée tout au plus.

— De quelle ampleur ?

De sa poche, Quain a retiré alors un étrange objet qui évoquait un mince vase de verre, rempli d'un liquide argenté. Il en a tapoté les bords avant de pousser un sifflement impressionné.

— Un blizzard hurlant. Typique en cette saison.

Kerrick a poussé un juron.

— Ne te plains pas, lui a rétorqué Quain. C'est parce que nous avons un hiver très sec. Si ce n'était pas le cas, voilà deux mois que nous pataugerions dans dix centimètres d'eau.

Kerrick avait tout l'air de s'apprêter à nous ordonner d'arrêter nos fouilles — aussi je l'ai devancé.

— Cette porte mène sans doute à un sous-sol, ai-je fait. Dans ce cas, nous pourrions nous y abriter.

— Et que se passera-t-il si ce n'est pas le cas ?

Sans attendre ma réponse, il a poursuivi :

— Non seulement nous aurons perdu notre temps, mais en plus nous serons coincés dehors en pleine tempête.

Puis il s'est tu pour scruter alternativement le ciel qui s'assombrissait et la forêt.

— Voilà ce que nous allons faire : vous allez continuer les fouilles, et moi je vais aller explorer la forêt à la recherche d'une grotte.

Encore une grotte ! Mais j'ai retenu mon grognement d'exaspération. Dans notre situation, il fallait bien l'admettre, une caverne serait en réalité idéale.

Kerrick nous a laissés, et nous avons donc entrepris de dégager l'entrée de la pièce. La porte était en fer, et elle était verrouillée. Avec un sourire narquois, Belen a exhibé un rossignol et s'est mis au travail sur la serrure.

Pourtant, au bout d'une vingtaine de minutes, il s'est redressé, l'air dépité.

— Je n'y arriverai pas. C'est un modèle très compliqué, avec deux barillets. Impossible de crocheter ça.

— Et Kerrick ? Y arriverait-il, lui ? ai-je demandé.

Belen a poussé un soupir offensé.

— Qu'est-ce qui te fait croire qu'il s'en tirerait mieux que moi ?

— Euh… il a davantage d'expérience ?

— Tu n'as peut-être pas tort, a admis Belen. Après tout, il s'est fourré bien plus souvent que moi dans les ennuis.

— Vraiment ? Jaël m'a dit que c'était *lui* qui te sortait des pires situations, en général.

— Ne t'avise pas de la croire, Avry. Tout ce qu'elle dit, c'est des mensonges. En fait, la plupart des ennuis et des querelles que nous avons pu rencontrer au pensionnat provenaient d'elle. Avec sa beauté et son intelligence, elle se jouait de nous comme si nous étions les pions sur l'échiquier d'or de la reine Jenna. Il nous a fallu des années pour nous en rendre compte.

— Mais elle a empêché Kerrick de tuer Ryne, c'est bien ce que vous m'avez dit ? Comment est-ce possible ?

— Ce n'est pas à moi de te raconter cette histoire, a répondu Belen en se détournant. Et quoi qu'il en soit, même Kerrick ne pourrait pas ouvrir cette porte. Non seulement la serrure est complexe, mais la rouille a fini de la détruire.

Quelle déception ! Mais c'était vrai : la rouille avait tout rongé…

Mais ces mots ont réveillé un souvenir dans ma mémoire. Lorsque mes compagnons m'avaient tiré de la geôle, à Jaxton, je m'étais rendu compte que certains barreaux des fenêtres avaient été curieusement attaqués par la corrosion alors que les autres étaient en parfait état.

— Loren, qu'aviez-vous utilisé sur les barreaux ? ai-je lancé.

— De quoi parles-tu ? m'a-t-il demandé.

Je le lui ai aussitôt expliqué.

— Ah oui… Quain, te reste-t-il de la potion éclair ?

Les yeux de son compagnon se sont allumés.

— Tout à fait. Dans mon sac.

Il s'est dirigé vers l'endroit où nous avions déposé nos affaires.

— J'avais oublié jusqu'à son existence, a-t-il lâché. Quel dommage que nous n'en ayons pas disposé pendant les deux semaines où nous avons moisi dans les prisons d'Estrid…

Il a fouillé dans les poches de son havresac pour en extirper une fiole de verre qui contenait un liquide translucide.

— Maintenant, il nous faut trouver un moyen de le verser dans la serrure…

Nous nous sommes donc mis en quête d'un outil adapté jusqu'à ce que Belen mette la main sur un morceau de tuyau qui conviendrait. Quelques secondes plus tard, la potion éclair se répandait dans le mécanisme. Le métal s'est mis à grésiller, et une odeur semblable à celle de l'eau saumâtre s'est élevée.

Lorsque le sifflement s'est arrêté, Quain a demandé à Belen d'essayer d'ouvrir la porte. Celui-ci ne s'est pas fait prier : il a donné un grand coup d'épaule sur le panneau de fer… mais aucun résultat. Quain a entrepris alors de verser davantage de potion. Toujours rien.

— Et si nous nous attaquions aux gonds ? a suggéré Loren.

Avant que Quain ait pu répondre, je les ai interrompus :

— Attendez un peu…

Les gonds étaient visibles, ce qui signifiait que…

— Belen, prends la poignée et essaie de *tirer* la porte au lieu de la pousser !

Le géant s'est exécuté et a saisi le loquet. Avec un hurlement de métal, la porte s'est ouverte, révélant un escalier qui s'enfonçait dans les ténèbres. Une odeur de terre mêlée à des relents de moisissure s'est élevée, suivie d'un tintement étrange. Des rats ? Ou bien n'était-ce que le courant d'air ?

Nous sommes restés comme paralysés, scrutant l'obscurité qui s'ouvrait devant nous.

— Nous allons avoir besoin de torches, a dit Belen.

— A moins qu'il n'y en ait à l'intérieur ? ai-je suggéré.

Quain a descendu les premières marches.

— Il y a des anneaux, mais pas les torches qui vont avec.

Loren et Belen se sont mis en quête de matériel adapté tandis que Quain et moi attendions devant la porte. Peu à peu, le vent est tombé, et de gros flocons de neige se sont mis à tomber.

— Je croyais que tu avais parlé d'un blizzard hurleur, ai-je fait remarquer.

— Et c'est ce qui va arriver. D'abord, il va beaucoup neiger ; c'est seulement ensuite que le vent se lèvera et que la tempête commencera vraiment. Sans quoi ce ne serait pas vraiment drôle — tout ce vent et pas la moindre neige à disperser dans tous les sens…

— Ça m'étonnerait qu'une tempête s'inquiète de ce qui est drôle et de ce qui ne l'est pas ! lui ai-je lancé avec un demi-sourire.

— Pour une tempête normale, tu aurais raison.

J'ai dévisagé Quain pour savoir s'il était sérieux.

— Comment ça, une tempête « normale » ? Parce qu'il y en a d'autres types ?

— Oui, m'a-t-il assuré. En tout cas, certaines tempêtes peuvent être influencées par des magiciens pour causer davantage de dégâts.

— Tu penses que Jaël nous envoie ce blizzard ?

— Elle a tué Flea et tenté de nous tuer aussi. Ça pourrait très bien être une nouvelle tentative.

Rien que ce souvenir m'a fait frissonner.

Quain m'a lancé un regard pénétrant.

— Il faut que nous parlions de ce qui est arrivé à Flea.

— Que veux-tu dire ?

— J'ai repensé à l'attaque de Jaël. J'ai tout reconstitué dans ma tête, comment c'était arrivé et ce qui s'était passé. Pourquoi as-tu appelé Kerrick à l'aide au moment de secourir Flea ? Et comment Kerrick savait-il exactement où trouver un lys de la mort ?

Aïe.

A mesure qu'il parlait, Quain semblait faire de nouveaux rapprochements.

— A vrai dire, au cours des mois que nous avons passés dans la forêt, nous n'avons jamais rencontré le moindre lys — à part lorsque nous nous sommes trouvés près de ce village. Ce qui défie toute probabilité. Avry, que se passe-t-il au juste ?

Il était inévitable qu'il finisse par se poser ces questions.

— Ça, tu devras le demander à Kerrick.

— Pourquoi ?

— Parce que ce n'est pas à moi de raconter cette histoire, lui ai-je répondu en reprenant les mots de Belen.

Lorsque Loren et Belen sont revenus, Quain me faisait ostensiblement la tête.

— Que se passe-t-il ? a demandé Loren.

Je me suis hâtée de répondre avant Quain.

— Nous aurons tout le temps d'en parler lorsque nous nous retrouverons coincés pendant quelques jours dans une grotte à cause de la tempête…

Belen a ôté la neige de ses cheveux.

— D'accord. Nous n'avons pas une minute à perdre, de toute façon.

Il nous a tendu les torches qu'ils avaient fabriquées et Loren les a allumées avec une pierre à feu.

Nous avons descendu les marches couvertes de poussière qui s'enfonçaient en spirale dans le sol sur deux ou trois étages avant de déboucher sur une sorte d'entrepôt. Des rangées d'étagères s'élevaient devant nous, toutes chargées de caisses de bois scellées sur lesquelles était gravé un résumé de ce qu'elles contenaient.

J'ai entrepris de déchiffrer les mots à mesure que nous avancions.

Notes sur la dissection d'une femme de vingt-deux ans — cause du décès : morte en couche.

Graines d'herbe des sables du royaume de Bavly.

Résultats des tests de poison d'Apgull.

Cartes des emplacements connus des arbres-tigres rouges.

Comme nous progressions, nous nous sommes rendu compte que la pièce était immense. Nous ne distinguions pas son extrémité, et les étagères se perdaient dans l'obscurité.

— Nous avons trouvé la pièce secrète des archives. Et maintenant ? m'a demandé Belen.

— J'espérais trouver des informations qui pourraient nous servir à quelque chose, ai-je répondu.

— Tu penses que *Contenu de l'estomac d'un ufa* pourrait nous être utile ? m'a lancé Loren en examinant une caisse.

— Seulement si le document nous indique ce qui a tué cet ufa…

Lorsque nous approcherions des contreforts de la

Montagne des Neuf, les hordes d'ufas risquaient de devenir un véritable problème.

— Nous pourrions nous séparer, a suggéré Belen. Pour aller plus vite. Que cherchons-nous exactement, Avry ?

— Tout ce qui mentionne les plantes ou les herbes médicinales…

J'ai hésité un instant avant de poursuivre, mais autant le dire tout de suite.

— … et tout ce qui parle de la peste.

Il y a eu un silence, puis Belen a lancé :

— Très bien. Allez, chacun prend une rangée.

Au bout de quelques minutes, il est devenu évident qu'il nous faudrait des jours et des jours pour venir à bout de toute la pièce — sans que cela garantisse que nous trouvions la moindre information utile. Peut-être pourrions-nous revenir après la tempête… à condition que la porte ne soit pas engloutie dans une congère.

J'ai examiné les inscriptions gravées sur les caisses jusqu'à ce que ma vue se brouille. La lueur de ma torche s'est mise à vaciller, m'avertissant qu'elle ne durerait plus très longtemps. En outre, nous étions ici depuis un certain temps et Kerrick ne nous avait toujours pas rejoints. Avec un sentiment d'inquiétude, j'ai entrepris de rebrousser chemin, suivant les empreintes de mes pas sur le sol poussiéreux.

Je me suis retrouvé au pied de l'escalier, seule. Aucun de mes compagnons n'était revenu. Et bien sûr, c'est le moment qu'a choisi ma torche pour s'éteindre sur un sifflement définitif. Je me suis retrouvée plongée dans le noir.

Au bout de quelques minutes, des pas ont résonné sur les marches de pierre au-dessus de moi. S'agissait-il de Kerrick, d'un autre de mes compagnons — ou bien de *quelqu'un d'autre* ? Je me suis tapie contre une étagère, mon poignard à la main. Les pas se faisaient de plus en plus audibles, et une silhouette noire est apparue.

C'était Kerrick. Quel soulagement ! Rengainant mon

couteau, je me suis précipitée sur lui… sans même penser que j'allais le prendre par surprise.

L'instant d'après, j'étais au sol, tout le poids de Kerrick sur moi. Il m'a tenu les poignets jusqu'à ce qu'il me reconnaisse. Quelle idiote ! Je n'avais pas pensé que, si mes yeux étaient habitués à l'obscurité, ce n'était pas le cas des siens.

— Ne me fais *plus jamais* des coups pareils ! s'est-il exclamé.

— C'est exactement ce que j'étais en train de me dire, lui ai-je répondu. Et maintenant, ça ne t'ennuierait pas de cesser de m'écraser ?

Il s'est relevé et m'a aidée à me remettre sur pied.

— Où sont les autres ?

Je me suis frotté l'arrière du crâne, qui avait durement cogné contre le sol.

— Ils sont en train de chercher ce qui pourrait nous être utile. Et ma torche est morte.

J'ai scruté l'obscurité à la recherche d'un signe de nos compagnons.

Kerrick a mis les mains en porte-voix et a lancé :

— Il est temps de lever le camp, messires !

Un bruit de froissement et de pas s'est fait entendre. Quain et Loren sont apparus — seule la torche de ce dernier brûlait encore.

Quain portait sous le bras une caisse.

— C'est vraiment inquiétant, ici, quand la lumière s'éteint, a-t-il fait.

— Qu'as-tu trouvé ? lui ai-je demandé.

— Des notes sur tous les remèdes contre la peste qui ont échoué. Je n'étais pas sûr que ça puisse nous être utile, mais c'est la dernière caisse que j'ai trouvée avant que ma torche ne s'éteigne.

— C'est toujours un début.

Kerrick m'a lancé un regard un peu agacé, comme s'il attendait des explications, mais je l'ai ignoré ; nous avons attendu Belen.

— Pourquoi ne pas nous réfugier ici ? ai-je demandé à Kerrick.

— Il n'y a pas d'issue de secours.

— Qui sait ? Nous n'avons pas tout exploré, ai-je insisté.

— Nous n'avons plus de torche pour le découvrir, je te rappelle. Belen doit être en train d'essayer de retrouver son chemin à tâtons.

Il l'a appelé de nouveau.

Aucune réponse. Loren a proposé de partir à sa recherche, mais Kerrick a refusé. Dix autres minutes sont passées. L'angoisse montait. Pour finir, Kerrick a porté les doigts à sa bouche et a lancé un sifflement suraigu et assourdissant.

La voix de Belen s'est — enfin ! — élevée en réponse :

— Par ici ! J'ai trouvé quelque chose qui va vous intéresser…

Nous nous sommes élancés dans la direction d'où provenait sa voix, pour découvrir notre ami tout au bout d'une rangée d'étagères. La lueur de la torche posée sur le sol dessinait un mince halo autour de ses jambes. Lorsque nous nous sommes approchés, il l'a déplacée du bout du pied pour révéler un corps desséché sur le sol.

Il ne restait que la peau parcheminée tendue sur les os. L'individu — je supposais que c'était un homme — était allongé sur le côté. Lorsque je me suis penchée sur le cadavre pour l'examiner, Quain a émis une exclamation de dégoût.

Au cours de mon apprentissage en tant que guérisseuse, j'avais assisté à des autopsies et à des dissections afin de tout connaître du corps humain et de ses organes. Toutefois, nul besoin d'être guérisseur pour savoir de quoi cet homme était mort : son cœur avait été perforé par l'épée plantée dans sa poitrine. Il avait été *assassiné.*

Je me suis assise sur mes talons, réfléchissant à la situation. Si une foule haineuse était entrée jusqu'ici, elle aurait sans le moindre doute détruit toutes les archives. De toute façon, la porte était close. *Ce qui signifiait que le meurtrier possédait la clé et connaissait l'existence de cette pièce.* Mais cela ne m'avançait guère... A ce point, rien ne me permettait de savoir pourquoi on avait tué cet homme.

— Il y a une caisse ouverte sous son cadavre, a dit Belen. Peut-être cherchait-il à en protéger le contenu.

De la pointe du pied, il a fait rouler le cadavre.

J'ai observé la caisse défoncée sous mes yeux, avant de ramasser deux éclats de planche sur lesquels étaient inscrites des lettres. Je les ai rapprochés pour former les mots de l'inventaire. Ils n'étaient guère nombreux.

La caisse avait contenu des graines... de lys de la mort.

16

— Pourquoi diable quelqu'un voudrait-il posséder des graines de lys de la mort ? a demandé Quain.

— Et, plus important, pourquoi la guilde des guérisseurs conservait-elle de telles graines ? a renchéri Loren.

— Pour les étudier, ai-je répondu, pensive.

— Ou trouver un moyen de les éradiquer, a ajouté Kerrick.

Belen a repoussé encore un peu le cadavre et les débris de la caisse comme s'il cherchait quelque chose.

— Je ne vois les semences nulle part. On les a prises.

— A quoi saurais-tu les reconnaître ? lui a demandé Quain.

— Lorsque nous avons été piégés dans ce lys de la mort, j'ai eu une vision très nette de ses cosses.

Loren a hoché la tête avant de poser un regard suspicieux sur le corps.

— Donc… la vindicte populaire s'abat sur les guérisseurs, et c'est la fin de la guilde. Mais encore une fois, pourquoi protéger ces graines ? Pensez-vous qu'elles pourraient avoir un lien avec la peste ?

Belen a haussé les épaules.

— C'est possible.

— Avons-nous trouvé d'autres archives là-dessus ? ai-je demandé en parcourant du regard les caisses empilées sur les étagères aux alentours.

Rien.

— Cette énigme devra attendre un peu, a déclaré Kerrick. Dehors, la neige est en train de s'entasser.

— Et le corps, qu'en faisons-nous ? a demandé Quain en reprenant la boîte qu'il transportait. On trouve un autre lys à nourrir ? A moins qu'ils n'apprécient pas quand ça croustille…

Mais son sarcasme n'a amusé personne.

Nous nous sommes contentés de rebrousser chemin dans la salle avant de remonter l'escalier. Belen a refermé la porte derrière nous avant de la dissimuler en y faisant rouler un rocher.

— Cela devrait suffire à la protéger du vent et de la neige, a-t-il affirmé.

Dix bons centimètres de neige étaient tombés depuis que nous avions pénétré dans la salle des archives. Tout en marchant sur les pas de Kerrick, j'ai remarqué à quel point la forêt était paisible. Si le fait de posséder mes bottes fourrées confortables me remplissait d'aise, je m'inquiétais par contre des traces que nous laissions derrière nous. Elles resteraient visibles jusqu'au moment où le vent les effacerait.

Quain, qui avait remarqué mes regards, m'a rassurée immédiatement :

— Si Kerrick ne prend pas la peine de les effacer derrière nous, c'est que personne n'est assez proche pour les retrouver.

Avec un coup d'œil vers son chef, il a poursuivi :

— Dans les bois, il devine toujours où se cachent les mercenaires. Saurais-tu par hasard quelque chose à ce sujet, Avry ? Ou bien est-ce à lui de « raconter cette histoire » ? Et quels autres secrets nous caches-tu ?

Comme pour souligner ses paroles, il a secoué la caisse qu'il portait toujours.

Je ne voulais pas l'irriter davantage, aussi ai-je préféré ne pas répondre. Quain n'aurait jamais le courage de poser ses questions directement à Kerrick, j'en étais presque sûre ; il se contenterait de lâcher des remarques sarcastiques jusqu'à ce que Kerrick ou moi-même décidions de lui révéler nos secrets.

Que Kerrick nous mène à une grotte qu'il avait découverte à proximité ne nous a pas surpris — un autre pouvoir que Quain a dû ajouter à sa liste. Nous avions tenté de ramasser du bois pour le feu, mais la neige et l'humidité avaient rendu cette tâche difficile. Seul le fagot qu'avait rassemblé Kerrick n'était pas totalement ridicule.

Le dîner a été quasiment silencieux, plutôt à cause de la fatigue d'avoir fouillé si longtemps la salle des archives que du deuil de Flea. La douleur de son décès ne disparaîtrait jamais complètement, mais au moins finirait-elle par se faire moins vive. Mes quatre compagnons étaient des survivants de la peste, ce qui signifiait qu'ils avaient déjà de nombreux morts à pleurer. C'était bien entendu mon cas aussi ; toutefois, le terme de « survivante » ne s'appliquait pas vraiment à moi, car — autre caractéristique étrange de la peste — la maladie n'affectait *jamais* les guérisseurs.

Pourquoi les guérisseurs n'attrapaient-ils pas le mal ? Pourtant, nous souffrions des mêmes affections que tout le monde ; simplement, nous en guérissions plus rapidement. Mais aucun cas de peste n'avait été répertorié parmi les nôtres, à l'exception de ceux qui avaient contracté le mal en guérissant un malade. Et même dans ce cas, il semblait que ces derniers n'avaient pas été contagieux.

Nous avons vidé la soupière en silence. Le dîner terminé, Quain n'a guère attendu pour reprendre son interrogatoire. Loren lui a adressé un coup d'œil de mise en garde, mais il s'est rendu compte que son compagnon paraissait déterminé à obtenir des réponses. Il s'est donc retourné vers Kerrick. C'était également ce dernier que regardait Belen. Je ne parvenais à déchiffrer aucun de leur visage — ce qui me changeait dans le cas de Belen, mais pas en ce qui concernait Kerrick.

— Maintenant, tu vas nous expliquer ce qui se passe, a finalement lancé Quain.

C'était une affirmation, pas une question.

Kerrick m'a regardée, l'air suspicieux.

— Ne t'en prends pas à Avry, l'a prévenu Quain. Elle n'a pas dit un mot. C'est simplement que j'ai fini par additionner deux et deux.

— Vraiment ? Alors d'après toi, que se passe-t-il, Quain ? lui a fait Kerrick en le défiant du regard.

— Pas la peine d'essayer ce coup-là avec moi. Je ne suis pas Flea.

— Comment peux-tu être à la fois aussi malin et aussi bête ? s'est exclamé Loren.

Quain a bondi et a fondu sur son camarade comme s'il avait l'intention de le frapper. Mais Loren n'a paru guère impressionné ; il s'est contenté de le toiser avec un air amusé.

Belen a eu un petit rire.

— Il a toutes les pièces, mais il n'a pas réussi à compléter le puzzle.

Quain s'est tourné vers lui, de plus en plus dépité.

— Avry n'est pas la seule ici à être douée de pouvoirs magiques, a expliqué Belen.

Une lueur de compréhension est passée sur le visage de Quain ; d'un coup, il a cessé de froncer les sourcils et les rides sur son front ont disparu.

— Quel idiot je fais…

— Je me souviendrai de tes mots pour notre prochaine dispute, l'a prévenu Loren.

Quain s'est jeté sur lui — et ils se sont mis à lutter en roulant sur le sol…

Ignorant leur jeu, Kerrick s'est tourné vers Belen.

— Depuis quand le sais-tu ?

— Depuis tes seize ans. Loren et Flea ne s'en sont pas rendu compte avant qu'Avry ne débarque et rende les choses… *intéressantes*.

— Dites donc, ai-je lâché en feignant de me vexer, si

vous n'aimez pas les choses « intéressantes », comme vous dites, je peux vous laisser entre vous.

Mais la réponse de Belen a été parfaitement sérieuse.

— Tu le ferais vraiment ? Imaginons que je retienne Kerrick par la force et que je te laisse libre, partirais-tu ?

— J'ai donné ma parole.

— Contrainte et forcée. Maintenant, je t'offre une possibilité de fuir. Choisirais-tu de la prendre ?

Les deux autres ont cessé leur lutte pour reporter toute leur attention sur moi. Je me suis sentie rougir sous leurs regards curieux.

Belen a poursuivi sur sa lancée :

— J'étais là quand on t'a arrêtée à Jaxton. Tu n'as pas résisté et tu n'as pas tenté de fuir. Ce n'était pas l'Avry que j'ai appris à connaître.

— Que veux-tu que je te réponde ? lui ai-je rétorqué dans un murmure.

— Souhaites-tu partir ? m'a demandé Belen.

Ne me fais pas ça.

— Souhaites-tu partir ? a-t-il répété.

Ma gorge s'est nouée. Des émotions contradictoires m'agitaient. J'aurais aimé rebrousser chemin pour retrouver ma petite sœur et tenter d'arranger les choses, mais je ne voulais pas laisser mes compagnons. Ils étaient devenus ma nouvelle famille.

— Je veux la vérité, Avry.

— *Non.* Non, je ne veux pas partir. C'est pitoyable, n'est-ce pas ?

Incapable de soutenir leur regard, je me suis précipitée dehors en dépit de la neige.

Je suis restée quelques instants à proximité de l'entrée de la grotte, à respirer l'air humide. Des nuages de tempête masquaient la lune, et la nuit baignait dans un silence obscur. Les flocons frappaient mon visage comme de minuscules poignards glacés. J'aurais aimé m'éloigner des autres, mais je savais que je risquais de me perdre dans les ténèbres.

Me perdre… Comme si je n'étais pas déjà égarée depuis longtemps — au sens figuré, en tout cas. Belen m'avait forcée à l'avouer : j'avais trouvé un nouveau sens à ma vie. Depuis que j'avais rejoint leurs rangs, j'avais guéri des gens, retrouvé ma sœur et rencontré des amis. Et à mesure que je découvrais tout cela, j'en apprenais davantage sur l'avenir incertain de notre monde. Tout serait tellement plus simple si j'acceptais de guérir Ryne… ou plus exactement, si je n'avais pas tout à perdre en le faisant.

Belen était une personne de cœur. Il devait ignorer l'inévitable conséquence que la guérison de Ryne aurait sur moi, sans quoi il aurait été déchiré. Et, j'en étais certaine, c'était bien la raison pour laquelle Kerrick ne lui avait rien dit. Et je ne lui révélerais rien non plus. Quoi qu'il en soit, j'avais commis l'erreur de trop m'attacher à eux. Je devais garder mes distances, ne pas m'impliquer dans leur quête.

Je suis retournée à l'intérieur de la caverne ; nul n'a pipé mot. J'ai épousseté la neige de mes cheveux et de mon manteau avant de déplier ma paillasse et mes couvertures pour préparer mon lit. Je m'y suis blottie et j'ai tiré les couvertures sur ma tête. Promis, à partir de maintenant, je contrôlerais mes émotions et je garderais mes distances avec les autres. Je n'avais qu'une chose à faire : en apprendre le plus possible sur Ryne pour pouvoir faire mon choix de façon rationnelle et logique. Ah, et autre chose : obtenir des informations sur la peste. Peu à peu, ma confusion a fait place à une grande détermination.

Il y a encore eu des chutes de neige pendant toute une journée avant que le vent se lève. Le feu s'est mis à vaciller et les couloirs de la grotte sont devenus des chambres d'écho pour les hurlements stridents des rafales. Je passais le temps en examinant le contenu de la caisse que Quain avait découverte dans la salle des archives.

Les guérisseurs de la guilde avaient noté tous les remèdes, les traitements et les techniques qui avaient échoué à guérir la peste. En parcourant la liste, j'ai été impressionnée par le nombre de solutions qu'ils avaient essayées. Ils avaient pris des notes pour chaque traitement et pour l'ensemble des réactions des patients. Pourtant, *rien* ne guérissait la maladie. Tout au plus étaient-ils parvenus à découvrir que des racines de gingembre pilées, mélangées à de la résine de bouleau, pouvaient soulager les terribles douleurs d'estomac — une bien piètre consolation.

A mon tour, je me suis concocté une liste de ce que j'avais appris sur la peste. Elle n'avait fait aucune distinction d'âge ou de genre, et n'avait laissé aucun survivant parmi ceux qu'elle avait frappés. En tout cas, ceux qui avaient survécu à l'épidémie n'avaient jamais montré le moindre symptôme. Le dernier cas connu remontait à deux ans, à présent. Quant aux magiciens qui s'en étaient tirés, cela restait un mystère pour moi. Se pouvait-il que la maladie ne frappe que certains d'entre eux, et cela en fonction du type de magie qu'ils possédaient ?

— Je ne sais pas, m'a répondu Kerrick lorsque je lui ai posé cette question. Certains magiciens se cachent, mais j'ignore de qui il s'agit. Les autres ont rejoint les forces d'Estrid ou de Tohon.

Il était assis près du feu, en train de réparer le cuir de ses bottes.

— Mais sais-tu quelle est leur magie ?

Il s'est interrompu, l'air pensif.

— Tohon a avec lui un mage de terre et un de feu, ainsi qu'un renifleterre. Estrid a Jaël, un mage d'eau et une mage de lune.

— Un renifleterre ? Qu'est-ce donc ? a demandé Quain entre deux gorgées d'eau.

Il profitait d'un répit dans son entraînement au combat avec Belen.

— C'est ainsi qu'on appelle les mages de pierre. Ils

tirent leur pouvoir des rochers, des pierres précieuses, des minerais, du charbon et de toutes les autres matières que l'on trouve dans le sol ou les montagnes. Les plus puissants d'entre eux peuvent provoquer des tremblements de terre.

— N'est-ce pas aussi un des pouvoirs des mages de terre ? ai-je demandé.

— Ce n'est pas la même chose. Les mages de terre, eux, sont reliés au sol et aux créatures qui y vivent.

— Je préférerais être un renifleterre, alors, a conclu Quain.

— Et moi, je préférerais ne rien renifler du tout, surtout quand je suis près de toi ! l'a taquiné Loren, qui s'occupait de la préparation du repas.

Après plus d'une semaine passée sur la route sans possibilité de se laver autrement qu'avec un peu de l'eau de nos gourdes, je soupçonnais que nous étions tous logés à la même enseigne…

— Mais pourquoi ce surnom ? ai-je demandé à Kerrick.

— Renifleterre ? Parce qu'on se sert d'eux pour trouver des pierres précieuses ou des diamants. Ryne a perdu… enfin, je veux dire, trois renifleterres ont *disparu* dans l'effondrement de la mine de Vyg. Ils étaient là pour aider à diriger les opérations.

Il m'a jeté un coup d'œil en coin, comme pour jauger mon humeur pendant qu'il m'expliquait cela.

— Ryne pensait que cet effondrement avait été causé par un sabotage ; mais la peste est survenue sur ces entrefaites, et tout le reste nous a soudain paru sans grande importance.

Un sabotage ? C'était vraiment un peu trop facile !

— Combien de magiciens sont-ils loyaux à Ryne ?

— Un seul.

— Et le mage de mort dont tu m'as parlé ?

— Sepp faisait partie de la garde de mon père. A présent, il m'est loyal, a dit Kerrick.

Ah. C'était le moment pour les grandes questions — celles que j'avais évitées tout ce temps.

— Tu as rencontré Ryne à l'Académie, et seule Jaël t'a retenu de le tuer. Et pourtant aujourd'hui, tu es son *champion* ? Là il faut vraiment que tu m'expliques ! Et que fais-tu de ton propre royaume, *prince* Kerrick ? Pourquoi ne peux-tu arrêter Tohon *toi-même* ?

Loren et Quain ont échangé un regard ébahi. Ainsi, ils ne s'étaient jamais doutés que Kerrick était de sang royal…

Mais celui-ci n'a pas réagi. Il s'est contenté de m'observer en silence avant de regarder Belen.

— Je crois que c'est le moment idéal pour qu'à ton tour tu tentes de la convaincre de la nécessité de sauver Ryne, a fait celui-ci.

Avec un soupir, Kerrick a reporté son attention sur le feu. Pendant un long moment, il est resté muet, et j'ai pensé qu'il n'allait pas répondre à mes questions. *Une fois de plus.* Je m'apprêtais à me lever quand il a pris la parole.

— Nous l'appelions « l'Académie des fils à papa », mais le terme était encore trop doux. On y entrait à partir de quinze ans. L'école était censée être un terrain neutre où se rencontraient les futurs monarques des royaumes, mais à vrai dire chaque étudiant apportait avec lui ses propres préjugés, auxquels s'ajoutaient les querelles ancestrales avec les autres royaumes. Lorsque nous nous faisions une blague, c'était pour nous blesser. Chaque jour amenait son lot d'alliances, de traîtrises et de bagarres.

Il a adressé un demi-sourire à Belen.

— Belen et moi faisions de notre mieux pour nous en tenir à l'écart, mais il était impossible de les éviter complètement. Jaël, Tohon et moi étions devenus des amis, car nous avions des cours particuliers ensemble.

Belen a toussoté.

— D'accord, s'est repris Kerrick. C'étaient des cours de magie. Nous étions les seuls de notre classe à être doués de pouvoirs magiques, mais on nous avait interdit d'en parler aux autres et *a fortiori* de les utiliser devant eux. J'évitais Ryne. Nos pères ne s'entendaient pas, ils se faisaient la guerre depuis des années sur la question de la frontière entre nos deux royaumes. Sans compter que, d'après ce que je comprenais, Ryne était toujours au centre des intrigues et des complots.

— C'était bien le cas, a dit Belen. Mais pas pour la raison que tu pensais.

— A l'époque, j'ignorais que, si Ryne avait toujours un temps d'avance sur les conspirations, c'était pour pouvoir les contrecarrer. Il avait un don pour la stratégie et la tactique. En réalité, il cherchait avant tout à maintenir la paix ; mais, malgré cela, tout le monde le détestait — moi le premier.

— Alors qu'est-ce qui t'a fait changer d'avis ? ai-je demandé.

Kerrick est resté un instant silencieux, le regard perdu dans les flammes.

— Au cours de notre dernière année à l'Académie, les instructeurs nous ont mis en demeure d'élire parmi nous un roi des rois. Au fond, il s'agissait de convaincre, intimider ou corrompre suffisamment d'autres élèves pour obtenir leur suffrage et devenir majoritaire. Les prétendants au titre de roi ont été Ryne, Tohon, Stanslov et Célina de Lyady. Quant à moi, le résultat de leur lutte ne m'intéressait guère. A l'époque, j'étais fiancé à Jaël. Des années plus tôt, nous avions juré fidélité à Tohon, et je désirais avant tout me tenir à l'écart de toutes ces querelles absurdes sur qui serait roi.

Il a ajouté une nouvelle bûche au feu et des étincelles se sont envolées dans tous les sens.

Ses mouvements avaient une raideur que je ne leur connaissais pas. De toute évidence, il renâclait à terminer son histoire.

— Alors, que s'est-il passé ? ai-je insisté.

— Stanslov, voilà ce qui s'est passé, a grondé Kerrick.

— La campagne de Stanslov pour devenir roi, a expliqué Belen. Au milieu de l'année, Tohon a prétendu que Ryne avait parié trois de ses soutiens à Stanslov que celui-ci serait incapable de faire rompre les fiançailles entre Kerrick et Jaël. Stanslov était censé la quitter après l'élection, mais en réalité, il est tombé amoureux d'elle. Eperdument.

— Et quand Kerrick a découvert le pari de Ryne, il est devenu fou et a tenté de le tuer, ai-je poursuivi.

A présent, je comprenais ce qui avait dû se passer.

— Je l'ai raté de peu. De très peu, même, a précisé Kerrick d'une voix tendue. C'est Jaël qui m'a retenu. Elle m'a révélé que Ryne n'avait jamais fait ce pari avec Stanslov. C'était *Tohon* — car il cherchait avant tout à m'éloigner d'elle.

Ainsi, il avait été doublement trahi. A présent je comprenais mieux pourquoi il se montrait toujours si froid envers les autres…

— Tohon voulait que je m'en prenne à Ryne, car c'était son concurrent le plus dangereux. Malheureusement, même quand j'ai découvert la vérité, je n'ai pas réussi à tuer Tohon.

— Et ce n'est pas faute d'avoir essayé, a lâché Belen.

Kerrick s'est passé une main sur la double cicatrice qui ornait son cou.

— Que s'est-il passé ? a demandé Quain.

Avec Loren, il suivait le récit avec grand intérêt.

— Les magiciens de vie ont un lien très fort avec tous les organismes vivants, a expliqué Belen. Tohon a appelé un ufa en guise de protection contre les attaques de Kerrick. Ils étaient en train de se battre, derrière les écuries, là où aucun instructeur ne pouvait les voir. L'ufa a failli égorger Kerrick. J'ai passé deux semaines à m'occuper de lui — il aurait tout de même dû savoir qu'on ne s'attaque pas à un magicien de vie ! — sans être certain de parvenir à le sauver.

Etrange que l'Académie n'ait pas compté au moins un

guérisseur — surtout avec des élèves d'un rang si élevé… J'ai décidé de poser la question.

— Il n'y avait donc aucun guérisseur, dans ce pensionnat ?

— Il avait été appelé ailleurs, pour une urgence, a dit Belen.

J'ai réfléchi un peu à tout ce que mes compagnons venaient de me révéler, avant de me rendre compte que quelque chose clochait.

— Mais… vous m'avez dit que Ryne était en bonne position pour être élu roi. Comment était-ce possible, si tout le monde le détestait ?

— Il avait convaincu ses partisans par la logique et par l'honnêteté, a dit Kerrick. A force de manipulations et de mensonges, tout le monde en avait assez d'être trompé et de ne jamais savoir à qui se fier.

— Et toi ? Comment t'a-t-il convaincu ?

— Il m'a rendu visite chaque jour durant ma convalescence. Il a révélé au grand jour le nom de ceux qui avaient organisé la plus grande partie des complots au cours de ces années. *Jaël et Tohon.* Etant la plus jeune d'une fratrie de trois, Jaël n'avait que très peu de chances d'accéder un jour au pouvoir dans le royaume de Bavly. C'est pour cela qu'elle avait prévu de m'épouser : pour devenir reine d'Alga. Quand elle s'est rendu compte que Stanslov serait plus facile à manipuler, elle a décidé de changer de stratégie.

Kerrick a serré les poings et s'est frappé la cuisse. Pour la première fois depuis qu'il avait commencé son histoire, il m'a regardée droit dans les yeux.

— Pendant des années, j'ai ignoré et refusé de voir ce qui se passait autour de moi.

Sous-entendait-il que je faisais de même en ce moment ?

— Et qui a été élu roi, alors ? a demandé Loren.

— C'est Ryne, a dit Belen. A l'unanimité — moins trois voix. Il avait gagné le respect de tous.

Inutile de préciser qui étaient les trois voix qui manquaient.

Etrange de constater que, depuis, Jaël et Tohon n'avaient jamais réellement cessé de créer des problèmes.

— Je vois. Ensuite, Ryne et toi avez terminé vos études et regagné vos royaumes respectifs. Mais pourquoi ne te trouves-tu pas là-bas en ce moment, pour aider ton peuple ? ai-je demandé à Kerrick.

— J'y suis resté pendant deux ans, à faire de mon mieux contre la peste et les hordes de maraudeurs.

Il s'est frotté le visage comme s'il voulait effacer ces souvenirs douloureux.

— Nous n'avions pas assez d'effectifs pour les tenir en respect ; ils terrorisaient les survivants et volaient leurs récoltes. Ils n'hésitaient pas à tuer, et ils étaient très difficiles à débusquer et à éliminer. Ils se battaient comme les peuples des tribus du nord.

— Des monstres sanguinaires. Et de sacrés malins, a reconnu Belen. Ils étaient prêts à prendre d'assaut le château d'Alga, et tout ce que nous aurions pu faire aurait été de mourir bravement au combat.

— Je sens venir un dénouement heureux, a dit Quain.

— Nous avons été sauvés par…

— *Ryne*, ai-je deviné.

— Pas lui en personne, a dit Belen. Mais il nous a envoyé un… comment appelait-il cela ?

— Un « régiment d'élite », a répondu Kerrick.

— C'est ça. Ce n'était qu'une poignée de soldats, mais nom d'un chien, ils étaient surentraînés et beaucoup plus malins que les maraudeurs. Ils frappaient la nuit et visaient les chefs. Au bout de quelques jours, les maraudeurs ont quitté la région. Etonnant !

— Il nous a envoyé trois ou quatre autres de ces régiments, et au bout de deux mois Alga était hors de danger. Nous avons pu commencer à reconstruire le pays, a dit Kerrick. Une fois que tout a été organisé, j'ai laissé les rênes du pays à mon frère cadet, Izak, afin de pouvoir rejoindre Ryne et aider les autres royaumes.

— Afin que *nous* puissions les aider, a précisé Belen. Nous avons passé un an avec Ryne, et les trois royaumes au nord de la Montagne des Neuf étaient pacifiés et prospères lorsque nous sommes revenus dans le sud, il y a deux ans. Mais tu n'imagines pas les horreurs que nous avons découvertes en arrivant…

— Car, de ce côté, il y avait Tohon, a dit Kerrick. Et nous savions déjà que même les régiments d'élite de Ryne ne pouvaient tenir tête à son… *armée*. Le prince Ryne s'était donc chargé de rassembler de nouvelles informations au moment où il a attrapé la maladie. Malheureusement, je n'ai pas son talent de stratège. Ryne s'est montré plus intelligent que Tohon il y a cinq ans — il peut le faire de nouveau.

Ainsi, si je comptais bien, Kerrick avait vingt-six ans, seulement six de plus que moi…

Quelle importance ? me suis-je aussitôt corrigée. L'essentiel, c'était de comprendre pourquoi ils tenaient tant à ce qu'on arrête Tohon, ou tout au moins à ce qu'on le confine à son propre royaume. Quelles étaient leurs *véritables* motivations ? Parce que tout n'était pas clair dans cette histoire…

Tara me l'avait dit au cours de mon apprentissage : Tohon avait travaillé pendant un certain temps avec la guilde des guérisseurs. Un magicien de vie était une ressource inestimable pour celle-ci. Avant la peste, il nous avait aidés. Comment, alors, pouvait-il être si mauvais ? Si on ne tenait pas compte du fait qu'il mettait notre tête à prix, évidemment — mais la haine des guérisseurs était fort répandue. Ryne les détestait également, et ce bien avant la peste.

A vrai dire, jusque-là, j'avais eu tendance à refuser d'en apprendre davantage sur Tohon. N'était-ce pas un effet de ma couardise ?

Dans la grotte, tout le monde me regardait. Tâchant de conserver une expression neutre, je me suis tournée vers Kerrick :

— Après le blizzard, penses-tu que nous pourrons retourner dans la salle des archives de la guilde ?

— S'il n'y a pas de danger et qu'elle n'est pas ensevelie sous des tonnes de neige, nous pourrons y passer un jour ou deux avant de reprendre la route du nord, oui.

Malgré ses protestations, Kerrick s'y connaissait en stratégie. Il avait fait le lien entre mon intérêt nouveau pour Ryne et la caisse de documents que nous avions découverte. Effectivement, le meilleur choix serait de retourner là-bas et de chercher d'autres informations. Peut-être trouverions-nous une autre boîte dont le contenu me convaincrait de guérir le prince.

La tempête a soufflé pendant les deux jours qui ont suivi. Le matin suivant, nous avons enfin pu sortir de notre caverne, pour découvrir un soleil radieux. La forêt était méconnaissable : on aurait dit que les nuages que nous avions observés quelques jours plus tôt s'étaient posés sur la terre. Le côté des bois exposé au vent était recouvert de neige tandis que les espaces sans arbres laissaient voir le sol à nu.

Kerrick a considéré les immenses congères d'un air soucieux.

— Voilà qui va nous ralentir…

— Nous avons au moins trente jours avant que la passe n'ouvre, a dit Belen.

— Et cent lieues à franchir. En route !

Peu après, nous étions en chemin. Nous nous efforcions d'éviter les congères pour rester sur les terres découvertes, mais nous avancions tout de même le plus souvent avec de la neige jusqu'aux genoux, quand ce n'était pas jusqu'à la taille. Aussi cotonneuse qu'elle puisse sembler, la couche neigeuse supportait toutefois notre poids la plupart du temps. En avançant pas à pas, je ne pouvais m'empêcher de penser à la façon dont Jaël avait été capable d'épaissir l'air autour d'elle au point que mon couteau s'était immobilisé en plein vol. Je m'inquiétais : allait-elle nous envoyer une nouvelle tempête ? Le ciel, pourtant, demeurait d'un bleu éclatant.

— Ne devrions-nous pas effacer nos traces ? ai-je demandé, hors d'haleine après une heure de marche.

— Nous ne pouvons pas y faire grand-chose, m'a répliqué Kerrick.

Dans l'après-midi, nous avons atteint les ruines des bâtiments de la guilde. Une bonne toise de neige recouvrait le rocher que Belen avait disposé contre la porte secrète ; il ne nous a fallu que quelques minutes pourtant pour la dégager. Pendant que Kerrick explorait les environs, le reste de notre troupe, armée de torches, est reparti en exploration dans la salle des archives à la recherche de nouvelles informations.

Cette nuit-là, nous avons établi notre campement juste au pied de l'escalier, de manière à ce que la fumée de notre petit feu de camp puisse s'évacuer et que nous restions à proximité de la sortie.

— Je croyais que tu refusais que nous restions ici parce qu'il n'y avait pas d'issue de secours…, ai-je demandé à Kerrick.

— Cela n'a plus d'importance depuis qu'il ne neige plus.

— Quelle différence est-ce que…

— Il est beaucoup plus difficile de sentir la présence d'intrus pendant les tempêtes, m'a-t-il expliqué.

— Pourquoi donc ?

— La forêt n'aime pas que le vent brutalise les troncs et les branches. Pendant le blizzard, elle réagit comme une ville assaillie par des soldats. Mais, pour l'instant, je suis à peu près certain que personne ne se trouve dans les parages.

Je me suis proposée pour prendre le premier tour de garde. Kerrick s'est mis tout d'abord à rire, mais lorsqu'il s'est rendu compte que j'étais sérieuse, il a fini par accepter.

Rien n'est arrivé au cours de mon premier quart. La tâche,

à vrai dire, n'était guère compliquée : il s'agissait simplement de garder une porte. Néanmoins, passer quelques heures seule, à respirer l'air vif de la nuit et à regarder la neige étinceler sous la lune a constitué un répit bienvenu. Avec mes compagnons, j'étais désormais constamment sous pression. Même lorsque personne ne mentionnait le nom de Ryne, je pouvais sentir leurs regards sur moi, et leurs espoirs pesaient lourdement sur ma conscience. J'éprouvais également une grande inquiétude au sujet de Noëlle. Pourtant, ici, dans l'immensité silencieuse, je suis parvenue pendant quelques instants à me sentir en harmonie avec le monde.

Plus tard, Kerrick est arrivé pour prendre son tour de garde, et tous mes problèmes me sont revenus à l'esprit en un clin d'œil. Peu décidée à rejoindre les autres, je me suis attardée quelques instants en haut des marches.

— Qu'y a-t-il ? m'a demandé Kerrick.

Rien.

Tout.

— Jaël… Penses-tu qu'elle s'en prendra à ma sœur ?

Il a hésité avant de répondre.

— J'aimerais pouvoir te dire non, mais j'ai vu de quoi elle était capable.

Kerrick me tournait le dos, le regard perdu sur le manteau de neige.

— Tant que ta sœur lui sera utile, elle ne risquera rien. Jaël espère sans doute que tu reviendras à son secours. Mais tu peux au moins te dire qu'une fois Ryne guéri Tohon ne sera plus un problème pour toi.

C'était vrai : dans tous les cas, je ne serais plus là pour le savoir…

— A moins qu'il n'y ait une autre raison pour laquelle il me cherche. Il a fait changer ma mise à prix pour que l'on me prenne vivante.

Je me suis tue un instant pour évaluer la situation.

— C'est toujours mieux qu'être morte…

— Tu m'as dit une fois qu'il y avait des choses plus graves que la mort. Tu t'en souviens ?

A présent, Kerrick me fixait de ses grands yeux gris.

J'ai hoché la tête, surprise qu'il n'ait pas oublié.

— Penses-tu toujours cela ?

J'ai examiné mes sentiments avant de répondre.

— Non.

— Très bien, alors.

Nous avons campé dans la salle des archives pendant encore deux nuits. Au cours des journées, nous avons fouillé la pièce de fond en comble. Personne n'a trouvé d'autre caisse qui contienne des informations sur la peste. Très abattus, nous nous sommes retrouvés autour du feu de camp. Seul Belen n'avait pas terminé son inspection. Lorsqu'il nous a enfin rejoints, il portait une caisse avec l'inscription *Empoisonnement par olaine.*

— Tu envisages de t'initier à l'art des assassinats, Belen ? lui a demandé Loren.

— L'olaine ? C'est une fleur rare, n'est-ce pas ? Peut-être Belen veut-il devenir jardinier, l'a taquiné Quain à son tour. J'ai entendu dire que c'était ce que faisaient les personnes âgées quand elles cessaient de travailler.

Belen a secoué la tête.

— Deux têtes, et pas un seul cerveau. Heureusement que ces deux guignols nous font rire, sinon je les aurais bien laissés à Ryazan.

Avant que les deux autres n'aient eu le temps de répliquer, Belen a soulevé la caisse pour nous la montrer.

— L'empoisonnement par l'olaine. C'est ce qu'ont diagnostiqué les guérisseurs chez les premiers malades avant de comprendre qu'il s'agissait de la peste.

Je me suis souvenue de la consternation de Tara : oui, les symptômes correspondaient, mais on ne pouvait trouver nulle fleur d'olaine à proximité des malades. Ç'avait été le premier faux diagnostic d'une longue série dans cette époque de chaos.

— Encore une plante mortelle ? a demandé Quain, visiblement inquiet.

— Dans ce cas, il s'agit du pollen, ai-je expliqué. Toute personne qui se trouve sous le vent lorsque la plante fleurit en est atteinte. Mais, en général, les malades se rétablissent au bout de dix jours.

— Pourquoi n'en ai-je jamais entendu parler ? a demandé Loren.

— C'est une plante très rare, qui ne pousse que sur les contreforts de la Montagne des Neuf, a dit Belen.

Raison pour laquelle il connaissait son existence. Quoi qu'il en soit, on avait très vite exclu que l'empoisonnement par la fleur d'olaine puisse être à l'origine des symptômes observés. J'ai pris néanmoins la caisse des bras de Belen. Nous n'avions rien trouvé d'autre, et elle pouvait peut-être se révéler utile.

Ce soir-là, assise près du feu, j'ai examiné en détail le contenu de la boîte. Il s'agissait surtout de comptes rendus de cas d'empoisonnement par l'olaine. On avait recensé vingt-deux cas dans l'année qui avait précédé la peste. J'ai trouvé une carte de la Montagne des Neuf, qui indiquait l'endroit où ils s'étaient déclarés. La plus grande partie avait eu lieu sur le versant nord, dans le royaume d'Ivdel ; six cas étaient apparus à Alga, et un seul au sud, à Vyg.

Tout au fond de la caisse, j'ai trouvé une autre carte. Celle-ci montrait l'ensemble des royaumes. J'y ai découvert également des points rouges, mais ceux-ci étaient concentrés sur Vyg, Pomyt et Sectven. La carte portait comme titre original *Récente explosion des cas d'empoisonnement par la fleur d'olaine* — mais ces mots avaient été biffés et remplacés par l'inscription *Premières victimes de la peste*, écrite par une autre main.

Dans les autres papiers de la caisse, je trouvai une liste

des noms correspondant aux points rouges, avec des dates pour chacun.

Après avoir emprunté une plume et de l'encre à Belen, j'ai entrepris de relier les points qui correspondaient à la même date, pour me retrouver peu à peu avec une série de cercles concentriques, qui s'élargissaient à mesure que le temps avançait.

Leur dessin me faisait penser à la cible que Belen avait peinte sur l'arbre le jour où il m'avait appris à lancer le couteau.

Une main glacée m'a serré l'estomac tandis que je regardais la carte.

Le mille de la cible se trouvait exactement au-dessus de la guilde des guérisseurs.

La preuve que c'était l'endroit où avait débuté l'épidémie de peste.

17

Pendant quelques minutes, je suis resté immobile, le souffle coupé par la nouvelle. J'avais beau vérifier et revérifier, aucune erreur possible : les premières victimes de la peste avaient vécu dans un rayon de cinq lieues à peine autour de la guilde des guérisseurs. Puis l'épidémie s'était propagée en cercles, comme les vaguelettes à la surface d'une mare. Celui ou celle qui avait dressé la carte s'était interrompu au bout de quelques mois ; ainsi, le dernier cercle s'étendait bien au-delà des frontières de Pomyt et de Casis, jusqu'à Tobory et la ville de Lekas — là où j'étais née — avant de remonter vers Sectven, Sogra, Zainsk et Vyg, puis au-delà de la Montagne des Neuf, jusqu'à atteindre Alga et Ivdel.

Je me suis efforcée de maîtriser mes émotions et de considérer les informations d'un œil clinique. Que révélaient ces cercles ? D'abord, que la peste ne s'était pas transmise par la voie des airs. En effet, dans ce cas, les croix auraient été concentrées selon la trajectoire des vents dominants ; or, l'épidémie avait démarré au printemps, où soufflait le plus souvent le vent d'ouest.

La peste avait donc dû se transmettre de personne à personne ; le fait que les croix devenaient plus nombreuses dans les endroits les plus peuplés confortait cette théorie. J'ai vérifié les dates sur le cercle qui incluait Lekas. Elle correspondait au moment où Noëlle affirmait avoir envoyé ses lettres d'appel au secours…

— Cela fait des heures que tu regardes ces papiers, m'a interrompue Belen. Aurais-tu trouvé quelque chose d'utile ?

— Peut-être, lui ai-je répondu, évasive, avant de me plonger de nouveau dans mes réflexions.

Si l'on se situait sur une échelle de temps, la peste avait débuté cinq ans auparavant, au printemps. Il lui avait fallu deux ans pour se répandre dans l'ensemble des Quinze Royaumes, et une autre année pour atteindre ses frontières les plus reculées. Le domaine de Ryne se trouvait au bord de la mer de Ronel, sur un port très actif. Comment se pouvait-il que la maladie ait mis tant de temps à l'atteindre ?

— Belen, où vivait Ryne tout au début de l'épidémie ? ai-je demandé.

— Je l'ignore, m'a-t-il répondu.

Puis, se tournant vers Kerrick :

— Tu le sais, toi ?

— Non. Pourquoi ?

Cette question m'était directement adressée.

— Ryne n'a contracté la peste que très tard, vers la fin de l'épidémie. Je me demandais simplement s'il se trouvait ailleurs, par exemple dans le nord d'Ivdel ou encore dans un endroit peu peuplé.

— Peu de gens vivent si loin, et à une telle proximité des Terres sauvages, m'a rappelé Belen. En fait, on n'y trouve pratiquement que les garnisons qui gardent les frontières. C'est normal : il est bien trop effrayant de vivre dans le voisinage des tribus.

Tout le monde avait supposé que la peste avait fait une hécatombe parmi les tribus des terres qui se trouvaient à l'extérieur des Quinze Royaumes. Par conséquent, et à cause du manque d'effectifs, les garnisons des frontières étaient pratiquement toutes désertées. Plus personne ne patrouillait ni ne gardait ces zones. Nous n'avions pas eu vent d'une quelconque invasion… ou du moins *pas encore*. Car si, comme je le supposais, l'épidémie s'était transmise par le contact humain, il semblait tout à fait possible que les membres des tribus, avec lesquelles nous n'avions pratiquement aucune relation, aient été épargnés. Cette pensée était tout sauf rassurante.

J'ai réfléchi encore.

— Avant de tomber malade, Ryne a-t-il été en contact avec une victime de la peste ?

Une fois de plus, Belen a regardé Kerrick pour quêter son avis.

— Non.

— Quelque chose de particulier lui est-il arrivé ? Où se trouvait-il quand il a montré les premiers symptômes du mal ?

— Un des membres de sa garde d'élite avait démasqué un espion de Tohon, a répondu Belen.

— Nous *pensions* qu'il était à la solde de Tohon, a dit Kerrick. Nous étions en train de l'interroger quand il s'est libéré. Il s'est jeté sur Ryne pour l'étrangler. Il hurlait qu'il était là pour le tuer. Un des soldats lui a lancé un couteau en plein cœur. Du coup, nous n'avons jamais su pour qui il travaillait vraiment.

— Nous n'étions pas très nombreux. Ryne avait insisté pour que nous restions en troupe légère, malgré le danger. Nous campions au sud de Vyg, dans les contreforts de la Montagne des Neuf, a ajouté Belen.

Il était possible que Tohon ait envoyé un espion atteint par la peste pour contaminer Ryne… Toutefois, comment ce dernier avait-il survécu si longtemps ?

— Combien de temps après cet incident est-il tombé malade ? ai-je demandé.

— Quelques jours, a dit Kerrick.

— J'ai besoin que tu sois plus précis, l'ai-je pressé. Combien de jours exactement ?

— Voyons… Nous avons levé le camp juste après cette histoire, non ? a lâché Belen à l'intention de Kerrick.

— Tout à fait. Nous ignorions depuis combien de temps l'espion nous avait repérés. Ryne a donné l'ordre de partir vers l'est, et nous avons marché dans les collines pendant deux jours…

— Trois, non ? l'a coupé Belen.

— Non, deux, a maintenu Kerrick. Tu te souviens ? Nous nous sommes arrêtés près d'une source chaude.

— Si je m'en souviens ! De l'eau chaude à volonté — comment aurais-je pu oublier ça ? a répondu Belen d'une voix rêveuse.

— Effectivement, je donnerais n'importe quoi pour un bain, ai-je déclaré, plus consciente que jamais de notre état de crasse.

— C'était le paradis… jusqu'à ce que Ryne commence à vomir et à se plaindre de crampes d'estomac, a repris Kerrick. Nous avons d'abord cru qu'il ne s'agissait que d'une intoxication alimentaire due à de la viande avariée, mais lorsque nous avons vu que cela durait, nous avons compris qu'il s'agissait de la première étape de la peste. A l'époque, elle faisait encore des victimes.

La première étape de la maladie… Effectivement, elle ressemblait en tout point à une grippe intestinale ; mais après s'être attaqué à l'estomac et aux intestins, le mal se propageait à l'ensemble du corps, provoquant les douleurs terribles et la fièvre qui caractérisaient le deuxième stade. La dernière phase était celle des convulsions et des hallucinations. La peau se couvrait de pustules blanches qui commençaient par démanger terriblement, puis s'enflammaient. De nombreuses victimes passaient leurs derniers jours en hurlant sans cesse, comme s'ils avaient été brûlés vifs.

On ne savait pas grand-chose au sujet de la période d'incubation de la peste, mais on constatait en général que la première phase durait quatre jours, la deuxième cinq jours, et la dernière deux. *Onze jours pour mourir.* Davantage pour les guérisseurs… Selon Tara, ceux-ci pouvaient résister jusqu'à vingt jours avant de trépasser.

Connaissant la virulence du mal, rien de surprenant à

ce que plus d'une victime de la peste ait choisi de mettre elle-même fin à ses jours après avoir appris qu'elle était contaminée. Tout plutôt que de connaître le troisième stade…

— Que s'est-il passé lorsque vous avez compris de quoi il s'agissait ? ai-je repris.

— J'ai envoyé un message à Sepp, m'a dit Kerrick. Nous l'avons rejoint dans les montagnes, et il a enfermé Ryne dans une torpeur magique, environ cinq jours après les premiers symptômes. Ensuite, nous l'avons transporté dans un endroit sûr.

Peu importait le stade de la maladie auquel se trouvait le prince ; si je devais le guérir, je subirais la peste dans son intégralité. Ryne valait-il vingt jours de souffrance ? Je l'ignorais.

Le lendemain matin, nous nous sommes mis en route en direction du nord. Même si Estrid nous avait promis que nous pourrions rejoindre la Montagne des Neuf en toute sécurité, Jaël demeurait une menace pour nous. Aussi Kerrick a-t-il décidé d'éviter la route principale pour en choisir une plus petite, qui lui était parallèle, dans le royaume de Pomyt. Nous nous sommes cantonnés ainsi au couvert des forêts, ce qui paraissait logique, même si de temps à autre nous avons longé un village abandonné ou une ville peuplée de survivants.

Mais à mesure que nous approchions des contreforts de la Montagne des Neuf, toutes les villes que nous apercevions se révélaient désertes. Au cinquième jour de notre voyage, nous avons longé des bourgades qui avaient été rasées par le feu. De nombreux signes nous ont révélé que les incendies n'avaient rien d'accidentel : il s'agissait bel et bien d'attaques.

Belen a remarqué mon inquiétude.

— Des maraudeurs, a-t-il indiqué simplement.

— Comme ceux qui ont attaqué Alga ? lui ai-je demandé.

— Oui. Sauf que ceux-là vivent dans les contreforts. Ils attaquent une ville, volent tout ce qui en vaut la peine, puis la réduisent en cendres avant de regagner leur repaire. Et quand ils sont à court de provisions, ils choisissent une nouvelle cible.

— Et les troupes d'élite de Ryne ? Que font-elles, pendant ce temps ?

— L'une d'elles est restée pour assurer la protection du prince. Les autres sont stationnées dans les trois royaumes du nord. Elles devaient les protéger le temps que Belen et moi trouvions un guérisseur, m'a expliqué Kerrick.

Avec un sourire las, il a ajouté :

— Nous n'avions pas imaginé que cela nous prendrait tant de temps…

— Et depuis, Estrid a pu étendre son influence dans les royaumes de l'est, est intervenu Belen. Tandis que Tohon a envahi l'ouest…

J'ai observé de nouveau les restes des maisons calcinées qui s'étendaient à quelque distance de nous. Si Ryne n'était pas tombé malade, ses hommes auraient pu arrêter ces maraudeurs. Cette pensée en a amené une autre, qui me tourmentait depuis plusieurs jours :

— Mais pourquoi les troupes d'élite n'ont-elles pas pu contrer l'armée de Tohon ?

— Cela, nous l'ignorons. Nous avons envoyé plusieurs escadrons en reconnaissance à Sogra, mais aucun n'est revenu, a dit Kerrick. Nous avons simplement reçu un message étrange qui parlait d'escadrons particuliers, mais il manquait une partie de la communication et nous n'avons eu aucune autre nouvelle par la suite. C'est pour cela que nous nous sommes rendus à Vyg. Nous devions comprendre ce qui leur était arrivé.

— Tu veux dire qu'*aucun* soldat n'est revenu ?

— Pas un seul.

***

Au cours de l'après-midi du même jour, je me suis arrêtée un instant sur le chemin pour regarder autour de moi. Les lieux me paraissaient familiers, mais j'ignorais où nous nous trouvions exactement. Chaque jour, nous nous efforcions de couvrir le plus de chemin possible, et nous marchions facilement dix ou quinze lieues avant de nous arrêter pour la nuit. J'estimais que nous avions dû parcourir près de soixante lieues en cinq jours.

— Un problème ? m'a demandé Loren quand il a remarqué que je m'étais immobilisée.

— Ne serions-nous pas près de Galee ?

Tout le monde s'est tourné vers Kerrick : lui seul savait toujours où nous nous trouvions. Quain l'avait même taquiné à ce sujet en le traitant de carte parlante. C'était probablement sa magie sylvestre qui lui donnait cette connaissance.

— Galee se trouve à environ dix lieues à l'est, oui. Pourquoi ? m'a demandé Kerrick.

— Mon mentor, Tara de Pomyt, vivait là-bas. Elle en savait tant sur les plantes et les herbes médicinales qu'elle a tout écrit pour ne pas oublier quoi que ce soit. Son grimoire présente une valeur inestimable. Nous ne sommes pas très loin et…

— Nous avons passé trois jours dans la salle des archives de la guilde. Un tel livre n'aurait-il pas dû se trouver là-bas ?

— Non. Les archives enregistrent seulement les expériences et les études terminées. Tara et les autres avec elle se servaient de ce grimoire tous les jours. Il devait donc se trouver à proximité de l'endroit où travaillaient les guérisseurs, pas à l'écart. Et donc… il a sans doute brûlé, c'est vrai.

— Ce qui est probablement aussi le cas de Galee, a ajouté Kerrick. Les maraudeurs ont dû attaquer la ville.

— Et quand bien même ils ne l'auraient pas fait, a renchéri Loren avec une expression désolée, il y a de forts risques que les voisins de Tara eux-mêmes s'en soient pris à sa maison. Après tout, tout le monde savait qu'elle était guérisseuse...

Exact.

— Sans compter qu'il est probable que Tara ait emporté son grimoire avec elle quand elle a fui, ai-je admis.

J'ai soupiré.

— Tant pis, n'y pensons plus.

Je me suis remise en marche, mais Kerrick, lui, est resté immobile.

— Tara n'a pas fui.

Une main glacée m'a serré le ventre.

— Comment le sais-tu ?

— Elle était en haut de la liste que m'a fournie Ryne, et vivait près du point de départ de notre quête. Belen et moi sommes arrivés à Galee quelques jours après avoir quitté Ryne... mais trop tard. Tara avait été exécutée le mois précédent. Sa maison avait été pillée — mais pas brûlée.

Une vague de chagrin et de fureur impuissante m'a envahie. Tara, mon mentor, avait été tuée par les gens qu'elle avait *aimés et soignés*, ceux dont elle exhibait fièrement les cicatrices et dont elle avait pris les maladies pour qu'ils ne souffrent pas...

Pourtant, j'ai repoussé ces émotions tout au fond de moi. A quoi pouvaient-elles bien servir ? Ma colère ne changerait rien.

— Quoi qu'il en soit, il est à peu près certain que le livre a disparu, ai-je fait, amère. Il a dû servir de combustible dès le premier hiver.

— Peut-être, a admis Kerrick. A moins qu'elle ne l'ait caché...

— Evidemment... Mais les chances sont trop minces pour que nous fassions un détour de vingt lieues.

Je n'ai pas eu besoin de remarquer les mines réjouies de Belen et de nos deux autres compagnons pour comprendre que, pour une fois, Kerrick et moi inversions les rôles.

— Le jeu en vaut tout de même la chandelle, a fait observer ce dernier.

Je l'ai dévisagé sans me faire d'illusion. Il était évident qu'il ne donnait son accord que dans l'espoir que cela me fasse changer d'avis sur Ryne et sa guérison.

Comme nous le craignions, la ville de Galee avait été détruite. Des ruines calcinées bordaient les rues ; il ne restait rien que les fondations de pierre. Pourtant, Kerrick restait déterminé à trouver la maison de Tara.

Je les y ai menés sans difficulté ; je connaissais le chemin par cœur. En tant que plus jeune apprentie, il m'était revenu de me rendre au marché chaque matin. De fait, j'avais hérité de toutes les corvées dont personne ne voulait, mais j'avais traité chaque tâche comme si elle était essentielle et requérait toute mon attention — une habitude que m'avait donnée mon père. Tara m'avait avoué n'avoir jamais connu d'apprentie aussi acharnée, ce qui l'avait poussée à me demander de l'accompagner pour certains de ses cas les plus intéressants.

Sa maison ne différait pas des autres : un amas de ruines calcinées. Kerrick et ses trois compagnons ont entrepris de fureter à droite et à gauche pour tenter de dégager certains espaces. Quant à moi, je suis demeurée dans la rue, tentant — mais en vain — de ne pas penser aux six mois passés à étudier ici, six mois qui, je devais le reconnaître, avaient été les meilleurs de ma vie d'« adulte ».

— J'ai trouvé quelque chose, m'a annoncé Kerrick en me rejoignant.

Il tenait à la main une boîte de fer cabossée et noircie par les flammes.

Mon cœur a bondi dans ma poitrine. Ainsi, elle avait survécu !

— La serrure est fermée, m'a-t-il dit en secouant la boîte. Tiens-la, je vais la crocheter.

— Pas la peine, lui ai-je répondu.

Fouillant dans mon sac, j'en ai tiré une minuscule clé d'argent.

— Cette boîte est à moi. Je l'ai laissée ici quand je suis retournée chez moi. J'espérais que je reviendrais un jour ou l'autre. J'avais oublié jusqu'à son existence.

— Pourtant, tu as conservé la clé…

J'ai haussé les épaules.

— Oui, je n'ai pas pu me décider à la jeter. C'est étrange, je le sais.

La clé est entrée sans peine dans la serrure, mais j'ai eu des difficultés à la faire tourner. Heureusement, Kerrick m'a prêté main-forte et, quelques instants plus tard, je pouvais admirer le contenu du coffret. Quelques années plus tôt, ces pièces, ce collier et ce carnet m'avaient semblé constituer mon trésor le plus précieux.

Kerrick a saisi le collier et l'a tenu devant ses yeux pour l'observer ; c'était un pendentif qui représentait une paire de mains. Il m'a questionnée du regard.

— Mon frère Criss me l'avait envoyé un mois avant mon départ en apprentissage. C'est lui qui m'avait appris à jongler.

Ce souvenir a amené un sourire triste sur mes lèvres.

— Dans sa lettre, il écrivait que je deviendrais la meilleure guérisseuse dans tous les Quinze Royaumes. Il en était certain parce que j'avais toujours été douée avec mes mains. Il disait qu'il était fier de moi.

Les larmes me remplissaient les yeux, et ma vision était toute brouillée.

— C'est la dernière chose que j'ai reçue de lui et de mon père.

Je me suis détournée pour que Kerrick ne me voie pas m'essuyer les yeux.

— Et qu'y a-t-il dans le carnet ? m'a-t-il demandé.

Je ne m'en souvenais plus vraiment moi-même. J'ai feuilleté les pages couvertes de mon écriture biscornue, persuadée que je ne trouverais rien d'autre qu'un récit de mes journées et de mes émotions de jeune fille. Mais comme je me trompais ! Peu à peu, les souvenirs me sont revenus, et j'ai dû me rendre à l'évidence : j'avais sous les yeux un compte rendu fidèle et complet de ce que j'avais appris au cours de ces mois passés auprès de Tara — des leçons que, je m'en rendais compte, j'avais souvent oubliées…

— Ce carnet pourrait-il nous servir à quelque chose ? m'a demandé Kerrick.

— Pas autant que celui de Tara, mais il contient davantage que je ne l'aurais cru.

— Cela valait la peine de faire un détour, alors ?

— Oui.

— Très bien. A présent, tourne-toi.

— Pourquoi ?

— Ne pourrais-tu pas obéir, juste une fois, sans…

— D'accord, d'accord.

Et j'ai pivoté sur moi-même. Que diable voulait-il me montrer ?

Mais je me trompais : son intention était tout autre. A la place, Kerrick a attaché le collier autour de mon cou. Avec délicatesse, il a soulevé mes cheveux pour que le fermoir retombe sur ma nuque. Le contact du métal froid sur ma peau m'a fait frissonner.

— Voilà. Maintenant, tu ne risques plus de le perdre.

Nous avons passé la nuit dans les environs de Galee, à l'abri d'une des rares murailles de pierre qui n'avaient pas été mises à bas. Après tant de jours passés sur la route côte à côte, nous n'avions plus besoin de nous parler pour nous partager les tâches habituelles — ramasser du bois, balayer la neige, allumer le feu, préparer le repas, dîner et prendre notre tour de garde. Cette nuit-là n'a pas fait exception à la règle.

— Vous avez remarqué que nous n'avons rencontré personne depuis deux jours ? a demandé Quain.

— Et j'aime autant. Les gens qui vivent dans le coin

ne sont sans doute pas du genre qu'on aime croiser, a répondu Belen.

— Les arbres doivent informer Kerrick des présences ennemies, ce qui lui permet de les éviter, a dit Loren. Pas besoin que Tohon ou les maraudeurs sachent où nous nous trouvons.

— Et les mercenaires ? ai-je demandé.

— Je les mets dans le même sac, m'a répondu Loren.

J'ai réfléchi quelques instants.

— A part aujourd'hui, nous avons pratiquement toujours voyagé en direction du nord. Or, s'il y avait des ennemis, nous aurions dû faire des détours pour les éviter, non ? Et nous n'avons vu aucune trace malgré la neige. Je me demande si Quain n'a pas raison. Tout est un peu trop calme, non ?

— Ça n'existe pas, *trop* calme, est intervenu Belen. Après tout, nous n'avons pas besoin de nous battre tous les jours…

— A quoi penses-tu, Avry ? m'a interrogée Loren sans tenir compte de l'intervention de mon cher Papa Ours. Quelqu'un se tient en embuscade près de la Grand-Passe au cas où nous tenterions de la franchir avant le printemps ?

— Ce serait un peu simpliste, mais logique.

— Mais Kerrick ne serait-il pas capable d'utiliser son petit truc avec les arbres pour les détecter ? a demandé Quain.

Sa façon de le dire a amené un sourire sur mes lèvres. Kerrick avait tenté d'expliquer à nos deux amis comment fonctionnait sa magie, mais faute de la ressentir comme je pouvais le faire, il leur demeurait impossible de comprendre vraiment de quoi il s'agissait et comment Kerrick communiquait avec la forêt. En règle générale, les magiciens préféraient rester discrets sur le fonctionnement de leurs pouvoirs, soit de crainte que quelqu'un ne trouve un moyen de les contrer, soit tout simplement pour profiter de l'aura de mystère qui les entourait. Pourtant, une fois que son secret avait été exposé, Kerrick n'avait pas hésité à se montrer franc envers ses compagnons.

— Son « truc avec les arbres », comme tu dis, peut ne pas fonctionner suivant l'endroit où sont postés les adversaires. S'ils se tiennent plus haut que la cime des arbres, sa magie ne sert à rien.

— Et son ex-fiancée ? a demandé Quain. Penses-tu que Jaël est sur nos traces ?

— Non. Elle a perdu l'avantage de la surprise, et elle sait désormais que son pouvoir est moins fort que le nôtre.

Quain s'est redressé pour me dévisager d'un air curieux.

— Le *nôtre* ?

J'ai étouffé un juron. Après tout ce temps, quelle idiote de laisser échapper cette information par mégarde !

Mais l'étonnement de Quain a amené un sourire sur les lèvres de Belen.

— Réfléchis, mon gars.

Ainsi, Papa Ours savait. Et Loren ? J'ai regardé celui-ci à la dérobée ; son expression était lointaine, indéchiffrable.

— C'est pour ça que tu as appelé Kerrick lorsque tu voulais sauver Flea ? m'a demandé Quain. Vos pouvoirs se combinent ?

— Ce n'est pas exactement qu'ils se combinent : nous avons partagé notre énergie magique, ai-je répondu.

J'ai dû expliquer comment Kerrick et moi avions repoussé l'attaque de Jaël.

— Avant la peste, lorsqu'un malade se trouvait à l'article de la mort, il n'était pas rare que plusieurs guérisseurs s'unissent pour le sauver ; ils donnaient alors tout leur pouvoir à un seul d'entre eux. Mais à vrai dire, étant donné que Kerrick et moi n'utilisons pas le même type de magie, j'ai été la première surprise quand j'ai constaté que cela fonctionnait entre nous deux aussi.

— Kerrick pourrait-il guérir Ryne en utilisant ton énergie ? m'a demandé Belen.

— Non. Cela ne peut que donner plus de puissance à sa propre magie.

— Mais… cela a un prix, n'est-ce pas ? a demandé Loren.

— Oui, ai-je répondu. Utiliser la magie nous vide de nos forces, parfois jusqu'à l'épuisement.

Leur expression pensive et concentrée m'inquiétait un peu. J'aurais préféré cesser de parler de Kerrick. Aussi, je me suis efforcée de changer de sujet :

— En général, lorsque j'ai terminé de guérir quelqu'un, je suis affamée, et je rêve de la tarte aux pommes et à la cannelle de ma mère. A propos, quelqu'un sait-il si les survivants de la peste ont recommencé à entretenir les célèbres vergers de Zainsk ?

Mais ma tentative de diversion a fait long feu… En déchiffrant leur visage, j'ai bien vu que Belen était le premier à faire le lien — suivi de peu par Loren.

— Kerrick t'a aidée à me guérir. N'est-ce pas ? a demandé le premier.

J'aurais dû lui répondre par l'affirmative et m'en tenir là. Toutefois, je ne pouvais pas mentir à Belen.

— Pas tout à fait.

— Avry…, m'a-t-il lancé, l'air fâché.

— Je t'ai guéri toute seule. En revanche, c'est Kerrick qui m'a donné l'énergie de me sauver à mon tour. Sans lui, je serais morte. Je l'admets. Bon, ça y est, on peut passer à autre chose ?

Mes compagnons ont obtempéré de bonne grâce, mais mes pensées, elles, ont refusé de quitter le sujet qui m'obsédait : ma peste à moi — *Kerrick*. Dans la liste des remèdes à l'épidémie, la guilde avait inscrit une tentative de relier l'énergie d'une demi-douzaine de guérisseurs pour soigner un des nôtres atteint par le mal. Cela n'avait pas fonctionné. Il n'y avait donc *aucune chance* pour qu'un seul magicien sylvestre puisse me sauver la vie une fois que j'aurais contracté la peste.

***

Depuis Galee, nous sommes repartis en direction du nord-ouest, pour atteindre trois jours plus tard les contreforts au sud de la Montagne des Neuf. Devant nous s'élevaient les sommets escarpés et recouverts de neige, qui semblaient tout à la fois écrasants et incroyablement distants.

Dans les contreforts, nous n'avons rencontré personne. Les seules traces dans la neige fraîche étaient celles de petits animaux. La région avait la réputation d'être dangereuse, mais seuls les éboulements neigeux et la densité des forêts de conifères nous ont ralentis réellement : aucun signe de maraudeurs sans foi ni loi, de meutes d'ufas ni de mercenaires. Tout était calme.

Je m'efforçais d'y voir un bon présage, et j'étais presque parvenue à m'en convaincre au cours des deux premiers jours sans incident... jusqu'au moment où Kerrick a chuté.

Nous le suivions tandis qu'il cherchait un endroit où nous pourrions établir un campement jusqu'à la fonte des neiges qui, si tout se passait bien, aurait lieu d'ici trois ou quatre semaines. Sans prévenir, il s'est affalé de tout son long, la tête la première dans la neige.

Notre première réaction a été de rire et de nous moquer de lui. Kerrick, dont le pas était d'habitude si sûr, s'est contenté de se relever et de balayer la neige de sa cape en grommelant. Il semblait malgré tout presque aussi amusé que nous. La raison de sa chute nous est apparue très vite : une racine grise et tortueuse dépassait à présent du manteau neigeux. Nous aurions pu nous contenter de nous remettre en marche sans y prêter davantage attention ; mais Belen s'est accroupi pour examiner la branche de plus près.

Au bout de quelques secondes, il a poussé un juron et a entrepris de creuser la neige pour dégager la racine. Nous l'avons regardé avec surprise jusqu'au moment où nos cerveaux ont compris ce qu'ils voyaient. Une branche, une racine… tu parles ! C'était bien un cadavre que nous avions sous les yeux. Ce qui, étant donné la peste et les maraudeurs, ne constituait pas vraiment une surprise.

— C'est pour ça que j'ai trébuché, a dit Kerrick. La forêt ne considère pas un cadavre comme un intrus.

— Effectivement. Il ne servira plus qu'à nourrir la terre, a murmuré Quain.

Du doigt, Belen nous a montré une série de bosses sur la neige. Encore une fois, ce n'était pas une surprise. Mes compagnons ont entrepris de dégager ces monticules, exhumant d'autres corps. Quant à moi, j'examinais en détail l'homme sur lequel Kerrick avait trébuché.

Barbe épaisse, cheveux longs et visage couturé de cicatrices, il pouvait avoir eu une vingtaine d'années ; il gisait sur le côté, les bras repliés sur son estomac — un geste de protection dérisoire, car la majeure partie de ses entrailles s'étalaient à côté de lui. J'ai reporté mon attention sur ses chairs déchiquetées et sur les marques de morsure sur son corps. Etaient-elles la cause de sa mort, ou bien des traces dues aux charognards ?

— Celui-là a été dévoré par quelque chose, a lancé Belen.

— Au mien, il manque la moitié du visage, a dit Loren.

— Euh, les amis…, a fait Quain d'une voix qui tremblait un peu. Je crois que j'ai trouvé un des coupables.

Nous l'avons rejoint. Il avait découvert un ufa de grande taille. Dès qu'il l'a vu, Kerrick a eu un mouvement de recul. Comment le blâmer pour ce réflexe ? La bête mesurait une bonne toise de longueur, soit près de deux paumes de plus que moi ; sous son pelage gris et noir, elle devait peser près de deux cents livres, à peine moins que Belen. Deux crocs menaçants dépassaient de sa gueule, et du sang noirci souillait encore les griffes de ses pattes avant.

Nous avons exhumé quatorze corps en tout, mais un seul ufa. Pourtant, nous avions découvert des traces d'un nombre bien plus important de bêtes. Toutefois, nous ne sommes pas arrivés à établir si cette horde avait tué les hommes ou simplement dévoré leurs cadavres.

— C'étaient des maraudeurs, a dit Kerrick. En route pour un raid, ou sur le chemin du retour.

— Comment le sais-tu ? lui ai-je demandé.

— Ils sont mal habillés, mais bien armés. Cheveux longs, cicatrices, essentiellement des hommes... Ils laissent les plus faibles au camp quand ils partent en expédition.

— Qu'allons-nous faire des cadavres ? a demandé Belen.

— Rien. Quain a raison : ils vont nourrir la terre, à présent.

— Mais, quand viendra le printemps, ils pueront pendant un moment. N'y aurait-il pas quelques lys de la mort à nourrir, dans le coin ? a demandé Quain, plaisantant à demi.

— Ils ne méritent pas cet honneur ! me suis-je écriée avec une véhémence dont j'ai été la première surprise.

Les autres m'ont regardée comme si j'avais perdu la raison.

Ce qui n'était d'ailleurs peut-être pas entièrement faux...

En poursuivant notre périple à travers les contreforts en direction de l'ouest, nous avons découvert d'autres escouades de maraudeurs qui avaient connu le même sort funeste — deux le même jour et trois le lendemain. Mais aucun autre ufa tué. Le visage de Kerrick s'allongeait à chaque découverte. La neige qui avait recouvert les corps signifiait que tous avaient trouvé la mort au moins dix-sept jours plus tôt, avant le blizzard. Ce laps de temps nous rassérénait un peu ; toutefois, le nombre de cadavres ravivait chaque fois nos inquiétudes.

— Au moins, nous savons maintenant pourquoi la région est si calme, a fait remarquer Quain.

Lorsque nous nous sommes remis en marche à l'aube du troisième jour, nous étions psychologiquement prêts à trouver de nouveaux carnages… mais rien n'aurait pu nous préparer à ce que nous avons découvert ce jour-là.

Le groupe de maraudeurs avait connu le même sort que les autres ; toutefois, leurs corps n'avaient pas été recouverts de neige. Le manteau blanc était souillé de sang et de boue, d'entrailles et de viscères. Des empreintes d'ufas entouraient la scène.

Kerrick nous a aussitôt donné l'ordre de rester sur place tandis qu'il remontait la piste.

Une fois qu'il s'est éloigné, j'ai examiné les corps. C'était la même chose que les groupes que nous avions découverts précédemment. La seule différence était le moment de la mort. Ceux-là avaient été tués entre dix et douze jours plus tôt seulement.

— Avry, tu sais à quel point c'est bizarre, n'est-ce pas ? m'a demandé Quain.

— De quoi parles-tu ?

— De ta fascination pour les morts. Pas besoin d'être guérisseur pour comprendre que ces types ont été tués par une meute d'ufas sauvages.

— Je n'éprouve aucune fascination. C'est davantage de la curiosité. Qui plus est, je commence à me demander s'ils ont vraiment été tués par des bêtes sauvages. Regarde bien : toutes les victimes sont allongées sur le ventre. Tu trouves ça normal ?

— Sur le ventre… pour ceux qui en ont encore un, a fait Loren en désignant du doigt un tas d'intestins à moitié dévorés près d'un cadavre. A vrai dire, je trouve quant à moi étrange que les ufas aient poursuivi leurs attaques alors qu'ils devaient déjà être rassasiés.

— Il peut y avoir plusieurs hordes, a objecté Quain.

— Comme voilà une idée rassurante ! s'est exclamé Loren avec une grimace.

Puis, s'adressant à moi :

— Si ce n'est pas des ufas, qu'est-ce qui les a attaqués ?

— Je n'en suis pas sûre…

Je me suis dirigée vers le cadavre qu'il avait montré du doigt et j'ai tenté de le retourner. Je n'y suis pas parvenue, à la fois à cause de son poids et de sa raideur.

— C'est immonde, s'est plaint Quain.

— Tais-toi et viens m'aider, lui ai-je dit.

— Hors de question.

— Mauviette ! a fait Belen.

S'approchant, il a saisi le corps par l'épaule et la hanche avant de le déplacer.

— Quelle est ton idée, Avry ?

J'ai étudié le trou béant, là où aurait dû se trouver le ventre de l'homme. Contrairement à ceux que nous avions examinés jusque-là, le corps portait une blessure qui semblait faite par une lame et non par des crocs.

— A en juger par la taille et la localisation des plaies, cet homme aurait dû tomber sur le dos s'il avait été attaqué par un ufa.

J'ai examiné la neige aux alentours du cadavre, à la recherche de nouveaux indices.

— Un ufa ne l'aurait pas retourné.

— Pourquoi donc ? m'a demandé Quain.

— Les parties les plus charnues sont sur le devant.

— C'est dégoûtant. Rappelle-moi de ne plus jamais te poser de question, Avry.

Loren a eu un rire amusé :

— Comme si tu étais capable de tenir ta langue…

— Ferme-la.

— Viens me la faire fermer, si ça te dit…

Belen les a rappelés à l'ordre.

— Ce n'est pas le moment, les gars.

Puis, se tournant vers moi :

— Si ce n'est pas l'ufa qui les a retournés, alors, qui d'autre ?

J'ai examiné les autres cadavres.

— On dirait qu'ils ont été traînés jusqu'ici. Il y a des traces dans la neige.

Je me suis écartée de quelques pas pour voir la scène dans son ensemble. C'est seulement alors que j'ai relevé un détail troublant : tous les corps avaient la tête tournée dans la même direction — le nord-ouest.

— Pourquoi s'être donné la peine d'arranger leurs cadavres ?

C'est Kerrick, débouchant derrière nous, qui m'a donné la réponse.

— Parce que c'est un message.

— Un message… du genre : « Fuyez immédiatement dans la direction opposée si vous ne voulez pas devenir de la chair à ufas à votre tour ? », a suggéré Quain.

— Exactement.

— La Grand-Passe se trouve au nord-ouest, n'est-ce pas ? ai-je demandé à mon tour.

— Oui, m'a confirmé Kerrick.

— Donc… le message cherche à nous tenir à distance de la passe ?

— Non. J'ai trouvé un autre groupe de victimes à quelques pas d'ici. Les corps ont aussi été arrangés.

— Mais alors, que signifie le message ? a demandé Quain.

C'est Belen qui a répondu, d'une voix nouée par la stupéfaction.

— C'est *Tohon*. Il nettoie le passage pour nous. Il s'assure que nous atteignions la passe sans encombre.

— Mais ça n'a aucun sens ! a protesté Loren. Ne devrait-il pas chercher à nous *empêcher* d'arriver près de la passe, justement ?

— Vraiment, Kerrick, ai-je insisté, es-tu certain qu'il ne s'agit pas d'une mise en garde pour nous éloigner de la passe ? Après tout, Ryne est de l'autre côté, en sécurité.

— C'est faux, m'a dit Kerrick. Ryne n'est pas de l'autre côté : il est caché quelque part au cœur de la Montagne des Neuf. La Grand-Passe est le moyen le plus sûr d'y accéder, mais ce n'est pas le seul. Il y a d'autres chemins, même s'ils sont plus longs et qu'on ne peut y accéder qu'après le printemps.

Et là, j'ai compris.

— Tu veux dire…

— Quelqu'un voudrait-il bien m'expliquer ce que tout cela signifie ? m'a interrompue Quain.

— C'est très simple. Tohon sait où se trouve Ryne, a expliqué Kerrick.

18

— Je trouve que tu t'avances beaucoup, a déclaré Belen. Je ne vois pas en quoi le fait que les cadavres aient été disposés d'une certaine façon signifie que Tohon a trouvé Ryne. Même s'il est bien derrière tout ça, il cherche peut-être simplement à nous effrayer et à semer le doute dans nos têtes. Il y a probablement d'autres explications.

— Très bien, Belen, lui a répondu Kerrick. Pourrais-tu en trouver ?

— Eh bien… s'il a deviné que nous nous dirigions vers la Grand-Passe, il peut vouloir nous impressionner en montrant qu'il le sait. Ce genre de forfanterie est typique de son caractère.

— A moins que ce soit un piège, a dit Loren. Il veut nous faire croire qu'il sait où se trouve Ryne, dans l'intention de nous suivre si nous nous rendons près de lui. Il attend que nous le menions au prince !

— Quoi qu'il en soit, c'est un message clair, a dit Quain. Vous avez vu le nombre de cadavres ? Tohon ne plaisante pas.

— Et comment aurait-il pu être sûr que nous trouverions ces corps ? ai-je demandé à mon tour. Je veux bien qu'il ait deviné que nous arriverions par Pomyt, mais les contreforts s'étendent sur des lieues et des lieues. Nous aurions pu passer loin de ces charniers…

— Non. Nous suivons des chemins de bêtes, comme c'était le cas des maraudeurs, a expliqué Kerrick. C'est d'autant plus simple de deviner par où nous passerons que les forêts de pins sont denses et peu praticables. Il savait que nous finirions par tomber sur l'un ou l'autre des groupes massacrés.

Il s'est interrompu un instant.

— Je crois que nous devons changer nos plans. Plus question de camper en attendant le redoux. Nous allons emprunter directement la Grand-Passe.

C'était exactement ce que cherchait Tohon… Toutefois, je préférais ne pas lancer cette objection à voix haute.

— Mais, euh… c'est bien toi qui as parlé d'un sentier verglacé et de précipices immenses ? a demandé Quain, un soupçon de nervosité dans la voix.

— Eh bien, tu feras attention où tu mets les pieds, et tu ne regarderas pas en bas, lui a répondu Kerrick.

— Ce n'est pas drôle.

— Ce n'est pas censé l'être.

Ce changement de plans ne me convainquait guère. Les objections de Loren et de Belen me semblaient tout à fait valables. Sans compter la possibilité que Tohon tente de mener Kerrick dans une embuscade. Ils avaient été amis des années durant, et le magicien savait certainement comment provoquer notre meneur. Nom d'un chien, même moi qui ne le connaissais que depuis trois mois, j'aurais été capable d'y parvenir !

Mais, en dépit de notre opposition, Kerrick nous a menés droit vers la Grand-Passe. En chemin, nous avons découvert encore deux ou trois troupes de maraudeurs massacrés, mais il a refusé même que nous prenions le temps de nous arrêter pour les examiner.

Nous sommes parvenus aux abords de la Grand-Passe deux jours plus tard. Plus large que les sentiers d'animaux que nous avions suivis jusque-là, la route serpentait à travers une forêt de pins. La neige avait été dégagée par de précédents voyageurs.

Kerrick a désigné sur le sol les traces rectilignes de roues de chariots.

— Une caravane est passée par ici il y a quelques jours. En dehors d'eux, il n'y a personne sur la piste.

— Sur la piste, peut-être pas, a objecté Quain, mais quelqu'un pourrait bien se dissimuler au-dessus de la limite des arbres…

— Il nous faudra envoyer un éclaireur, a suggéré Belen.

— Comment se cacherait-il ? ai-je demandé. Après les arbres, il n'y a guère d'endroits pour se cacher.

— Il faudra qu'il se déplace de nuit et qu'il porte un camouflage, a dit Belen. La passe reste large jusqu'au moment où elle arrive à un éboulis. Ensuite, le chemin est trop étroit et trop haut pour tendre une embuscade.

Quain a jeté un coup d'œil en direction des sommets.

— Vraiment ? Alors, il n'y a pas la place d'établir un campement ?

— Effectivement. Nous devrons continuer à avancer jusqu'à ce que la route s'élargisse de nouveau.

— Combien de temps ?

— Tu as peur que le manque de sommeil nuise à ta beauté, Quain ? l'a taquiné Belen.

— Si tu en as absolument besoin, tu peux toujours dormir en chemin, a ajouté Loren. Il faut juste s'assurer de ne pas rouler sur toi-même pendant ton sommeil…

— Ce n'est pas drôle, a grogné Quain en resserrant les pans de son manteau autour de lui.

— Remarque, je me demande ce qui se passerait si tu te réveillais en plein vol, a poursuivi Loren comme pour lui-même. En tout cas, une fois en bas, tu dormiras pour toujours !

Quain lui a lancé un regard écœuré, pendant que Belen se mettait à rire de bon cœur.

Nous avons cheminé pendant plusieurs heures encore. A mesure que le sentier s'élevait, la forêt se faisait moins touffue. Mes mollets me brûlaient tant l'effort supplémentaire s'avérait intense. En plus, à cause du relief accidenté, les montées alternaient avec des descentes.

Bien qu'inquiet au sujet de Ryne, Kerrick était persuadé que nous n'avions aucune embuscade à craindre dans la Grand-Passe. Aucun ufa en vue non plus : la seule horde dont il sentait la présence se trouvait à des jours de marche en direction de l'ouest.

Nous nous sommes arrêtés à environ deux lieues au-dessous de la limite des arbres pour préparer la suite des opérations. Loren s'est porté volontaire pour être notre éclaireur. Belen était trop grand, Kerrick trop reconnaissable — et Quain avait le vertige. Quant à moi, j'étais trop précieuse à leurs yeux pour prendre ce risque. Aussi avons-nous établi un bivouac temporaire à une centaine de toises à l'écart du sentier, tandis que Loren se préparait pour sa mission nocturne en ôtant son manteau et en dégrafant son épée. Tout de noir vêtu, il s'est en plus couvert le visage, le cou et les mains d'une pâte gris sombre.

— Un cadeau de Flea, m'a-t-il expliqué avec un sourire triste. Il nous a appris quelques tours de cambrioleur.

Puis, observant le ciel qui s'assombrissait, il a ajouté :

— Espérons seulement que la lune sera de notre côté et restera cachée…

Une dizaine de nuages étaient apparus, mais ils ne semblaient ni assez épais ni assez nombreux pour dissimuler l'astre nocturne.

Quand l'obscurité a été complète, Loren nous a salués d'un geste et a lancé :

— A très bientôt.

Là-dessus, il s'est éloigné avec vivacité… avant de s'immobiliser quelques pas plus loin.

— Euh… je les ai trouvés.

A reculons, il est revenu dans notre direction. Deux hommes arrivaient sur lui, l'épée à la main.

En un clin d'œil, Kerrick et ses compagnons ont été sur pied, prêts au combat. J'ai saisi mon poignard… mais il était trop tard.

Autour de nous, la forêt s'est mise à bruire. Au bout de quelques secondes, nous nous sommes rendu compte que nous étions bel et bien encerclés par un ennemi très supérieur en nombre. Nos adversaires se sont rapprochés lentement ; l'épée à la main, Loren a bondi pour nous rejoindre. Nous nous sommes disposés dos à dos, prêts au combat.

— Nom d'un chien, Kerrick, a grondé Quain. Je croyais t'avoir entendu dire que nous étions seuls !

— Et nous le sommes, lui a-t-il renvoyé sur le même ton. En tout cas, je ne sens aucune présence.

C'était impossible ! Mais nous n'avons guère eu le temps d'y réfléchir : nos assaillants sont passés à l'attaque. Très vite, il m'est apparu que nous disposions au moins d'un avantage. En effet, Kerrick et ses compagnons semblaient bien plus aguerris que nos adversaires. Quant à moi, je lançais mes couteaux en rafales, atteignant épaules, cuisses, ventres et bras.

En dépit de notre infériorité numérique, nous aurions pu avoir le dessus… sauf que ces hommes ne s'arrêtaient pas lorsqu'on les frappait à coups d'épées, pas plus qu'ils ne réagissaient lorsque mes couteaux se plantaient dans leurs muscles. Des coups qui auraient pourtant dû les envoyer rouler au sol ne semblaient même pas les ébranler.

Et ils se battaient dans un silence complet. Peu à peu, nos assaillants se sont rapprochés, au point que les épées sont devenues inutiles. Belen a opté pour le combat à mains nues, projetant ses adversaires au sol comme des poupées de chiffon. Pourtant, ils n'en continuaient pas moins à avancer : ils se relevaient et revenaient à l'assaut avec une détermination aveugle.

Deux d'entre eux sont parvenus à contourner Kerrick et à se saisir de moi pour m'entraîner avec eux. J'ai lutté contre une vague de répulsion et de panique ; posant la main sur leur chair — elle était glacée ! — j'ai invoqué mon pouvoir. *Mais rien n'est arrivé.* Aucune magie n'est montée dans ma poitrine. Comme en écho, la phrase de Kerrick m'est revenue.

Je ne les *sentais* pas.

Horrifiée, j'ai relevé la tête pour rencontrer le regard d'un de ceux qui me tenaient captive. Deux yeux me fixaient — des yeux morts, sans la moindre expression. Le choc a été tel que sur le coup j'ai abandonné toute résistance.

Quelques cris se sont élevés dans les ténèbres ; j'ai entendu le dernier rugissement de mon cher Papa Ours. Puis, ç'a été le silence.

Les morts m'ont entraînée avec eux, à une allure soutenue. Mon esprit vagabondait, tentant de comprendre l'incompréhensible. *Aucune magie ne pouvait ramener les morts à la vie !* Aucun magicien, qu'il soit de vie ou de mort, n'avait ce pouvoir. On l'avait prouvé par le passé : c'était tout simplement impossible.

Et pourtant « l'impossible » me tenait par les bras, m'entraînait de toute la force de ses mains glaciales. La terreur me vrillait le ventre.

Ils avançaient si vite que bientôt je ne suis plus parvenue à suivre la cadence. A plusieurs reprises, j'ai chuté. Alors, l'un de mes deux ravisseurs m'a chargée sur son épaule. Le contact de sa peau glacée m'a été insupportable et, un instant, j'ai craint de perdre la raison pour de bon — comme si mon esprit allait se séparer de mon corps pour se réfugier loin, très loin de cette horreur. De toutes mes forces, j'ai serré les paupières, luttant pour me concentrer sur les vivants. J'ai rappelé à ma mémoire les images de celle que j'avais appelée « Maman », de Mélina, de Fawn et de sa mère. Il ne fallait pas que je pense à Kerrick et aux autres en ce moment, sans quoi j'en deviendrais malade d'inquiétude. A la place, je me suis efforcée de revoir le doux sourire de Nyrie et de Noëlle, telle qu'elle était avant que la peste ne lui vole son enfance.

La nuit s'est fondue en un long supplice qu'il me fallait endurer. L'aube est venue sans que mes ravisseurs ne ralentissent l'allure. Ils n'avaient pas échangé la moindre parole de toute la nuit, pas plus qu'ils ne s'étaient arrêtés pour boire ou se reposer. Quant à moi, je mourais littéralement de soif, et la tête me faisait mal à force d'être ballottée à l'envers.

C'est ainsi que j'ai fini par perdre connaissance.

L'eau glacée a aspergé mon visage, s'est infiltrée dans mes narines. Je suis revenue à moi dans une quinte de toux, à moitié désorientée.

Au-dessus de moi, un homme me regardait.

— Vas-y doucement.

Je me suis redressée et me suis assise tant bien que mal. Il m'a tendu la main. Lorsque mes doigts ont effleuré les siens, j'ai poussé un soupir de soulagement : enfin un contact chaud, *humain* ! Il m'a aidée à me remettre sur pied, mais j'ai dû m'appuyer à lui pendant quelques secondes. Je pouvais sentir le rythme de son cœur, sa pulsation vitale, qui m'emplissait doucement comme un verre de bon vin, apaisant mes émotions.

L'inconnu a levé un sourcil interrogateur. Son regard bleu profond étincelait de bonne humeur.

— Tu comptes m'envoyer une décharge ?

— Pourquoi ? Je devrais ? lui ai-je répondu malgré la confusion qui régnait dans mon crâne.

J'ai regardé derrière lui. Deux hommes et une femme — tous trois armés de pied en cap — m'observaient avec attention. Peu à peu, mes pensées se sont éclaircies.

— Je crois qu'il ne vaudrait mieux pas essayer. Mes camarades pourraient ne pas apprécier. Et de toute façon, ils t'en empêcheraient.

— D'accord, mais… je pourrais te prendre en otage et menacer de te neutraliser s'ils ne reculent pas, lui ai-je répliqué.

Il a eu un sourire triste, comme s'il s'excusait. Il devait avoir environ vingt-cinq ans. Un peu plus grand que moi, il avait des cheveux noirs coupés court, de longs cils et un sourire terriblement charmeur. Il avait fière allure, et même un je-ne-sais-quoi de *royal,* là où Kerrick, qui était pourtant un prince, avait un aspect plus commun et rude. Cet homme-là ne devait pas manquer d'admiratrices…

Du pouce, il m'a désigné les trois gardes qui nous surveillaient.

— Je ne parlais pas d'eux, a-t-il précisé, mais de mes *autres* camarades.

Son regard s'est porté derrière moi.

Je me suis tournée… et me suis raidie. Les morts se tenaient en un impeccable garde-à-vous, le regard vide. De nouveau, la terreur s'est emparée de moi, remettant instantanément de l'ordre dans mes pensées. Je comptais six morts-vivants.

— Ils font peur, n'est-ce pas ?

L'homme conservait un ton léger et amical.

— Mais ils sont efficaces et obéissants. J'aurais cru qu'ils seraient plus nombreux à revenir de mission, mais cela n'a aucune importance — ils sont faciles à remplacer. Et ils ont réussi, puisque te voilà.

— Que… qu'est-ce qui… ?

Je ne parvenais pas à formuler une question sensée.

— Ce sont les soldats particuliers du roi Tohon. Impressionnée ?

— Horrifiée, plutôt.

Mon interlocuteur a souri de nouveau.

— Tu n'as pas tort, je dois l'admettre.

— Tu travailles pour Tohon ?

— On pourrait dire ça, effectivement.

Je ne me suis pas démontée.

— Que veut-il ? A-t-il besoin que je guérisse quelqu'un pour son compte ?

— Ton don de guérisseuse constitue certainement un atout supplémentaire, mais le roi a d'autres plans pour toi.

Sans compter, évidemment, qu'il apprécierait beaucoup que tu ne guérisses *pas* le prince Ryne.

Comparée au fait que six morts se tenaient juste à côté de nous, l'idée d'être la prisonnière de Tohon ne m'inquiétait que très moyennement. Ou bien mon calme provenait-il du fait que je tenais encore la main du mercenaire au sourire charmeur ? Et pourquoi est-ce que je ne parvenais pas à la lâcher, d'abord ? De toute façon, je n'allais pas lui faire de mal. *Pas si cela signifiait être de nouveau empoignée par ces créatures répugnantes.*

Dans la mesure où mon interlocuteur semblait avoir envie de parler, j'ai poursuivi en lui demandant :

— Les maraudeurs morts dans les collines constituaient-ils un message ?

— Pas vraiment. Ils faisaient juste partie du grand nettoyage. Le roi Tohon ne tolérera pas que ce genre d'indésirables infestent son royaume.

Soudain, il y a eu du mouvement derrière lui ; ses trois compagnons — les vivants, pas les morts — ont été bousculés et se sont mis à gesticuler comme s'ils se battaient contre une présence invisible. L'un après l'autre, ils se sont effondrés sur le sol.

En réponse au tumulte, pourtant, mon ravisseur n'a même pas dégainé son épée. Il s'est contenté de pivoter sur lui-même avec un soupir.

Kerrick est apparu. Echevelé, saignant en divers endroits, et surtout visiblement fou de rage, il se tenait près des trois corps désormais inertes, l'épée à la main. J'ai eu comme l'impression qu'il avait recouvert la lame de celle-ci avec la pâte de camouflage de Flea.

Belen et Quain sont apparus à leur tour à la lisière des arbres avant de le rejoindre. Ils arboraient également diverses égratignures et ecchymoses ; leurs armes étaient tachées de sang et leur visage déterminé. *Mais où était Loren ?*

— J'aurais dû vous envoyer deux fois plus de morts, a dit le mercenaire.

Le regard de Kerrick s'est posé sur ma main, qui n'avait pas lâché celle de l'homme. Ç'aurait été le moment idéal pour me débarrasser de mon ravisseur d'une décharge de magie. Et pourtant je n'ai rien fait — ce qui m'a valu un coup d'œil furieux de la part de Kerrick.

Le mercenaire a observé cet échange silencieux avant d'éclater de rire.

— Est-ce possible ? Je t'en ai volée une autre, Kerrick ?

— Nous avons trouvé comment neutraliser tes abominations, Tohon. Et de mon point de vue, tu n'as rien volé du tout. Tu bénéficies simplement d'un sursis supplémentaire.

Tohon ?

Celui-ci m'a adressé un sourire éclatant.

— Je préfère qu'on m'appelle « roi Tohon ». Et as-tu remarqué, ma chère, que Kerrick et ses sbires gardent leur distance ?

Non, mais maintenant qu'il le disait…

— Pourquoi donc ?

Tohon a levé nos deux mains entrelacées.

— Il sait que s'il fait seulement mine de m'attaquer, il me suffit de libérer une fraction de mon pouvoir pour te tuer sur-le-champ. Il sait également que ce n'est pas ce que je souhaite. Aussi, je crois que nous nous trouvons plus ou moins dans une impasse…

J'aurais dû me sentir effrayée, mais je demeurais étrangement imperméable à toute émotion ; à la place, je ne ressentais qu'une curiosité détachée.

— Une fraction de ton pouvoir ? Me tuer ? Mais… tu es un magicien de vie.

— Ce qui me donne le pouvoir d'ôter une existence à volonté. Mais pas la tienne, ma chère.

De sa main libre, il m'a caressé la joue.

De toute ma volonté, j'ai dû résister pour ne pas céder à l'attraction qu'il exerçait sur moi. Dans le même temps, la haine, la jalousie et la peur de Kerrick paraissaient traverser mon corps. Etrange que je les ressente aussi fort…

— En plus de ressentir les émotions des autres, a dit Tohon, je suis capable de les influencer, mais aussi de les partager. Je pourrais ainsi te faire goûter celles de Belen et de Quain, mais je préfère me consacrer entièrement à Kerrick. Il peut être assez distrayant, malgré son côté rabat-joie.

Là, je n'ai pu m'empêcher d'éclater de rire.

— Je voulais réellement te voler à lui, mais j'ai trouvé encore plus séduisante l'idée que tu le quittes de ton plein gré pour moi.

— Et pourquoi ferais-je une chose pareille ? lui ai-je demandé.

— Il fait son joli cœur, Avry, m'a averti Kerrick. Il sait que nous avons le dessus, et c'est sa façon de panser son orgueil blessé.

Tohon a haussé les épaules avec dédain.

— Tu peux croire ce que tu veux.

Puis, plantant ses yeux dans les miens :

— Ma chère Avry, je rêve déjà de notre prochaine rencontre.

Là-dessus, Tohon m'a fait un baisemain.

Une vague de chaleur m'a embrasée.

— Tuez ces hommes, a-t-il lancé ensuite à ses morts-vivants d'un ton nonchalant.

Ceux-ci se sont rués en direction de mes amis.

J'ai bien tenté d'assommer Tohon avec mon pouvoir, mais une nouvelle vague m'a frappée de plein fouet — brûlante celle-là, au point que mes muscles ont paru entrer en fusion. Les jambes m'ont manqué et je suis tombée en avant ; Tohon m'a rattrapée dans ma chute pour me déposer délicatement sur le sol.

— Viens me trouver, Avry. Bientôt. Ou bien j'enverrai tout un escadron de mes troupes spéciales pour te chercher et s'occuper de tes gêneurs de compagnons. Pour de bon.

Il m'a embrassée sur le front, et le monde a disparu dans une vague de ténèbres.

Peu à peu, par petites touches, les sons et les couleurs me sont revenus.

— … est glacée, a dit Kerrick.

— Enfermée dans une torpeur ? a demandé Belen.

— Je ne crois pas, non.

— Alors, qu'a-t-elle ?

La voix de Papa Ours était soucieuse.

De qui parlaient-ils donc ? Des touches de bleu me revenaient l'une après l'autre ; dans ma vision périphérique, je distinguais des taches de vert qui se déplaçaient lentement. Comme dans un rêve, je profitais du spectacle, semblable à un kaléidoscope.

— Je l'ignore.

Il y avait tant de frustration et d'inquiétude dans la voix de Kerrick que je suis un peu sortie de ma torpeur.

— Nous devons retourner auprès de Loren, a dit Quain.

Le prénom de mon camarade a été un autre déclic. Peu à peu, le monde autour de moi a retrouvé ses contours. Kerrick était agenouillé près de moi, ma main dans la sienne. Là où il me touchait, ma peau était brûlante ; partout ailleurs, elle était gelée comme si on m'avait plongée dans un bain de glace.

— Comment te sens-tu ? m'a demandé Kerrick.

J'ai ressenti *physiquement* son inquiétude, comme un poids sur ma poitrine, mais j'ignorais comment répondre à sa question. Je n'éprouvais aucune douleur, seulement un fourmillement étrange dans tout mon corps, comme si la magie de vie de Tohon y était restée emprisonnée.

— Avry, réponds-moi !

— Je…

Ma voix était râpeuse, désincarnée.

Belen m'a tendu une timbale. Kerrick m'a ensuite aidée à me redresser. J'ai avalé l'eau à grands traits jusqu'à ce qu'un long frisson me secoue des pieds à la tête. Je n'ai eu que le temps de rendre son verre à Belen avant que toute une série de tremblements ne se mette à agiter mon corps de façon incontrôlable. Il s'était passé trop de choses à la fois. Le souvenir du mort-vivant qui me portait sur son épaule m'est revenu, et ma peau s'est couverte de chair de poule ; l'espace d'un instant, c'est vrai, j'ai regretté la douce chaleur du contact de Tohon — car en plus de me faire partager les sentiments de Kerrick, celle-ci avait atténué ma réaction d'horreur.

— Ne reste pas là comme ça assis à côté d'elle, Kerrick ! a lancé Belen avec emportement. Fais quelque chose !

Avec des mouvements raides, Kerrick m'a attirée près de lui et m'a tenue dans ses bras. Malgré la chaleur de son corps, j'ai continué à frissonner comme si plus jamais je n'aurais chaud — comme si j'avais définitivement perdu la raison. Ces… *abominations* ! Elles existaient bel et bien ; elles obéissaient aux ordres de Tohon ; elles nous avaient assaillis… et Loren était blessé. Il avait besoin de moi. J'ai fait de mon mieux pour maîtriser mes émotions, en faire une petite boule que j'ai repoussée tout au fond de mon esprit. Progressivement, mes muscles se sont détendus, les frissons ont cessé et j'ai réussi à respirer.

Je me suis libérée des bras de Kerrick pour m'asseoir à quelque distance, sur le sol. Mes cheveux étaient collés sur ma joue ; c'est seulement lorsque j'ai voulu les remettre en place que j'ai compris que j'avais pleuré.

— Je suis désolée, je…

— Ne t'excuse pas, m'a dit Belen en me tendant un mouchoir. Ç'a été une journée pénible pour tout le monde.

J'ai inspecté les alentours. Un des morts qui avait accompagné Tohon gisait au sol, la tête tranchée. Son sang noirâtre maculait la neige, et l'odeur immonde de la chair en décomposition empuantissait l'air. Au moins existait-il une façon de les arrêter… Aucun signe, en revanche, des cinq autres cadavres ambulants qui avaient formé l'escorte de Tohon.

Non sans effort, je suis parvenue à me relever. J'ai entrepris de secouer la neige et la terre de mon manteau. Puis j'ai regardé Quain.

— Dans quel état se trouve Loren ?

— Grave, mais pas critique, a répondu mon compagnon. Il faudrait que nous retournions à son chevet.

— Est-ce loin ?

— Environ une demi-journée de marche.

Je n'aurais pas la force de marcher pendant plus d'une heure. Aucun de mes compagnons ne portait son sac ; ils avaient dû les laisser avec Loren et les morts… vraiment morts. Comment appeler autrement les morts-vivants une fois qu'on les avait tués ? Les « définitivement morts » ? Les « morts pour de vrai » ? Les « re-morts » ? J'ai frissonné. Ce n'était pas le moment de penser à ça.

— L'un de vous a-t-il des vivres avec lui ? ai-je demandé, même si je doutais fort que mes camarades aient eu le temps d'emporter de la nourriture quand ils s'étaient lancés à ma poursuite.

Pourtant, Belen m'a tendu une poignée de bœuf séché.

Je m'en suis emparée comme d'une bouée de sauvetage, et j'ai entrepris de la dévorer tandis que nous nous mettions en route d'un bon pas en direction de l'est.

Comme je marchais aux côtés de Belen, j'en ai profité pour lui demander :

— Timbale, mouchoir, nourriture… Que transportes-tu d'autre ?

Il a rougi un peu.

— Seulement le nécessaire.

— Merci. Je peux toujours compter sur mon Papa Ours.

— Papa Ours…, a-t-il repris d'un ton neutre.

Zut. L'avais-je blessé ?

— Euh… oui. Comme un ours qui protège ses petits.

— Ce n'est pas plutôt le comportement des femelles ourses ?

— Tu préférerais que je t'appelle « Maman Ourse » ?

Il s'est mis à rire.

— Cela blesserait ma fragile fierté de mâle.

Il s'est tu un instant avant de reprendre :

— Je suppose que c'est un surnom mérité.

Puis, désignant Kerrick du doigt.

— Je protège cet ourson-là depuis sa naissance.

— Mais tu avais à peine… combien ? Quatre, cinq ans ?

— Quatre. Et avant que tu ne fasses une remarque désagréable, souviens-toi que ta sœur Noëlle n'a que six ans de moins que toi.

— C'est vrai…

— Donc tu sais ce que je veux dire quand je parle de sentiments protecteurs.

— Absolument, ai-je fait. Tu as raison.

Baissant la voix, j'ai ajouté :

— Il a de la chance de t'avoir.

— Et Noëlle…

— A choisi le mauvais camp parce que je n'étais pas là pour elle, l'ai-je coupé sur-le-champ. Mais parlons d'autre chose, veux-tu ?

J'ai gardé le silence quelques instants, retournant encore et encore notre conversation dans ma tête, avant de reprendre :

— Toi, en revanche, tu es toujours là pour Kerrick. N'y a-t-il jamais eu de moment où tu aurais souhaité suivre ta propre voie ?

— Non. J'ai prêté serment.

Impressionnant.

— Mais… imaginons que tu aies rencontré une femme ? Que se serait-il passé si tu avais voulu te marier ?

Il a haussé les épaules.

— Eh bien, je me serais marié. Mais je n'ai rencontré

personne. Et lorsque la peste a commencé, des questions bien plus graves se sont posées.

— D'accord, mais quand la situation reviendra à la normale ?

— Alors, nous verrons. Si je rencontre la bonne personne.

Avec un sourire, il a ajouté.

— Nous aurons peut-être même de vrais oursons…

— Ils auraient bien de la chance d'avoir un Papa Ours comme toi.

— Ça, je ne sais pas. Mais au moins, s'ils ont faim, je pourrais les nourrir.

— Je n'en doute pas.

— Et toi, Avry ? Se marier, avoir des enfants…, cela fait partie de tes projets d'avenir ?

Une main glacée s'est refermée sur mon cœur tandis que les images des soldats morts de Tohon me revenaient à l'esprit. J'ai regardé Belen en m'efforçant de les repousser.

— Non. Jamais.

Le soleil avait commencé à redescendre lorsque nous avons retrouvé Loren. Il se tenait blotti près d'un minuscule feu de camp. Un pansement entourait sa cuisse droite ; les bandages étaient imbibés de sang, et son front était recouvert d'une pellicule de sueur.

— Avry, je n'ai jamais été aussi content de retrouver ton joli minois, m'a-t-il dit.

— Quel charmeur ! l'ai-je taquiné. Je me demande si tu me trouveras aussi mignonne demain matin…

Loren faisait de son mieux pour ne pas montrer qu'il souffrait, mais il n'a pu retenir un petit cri lorsque j'ai touché sa blessure. Il avait reçu un coup d'épée qui avait transpercé le muscle de l'arrière de sa jambe pratiquement jusqu'à l'os. Ma magie s'est éveillée, pleine de vigueur.

— Tu ne préfères pas te reposer un peu avant ? m'a demandé Belen.

J'ai lancé un regard à Kerrick, qui a hoché imperceptiblement la tête.

— Non, ça ira.

Mon pouvoir est entré en action.

Loren a poussé un cri ; en quelques minutes, la magie a recousu son muscle et a réparé la peau et les tissus endommagés — avant de me revenir en force. Mon mollet s'est mis à me brûler terriblement. J'avais cru que rien ne pourrait me faire davantage de mal que la blessure à l'estomac de Belen… mais j'avais tort. Celle de Loren était différente, mais certainement pas moindre.

Je me suis relevée pour m'écarter de lui. Malheureusement, j'ai trébuché et je suis tombée en avant. Ma tête a heurté le sol avec violence, mais c'est à peine si je le remarquais tant la douleur dans ma jambe était insupportable. Mon jugement sur Loren a changé — en bien — lorsque j'ai pris conscience qu'il l'avait endurée pendant près *d'une journée*.

Puis une vague de douceur aux parfums de soleil de printemps et de verdure m'a entourée. Kerrick m'avait prise dans ses bras.

Il nous a fallu, à lui comme à moi, deux jours pour nous rétablir. Pour moi, cela a pris la forme d'un sommeil aussi profond qu'ininterrompu. Je me suis réveillée au bout de quarante-huit heures pour trouver un Loren frais et dispos en train de cuisiner un énorme ragoût. Il s'était dit que, puisque nous n'allions pas nous terrer dans les collines pendant les semaines à venir, il n'était plus nécessaire de conserver toutes nos provisions.

Lorsque nous avons été en état de reprendre notre marche à travers la Grand-Passe, Loren est reparti en éclaireur. Certes, nous nous trouvions encore dans les bois, mais nous avions appris à nos dépens que nous ne pouvions plus nous fier seulement à la magie sylvestre de Kerrick.

Il a effectué ainsi plusieurs allers-retours entre notre position et la limite de la forêt. Il nous rejoignait chaque fois que nous avions parcouru une ou deux lieues. Peu à peu, le sentier est devenu plus étroit et accidenté, et les arbres ont disparu. Les pierres dépassaient à présent de la neige et nous avons dû ralentir l'allure, de crainte que l'un d'entre nous ne se foule la cheville.

Le vent venu des cimes enneigées s'est fait plus mordant. Il transperçait mon manteau. Comme l'avait annoncé Belen, le chemin devenait de plus en plus étroit et escarpé, et bientôt nous n'avons plus eu d'autre choix que d'avancer en file indienne. De toutes ses forces, Quain s'accrochait à la paroi de pierre à notre gauche. Il ne m'est pas venu à l'esprit de le railler : le précipice qui s'ouvrait à notre droite me donnait le vertige à moi aussi.

Nous sommes parvenus au col et avons entamé la descente de la Grand-Passe. Cette fois, ce n'étaient plus les mollets mais les cuisses qui me brûlaient — sans compter les séquelles de la blessure de Loren.

C'est après quelques heures de marche que l'incident s'est produit.

Mon pied s'est tordu sur un rocher et j'ai chuté en arrière. Incapable de me rattraper, j'ai glissé sur le sol neigeux… et glissé encore, de plus en plus vite.

Mes compagnons ont poussé des cris d'alarme et de surprise. Devant moi, le sentier effectuait une épingle à cheveux ; je me suis rendu compte que je ne parviendrais pas à tourner. Si je ne m'arrêtais pas, c'était le grand plongeon dans l'abîme !

Il ne m'a fallu que quelques secondes pour réagir, mais elles m'ont paru une éternité. J'ai planté mes talons dans la neige, ralentissant d'abord ma glissade avant de m'immobiliser enfin… à seulement quelques pouces du précipice ! Je suis restée un instant allongée, les yeux fermés et le cœur battant à tout rompre.

C'est Loren qui m'a rejointe le premier.

— Et alors, que s'est-il passé ? Nous n'avancions pas assez vite à ton goût ? a-t-il raillé.

— A partir de maintenant, tu te tiendras à moi, m'a dit Belen en m'aidant à me remettre sur mes jambes flageolantes.

— C'est vrai : il faudrait une avalanche pour le décrocher de cette montagne, a fait Quain. Et moi, je peux aussi m'accrocher à toi ?

Belen l'a ignoré, il m'a saisie fermement par le bras et ne m'a plus lâchée.

Enfin, nous avons atteint la limite des arbres, et Kerrick nous a menés jusqu'à ce que j'ai pris pour la sortie de la Grand-Passe.

— Je croyais t'avoir entendu dire que la cachette de Ryne se trouvait au cœur de la Montagne des Neuf ? lui ai-je demandé.

— Mais nous y sommes encore, m'a-t-il répondu.

Il m'a désigné le nord.

— Regarde la prochaine crête…

J'ai poussé un grognement de dépit.

— Combien d'autres y en a-t-il ?

Il a souri.

— Sept après celle-là. Il y en a neuf en tout.

Quain a pâli.

— Nom d'un chien…

— Tu ne t'étais pas demandé pourquoi on appelait cet endroit la Montagne des Neuf ? lui a fait Kerrick.

— Non, je ne m'étais jamais posé la question, a-t-il marmonné.

— Franchement, Quain, tu cherches le bâton pour te faire battre, a ironisé Loren.

— Je croyais que leur nom venait des guerres avec les peuples du nord, ai-je suggéré (à vrai dire, je me lançais surtout pour éviter à Quain de s'enfoncer davantage). Mon père m'a raconté que la chaîne de montagnes constituait notre rempart contre les tribus, mais qu'une fois qu'elles avaient compris comment les traverser, il nous avait fallu neuf ans pour les repousser dans les Terres sauvages.

— Quant à moi, j'ai longtemps cru que c'était à cause des neuf types de pierres précieuses que l'on trouve dans les mines de la montagne, a ajouté Belen.

— C'est une meilleure raison qu'une guerre, ai-je dit.

— Tout vaut mieux qu'une guerre, a-t-il admis.

Comme nous nous enfoncions dans les bois, j'ai remarqué l'absence de neige sur le sol. Cette nuit-là, nous avons campé dans une petite clairière. Kerrick nous a ordonné de monter la garde par groupes de deux.

Je n'ai eu aucun mal à trouver le sommeil ; en revanche, des cauchemars sont venus me hanter. Les morts me poursuivaient de nouveau tandis que résonnait le rire de Tohon. Je me suis réveillée en sursaut, le cœur battant à tout rompre ; et lorsque je me suis rendormie, le rêve a repris comme s'il ne s'était jamais interrompu.

« *Viens à moi, Avry.* » La voix de Tohon était toute proche ; elle me paralysait, tandis que les morts-vivants s'approchaient de plus en plus. Leurs griffes glaciales se refermaient sur moi ; je me débattais et hurlais…

Kerrick m'a réveillée.

— Un cauchemar ? m'a-t-il demandé avant de s'asseoir près de moi.

De l'autre côté du feu de camp, Belen ronflait comme un sonneur. Loren et Quain devaient donc être de garde.

J'ai resserré ma couverture autour de moi pour cesser de frissonner.

— Si seulement…

— Les morts de Tohon ?

« *Viens à moi, Avry.* » Je me suis efforcée d'ignorer les voix dans ma tête. Le cauchemar ne s'arrêtait pas au réveil.

Kerrick a paru hésiter, avant de reprendre :

— Je savais qu'il était… pervers, mais je n'aurais jamais cru qu'il oserait ramener des morts à la vie.

— A la vie ? Si l'on peut dire. Ces créatures-là n'ont plus

rien de vivant. Sans quoi tu les aurais senties, et j'aurais pu les assommer.

— Alors, que sont-elles ?

J'ai réfléchi un instant.

— Je n'ai pas détecté la moindre étincelle de magie en elles. Peut-être Tohon a-t-il trouvé une potion pour les animer et leur donner suffisamment d'intelligence pour qu'elles obéissent à ses ordres ?

— Il est aussi possible que nous ne soyons pas capables de détecter sa magie. Car, si ce n'est pas celle-ci, qu'est-ce qui a pu te retenir de l'assommer tout le temps qu'il tenait ta main ?

Je me suis repassé mentalement notre rencontre. Je n'avais pas senti sa magie, certes, mais la façon dont j'avais réagi à sa présence ne pouvait s'expliquer que par son influence.

— Je ne l'ai pas ressentie, mais tu as raison, il devait m'avoir… asservie. Et toi, as-tu détecté son pouvoir ? lui ai-je demandé.

— Non, mais cela ne veut rien dire. Je ne peux pas ressentir celui de Jaël non plus. Pas tant qu'elle ne m'attaque pas directement.

Sur ce, Kerrick s'est tu, le regard perdu dans les flammes.

« *Viens à moi, Avry.* »

« *Non, Tohon. Hors de question. Il faut que quelqu'un mette un terme à tes méfaits.* »

— Kerrick ?

Il a levé les yeux.

— Ryne peut-il arrêter Tohon ?

— Il trouvera un moyen, oui. En tout cas, lui seul peut y parvenir.

— Alors d'accord.

— D'accord quoi ?

— Je le ferai. Je guérirai Ryne.

19

Je m'attendais que Kerrick explose de joie à l'idée que j'allais — enfin ! — guérir son prince. Mais, à la place, il a froncé les sourcils.

— Ainsi, il ne t'a fallu qu'une rencontre avec les morts de Tohon pour changer d'avis. Nom d'un chien, quelle jeune femme accommodante tu fais ! a-t-il lancé d'une voix où vibraient le sarcasme et la colère.

J'ai failli tout d'abord le planter là. Après tout, il pouvait bien penser ce qu'il voulait à mon sujet. Pourquoi y aurais-je attaché la moindre importance ? Il connaissait le destin qui m'attendait, et la perspective de ma mort semblait le laisser de glace. Pourtant, je n'ai pu me résoudre à me taire.

— T'es-tu seulement jamais interrogé sur la façon dont Ryne avait pu obtenir cette liste des guérisseurs ? lui ai-je demandé.

Si le changement de sujet l'a surpris, il n'en a rien laissé paraître.

— La guilde…

— … n'aurait *jamais* divulgué cette information.

— Et alors ? Il l'aura volée. Rien de bien grave.

— Exactement. Sauf qu'il a également volé une correspondance *confidentielle* de la guilde à ses membres.

L'ombre d'un doute est passée fugitivement dans son regard inflexible.

— Tu parles du document qui détaillait les symptômes de la peste ?

— *Oui.* Et qui recommandait également aux guérisseurs de ne pas tenter de traiter ceux qui en étaient affectés. Ce qui a été mal interprété et a entraîné la mort de la plupart des membres de notre confrérie.

— Cette lettre a été envoyée dans tous les royaumes. N'importe qui aurait pu l'intercepter, a argué Kerrick.

— Exact. Mais, au tout début de l'épidémie, le prince Ryne a emmené sa sœur très malade auprès de Tara, à Galee. Il espérait qu'elle pourrait la soigner, alors même qu'il lui avait refusé le droit de soigner son propre père. Tu étais au courant de cela ?

Kerrick a esquissé une grimace avant de répondre.

— Oui. Mais Ryne a toujours pensé que tous les magiciens étaient contre nature. Il n'avait rien contre les guérisseurs en particulier. Au pensionnat, il nous en parlait tout le temps.

— Et pourtant, tu es son ami.

— Il a beaucoup évolué ensuite. Il a grandi.

— Il est devenu *accommodant*, comme tu dis, ai-je conclu en imitant le ton sarcastique qu'il avait utilisé. Mais lorsque Tara a refusé de soigner sa sœur, il lui en a demandé la raison. A l'époque, Tara ne connaissait pas exactement la raison de l'interdiction ; elle se contentait de suivre les ordres de la guilde. Elle a montré la lettre à Ryne en espérant qu'il comprendrait la situation.

J'ai contemplé les braises du feu, perdue dans mes souvenirs.

— Cela a plongé ton cher prince dans une rage folle. Ses hommes sont venus réveiller tous les apprentis. Ils nous ont tirés du lit pour nous rassembler dans la salle commune sous la menace de leurs armes.

Malgré mes efforts pour la tenir à distance, l'image de Ryne hors de lui agitant un parchemin sous le nez de Tara m'est revenue à l'esprit.

— Ryne l'a injuriée et…

J'ai dû avaler ma salive avant de continuer pour dissoudre le nœud qui s'était formé dans ma gorge.

— … et il l'a menacée de s'en prendre à nous si elle refusait de guérir sa sœur.

Jamais je n'avais vu un homme aussi furieux — même aujourd'hui que je connaissais Kerrick et ses accès de colère. Mon père avait été l'homme le plus doux du monde, et jamais de sa vie il n'avait levé la main sur nous. Le décevoir avait toujours été ma punition la plus terrible. Nous nous conduisions toujours bien pour qu'il soit fier de nous.

— Laisse-moi deviner, a dit Kerrick. C'est là que tu es intervenue…

J'ai écarté le pan de ma chemise pour lui dévoiler mon épaule gauche, où s'étalait une vieille cicatrice.

— Celle-là est à moi, lui ai-je répondu, pas à quelqu'un d'autre. Et la sœur de Ryne est morte avant que Tara ait pu tenter quoi que ce soit. La Créatrice ait son âme… Ryne est parti, rongé par la haine. C'est alors qu'il a commencé à colporter les rumeurs. A ce moment-là, la panique s'était répandue partout. Ryne a offert un bouc émissaire aux peuples des Quinze Royaumes. Le reste, tu le connais.

— C'est donc ainsi que Ryne a appris ton nom ?

— Oui. A l'époque, nous étions trois apprentis auprès de Tara. Il nous a interrogés et nous a demandé nos identités.

Un silence, puis Kerrick a repris :

— Je suis désolé de m'être mis tellement en colère.

— Tu ne pouvais pas savoir.

— C'est vrai. Il faut dire que tu ne te confies pas vraiment à moi. Que me caches-tu d'autre ?

Un autre silence — de ma part, cette fois.

— J'ai promis à Estrid que je retournerai auprès d'elle une fois que j'aurais guéri Ryne.

Je n'ai pas attendu le sermon qui n'allait pas manquer et j'ai poursuivi :

— Tu avais raison. Notre liberté avait un prix. Mais tu sais déjà que, de toute façon, ce ne sera pas vraiment un problème une fois que Ryne sera guéri.

Au creux de l'estomac, j'ai senti une pointe de panique

à l'idée de ma mort prochaine ; toutefois, ma décision était prise et je n'y reviendrais pas.

— Tu as tout à fait raison : tu ne retourneras pas auprès d'Estrid.

Sur ces mots, Kerrick s'est levé pour réveiller Belen, dont c'était le tour de garde.

La froideur de son commentaire m'a soulevé l'estomac. Je suis restée silencieuse tandis que Belen se levait avec un grognement feint et saluait son ami avec une vraie jovialité. Pas de doute : évoquer ma mort ne faisait ni chaud ni froid à Kerrick. C'était décidément un monstre au cœur de pierre.

De nouveau, j'ai pensé à ce que je venais de m'engager à faire, et la peur m'a tordu le ventre. Je savais que guérir le prince Ryne était juste, d'autant plus qu'Estrid avait accepté l'idée d'une alliance avec lui. Malgré tout, mon cœur ne parvenait pas à l'accepter. C'est si bête, un cœur…

Le matin suivant, nous avons pénétré dans un nouveau réseau de cavernes. L'air sentait l'humidité et la pierre. La lumière du jour perçait de temps à autre à travers des fissures dans le plafond, mais des torches étaient accrochées au mur, prêtes à être allumées. Loren s'en est chargé ; nous avons pu alors nous enfoncer plus avant, laissant derrière nous la vague clarté de la première grotte pour nous engouffrer dans des tunnels de plus en plus profonds qui débouchaient parfois sur d'autres cavernes. Les ténèbres qui semblaient se presser autour des points lumineux de nos torches me faisaient penser à la magie obscure de Tohon.

« *Viens à moi, Avry.* » Au souvenir de sa voix, j'avais l'impression que des mains aux longs doigts glacés me caressaient le visage. J'ai frissonné.

— Et donc, depuis deux ans, c'est ici que vous hébergez des troupes d'élite et un magicien ? ai-je demandé.

— Sans compter ma sœur, a répondu Belen avec entrain.

Depuis qu'il avait appris ma décision, Papa Ours était d'une humeur radieuse, encore embellie par la perspective de retrouver bientôt sa petite sœur.

— Je trouve ça un peu angoissant. Crois-tu vraiment qu'ils se trouvent encore ici ?

— Pourquoi cette question ? m'a demandé Kerrick.

— Cela fait longtemps. Ils ont dû s'inquiéter…

— Non. Nous sommes revenus ici à plusieurs reprises, pour les mettre au courant de la façon dont progressait notre recherche « problématique » d'un guérisseur.

Quain a ricané.

— La recherche « problématique » d'un guérisseur… Drôle de façon de le dire. Attends un peu qu'ils apprennent…

— *Rien du tout*, l'a coupé Kerrick brutalement. Tout ce qu'ils ont besoin de savoir, c'est que nous avons trouvé Avry et que nous sommes de retour.

J'ai noté la nuance menaçante dans sa voix, mais Quain, lui, a commis l'erreur de ne *pas* la remarquer — ou de ne pas en tenir compte :

— Tu n'as pas l'intention de leur parler de tous les ennuis où elle nous a attirés, ou bien est-ce que… aïe !

Kerrick l'avait plaqué contre la paroi de la caverne et le tenait fermement par le col de sa chemise.

— Pas un mot de plus. C'est un *ordre*, a-t-il rugi.

Quain l'a dévisagé pendant quelques secondes sans mot dire, avant de répondre :

— Oui, chef.

Kerrick l'a relâché. Quain a dardé sur moi un regard furieux. *Fantastique !* Entre les sautes d'humeur de Kerrick et la vindicte de Quain, j'étais servie…

Nous avons repris notre route et marché pendant une heure encore. Au moment même où les flammes de nos torches se mettaient à vaciller, nous atteignions une vaste caverne où une nouvelle série de torches nous attendait. *Sage précaution.*

— Vos hommes avaient-ils le droit de s'en aller ? ai-je demandé.

— Pourquoi donc ? Nous leur avons laissé suffisamment de vivres pour une année supplémentaire, et il y a une source dans une caverne à proximité. Cela dit, m'a expliqué Belen, ils sortent à l'air libre à tour de rôle, sans quoi ils deviendraient fous.

Je pouvais les comprendre… A moi non plus, camper dans les grottes ne me manquait pas.

Au bout de deux heures de marche supplémentaires, j'ai commencé à me demander pourquoi nous n'avions pas vu de gardes.

— Inutile, m'a répondu Belen quand je lui ai posé la question. Cet endroit est un vrai labyrinthe. A part ceux qui vivent ici, il n'y a que Kerrick et moi qui sachions nous y retrouver.

— Mais que se serait-il passé s'il vous était arrivé quelque chose à tous les deux ? ai-je insisté.

— Loren et Quain t'auraient emmenée dans les bois devant l'entrée et auraient attendu que quelqu'un en sorte.

Apparemment, ils avaient pensé à toutes les possibilités… En tout cas, c'est ce que je me suis dit au début ; mais, après plusieurs heures de marche, j'ai fini par perdre la notion du temps et mes doutes sont revenus à la charge. *N'étions-nous pas perdus, tout simplement ?* A un moment donné, je me suis rendu compte que Belen et Kerrick échangeaient un regard soucieux. Nous avons pénétré dans une nouvelle caverne. Kerrick nous a alors ordonné de faire halte avant de s'enfoncer seul dans une galerie obscure.

Je me suis appuyée contre une stalagmite.

— Est-ce encore loin ? ai-je demandé à Belen.

— Plus très, m'a-t-il répondu.

— Pourquoi attendre, alors ? m'a demandé Loren.

— Simple précaution.

Mon sixième sens s'est éveillé. Il faut dire que Belen faisait un bien piètre menteur…

Kerrick a été de retour peu après. La mine sombre, il a attiré Belen à l'écart pour lui murmurer quelque chose à l'oreille. Soudain, Belen a poussé un rugissement et, repoussant Kerrick, s'est précipité à son tour dans le tunnel. Kerrick s'est lancé à sa poursuite ; nous n'avons eu d'autre choix que de leur emboîter le pas, nos armes à la main.

C'est d'abord l'odeur qui nous a frappés de plein fouet — une puanteur de décomposition caractéristique. *La mort…* Loren et Quain se sont arrêtés et se sont couvert le nez et la bouche, peinant à retenir leurs haut-le-cœur ; n'y tenant plus, ils ont rebroussé chemin. Quant à moi, j'ai attrapé mon havresac et j'en ai tiré un mouchoir — celui que Belen m'avait donné — que j'ai frotté sur mon pain de savon avant de l'attacher sur mon visage comme un bandit de grand chemin.

Belen a poussé un nouveau rugissement, où se mêlaient la fureur et l'angoisse. J'ai hâté le pas pour les rejoindre, avant de m'immobiliser à l'entrée de la plus grande des cavernes que nous ayons traversées jusqu'alors. *Le sol était jonché de cadavres.* Devant moi, Belen s'était agenouillé auprès de l'un d'eux, qu'il tenait dans ses bras tout en pleurant. *Sa sœur,* sans le moindre doute. Kerrick, lui, inspectait les autres corps. Certains d'entre eux avaient été décapités, et j'ai aussitôt compris qu'il s'agissait de morts-vivants de Tohon. Rien d'étonnant à ce qu'il n'ait pas paru gêné à l'idée que je lui échappe : il avait des pouvoirs bien plus étendus que nous ne le supposions, et avait déjà anéanti en grande partie l'armée de ses adversaires. Un sentiment d'horreur s'est emparé de moi, et je suis restée là, immobile et engourdie.

Un autre corps gisait sur une couchette à l'écart. S'agissait-il de Ryne ? Je me suis dirigée vers lui en prenant garde de ne marcher sur aucun corps. Dès le premier regard, j'ai compris que l'homme allongé là n'était pas le prince ; il était trop âgé pour cela — peut-être une cinquantaine d'années. Tout aussi rapidement, je me suis rendu compte qu'il vivait encore. A peine, toutefois. Son torse et ses bras portaient de nombreuses blessures. Une entaille profonde sur sa cage thoracique s'était infectée. Il avait la peau brûlante de fièvre. Ma magie s'est éveillée et s'est pressée le long de mes bras pour être libérée.

— Kerrick ! ai-je appelé.

Il m'a rejointe.

— Y a-t-il d'autres survivants ? ai-je demandé.

— Non, m'a-t-il répondu avec un soupir plein de douleur.

— Est-ce que Ryne est…

— Il n'est pas ici. Ce misérable doit le détenir avec lui.

Inutile de préciser qu'il parlait de Tohon.

— T'a-t-il dit quelque chose au sujet de Ryne ? a repris Kerrick.

— Non.

— Et Sepp ? Va-t-il s'en sortir ?

Sepp ? Le magicien…

— Si on l'aide, peut-être. Mais il faut que je le guérisse dès maintenant.

— Je ne peux pas t'aider ; ici, je ne suis pas relié à la forêt.

— Alors je m'en tirerai seule.

Avec un geste en direction de Belen, j'ai ajouté :

— Toutefois, dès qu'il pourra marcher, il faudra que vous nous transportiez à l'extérieur. Ce sera… plus sûr. Et assure-toi que je boive de l'eau en quantité.

Kerrick a hoché la tête. J'ai libéré l'énergie en moi et me suis chargée des blessures de Sepp. Une douleur fulgurante m'a traversé le torse tandis qu'une bouffée de chaleur me montait à la tête ; un flot de transpiration m'a inondé le dos, jusqu'à tremper ma chemise. Ma magie s'est mise à lutter contre le mal tandis que je m'écroulais sur le sol.

La fièvre me donnait des hallucinations. La voix de Tohon s'est élevée dans ma tête. « *Viens à moi, Avry* », répétait-il encore et encore ; ses soldats morts me poursuivaient.

Quelqu'un — Loren, ou Quain, peut-être les deux tour à tour — me portait à travers l'obscurité.

L'air frais m'a fait revenir à moi pendant quelques minutes. Nous avions quitté les cavernes, mais le ciel demeurait obscur. J'ai senti comme un mouvement près de moi ; des voix en colère se sont élevées et des flammes se sont mises à danser autour de corps morts. Quelqu'un m'a enveloppée dans une couverture, et on a versé avec précaution plusieurs tasses d'eau dans ma bouche.

Enfin, l'infection s'est calmée et j'ai plongé dans un sommeil profond. Les morts de Tohon m'attendaient, mais même dans mes rêves je n'avais plus l'énergie de les fuir. Ils m'ont encerclée et m'ont faite prisonnière tandis que le froid gagnait jusqu'à mes os. Puis le cercle des morts s'est ouvert pour laisser passer Tohon. Des images de la caverne me sont revenues à la mémoire. Avec un sourire sardonique, le roi a fait signe à ses soldats si « particuliers » d'avancer vers moi.

« Viens à moi, Avry, ou bien ils te traqueront, où que tu sois. »

Je me suis réveillée en sursaut, le cœur battant à tout rompre dans ma poitrine. J'ai rempli mes poumons d'air frais et je suis restée immobile, attendant que mon pouls se calme enfin. Des cauchemars dus à la fièvre, rien d'autre.

En tout cas, c'était ce que je voulais croire.

Quand j'ai retrouvé un peu de mon calme, j'ai regardé le campement autour de moi. Kerrick était assis à côté de Sepp, et ils parlaient à voix basse, penchés l'un vers l'autre. Loren et Quain dormaient près du feu. Belen devait se trouver de garde. Inutile désormais de poster deux hommes pour surveiller nos arrières : Tohon tenait Ryne, et il ne se donnerait pas la peine de nous pourchasser.

La voix de Kerrick s'est élevée. J'ai noté toute la contrariété qu'elle contenait. Mais rien d'inhabituel, n'est-ce pas ? J'ai fermé toutefois les yeux pour mieux écouter sans en avoir l'air.

— … t'a sauvé la vie, disait Kerrick. Nous ne pouvons tout simplement pas…

— Il la veut, et c'est notre meilleure chance de sauver Ryne. Toi plus que tout autre, tu devrais savoir qu'il nous faut faire des sacrifices.

— *Non.* Il doit y avoir un autre moyen.

Pas besoin d'être un génie pour comprendre le sujet de leur discussion. Je me suis assise, et la surprise de me voir bouger les a fait taire un instant.

— Sepp veut m'utiliser comme appât, n'est-ce pas ? ai-je demandé.

Le magicien a hésité à me répondre.

Il ressemblait énormément à Kerrick, en plus vieux. Large d'épaules sans être trapu, des cheveux grisonnants, et le même nez aquilin. *Tiens, tiens… serait-ce son oncle ?* Quoi qu'il en soit, je ne parvenais pas à sentir son pouvoir.

— Kerrick ? l'ai-je relancé.

— *Oui.* Il pense que nous pouvons tendre un piège à Tohon. Si celui-ci se met à ta recherche, il laissera Ryne derrière lui. Donc, si tu attires Tohon à ta poursuite, nous pourrons en profiter pour aller récupérer le prince.

— Ça ne marchera pas, ai-je dit.

— Je sais. Tohon est trop malin pour tomber dans le panneau. Sans compter que ses morts t'ont déjà trouvée une fois. S'il en envoie à ta poursuite en assez grand nombre, ils finiront obligatoirement par te capturer de nouveau et te ramener à lui. Alors pourquoi jouerait-il à ce petit jeu ?

— Je crois que tu viens de répondre à ta propre question, lui ai-je dit.

— Tu as raison. Tohon aime jouer à des jeux. Manipuler les gens le fait se sentir puissant.

Kerrick s'est frotté les yeux, que soulignaient des cernes noirs. Il était visiblement épuisé.

— Nous voici de nouveau dans une impasse.

Une impasse… jusqu'à ce que Tohon envoie une escouade de morts à ma recherche ! J'avais été sacrément malmenée lorsque deux d'entre eux m'avaient enlevée, alors que serait-ce quand une centaine de cadavres me retrouveraient ? Un frisson de répulsion m'a parcourue quand j'ai compris qu'il ne me restait qu'une solution : me rendre de moi-même là où se trouvait Tohon. Pourtant, je ne pouvais me livrer à lui avant d'en savoir davantage.

— Tohon peut-il réveiller Ryne ? ai-je demandé.

— Non. Seul un magicien de mort le peut, m'a répondu Sepp. Tohon peut prendre une vie ; moi, je peux *arrêter* une vie, ce qui n'est pas la même chose. Dans ce cas, je suis le seul qui puisse décider de la faire reprendre.

— Toi, ou n'importe quel magicien de mort, lui a fait observer Kerrick.

— Tout magicien qui aurait ce pouvoir, a admis Sepp. Mais il ne reste que moi.

— En êtes-vous certain ?

Ma question a paru le froisser.

— Réfléchissez, ai-je insisté. Les soldats « spéciaux » de Tohon ne sont pas vivants. J'avais pensé qu'une potion magique pouvait expliquer pourquoi ils bougeaient et répondaient aux ordres, mais il existe peut-être une autre explication. Seriez-vous capable de faire bouger des morts, Sepp ?

Celui-ci s'est mis à bégayer tant son indignation était grande.

— C'est… c'est un crime contre nature, une abomination. Votre accusation est une offense, jeune fille ! Je n'ai jamais essayé, et je ne m'y risquerai jamais, vous m'entendez ?

— Elle ne t'a pas demandé si tu voulais, mais si tu *pouvais*, a insisté Kerrick.

Sepp a ouvert la bouche et l'a refermée à plusieurs reprises, comme s'il suffoquait. Enfin, il m'a répondu :

— Je pense que oui, je le peux.

Kerrick s'est penché vers moi.

— Ainsi, tu penses qu'un autre magicien de mort pourrait assister Tohon ?

— C'est *impossible*, a catégoriquement répondu Sepp. Je suis certain d'être le seul depuis des années.

J'ai réfléchi un instant à cette réponse.

— Tohon se trouvait-il dans la caverne au cours de l'assaut ?

Le magicien a plissé les yeux comme s'il regardait dans le passé.

— Je ne crois pas, non. A moins qu'il soit arrivé après qu'on m'a mis hors de combat.

— Donc il est possible qu'il vous croie mort, ai-je dit.

— Cela ne changerait rien, a fait Kerrick. Nous ignorons où se trouve exactement Ryne, et à supposer que Tohon l'ait emmené avec lui dans son château, nous ne pourrions pas y pénétrer, et surtout pas en ressortir vivants. La seule solution est de nous allier à Estrid et de croire en notre bonne étoile.

Ses épaules se sont affaissées comme s'il venait de se résigner. Quelques instants après, pourtant, il a repris :

— Sepp, peux-tu vaincre ces morts-vivants ?

— Je pense que oui. Au fond, mes pouvoirs sont à l'exact opposé de ceux de Tohon. Mais je n'en suis pas certain. Lorsqu'ils ont pris la caverne d'assaut, l'effet de surprise a joué à plein. Le temps que je comprenne ce qu'ils étaient et comment les arrêter, il était trop tard.

— Comment les arrêter… c'est-à-dire en leur coupant la tête ? ai-je demandé.

Sepp a opiné.

— Mais pourriez-vous les contrer réellement ? Les « désanimer », en quelque sorte ? Si vous êtes le seul à pouvoir tirer Ryne de son sommeil, il me paraîtrait logique que seul Tohon puisse arrêter ses morts, non ?

— Je l'ignore. Croyez-le ou non, ma jeune amie, je n'ai pas d'expérience dans ce domaine.

Il y avait une certaine animosité dans sa voix.

— Les avez-vous *sentis* avant qu'ils n'attaquent ?

— Etes-vous sourde ou simplement idiote ? s'est-il

emporté. Je viens juste de vous dire qu'ils nous avaient pris par surprise.

Une « certaine animosité », non… Une véritable agressivité, plutôt !

J'ai décidé, à l'instar de Kerrick, de conserver une expression impénétrable, même si au fond de moi j'aurais volontiers giflé le magicien.

— Permettez-moi de m'expliquer un peu plus. Juste avant qu'ils attaquent, avez-vous ressenti une impression de malaise, comme si quelque chose n'allait pas et que vous ne pouviez pas mettre le doigt dessus ? Une impression que vous auriez choisi d'ignorer parce qu'elle n'avait aucune explication ?

— Bien sûr que non ! Je ne peux rien ressentir à travers des murs de pierre.

— Et quand ils étaient dans la caverne ? Avez-vous eu un sentiment particulier ? ai-je insisté.

Sepp s'est tourné vers Kerrick comme pour demander son aide.

— Nous perdons notre temps. Nous devrions…

— Réponds à sa question, lui a ordonné Kerrick.

Un instant, j'ai vraiment craint que le magicien ne s'en prenne violemment à lui.

Pourtant, avec un soupir théâtral, il s'est contenté d'obéir.

— Oui, j'ai bien ressenti quelque chose. Lorsqu'ils sont apparus dans la caverne, j'ai compris qu'il n'y avait pas la moindre étincelle de vie en eux. Toutefois, je ne vois pas pourquoi *elle*, elle devrait le savoir.

En d'autres termes, Sepp avait un peu l'impression que je prenais trop de place dans le petit groupe que nous formions. Comme aurait dit Belen : « Tant pis pour toi, mon vieux… »

Kerrick me dévisageait, et j'ai perçu une lueur d'amusement dans ses yeux.

— A quoi penses-tu ?

— Tu ne vas pas aimer mon idée.

— Comme d'habitude, a-t-il soupiré.

— Mais réfléchis-y avant de la rejeter, d'accord ?

— Si tu veux.

— Toi, Belen, Loren et Quain allez rejoindre l'armée d'Estrid, ai-je avancé. Vous répandrez la nouvelle que Sepp est mort et Ryne perdu à tout jamais. Je suis sûr que Tohon a des espions dans les rangs de la Grande Prêtresse. Ensuite, vous la convaincrez de rassembler ses troupes et de lancer une attaque contre l'armée de Tohon.

Kerrick a ouvert la bouche pour protester, mais je lui ai jeté un regard d'avertissement et il s'est tu — pour une fois…

— Pendant ce temps, Sepp et moi nous nous rendrons au château de Tohon, en espérant que les préparatifs de la bataille contre Estrid le distrairont suffisamment pour que nous puissions nous y glisser sans être vus. Ensuite, nous guérirons Ryne avant de nous enfuir avec lui.

— Tout simplement, hein ? a fait Kerrick, perplexe.

— Ce plan est complètement ridicule, a dit Sepp.

— Tu n'as jamais mis les pieds dans ce château. Il est vaste et complexe. Comment pourrais-tu y retrouver Ryne ? m'a demandé Kerrick.

Effectivement… Son observation était plus que fondée. Je me suis tue, tentant de trouver une réponse. Sepp me considérait avec un air de triomphe, si bien que j'ai fini par me poser des questions sur son compte.

Ignorant le magicien et ses sarcasmes, j'ai regardé Kerrick droit dans les yeux.

— Tohon m'attend. Il a menacé de lancer ses morts à mes trousses si je ne venais pas à lui.

J'ai levé la main pour prévenir son objection.

— Il peut en envoyer trop pour que les garçons et toi puissiez me défendre. En revanche, il ne s'attendra pas à être attaqué par un homme qu'il croit mort.

— *Non,* a dit Kerrick.

— C'est stupide, a marmonné Sepp.

— Réfléchissez. Tohon cherche un guérisseur. C'est sans doute pour une bonne raison. Si je me rends seule à son château, il ne peut menacer aucun de mes compagnons pour obtenir ce qu'il veut de moi. Il suffira que Sepp soit caché dans les parages ; une fois que j'aurai gagné la confiance de Tohon et appris où se trouve Ryne, je trouverai un plan pour le tirer de là.

— Supposez-vous réellement que nous allons accepter un plan qui repose autant sur *votre* capacité à réussir quelque chose ? a demandé Sepp, toujours très agréable.

Kerrick, à son tour, a secoué la tête négativement

— Je ne crois pas que cela puisse fonctionner. Tohon va te manipuler, et rien d'autre.

— Il essaiera, mais…

— Il y parviendra, crois-moi. Il a réussi à le faire pour Jaël et pour moi, à l'Académie. Tu ne pourras pas lui résister ni lui cacher quoi que ce soit.

— Et pourtant Ryne a été plus malin que lui. Alors qu'il ne possède aucun pouvoir magique, ai-je répliqué.

— Vous n'êtes pas Ryne, ma jeune amie, a sifflé Sepp.

Son ton était plus que venimeux.

— J'ai dit « non », a déclaré Kerrick, croisant les bras sur sa poitrine comme pour clore définitivement la conversation.

J'ai retenu un commentaire sarcastique.

— Très bien, alors. Quel est ton plan ?

— Nous rejoignons Estrid, préparons une attaque, et…

— Dès que votre armée s'approchera de lui, il fera emmener Ryne dans une autre cachette, ai-je tempêté. Et vous, Sepp ? Vous avez une autre idée ?

Le magicien a cillé.

— Nous pourrions nous rendre ensemble au château de Tohon et sauver le prince.

— Et nous nous ferions prendre, parce que nous n'aurions aucun élément de distraction en notre faveur. Ensuite, il suffira à Tohon de menacer la vie de Belen ou de Loren, et je n'aurais d'autre choix que de coopérer !

Cette pensée m'a fait frissonner.

— Nous pourrions le distraire, a fait Sepp.

— Et comment ? Vous n'êtes que *cinq*. Sans compter qu'il nous faudra également trouver Ryne, et nous ignorons comment nous y prendre.

— Votre plan est complètement boiteux, a lâché Sepp, toujours aussi buté. Vous croyez que vous pouvez tromper Tohon ? Vous vous fourrez le doigt dans l'œil, mon enfant.

Peut-être, mais c'était préférable au fait d'attendre sagement que ses morts-vivants me trouvent et m'emmènent à lui… Quoi qu'il en soit, la raideur dans l'attitude de Kerrick me criait qu'il me serait plus facile de pousser Estrid à renoncer à sa religion plutôt que de le convaincre du bien-fondé de mon plan. Tant pis. Au moins avais-je essayé. Si nous parvenions à rejoindre l'armée de la Grande Prêtresse, je serais peut-être à l'abri des morts de Tohon… Sans compter que je me trouverais plus proche de ma sœur Noëlle.

— Vous avez raison, ai-je dit à Sepp. Je ne parviendrai jamais à tromper Tohon. Donc j'espère que vous pouvez tenir plusieurs semaines sans dormir.

— Mais de quoi parle-t-elle ? a demandé Sepp à Kerrick.

— Tu es le seul à pouvoir sentir les morts, lui a expliqué ce dernier. Il faudra que tu veilles pour nous alerter en cas d'attaque.

— Mais tu ne vas pas ajouter foi aux élucubrations de cette gamine ! Son plan se base entièrement sur la rumeur de ma mort. Je pensais que tu avais compris la leçon avec Jaël, Kerrick !

Le regard glacial que celui-ci a posé sur Sepp, en comparaison, aurait fait paraître brûlantes les neiges éternelles qui couvraient les sommets de la Montagne des Neuf. Pas fâchée de ne pas être pour une fois celle qui provoquait le courroux de Kerrick, je me suis rallongée sur ma paillasse.

La blessure de Sepp restait douloureuse et elle me privait de mon énergie. Kerrick n'avait pas partagé la sienne avec moi pour cette guérison. Peut-être était-il trop préoccupé par le kidnapping de Ryne… Tu parles ! Les chances de récupérer le prince étaient quasi nulles à présent ; aussi n'avais-je plus aucune valeur à ses yeux.

Je redoutais le moment où j'allais me rendormir, mais il me fallait du sommeil pour recouvrer mes forces. J'ai fini par lâcher prise et j'ai sombré dans un vide profond et sans limites. Malheureusement, cet état n'a pas duré toute la nuit. De nouveau, les morts de Tohon sont venus me hanter dans mes cauchemars. Ils ont fini par me coincer et, m'entourant, ont convergé vers moi pour me saisir de leurs mains froides.

— Avry !

Des doigts glacés m'encerclaient les poignets.

J'ai poussé un cri tandis que leur prise se faisait plus forte et que je me débattais pour leur échapper.

— Avry, réveille-toi.

Les mains me secouaient. La voix semblait inquiète.

— Maintenant !

J'ai ouvert les yeux. Kerrick était allongé au-dessus de moi, me retenant au sol. Peu à peu, les brumes du cauchemar se sont dissipées, mais l'expression de son visage m'a alarmée.

— On nous attaque ? ai-je demandé dans un souffle.

— Non.

Il m'a relâchée, mais il est resté près de moi, assis sur ses talons.

L'aube perlait dans le ciel. D'une seconde à l'autre, le soleil allait apparaître au-dessus des crêtes qui dominaient le paysage.

— Mais c'est pour bientôt, c'est ça ? ai-je dit. Tohon va envoyer son armée à mes trousses.

— Et c'est pour cela que nous allons suivre ton plan.

20

Je me suis assise, stupéfaite.

— Tu es sérieux ?

— Ne joue pas les étonnées. J'ai bien réfléchi, et c'est toi qui as raison. C'est notre meilleure chance de sauver Ryne.

De toute évidence, il lui en coûtait énormément d'avouer cela.

— Et Sepp, qu'en pense-t-il ?

— Il sera furieux, tu peux en être certaine… mais il m'a juré fidélité.

Dire que j'avais trouvé compliqué de voyager avec Kerrick ! A présent, je le ferais avec un magicien de mort vexé comme un pou — en comparaison, Kerrick était un compagnon charmant.

Le soleil avait dépassé la crête. Kerrick a regardé les dernières braises du feu.

— Belen veut enterrer sa sœur ce matin. Le sol est gelé, mais il a tout de même creusé une tombe superficielle, qu'il va recouvrir par des pierres. Il attendait simplement que tu aies suffisamment récupéré tes forces.

J'ai poussé un soupir découragé.

— Je n'aurais jamais assez de forces pour ça…

— Moi non plus. Mais nous allons faire de notre mieux. Pour Belen. Je me trompe ?

— Bien sûr que non. Je crois que je ferais presque tout pour lui.

Kerrick a dardé sur moi un regard étrange.

— Vraiment ?

— Bien entendu. Belen est mon ami. Je pourrais dire la même chose pour Loren et Quain.

— Mais pas pour moi, a-t-il conclu avec un demi-sourire.

— Bien sûr que non. Je te hais, tu te souviens ? l'ai-je taquiné.

— Comment pourrais-je l'oublier ? a-t-il dit tout sourires. Et, pour mémoire, c'est un sentiment réciproque.

— Au nom du ciel ! me suis-je exclamée avec une horreur feinte. Ainsi, nous aurions donc quelque chose en commun ?

Kerrick s'est mis à rire franchement :

— Tu as raison, c'est inimaginable. Nous ferons en sorte que cela ne se reproduise jamais.

— Tout à fait d'accord.

Puis Kerrick — bien trop vite à mon goût — est redevenu sérieux. Belen avait rejoint le feu de camp. Nous avons réveillé les autres et, tous les six, nous nous sommes dirigés vers la tombe qu'il avait préparée, et auprès de laquelle il avait empilé un petit tas de pierres.

Les dos voûté comme s'il portait sur son dos tout le poids de la Montagne des Neuf, Belen a prononcé une courte oraison à la mémoire de sa sœur. D'après ses paroles, j'ai compris qu'elle avait été une jeune femme aussi douce et bonne que mon ami. Puis Kerrick s'est avancé. Il a ramassé une pierre sur le tas avant d'adresser quelques mots à Belen, puis de déposer le roc sur la tombe. Ensuite, il s'est éloigné.

Loren, Quain puis Sepp l'ont imité à leur tour. Quand ç'a été à moi, je me suis saisie de la dernière pierre.

J'ai touché le bras de Belen.

— Je suis désolée pour Sayen. Désolée d'avoir causé autant d'ennuis et retardé notre retour ici. Si je ne vous avais pas fait dévier, nous aurions pu être ici à temps et…

— Avry, les « si » et les « peut-être » ne changent rien au passé, m'a coupé Belen en me prenant la main. Sayen connaissait le risque auquel elle s'exposait. Je voulais qu'elle accompagne Kerrick et que je reste ici, mais elle m'a répondu que j'étais un gros fainéant et qu'il était temps que je me remue le derrière, ne serait-ce que pour la laisser un peu tranquille.

Ce souvenir a amené sur ses lèvres un sourire attendri.

— Inutile de te sentir coupable, Avry. Rien n'est ta faute, je t'assure.

C'était peut-être ce qu'il croyait, mais je ne parvenais pas à être d'accord avec lui. Mon refus obstiné de guérir Ryne avait provoqué un grand nombre de nos problèmes actuels. En déposant la pierre sur la tombe de Sayen, j'ai fait une promesse solennelle : je ferais tout ce qui était en mon pouvoir pour secourir et guérir le prince.

Après l'enterrement, nous avons plié bagages pour préparer le voyage. Je pouvais sentir le regard furieux et plein de rancœur de Sepp sur ma nuque chaque fois qu'il pensait que je ne prêtais pas attention à lui. Cela, je m'y étais attendue… En revanche, la fureur de Belen lorsque nous lui avons parlé du plan m'a surprise.

— Mais n'as-tu pas vu ce que ces… *choses* lui ont fait ? a-t-il lancé à Kerrick, agité par un tremblement de fureur. Tu ne peux pas la laisser…

— C'est son plan à elle. Elle a même une petite chance de réussir, a répondu celui-ci avec calme.

— Une « petite » chance ? Quel bonheur ! Sablons le champagne !

Je n'avais jamais entendu Belen utiliser le sarcasme, mais il y réussissait plutôt bien.

— Et à quel prix, Kerrick, peux-tu me dire ? Tu es prêt à risquer sa liberté et sa sécurité ? Tu sais que Tohon va tenter de s'emparer d'elle, non ?

S'emparer de moi ? Quelle étrange façon de le dire… Un sentiment de malaise m'a saisie. Comment pouvais-je croire que je résisterais à Tohon, alors que je m'étais laissé littéralement subjuguer par lui la fois précédente ? Belen avait peut-être raison.

Kerrick a repris son expression impénétrable et a entraîné Belen à l'écart pour s'entretenir avec lui. J'ai tenté de suivre leur conversation en lisant sur le visage de Belen. J'ignorais ce que lui disait Kerrick, mais il a paru se radoucir. Il semblait encore alarmé, mais moins en colère qu'avant.

Puis Kerrick est revenu vers nous pour nous expliquer en détail la route que Sepp et moi devrions emprunter pour rejoindre le château de Tohon, et pour nous mettre en garde sur les risques de notre voyage.

— Tant que tu le peux, évite de te laisser toucher par Tohon, m'a avertie Kerrick. Ses pouvoirs sont comme les tiens — il a besoin du contact de la peau pour que sa magie fonctionne.

Au souvenir de ma main dans celle de Tohon, mon estomac s'est contracté. Morte de honte, je me suis souvenue comment j'avais perdu pendant un moment tout contrôle sur mes émotions.

— Je ne crois pas que… je… Sepp a raison, je ne peux pas… Je ne suis pas…

Kerrick a pris ma main dans la sienne. Son contact chaud m'a rassurée.

— Tu es la personne la plus déterminée que je connaisse. Tu es même plus entêtée que ma grand-tante Yasmine, et je ne pensais pas que ce soit possible. Fais juste comme si Tohon était moi. Tu ne m'écoutes jamais — tu n'auras donc aucune difficulté à l'ignorer.

Cette phrase m'a surprise et m'a fait rire en même temps.

— J'aimerais bien rencontrer ta grand-tante Yasmine à l'occasion…

— Eh bien, elle a quatre-vingt-neuf ans, alors ne t'attarde pas trop dans le château de Tohon. Tu ne feras qu'entrer et sortir, d'accord ?

— Oui, chef.

Kerrick n'a rien répondu. Il s'est contenté de secouer la tête et de murmurer quelque chose dans sa barbe avant de s'éloigner. J'ai fait mes adieux aux « deux vauriens », comme il avait souvent appelé Loren et Quain, qui m'ont prise dans leurs bras.

Belen semblait toujours contrarié par notre plan, mais il s'est contenté de m'entraîner à l'écart pour me dire au revoir.

— Sois prudente. Sois maligne. Et sois forte. Tiens, prends ça.

Il m'a tendu une pierre presque parfaitement ronde qui tenait juste dans ma main. Le nom de Flea avait été gravé dessus.

— C'était l'une des pierres qu'il utilisait pour jongler. Les jours où nous marchions, il a cherché et cherché encore trois projectiles parfaits. Quand il a trouvé celui-ci, il l'a marqué, parce qu'il était certain de le garder.

Belen a avalé sa salive, plein de chagrin.

— Il n'a pas eu le temps d'en chercher deux autres, alors je les ai trouvés pour lui.

Il m'a tendu deux autres pierres, pratiquement semblables à la première. L'une portait les noms de Loren et Quain, l'autre ceux de Belen et Kerrick.

— Il faudra garder celles-là aussi, d'accord ?

Chagrin, culpabilité et stupeur se mêlaient dans ma tête.

— D'accord, Belen. Je les garderai toujours avec moi.

Les mots sortaient étranglés de ma bouche.

— Parfait. Alors, nous nous retrouverons dans quelques mois.

Il m'a prise dans ses bras, si fort que j'ai cru étouffer, avant de rejoindre Kerrick et les autres.

J'ai rangé ses cadeaux dans mes poches. Loin de me gêner, le poids supplémentaire dans mon manteau m'a paru renforcer ma confiance tandis qu'en compagnie de Sepp je m'éloignais vers l'ouest.

En temps normal, les passes secondaires auraient dû être impossibles à emprunter à cette époque de l'année. Néanmoins, l'hiver avait été plutôt sec, et le printemps commencerait deux semaines plus tard. Quand bien même la passe d'Orel s'avérerait infranchissable lorsque nous l'atteindrions, nous n'aurions que quelques jours à attendre avant de pouvoir l'emprunter.

Sepp s'est avéré un compagnon de voyage exécrable. Il se plaignait du froid, de la difficulté du chemin, du vent et de mon plan « insensé ». Plus d'une fois la première nuit, alors qu'il était censé monter la garde, je me suis réveillée pour le trouver profondément endormi.

Les cauchemars troublaient toujours autant mon sommeil, et je ne parvenais pas à effacer de mon esprit la confiance en soi et l'insolence de Tohon. Plus nous approchions du château, plus mon plan d'attaque m'apparaissait effectivement insensé. Je me suis rendu compte que si je voulais vaincre Tohon, il me fallait en apprendre davantage sur lui et les magiciens de vie en général. Peut-être Sepp pouvait-il m'aider ?

La nuit suivante, alors que nous étions assis autour d'un repas, je me suis décidée à lui poser toute une série de questions.

— Tohon n'a que très peu de faiblesses, a commencé Sepp tout en trempant un quignon de pain rassis dans sa soupe. Il est arrogant et parfois impulsif, voilà tout. On peut y ajouter peut-être un certain penchant pour les jolies femmes, tout comme Kerrick.

J'ai manqué avaler de travers ; ce n'était *absolument pas* la façon dont je voyais Kerrick !

Mais Sepp, ignorant ma surprise, a poursuivi :

— En ce qui concerne la magie, Tohon est probablement le plus puissant des mages vivants.

J'ai retrouvé mon calme pour demander :

— Et qu'en est-il des trois magiciens qui travaillent sous ses ordres ?

— Le mage de feu mérite à peine le nom de mage. Tout ce qu'Aidan peut faire, c'est allumer de petites flammes. A mon avis, il est seulement chargé de maintenir les cheminées allumées dans le château ! Pov est le plus fort des trois. En tant que renifleterre, il est capable de créer des séismes non négligeables, ou…

Il a agité la main en direction des montagnes qui nous entouraient :

— … ou de provoquer des avalanches pour bloquer les passes, voire nous ensevelir vivants s'il le souhaite. Quant à Ulany, elle est capable de trouver les meilleurs vers de terre pour les utiliser en tant qu'appâts ou de déterminer les meilleurs sols pour les cultures, mais en combat elle ne vaut pas tripette.

— D'accord. Si Tohon est le plus puissant des mages, qui vient après lui ?

Sepp a lampé le fond de son assiette à grand renfort de bruits peu ragoûtants.

— Difficile de déterminer si ce serait Kerrick ou Jaël. Leurs pouvoirs sont si différents qu'on ne peut pas vraiment les comparer.

Après un instant de réflexion, il a ajouté :

— Jaël, sans doute, car elle peut accéder à sa magie en toutes circonstances. Ensuite, il y aurait Pov, moi, Marisol — c'est une mage d'eau qui travaille pour Estrid —, Aidan, Ulany et Sélène, la mage de lune. Elle n'est bonne qu'à une seule chose : influencer les marées.

Des commentaires fort intéressants, ma foi. *Comment connaissait-il les noms et les forces de chacun ?*

— Et moi ? Où me situerais-je, dans votre classement ?

— Vous ?

Il m'a regardée avec surprise, comme si ma question était parfaitement incongrue.

— Euh… vous êtes une guérisseuse, pas vraiment un mage… Mais je pense que vous viendriez après Sélène.

Qui elle-même n'était bonne qu'à une seule chose… Merci, je savais. Sepp sous-estimait les guérisseurs, mais je n'allais pas prendre la peine de le détromper.

— Y a-t-il d'autres mages dans les royaumes ?

— Non.

— Mais Kerrick a prétendu le contraire, pourtant. Il dit que certains se cachent.

— Non. Ils sont morts. Tohon a tué tous ceux qui refusaient de lui jurer allégeance. Les seuls à en réchapper ont été les mages d'Estrid, que Jaël protégeait.

— Pourquoi Kerrick m'aurait-il menti ? ai-je fait, dubitative.

— Sans doute pour ne pas vous effrayer, je suppose.

Non. Kerrick s'était assuré que je sois au courant des pires actions de Tohon ; il comptait ainsi me pousser à guérir Ryne. De la même façon, il n'avait pas parlé à Sepp de mon refus initial. *Pourquoi ?* Je l'ignorais. Peut-être Kerrick ne faisait-il pas entièrement confiance à Sepp. Mauvaise nouvelle, dans la mesure où je n'avais quant à moi pas le choix : je devais me fier à lui.

— On dirait que Tohon va être difficile à vaincre, ai-je conclu.

— En combat singulier, sans doute, a fait Sepp avec une moue. Mais si l'on regroupe Kerrick, Jaël, Marisol et moi, alors les chances sont largement en notre faveur.

Sauf qu'il serait étonnant que Jaël accepte d'allier ses forces à celles des autres… Mais peut-être changerait-elle d'avis en entendant parler des soldats morts.

— Et ses soldats… « spéciaux » ? ai-je demandé sans pouvoir réprimer un frisson.

— Ils sont faciles à arrêter. Ne vous préoccupez pas d'eux : c'est *mon* problème.

— Mais comment Tohon les a-t-il créés ? En avez-vous la moindre idée, vous qui… *travaillez* davantage dans ce domaine ?

Son expression de colère m'a rappelé celle de Kerrick, et une pointe de nostalgie m'a touché le cœur. Nous n'étions en route que depuis quelques heures, et mes compagnons me manquaient déjà — oui, y compris Kerrick, même si je ne l'aurais avoué pour rien au monde.

— Je n'ai *jamais* exercé un tel pouvoir, s'est récrié Sepp

comme si je l'avais insulté. Ma magie me permet de voir la mort. Si une personne est malade, je peux sentir si le mal la tuera ou non. Quand on retrouve un cadavre, je peux déterminer par simple contact ce qui l'a tué. Je ne peux pas prendre une vie comme Tohon, mais je peux l'arrêter, la geler si vous préférez, et plonger la personne dans une espèce de mort temporaire.

Ces informations étaient intéressantes, mais il n'avait pas répondu à ma question, ai-je remarqué. Soit il n'avait pas la moindre idée de la façon dont Tohon « réveillait » les morts, soit il le savait, mais refusait de me le révéler. *Mais alors, pour quelle raison ?*

Nous avons traversé la passe d'Orel quatre jours plus tard. Tandis que nous descendions vers les contreforts des montagnes en direction du royaume de Sogra, la probabilité de tomber nez à nez avec des soldats morts de Tohon ou avec son armée bien vivante devenait de plus en plus grande — en particulier dans la mesure où nous n'avions vu aucun d'eux dans la Montagne des Neuf.

Une fois redescendus dans les collines, nous n'avons plus trouvé de neige. Mais, dès les premières lieues de notre expédition, il est devenu évident que Kerrick n'avait jamais appris à Sepp à se déplacer dans les bois. Les feuilles et les branches crissaient bruyamment sous ses pas. J'étais persuadée qu'on pouvait l'entendre à l'autre bout des Quinze Royaumes, aussi mon *stiletto* ne quittait plus ma main.

De la même façon, Sepp ne semblait pas se soucier de la possibilité d'une embuscade. Le premier jour, aux alentours de midi, il s'est arrêté brusquement et s'est mis à renifler l'air autour de nous comme un chien de chasse à l'arrêt. Je l'ai imité, sans remarquer d'odeur particulière. Si les températures étaient jusque-là demeurées fraîches, la journée était plutôt douce. A l'affût du moindre bruit anormal, j'ai remarqué que le chant des oiseaux s'était fait plus présent. Il ne restait que dix jours avant le printemps.

Le deuxième jour, Sepp s'est arrêté de nouveau, cette fois tôt le matin. Il m'a attirée à l'écart, derrière un bosquet de pins. Nous nous sommes dissimulés et nous avons attendu. Quelques instants plus tard, un escadron de morts, menés par quelques soldats bien vivants, est passé à quelques mètres de nous. J'ai failli pousser un cri de terreur; la panique était si vive que j'ai dû mordre à travers la manche de mon manteau pour ne pas trahir notre présence. Je savais pourtant que j'allais devoir me laisser capturer tôt ou tard, mais hors de question que je me rende à de telles abominations.

Une fois la troupe passée, Sepp s'est redressé et s'est remis en chemin comme si de rien n'était. Au moins cette mauvaise rencontre a-t-elle présenté l'avantage de me rassurer sur les capacités du mage; un sujet d'angoisse de moins au tableau de celles qui m'agitaient.

Pendant tout le reste de la journée, Sepp a paru pensif. Cette nuit-là, tandis que nous dormions dans l'obscurité — allumer un feu de camp aurait été trop risqué — il s'est mis à réfléchir à voix haute sur sa capacité à annuler le sort qui animait les morts.

— Je ne pense pas que mes pouvoirs aient le moindre effet sur eux. Il n'y a rien de vivant chez ces… créatures.

Les yeux dans le vague, il a semblé peser ses mots avant de poursuivre :

— La mort est comme un seuil. Je peux… retenir une personne juste avant qu'elle franchisse ce seuil; une fois qu'elle l'a franchi, je peux savoir ce qui l'a poussée. Mais pour ces morts, c'est différent. Il n'y a rien à quoi s'accrocher.

— Pouvez-vous au moins les immobiliser? Les « geler », en quelque sorte?

— Peut-être.

Pas très rassurant.

— Alors, le mieux reste de les éviter autant que possible.

*
* *

Pendant les quatre jours qui ont suivi, nous avons évité plusieurs groupes de morts et quelques escadrons de soldats vivants. Fort heureusement, ces derniers faisaient un bruit de tous les diables et on les entendait à des lieues à la ronde. C'était en tout cas mon impression. Sepp, quant à lui, semblait ne pas se rendre compte de leur présence avant qu'ils ne soient quasiment sur nous.

A l'aube du cinquième jour, nous avons ralenti l'allure. La forêt devenait moins touffue et les champs recouvraient les collines. Un petit nombre d'entre eux étaient déjà labourés, même si la plupart restaient couverts d'herbes folles. Nous sommes restés à l'écart des lisières des champs, car les lys de la mort avaient tendance à y pousser dans l'espoir de capturer un fermier distrait.

— Non que j'aie à m'inquiéter des lys de la mort, a fanfaronné Sepp avec une moue de dédain.

Je détestais ce ton chez lui. J'ai bien failli le battre froid, mais malgré ses manières insupportables, son savoir pouvait être capital pour notre mission.

— Pourquoi pas ? ai-je fait, sincèrement intéressée.

— Ils ne m'attaquent pas. Ils reconnaissent une âme sœur.

— Pourtant, vous ne prenez pas de vie. Ne seraient-ils pas davantage proches de Tohon ?

Une ride d'ennui a barré son large front.

— Je connais bien la mort, voilà tout. C'est à cela qu'ils réagissent. J'ignore complètement s'ils s'en prendraient ou non à Tohon, et cela m'importe peu, si vous voulez tout savoir.

Devais-je me risquer à poser la question suivante ? J'ai hésité un instant, mais la curiosité était trop forte.

— Et avez-vous déjà… communiqué avec les fleurs ?

Sepp m'a dévisagée comme si je venais de lui proposer de faire ami-ami avec les morts de Tohon.

— Ma pauvre enfant… Les lys ne communiquent pas.

Ils se saisissent des gens et les dévorent, à l'exception de quelques âmes fortunées.

En d'autres termes, contrairement à moi, il n'avait jamais été avalé par une fleur — sans quoi il se serait vanté tant et plus d'avoir vécu cette expérience.

— Ce que je voulais dire, c'est : êtes-vous capable de distinguer les lys de la mort des lys de la paix ?

— Bien entendu. Les lys de la mort ont un parfum… différent.

— Différent comment ?

Les lys, quels qu'ils soient, émettaient une forte odeur de miel et de citron.

— En quoi cela peut-il vous intéresser ? m'a demandé Sepp.

— N'avez-vous jamais pensé que d'autres que vous pouvaient les « sentir » ?

— Non. Je reste persuadé que c'est grâce à mon pouvoir que je les repère. Sans compter qu'il faut que je sois tout près pour cela — si près qu'aucun autre n'oserait s'y risquer.

— Ont-ils l'odeur de la mort ?

— Quelle curiosité morbide ! s'est gaussé Sepp.

Jusqu'où lui révéler ce que je savais ? J'ai décidé de ne pas y aller directement.

— Avant la peste, la guilde des guérisseurs a tenté de savoir pourquoi nous n'étions pas capables de sauver une personne empoisonnée par la toxine que libère le lys de la mort. Comme vous pouvez le supposer, il est impossible d'expérimenter avec la plante sur pied.

Sciemment, j'ai omis de préciser que les guérisseurs étaient tout de même parvenus à récolter des graines.

— Je me souviens de cela, m'a répondu Sepp. On m'avait demandé mon assistance. Mais lorsque j'ai découvert pourquoi on avait besoin de moi, j'ai refusé. J'estime simplement que les lys de la mort font partie intégrante de notre monde. Si vous voulez mon avis, ils nous sont même utiles, ne serait-ce que pour nous débarrasser des idiots qui sont incapables de les éviter.

Comme si c'était facile… J'ai retenu une réplique sarcastique. Sepp avait décidément un cœur de pierre. C'était un terme que j'avais d'abord appliqué à Kerrick, mais même celui-ci n'aurait pas partagé la froideur de cette opinion.

— D'après moi, la guilde des guérisseurs s'occupait de domaines qui ne la concernaient pas, a poursuivi Sepp. Ils n'ont pas cessé de m'importuner avec toutes leurs expériences. Comme si je n'avais pas mieux à faire que les aider dans leurs prétendues recherches…

Je comprenais pourquoi la guilde avait pu faire appel à lui. Ses pouvoirs auraient pu être d'un grand secours. Pourtant, Sepp avait refusé — alors même que Tohon, dans le même temps, avait collaboré avec eux.

Sans paraître se rendre compte de mon silence réprobateur, le magicien a poursuivi sur le même ton méprisant :

— Oui, ils se mêlaient de choses qu'ils auraient mieux fait d'éviter. Ça ne m'étonnerait pas que ce soient les guérisseurs qui aient déclenché la peste avec une de leurs expériences. Et au moment où ils l'ont compris, il était déjà bien trop tard pour agir.

Son hypothèse, malheureusement, rejoignait une de mes causes de préoccupation majeures. La carte des premières victimes de la peste tendait à la corroborer. Pourtant, il me faudrait encore d'autres preuves pour me convaincre. Ou bien est-ce que je niais encore l'évidence ?

Nous avons atteint une nouvelle région de champs cultivés. Au lieu de faire un détour, Sepp a décidé de les longer. Nul doute qu'il tenait à prouver ce qu'il prétendait au sujet des lys. Nous avons dépassé nombre de ces grandes fleurs. Aucune n'a réagi, mais leur parfum embaumait les lieux. *Imaginons qu'un lys de la mort se trouve dans le groupe,* ai-je supposé. *M'attaquerait-il ou au contraire me reconnaîtrait-il ?* Après tout, toutes les fleurs étaient reliées par leur rhizome ; peut-être ne risquais-je rien du tout. Ou le contraire.

Parvenu au coin du champ, Sepp s'est arrêté :

— Sentez-vous cela ?

J'ai inspiré l'air. Des parfums de miel et de citron dominaient. J'ai décidé de les ignorer pour me concentrer sur une note plus délicate qui s'y mêlait.

— L'odeur de l'anis ?

— C'est ça, exactement ! Je savais que c'était une odeur familière, mais je n'arrivais pas à mettre un nom dessus.

J'ai scruté les alentours. Quatre lys nous entouraient.

— Mais laquelle d'entre elles émet-elle ce parfum ? ai-je demandé.

Sepp s'est tourné de part et d'autre, humant l'air à son tour, avant de désigner la plante la plus à gauche.

— C'est celle-ci. C'est un lys de la mort.

A grandes enjambées, il s'est dirigé vers la fleur, sous laquelle il s'est planté.

Les pétales en forme de cône ont frissonné avant de s'écarter de Sepp.

— Vous voyez, ma jeune amie ? Ce lys me craint.

Ou bien il n'aimait pas l'odeur du magicien… Je me suis approchée à mon tour, mais celui-ci a tendu une main impérieuse.

— Arrêtez-vous immédiatement, malheureuse, ou vous finirez en dîner pour cette chose !

Un bruissement sourd s'est fait entendre ; je me suis immobilisée, curieuse.

— Vite ! Allons-nous-en avant qu'il ne s'en prenne à vous, s'est exclamé Sepp.

Et, sans un autre regard pour moi, il s'est éloigné en direction de l'ouest. J'ai voulu le suivre… et me suis étalée en avant. Au moment où j'entrais avec rudesse en contact avec la terre, j'ai enfin identifié le bruit entendu quelques secondes plus tôt : les ramifications du lys de la mort avaient entouré mes bottes. Je me suis débattue, mais l'étreinte de la plante était bien trop forte. En un éclair, j'ai sorti mon poignard tandis que la fleur m'attirait vers elle.

Sepp s'éloignait toujours, inconscient de ce qui m'arrivait. J'ai failli crier, mais à quoi bon ? Lorsque je suis arrivée juste sous la fleur, elle s'est ouverte et ses pétales se sont refermés sur moi.

Une épine s'est plantée dans mon cou, et j'ai poussé un grognement. La dernière fois, la plante s'était montrée plus délicate. Aujourd'hui, elle semblait presque impatiente. Je me suis néanmoins relâchée, tandis que mon esprit se séparait de mon corps. Toutefois, au lieu de percevoir comme à travers sa tige et au-delà de ses pétales, je n'ai eu tout d'abord que l'image de Tohon, flottant devant moi. Celle-ci a déclenché un flot de peur, de répugnance et de dégoût, suivi par le besoin impérieux d'arrêter le mage — de *l'arracher à la terre*, de réparer le mal qu'il avait fait. De toute évidence, le lys de la mort me faisait partager ses sentiments.

Peu après, l'étrange fleur m'a reposée au sol. Dans chaque main je tenais une petite bogue, semblable à un sachet transparent. Remplies d'un liquide orange, elles ne se perçaient pas lorsque j'appuyais dessus. J'ignorais totalement de quoi il pouvait bien s'agir ; en revanche, je savais d'instinct que ces deux bogues étaient d'une importance capitale. M'interrogeant sur le sens de cette curieuse rencontre, je les ai rangées dans mon havresac avant de m'élancer sur les traces de Sepp.

Je l'ai rattrapé au bout de quelques instants.

Son regard m'a à peine effleurée.

— Qu'est-ce qui vous a retenue ?

— J'ai dû… ajuster une bretelle de mon sac.

— La prochaine fois, prévenez-moi lorsque vous rencontrez des ennuis. Kerrick serait furieux s'il vous arrivait quelque chose avant que nous atteignions le château de Tohon.

Aurait-il pu souligner davantage sa propre indifférence à mon sort ? Piquée au vif, je lui ai rétorqué :

— S'il m'arrivait quelque chose, Kerrick ne serait pas votre plus grand problème. Si j'étais vous, je craindrais plutôt Belen.

— Belen ? Mais ce rustre n'a pas le moindre pouvoir magique !

— Exact, mais il se montre très protecteur. S'il m'arrivait du mal et qu'il vous en tienne pour responsable, il serait tout à fait capable de vous arracher les deux bras.

Sepp a eu une grimace de mépris :

— Un seul contact de mes mains et il serait hors de combat !

Encore faudrait-il que Belen se laisse toucher...

— Continuez à penser ça, si ça peut vous rassurer.

Je n'étais pas la seule à nier l'évidence, visiblement...

Même si nous avons passé la nuit suivante au plus profond d'une forêt, nous n'avons pas osé nous risquer à allumer un feu de camp. Après un repas rapide composé de lamelles de bœuf séché, nous avons discuté de la cachette de Sepp. Il devrait se terrer dans un lieu proche du château de Tohon de manière à ce que je puisse le joindre rapidement, sans toutefois risquer d'être découvert.

— A propos d'être découvert, a dit Sepp, il faut que vous soyez capturée. Il serait peu crédible que vous entriez tout simplement par la porte principale ; Tohon soupçonnerait immédiatement la présence d'une escorte. En effet, comment auriez-vous pu percer ses défenses à vous seule ?

Il n'avait pas tort ; d'ailleurs, j'avais déjà pensé à ce détail. Néanmoins, sa façon de me prendre pour une imbécile m'irritait au plus haut point.

Deux jours plus tard, au matin, nous avons atteint le sommet d'une petite colline pour découvrir à nos pieds une ville de taille respectable qui s'étalait dans la vallée.

— Je ne trouve pas que camper dans des bois peuplés d'ennemis soit une bonne idée, pas plus que nous terrer dans des grottes, a dit Sepp. Cette ville est la plus proche du château. D'après moi, ce serait un endroit parfait pour se mêler à la population et disparaître.

— Cela dépend des habitants, lui ai-je fait remarquer.

— De quoi parlez-vous ?

— Dans les royaumes occupés par Estrid, les citoyens qui ne s'étaient pas convertis à sa religion et au port de la robe rouge avaient peur d'elle. Un étranger en ville attirerait l'attention très vite, et on dénoncerait sa présence aux prêtres.

— Sauf que nous ne nous trouvons pas dans un royaume occupé, mais bien à Sogra. Les citoyens sont fidèles à Tohon depuis qu'il est devenu roi à la suite de son père.

— Si vous en êtes certain…

— Bien sûr que j'en suis certain, ma fille ! C'est moi qui vous ai emmenée ici, oui ou non ?

J'ai serré les poings, mais je suis parvenue à résister à l'envie de les sortir de mes poches pour lui boxer son rictus satisfait.

— Vous devez éviter d'être vue en ville, a repris Sepp. Et même davantage : il va falloir vous éloigner le plus possible pour ne pas être capturée dans ces parages.

Aussi nous nous sommes séparés le même soir. Sepp semblait fort soulagé, et son accolade d'adieu a été des plus cordiales. Il ne cachait pas son opinion : d'après lui, je ne pouvais qu'échouer. Mais, tandis qu'il m'expliquait en détail comment je pourrais le joindre par la suite, je ne suis pas parvenue à dissiper le sentiment qu'au moindre prétexte il décamperait au lieu de me venir en aide.

Comme il l'avait exigé, je suis partie dans la direction opposée à la sienne. Après quelques heures de marche, je me suis rendu compte que c'était la première fois depuis plus de quatre mois que je me retrouvais réellement seule. Au moment où cette idée me traversait l'esprit, je me suis figée.

Seule. Sans personne pour me surveiller. Voilà des semaines que je guettais cette occasion : enfin, j'étais libre de disparaître et de retourner dans la clandestinité !

Seulement voilà : les morts et les mercenaires étaient toujours sur mes traces. Sans compter qu'en aucun cas je ne désirais trahir Belen et les autres, pas plus que reprendre l'existence de fuite et de peur qui avait été la mienne pendant trois ans. Aussi, je me suis remise en marche.

Je tendais l'oreille pour repérer le bruit qui accompagnait les armées de Tohon — celles composées de soldats vivants. Vers midi, j'ai reconnu le vacarme caractéristique d'un bataillon. Je me suis mise en route vers l'endroit où je pourrais les croiser, en prenant la précaution de dissimuler quelques-uns de mes couteaux de jet à des endroits… inhabituels.

Au moment où j'apparaîtrais aux soldats, devais-je feindre la fuite ou au contraire me montrer très sûre de moi ? Après tout, Tohon m'attendait. Nul besoin de fuir. Toutefois, il risquait de se demander pourquoi j'avais marché si loin à l'intérieur de ses frontières sans tenter de me rendre à une de ses patrouilles. Alors, que lui répondrais-je ? Peut-être que je m'étais fait un point d'honneur à ne pas me laisser prendre trop vite. D'après ce qu'on m'avait dit sur le caractère de Tohon, il comprendrait cela.

La plus grande difficulté pour moi a été de modifier ma démarche pendant que j'avançais dans les sous-bois. J'avais passé tout l'hiver à me déplacer sans troubler le chant de la forêt, et il m'a fallu un véritable effort pour redevenir assez bruyante pour donner l'alerte aux soldats.

C'est ainsi que, tout en me dirigeant droit sur eux, j'ai nettement entendu les soldats décider de me tendre une embuscade ! Une petite partie de moi s'amusait bien de cette mascarade ; en même temps, je demeurais effrayée à la perspective de ce que j'allais faire. Une fois qu'ils m'auraient emmenée à Tohon, je ne pourrais plus revenir en arrière.

J'ai serré les pierres de Flea et de Belen dans le fond de mes poches — les pierres que j'avais promis de garder pour toujours, comme si elles symbolisaient mes amis. C'était pour eux que j'allais endurer ce qui m'attendait. D'ailleurs, ce n'était plus le moment de s'inquiéter des risques et des dangers : je n'avais plus qu'à me concentrer sur la tâche qui m'attendait — faire tout ce qui était en mon pouvoir pour guérir Ryne.

Néanmoins, lorsque l'embuscade s'est refermée « par surprise » sur moi, je n'en menais pas large. Il faut dire que je me retrouvais face à quatorze soldats en arme…

Le sergent a commencé par me bombarder de questions :

— Qui es-tu ? Quelle est ta destination ? Qui t'envoie ?

Facile…

— Je suis Avry de Kazan. Je me rends au château de Tohon de Sogra. Le roi m'a invitée.

En dépit de ce nom qui aurait dû me servir de sauf-conduit, les soldats ont confisqué mon havresac et les armes qu'ils ont trouvées, avant de me ligoter les poignets dans le dos. Ensuite, ils m'ont escortée vers le château. J'ai découvert celui-ci sur la rive opposée d'un fleuve qui passait au fond d'une large vallée.

C'était un magnifique édifice de pierres blanches avec un toit de tuiles sombres surmonté de six tourelles, et entouré d'une muraille noire. L'enceinte du château abritait de nombreuses constructions plus petites. Tandis que nous approchions, je remarquais d'autres détails, comme les gargouilles noires accrochées au rebord du toit qui couvrait le bâtiment principal. L'ensemble ne présentait pas une grande unité ; le château donnait l'impression d'avoir été édifié par plusieurs rois et reines successifs, qui chacun avait apporté sa touche à la construction.

Les soldats m'ont entraînée à travers la porte principale vers une vaste cour, où ils se sont vantés de ma capture en m'exposant à tous. Peu après, Tohon est arrivé, suivi d'un grand nombre de gardes du corps. Le bataillon qui m'avait « capturée » m'a présentée au roi en grande pompe, mais un simple regard glacé de Tohon a suffi pour arrêter net leur démonstration d'autosatisfaction. Sèchement, il leur a ordonné qu'on me libère et qu'on me rende mes effets.

Je me suis frotté les poignets, curieuse. *A quel petit jeu jouait-il à présent ?*

— Avry est notre invitée, a lancé Tohon. Vous devrez la traiter en tant que telle — tant que je ne dirai pas le contraire.

Puis il s'est approché de moi de sa démarche souple.

— Ma chère, c'est un plaisir de te revoir.

Avant que j'aie pu répondre, il m'a enlacée pour déposer sur mes lèvres un baiser ardent. Le simple contact de ses mains a allumé en moi un incendie qui s'est propagé jusque dans la moindre cellule de mon corps. J'ai réagi instantanément — en lui rendant son baiser, consumée de désir.

Mon plan venait de tomber à l'eau.

21

J'étais dans de beaux draps ! La partie logique de mon cerveau a tenté de reprendre le dessus, luttant contre mes émotions instinctives. Au prix d'un effort surhumain, je suis parvenue à rompre le délicieux baiser de Tohon. Pour autant, celui-ci ne m'a pas lâchée.

— Laisse-moi, lui ai-je ordonné.

Mais ma voix tremblait étrangement, car l'Avry-instinct était sur le point d'arracher mes vêtements et les siens en plein milieu de la cour d'honneur, devant les soldats. Une étincelle amusée a parcouru ses sublimes yeux bleus.

— Alors, comment as-tu trouvé ton premier *vrai* baiser, ma chère ?

Incroyable. J'en voulais un deuxième, un troisième, un quatrième…

— Laisse-moi. *Immédiatement,* a grogné l'Avry-logique.

— Non. Le roi c'est *moi* — je donne les ordres, je ne les reçois pas.

— Tu n'es pas *mon* roi. Si tu veux que je coopère avec toi, commence par me lâcher.

— Il ne faudra que quelques baisers de plus, ma chère, et crois-moi, tu seras ravie d'obéir au moindre de mes désirs.

— Ça ne marchera pas.

J'aurais bien voulu m'en convaincre…

— Ça a marché avec d'autres…

Toute charmeuse qu'elle se fasse, la voix de Tohon contenait une menace voilée.

— Mais pas avec *toutes,* a rétorqué l'Avry-logique tandis que l'Avry-instinct se délectait encore au souvenir du baiser.

Les bras de Tohon se sont raidis autour de moi. J'avais touché juste.

— Tu ne devrais pas essayer de me manipuler, ai-je poursuivi. Fais-moi confiance, ce n'est pas ce que tu veux. Tu as besoin d'un guérisseur : me préfères-tu à moitié idiote et éperdue de désir, ou bien la tête froide et capable de faire mon travail ?

Son étreinte s'est détendue un peu.

— Tu es si mignonne quand tu es éperdue de désir… Sans compter que je trouve très excitante l'idée que *mon* Avry n'a jamais connu d'autre homme que moi.

— A cause de toi, lui ai-je rétorqué. Trois années passées à fuir tes chasseurs de primes ne m'ont pas vraiment laissé le temps d'avoir une vie sentimentale…

— Quant à l'affreux Kerrick, il contrôle bien trop ses émotions, n'est-ce pas ?

Il a fait claquer sa langue avec mépris.

— Je m'excuse pour les mercenaires. Je ferai annuler la prime, ma chère.

— Très bien. A présent, *lâche-moi*.

— La tête froide… et d'humeur à coopérer ?

— Lâche-moi et nous pourrons discuter des conditions de notre accord.

Tohon s'est assombri.

— Tu parles comme un homme de loi. Très bien, ma chère. Commençons par essayer à ta façon.

Il m'a relâchée. L'Avry-instinct a eu l'impulsion de retourner immédiatement dans ses bras, mais l'Avry-logique est parvenue à la retenir.

— Entrons. Nous serons plus à l'aise pour parler affaires, a fait Tohon en m'offrant sa main.

J'ai pris soin de ne pas la saisir.

— Si j'accepte quoi que ce soit, ce sera uniquement devant témoins.

— Quel intérêt ? Tout le monde ici m'est loyal.

— Fais-moi plaisir.

— Tu n'imagines pas les efforts que je fais en ce sens, ma chère.

Cette remarque m'a inquiétée davantage que s'il avait refusé d'accéder à ma requête. Accompagné de quatre de ses gardes du corps, Tohon s'est dirigé vers la grande porte du château. Je l'ai suivi, remarquant au passage que seuls des gardes vivants étaient postés à l'intérieur.

S'élevant sur deux étages, les lourdes portes de pierre se sont ouvertes devant nous sans un grincement. Je me suis émerveillée devant ces monolithes d'obsidienne noire finement gravés de détails floraux.

Tohon a remarqué mon admiration.

— Elles sont belles, n'est-ce pas ?

— Oui.

— Mon père les a commandées à des artisans de Bavly. N'importe quel bélier un peu sérieux les réduirait en miettes, mais mon père préférait la beauté à la force. Il n'a jamais su qu'il pouvait avoir les deux à la fois, a-t-il poursuivi en glissant un regard sur moi.

D'un geste de la main, Tohon m'a invitée à le suivre dans une vaste salle de réception. Des colonnades supportaient le plafond en voûte. Les murs étaient ornés de cadres dorés, tandis que des vases et des sculptures trônaient sur des piédestaux.

— Cet endroit rassemble tous les trésors de mon père. Il a passé un temps inimaginable à les rassembler et à les collectionner. Des objets inanimés, qui n'ont pas bougé de l'endroit où il les a posés depuis des années. Ils sont simplement là pour ramasser la poussière ; et pourtant eux demeurent ici, tandis que lui a disparu. La seule chose qu'ils me disent, c'est qu'à ses yeux ses collections comptaient bien plus que moi.

Je l'ai considéré avec étonnement. *Quelle franchise !*

— Je sais, c'est un jugement plutôt dur de ma part, a-t-il admis. Et il m'a fallu beaucoup de temps pour l'accepter moi-même, mais une fois que je l'ai accepté, cela a constitué une véritable libération pour moi.

— Pourquoi m'en parler ? l'ai-je coupé.

— Je suis certain que Kerrick a fini par te convaincre que j'étais un monstre. C'est faux. Je ne cherche pas seulement à obtenir ta coopération, Avry ; je voudrais aussi gagner ta confiance et ta loyauté.

Pour moi, utiliser des morts comme soldats aurait fait un monstre de quiconque, et je ne voyais pas comment Tohon aurait pu me faire changer d'avis là-dessus. Toutefois, j'étais suffisamment maligne pour ne pas lui dévoiler mon opinion.

Il m'a guidée vers une autre pièce. De riches tentures rouges pendaient devant des fenêtres de verre teinté, et le sol était recouvert d'épais tapis. Sur une estrade s'élevait un grand trône.

— Viens voir ça, m'a dit Tohon en sautant sur l'estrade. C'est mon père qui l'a dessiné. Regarde les joyaux incrustés sur les accoudoirs et le repose-tête…

Le trône aurait facilement pu accueillir Belen, Quain et Loren en même temps. Je me suis approchée pour examiner les pierres précieuses. Emeraudes, rubis et saphirs, rien n'avait été jugé trop beau pour la décoration. Le siège du trône lui-même était constellé de diamants. J'ai tendu la main comme pour les toucher, sans oser aller jusqu'au bout de mon geste.

— Vas-y, m'a encouragé Tohon. Ils sont polis par les années. Mon père s'asseyait dessus chaque jour. Les dignitaires qui rendaient visite au roi Xavier n'avaient sans doute pas la moindre idée que ses royales fesses reposaient sur une vraie fortune… Cela le faisait sans doute se sentir plus puissant.

— Ton père était-il un mage ? ai-je demandé.

— Non. Mes deux grand-mères l'étaient, mais la magie a sauté une génération. J'étais très jeune lorsque j'ai pris conscience de mes pouvoirs. A partir de ce jour, ma simple vue a irrité mon père, parce qu'elle lui rappelait quotidiennement sa propre incapacité à utiliser la magie. Voilà pourquoi je suis devenu la cible de sa jalousie, et même de sa haine.

— Je suis désolée d'entendre ça.

Tohon a haussé les épaules, comme si le passé ne l'affectait pas.

— Ce n'est pas grave. Cela m'a rendu plus facile de le tuer, voilà tout.

Juste au moment où j'allais finir par croire qu'il n'était pas le mal absolu — qu'il avait simplement fréquenté le mal de trop près — il me prouvait le contraire.

— Je n'utilise jamais cette salle, m'a dit Tohon. Mon père avait besoin d'*objets* pour se donner l'impression qu'il était puissant. Moi, a-t-il poursuivi avec une grimace de mépris, je n'ai nul besoin de biens terrestres. Je commande à la vie elle-même, et je décide qui doit vivre et qui doit mourir. J'ai plus de puissance dans mon petit doigt que mon père n'en a rêvé d'avoir tout au long de sa vie !

Et pourtant il n'avait pas touché à l'agencement de la salle du trône…

— Viens voir l'endroit où je passe le plus clair de mon temps, m'a-t-il enjoint.

J'ai hésité un instant.

— N'aie pas peur, ma chère, rien d'indécent là-dedans. Je n'ai pas l'esprit tordu.

J'ai baissé la tête pour dissimuler le rouge qui me montait aux joues avant de le suivre hors de la salle du trône. Tohon se dirigeait avec aisance dans le vaste labyrinthe des couloirs. Il a traversé des salles de bal, des salons et des cabinets de travail sans un regard pour les meubles magnifiques, les chandeliers de cristal ou les tableaux inestimables.

Nous avons emprunté ensuite un large escalier en spirale qui s'élevait dans une tour, tant et si bien que j'en ai eu le vertige. A chaque étage, je pouvais voir le paysage à l'extérieur. Au sud, une épaisse forêt recouvrait les collines ; elle arborait à présent un feuillage vert tendre. Dans quelques semaines, la vue évoquerait un tapis d'émeraude. La couleur des yeux de Kerrick changerait-elle au printemps, comme elle l'avait fait en passant de l'automne à l'hiver ? Le gris incarnait à merveille sa froideur ; un vert vibrant adoucirait-il ses traits ? Peut-être. Aurait-il le même effet sur sa personnalité ? Cela, j'en doutais.

Je m'efforçais de distraire mes pensées de Kerrick pour les ramener à ma situation présente. Il me faudrait des semaines pour fouiller l'intégralité de cet immense château — et encore, à condition que je ne me perde pas ou que Tohon ne m'enferme pas dans une cellule. Ces deux possibilités restaient d'actualité.

— Nous y voici, m'a annoncé ce dernier.

Nous avions enfin atteint le haut des marches. Deux de ses gardes se sont postés en faction devant la porte, tandis que les deux autres restaient en arrière, quelques marches plus bas. Nous nous trouvions devant une simple porte de pierre qui m'a rappelé celle de la prison de Jaxton. Un sentiment de malaise s'est emparé de moi. Etait-ce ici que Tohon torturait ses prisonniers ? Ou bien était-ce l'endroit où il animait les morts ? Tout mon corps s'est hérissé de chair de poule.

Il a ouvert la porte. Je me suis préparée à être assaillie par une vision d'horreur, mais, à la place, j'ai été accueillie par une lumière vive et une bouffée d'air humide. Un parfum entêtant d'humus, de verdure et de fleurs m'a empli les narines. Tohon s'est avancé dans le soleil, et je l'ai perdu de vue. A mon tour, j'ai pénétré dans... la *pièce* ?

Comment aurais-je pu l'appeler ? Avec stupéfaction, j'ai regardé la serre autour de moi. Des arbres, des bosquets, des fleurs, des treilles, de petites mares et même des oiseaux peuplaient le cube de verre.

— Splendide, n'est-ce pas ? m'a lancé Tohon. Je te présente mon jardin éternel. La seule belle chose que mon père ait faite pour moi. Bien entendu, j'ai d'abord dû le convaincre de l'intérêt de posséder des plantes médicinales et des simples à portée de main. Elle est chauffée en hiver, et comme elle se trouve en hauteur elle bénéficie du soleil en permanence. Qu'en penses-tu ?

— C'est… admirable. Tu passes la plupart de tes journées ici, alors ?

— Tout le temps que je peux. A ma place, ne ferais-tu pas la même chose ?

— Si, certainement, ai-je répondu, rêveuse.

Je me suis promenée à travers le jardin. Les arbres et les plantes étaient contenus dans de vastes pots de terre. Il y avait également des jarres où poussaient des plantes aquatiques. L'humidité perlait aux murs de verre transparents. Le plafond semblait de cristal étincelant. De trois côtés, la vue s'ouvrait sans obstacle, aussi éblouissante que le jardin lui-même.

— C'est toi qui as planté ce jardin ?

— Oui. J'ai le coup de main avec les organismes vivants.

Il a eu un sourire en biais, comme pour marquer l'ironie de sa phrase.

— Du moins, tant qu'ils m'intéressent.

Puis, se rembrunissant :

— A vrai dire, il est rare que les gens m'intéressent.

Tout à fait le genre de phrase que son père aurait pu prononcer aussi.

— Même tes loyaux sujets ? lui ai-je demandé avec un coup d'œil en direction des gardes du corps qui se tenaient à l'entrée.

— Mes sujets reçoivent ce qu'il faut pour leurs premières nécessités, et leur protection est assurée. Je m'occupe bien d'eux.

— Et tes magiciens ?

— Tu t'inquiètes, ma chère ?

Tohon s'est approché et a fait mine de me prendre la main.

Je me suis écartée hors de sa portée.

— Bien entendu. Je serais stupide de ne pas me préoccuper de ce qui peut m'arriver avec toi.

— Mais il ne t'arrivera rien ! Tu n'as aucune crainte à avoir… tant que tu ne poses pas de problème.

— Et dans le cas contraire ?

— Tu veux vraiment que je te dise ça ? Que je te donne tous les détails ? Eh bien, il y a dans les oubliettes des cellules qui…

— Non. C'est bon, j'ai compris.

J'ai effectué un nouveau tour du jardin. Kerrick aurait adoré cet endroit. En touchant les feuilles, je m'attendais presque à ressentir une étincelle de sa magie… mais rien n'est venu. Pendant quelques instants, la déception alliée à la fatigue m'a presque donné envie de pleurer.

— Ton jardin éternel est-il la seule chose qui t'intéresse vraiment ? ai-je osé demander.

— Oh, que non ! Je m'intéresse également beaucoup au destin des Quinze Royaumes. Nous avons perdu beaucoup de dirigeants, et les actes de certains survivants ont été horribles. Je suis sûre que tu en as été témoin, toi aussi. Mais un seul meneur peut être capable de réunir ceux qui veulent revenir à un monde civilisé sans devoir pour autant révérer une entité divine qui n'existe pas. La Créatrice… Laisse-moi rire !

Avec un geste de mépris, il a poursuivi :

— Ce soi-disant être divin est-il capable de créer une armée avec des morts ? Non.

Tohon s'est rapproché de moi ; sur son visage étincelaient la fureur et la conviction.

— Et tu m'intéresses, ma chère. Tu comptes même *beaucoup* pour moi. En fait, j'ai l'intention de te traiter comme une reine.

Je lui ai retourné un regard vide.

— Pourquoi ?

— Tu possèdes un grand nombre de qualités que

j'admire : l'intelligence, la beauté… sans compter ton pouvoir de guérison. Tu es unique, ma chère, a-t-il conclu en s'approchant encore.

— C'est seulement parce que tu as fait tuer tous les autres guérisseurs, Tohon !

Sans compter la sœur de Belen et bien d'autres — la liste était interminable. L'Avry-logique devait le rappeler sans cesse à l'Avry-instinct.

— Je ne parlais pas de ta magie, ma chère. Je voulais dire que tu es la seule dont Kerrick soit tombé amoureux depuis Jaël. Et sache que j'ai tenté de lui ravir Jaël. Pendant des années. Malheureusement, je ne lui plaisais pas… et c'est ce chien galeux de Stanslov qui est parvenu à la séduire.

Tohon se tenait à quelques pouces de moi. Comment parvenait-il à établir chaque fois cette proximité ? Il m'a saisi la main exactement comme Kerrick l'avait fait au moment où je l'avais quitté pour partir en mission.

Je savais que j'aurais dû m'écarter — mais je n'ai pas bougé.

— Tu te trompes au sujet des sentiments de Kerrick, suis-je toutefois parvenue à articuler. La seule personne qui compte pour lui, c'est Ryne. Une fois qu'il a compris qu'il ne pourrait pas sauver son prince, il n'a eu aucun problème pour que nous nous séparions.

Le regard de Tohon s'est fait suspicieux.

— J'ai entendu des rumeurs au sujet de Sepp. Peux-tu m'assurer qu'il est vraiment mort ?

Pouvais-je lui mentir alors qu'il me tenait la main ? Je me suis concentrée sur l'image du charnier dans la caverne. Elle était profondément ancrée dans ma mémoire, comme gravée au fer rouge. Un flot d'horreur et de répugnance s'est répandu en moi, et j'ai soutenu son regard.

— Oui. Personne n'a survécu à ton attaque.

Son corps s'est relâché légèrement, je l'ai senti.

— C'est bon à savoir. Quant au fait que Kerrick t'ait

laissée partir, cela peut se comprendre. Pour te retenir, il aurait fallu qu'il admette ses sentiments pour toi ; or, notre ami est malheureusement peu doué à ce petit jeu.

Admettre ses sentiments… *mais lesquels* ? Peut-être le Kerrick que Tohon avait connu à l'Académie aurait-il pu concevoir de l'amour à mon égard ; mais l'homme avec qui j'avais voyagé pendant plusieurs mois était tout simplement incapable de se montrer chaleureux, et encore moins affectueux.

— Qu'as-tu contre lui ? ai-je demandé à Tohon.

— Le prince Kerrick est un bel homme ; il est riche et ses pouvoirs de mage sont étendus.

— T'es-tu regardé dans un miroir récemment ? Et pour ce qui est de la richesse, tu peux toujours vendre un ou deux diamants du trône de ton père… tant que tu ne précises pas à l'acheteur d'où ils viennent.

Tohon s'est mis à rire. Son humeur joyeuse m'a contaminée directement, et j'ai dû me mordre la lèvre pour ne pas pouffer à mon tour.

— Ça se discute, a dit Tohon. Les mots « diamants fessiers du roi Xavier » ont un certain charme, tu ne trouves pas ? Le terme pourrait leur donner encore plus de valeur.

— Je te laisse le soin d'essayer de les vendre comme ça. En attendant, ce que je voulais dire, c'est que tu possèdes les mêmes qualités que Kerrick.

— Merci bien, ma chère. Mais Kerrick a toujours possédé ce que je n'ai jamais eu.

— Un petit chien ?

Cette fois, Tohon n'a même pas daigné sourire.

— Non. Un père *qui l'aimait*. Pendant six ans, j'ai dû supporter tous ses récits à propos du roi Neil ; il était si gai, si drôle, si gentil… Oh ! pas de doute, Kerrick aimait son père. Le roi lui rendait souvent visite à l'Académie. Il était pratiquement aussi proche de lui que Belen.

Sa main s'est crispée autour de la mienne.

— Et quand Kerrick et Jaël sont tombés amoureux, j'ai

craqué. C'était plus que je pouvais endurer. Kerrick avait tout, et moi rien… Non. Cela suffisait avec un père aimant et un meilleur ami. Je n'allais pas le laisser avoir en prime une femme belle et puissante. De la même façon que je ne peux pas le laisser te posséder.

J'ai arraché ma main à son étreinte.

— Personne ne me *possède*, comme tu dis.

Tohon s'est contenté de jeter un coup d'œil en direction de ses gardes qui barraient la sortie, comme pour me rappeler silencieusement ma situation.

— Je suis ici, mais je ne t'appartiens pas, ai-je insisté en croisant les bras sur ma poitrine avec détermination. J'attends tes conditions, Tohon.

— Pas ici. Cet endroit est réservé à… la paix.

Il m'a guidée vers l'escalier, que nous avons descendu jusqu'à un cabinet de travail.

Celui-ci était meublé avec élégance et simplicité. De taille moyenne, le secrétaire qui trônait au centre de la pièce était parfaitement rangé. Tohon a échangé quelques mots avec l'un de ses gardes avant de s'y asseoir. Les tableaux qui ornaient le mur étaient austères, avec des sujets comme un arbre en hiver, un cheval solitaire ou encore une chaise dans une cuisine vide.

Une grande carte des Quinze Royaumes recouvrait le mur de droite. Des flèches et autres symboles matérialisaient les mouvements de troupes et leurs positions. Je suis restée un instant à la contempler.

Du doigt, j'ai pointé les royaumes occupés par Tohon — Lyady, Zainsk, et la moitié de Vyg, avec au milieu Sogra.

— Comptes-tu envahir tous les autres royaumes simplement pour te venger de Kerrick ?

Il s'est mis à rire :

— J'admets que je peux me montrer mesquin et jaloux, ma chère, mais mes « invasions », comme tu le dis si abruptement, n'ont aucun rapport avec lui. Ces royaumes ont besoin d'un dirigeant. Et dans la mesure où je commande déjà à la vie et à la mort, qui serait mieux placé que moi pour ce titre ?

D'un geste, il m'a invitée à m'asseoir dans un vaste fauteuil recouvert de tissu lie-de-vin qu'un garde avait rapproché du secrétaire. Puis, sans plus se préoccuper de moi, Tohon s'est absorbé dans ses papiers jusqu'au moment où l'on a frappé à la porte. Sans attendre que Tohon ne lui en ait donné l'autorisation, une femme de haute taille a pénétré dans la pièce. Elle devait avoir le même âge que lui. Une épée était accrochée à sa taille. Avec sa constitution athlétique, elle me rappelait Jaël. Comme la magicienne, la jeune femme avait les cheveux blonds et les yeux bleus ; toutefois la ressemblance s'arrêtait là. Ses traits étaient grossiers, et son nez était si épaté qu'on aurait juré que quelqu'un s'était assis dessus.

— Célina, je te présente Avry de Kazan, a dit Tohon.

Son nom m'était familier, mais impossible de me souvenir où je l'avais déjà entendu.

Une lueur de dégoût s'est allumée dans les yeux de la nouvelle venue.

— Voici donc la guérisseuse ?

— Oui. Nous allons rédiger un contrat ensemble, et j'ai besoin que tu sois le témoin de nos termes et conditions.

— C'est la première fois que tu passes un contrat, Tohon.

— Avry est différente.

— *Vraiment ?*

Célina a posé sur moi un regard froid et calculateur.

— Laisse-la tranquille, l'a prévenue Tohon sur un ton qui n'admettait pas la contradiction.

Pourtant, la jeune femme n'a paru guère impressionnée. Avec désinvolture, elle s'est laissée tomber dans un autre fauteuil.

— Allez-y, établissez votre contrat. Mais dépêchez-vous, j'ai autre chose à faire.

Tohon a attrapé un parchemin vierge dans un tiroir et a entrepris d'écrire quelques lignes. Une bouffée d'angoisse m'a saisie et je me suis mordu les lèvres. A quoi bon le forcer à signer un contrat ? Il ne le respecterait sans doute pas. Pourquoi lui faire confiance ? D'une seconde à l'autre, il passait des bonnes manières à la folie complète !

Il a dû sentir mon appréhension, car il s'est justifié :

— Je viens simplement de noter les éléments d'introduction.

Posant la plume qu'il avait utilisée, il s'est renfoncé dans son fauteuil.

— A présent, parlons des termes. J'ai besoin que tu guérisses mes sujets à ma demande — non que leur survie m'importe vraiment, mais ils sont plus faciles à former en tant que soldats quand ils sont vivants. Il faut aussi que tu m'aides dans une expérience en cours, et enfin que tu promettes de ne pas t'enfuir. A l'exception de quelques pièces particulières, tu seras libre de te promener dans l'ensemble du château, du moins tant que je n'aurais pas besoin de toi.

A part l'« expérience » qu'il venait de mentionner, c'était à peu de chose près les conditions auxquelles je m'attendais. Je les ai reprises l'une après l'autre.

— Je m'occuperai des malades, mais c'est *moi* qui décide sur qui j'utilise mes pouvoirs et qui peut se contenter de remèdes et d'herbes médicinales. Je veux être responsable de l'infirmerie. Tu ne pourras pas me forcer à guérir qui que ce soit.

— Accordé, m'a dit Tohon.

Il a noté mes conditions.

Tout cela n'était-il pas un peu trop facile ? J'ai repris :

— De quelle « expérience » parles-tu ? Je refuse de travailler avec tes soldats morts.

— Ce qui ne sera pas le cas. Il s'agit d'une expérience avec des lys de la mort.

Malgré mes réserves, ma curiosité s'est trouvée piquée au vif.

— Qu'as-tu l'intention de faire avec ces fleurs ?

— Je te l'expliquerai plus tard.

— Pas si tu veux que nous nous mettions d'accord. Il est hors de question que je nuise à quiconque.

— Alors, que dirais-tu de m'assister dans mes recherches tant que rien de ce que tu fais ne peut être dangereux pour qui que ce soit ?

J'ai immédiatement trouvé le défaut dans sa logique :

— Ce serait un début ; mais qu'en est-il de ce que tu feras, *toi* ? Si le résultat de nos recherches communes débouche sur un résultat qui peut nuire à des gens ?

— Je ne peux pas raisonnablement promettre le contraire, m'a-t-il répondu. D'ici peu, je serai en guerre contre Estrid. Comment répondre de ce qu'il me faudra faire pour la gagner ?

Là-dessus, il s'est tu et m'a fixée avec une expression d'attente. J'ai compris qu'il refuserait de négocier ses actions ; le contrat ne pouvait porter que sur mes restrictions. Aussi, j'ai accepté ses termes.

— Et j'ajoute que tu ne devras pas saboter l'expérience, qu'il s'agisse des recherches ou de leur résultat.

La plume courait sur le parchemin.

Restait un dernier point à préciser :

— Qu'appelles-tu précisément « m'enfuir » ? lui ai-je demandé.

— Quitter l'enceinte du château sans ma permission expresse. Je ne tiens pas à devoir t'enfermer chaque soir dans une cellule ni à t'attacher à un siège dans le laboratoire. Cela deviendrait vite fatigant. Tu as respecté la parole donnée à Kerrick, et il ne le méritait pas. Je demande seulement que tu fasses la même chose avec moi.

Voilà qui était intéressant et… *inquiétant*.

— Comment sais-tu que j'ai donné ma parole à Kerrick ?

— Je t'en prie, Avry, n'insulte pas mon intelligence. Je serais un bien piètre dirigeant si j'ignorais ce qui se trame dans le camp de mes ennemis.

Ainsi, il avait bien des espions dans l'armée d'Estrid…

Apercevant mon expression, Tohon a dû lire dans mes pensées. Il s'est contenté de sourire :

— Rien ne ressemble tant à un disciple en robe rouge qu'un autre disciple, n'est-ce pas ?

— Et si Estrid prenait ton château d'assaut ?

Célina a eu un petit rire amusé.

Tohon lui a décoché un regard venimeux.

— Dans l'hypothèse — très improbable, rassure-toi — que je sois vaincu ou tué, tu seras libre de partir. Que dis-tu de cela ?

— Combien de temps devrais-je rester ici ?

— Aussi longtemps que je le dirai. Sous peu, je deviendrai le souverain des Quinze Royaumes, ce qui fera de moi ton roi. Et alors, je n'aurais plus besoin de contrat.

Voilà qui me donnait encore plus de raisons de l'arrêter très vite…

— Nous venons de noter la clause dans le cas où mes plans n'aboutiraient pas. En échange, je te promets que je prendrai bien soin de toi.

Si je donnais ma parole de ne pas quitter l'enceinte du château, il me deviendrait difficile de contacter Sepp. Difficile, mais pas impossible… En tout cas, je l'espérais. Quoi qu'il en soit, et même si l'idée de ne pas être libre de mes mouvements me déplaisait souverainement, je n'avais plus le choix : je ne pouvais qu'accepter ce qu'il me proposait.

— D'accord.

Tohon a eu au moins la décence de ne pas sourire ni d'afficher trop ostensiblement sa satisfaction.

— J'aimerais ajouter une autre… *requête,* a-t-il dit.

Tiens, tiens… J'ai lancé un regard en direction de Célina. Elle ne s'amusait plus ; au contraire, elle dardait sur Tohon un regard brûlant, comme pour le défier d'en dire plus.

— De quoi s'agit-il ?

— En certaines occasions, je dois assister à des cérémonies particulières, comme des bals ou des dîners. Je souhaiterais que tu m'y accompagnes.

— Et qu'obtiendrai-je en échange ?

Ses doigts se sont crispés sur la plume, mais il est parvenu à conserver une expression neutre, dépourvue de colère. Sans doute s'attendait-il à ce que je me montre flattée d'avoir l'occasion de passer une soirée avec lui…

— Pour chaque événement auquel tu assisteras, je t'accorderai une petite requête, comme une journée en ville, de nouveaux habits, ou un jour de repos.

De petites faveurs, certes, mais qui pouvaient me laisser un peu plus de liberté…

— J'accepte.

Tohon a achevé de rédiger le document avant d'y apposer un paraphe complexe. Puis il me l'a tendu. Je l'ai lu intégralement à deux reprises, cherchant des entourloupes ou des mots à double sens. Mais les conditions étaient posées dans un langage simple, et rien ne m'a sauté à la vue.

En arrivant au château, j'avais pensé qu'on m'enfermerait dans une cellule. Au moins bénéficiais-je d'une meilleure situation, en apparence en tout cas. Je n'allais toutefois pas jusqu'à croire que Tohon tiendrait sa parole.

Il m'a tendu la plume. En signant ce document, je m'apprêtais de nouveau à abdiquer ma liberté, comme je l'avais fait quelques semaines plus tôt avec Kerrick. Cette fois-là, le marché m'avait permis de sauver la vie de Mélina et de deux autres jeunes filles. Aujourd'hui, je pouvais espérer sauver des existences en grand nombre. *Voilà à quoi il faut croire*, me suis-je dit en inscrivant mon nom sur le parchemin. Quant au reste…, mieux valait ne pas y penser.

Célina a signé le contrat en dernier avant de repousser avec brusquerie le parchemin et la plume en direction de Tohon.

— Puis-je vous laisser, maintenant ?

— Je te l'ordonne, oui.

Avec un regard furieux sur nous deux, la jeune femme a quitté la pièce. La porte a claqué derrière elle.

— Ne te préoccupe pas d'elle, m'a rassurée Tohon.

Facile à dire ! Même si, en comparaison de ce que je venais d'accepter, Célina, avec sa colère — ou sa jalousie ? — n'était qu'un petit souci.

— Tu dois être épuisée, ma chère. Bashin ! a-t-il appelé, Hiver est-elle là ?

Le garde à qui venait de s'adresser Tohon a rouvert la porte pour jeter un œil dans le couloir, avant de s'écarter pour laisser passer une jeune servante qui s'est présentée avec une révérence.

— Hiver, voici Mlle Avry. Tu seras sa femme de chambre pour tout le temps de son séjour. Montre-lui ses appartements et apporte-lui toute l'assistance dont elle pourrait avoir besoin.

— Oui, messire, a répondu la dénommée Hiver avec une nouvelle révérence. Si mademoiselle veut bien me suivre ?

— Vas-y, m'a indiqué Tohon. Installe-toi. Je passerai un peu plus tard pour m'assurer que tu disposes de tout le confort nécessaire.

Mon cœur battait la chamade dans ma poitrine tandis que je suivais Hiver à travers les couloirs du château. La journée ne se passait pas comme je l'avais imaginé — et de loin…

Mes « appartements » consistaient en un salon luxueux. Sur le tapis épais, devant la cheminée de pierre qui ornait le mur du fond, étaient disposés en arc de cercle des fauteuils profonds devant une table basse. La pièce était éclairée par des lanternes dont l'éclat rehaussait le violet profond ainsi que les riches tons bleus et verts des tentures et autres tapisseries. Les couleurs s'harmonisaient à merveille. La partie gauche du salon accueillait une table de bois et quelques chaises, tandis qu'un secrétaire et une bibliothèque occupaient la partie droite.

Près du foyer s'ouvrait la porte de la chambre attenante, dont la cheminée était commune. En me baissant, j'ai aperçu de l'autre côté Hiver, qui mettait une nouvelle bûche dans le feu pour réchauffer la pièce. L'immense lit à baldaquin occupait pratiquement tout l'espace. J'en ai fait le tour en pensant que Kerrick et tous ses compagnons auraient pu y tenir à l'aise. La chambre contenait aussi une armoire, une table de chevet et une lampe à huile. J'ai ôté mon manteau et je l'ai jeté en travers du lit.

De lourds rideaux obstruaient les trois fenêtres du mur opposé. Je les ai ouvertes pour contempler le paysage plongé dans la relative obscurité du crépuscule. Dans le lointain, j'ai distingué quelques torches. Ma chambre devait se trouver au troisième ou au quatrième étage. J'ai laissé retomber les rideaux. Le chuintement sourd qu'ils ont produit a fait écho à la tristesse qui me plombait le cœur.

Toutefois, mon humeur s'est éclairée un peu lorsque j'ai découvert la salle de bains qui jouxtait la chambre. Les murs de marbre, le sol carrelé et le bassin de toilette sur son piédestal étaient remarquables, mais c'est la baignoire qui a vraiment captivé mon attention.

Hiver est apparue sur le seuil. Elle tenait à la main mon havresac. Des mèches de cheveux blonds s'échappaient de son chignon, et j'ai remarqué comme une lueur d'appréhension dans ses yeux bleus. Elle portait un long tablier blanc sur une chemise légère, bleue elle aussi, et une jupe droite qui descendait jusqu'au sol.

— Dois-je emporter vos effets personnels, mademoiselle ?

— Non, merci.

— Mais…

— On t'a dit d'obéir à mes moindres désirs, non ? ai-je demandé.

— Bien sûr, mademoiselle.

Une expression de gêne s'est peinte sur le joli minois de la jeune fille. Hiver avait une peau d'albâtre, et ne devait pas compter plus de quinze ou seize printemps.

— Sois tranquille, Hiver. Je ne vais pas faire un caprice chaque fois que tu ne devances pas mes besoins, ni me plaindre de toi à Tohon. J'apprécie ton aide, et j'espère que nous nous entendrons bien.

Hiver m'a regardée comme si j'étais un lys de la mort en train de s'ouvrir devant elle — avec un mélange de terreur et de fascination.

Je lui ai pris mon havresac des mains.

— J'aimerais beaucoup un bon bain chaud, Hiver.

— Oui, mademoiselle.

En hâte, elle s'est dirigée vers la baignoire. Après avoir placé la bonde, elle a empoigné un levier et l'a tiré. Rien ne s'est produit… jusqu'au moment où, avec un bruit caractéristique, l'eau s'est mise à couler depuis un trou dans le mur, juste au-dessus de la baignoire.

A présent, c'était mon tour d'être surprise !

Hiver l'a remarqué :

— Il y a des conduits pour l'eau, mademoiselle. Le roi Xavier les avait fait installer dans tout le château. Ils amènent l'eau chaude depuis de grands réservoirs chauffés. Quand vous aurez terminé, il suffira d'ôter le bouchon : il y a d'autres tuyaux pour évacuer l'eau hors du château. C'est fabuleux, n'est-ce pas ?

Fabuleux… et sans doute hors de prix. Quoi qu'il en soit, j'ai contemplé avec un sentiment extatique l'eau qui s'écoulait de la conduite pour remplir peu à peu la baignoire. Un nuage de vapeur s'est élevé. Lorsque le niveau de l'eau a été assez haut, Hiver a poussé de nouveau le levier.

— Votre bain est prêt, mademoiselle.

— Je te remercie.

La jeune servante m'a souri avant de me tendre des serviettes et un peignoir. Puis elle a attendu.

— Je saurai me débrouiller toute seule à partir de là, lui ai-je dit en la raccompagnant dans le salon. Je n'aurais pas besoin de toi avant demain matin.

— Mais votre lit…

— Je peux tirer les draps toute seule, ne t'inquiète pas. Tout ira bien. Bonne nuit, Hiver.

J'ai refermé la porte de la chambre, et découvert en même temps qu'elle avait un loquet. Je me suis mordu les lèvres de ravissement. Une porte qui fermait, un bain et un lit : autant de petits avantages dont je comptais tirer pleinement parti. J'ai donc actionné le verrou avant de me précipiter vers la salle de bains, où j'ai retiré mes vêtements de voyage malodorants. Je n'ai conservé sur moi que mon collier ; je ne l'avais pas quitté depuis le jour où Kerrick l'avait passé autour de mon cou. Le pendentif reposait à la naissance de ma gorge.

J'ai laissé se dissoudre à peu près cinquante jours de crasse de voyageuse. Entre le froid, notre allure rapide et le fait d'être en compagnie d'hommes, je n'avais pas pu me laver aussi souvent que je l'aurais souhaité. J'ai vidé la baignoire... pour la remplir une seconde fois.

Enfin propre, je me suis séchée et enveloppée dans la blouse de coton blanc fournie par Hiver. Je n'avais pas l'intention d'enfiler de nouveau ma tenue de voyage crasseuse, pas plus que la tunique et la jupe que m'avait offertes Kerrick — et qui me faisaient penser à lui. Je me suis donc contentée du peignoir léger, car après tout il était peu probable que j'aie à me battre ou à tenter de m'enfuir en plein milieu de la nuit.

J'ai défait mon havresac, déposant mes maigres biens sur la table. Ils consistaient en une série d'armes, ma paillasse, mes couvertures, la trousse de cuir contenant des herbes que m'avaient offertes les « vauriens », les gants de Belen, quelques papiers glanés à la guilde, les deux bogues de liquide provenant du lys de la mort et mon journal d'apprentie. Tous mes biens terrestres tenaient en une pile ridiculement réduite. Le seul avantage, c'est qu'il ne m'avait pas été difficile de les transporter avec moi !

Je me suis emparée du journal et je me suis pelotonnée sur le canapé de la pièce principale pour en lire quelques passages. J'y ai trouvé une ou deux informations intéressantes, ainsi que quelques mots au sujet d'Allie, qui avait été ma compagne de chambre chez Tara. Elle parlait souvent dans son sommeil et souffrait de cauchemars récurrents. Une nuit, j'avais dû la réveiller tant elle criait fort — elle appelait sa mère à l'aide. Allie s'était excusée en m'expliquant qu'enfant elle avait été capturée par un lys de la mort ; c'était sa mère qui l'en avait tirée, et qui était restée à ses côtés tout le temps de la guérison, qui avait été longue et difficile.

Je me suis relevée d'un bond. A présent, je comprenais : Allie n'avait pas été *attaquée.* Les lys de la mort capturaient les individus dont ils sentaient le potentiel. Comme pour Flea. *Mais le potentiel de quoi ?* Cela, je l'ignorais. J'ai parcouru mon carnet en diagonale à la recherche des pages où j'avais noté une leçon de Tara sur le poison des lys de la mort. Mes comptes rendus n'étaient pas toujours complets, mais je me souvenais d'avoir inscrit la description des symptômes que m'avait faite Tara ; elle semblait les connaître par expérience. J'avais également noté quelques hypothèses suivies d'un point d'interrogation. J'avais eu l'intention de lui demander si elle-même avait déjà été capturée, mais n'en avais pas trouvé le temps.

Soudain, la voix de Tohon s'est élevée tout près de moi :

— Ta lecture est intéressante, ma chère ?

J'ai bondi et laissé tomber mon carnet. Il se tenait négligemment appuyé au chambranle de la porte.

— Que… Comment es-tu entré ici ? lui ai-je demandé, le cœur battant à tout rompre.

— Il y a un passage secret entre nos deux chambres, m'a-t-il expliqué.

Puis, me détaillant du regard de la tête aux pieds :

— Je vois que tu t'es mise à l'aise.

J'ai resserré la ceinture de mon peignoir, furieuse :

— Cela ne risque plus d'arriver si tu te permets d'entrer ici sans prévenir !

— J'ai frappé, mais tu n'as pas répondu. Ne t'inquiète pas, ma chère. Je te montrerai la porte du passage et la façon de la verrouiller de ton côté si tu le souhaites.

Son sourire s'est fait carnassier ; dans ses yeux brûlait une étincelle de désir.

— Mon côté ferme également, mais si jamais tu te sens seule, n'hésite pas à venir me rendre visite.

— Ne m'attends pas. *Jamais.*

Il a secoué la tête, l'expression doucereuse :

— Comme c'est méchant de ta part... On voit que tu es restée avec l'affreux Kerrick. Qu'importe, tu découvriras vite que je suis de bien meilleure compagnie que lui.

Sur ces mots, Tohon s'est installé sur le canapé et a tapoté la place à côté de lui pour m'inviter à m'y asseoir.

Je n'ai pas bougé d'un pouce.

Il s'est laissé aller confortablement contre le dossier.

— Demain, Célina viendra te chercher et te fera visiter l'ensemble du château. Ensuite, j'aimerais que tu commences très vite à travailler à l'infirmerie. Il y a un grand nombre de cas qui réclament ton attention immédiate.

J'ai désigné d'un geste mes vêtements sur le sol.

— Mes affaires sont sales, et j'ai besoin d'une tenue qui ne craigne pas les taches de sang.

— Hiver ne t'a-t-elle pas montré le contenu de l'armoire ?

— Je suis sûre qu'elle allait le faire, mais j'avais besoin d'être seule et je l'ai congédiée.

Tohon s'est relevé et s'est dirigée vers ma chambre, où il a ouvert la porte de l'armoire. Celle-ci contenait des piles de vêtements.

— Tu trouveras là-dedans des tenues pour toutes les occasions. Elles sont toutes à ta taille. Des tuniques médicales, des vêtements de tous les jours, et quelques robes.

— Comment savais-tu que je viendrais ?

Pour toute réponse, il m'a lancé un regard de commisération, comme si ma question était stupide.

J'ai tiré d'une étagère une jupe jaune.

— Et comment connaissais-tu ma taille de vêtement ?

— Grâce à ton cercueil.

Je l'ai dévisagé, abasourdie :

— *Pardon* ?

— Quand mes soldats sont arrivés à Jaxton après ta fuite avec l'affreux Kerrick, les autorités étaient tout sauf ravies. Elles avaient fait faire un cercueil à ta taille — on avait noté tes mensurations sur les planches, mais il n'y avait pas de corps, et donc pas de récompense. Mes hommes ont payé pour le cercueil. Ils ont même laissé quelques pièces d'or à la ville, pour la peine.

— Vraiment ?

Je me souvenais effectivement qu'en cellule quelqu'un avait pris mes mensurations pour un cercueil, mais je n'avais jamais pensé qu'on en ait réellement fabriqué un. J'ai reposé la jupe là où je l'avais trouvée.

— Ce n'était pas de l'argent perdu, a poursuivi Tohon. J'ai beaucoup appris sur toi par tes anciens voisins. Ils ont dit à mes hommes que tu étais une jeune femme calme et bien élevée. Ils étaient stupéfaits que tu aies eu l'audace de vivre et travailler auprès d'eux sans que jamais ils ne soupçonnent la vérité. J'ai été très impressionné — et je le suis encore — de ta capacité à survivre si longtemps. C'est alors que j'ai décidé de faire changer ta mise à prix et de réclamer qu'on te capture vivante. Je voulais te rencontrer.

Que répondre à cela ? Rien ne pouvait exprimer ma stupéfaction. La simple décision de guérir Fawn avait mis tant de choses en mouvement… La seule question que j'ai trouvée à poser a été :

— Et le cercueil, qu'en ont-ils fait ?

— Il est ici, au château.

22

Ainsi, un cercueil fait sur mesure pour moi m'attendait dans le château de Tohon…

— Mais pourquoi ?…

— Oh ! je pense que tu en as une idée, ma chère.

— Mais nous avons un contrat !

— Effectivement. Et je te fais confiance pour tenir parole sur les conditions que nous avons établies ensemble.

J'ai tenté de comprendre ce qu'il sous-entendait, mais en vain. Tout cela me semblait très confus.

— Que crains-tu que je fasse, Tohon ?

— Que tu retournes auprès de l'affreux Kerrick. Je préférerais te savoir dans ce cercueil plutôt qu'entre ses bras.

Je me suis détendue un peu. Parmi les multiples possibilités concernant la façon dont se terminerait cette mission, celle qu'imaginait Tohon était loin d'être la plus plausible — pour autant qu'il s'agisse vraiment d'une possibilité. Pourtant, un scénario bien pire m'est venu à l'esprit :

— Dans un tel cas, me promets-tu que tu utiliseras bien ce cercueil au lieu de faire de moi un de tes morts-vivants ?

— Et qu'obtiendrai-je en échange ?

— Si tu m'enterres dans le cercueil, alors je jure de ne pas retourner auprès de Kerrick.

Tohon a éclaté de rire.

— Très bien, ma chère. Tope là !

Il a tendu la main vers moi et j'ai reculé.

— Le marché n'est pas conclu tant que nous ne nous serrons pas la main.

Pas le choix. J'ai saisi la main qu'il me tendait, je l'ai serrée le plus brièvement possible et voulu la lâcher ; lui, en revanche, n'a pas lâché la mienne. Une douce chaleur s'est répandue sous ma peau tandis qu'il m'attirait vers lui. Avant que j'aie pu élever la moindre protestation, ses lèvres se posaient sur les miennes. Ma magie a répondu à ce contact et je suis devenue extrêmement consciente de tout ce qui m'entourait, comme si tous mes sens étaient amplifiés. D'un geste doux, Tohon a repoussé mon peignoir pour dénuder mes épaules et s'est mis à me caresser le dos. Sa main faisait naître des vagues brûlantes sous ma peau, une sensation à la limite entre le plaisir et la douleur. J'ai poussé un gémissement ; le baiser de Tohon s'est fait plus profond encore.

La chambre s'est mise à tourner autour de nous, et nous nous sommes retrouvés allongés sur le lit. En moi, le désir brûlant le disputait à la fureur, mais je ne pouvais m'empêcher de nouer mes doigts dans ses cheveux et de presser mon corps contre le sien. J'étais prête à tout, et…

C'est alors que Tohon a rompu notre étreinte.

— Bonne nuit, ma chère.

Le souffle court, je l'ai regardé se lever et regagner l'angle de la chambre. Il a ouvert une porte dissimulée dans la cloison. Désignant un petit bouton, il a expliqué :

— Le mécanisme d'ouverture est ici. Toutefois, j'insiste pour que tu m'ouvres lorsque je frapperai.

— Et si je ne le peux pas ?

Il a attendu la suite sans répondre.

— Si par exemple je viens de guérir un malade, il se peut que je sois inconsciente ou plongée dans des hallucinations dues à la fièvre.

— Dans ce cas, assure-toi qu'Hiver se trouve à tes côtés.

— Je n'ai pas besoin de…

— Cela m'est égal. Je refuse que tu restes seule.

Son expression intransigeante s'est adoucie un peu, et il a ajouté :

— A la guilde, j'ai travaillé en collaboration avec des

guérisseurs pendant près d'un an. Quand tu te réveilleras au milieu de la nuit et que tu auras besoin d'eau ou de vêtements de rechange, Hiver sera là pour t'aider. Ce n'est pas une suggestion, c'est un *ordre*.

Sur ces mots, il a disparu dans le passage secret, refermant la porte dérobée derrière lui. Une fois que les battements de mon cœur se sont apaisés, je me suis rendu compte que mon peignoir était rabattu jusqu'à mes coudes. Non sans embarras, je l'ai remis sur mes épaules et j'ai rajusté la ceinture avant de verrouiller la porte.

J'ai fouillé l'armoire à la recherche d'une chemise de nuit. Le baiser de Tohon m'avait mise en transe. S'il n'avait pas décidé d'arrêter… *Et d'ailleurs, pourquoi l'avait-il fait ?* Un autre de ses petits jeux, sans doute…

Et je soupçonnais que sa magie n'était pas étrangère au trouble qu'il éveillait en moi. Lorsque nous nous touchions, je sentais son pouvoir comme un élixir — j'étais ivre, ni plus ni moins. Il fallait que je trouve un moyen de le toucher le moins possible, sans quoi je risquais de faire quelque chose que je regretterais…

Regretter ? m'a murmuré une petite voix dans ma tête. *Qu'y aurait-il à regretter ? Qu'y a-t-il de mal à prendre du bon temps avec un bel homme qui te traite comme une reine ? Tu tiens vraiment à mourir sans avoir connu un des plus doux plaisirs de la vie ?*

Non, bien sûr. Mais j'avais toujours pensé que ce serait avec quelqu'un que *j'aimerais*. Pas un monstre qui avait le pouvoir d'éveiller les morts. Malgré ça, j'avais sans cesse besoin de me remémorer la liste de ses méfaits, car chaque fois qu'il me touchait… toutes mes craintes m'abandonnaient, en même temps que mon esprit rationnel.

Une fois vêtue de ma tenue de nuit, je me suis glissée sous les couvertures, me délectant du confort du matelas. Les draps blancs et frais me rappelaient l'auberge de Maman. Lorsque je m'étais réveillée là-bas, dans un nuage de douceur, j'avais pensé que je me trouvais dans quelque délicieux paradis. Sauf que Kerrick me retenait dans ce monde — accroché à moi et refusant de me laisser partir. Les souvenirs affluaient à ma mémoire, et j'ai revu cette nuit que nous avions passée serrés l'un contre l'autre, et son dos nu le matin quand il s'était levé…

Je me suis obligée à me concentrer sur le présent. *Comment allais-je retrouver Ryne ?* Peu à peu, j'ai sombré dans le sommeil. Cette nuit-là, je n'ai pas rêvé des morts de Tohon, ce qui a constitué un vrai soulagement. A la place, ce sont des visions de Kerrick qui ont tourbillonné dans ma tête.

Le matin suivant, Hiver m'a apporté un petit déjeuner sur un plateau. Après avoir mangé, j'ai enfilé une tunique et un pantalon noirs. Confortables et simples, ils seraient adaptés à mon travail auprès des malades et des blessés.

Peu après le départ d'Hiver, Célina m'a rejointe dans mes appartements. Elle m'a scrutée de la tête aux pieds avec un regard critique, avant de pousser un grognement approbateur :

— Au moins, tu as le sens pratique. Allez, viens. Je n'ai pas toute la journée devant moi.

Elle a fait volte-face et elle est sortie de la chambre d'un pas vif.

Si elle espérait me semer, elle allait avoir une surprise. Après ces mois de marche intensive en forêt, il aurait fallu qu'elle se mette à courir pour pouvoir espérer me distancer. Je suis restée sur ses talons tandis que nous empruntions couloirs et escaliers, et traversions plusieurs salles.

Célina portait une tunique de soie couleur lavande et une jupe d'un violet profond. Elle avait enroulé ses longs cheveux blonds en chignon, maintenu par un peigne orné d'améthystes étincelantes. Son port altier et la finesse de ses vêtements contrastaient étrangement avec l'épée qui pendait à sa taille.

De temps à autre, elle s'arrêtait pour me désigner une porte ou un escalier qu'il m'était interdit d'utiliser.

— Tu vois ce symbole ? m'a-t-elle demandé en me montrant un cercle qui entourait trois clés barrées. Il signifie « ne pas entrer ». Aucun des habitants du château ou des environs n'est autorisé à pénétrer dans ces salles ou ces zones. Compris ?

— L'interdiction te concerne-t-elle aussi ?

— Non. En tant que bras droit de Tohon, j'ai libre accès à ces pièces.

Le bras droit de Tohon… Elle ne semblait pas avoir plus de vingt-cinq ans — le même âge que le magicien.

— Ton nom m'est familier. Tu es une de ses amies ?

— Non. Simplement une… alliée. Je l'ai rencontré à l'Académie.

— Célina de Lyady ! me suis-je exclamée. Voilà d'où je connaissais ton nom. Kerrick l'a cité une fois. Tu faisais partie de ceux qui prétendaient au titre de roi de l'Académie.

Elle a eu une grimace de mépris :

— C'était un jeu stupide, une histoire de gosses. A l'époque, je trouvais qu'être couronnée reine pouvait être amusant. Lyady n'est pas une monarchie au sens traditionnel du terme ; mon père a été élu roi par la population. Ce jeu…, cela s'est révélé une très mauvaise expérience pour moi. Les autres l'ont pris bien trop au sérieux.

Le royaume de Lyady partageait une frontière avec Sogra à l'est et Alga au nord ; la mer Infinie le bordait à l'ouest et au sud.

— Ainsi, ai-je dit, Tohon a envahi Lyady ?

— L'année dernière, oui. Nous n'avons pas pu lui opposer de résistance. La peste avait décimé le pays.

— Il vous a vaincus… et pourtant tu l'aides.

Célina a eu un haussement d'épaules résigné.

— Toi aussi, Avry.

Là, elle avait touché juste…

— Et mieux vaut cela que d'être enfermée à vie dans un cachot humide.

Là encore, je n'aurais pu lui donner tort. Toutefois, j'avais l'impression qu'il existait entre eux d'autres liens… Autre fait curieux, il me semblait que nombre des anciens pensionnaires de l'Académie avaient survécu à la peste. Et soudain, une idée m'a frappée, si monstrueuse que j'ai failli trébucher : et si Tohon n'avait jamais cessé de jouer au jeu de la royauté ? S'il continuait, aujourd'hui encore, à chercher à triompher pour prendre la tête des Quinze Royaumes ?

Toutefois, dans ce cas, comment aurait-il réussi à protéger ses anciens condisciples de la maladie ? Personne n'aurait pu prédire l'épidémie.

Célina a poursuivi la visite guidée du château ; elle m'a montré les cuisines, le réfectoire et les cabinets des conseillers, avant de m'entraîner à l'extérieur. De minces nuages de brume flottaient encore dans la fraîcheur matinale, mais la journée s'annonçait douce et agréable. L'air embaumait le printemps — ce qui m'a rappelé Kerrick. J'ai poussé un juron silencieux. A présent que j'étais enfin libérée de sa présence, voilà que je me mettais à penser à lui ! La saison s'annonçait longue…

Derrière le château, les communs se dressaient selon un plan en arc de cercle. Ils se composaient d'une étable, des baraquements des gardes, d'une armurerie, d'un chenil, et enfin de l'infirmerie. Avant que nous y pénétrions, Célina s'est dirigée vers le vaste mur d'enceinte. J'ai remarqué qu'en cet endroit il n'était pas noir, mais vert avec des taches blanches. A mesure que nous en approchions, j'ai compris qu'il s'agissait de végétation : un grand nombre de plantes poussaient à proximité. Les plus hautes s'élevaient jusqu'au sommet du mur.

Célina s'est arrêtée à une vingtaine de mètres de celui-ci.

— Si j'étais toi, je ne tenterais pas de m'enfuir par ici. La seule issue est la porte principale.

— Est-ce vraiment ce que je crois ?

— Oui. Ils recouvrent l'ensemble du mur intérieur. Tohon est parfois brillant. Quel dommage qu'il n'ait pas une once de conscience ! Mais au moins est-il fidèle à lui-même...

Sans un mot, j'ai observé la rangée de lys qui bordait le mur. Des lys de la mort, sans le moindre doute. Ainsi, personne ne pouvait se glisser à l'intérieur de l'enceinte ni en sortir. Une idée de génie...

Un souvenir m'est revenu : Belen, dans la salle des archives de la guilde des guérisseurs, et le cadavre qui protégeait la caisse de graines de lys de la mort. Tohon avait-il assassiné cet homme pour les récupérer ?

— Y en a-t-il d'autres ? ai-je demandé.

— Il a tout un jardin de ces horreurs au nord-ouest de l'enceinte.

Tandis que nous rebroussions chemin en direction de l'infirmerie, j'ai observé les plantes mortelles. Sepp aurait pu se déplacer sans risque à travers elles. Moi-même, il était possible que je guide Ryne sous leurs frondaisons sans qu'elles nous inquiètent. Ainsi, une idée s'est mise à germer peu à peu...

Je me suis arrêtée devant la porte. L'odeur caractéristique d'excréments et de corps malades s'élevait dans l'air du matin.

— C'est ici que je te laisse. Bonne chance, m'a lancé Célina avant de s'éloigner.

Je ne l'ai pas laissée partir sans lui poser une question :

— Attends un peu, lui ai-je fait. Y a-t-il là-dedans des... morts ? Ceux de Tohon, je veux dire.

— Non, seulement les soldats blessés. Il cantonne les morts dans un baraquement à part.

Avec un soupir de soulagement, je suis retournée vers l'infirmerie. Je me suis arrêtée sur le seuil pour parcourir du regard la vaste salle. Sous mes yeux s'étendaient des rangées de couchettes, serrées les unes contre les autres, où gisaient des patients. J'ai observé le petit nombre de personnes qui sillonnaient les allées pour s'occuper d'eux. Ils portaient des foulards qui leur couvraient le nez et la bouche. Sur les murs latéraux, les fenêtres étaient fermées. Au fond, j'ai remarqué une porte.

Certes, Tohon me contraignait à rester ici, mais quoi qu'il en soit, ces gens avaient besoin de moi. Qu'importe le contrat, c'était ma responsabilité de guérisseuse.

Avant de m'avancer au cœur de cet enfer miniature, j'ai inspiré une grande goulée d'air pur. De toute évidence, Tohon ne se préoccupait guère de ses blessés.

Abordant l'infirmière la plus proche, je lui ai demandé :

— Où se trouve le responsable de cette infirmerie ?

La femme m'a désigné la porte du fond, qui donnait sur une autre pièce. Tâchant de mon mieux de ne pas encore regarder les patients allongés sur leurs couchettes, j'ai traversé la salle pour pénétrer dans la suivante. Celle-ci était divisée en deux parties : un bureau et une salle d'examen. Le bureau était le seul endroit propre de tout le bâtiment… Cinq personnes s'y trouvaient, en grande discussion, confortablement installées dans des fauteuils.

— Qui est le responsable, ici ? ai-je demandé de nouveau.

L'homme qui se tenait derrière le bureau m'a jeté un regard où se mêlaient paresse et insolence.

— Qui le demande ?

— J'ai pour nom Avry de Kazan. Je suis ici sur ordre de Tohon. Répondez à ma question.

Le nom de Tohon a produit l'effet escompté ; l'homme s'est redressé.

— Je suis chargé des patients.

— Correction : vous êtes chargé d'une porcherie. La bonne réponse est : « A compter de maintenant, Avry la guérisseuse est responsable des malades. »

L'homme s'est levé d'un bond, furieux :

— Tu ne t'imagines tout de même pas que tu peux débarquer ici et…

— Bien sûr que je le peux. Et je vous prie de me vouvoyer. Si cela vous pose problème, n'hésitez pas à faire part de vos griefs à Tohon.

Serrant les poings, il m'a considérée avec une expression haineuse.

— On dit « Sa Majesté Tohon » ! a-t-il sifflé.

J'ai soutenu son regard en silence jusqu'à ce qu'il cède et détourne la tête.

— Sa Majesté sera informée de cet affront ! s'est-il exclamé en quittant la pièce en trombe.

Les quatre autres personnes présentes — trois femmes et un homme — me regardaient avec des expressions de stupeur.

Je les ai considérés d'un œil courroucé.

— Et vous autres, vous travaillez ici ?

Ils ont hoché la tête.

— Non, vous vous trompez. Si vous y travailliez *vraiment*, cet endroit ne puerait pas comme une porcherie. Mais nous allons améliorer cela très vite.

Sur ce, j'ai tourné les talons. Ils m'ont suivie jusque dans la grande salle, où deux autres infirmières se tenaient, dans l'expectative. J'ai envoyé tout ce beau monde chercher des seaux d'eau, des draps et des linges propres, des savons et de l'alcool. En leur absence, j'ai entrepris d'inspecter l'état de santé des patients. Des infections, quelques cas de fièvre, des fractures, plusieurs déshydratations, et ainsi de suite. Au bout de quelques minutes, l'homme qui avait prétendu être responsable est revenu, un sourire torve sur le visage. Tohon l'accompagnait.

Ce dernier a tordu le nez avec une expression de dégoût, mais n'a fait aucun commentaire sur la puanteur qui régnait.

— Je t'ai envoyée ici pour que tu apportes ton aide, ma chère. Pas pour que tu causes des problèmes.

— J'ai dû me tromper : il y a un autre guérisseur dans les parages ? lui ai-je répondu en regardant tout autour de moi comme si je cherchais quelqu'un.

— Arrête ta comédie, Avry. Que se passe-t-il ?

— Regarde autour de toi, Tohon. Respire un bon coup. Cet endroit est *infect*. Tes soldats ne meurent pas de leurs blessures, mais d'infections et de manque de soins appropriés.

Plantant le doigt dans la poitrine du prétendu responsable, j'ai repris :

— Cet imbécile fait plus de mal que de bien !

Tohon a haussé les épaules.

— Ça ne m'a pas l'air si terrible…

Je me suis retenue de pousser un grognement.

— Reviens dans cinq jours. Je te garantis que la moitié de ces patients seront sur pied et capables de reprendre le travail d'ici là.

— Pour quelqu'un qui n'a aucune expérience, tu es sacrément confiante, m'a répliqué Tohon, goguenard.

— La première chose qu'apprennent les guérisseurs, c'est l'importance de la propreté. Elle constitue la base de notre art, Tohon. Ton homme et son équipe sont soit trop fainéants, soit trop bêtes pour respecter ce principe.

L'homme a voulu protester, mais Tohon l'a arrêté d'un seul regard.

— Très bien, ma chère. Tu as cinq jours.

Les cinq jours en question ont été certes épuisants, mais aussi très gratifiants : comme il était agréable de voir les malades s'en tirer grâce à mes soins ! J'avais également trouvé un moyen d'éviter que Tohon m'approche et me touche. Dans la mesure où les cas les plus sévères étaient ceux impliquant des blessures infectées, j'ai passé toutes les nuits dans mon lit à lutter contre la fièvre et le délire, tandis qu'Hiver veillait sur moi. Autre point positif de cette période : dans la poche de l'uniforme d'un capitaine des gardes, j'ai trouvé un jeu de clés. J'étais en train de ramasser les vêtements des malades pour les faire nettoyer lorsque le bruit métallique avait attiré mon attention.

En hâte, j'avais subtilisé le trousseau, certaine qu'il me servirait tôt ou tard.

Lorsque, le cinquième jour, Tohon a pointé le nez dans l'infirmerie, il a eu bien du mal à dissimuler sa surprise. L'air frais entrait par les fenêtres ouvertes. Chaque patient bénéficiait de davantage d'espace autour de sa couchette. Ils discutaient entre eux, assis contre des oreillers. Les infirmières passaient des uns aux autres pour leur proposer des verres d'eau ou vérifier leurs pansements. L'endroit sentait le savon et le désinfectant.

— Du beau travail, ma chère. Si je t'assigne quelques infirmières supplémentaires, penses-tu pouvoir te libérer suffisamment pour m'assister dans mon expérience ?

— Même avec du personnel en plus, il me faut au moins dix jours pour achever d'organiser l'infirmerie et de former complètement ceux qui y travaillent afin qu'ils connaissent les bases de leur tâche.

— Dix jours ? Très bien. Accordé, a dit Tohon.

Sur ce, il a quitté les lieux.

A vrai dire, je n'avais pas réellement besoin de ce délai, mais j'espérais que l'armée d'Estrid viendrait d'ici là poser quelques problèmes à Tohon. Sans compter que j'avais du temps devant moi pour utiliser le trousseau de clés et me mettre à la recherche de Ryne.

J'ai découvert le prince Ryne une semaine plus tard. La salle où il était enfermé se trouvait dissimulée dans un coin du château, dans une aile excentrée et pratiquement abandonnée qui ressemblait à un musée. Lorsque j'ai pénétré dans la pièce, j'ai dû allumer la lanterne que je portais avec moi pour l'explorer. Dans le faisceau de la lampe, j'ai aperçu ce qui ressemblait à de grandes boîtes, qui reposaient sur des tables recouvertes de velours noir. Une inspection approfondie m'a vite appris ce que c'était en réalité. *Des cercueils de verre.* Un nœud glacé s'est formé dans ma poitrine.

Ryne occupait l'un de ces catafalques, mais il n'était pas le seul qui gisait là. Près de lui, j'ai découvert deux autres corps. L'un était celui d'un homme âgé qui portait une robe de cérémonie et une couronne d'or — le roi Xavier, sans aucun doute. L'autre était beaucoup plus jeune — il devait avoir l'âge de Kerrick. Les épaules larges et les cheveux blonds, il présentait des traits familiers. Tohon avait-il donc un frère ?

Un quatrième cercueil de verre se trouvait là, vide celui-ci. L'idée qu'il attendait son occupant était encore plus effrayante que la vue des trois autres boîtes. Avec un long frisson, j'ai entrepris d'inspecter les corps.

Etrangement, Ryne semblait nettement plus jeune que la seule fois où je l'avais vu, lorsqu'il était venu « rendre visite » à Tara. Il avait depuis rasé son épaisse barbe et sa moustache, et ses cheveux avaient été coupés. L'expression apaisée, il avait un visage plutôt agréable.

Si Ryne semblait endormi, la peau du roi Xavier avait la lividité de la mort ; l'autre homme était également décédé. D'après les commentaires de Tohon quand il m'avait fait visiter le château, je savais que le magicien aimait user de ses pouvoirs pour prendre des vies. Cependant, il n'avait pas pris celle de Ryne. Pas encore. La torpeur magique, cet état entre la vie et la mort où le sort de Sepp maintenait le prince l'en empêchait peut-être.

Et qui serait la prochaine victime ? Inutile de se le demander… Tohon aurait adoré que le cercueil vide accueille la dépouille de Kerrick. Un étrange sentiment s'est emparé de moi, comme si je voulais le protéger à tout prix. J'ai préféré ignorer cette pensée pour fouiller sous les tréteaux.

Sous le catafalque vide, j'ai découvert un cercueil de pin de mauvaise qualité, vide lui aussi. Inutile de l'examiner en détail pour savoir à qui il était destiné : il convenait parfaitement à ma taille…

D'un pas vif, j'ai quitté la pièce et son macabre contenu.

Les premières heures du matin, juste avant l'aube, étaient les meilleures pour mes fouilles à l'intérieur du château, car la plupart de ses habitants travaillaient tard le soir et restaient au lit jusqu'au milieu de la matinée. J'étais là depuis suffisamment longtemps pour savoir que Tohon suivait également ces horaires.

Je suis retournée à ma chambre pour y ranger la lanterne avant de me rendre à l'infirmerie dans le petit matin gris. Comment allais-je envoyer un message à Sepp pour lui indiquer que j'avais découvert Ryne ? J'ai imaginé plusieurs solutions, mais aucune ne m'a paru réalisable. Absorbée dans mes pensées, j'ai failli ne pas prendre conscience d'un mouvement furtif sur ma gauche ; mais mon entraînement dans la forêt a repris le dessus, et en un clin d'œil je me suis dissimulée dans l'ombre. Curieuse, je me suis ensuite glissée dans l'allée qui séparait l'étable de l'armurerie. Appuyée contre le mur de celle-ci, j'ai épié autour des bâtiments sans être vue.

Une silhouette furtive venait de se glisser sous la barrière du pâturage en direction du nord-ouest de l'enceinte. Un signal d'alarme s'est réveillé dans ma mémoire. Célina avait mentionné un jardin — un jardin de lys de la mort ! Je me suis élancée sur les traces de l'inconnu, coupant à mon tour à travers l'herbe.

Dans la lumière diffuse, l'aile nord-ouest ressemblait à un véritable bois où se mêlaient bosquets et fourrés. La personne que je filais avait disparu dans la verdure, et j'espérais qu'elle n'avait pas été attaquée par un lys. En approchant, je commençais à distinguer individuellement les tiges des fleurs. Les pétales étaient courbés dans un angle inhabituel. Tout d'abord, j'ai cru que les lys avaient fait un prisonnier ; puis j'ai compris qu'en réalité les pétales avaient été ouverts, exposant l'intérieur de la plante.

Je me suis dirigée vers le lys le plus proche. Il n'a pas bougé. Pour empêcher qu'elle ne se referme, la plante avait été attachée à un cadre de métal. Celui qui venait ici, qui que ce soit, n'avait rien à craindre des fleurs. Même les racines des lys, si dangereuses, avaient été ligotées autour d'un treillis métallique. Je les ai observés un long moment, hésitant entre la fascination et la répulsion. Qui donc osait torturer ainsi des lys de la mort ?

Tohon, bien entendu. Mais pour quelle raison ? Cela, je l'ignorais.

— Bonjour, ma chère, a lancé celui-ci en apparaissant entre deux lys.

Il portait un sac à la main.

— As-tu terminé de fouiner pour ce matin, ou bien ton agenda pour aujourd'hui comporte-t-il l'exploration de cet endroit ?

Ainsi, Tohon était au courant de mes recherches… Voilà qui n'aurait pas dû me surprendre.

— Tu n'as pas l'air en colère.

Il a haussé les épaules.

— Tu peux bien fouiller tout ce que tu veux. La seule personne qui aurait pu réveiller Ryne est morte. Qui plus est, tu es coincée ici par ton serment et tu ne peux pas rejoindre Estrid ou Kerrick pour leur raconter tous mes petits secrets. Et ne crois pas que tu puisses leur envoyer un message. Mes hommes me sont loyaux, ils me le signaleraient. Et tu ne souhaites pas me mettre en colère, ma chère, je t'assure.

La menace dans sa voix a fait se dresser les cheveux sur ma nuque. Pour changer de sujet, j'ai désigné les lys d'un geste :

— Pourquoi sont-ils… ouverts de la sorte ? Que fais-tu avec ces fleurs ?

— Les maintenir ouvertes me permet d'extraire leur toxine plus facilement.

Je l'ai regardé, bouche bée :

— Mais pourquoi ?

Ma réaction de stupeur a provoqué chez lui un sourire.

— Ignorais-tu que la guilde des guérisseurs a tenté par

bien des moyens d'obtenir la toxine des lys ? La substance s'altère dès que la plante meurt.

Tohon a plongé la main dans son sac pour en extraire une boule orangée.

— En travaillant avec la guilde, je me suis rendu compte que moi seul étais capable d'extraire ceci. Je suis immunisé contre le poison. Mais si qui que ce soit d'autre tente de le faire, le lys le piquera.

La bogue que tenait Tohon ressemblait en tout point à celles que j'avais dissimulées dans mon havresac. *Pourquoi le lys me les avait-il données ?*

— Je sais pourquoi la guilde voulait le poison, mais toi ? A quoi peut-il te servir ?

— Je ne te croyais pas si innocente, ma chère. Réfléchis — et n'aie pas peur des pensées perverses…

Il y avait des façons plus simples de tuer ses ennemis, mais la toxine provoquait une mort lente et douloureuse. Se pouvait-il que…

Soudain, une connexion folle m'est apparue. Les symptômes provoqués par le poison de lys étaient les mêmes que ceux des deux premiers stades de la peste. A l'exception des rares personnes qui survivaient à la morsure des lys, les fleurs comme la peste provoquaient une mort certaine. Dans la mesure où Tohon se moquait bien de l'observation scientifique ou de trouver un antidote, que pouvait-il donc chercher d'utile pour lui ? Il avait dit que ses hommes étaient loyaux, mais d'après ce que j'avais vu, ils paraissaient plus terrifiés que fidèles. Donc…

— Tu utilises la toxine pour faire peur aux gens. Pour t'assurer de la loyauté de tes sujets.

— Je savais bien que tu avais un côté obscur ! s'est-il exclamé avec une fierté non dissimulée. Tu n'imagines pas à quel point la menace d'injecter le poison à quelqu'un se révèle efficace. Ils font tout ce que je leur ordonne et me disent tout ce que je dois savoir. N'oublie jamais cela, ma chère.

Ainsi, Tohon me confirmait que je ne trouverais *aucun* allié ici.

— Dans la mesure où tu parais avoir assez de temps pour te promener ici et là chaque matin, je ne pense pas que tu aies réellement besoin de trois jours supplémentaires à l'infirmerie. Tu peux commencer à m'assister dès aujourd'hui.

Sur ces mots, Tohon s'est éloigné, m'invitant d'un geste à le suivre.

Comme nous nous dirigions vers le château, il m'a demandé :

— As-tu déjà découvert mon laboratoire ?

— Non.

Mais j'avais espéré tomber dessus au cours de mes explorations. J'osais à peine imaginer les horreurs qui m'y attendaient.

Tohon m'a menée à travers le château jusqu'au pied de l'une des tours, occupée comme la précédente par un escalier en colimaçon. Au lieu de descendre comme je m'y attendais, Tohon l'a emprunté vers le haut. Nous avons ainsi grimpé plusieurs étages avant qu'il s'arrête. A l'aide d'une clé, il a ouvert une porte de bois.

— Comment aurais-je pu découvrir ton laboratoire si la porte était verrouillée ? lui ai-je demandé.

— Je me suis dit que l'affreux Kerrick avait dû t'apprendre à crocheter les serrures.

Pour toute réponse, j'ai pouffé.

— Qu'y a-t-il de si drôle ?

— Il ne m'aurait jamais montré ça. Je crois bien qu'il craignait toujours que je rompe ma promesse et que je tente de m'enfuir. Alors, il n'aurait pas eu d'autre solution que me menotter à un arbre, comme au début de notre expédition.

Tohon a claqué de la langue avec mépris.

— Un tel comportement ne m'étonne guère de sa part. Kerrick est un rustre !

Là-dessus, il a ouvert la porte. J'ai découvert une pièce

ensoleillée, qui m'a rappelé son jardin éternel. Toutefois, l'ameublement était fort différent : ici, des tables et d'autres équipements de travail occupaient toute la longueur de l'espace. De hautes fenêtres laissaient entrer le jour. Une odeur de vanille et d'anis flottait dans le laboratoire.

Je m'étais attendue au pire, mais les lieux n'avaient rien d'effrayant, finalement. Je n'allais pas m'en plaindre… A pas lents, j'ai effectué un tour d'inspection. J'ai reconnu quelques appareils, comme l'alambic qui servait à extraire les huiles des plantes médicinales. La guilde avait disposé de tout un bâtiment équipé de la sorte pour les recherches. A vrai dire, le laboratoire de Tohon ressemblait à celui-là, comme s'il l'avait copié point par point à plus petite échelle.

Sans un mot, ce dernier a saisi un récipient sur une étagère et l'a posé sur une table. Il y a laissé tomber les bogues de toxine. J'en ai compté dix.

— Peux-tu en ramasser autant qu'il te plaît ? lui ai-je demandé.

— Chaque lys de la mort possède deux sachets similaires. Si on les ôte, ils repoussent, mais cela peut prendre plusieurs mois.

Tout en parlant, Tohon avait ouvert un tiroir rempli de seringues. Il en a saisi une, qu'il a plantée dans la bourse avant de remplir le réservoir de toxine.

Sa tâche macabre me dégoûtait. Les jambes tremblantes, j'ai poursuivi :

— Pourquoi as-tu besoin de moi ? J'ai des patients qui m'attendent.

D'un geste, il m'a désigné une chaise.

— Assieds-toi, ma chère. Cela ne prendra pas longtemps.

J'ai obtempéré, mal à l'aise. Il a tapoté le cylindre de la seringue pour chasser les éventuelles bulles d'air.

Une fois qu'il a terminé, il s'est tourné vers moi et m'a annoncé :

— Ce soir, je dois me rendre à une de ces maudites

cérémonies mondaines. Tu m'accompagneras. Porte la robe verte.

Mon esprit a enregistré les mots « cérémonies » et « robe », mais je ne parvenais pas à détacher mon regard de la seringue. Je ne me suis détendue que lorsqu'il l'a posée sur la table devant lui.

Mon trouble a fait sourire Tohon.

— Ton émotivité est réellement délicieuse, ma chère. Envers moi, tu passes sans cesse de la haine à la fascination, de la répulsion au désir et ainsi de suite. Comment pourrais-je savoir lesquels de ces sentiments sont authentiques alors que tu l'ignores toi-même ?

— Au moins, tu ne peux pas m'accuser d'être prévisible…

— Exact.

Il s'est agenouillé devant ma chaise pour me regarder les yeux dans les yeux.

— La seule chose dont je suis certain, c'est que ton travail à l'infirmerie te satisfait. Tu es heureuse de soigner des malades, car tu fais enfin ce à quoi tu te destinais. C'est très gratifiant, n'est-ce pas ?

— Oui.

— Et tu peux me remercier. Si tu avais écouté l'affreux Kerrick, tu aurais dû guérir le prince Ryne… et tu en serais morte.

Posant les mains sur les accoudoirs de ma chaise, il m'a fixée avec attention, comme pour étudier mon expression.

— Oui, je connais la vérité. Je me trouvais au quartier général de la guilde lorsque les premières victimes sont arrivées.

Avec un rictus narquois, il a ajouté :

— Au fait, l'affreux Kerrick t'a-t-il convaincu de guérir le prince ?

— *Non.*

— Tu m'en vois ravi !

— C'est *toi* qui y es parvenu.

Le sourire de Tohon a disparu :

— Vraiment ? Voudrais-tu bien me dire comment, ma chère ?

— Tu veux une liste complète, ou bien puis-je me contenter de résumer ?

— Voilà qui n'est guère courtois de ta part. Eh bien, réfléchis à ce que je vais te dire : Ryne a perdu la guerre. Même si quelqu'un avait le pouvoir de le réveiller et de le guérir, il ne dispose plus d'assez de troupes ni d'argent pour s'opposer à mon armée. Ton sacrifice n'aurait servi à rien. Tu as infiniment plus de valeur que Ryne…

Il s'est arrêté un instant, comme absorbé dans ses pensées, avant de poursuivre :

— Ce qui rend encore plus difficile ce que je vais faire, mais je n'ai pas le choix.

— Qu'est-ce qui est encore plus difficile ?

Saisissant mon poignet droit, Tohon l'a attaché à l'accoudoir de la chaise. J'ai poussé un cri de protestation et tenté de le repousser de ma main gauche. Mais il a été bien plus rapide que je ne l'imaginais et s'en est emparé à son tour pour la ligoter. Je me suis débattue tant bien que mal, ruant sur ma chaise, mais il a bondi hors de portée. Comment avais-je pu ne pas remarquer les liens de cuir qui pendaient des accoudoirs ?

— Mais que…

La question s'est étranglée dans ma gorge. *Tohon venait de saisir la seringue.* A présent, il s'approchait de moi. J'ai ouvert la bouche pour protester, mais il a plongé l'aiguille dans mon avant-bras et a appuyé pour injecter la toxine dans mon sang.

En toute logique, je n'avais aucune raison d'avoir peur. J'étais immunisée contre le poison des lys de la mort… à condition que cette immunité fonctionne aussi lorsque c'était Tohon et non la fleur elle-même qui me piquait.

23

— Pourquoi as-tu fait ça ?

En dépit de l'angoisse qui me nouait le ventre, j'ai réussi à conserver une voix assurée.

— On dirait que ça ne t'inquiète guère ? m'a répondu Tohon.

Je pouvais sentir la toxine se répandre dans mes veines. Je me suis renfoncée contre le dossier de ma chaise et j'ai fermé les yeux ; mes pensées se sont déconnectées de mon corps… mais il n'y avait aucun lys auquel se relier, seulement Tohon — et je ne pouvais accéder à lui. Pourtant, comme s'il avait senti ma demande, il a posé la main sur ma joue. Immédiatement, nos consciences se sont rejointes.

« *Ta réaction est fascinante, ma chère. Ceci n'est pas ta première expérience avec le lys de la mort, je me trompe ?* »

Difficile de mentir alors qu'il « entendait » mes pensées au moment même où celles-ci me traversaient la tête.

« *Non.* »

J'ai revu ma rencontre avec la plante durant mon enfance, puis la fois où j'avais sauvé Flea et été capturée à sa place.

« *Je m'en doutais. Avec moi, elle refuse de communiquer.*

— *Tu te sers d'elle, tu leur voles leurs bogues.*

— *Elles tuent des gens, Avry.*

— *Toi aussi.* »

J'ai senti son amusement dans mon corps.

« *Et alors ? Prendras-tu ma défense comme tu prends la leur ?*

— *Non. Toi, je t'arrêterai.* »

De nouveau, sa joie m'a traversée.

« *Permets-moi d'en douter.*

— *Pourquoi m'as-tu injecté la toxine ?*

— *Pour prouver une théorie. Quel dommage que la guilde des guérisseurs n'existe plus ! Je me serais fait une joie de leur démontrer que j'avais raison.* »

Tohon a retiré sa main de ma joue. Regagnant la table où se trouvaient les bogues de toxine, il a ouvert un classeur de cuir dans lequel il a commencé à prendre des notes.

Déconnectée de lui et de mon corps, ma conscience flottait dans la pièce. *Pouvais-je l'envoyer ailleurs ?* Malheureusement, avant même que j'aie eu le temps d'essayer, Tohon est revenu vers moi, a défait les liens qui retenaient mes poignets et m'a relevée. De nouveau, nos consciences se sont unies.

« *Ça ira mieux dans quelques heures, ma chère.*

— *Comment le sais-tu ?*

— *Je le devine.* »

Nous avons quitté le laboratoire, et Tohon a refermé la porte à clé derrière nous. Tandis que nous descendions l'escalier en spirale, je lui ai demandé :

« *Quelle théorie as-tu prouvée, au juste ?* »

Mais la réponse s'est présentée elle-même à mon esprit avant qu'il la formule : *que tous les guérisseurs survivent au poison des lys de la mort.*

« *Impressionnant, ma chère,* a répondu la pensée de Tohon en écho. *Si tu n'étais pas à moi, je m'inquiéterais.*

— *Je ne t'appartiens pas.*

— *Que tu dis.* »

J'ai fait taire mon envie d'argumenter avec lui. Comme le disait souvent ma mère : « Choisis bien tes combats »... A la place, je me suis concentrée sur l'expérience.

« *Est-ce le fait de survivre à la toxine qui fait de nous des guérisseurs ? Notre magie est-elle un don des lys de la mort ?* ai-je demandé à Tohon.

— *Je le crois, mais je n'ai pas encore réussi à le démontrer.* »

En cet instant m'est apparue une série d'images : encore et encore, Tohon injectait la toxine à des gens, dans le seul but de connaître la réaction de leur organisme.

C'était atroce. Si j'avais eu le contrôle de mon corps, je me serais figée en cet instant. Mais Tohon me guidait, et je ne pouvais que lui obéir. De force, il m'a escortée jusqu'à mes appartements.

« *Tu n'as tout de même pas osé…*

— *Cela ne te concerne en rien, très chère.* »

La pensée était accompagnée d'ondes d'avertissement. De toute évidence, mieux valait que je n'insiste pas sur ce sujet.

A la place, j'ai repassé dans ma tête toutes les informations que je venais d'obtenir.

« *Si tu es insensible à la toxine*, ai-je demandé, *cela signifie-t-il que tu peux également guérir les gens ?*

— *Non. Simplement, ma magie de vie me protège de toutes les maladies. Je n'ai jamais attrapé le moindre rhume, la grippe ou ne serait-ce que des maux d'estomac. Même le poison n'a aucun effet sur moi. Ah, nous y voici.* »

Nous étions arrivés dans ma chambre ; il m'a prise dans ses bras pour m'allonger sur mon lit.

En dépit de mes yeux clos, je pouvais voir tout ce qui se passait dans la pièce. Mon esprit flottait au-dessus de mon corps.

Tohon fouillait dans les vêtements que contenait mon armoire. Il en a tiré une robe verte, où des sequins étincelants soulignaient un corsage fort échancré.

— Tu porteras celle-ci ce soir. J'enverrai Hiver dans quelques heures pour t'aider à te préparer.

Avant de quitter la pièce, il a déposé la robe sur une chaise.

Désincarnée, j'ai tenté de bouger en me raccrochant au souvenir de la façon dont j'avais suivi en esprit les racines du lys de la mort. Mais, ce jour-là, quelque chose me reliait à la plante ; pareillement, j'avais eu aujourd'hui besoin de toucher Tohon. Toutefois, j'étais en contact avec le matelas ; peut-être pouvais-je « me transporter » grâce au lit.

Imaginant ce que cela serait de voyager à travers la

couette épaisse, j'ai tenté de projeter mon esprit dans cette direction. Rien ne s'est passé. Après plusieurs vaines tentatives, j'ai fini par me résigner : de toute évidence, je resterais bloquée jusqu'à ce que les effets de la toxine se dissipent…

Hiver est entrée dans ma chambre quelques heures plus tard. Elle m'a appelée, mais mon corps ne s'est pas éveillé. Peut-être n'aurais-je pas à me rendre à cette fichue fête, après tout… J'en étais à me réjouir — lorsque la jeune femme a touché ma main, connectant sa conscience à la mienne.

J'y ai d'abord lu de l'inquiétude pour moi. J'étais ravie d'apprendre que je comptais vraiment pour elle. Au fond de son esprit, j'ai aussi capté son souci de la réaction du roi Tohon si elle ne parvenait pas à me préparer à temps. Devait-elle rapporter mon état au roi ?

« Peux-tu m'entendre, Hiver ? »

Aucune réaction.

L'idée que je pouvais lire ses pensées sans que la réciproque soit vraie m'a mise mal à l'aise. Toutefois, j'ai appris quelques éléments. D'abord, Tohon la terrifiait. Ensuite, elle avait pour ordre de lui rapporter chacun de mes faits et gestes. Enfin, elle n'accepterait jamais de passer un message à Sepp de ma part.

La servante a lâché ma main et je me suis retrouvée à flotter comme une bulle d'air sous la mer. Je suis demeurée ainsi, fantôme invisible, pendant ce qui m'a paru des siècles ; on aurait dit que le temps s'était arrêté. La fois où je m'étais trouvée enfermée dans un lys, je m'étais reconnectée à mon corps à l'instant même où la fleur m'avait rejetée ; mais l'effet de l'injection de Tohon paraissait bien plus long. Au moins n'en étais-je pas morte…

Et soudain je me suis retrouvée dans mon corps, sans aucun signe avant-coureur, avec juste l'impression qu'il pesait des tonnes. J'ai gardé les yeux fermés jusqu'à ce que cette sensation se dissipe. Alors seulement, je me suis assise et me suis étirée.

Lorsque Hiver est revenue, j'étais dans ma baignoire.

— La Créatrice soit louée, vous êtes vivante ! s'est-elle exclamée.

Elle s'est mise à tourner dans la salle de bains pour ramasser peignes et serviettes.

— Le roi devenait impatient. Allons, mademoiselle. Nous avons beaucoup à faire.

Instantanément, j'ai éprouvé le désir de traîner des pieds pour faire attendre Tohon. Pourtant, je savais qu'Hiver en subirait les conséquences, aussi ai-je préféré me montrer coopérative. Je l'ai laissée me coiffer et me maquiller. Mais lorsque nous en sommes venues à la robe, j'ai regimbé. En effet, je venais de m'en apercevoir, celle-ci se nouait derrière la nuque, ce qui impliquait que ni mon dos ni mes côtes n'étaient couvertes, et ce jusqu'à la taille. Je me sentais comme nue. Aussi, au lieu de revêtir la robe verte, j'en ai trouvé une autre, jaune avec des volants de soie, qui n'en révélait pas autant.

Ma décision n'a pas paru ravir Hiver, mais elle a achevé de me coiffer sans un mot. Avec deux peignes, elle m'avait confectionné un chignon élaboré après avoir lissé l'extrémité de ma chevelure. Mes cheveux me descendaient maintenant jusqu'aux épaules.

Tohon a fait irruption dans la chambre alors qu'Hiver posait les dernières touches à mon maquillage.

— Qu'est-ce qui vous prend tant de…

Il s'est interrompu en me découvrant.

— Pourquoi ne portes-tu pas la robe que j'ai choisie ? a-t-il demandé.

Une étincelle de fureur démente brillait dans ses yeux.

Par réflexe, j'ai reculé d'un pas pour me protéger de sa colère.

— Elle ne m'allait pas.

— Ne me mens pas !

Il s'est rapproché de moi.

— Tu vas te changer *immédiatement*.

— Non. J'étais mal à l'aise avec la robe verte.

— Ça m'est parfaitement égal. Change-toi maintenant.

— Je…

Il m'a saisie par le bras ; une douleur fulgurante s'est répandue le long de mon épaule et dans tout mon corps, comme si je prenais feu. J'ai hurlé et me suis débattue pour lui faire lâcher prise, mais il était plus fort que moi et il a tenu bon. Des vagues brûlantes m'ont mis le sang en ébullition. Malgré mes cris d'agonie, il me fixait d'un regard inflexible.

L'attaque a cessé aussi brutalement qu'elle avait commencé. Sans lâcher mon bras, Tohon s'est penché sur moi pour me murmurer à l'oreille :

— La robe verte. Et si tu me désobéis de nouveau, ou si tu crées des ennuis, je te jette pour trois semaines dans une des oubliettes sous le donjon. C'est compris ?

Incapable de maîtriser ma respiration haletante, j'ai répondu d'un hochement de tête. Enfin, il m'a relâchée, et je me suis précipitée près du lit pour changer de robe. Je lui ai tourné le dos pour éviter de croiser son regard. Hiver m'a aidée à nouer la bretelle derrière la nuque. Quand elle s'est écartée, Tohon m'a rejointe.

Du bout du doigt, il a touché les cicatrices qui me zébraient le dos. Je me suis raidie.

— Est-ce pour ça que tu ne voulais pas porter cette robe ?

— Oui.

— Qui a osé te faire ça ? Kerrick ?

Une véritable fureur résonnait dans sa voix.

— Personne. J'ai guéri un homme qui avait été flagellé.

— Alors, tu devrais être fière de tes cicatrices. Les guérisseurs avec qui j'ai travaillé étaient ravis de me montrer les leurs. Les femmes, en particulier, aimaient révéler les plus secrètes d'entre elles. Elles avaient l'air d'apprécier le lien qui se créait entre nous…

Ce qui n'était pas mon cas. J'ai reculé d'un pas.

— Allons-y, je te prie. Nous sommes déjà en retard.

La sécheresse de son ton indiquait clairement qu'il restait fâché contre moi.

Je l'ai suivi jusqu'à une calèche qui se trouvait dans la cour principale. L'air était frais, et ma peau s'est couverte de chair de poule. Tohon m'a aidée à grimper dans la voiture. Quand il m'a passé une couverture sur les épaules, j'ai tressailli.

Comme les chevaux s'élançaient à travers le pont-levis en direction de la ville, Tohon s'est mis à bavarder gaiement. A le voir si disert, jamais on n'aurait cru qu'il venait de m'accabler de menaces.

Ses sautes d'humeur permanentes auraient fait paraître Kerrick civilisé en comparaison. Si un détail aussi insignifiant que la couleur d'une robe pouvait le mettre dans tous ses états, que se passerait-il s'il venait à apprendre les *vraies* raisons de ma présence dans son château ? J'ai dégluti avec difficulté tant l'appréhension me nouait la gorge. Au moins cet incident avait-il l'avantage de me montrer l'urgence de contacter Sepp. Mon temps auprès de Tohon était compté.

Le soleil s'était couché lorsque nous sommes arrivés en ville. La calèche s'est arrêtée devant de hautes murailles alternant d'énormes poutres de chênes et des galets. Derrière celles-ci se trouvait un parc magnifique, où des jardins soignés entouraient une demeure aux murs recouverts de lierre. La vive lueur des chandeliers lançait des reflets joyeux par les fenêtres, et la musique coulait à flots à travers les portes ouvertes.

Tohon a fait une entrée remarquée. Dans leur costume d'apparat, les invités qui se tenaient dans la pièce principale se sont inclinés et l'ont traité avec une déférence affectée, tandis qu'ils me jetaient des regards inquisiteurs. J'ai dû lutter contre l'envie de m'enfuir pour me cacher derrière les tentures épaisses. Seul point positif, il faisait chaud.

L'intérieur de la demeure avait été décoré avec faste pour l'événement. Sur une estrade, dans la salle de bal, un quartette à cordes jouait. Dans la salle à manger, les tables croulaient sous les mets délicats et les vins. Des rires s'élevaient tandis que les couples dansaient.

Tohon avait beau prétendre qu'il détestait les cérémonies, il se délectait de l'attention qu'on lui portait. Il m'a présentée à nombre de seigneurs et de dames. Ceux-ci m'ont saluée poliment de la tête avant de m'ignorer ostensiblement tant que je restais à côté de Tohon. Ce qui me convenait parfaitement… car, dès que le roi s'éloignait de moi, les invités se permettaient de lancer des remarques narquoises ou carrément grivoises à mon propos, suffisamment fort pour que je les entende.

Pendant quelques minutes au cours de la soirée, Tohon m'a abandonnée. Je me suis trouvée un siège libre dans un recoin sombre, ravie d'échapper pour un instant aux regards de convoitise.

Mais mon moment de répit n'a guère duré. Tohon est venue me chercher. Pour la première fois, il n'était pas entouré d'une nuée d'admirateurs.

— Tu es le centre de toutes les conversations, ma chère. Les théories et les rumeurs à ton sujet vont bon train et elles sont très drôles. A cause des cicatrices sur ton dos, quelqu'un croit que tu es une prisonnière de guerre ; d'autres pensent que tu es une femme de petite vertu à la spécialité « particulière ».

Il a pouffé de rire.

— Comme si j'avais besoin de payer pour ça… J'en ai même entendu quelques-uns supposer que tu étais une fille illégitime du sultan Kazan.

— Et que feraient-ils si tu leur révélais la vérité à mon sujet ? Ne seraient-ils pas capables de me lyncher ?

— Non. Ils se contenteraient de sourire poliment et de se taire.

— Aucun changement avec la situation actuelle, donc. Alors pourquoi ne leur dirais-tu pas, tout simplement ?

— J'aime bien les laisser sur des charbons ardents. Cela dit, je veux qu'ils sachent que tu es spéciale pour moi.

Tendant sa main, il a ajouté :

— Danse avec moi.

Ce n'était pas une demande.

— Je ne sais pas danser.

— C'est facile. Tu n'as qu'à me suivre.

J'ai refusé de le toucher jusqu'au moment où nous sommes entrés dans la salle de bal. Alors, il m'a prise par la main et m'a saisie par la taille pour rejoindre le groupe des danseurs. Au début, je ne parvenais pas à imiter ses pas, et j'ai eu l'impression que tout le monde me regardait hésiter et trébucher sans grâce. Mais j'ai décidé d'ignorer ceux qui m'entouraient pour me concentrer sur les pas et rien d'autre. Après quelques tours de piste, je suis arrivée à suivre Tohon avec une certaine grâce.

Une fois que j'ai trouvé le rythme, je me suis détendue un peu. *Grosse erreur.* La chaleur de sa main a réveillé ma magie… ainsi que d'autres émotions que je préfère ne pas mentionner. Il a souri. Lâchant ma taille pour poser la main sur mon dos nu, il m'a serrée plus fort contre lui.

— Je savais que tu serais fabuleuse dans cette robe, ma chère.

Bien décidée à changer de conversation, je me suis empressée de répondre :

— En fonction de notre contrat, cette soirée peut être considérée comme un événement, n'est-ce pas ?

Sa bonne humeur s'est assombrie aussitôt.

— Tu demandes *déjà* une faveur ?

— Une petite — comme stipulé.

Tohon a répondu avec un sourire forcé :

— Je t'écoute…

— J'aimerais pouvoir aller faire des courses en ville.

— Vraiment ? Voilà qui ne te ressemble guère.

— J'ai besoin de quelques effets personnels.

— Hiver t'apportera tout ce dont tu pourrais avoir besoin, ma chère.

— Je n'en doute pas. Elle est merveilleuse. Pourtant, j'ai envie de passer une journée loin du château.

— Et de moi ?

Un flot de désir m'a envahie soudain. J'ai fermé les yeux pendant quelques instants pour repousser la sensation.

— Arrête ça.

Il s'est mis à rire.

— Je ne fais qu'encourager tes propres émotions. De toute façon, tu céderas tôt ou tard, ma chère.

Peut-être — mais pas ce soir, en tout cas.

— Pour mon excursion en ville…

— Tu pourras y aller, mais Hiver et une demi-douzaine de gardes du corps t'accompagneront.

Mauvaise nouvelle…

— Je n'ai pas envie d'attirer l'attention sur moi, ai-je tenté de protester.

— Après la fête de ce soir, il se pourrait que certains de mes ennemis tentent de m'atteindre à travers toi, ma chère. Je dois te protéger.

Encore mieux !

— Alors, j'irai avec Hiver et Célina. Elle sait se servir de l'épée qu'elle porte, n'est-ce pas ?

— Elle a appris à s'en servir à l'Académie, comme nous tous.

Le regard de Tohon s'est fait distant.

— Elle te voit comme une menace, sais-tu ? Souhaites-tu *réellement* passer du temps avec elle ?

— En quoi serais-je une menace pour elle ?

— Parce que tu es ici avec moi — et pas elle.

— Oh…

Voilà qui expliquait beaucoup de choses.

— Quand j'ai grandi, je n'étais prince que de nom. Lorsque mon père a appris l'existence de ma magie, il a nommé mon cousin comme son dauphin. Toutes ces jeunes *ladies* ont dès lors cessé de s'intéresser à moi. A présent que me voici roi, elles se marcheraient les unes sur les autres pour attirer mon attention. J'ai connu Célina à l'Académie. Nous sommes devenus très proches et je sais que je peux avoir confiance en elle.

— Alors pourquoi *moi*, suis-je ici ? En toute logique, tu ne peux pas me faire confiance.

— Ton honnêteté est touchante, ma chère. Tu es ici parce que tu représentes un défi pour moi.

— Et quand j'aurai cessé de l'être, tu te trouveras une autre femme pour t'accompagner dans ce genre de soirée ?

— Inquiète, ma chère ?

— Pas du tout. Pleine d'espoir, au contraire.

Sa main s'est crispée sur la mienne. Immédiatement, chaque parcelle de ma peau s'est mise à crépiter. J'ai poussé un gémissement ; la tête me tournait et je titubais. Il a soutenu mon poids pour m'empêcher de tomber.

— Si j'étais toi, j'éviterais ce genre de sarcasmes. Ils mettent ma patience à l'épreuve, et tu sais de quoi je suis capable.

Pendant quelques instants encore, nous avons continué à danser en silence. Au lieu de s'éclaircir, mes pensées devenaient de plus en plus confuses, comme si j'avais bu trop de vin. Je souffrais de la chaleur excessive, et regardais avec envie les portes qui donnaient sur le jardin.

— Quelque chose ne va pas ? m'a demandé Tohon.

— J'ai besoin d'air frais.

Il m'a entraînée hors de la piste de danse ; lâchant ma main, il m'a guidée par la taille vers la sortie la plus proche. Au moment où nous arrivions devant une baie vitrée ouverte, il s'est retourné brusquement vers moi — et m'a embrassée à pleine bouche.

Envahie de sensations, j'ai dû me retenir à lui pour ne pas tomber. Il s'est mis à me caresser le dos et les bras. Très vite, je me suis perdue dans son étreinte ; la musique et la foule me sont devenues étrangères, comme si je m'éloignais à toute vitesse, et…

— Euh… je vous demande pardon, Votre Majesté.

Une voix perçait le brouillard.

— Je suis désolé de vous interrompre… mais c'est une affaire de la plus haute importance.

J'ai repris possession de mes sens au moment même où Tohon me lâchait.

— Il vaudrait mieux que ce soit une vraie urgence, Dewan.

La voix de Tohon s'était faite menaçante.

L'homme s'est éclairci la gorge :

— Nous venons de recevoir des informations particulières sur Estrid. Il faudrait que nous en parlions sans attendre.

L'expression de colère n'a pas disparu du visage de Tohon, mais il a hoché la tête.

— J'arrive tout de suite.

Puis, avec un regard dans ma direction :

— Désolée, ma chère. Le devoir m'appelle. Dois-je te raccompagner jusqu'à ton petit coin à l'écart ? m'a-t-il demandé, narquois

— Non. J'ai toujours besoin d'un peu d'air.

— Reste dans les jardins. Et juste au cas où tu aurais des idées, laisse-moi t'avertir que j'ai posté des gardes dans tout le périmètre.

— C'est dommage ; avec cette robe, j'étais prête à m'enfuir au bout du monde, lui ai-je rétorqué sur le même ton.

— Je te l'ai déjà dit : les sarcasmes ont tendance à mettre ma patience à mal.

J'ai préféré retenir la réplique qui me venait, tout aussi sarcastique. Visiblement satisfait, Tohon s'est éloigné en compagnie du dénommé Dewan tandis que je me précipitais en direction des jardins.

Une fois dehors, j'ai inspiré à pleins poumons l'air de la nuit. Ma tête a cessé de tourner tandis que la température de mon corps revenait à la normale. Encore quelques-uns des baisers de Tohon et je risquais de perdre le contrôle pour devenir une vraie créature de débauche — incapable de venir en aide à qui que ce soit.

Tout en me promenant à pas lents sous les frondaisons, je me suis mise à chercher une façon de prendre contact avec Sepp au cours de mes emplettes avec Hiver et Célina. J'espérais qu'il m'attendrait dans un endroit public pour que je puisse lui passer le signal. Voilà deux semaines qu'il était installé en ville, et il devait avoir appris l'existence des lys de la mort autour du mur d'enceinte. Peut-être parviendrait-il à créer une diversion qui nous laisserait le temps de parler ? C'était un plan plutôt bancal, et rien ne me garantissait que je parviendrais à le voir, mais je n'avais pas d'autre solution.

Dans les jardins, des rangées de torches jetaient des lueurs chaudes sur les premiers bourgeons qui se balançaient dans la brise légère. Je me suis émerveillée des plantes rares nichées entre les buissons de vivaces, des arbres d'ornement et des chatons veloutés des saules dorés. Des souvenirs d'enfance me sont revenus à l'esprit. Avec mes frères et sœurs, ramasser des bouquets de branches de saule pour notre mère avait été notre rituel du printemps.

Du bout du doigt, j'ai touché un bourgeon blanc. *Une étincelle de magie a surgi à ce simple contact.* Etrange ! J'ai regardé autour de moi, cherchant Tohon du regard, mais je n'ai vu personne.

C'est alors qu'une main s'est plaquée sur ma bouche et qu'un bras m'a entouré la taille. Avant que j'aie eu le temps d'esquisser la moindre résistance, quelqu'un m'a attirée à l'écart du sentier, dans un bosquet épais.

Dans mon oreille, une voix familière a murmuré :

— Du calme…

Un flot d'émotions s'est mis à tourbillonner dans mon cœur, allant du soulagement à la colère, de l'ennui à la peur et… à la joie pure. Toutefois, quand l'étreinte s'est relâchée, j'ai décidé de me focaliser plutôt sur la colère.

Je me suis retournée d'un seul bloc.

— Kerrick ! Comment as-tu…

Mais ma question s'est figée dans ma gorge quand j'ai découvert son visage de marbre, où brûlait une véritable fureur. Pas de doute, il avait dû voir Tohon m'embrasser…

— Ecoute, je ne peux pas toujours éviter qu'il me touche. Seulement deux ou trois baisers en quinze jours, je trouve que c'est plutôt un bon résultat, non ?

Sans un mot, Kerrick m'a regardée de la tête aux pieds. J'ai croisé les bras sur ma poitrine, consciente d'être terriblement exposée.

— Me suis-tu depuis la Montagne des Neuf ? lui ai-je demandé.

— Oui.

Voilà qui expliquait deux ou trois détails qui m'avaient un peu perturbée…

— C'est donc pour cela que Belen a accepté mon plan sans trop regimber. Et les autres, sont-ils…

— Avec Estrid, oui. En tout cas, ils doivent l'avoir rejointe à présent. Ils suivent mes ordres, *eux*.

J'ai ignoré sa remarque.

— Tu ne devrais pas être ici. C'est bien trop dangereux. Tohon te déteste. Il a même déjà un cercueil de verre prêt pour toi dans son château !

De toute évidence, malgré la situation, Kerrick ne se préoccupait guère de sa propre sécurité.

— As-tu trouvé Ryne ?

— Oui. Il gît dans un autre de ces cercueils. Avec le roi Xavier et un autre homme.

— Quel autre homme ?

— Je l'ignore. Un grand blond. Jeune. Et mort. Avec une cicatrice au front.

— Stanslov ?

— C'est possible. Tohon le détestait aussi.

— En revanche, il semble t'apprécier tout particulièrement, *toi*, a fait remarquer Kerrick.

— C'est seulement à cause de *toi*, lui ai-je rétorqué sur le même ton acerbe.

Il a paru surpris. Un point pour moi : Kerrick s'est un peu calmé.

Je lui ai raconté comment Tohon avait tenté de lui voler Jaël, à l'époque de l'Académie.

— Il s'est imaginé que s'il parvenait à m'éloigner de toi, cela pourrait te blesser, lui ai-je expliqué. J'ai pu mettre cette idée à profit. Une fois Ryne guéri, Tohon ne me verra plus comme un défi. Avec un peu de chance, il me laissera tranquille.

Du moins, je voulais y croire…

Un frisson m'a parcouru le dos, et j'ai frotté mes bras nus. Etait-ce le froid qui m'atteignait, ou bien le regard de Kerrick ?

Comme celui-ci ne répondait rien, j'ai poursuivi :

— As-tu vu Sepp ?

— Oui.

J'ai poussé un soupir de soulagement et me suis un peu détendue. Enfin une bonne nouvelle !

— J'ai entendu un des hommes de Tohon parler d'Estrid. Très bientôt, la semaine prochaine j'espère, Tohon a l'intention de quitter le château pour lancer une offensive contre elle. Demande à Sepp de venir au château la nuit qui suivra le départ de Tohon.

— Et si Tohon ne part pas ?

— Alors, dis à Sepp de venir quand même. Dans une semaine, jour pour jour. Il peut escalader le mur d'enceinte est ; les lys de la mort ne s'en prendront pas à lui. S'il se dirige droit sur l'ouest, il arrivera à l'infirmerie. C'est là que je l'attendrai.

— Très bien. Et auras-tu besoin de ma présence à l'intérieur du château ?

— Non. Reste à proximité des fortifications. Je pense que nous parviendrons à faire traverser les lys à Ryne.

Aussi rapidement que possible, je lui ai raconté ce que j'avais appris au sujet de ces fleurs et des expériences de Tohon. Tout cela, Ryne aurait besoin de le savoir à son tour.

— Quant à son armée de morts, elle est cantonnée à des baraquements qui…

— Avry ?

J'ai sursauté. La voix de Tohon venait de s'élever, toute proche.

— Disparais, Kerrick ! S'il te trouve…

J'ai laissé ma phrase en suspens, espérant qu'il allait obtempérer sans discuter. Pour ma part, j'ai tourné les talons pour retourner vers le sentier.

Mais Kerrick n'a pas bougé.

— Avry !

Je me suis immobilisée. Il s'est approché de moi par-derrière. Je pouvais sentir la chaleur de son corps sur mon dos nu, et j'ai dû résister au désir de m'appuyer contre lui.

— Tohon n'a pas tort, m'a-t-il dit en suivant du bout du doigt une de mes cicatrices. S'il parvenait à t'éloigner de moi, je serais… plutôt mécontent.

24

Vraiment, Kerrick avait mal choisi son moment ! Et qu'entendait-il au juste par « plutôt mécontent » ? Mécontent à l'idée de perdre une alliée, ou à l'idée de perdre une personne qu'il appréciait ?

— Avry !

C'était de nouveau Tohon. Sa voix était devenue plus forte, avec une nuance d'agacement.

Je me suis retournée vers Kerrick. Il fallait qu'il déguerpisse tout de suite sinon… mais il avait déjà disparu. Comme d'habitude.

— Reste hors de la vue de Tohon, ai-je soufflé en direction des buissons.

Sur ce, je suis repartie en direction du sentier. Après tout, il valait peut-être mieux que j'ignore ce qu'il avait voulu dire. Je ne pouvais pas me permettre de tomber amoureuse de lui ni de quiconque si je devais guérir Ryne.

Pas tomber amoureuse ? Trop tard…, a murmuré une petite voix au fond de ma tête.

Je l'ai écrasée impitoyablement.

Au moment où je rejoignais le sentier, j'ai trébuché — mais c'était de façon tout à fait volontaire. J'ai atterri durement à quatre pattes sur le sol ; les gravillons de l'allée m'ont égratigné les genoux, et j'ai réprimé un gémissement.

— Par ici ! ai-je crié à l'intention de Tohon.

Je me suis assise sur le sol et me suis hâtée d'ôter ma chaussure gauche, dont j'ai brisé le talon d'un geste sec.

Tohon est apparu au détour de l'allée. Quand il m'a vue dans cette situation, son éternelle expression de mépris a été remplacée par un air d'inquiétude — pour quelques instants seulement.

— Que s'est-il passé, ma chère ? s'est-il enquis en s'accroupissant à mes côtés.

— Mon talon s'est coincé et je suis tombée. Je crois que je me suis tordu la cheville.

Il m'a aidée à me relever. Je chancelais.

Tohon m'a saisie sous le bras.

— Peux-tu marcher ?

— Oui.

Je me suis mise à avancer à ses côtés en boitillant.

— Je vais faire appeler notre calèche.

— Inutile que tu quittes cette soirée pour moi. Dans une ou deux heures, je serais remise.

— Ne dis pas de sottises.

Quelques minutes plus tard, la voiture à chevaux s'arrêtait devant l'entrée du manoir. Tohon m'a aidée à monter sur le marchepied. Juste avant d'entrer dans la calèche, je me suis retournée pour lancer un dernier coup d'œil vers les jardins. *Kerrick était-il toujours là ?*

— Quelque chose ne va pas ? m'a demandé Tohon.

Oui. Maudit Kerrick.

— Juste un vertige passager, ai-je répondu.

Aspirant une dernière bouffée d'air nocturne, j'ai pris place dans la voiture.

De nouveau, Tohon a passé une couverture autour de mes épaules.

— On dirait que tes emplettes en ville devront attendre encore deux ou trois jours.

— Ma cheville sera guérie demain matin.

— Mais j'ai besoin de Célina les jours qui viennent. A moins que tu préfères y aller avec mes gardes ?

— Non. J'attendrai, ai-je soupiré.

Je me suis laissée retomber contre la banquette, dépitée et épuisée, comme si une chape de plomb s'était abattue sur mes épaules.

Jamais auparavant Kerrick ne m'avait laissé entendre qu'il éprouvait pour moi des sentiments. Ou bien avais-je simplement ignoré les signes qu'il m'adressait ? A moins que je me fasse des illusions… Mais non. C'était Tohon qui en avait parlé le premier. Cela dit, ce dernier était soit un manipulateur hors pair, soit un dangereux malade mental. Et sans doute les deux à la fois, d'ailleurs. Son comportement de ce soir en était un parfait exemple. La question de ma robe l'avait littéralement mis hors de lui, puis il s'était comporté en gentleman pendant tout le reste de la soirée — ou presque.

Que de questions ! Tout ce qu'il me restait à faire, en réalité, c'était de me concentrer sur ma mission : libérer Ryne, le guérir, et le remettre à Kerrick. Et ne pas rêver à des amours impossibles.

Dans les jours qui ont suivi la réception, Tohon a passé son temps en consultations avec ses généraux et Célina. J'ai mis ce répit à profit pour poursuivre mes explorations matinales et réunir le plus d'informations possible sur Tohon. Un matin, la lanterne à la main, je me suis rendu à son laboratoire. La clé que j'avais volée dans l'uniforme du garde a fonctionné.

J'ai pénétré dans la pièce et verrouillé de nouveau la porte derrière moi. Sur la paillasse, j'ai trouvé le grimoire de Tohon. J'ai parcouru les pages où il avait noté ses expériences avec les lys de la mort, mais rien ne m'a indiqué ce qu'il faisait des bogues de toxine qu'il collectait. J'ai donc entrepris de fouiller les tiroirs et les armoires, mais je n'y ai trouvé que des seringues, des éprouvettes et autres ustensiles de laboratoire, ainsi que quelques herbiers, mais nulle trace d'autres grimoires ou de carnets de notes.

Toutefois, alors que je me livrais à une ultime inspection des lieux, j'ai repéré une porte dérobée, non loin de l'endroit où Tohon m'avait ligotée à une chaise. Sans doute à ce moment-là avais-je été trop obnubilée par la seringue remplie de toxine pour la remarquer. Sans hésiter, je me suis approchée de la porte et je l'ai ouverte.

Ma lanterne a éclairé deux rangées de lits de part et d'autre d'une pièce tout en longueur. A mesure que j'avançais, je sentais mon estomac se nouer. Une nausée s'est emparée de moi lorsque je me suis rendu compte que tous les occupants des couchettes étaient des enfants de dix à douze ans. La plupart étaient inconscients, mais quelques-uns gémissaient doucement et s'agitaient, secoués de spasmes fiévreux. Une petite fille sanglotait douloureusement ; une autre s'était recroquevillée sur elle-même et se balançait d'avant en arrière sur son lit.

Même si je rêvais de tout mon cœur de les guérir, ma magie ne s'est pas déclenchée. Ils n'étaient ni blessés, ni malades à proprement parler. Ce qui confirmait mes craintes : Tohon avait bel et bien injecté la toxine dans ces enfants dans l'espoir de créer de nouveaux guérisseurs. J'ai dû me mordre les lèvres pour ne pas vomir de dégoût.

J'ai inspecté les enfants les uns après les autres, d'un bout à l'autre de la pièce. Au moins s'occupait-on de leur santé. Chacun disposait d'une table de chevet avec un verre d'eau, et une odeur de propreté flottait dans la salle. Leur peau était vierge d'escarres, et on avait mis des couches aux patients inconscients. De toute évidence, Tohon prenait davantage soin de ces enfants que de ses soldats...

Parvenue à l'extrémité de la rangée gauche, je me suis arrêtée un instant pour retrouver mes forces. Trois de ces enfants mourraient bientôt.

La colère me brûlait le ventre. Comment Tohon osait-il infliger cela à des enfants ? Où étaient leurs parents et leur famille ?

Sans doute morts de la peste, m'a soufflé une petite voix. Si cette idée a apaisé ma colère, elle n'en a pas atténué la haine froide que je vouais à Tohon.

J'ai repris mon inspection pour examiner l'état des enfants à droite de la pièce. Lorsque je l'ai touché, l'avant-dernier de la rangée s'est agité ; peu après, il s'est éveillé, clignant des yeux dans la lueur de ma lampe.

— Etes-vous une nouvelle infirmière ? m'a-t-il demandé.

Consciente que cet enfant risquait de révéler ma visite à Tohon ou à ceux qui s'occupaient de lui, j'ai choisi mes mots avec attention.

— Non, je passe simplement pour vérifier que tout le monde va bien. Comment te sens-tu ?

— Beaucoup mieux, maintenant.

Il s'est assis dans son lit, ses cheveux noirs en épi, avant de faire le tour de la pièce d'un regard triste.

— J'ai cru que j'allais mourir, moi aussi.

Une lueur d'espoir m'est apparue. Peut-être survivrait-il à la toxine…

— Depuis combien de temps es-tu ici ?

Il a haussé les épaules, incertain.

— Je ne sais pas. Longtemps. Pourquoi ?

— Simple curiosité. Et comme ça, tu étais malade ?

L'enfant a hoché la tête.

— Tout le monde est très malade ici. C'est la chambre des mourants.

Pendant un instant, je l'ai contemplé sans rien dire ; la stupeur était telle que je ne parvenais pas à articuler un mot.

Mon silence a dû éveiller sa méfiance, car il m'a considérée à son tour avec un air suspicieux.

— Ne devriez-vous pas être au courant de tout cela ?

Il paraissait particulièrement futé pour son jeune âge. Je me suis accroupie à son chevet pour le regarder en face ;

— Tu as presque raison. Je suis nouvelle ici, et je ne sais pas tout. Mais j'espère apprendre très vite.

— Pourquoi donc ?

— Parce que je n'aime pas que les enfants soient malades.

— Moi non plus, mais on ne peut rien y faire, n'est-ce pas ?

— Et pourquoi pas ? ai-je demandé.

— Nous avons été choisis par le roi Tohon pour une tâche de première importance. Il dit que nous l'aidons à comprendre quels médicaments sont bons pour ses soldats. Et personne ne désobéit au roi.

Décidément, l'enfant était très intelligent ; par certains côtés, il me rappelait Flea.

— Combien de chambres comme celle-ci existe-t-il ?

— Trois.

J'ai réussi à grand-peine à conserver une expression neutre. *Trois salles…* De toute évidence, Tohon en utilisait une pour chaque stade du mal provoqué par le poison, dont les symptômes mimaient étrangement ceux de la peste.

— Et toutes accueillent des enfants de ton âge qui ont pour mission d'aider le roi ?

— Oui.

— Existe-t-il une chambre pour les enfants qui survivent à la maladie ?

De nouveau, il a haussé les épaules.

— Je ne sais pas.

Mais, avec un sourire, il a ajouté :

— Je peux me débrouiller pour l'apprendre…

— Quel est ton nom ? lui ai-je demandé.

Son sourire a disparu pour laisser place à une expression de méfiance.

— Et toi, comment t'appelles-tu ?

— Mon nom est Avry. Moi aussi je travaille pour le roi Tohon. Parce qu'on ne peut rien lui refuser, comme tu dis.

— Je m'appelle Danny.

Je lui ai serré la main.

— Danny, il faudrait que tu me rendes un grand service : ne parler à personne de ma visite ici.

— Pourquoi donc ?

— Cela me mettrait en mauvaise position vis-à-vis du roi. De toute façon, je pense que personne ne te posera la question, mais je préfère être sûre…

— D'accord.

— Merci.

Je me suis levée pour repartir.

— Reviendras-tu me rendre visite ? m'a demandé Danny.

— Si je peux, oui. Mais, de toute façon, je pense que le roi t'emmènera me voir à un moment ou un autre.

— Pourquoi ?

— Pour m'aider à soigner ses soldats.

A ces mots, il a serré ses bras sur sa poitrine et s'est mis à frissonner, visiblement terrifié.

— Non, pas pour une nouvelle expérience. Tu seras… infirmier.

Son visage s'est éclairé.

— Oh ! vraiment ? Ce serait amusant ! J'espère qu'il le fera.

Avec un sourire, j'ai remonté les couvertures sur lui tandis qu'il se rallongeait dans son lit. Si l'idée de devenir infirmier le séduisait déjà, il ferait un très bon guérisseur.

J'ai quitté la salle, puis le laboratoire de Tohon, plongée dans un abîme de réflexions. Combien d'enfants mouraient à cause de ces expériences ? Comment pouvais-je mettre un terme aux méfaits de Tohon ? La seule solution pour le priver de ses stocks de toxine aurait été de tuer tous les lys de la mort de l'enceinte — mais même cela ne l'empêcherait pas d'en planter d'autres par la suite. La seule idée qui me paraissait tenir la route était celle de l'assassinat pur et simple. Au fond, rien dans notre contrat ne m'interdisait de l'attaquer ni de le blesser…

Seulement voilà : *en étais-je réellement capable ?* En combat singulier contre lui, ma magie n'était pas assez forte, et de loin. Mais en m'alliant avec celle de Kerrick, cela devenait peut-être possible — à condition toutefois que nous nous trouvions dans une forêt.

Je suis arrivée à l'infirmerie sans même me rendre compte que mes pas m'y menaient. Mes aides s'affairaient déjà dans la pièce principale, mouchant les chandelles et se livrant aux autres tâches matinales. Depuis qu'ils avaient compris que les procédures que je proposais permettaient d'améliorer la santé des patients, ils les avaient adoptées sans rechigner. Plus exactement : j'avais fait remplacer ceux qui rechignaient…

J'ai entrepris de vérifier l'état de santé de chaque patient, lit par lit. Certains dormaient encore, mais le lever du jour et le passage des infirmières avaient réveillé la plupart d'entre eux. Toutefois, lorsque j'ai posé la main sur le front d'un soldat trempé de sueur, il n'a pas bougé. Sa peau était brûlante.

— Emre, quand avez-vous vérifié l'état de Gantin pour la dernière fois ? ai-je demandé.

— Avant le coucher, hier soir. Il était assis dans son lit et il plaisantait avec le lieutenant Fox.

Dans le lit voisin, ledit Fox s'est relevé sur un coude.

— Il ne s'est plaint de rien…

Je lui ai lancé un regard préoccupé.

— Pas étonnant, venant de lui. La fois où je lui ai fait des points de suture, il n'a pas dit un seul mot, vous vous souvenez ?

Fox a souri.

— Non, madame. Je crois bien que je me suis évanoui dès que j'ai vu la première goutte de sang.

— Et ça se dit soldat…, l'ai-je taquiné.

Sa belle humeur s'est évanouie.

— Ce n'est pas moi qui dis ça, seulement le roi Tohon. Moi, je ne suis qu'un fermier.

— Nous avons un point commun alors. Moi aussi, je suis ici à la demande de Tohon. Il faut dire qu'il est difficile de lui refuser quoi que ce soit.

— Oh ! on peut lui résister, m'a répondu Fox. Mais, dans ce cas, on se retrouve mort… et on travaille tout de même pour lui !

Je lui ai adressé une grimace de compassion avant de me retourner vers mon assistante.

— Emre, apportez-moi une cuillère de la poudre à fièvre, voulez-vous ?

J'ai jeté un coup d'œil à la blessure que Gantin portait à l'estomac. Je l'avais recousue cinq jours plus tôt, et je devais défaire les points de suture dans les jours suivants. Ni pus ni rougeur sur sa peau : il n'y avait visiblement pas d'infection... Ce qui pouvait signifier que la blessure était plus profonde qu'il n'y paraissait et qu'elle avait causé des dommages internes. A moins qu'il ne s'agisse d'un problème tout autre... Impossible à dire pour l'instant.

Emre est revenue avec le médicament.

J'ai mélangé la poudre blanche dans un verre d'eau que j'ai tendu à la jeune femme.

— Faites-lui boire ceci à petites gorgées. Assurez-vous qu'il les avale toutes. Cela devrait suffire à faire tomber sa fièvre.

— Et si ce n'est pas le cas ? m'a demandé le lieutenant Fox, le visage soucieux.

— Alors, je m'occuperai de lui personnellement. Ne vous inquiétez pas.

Je me suis dirigée vers le lit du lieutenant pour laisser Emre au chevet de Gantin.

— Et cette jambe, comment se porte-t-elle ? ai-je demandé à Fox.

— Mieux.

— Prêt à la tester, alors ?

Il m'a jeté un regard inquiet.

— Pas encore, je le crains.

Ecartant ses couvertures, j'ai posé la main sur sa jambe droite. L'os de la cuisse avait été brisé en trois endroits, et j'avais dû utiliser mon don de guérison sur lui. Un os du tibia avait également récolté une fracture, mais celle-là était suffisamment bénigne pour que je la laisse se consolider d'elle-même. La jambe paraissait en bonne santé.

— Je sais que vous aimez bien vous faire dorloter, mais il va falloir me faire travailler ces muscles. Allez, debout, maintenant.

Sur ce, j'ai tiré ses jambes hors du lit. Il a poussé un grognement, mais pas de douleur.

— A vous non plus, on ne peut rien refuser…

Je me suis glissée sous son épaule et je l'ai aidé à se mettre debout. Il est resté un instant sur un pied, vacillant contre moi.

— Posez l'autre pied. Votre jambe tiendra. Vous pouvez me faire confiance.

Il s'est mordu la lèvre avec une certaine appréhension, mais lorsqu'il a fait comme je disais, une expression de surprise est apparue sur son visage ; répartissant son poids sur ses deux pieds, il s'est tenu debout seul.

Je lui ai adressé un sourire rayonnant.

— Vous voyez ? Je ne vous mentais pas.

J'ai appelé une autre assistante.

— Veuillez accompagner le lieutenant pour une petite promenade, voulez-vous ? Il faudrait lui faire faire le tour de la pièce. Une seule fois.

Tandis qu'elle s'éloignait avec Fox le long de l'allée centrale, je me suis occupée du patient suivant.

— Alors, Henson, comment va ce bras ?

Il n'a pas eu le temps de répondre. Dans un vacarme de tous les diables, la porte s'est ouverte à la volée et un groupe de soldats aux visages ensanglantés a surgi dans l'infirmerie. Ils transportaient avec eux six hommes blessés. Je me suis précipitée à leur rencontre tout en hélant mes autres assistants. Les blessés étaient tous inconscients, ce qui, étant donné la sévérité de leurs blessures, était une bonne chose.

C'était dans ce genre de moments que je rêvais de me trouver en compagnie de cinq autres guérisseurs. Chacun de ces hommes se trouvait dans un état critique et nécessitait des soins immédiats. L'un d'eux est d'ailleurs mort dans mes bras, alors même que j'examinais l'état de ses blessures. Trois d'entre eux ne survivraient pas plus de quelques heures. Les deux qui restaient avaient une chance, mais par lequel commencer ? J'ai choisi le plus faible. Avant de prendre ses blessures, j'ai indiqué à mes assistants comment maintenir l'autre en vie, ainsi que les soins à donner aux soldats qui les avaient emmenés et qui souffraient également de blessures mineures.

J'ai littéralement eu l'impression que ma magie bondissait hors de moi au moment où je posais les mains sur le premier soldat. Cinq de ses côtes étaient brisées, et l'une d'entre elles lui avait perforé un poumon. Ma respiration s'est faite difficile tandis qu'une douleur lancinante s'emparait de ma poitrine. Je me suis affalée sur une couchette libre, et le tumulte de l'infirmerie a disparu autour de moi.

Lorsque je me suis réveillée, le soir était venu. J'entendais çà et là des murmures, mais dans l'infirmerie tout le monde dormait. A vrai dire, il semblait que tout un chacun avait été soigné et mis au lit dans les règles. J'ai tendu la main en direction du deuxième soldat blessé qui se trouvait dans le lit le plus proche du mien. L'homme avait tenu bon pendant toute la journée, et son pouls était fort. Emre dormait sur une chaise disposée à son chevet.

J'ai décidé de la réveiller avant d'entreprendre de guérir le soldat.

— Comment se porte Gantin ? ai-je demandé.

— Mieux. La fièvre est tombée, et il se repose tranquillement.

— Très bien. Allez vous coucher, Emre. Je m'occupe de celui-ci.

En outre, les infirmières de nuit ne tarderaient plus à commencer leur ronde.

Lorsque Emre est sortie, les voix qui s'élevaient au-dehors se sont tues un instant avant de reprendre leur conversation. Je n'y aurais pas prêté attention si je n'avais entendu l'une d'elles prononcer le nom d'Estrid. Y avait-il des nouvelles à son sujet ? Le deuxième blessé attendrait encore quelques minutes ; j'ai décidé d'en avoir le cœur net.

En dépit de mes côtes douloureuses, je me suis relevée et me suis dirigée vers l'endroit d'où provenaient les voix, à l'arrière de l'infirmerie. Je me suis glissée dans mon bureau. Par chance, les hautes fenêtres étaient restées entrouvertes et aucune lumière n'était allumée ; aussi, j'ai pu, en me hissant sur le secrétaire, jeter un coup d'œil à l'extérieur.

Deux hommes parlaient à voix basse. Il m'a fallu quelques minutes pour que mes yeux s'adaptent à l'obscurité. A travers les vitres de l'infirmerie, une faible lueur les éclairait, eux et les quatre cadavres qu'ils veillaient. Ceux-ci avaient été recouverts de draps de lin et déposés dans une vaste auge de pierre en attendant qu'on leur offre une sépulture décente. Depuis que je travaillais ici, c'était la première fois que nous utilisions cet endroit pour cela.

J'ai reconnu en l'un des hommes le capitaine de l'escouade blessée. L'autre était Tohon.

— … en êtes sûr, capitaine ? a demandé ce dernier.

— Oui, sire. Personne qui ne correspondait à cette description parmi nos attaquants. Tous portaient des uniformes rouges, à l'exception des trois dont je vous ai parlé.

Trois hommes… Pouvait-il s'agir de Belen, Loren et Quain ? Dans ce cas, Tohon venait sans doute de s'enquérir de l'éventuelle présence de Kerrick parmi les assaillants.

— Pouvez-vous me répéter comment il se peut qu'ils vous aient vaincus alors que vous étiez *supérieurs en nombre* ?

Tohon semblait plus que mécontent.

— Ils nous ont pris par surprise, messire. C'était en pleine nuit, au cœur d'une ville de Vyg que nous occupons depuis des mois. Ils nous ont attaqués en petit groupe ; ils sont arrivés à toute vitesse et sont repartis de même. Nous avons tenté de les prendre en chasse, mais ils nous ont semés dans les bois.

Tohon s'est tu, comme s'il réfléchissait à ces informations.

— N'y a-t-il pas quelques-uns de mes gardes « spéciaux » dans votre escadron ?

— Non, sire. C'est le capitaine Young qui les a sous son commandement.

— Très bien, capitaine. Retournez auprès de vos hommes.

Le soldat a obéi ; Tohon, quant à lui, est demeuré pensif aux côtés des cadavres.

Il a attendu que le capitaine ait tourné le coin pour soulever le linceul du plus proche de lui. Alors, il a sorti une seringue de sa poche, qu'il a enfoncée dans l'avant-bras du soldat mort avant d'y injecter son contenu. Ensuite, il a posé quelques instants la main sur le front de l'homme, puis a laissé retomber le drap. Il a répété son manège pour les trois autres défunts, leur injectant un mystérieux produit avant de les toucher. *Etrange.* A quel genre d'expérience se livrait-il ?

Lorsque le premier cadavre s'est mis à bouger, j'ai dû poser mes deux mains sur ma bouche en toute hâte pour retenir un cri de terreur suraigu. J'ai vu Tohon retirer les linceuls et aider… *l'ancien mort* à se relever. Il était nu comme un ver. Peu après, ses trois camarades l'ont rejoint. Tohon les a poussés en avant et ils se sont mis en marche en direction des baraquements, à la file indienne — un défilé miniature et macabre, que Tohon guidait de la main. Horrifiée, je les ai suivis du regard jusqu'à ce qu'ils aient disparus dans les ténèbres.

Puis je me suis laissée retomber sur la chaise de mon secrétaire, en état de choc. Sous mes yeux, Tohon venait de ranimer les morts. *Mais que contenaient les seringues ? Utilisait-il la magie ?* Sans doute ; c'était pour cela qu'il devait leur toucher le front. Je savais depuis le début que ses « soldats spéciaux » n'étaient plus réellement vivants — je ne pouvais percevoir leur âme — mais, dans la mesure où leur corps ne se décomposait pas, j'avais jusque-là préféré croire que, d'une façon ou d'une autre, il ne s'agissait pas de morts à proprement parler.

Or, ces quatre-là étaient bel et bien décédés, aucun doute à ce sujet. J'ai réfléchi pendant quelques instants à l'horreur de la situation, mais la scène qui venait de se dérouler sous mes yeux me paraissait toujours aussi irréelle.

— Mademoiselle Avry ?

Le capitaine de l'escadron se tenait dans l'encadrement de mon bureau.

— Mon sergent a l'air plutôt mal en point. Il tousse du sang.

Immédiatement, je me suis mise en action et j'ai bondi de mon siège.

— Pardon, capitaine. J'avais seulement besoin d'un verre d'eau.

Je lui ai emboîté le pas sans attendre tandis qu'il regagnait le chevet du sergent.

L'homme convulsait et bégayait des propos incompréhensibles. Comme le précédent, il souffrait de plusieurs côtes brisées. Son foie avait été perforé.

— Comment a-t-il reçu cette blessure ?

— Un homme de la taille d'un ours l'a attaqué par-derrière. Il l'a simplement soulevé dans ses bras et s'est mis à le serrer. Tout comme l'autre, là.

Avec un hochement de tête abasourdi, le capitaine a ajouté :

— C'est comme s'ils avaient été tous les deux… câlinés à mort ! Franchement, je préfère mourir avec une épée dans le ventre.

Seul Belen avait une telle force.

— Aucun de ces hommes ne mourra de ses blessures, je puis vous le jurer.

— Je vous crois. En revanche, il n'est pas impossible qu'ils meurent de honte !

Je me suis mise à rire.

— Je ne dirai rien, c'est promis. A vous de tenir votre langue…

— Marché conclu, a déclaré le capitaine en souriant avant de me taper dans la main.

Mais son humeur badine s'est dissipée bien vite.

— Merci d'avoir sauvé mes hommes, mademoiselle.

— J'aurais voulu pouvoir le faire également pour les quatre autres.

— Cela nous a pris bien trop de temps pour les amener ici. Vous devriez être sur le champ de bataille, avec nous.

— Vous avez raison. Il faut que vous en parliez à Tohon.

— Mon supérieur hiérarchique a déjà essayé. Sa demande a été rejetée.

— Peut-être la prochaine fois serait-il possible d'envoyer un messager rapide me prévenir. Nous pourrions nous retrouver à mi-chemin.

— J'aimerais me montrer optimiste et vous dire qu'il n'y aura pas de prochaine fois, mais Estrid est passée à l'attaque et je pense que ce n'est qu'une question de temps.

Avec un soupir, il a ajouté :

— Au cas où nous aurions besoin de vous de nouveau, je ferais envoyer un éclaireur.

— Alors je n'ai plus qu'à souhaiter ne pas entendre parler de vous.

Ce n'était pas un vœu pieu. Si Ryne parvenait à arrêter Tohon, la guerre se terminerait… du moins jusqu'à ce qu'Estrid décide qu'elle ne pouvait partager le pouvoir avec Ryne.

Le capitaine a hoché la tête. Je suis retournée dans l'infirmerie pour me charger des blessures du sergent. Pour l'instant, je ne pouvais m'occuper que d'un problème à la fois.

De nouvelles embuscades nocturnes ont frappé les troupes de Tohon, m'amenant de nouveaux soldats blessés à soigner. Quatre jours après ma rencontre avec Kerrick dans les jardins, Tohon nous a rendu une visite à l'infirmerie. Il a pris le temps de visiter la grande salle et de s'entretenir quelques instants avec des patients. Quand il a terminé son inspection, il m'a fait signe de le rejoindre dans mon bureau.

Refermant la porte derrière nous, il s'est assis sur le rebord de mon secrétaire.

— Je pars demain pour une mission de quelques jours. La Sainte Armée d'Estrid se montre de plus en plus hardie et il est temps que je lui donne une petite leçon.

Pourquoi se confiait-il ainsi à moi ?

— Dois-je me préparer à recevoir d'autres blessés ? ai-je demandé.

— Pas en grand nombre. Je me déplacerai avec mes troupes « spéciales », qui devraient suffire à impressionner cette vieille folle d'Estrid.

J'ai attendu qu'il en vienne au sujet qui me concernait vraiment, ce qu'il n'a pas tardé à faire. Se relevant, il s'est approché de moi pour me confier :

— Je me suis demandé si je devais te prendre avec moi ou non.

Voilà qui n'annonçait rien de bon… Pourtant, je suis parvenue à conserver une expression neutre.

— Et ?

— Tu m'es plus utile ici, a-t-il reconnu.

Il a tendu la main pour me toucher le visage, mais j'ai reculé d'un pas.

— Sais-tu quand tu reviendras ?

— Pourquoi ? Vais-je te manquer, ma chère ?

— Je suppose simplement que tu ramèneras avec toi un certain nombre de blessés, et j'essaie de calculer comment organiser l'infirmerie.

— Je devrais être de retour dans la semaine.

De nouveau, il s'est rapproché de moi. J'ai reculé encore, mais cette fois j'ai buté contre la cloison de mon bureau. Tohon a posé ses mains de part et d'autre de moi sur le mur et s'est penché vers moi.

— Nous avons eu tellement de travail dernièrement… Tu me manques.

Ses lèvres ont effleuré les miennes et une étincelle brûlante m'a traversée de part en part.

— Tu es à bout de forces, ma chère. Je te supplie de ne pas t'épuiser pour mes hommes. Tu m'es bien plus précieuse qu'eux. Même morts, ils continuent à me servir.

J'ai ouvert la bouche pour lui poser une question, mais il m'a interrompue avec un baiser. Cette fois, la magie de Tohon s'est mise à crépiter au plus profond de mon corps, et ma volonté a disparu d'un seul coup. Sans plus réfléchir, dans un geste réflexe, mes bras se sont noués autour de son torse et je me suis pressée contre lui. Notre baiser s'est fait plus profond, et la pièce s'est mise à tourner autour de moi — à moins que ce ne soit l'inverse ? Quoi qu'il en soit, je me suis soudain retrouvée allongée sur mon secrétaire, à la merci de Tohon.

La partie logique de mon être s'est retranchée quelque part au fond de mon esprit. Par habitude, elle a continué à me décrire le caractère affreux de la situation. Malheureusement, elle demeurait complètement impuissante à me faire réagir. La magie de Tohon avait triomphé.

Par bonheur, il a mis un terme à notre baiser — et je dois avouer que j'ai poussé à ce moment-là un gémissement… de dépit.

— Je commence à me fatiguer de devoir te poursuivre de mes assiduités, ma chère. Peut-être ce petit souvenir de ce dont je suis capable te rendra plus coopérative et te décidera à venir vers moi…

Peu à peu, je retrouvais la raison. Avant qu'il ait pu se relever, je l'ai retenu par le bras.

— Est-ce vraiment ce que tu veux, Tohon ? Me forcer à être avec toi par la magie ? Tu ne préférerais pas trouver quelqu'un qui t'aime sans avoir recours à tes pouvoirs ?

Une lueur inquiétante a brillé dans ses yeux.

— En quoi serait-ce un défi ? m'a-t-il demandé avant de s'écarter de moi.

— Parce que utiliser ta magie en est un, peut-être ? Moi j'appelle ça de la tricherie. Le vrai challenge serait de ne pas te servir de tes pouvoirs, au contraire.

— Es-tu en train de me suggérer quelque chose ?

Kerrick avait utilisé exactement les mêmes termes alors que nous venions d'échapper à une embuscade dans la forêt ! Peut-être s'agissait-il d'une technique qu'ils avaient apprise à l'Académie…

— Je te suggère de trouver une femme qui t'aime réellement, et pas seulement lorsque tu l'influences par ta magie.

— Ce qui n'est pas ton cas ? m'a-t-il demandé d'une voix neutre.

Je me suis mordu les lèvres ; de toute évidence, dans cette discussion, je marchais sur des œufs.

— Tu viens d'utiliser ton pouvoir sur moi, ai-je insisté.

— Et si je ne l'avais pas fait ?

Marcher sur des œufs ? L'image n'était pas assez forte. J'étais plutôt sur une corde raide au-dessus d'un précipice — et le vent se levait.

— Il y a certaines… choses en toi que je ne peux accepter.

— Kerrick a lui aussi tué des gens, tu sais ?

Le ton était hargneux.

— Je sais. Mais lui ne les transforme pas en soldats après leur mort.

— Quelque chose d'autre ?

— Les lys de la mort. Je crois que je sais quelle est la prochaine étape logique de tes expériences avec la toxine. Un jour ou l'autre, tu voudras la tester sur des cobayes innocents.

Inutile de lui révéler que j'avais *déjà* découvert la chambre des enfants malades…

— Nous avons besoin de davantage de guérisseurs, non ?

— Certainement, mais tes méthodes sont *immorales.*

Un instant, il a paru considérer mes paroles.

— Sais-tu que ta franchise pourrait te coûter très cher ?

— Oui.

— Alors pourquoi me dis-tu tout cela ?

Bonne question…

— Je l'ignore, ai-je avoué.

— Peut-être as-tu peur.

— Evidemment que j'ai peur ! ai-je fait avec un geste de la main. C'est déjà suffisamment grave que ma propre magie s'affole dès que tu me touches ; mais, dès que tu utilises *ta* magie, je perds tout contrôle sur moi-même…

— Je ne parlais pas de ça. Je crois que ce qui te fait *vraiment* peur, c'est que les choses que tu n'aimes pas en moi puissent te paraître acceptables dès lors que tu me connaîtras mieux.

Nom d'un chien ! S'il croyait vraiment cela, alors cet homme était sérieusement fêlé… Mais j'ai jugé préférable de ne pas aller plus loin avec mon franc-parler qui, effectivement, risquait de m'attirer de sérieux ennuis.

Il a pris mon silence pour une approbation.

— Le cœur est un animal étrange, que la raison ne peut dompter, ma chère Avry. Je suis certain que tu l'as déjà compris.

Tohon est parti le lendemain matin. Après avoir inspecté mes patients, j'en ai laissé partir quelques-uns. Gantin et Fox étaient à présent tous deux en assez bonne santé pour retourner dans les baraquements. Durant toute la journée, je me suis consacrée à mes tâches pour ne pas penser à ce qui pouvait se passer ce soir-là ; en effet, Kerrick avait dû transmettre mon message à Sepp, qui dès lors tenterait de me rejoindre.

J'étais prête à le recevoir et à l'aider à libérer Ryne. Tous les soldats qui se trouvaient dans l'enceinte étaient habitués à mes allers-retours entre l'infirmerie et le château à toute heure du jour et de la nuit. J'avais subtilisé un uniforme de la taille de Sepp et l'avais dissimulé dans mon bureau.

Que faire à propos de Danny ? Le garçon ne devait pas rester entre les mains de Tohon. Toutefois, s'il développait des pouvoirs magiques, je ne serais pas en mesure de l'aider à les canaliser une fois que j'aurais guéri Ryne. Mais même dans le cas contraire — s'il ne se révélait pas un guérisseur — je ne pouvais le laisser ici. Il me fallait donc trouver un moyen de le faire évader pour rejoindre Ryne et Sepp. Avec Kerrick, ce dernier pourrait lui apprendre quelques notions de magie. Quant à moi, je lui laisserais mon journal d'apprentie. Et si je n'y parvenais pas, je l'aiderais au moins à s'échapper du château avant que les symptômes de la peste ne m'en empêchent — à condition que je ne sois pas à ce moment-là enfermée dans une oubliette au fond du donjon, bien sûr…

La journée m'a paru interminable. J'en ai profité pour m'exercer un peu avec mes couteaux de jet, essentiellement dans l'objectif de dissiper mon anxiété. Lorsque je guérissais quelqu'un, un lien se forgeait entre nous, une connexion émotionnelle presque comparable à un sentiment d'appartenance, et qu'il m'était impossible d'ignorer. Chacune de mes cicatrices portait un nom, et l'idée que je risquais de blesser un soldat que j'avais soigné — même s'il appartenait à l'armée de Tohon — me mettait très mal à l'aise.

Le soleil a disparu enfin. J'ai tenté de m'accorder quelques heures de sommeil sur un des lits de l'infirmerie, mais en vain : les pensées tournaient et retournaient dans ma tête. Incapable de me détendre, je me suis retranchée dans mon bureau pour attendre l'arrivée de Sepp.

Lorsqu'il a enfin fait son apparition, j'ai bondi, ravie et terrifiée à la fois.

— Tout va bien ? ai-je demandé.

Il n'avait pas changé : toujours aussi froid.

— Aucun problème, m'a-t-il répondu. Tout est désert.

Les gardes croient que personne ne serait assez fou pour escalader le mur d'enceinte… Mais je n'ai pas compris ce que vous avez écrit dans votre message… Comment pouvez-vous être sûre que les lys ne s'en prendront pas au prince ?

Ce que j'avais écrit dans mon message ? *Mais de quoi parlait-il ?*

— Vous voulez dire que…

J'ai failli prononcer le nom de Kerrick mais, par instinct, je me suis retenue. D'un ton détaché, j'ai poursuivi :

— Oui, j'en suis sûre. Tant qu'il se trouve avec vous, il ne risque rien.

Si Sepp a remarqué mon hésitation, il n'en a rien laissé paraître. Je lui ai tendu l'uniforme que j'avais subtilisé. Comme j'aurais pu m'y attendre, il a fait toute une histoire pour se changer. On ne pouvait pas dire qu'il m'avait manqué au cours des trois dernières semaines… En fait, même Kerrick de mauvaise humeur me semblait préférable à Sepp.

Lorsque celui-ci a été enfin prêt, nous avons traversé la cour en direction du château. Seules quelques sentinelles veillaient, et nous sommes entrés sans encombre. Je me suis saisie d'une lanterne pour nous guider vers la chambre aux cercueils, où rien n'avait changé.

Quand il a vu les morts ainsi exposés, Sepp n'a pas caché son mépris.

— Tant d'ostentation ! C'est vraiment typique de Tohon.

Puis, tapotant une vitre du bout du doigt, il a ajouté :

— Je me demande ce qui empêche les deux autres de se décomposer…

Mon regard est retourné sur Ryne avant de revenir vers les deux corps sans vie. La différence entre eux résidait dans la teinte de leur peau, beaucoup plus livide que celle du prince endormi.

Sepp avait dit que ses pouvoirs étaient à l'opposé exact de ceux de Tohon ; en réfléchissant à cette phrase, j'ai cru comprendre quelque chose. La magie de mort de Sepp pouvait figer la vie en une fausse mort ; peut-être alors Tohon savait-il figer la mort dans une fausse vie…

— Et si les corps des deux autres se trouvaient dans une torpeur similaire à celle dans laquelle vous avez plongé Ryne ? ai-je demandé. Cela pourrait expliquer pourquoi ils ne se décomposent pas.

Sepp m'a lancé un regard surpris.

— C'est possible…

Puis, se tournant vers un recoin sombre de la pièce :

— Elle comprend vite, n'est-ce pas, Tohon ?

25

— Elle a seulement à moitié raison, a dit Tohon.

Il s'est avancé pour apparaître en pleine lumière.

La surprise m'a coupé le souffle comme si je venais de tomber dans une rivière glacée.

— Etonnée de me voir ici, ma chère ?

Puis, avec un geste en direction de Sepp :

— Les contraires s'attirent, on ne te l'a jamais dit ?

— Mais quand... ?

— Nous nous sommes rencontrés à la guilde des guérisseurs avant la peste, a expliqué Sepp. Nous nous sommes très vite bien entendus. Notre seul point de discorde était la nécessité ou non d'aider la guilde.

Pour lutter contre la confusion totale qui me guettait, j'ai tenté de relier les pointillés.

— C'est ainsi que tu as retrouvé Ryne ? Grâce à Sepp ? ai-je demandé à Tohon.

— Non. Kerrick est tellement prévisible avec ses cavernes ! Il a simplement fallu à mes gardes un certain temps pour découvrir l'endroit où les hommes de Ryne prenaient leur bol d'air frais, hors de la grotte. Après cela, tout n'a été qu'une question de patience.

— J'ai été pris dans une embuscade, a expliqué Sepp d'une voix irritée. Mais Tohon m'a laissé la vie sauve et il m'a convaincu qu'il avait raison. Lui seul est capable d'unifier tous les royaumes et d'apporter la paix à tous. Réfléchis-y, Avry. Il a fallu *deux ans* à Kerrick pour te retrouver. Pendant ce temps, Estrid a avancé ses pions vers l'ouest et Tohon a rassemblé son armée. Deux années perdues… et je ne suis pas prêt à gâcher mon pouvoir pour le camp des perdants. Déjà que j'ai failli mourir à cause de toi ! Il t'a fallu tellement de temps pour me retrouver dans cette caverne que l'infection a bien failli avoir ma peau.

— Je regrette déjà de t'avoir guéri, ai-je sifflé.

Mais une partie de ses paroles venait de me mettre la puce à l'oreille. Il avait *prévu* mon arrivée dans la caverne, mais elle aurait selon lui dû se produire plus tôt… Or, qui sinon Tohon m'avait retenue ? Et l'avait-il fait exprès ?

— Oh ! ne t'inquiète pas, il y a bien d'autres choses que tu vas regretter sous peu…

Je ne vois pas comment ce serait possible, ai-je pensé. Au même moment, Sepp a demandé :

— Je vois qu'il y a un cercueil vide ici, Tohon. Veux-tu que je la plonge dans une torpeur ?

J'ai retenu un cri d'horreur.

— As-tu un plan en tête, Sepp ? lui a demandé Tohon.

— Eh bien, je peux me rendre dans le camp d'Estrid, trouver Kerrick et lui dire que, le plan d'Avry ayant échoué, elle se trouve prisonnière ici. Il se précipitera à son secours, et il ne nous restera plus qu'à le piéger à son tour !

— Cela prendrait trop de temps, lui a répliqué Tohon.

Avant que Sepp ait pu protester, il a ajouté :

— De toute façon, Kerrick est déjà ici.

Ces paroles ont résonné comme un coup dans ma poitrine.

— Ici ? dans le château ? s'est étonné Sepp.

— Non, mais il est dans les parages. Sans doute en train de bouder dans les bois.

— Mais…

— Je suppose qu'il t'a vu escalader la muraille. Quand il se rendra compte que tu ne reviens pas, pas plus que Ryne ou Avry, il viendra de lui-même.

— Comment peux-tu en être sûr ? lui a demandé Sepp.

— Mes hommes sont loyaux. En aucun cas Avry n'aurait pu t'envoyer de message sans que je le sache. Et je connais

Kerrick : il n'oserait jamais la perdre de vue. Allez, Avry, tu peux me le dire : Kerrick t'a parlé dans le jardin, le soir du banquet, n'est-ce pas ?

A quoi bon mentir à présent ?

— Oui, ai-je avoué à contrecœur.

— Comme je viens de le dire : il est terriblement prévisible, Sepp. Ne t'inquiète pas. Demain à cette heure, nous le tiendrons.

Puis, se tournant vers moi :

— Tu es pourtant maligne, Avry. Alors comment as-tu pu croire qu'à lui seul cet homme pourrait changer quelque chose ? m'a-t-il lancé en désignant Ryne.

Un sourire de triomphe a éclairé son visage, et il a repris :

— J'ai gagné. C'est fini. Tu aurais sacrifié ta vie *pour rien*. Mais je vois que tu ne me crois toujours pas… Kerrick t'a décidément bien embobinée ! Sepp, réveille le prince Ryne.

— Pardon ?

— Réveille-le. Comme ça, nous pourrons le regarder mourir. Ensuite, je ferai de lui un membre de mes unités « spéciales » et je n'aurais plus à me soucier de son cas. Avry aura enfin la possibilité de passer à autre chose — comme par exemple tenter de gagner mes faveurs… Vite, Sepp !

Interdit, le magicien a considéré Tohon pendant une bonne minute. Il ne devait pas avoir l'habitude de recevoir des ordres. Enfin, il s'est approché du cercueil de Ryne.

— Le panneau supérieur coulisse, lui a indiqué Tohon.

Le magicien a ouvert le cercueil comme indiqué.

Alors, Tohon m'a saisie par le poignet.

— Ne te fais pas d'idées, ma chère. Si tu tentes de le guérir, rien ne m'empêchera de le tuer de mes mains et de t'enterrer vivante ensuite.

Sepp a touché le visage de Ryne. L'instant d'après, celui-ci a ouvert les yeux. Il a adressé un sourire à Sepp, mais le mage a continué à regarder fixement Tohon. Le prince a paru comprendre très vite la situation. Il s'est redressé souplement et a parcouru la pièce du regard.

— Bienvenue dans mon château, Ryne.

Tohon a lâché ma main pour me saisir le bras et m'attirer près de lui.

— Kerrick t'a trouvé une guérisseuse. Malheureusement, elle est en mon pouvoir, tout comme toi.

J'ai tenté de me débattre, mais il m'a envoyé une décharge magique, si douloureuse que j'en suis tombée à genoux, incapable de tenir sur mes jambes.

— Où est Kerrick ? a demandé Ryne d'une voix enrouée mais calme.

— Il ne devrait plus tarder. Ensuite, nous aurons une petite conversation tous ensemble. Et puis… tu mourras.

Sur ce, Tohon a appelé ses gardes. Six soldats sont apparus en provenance du même recoin sombre d'où il avait surgi. A coup sûr, il devait y avoir à cet endroit un passage secret semblable à celui qui reliait ma chambre aux appartements de ce fou.

— Veuillez escorter le prince jusqu'à ses « quartiers » en sous-sol, a ordonné Tohon aux soldats.

Quatre d'entre eux ont entouré Ryne. Le prince s'est extirpé du cercueil avec dignité. *Impressionnant.* Croisant mon regard curieux, il m'a saluée avant de disparaître avec les soldats.

Les doigts de Tohon se sont crispés autour de mon bras.

— Tss, tss… Que vais-je pouvoir faire de toi, ma chère ?

— Je…

— C'était une question rhétorique. Je sais *très exactement* ce qui va se passer.

Il m'a forcée à me relever et m'a attirée tout contre lui.

— Tout le confort, toutes les libertés dont tu disposais… c'est terminé à présent. Si tu veux revenir dans mes bonnes grâces, il va falloir faire tes preuves.

Saisissant une paire de gants dans sa poche, il les a jetés au sol.

— Enfile ça !

Comme je ne bougeais pas, il m'a assené une nouvelle décharge de magie qui m'a renvoyée au sol.

Même si je parvenais à lui échapper, mes chances de m'enfuir du château, pour ne pas parler de ce royaume, étaient proches du néant. Aussi je me suis exécutée. Tohon m'a relevée avec brutalité pour me faire tourner sur moi-même et m'obliger à tendre les bras en arrière tandis qu'un garde me passait des menottes aux poignets, en s'assurant de les refermer autour des gants.

— Emmenez-la dans une cellule proche de celle de Ryne. Assurez-vous que ses mains restent liées. Je ne lui fais aucunement confiance.

Les soldats m'ont saisie aux épaules, un de chaque côté, pour me mener à travers toute une série d'escaliers. J'ai descendu tellement de marches que, malgré mes efforts, j'ai fini par en perdre le compte. A vrai dire, cela n'avait guère d'importance, mais je préférais tenter de calculer l'endroit où ils m'emmenaient plutôt que de penser à l'avenir. Des portes se sont ouvertes et refermées sur moi avec des claquements métalliques. Des relents nauséabonds s'élevaient ; j'ai vu défiler des rangées de torches et de barreaux de fer. Derrière une grille, j'ai entraperçu au passage Ryne, assis sur un bat-flanc métallique qui servait de lit. Sans ménagement, les gardes m'ont propulsée dans un autre cachot, séparé de celui du prince par une cellule vide. Ils ont refermé la porte derrière eux. J'étais coincée.

Dans ma geôle se trouvait le même bat-flanc que dans celle de Ryne, ainsi qu'un seau d'aisance. Je me suis assise sur le rebord de la couchette pour tenter, en me tortillant en tous sens, de faire passer mes mains devant moi. En vain. A travers les barreaux, Ryne observait mes efforts inutiles, tout comme les deux gardes qui s'étaient postés au bout du couloir. Grâce aux cellules ouvertes, seulement séparées les unes des autres par des barreaux, il leur était facile de surveiller nos moindres mouvements.

— Désolée que la mission de sauvetage ait échoué, ai-je dit.

— Comment t'appelles-tu ? m'a demandé Ryne.

— Avry de Kazan.

— Je me souviens de toi. Tu étais l'une des apprenties de Tara, il me semble. Comment va-t-elle ?

— Mal. Elle est morte.

Il a poussé un soupir dépité.

— Et qu'ai-je raté d'autre ?

— Mets-toi à l'aise, prince. Cela va prendre le restant de la nuit pour que je te raconte tout.

Et je me suis lancée dans le récit détaillé de ce qui s'était passé durant les deux années qu'avait duré la quête de Kerrick. Il m'a écoutée sans m'interrompre, même si la mention de certains événements l'a fait frémir.

— Sepp est en cheville avec Tohon. S'il n'y avait pas eu cette « petite surprise », notre plan aurait pu marcher…

C'est avec la gorge enrouée que j'ai terminé mon compte rendu.

— Tu avais l'intention de me guérir ? m'a demandé Ryne.

Un silence.

— Oui.

Il m'a dévisagée comme pour s'assurer que je ne lui mentais pas.

— Même en sachant que tu en mourrais ?

— Oui.

Il a cillé et a détourné le regard. Après quelques instants de silence, il a repris :

— Je n'arrive pas à croire que Tohon ose faire des expériences avec la toxine du lys de la mort, alors même qu'il en connaît le danger !

— Le danger ? Tu veux dire, mourir ?

— C'est bien plus grave que ça ! Ce fou pourrait déclencher une nouvelle épidémie de peste !

Je suis demeurée abasourdie face à cette réponse.

— Est-ce lui qui a causé la première ? ai-je fini par demander.

— Pas directement. Il aidait le groupe de guérisseurs qui cherchaient à créer un antidote à la toxine. Malheureusement, ce qu'ils prenaient pour un remède s'est avéré être la peste...

— Comment sais-tu cela ?

— Après la mort de ma sœur, j'ai volé leurs notes.

— Et c'est ainsi que tu as découvert le pot aux roses, ai-je complété. Je comprends que tu nous en aies voulu au point de faire courir des rumeurs.

— J'étais furieux. La guilde avait mené des recherches sans prendre les précautions nécessaires. Ils jouaient avec le feu en trafiquant ces substances ! J'ai toujours redouté qu'un accident se produise... et je n'avais pas tort.

Ainsi, il confirmait ce que je soupçonnais depuis quelque temps déjà.

— Tu ne dois donc pas regretter la disparition de la guilde des guérisseurs ?

— Je... Ce n'est pas mon genre. J'aurais simplement voulu que les quelques vrais responsables de cette catastrophe soient jugés, mais pas exécutés. J'ignorais que les gens massacreraient les guérisseurs...

Enfouissant sa tête entre ses mains, il a ajouté :

— Je regrette mes actes. Comment as-tu seulement pu penser à me guérir alors que tu connaissais mon implication dans tout cela ?

Il a relevé la tête pour fixer sur moi un regard éperdu :

— Peux-tu seulement me pardonner ?

— C'est déjà fait.

Tout en pronónçant ces mots, j'ai senti au plus profond de mon cœur à quel point la décision de le sauver était devenue irrévocable pour moi.

— Comment est-ce possible ?

— Pour deux raisons : Kerrick et Belen. J'ai confiance en eux. C'est aussi simple que cela.

J'ai souri en me souvenant que Flea avait prononcé des paroles semblables, des mois plus tôt.

— Tu as dit que Belen était en sécurité auprès d'Estrid. Mais Tohon a prétendu que Kerrick ne tarderait pas. A-t-il été capturé lui aussi ?

Je lui ai expliqué la situation.

— Tohon est persuadé que Kerrick va tenter de nous libérer.

— Tohon est parfois trop confiant, a objecté Ryne, c'est l'une de ses faiblesses… mais dans ce cas je pense qu'il n'a pas tort. J'espère seulement que Kerrick va trouver un moyen de se montrer plus malin que lui.

— Kerrick soupçonnait que Sepp n'était pas digne de confiance.

Je lui ai parlé du message reçu par le magicien, et que je n'avais pas envoyé.

— Je ne vois qu'une seule explication au fait que Kerrick ait envoyé ce mot en se faisant passer pour moi : il savait que cela pouvait pousser Sepp à se démasquer. En revanche, pouvait-il se douter que Tohon te réveillerait ?

— Tohon n'a pas changé depuis l'Académie. Il est vaniteux et aime écraser ses adversaires. C'est une autre de ses faiblesses. J'en veux pour preuve qu'il m'a gardé ici et réveillé alors qu'il pouvait tout simplement me tuer. Cela le rend prévisible.

— Quoi qu'il en soit, il ne nous reste que…

J'ai hésité.

— … sept jours au mieux.

Avant de mourir.

— Comment te sens-tu, prince ? ai-je demandé.

— Pas au mieux, je dois l'avouer. J'ai mal partout et je transpire, m'a-t-il répondu en s'allongeant sur le flanc.

Les symptômes de la deuxième phase de la maladie…

— Au moins n'as-tu pas commencé à vomir.

— On se console comme on peut, a-t-il murmuré. Je ne vais pas passer mon temps à gémir sur mon sort.

Pour l'heure, nous ne pouvons pas faire grand-chose — à moins que tu ne disposes d'un rossignol pour crocheter ces serrures ?

Il y avait tant d'espoir dans sa voix que je m'en voulais presque de le décevoir.

Avec un coup d'œil en direction des soldats à l'autre bout de la pièce, Ryne m'a lancé à voix basse :

— Sauf si ces gardes commettent une grosse erreur, nous sommes coincés ici pour le moment. La seule chose que je puisse faire, c'est en apprendre le plus possible sur ce que mijote Tohon. Avry, que peux-tu me dire sur ses soldats morts ?

Je lui ai alors exposé tout ce dont je me souvenais. De fait — et je ne m'en plaignais pas — je n'en avais vu aucun depuis que j'étais au château, à l'exception des quatre que Tohon avait ranimés sous mes yeux.

— Ainsi, tu penses que Tohon les enferme dans une sorte de torpeur juste après leur mort. Toutefois, il leur injecte pour cela un médicament ou un produit quelconque. C'est bien ça ? a résumé Ryne.

— C'est ce que je crois en tout cas.

— Si nous pouvons découvrir quelle substance il utilise, il se peut que nous trouvions comment mettre un terme à ses horreurs. Tu as une idée à ce sujet ?

J'ai repensé à mon carnet de notes d'apprentie, que j'avais laissé dans mon bureau à l'infirmerie. Peut-être avais-je noté sans le savoir des informations utiles ?

— La guilde possédait des listes de centaines de médicaments à base de plantes différentes. Mon mentor les connaissait toutes, mais je n'en ai appris qu'une petite partie.

— Mais tu es aux côtés de Tohon depuis suffisamment longtemps pour avoir eu vent de ses expériences. A-t-il mentionné autre chose ?

— Non. Il ne parlait que des lys de la mort…

Soudain, un souvenir a refait surface dans ma mémoire.

Le jour où Tohon m'avait injecté la toxine, mon esprit s'était détaché de mon corps. Je n'avais aucun contrôle sur mes mouvements, mais il m'avait guidée jusque dans ma chambre et je l'avais suivi. Mon corps avait obéi… Or, que se passerait-il s'il injectait la toxine dans un corps sans âme ? Aurait-elle les mêmes effets ?

— Avry ?

J'ai fait part de mes interrogations à Ryne.

— Mais la coïncidence paraît trop grosse…

— Non. Il y a une certaine logique, au contraire, a-t-il réfléchi tout haut. Comme la personne est déjà morte, la toxine ne peut la tuer…

— Mais le corps est maintenu dans une torpeur. L'effet de la toxine ne devrait-il pas être figé lui aussi ?

— Très juste. Ne t'arrête pas. Continue à réfléchir, Avry. Il nous reste encore sept jours…

Je n'ai pu m'empêcher de rire.

— Je suis heureuse de voir que tu restes positif.

A vrai dire, je commençais à apprécier Ryne.

— Les pensées positives entraînent des résultats positifs.

— As-tu appris cela à l'Académie ? lui ai-je demandé.

— Exactement. Un des avantages de cette institution, c'est qu'on nous y préparait aux arcanes de la politique — sans nous cacher la triste réalité que constituent les intrigues et les complots.

— A ce que je vois, cette Académie vous a tous énormément marqués : Kerrick ne s'est pas remis de la perte de Jaël, et Tohon rêve toujours de prendre le pouvoir sur l'ensemble des Quinze Royaumes…

— Exactement. L'Académie a changé notre vie à tous.

Ce sont les gardes qui, au matin, m'ont tirée de mon sommeil troublé. Ils m'ont forcée à me lever avant de m'escorter jusqu'à l'infirmerie. L'un d'eux m'a enlevé mes menottes et mes gants tandis que l'autre me donnait une série d'instructions très strictes. Je pouvais travailler avec les patients, mais je ne devais en aucun cas quitter l'infirmerie sans eux. Ils garderaient de toute façon les portes ; le soir, ils me raccompagneraient jusqu'à ma cellule.

Je me suis frotté les poignets pour faire circuler le sang, j'ai bu un grand verre d'eau et je suis passée aux toilettes, avant d'envoyer mes aides quérir davantage de nourriture. Lorsque j'ai terminé ma ronde, je suis restée assise dans mon bureau pour parcourir mon journal d'apprentie. Certes, j'y avais noté une liste de plantes utiles, mais je n'y ai découvert aucune trace d'une substance qui aurait la capacité d'animer les morts, pas plus que d'un produit permettant de faire perdre conscience à un homme, par exemple en le lui projetant au visage ou en le lui faisant respirer.

Les gardes avaient été assez intelligents pour rester à distance tant que je ne portais pas mes gants. Le soir venu, on m'a envoyé deux autres sentinelles, qui m'ont de nouveau menotté les mains dans le dos avant de m'escorter dans les entrailles du château. Toujours allongé sur son bat-flanc, Ryne semblait ne pas avoir bougé depuis le matin. Près de la porte, toutefois, j'ai remarqué un plateau de nourriture à moitié entamé.

Lorsque les gardes se sont éloignés, le prince s'est rassis et, le regard inquiet, m'a demandé :

— Comment vas-tu ?

— Ne serait-ce pas à moi de poser cette question ?

— C'est moi qui ai mis Tohon en colère. Il peut se montrer très cruel, et je crains pour toi.

— Je vais bien. J'ai seulement travaillé à l'infirmerie toute la journée.

— Tohon n'est pas stupide. Tes pouvoirs de guérisseuse lui sont extrêmement précieux.

J'ai jeté un coup d'œil autour de nous. A vrai dire, je n'avais pas eu beaucoup de travail durant la journée. Tohon aurait pu ne me faire sortir du cachot qu'en cas d'urgence…

à moins qu'il ait une autre raison pour m'exhiber ici et là dans le château ?

— Il n'est pas impossible que Tohon tente de se servir de moi comme appât, ai-je suggéré à Ryne. Pour attirer Kerrick.

— Très bien observé, a répondu le prince.

Quelques instants plus tard, je l'ai entendu pouffer de rire dans sa cellule.

— Qu'y a-t-il de si drôle ?

— Je viens de penser que tu as dû faire tourner Kerrick en bourrique.

— Pourquoi donc ?

— Je connais bien Kerrick. Avec lui, soit on donne les ordres, soit on les reçoit ; il n'y a pas de juste milieu. Mais à t'entendre, j'ai l'impression que tu n'es pas du genre à obéir sans moufter.

— C'est vrai que nous avons eu quelques… désaccords.

— Je n'en doute pas. Tu voudrais bien me les raconter, dis ?

— Avec le recul, ils semblent bien futiles…

— Prends ça comme la dernière volonté d'un mourant.

— Mais tu n'es pas…

— Je sais, mais je m'ennuie, je souffre, et toute distraction serait la bienvenue.

— Si tu le présentes comme ça, comment pourrais-je refuser ?

J'ai donc entrepris de lui narrer par le menu les épisodes les plus tumultueux de notre relation. En y repensant, je me suis dit que rien dans mon comportement n'avait pu séduire Kerrick : d'un bout à l'autre, je m'étais comportée comme une véritable peste.

Ryne s'est délecté de mes récits. A le voir, on n'aurait pas cru qu'il était à l'agonie. Sans doute était-ce dû à sa volonté de voir les choses sous un jour positif. A quoi bon s'inquiéter ou se lamenter sur son sort ? Cela ne changerait rien à la situation. Autant profiter de ses derniers jours…

***

La journée qui a suivi a ressemblé trait pour trait à la précédente. J'ai œuvré à l'infirmerie du matin au soir et passé la nuit en cellule à raconter des anecdotes à Ryne ou à chercher avec lui des idées pour contrecarrer les plans de Tohon. De toute évidence, le prince était d'une intelligence hors du commun et il ne manquerait pas d'accomplir de grandes choses — s'il survivait. Ses symptômes, toutefois, s'aggravaient d'heure en heure. Dans quelques jours, il en serait au dernier stade de la maladie et, à distance, je ne pouvais rien pour soulager ses souffrances.

Le temps jouait contre nous et jusqu'ici nous n'avions pas trouvé le moyen de tromper la vigilance des gardes. Imaginez ma frustration : je me trouvais à quelques toises de lui, mais demeurais incapable de le toucher. Tohon savait ce qu'il faisait quand il avait choisi de nous installer ainsi dans ses geôles.

Pourtant, j'ai tenté de suivre l'exemple de Ryne et de me concentrer sur le côté positif des choses. Tohon n'avait pas encore capturé Kerrick. En revanche, pourquoi n'était-il pas descendu nous voir et savourer son triomphe ? Les forces d'Estrid avaient-elles fait des incursions significatives qui le poussaient à douter de lui ? Aucun signe de Kerrick non plus — ce qui constituait une bonne nouvelle, finalement. Car s'il était pris, que nous resterait-il à faire ? Je l'avais appris à mes dépens, les gardes étaient trop malins pour oublier de lui prendre son rossignol ou ses armes. Si seulement je parvenais à les obliger à s'approcher de moi…

Le troisième jour, après ma ronde à l'infirmerie, j'ai repris une nouvelle fois mon journal pour le parcourir de bout en bout. J'étais déterminée à trouver un moyen de nous tirer de là. J'ai profité d'être seule dans mon bureau pour réfléchir de nouveau à la situation. Cette idée d'attirer les gardes me titillait toujours, mais comment faire ? Feindre de m'évanouir ? Les attaquer directement ?

A la fin de l'après-midi, un fracas soudain est venu

me tirer de mes réflexions. Mes aides étaient tous partis chercher les repas des patients, aussi je me suis ruée dans la pièce principale tandis qu'entraient deux soldats qui portaient chacun un collègue blessé. J'ai désigné du geste deux matelas libres, et les gardes y ont déposé leur fardeau sans ménagement.

Je me suis tournée vers eux pour leur reprocher ce manque de soins — et me suis trouvée nez à nez avec le plus grand des deux. J'ai tressailli et reculé d'un pas, sous le choc.

— Du calme, mademoiselle, a-t-il dit simplement.

Mon cœur battait la chamade dans ma poitrine. J'ai regardé l'autre soldat, qui tentait de conserver un air dégagé.

— Pouvez-vous examiner nos camarades ? m'a demandé… Kerrick.

Mais oui ! C'était bien lui !

J'ai joué le jeu et me suis mise à examiner les patients. Tous deux présentaient nombre de bleus et de contusions, mais rien de plus grave.

— Ils s'en sortiront, ai-je lancé à la cantonade.

Puis, désignant une coupure sur l'avant-bras de Kerrick :

— Vous, en revanche, il va vous falloir des points de suture. Suivez-moi en salle d'examen.

Sur ce, j'ai tourné les talons.

Quelques-uns de mes patients étaient éveillés et nous ont suivis du regard. L'un d'entre eux reconnaîtrait-il Kerrick ? Donnerait-il l'alarme ? Mon cœur me poussait à hâter le pas, mais je suis parvenue à conserver une allure normale.

J'ai refermé la porte sur mes deux camarades… et me suis affalée contre elle. Lorsque Loren m'a souri, je me suis retenue à grand-peine de lui sauter au cou.

— Vous avez bien fait d'attendre quelques jours, ai-je dit.

Loren a jeté un regard de biais à Kerrick.

— Je te l'avais dit, non ? Et toi qui voulais te précipiter ici alors que…

— Que se passe-t-il ? l'a coupé Kerrick en s'adressant à moi.

Il n'avait pas changé : les affaires avant tout… Aucun signe de l'autre Kerrick, celui que j'avais entraperçu dans le jardin le soir de la réception. J'ai balayé ce souvenir pour leur révéler ce que j'avais appris au sujet de Sepp et de Ryne. Lorsque j'ai mentionné le nom du premier, le visage de Kerrick s'est crispé comme s'il éprouvait une véritable douleur. Encore une trahison…

— Tu savais, pour Sepp ? lui ai-je demandé.

— Je me doutais de quelque chose, m'a-t-il répondu, l'air sombre. Et je ne crois pas que les hommes de Tohon aient débusqué les nôtres, dans la caverne des montagnes. Je crois au contraire que Sepp les a vendus.

J'ai soupiré.

— C'est possible : Tohon et Sepp se connaissent depuis longtemps. Ils se sont rencontrés à la guilde des guérisseurs.

Puis, me tournant vers Loren :

— Et toi, depuis combien de temps es-tu ici ?

— Nous sommes arrivés après les premiers raids contre les défenses de Tohon.

— « Nous » ?

— Quain attend à l'extérieur des murailles. Nous avons pensé qu'il serait préférable de conserver un homme dehors.

— Et où est Belen ?

— C'est toujours lui qui mène les escarmouches, m'a répondu Loren avec un sourire. Quand il s'y met, Papa Ours n'a rien d'un tendre…

Sans compter qu'il était trop facilement repérable.

J'ai étudié les visages de Kerrick et de Loren. Le premier avait tiré ses cheveux en arrière et arborait une barbe de trois jours. Ses yeux étaient maintenant d'un vert vibrant, exactement semblable à celui de la forêt. Tous deux portaient l'uniforme des armées de Tohon, mais leurs vêtements étaient maculés de terre et de sang, et déchirés comme s'ils revenaient d'une bataille.

— Que faisons-nous maintenant ? a demandé Loren.

J'ai fait de mon mieux pour ne pas exploser :

— Comment ça, vous n'avez pas de plan ?

— Si, m'a répondu Loren. C'était ça, notre plan : entrer ici. Nous espérions que tu pourrais ensuite nous indiquer les points faibles de Tohon.

— J'ai bien une idée, mais je comptais un peu sur votre expérience dans ce domaine pour que vous me proposiez quelque chose de... meilleur.

— Quel est ton plan ? m'a demandé Kerrick, mettant un terme à mes espoirs.

Je leur ai exposé brièvement ce qui m'était venu à l'esprit à force de réflexion.

— Ça peut marcher, a dit Loren.

— Nous nous débrouillerons pour que ça marche ! a renchéri Kerrick.

De l'autre côté de la porte, une voix d'homme s'est élevée, suivie de plusieurs coups tambourinés. J'ai libéré le seuil.

— Il est temps d'y aller, guérisseuse Avry, m'a informé un garde en entrant dans la pièce.

Kerrick n'a pas hésité une seule seconde : il a tiré l'homme à l'intérieur de la pièce, et a profité de la surprise pour le maîtriser.

— Avry ! s'est-il exclamé.

Immédiatement, j'ai posé les doigts sur la nuque du garde et je l'ai assommé d'une décharge magique. Kerrick l'a laissé tomber à terre avant de se précipiter en direction de son acolyte, qui tentait de fuir vers la sortie de l'infirmerie. Il a été sur lui en quelques enjambées et l'a cloué au sol jusqu'à ce que je le neutralise à son tour. L'homme a cessé de se débattre.

C'est seulement alors que je me suis rendu compte que nous étions dans la salle principale, *entourés de malades*. Je me suis redressée. Loren avait dégainé son épée.

— Non, Loren. Il est hors de question que nous fassions du mal à ces hommes, ai-je lancé d'une voix vibrante.

— S'ils donnent l'alarme, nous n'irons pas bien loin, a fait observer Kerrick.

— Je sais. Mais ils sont *à moi.* Je ne laisserai personne les blesser de nouveau.

Mes patients me regardaient, médusés. Pendant une minute qui a paru un siècle, nul n'a pipé mot. Puis, l'un après l'autre, mes patients se sont recouchés dans leur lit, comme s'ils dormaient. *Personne n'a rien vu,* voilà ce qu'ils voulaient me signifier. Leur soutien m'a tellement touchée que j'en ai eu les larmes aux yeux… Malheureusement, nous n'avions pas le temps pour les effusions : les aides infirmiers seraient là d'une minute à l'autre.

— Merci, ai-je dit simplement.

Kerrick et Loren ont débarrassé les deux gardes de leur uniforme avant de les déposer sur des lits. Certes, leur tenue de combat sale et déchirée avait fonctionné pour circuler dans la cour du château, mais elle ne ferait pas illusion s'ils devaient m'escorter à ma cellule. Aussi se sont-ils changés.

J'ai remis ces maudits gants, et Kerrick m'a menottée les mains dans le dos.

Tout à sa merci, j'ai lancé :

— Ça me rappelle le bon vieux temps.

Kerrick a souri et ses yeux ont pétillé. Posant sa main sur mon épaule, il m'a dit :

— Sauf que cette fois, elles sont suffisamment lâches pour que tu puisses détacher la main.

Encadrée par Loren et Kerrick, je me suis dirigée droit vers le donjon. Une fois à l'intérieur, je les ai menés vers l'escalier — avant de m'arrêter.

— Tout en bas, nous allons trouver des portes doubles particulièrement solides, surveillées par deux hommes, ai-je expliqué. Derrière se trouve une salle de garde où les soldats se reposent et jouent aux dés ou aux cartes pendant leur pause. Il s'en trouve toujours au moins quatre ou cinq, et deux ou trois autres près des cellules.

La porte entre la salle de repos et les cachots est si mince qu'ils entendront le moindre bruit.

Je me suis mordu les lèvres. Mon plan ne marcherait *jamais.* Il y avait bien trop de gardes.

— Pouvez-vous vraiment affronter autant d'ennemis à la fois ? ai-je demandé.

— Garde des pensées positives, m'a répondu Kerrick. Lorsque nous atteindrons les cellules, fais semblant de tenter de t'échapper. Et prends soin de faire beaucoup de bruit, d'accord ?

— Compris.

Nous avons commencé la descente des escaliers. Lorsque nous sommes parvenus devant les portes des cachots, l'un des gardes a grommelé.

— Ce n'est pas trop tôt. Mais…

Vifs comme l'éclair, Kerrick et Loren sont passés à l'action. Je me suis débarrassée prestement de mes menottes, en veillant toutefois à ne pas les laisser tomber sur le sol pour éviter tout bruit révélateur. En quelques secondes, les deux gardes étaient immobilisés, et je les ai mis hors de combat d'une décharge magique.

Kerrick a remis les menottes en place dans mon dos. Loren s'est penché sur un des hommes qui gisait là pour saisir un trousseau de clés et en a inséré une dans la serrure.

— Prêts ? nous a-t-il demandé.

Si j'étais prête ? Bien sûr que non ! S'il devait arriver quoi que ce soit à mes compagnons…

Kerrick a hoché la tête.

Loren a poussé la porte, et nous sommes entrés de front comme s'ils m'escortaient. Deux des quatre gardes qui jouaient aux cartes ont levé la tête, mais ils ne nous ont pas vraiment regardés tant le jeu occupait leur attention. Kerrick m'a pressé doucement le bras ; c'était le signal que j'attendais.

J'ai extirpé ma main gauche des menottes et conservé celles-ci dans la main droite ; puis, avec un hurlement sauvage, je me suis précipitée vers les joueurs de cartes. D'une décharge, j'ai assommé le premier avant qu'il ait eu la moindre chance de réagir. Ensuite, je me suis écartée vivement pour échapper à Kerrick et Loren, qui faisaient mine de vouloir s'emparer de moi. Avec un nouvel hurlement, je me suis mise à courir en faisant tournoyer les menottes au-dessus de ma tête comme une masse d'armes.

— Arrêtez-la ! a crié Kerrick.

Dans le même mouvement, il a assené un coup du pommeau de son épée sur la tête du garde le plus proche de lui, qui s'est affalé au sol. J'ai jeté un bref regard en direction de Kerrick. Je ne pouvais qu'admirer l'intensité de sa concentration et son ardeur combative.

— Elle s'est libérée ! Attention à ses mains ! a crié Loren.

Et il a saisi un garde au collet pour lui cogner violemment la tête contre le mur.

Mes menottes ont heurté un crâne et je suis parvenue à saisir le poignet d'un troisième homme. J'y ai envoyé ma magie. En dépit du hurlement de douleur qu'il a poussé, j'ai tenu bon. Lorsque je suis parvenue à toucher sa nuque, il s'est effondré sans un mot sur le sol.

D'autres voix se sont élevées, en même temps que des raclements métalliques.

— Venez vite ! a crié Kerrick à l'adresse des soldats de l'autre côté de la porte. Nous avons besoin d'aide ici !

Les gonds ont grincé, et deux nouveaux gardes se sont joints à la mêlée. Quelques secondes de chaos ont suivi... A plusieurs reprises, je me suis précipitée pour assommer ceux que tenaient Kerrick et Loren, avant de battre en retraite. En l'espace d'une minute, nous avions mis tous nos adversaires hors d'état de nuire.

Nous sommes demeurés quelques instants immobiles parmi les corps allongés, tentant de reprendre notre souffle.

Loren souriait de toutes ses dents.

— C'était plutôt amusant, non ? Nom d'un chien, Avry,

tu as une sacrée paire de poumons. On aurait dit des vrais cris de *fille*…

— Ce devait être un des gardes, lui ai-je rétorqué.

— Sans doute…

Mais notre belle humeur s'est évanouie lorsque nous nous sommes approchés de la cellule de Ryne. Le bruit ne l'avait pas réveillé. Couvert de sueur, il demeurait immobile, allongé sur son bat-flanc. Loren a déverrouillé la porte pour se précipiter à ses côtés ; je l'ai suivi, la gorge nouée par l'appréhension. *Le moment était venu.*

Avant que j'aie eu le temps de le toucher, Ryne a levé la main et, d'une voix faible, il m'a arrêtée :

— Pas encore ! Attends que je sois libéré.

— Auras-tu assez de force pour t'évader ? lui ai-je demandé.

— J'ai juste besoin d'un verre d'eau.

Loren est parti en chercher un, et j'ai aidé Ryne à s'asseoir.

Le prince a souri à Kerrick.

— Je savais que tu viendrais, mon ami. Seule Avry en doutait.

— Eh bien, sans le bon sens de Loren, ils se seraient fait pincer dès le début, ai-je lâché.

— Tu sais que je t'entends ? m'a fait Kerrick d'un ton de reproche. Je suis juste à côté de toi !

— Ainsi, tu le reconnais ? C'est grâce à Loren si tu es ici ? a demandé Ryne.

Un sourire épuisé flottait sur son visage.

— Ne me remerciez pas, c'est tout naturel, a fait Loren, qui était revenu.

Il a tendu le verre à Ryne, qui l'a avalé d'un trait.

— Merci, a-t-il dit.

— Il nous faut encore sortir de l'enceinte du château, a repris Kerrick, et le plus tôt sera le mieux. Par exemple : maintenant !

Lorsque nous sommes repassés devant les gardes inconscients, Kerrick m'a demandé :

— Combien de temps resteront-ils dans cet état ?

— Quelques heures, tout au plus.

Au moment où nous empruntions l'escalier, je l'ai interrogé à mon tour :

— Quel est ton plan pour quitter le château ?

— Nous viserons le portail principal. Sans Sepp, nous ne pouvons pas traverser les lys de la mort sous les murailles.

J'espérais que personne à l'infirmerie ne donnerait l'alarme… Fort heureusement, lorsque nous avons débouché à l'air libre, devant le donjon, l'obscurité était tombée. Nous nous sommes dissimulés dans l'ombre pour longer les murs en direction de la porte principale. Une fois face à elle, nous n'aurions plus qu'à traverser la cour pour quitter les lieux. Si nous ne courions pas, si nous ne nous comportions pas comme des fugitifs, il nous serait peut-être possible de parvenir à nos fins.

Sauf qu'une troupe de soldats gardait le portail.

26

— Ces hommes étaient-ils là lorsque vous êtes entrés ? ai-je demandé tout bas à Kerrick.

— Non.

— Fuite ou combat ? a chuchoté Loren.

La lueur des torches illuminait les soldats. Ils étaient une bonne trentaine, bien trop nombreux pour nous trois. A coup sûr, l'un des gardes que nous avions neutralisés dans l'infirmerie avait dû se réveiller et prévenir Tohon…

Je me suis appuyée contre le mur. Ma vie ressemblait de plus en plus à un jeu de chat perché… où j'aurais été en permanence celle qui se faisait attraper.

— La fuite, ai-je répondu sur le même ton.

— Nous n'avons nulle part où nous dissimuler, a fait Kerrick. Nous serons capturés et mis à mort. Si nous choisissons de nous battre, au moins avons-nous une chance de mourir au combat, dignement…

— Nous allons escalader le mur du fond, ai-je déclaré.

— Hors de question, m'a répondu Loren. J'aime mieux être écharpé que dévoré.

On aurait juré entendre Quain !

— Les lys de la mort ne nous attaqueront pas. Faites-moi confiance.

Ryne m'a regardée comme si j'avais perdu la tête. Kerrick et Loren, en revanche, m'avaient vue à l'œuvre avec le cadavre de Flea, et ma proposition n'a guère paru les surprendre.

— Nous te suivons, m'a dit Kerrick.

Ryne a ravalé une exclamation de surprise et m'a jaugée du regard.

Nous avons rebroussé chemin. Lorsque nous sommes arrivés devant l'espace ouvert qui se trouvait à l'arrière du château, je me suis avancée comme si je me rendais à l'infirmerie. Après tout, c'était un trajet que j'avais accompli des dizaines de fois. Kerrick et Loren m'encadraient, et Ryne nous suivait à quelques pas.

Alors que nous étions environ à mi-chemin, un cri a percé le silence. *Un autre groupe de soldats s'était dissimulé dans l'ombre des bâtiments de l'infirmerie.*

— Courez ! Le mur du fond, vite ! me suis-je écriée.

Kerrick s'est courbé en deux pour saisir Ryne et le charger sur ses épaules, et nous nous sommes élancés. J'avais l'impression de sentir le sol trembler tant le tumulte des bottes derrière nous était fort.

Comme nous approchions de notre but, j'ai lancé à l'adresse de mes compagnons :

— Ne vous approchez pas trop des lys. Laissez-moi passer en premier.

Je me suis précipitée en direction de la fleur la plus proche ; me postant juste sous ses pétales, j'ai agité les bras et crié :

— Viens ! Mange-moi !

Mais le lys n'a pas bougé d'un pouce. Kerrick et Loren m'ont rejointe. Rien ne s'est produit.

J'ai lancé un regard éperdu à Kerrick… pour m'apercevoir qu'il souriait.

— Ce n'est pas un lys de la mort, mais un lys de la paix ! Prends ma main.

J'ai obtempéré, imitée par Loren.

La magie de Kerrick s'est mise à crépiter dans mes veines tandis que nous avancions avec lui parmi les fleurs inoffensives. Celles-ci étaient en nombre suffisant pour qu'il utilise son pouvoir sylvestre et nous permette de nous dissimuler parmi elles. Nous avons ainsi atteint le mur d'enceinte avant d'obliquer sur notre gauche et d'avancer jusqu'à un endroit d'où nous pouvions observer les environs à travers les feuilles. Kerrick a reposé Ryne sur le sol, mais le prince a continué de s'appuyer sur son épaule.

Les soldats étaient plus nombreux à présent, mais ils n'osaient pas approcher des lys. Des clameurs s'élevaient. Nul ne nous avait vus fuir ; la plupart des témoins devaient supposer que les lys nous avaient saisis et dévorés.

Au milieu du tumulte, Tohon s'est avancé d'un pas martial. Il lui a suffi d'un ordre pour rétablir le silence, puis il s'est entretenu avec un petit groupe de soldats. Allait-il leur révéler quoi que ce soit au sujet des lys ?

Qu'est-ce qui comptait le plus pour lui ? Continuer à faire croire que des lys de la mort protégeaient son château, ou nous retrouver ? Je devais le reconnaître : j'avais été la première à me laisser berner, et à prendre ces fleurs inoffensives pour de vrais lys de la mort. Il avait fallu que nous soyons désespérés au point de tenter de les traverser pour nous rendre compte de la supercherie.

— Il reste un problème, m'a chuchoté Kerrick. Si nous tentons d'escalader les murailles, nous serons repérables. Existe-il un endroit moins exposé ?

— Oui. Il y a un jardin avec des lys de la mort, au fond de l'enceinte.

— De *vrais* lys de la mort, tu en es certaine ?

— Oui, mais ils ont été neutralisés.

C'est ainsi qu'avec la plus grande prudence nous nous sommes dirigés vers l'aile nord du château.

Tohon avait visiblement décidé de ne pas envoyer ses soldats à travers les lys ; à la place, il les a fait sortir de l'enceinte pour se poster à l'extérieur des murailles, guettant notre arrivée. Nous avons accéléré le pas ; nous avions suffisamment d'avance sur eux pour escalader le mur d'enceinte et gagner la forêt avant qu'ils ne puissent nous intercepter.

La voix de Tohon s'est élevée ; il s'adressait directement à moi.

— Je sais que tu peux survivre aux lys de la mort, Avry. Je sais ce que tu cherches à faire. Mais ce n'est qu'un pis-aller. Tu n'ignores pas que j'ai mes soldats « spéciaux ». Et tu as signé un contrat, je te rappelle. Tu m'as donné ta parole. Ne fais rien que tu regretteras par la suite. Si tu te montres maintenant, avec tes amis, je te promets que tout est pardonné, ma chère.

Il me prenait vraiment pour une idiote ! Nous avons continué notre progression comme si nous ne prêtions pas attention à son discours, mais la main de Kerrick s'est crispée autour de la mienne. Une boule d'angoisse s'était formée dans ma gorge, et mon cœur se débattait dans une étreinte glacée. *Je savais ce qu'il me restait à faire.* Lorsque nous avons atteint l'angle du mur, Kerrick a ordonné à Loren de passer le premier afin qu'il puisse s'occuper de Ryne.

Profitant du fait qu'il ne me regardait plus, j'ai touché la main de Ryne. Ma magie a explosé dans ma poitrine, et le prince a eu un mouvement de recul, surpris. Mais j'ai tenu bon, et ramassé dans son corps la noirceur huileuse qui le rendait malade pour la transférer en moi. Je m'étais tant préparée à cette éventualité que l'opération n'a pris que quelques secondes.

Ryne a serré ma main en retour.

— Merci, m'a-t-il soufflé.

— Arrête Tohon et prends soin de mes compagnons, lui ai-je murmuré à l'oreille.

— Je le jure.

Kerrick nous a jeté un coup d'œil suspicieux.

— C'est au tour de Ryne, ai-je lancé pour faire diversion.

Avec l'aide de Kerrick, le prince a escaladé les lys jusqu'au sommet de la muraille. Lorsqu'il a été hors de vue, Kerrick s'est retourné vers moi :

— A ton tour.

— Je ne peux pas. J'ai donné ma parole. Mais ne t'inquiète pas : j'ai guéri Ryne. A présent, file, et aide-le à mettre un terme aux agissements de Tohon.

Kerrick a semblé se figer.

— Tu as donné ta parole à un fou, sous la menace. Tu n'as pas à la tenir.

M'attirant à lui, il a ajouté :

— Viens avec moi, Avry. Je t'en prie.

Ç'a été une décision bien plus difficile à prendre que celle de soigner Ryne. Malgré toutes nos disputes passées, voilà que Kerrick me montrait qu'il souhaitait partager avec moi les derniers jours de ma vie. Je me suis appuyée à lui et, fermant les yeux, j'ai inhalé son odeur si particulière — verdure et soleil de printemps. J'ai ouvert les yeux et incliné la tête pour le dévisager. Ses traits exprimaient à présent toute son émotion ; pour la première fois depuis notre première rencontre, il montrait ses sentiments.

Et ses sentiments me brisaient le cœur.

Il a incliné la tête et nos lèvres se sont rencontrées. Un concert de sensations délicieuses s'est élevé au creux de mon ventre pour envahir jusqu'aux extrémités les plus fines de mon corps. Le baiser de Kerrick n'avait rien à voir avec celui de Tohon. Ce n'était pas une tentative de manipulation ou une démonstration de force ; c'était, tout simplement, un cadeau venu de son cœur et de son âme, un présent magnifique.

Et il n'était pas question que je le laisse assister à ma lente et douloureuse agonie.

J'ai reculé d'un pas.

— J'ai… une affaire à régler avec Tohon.

Je ne pouvais quitter le château sans m'assurer du sort qui serait réservé au jeune Danny.

Les yeux de Kerrick ont exprimé un mélange de peine et d'incompréhension.

— Mais il te tuera !

Ç'a été à mon tour de le regarder sans comprendre :

— Je vais mourir de toute façon, Kerrick, tu le sais bien.

Il a secoué la tête avec une expression médusée.

En quelques instants, une série de souvenirs m'est revenue, des indices que je n'avais pas saisis sur le moment. *Contrairement à ce que j'avais cru, Kerrick avait ignoré d'un bout à l'autre la contrepartie qu'exigerait de moi la guérison de Ryne.* Pas étonnant qu'il n'ait pas paru attristé lorsque j'avais accepté sa mission…

— Va. Emmène Ryne loin d'ici. Il t'expliquera tout.

— Avry, si tu essaies de te venger parce que je t'ai…

J'ai posé ma bouche sur la sienne, le faisant taire d'un ultime baiser. Puis je lui ai murmuré :

— Cela n'a rien à voir avec ce que tu as pu faire ou ne pas faire. Si les circonstances avaient été différentes, je serais partie avec toi sans l'ombre d'une hésitation. Parle avec Ryne.

Derrière nous, la voix de Tohon, qui m'exhortait à me rendre, se faisait de plus en plus forte.

Kerrick m'a jeté un regard éperdu :

— Pourquoi ne peux-tu pas m'expliquer, toi ?

— File, ou tout cela n'aura servi à rien.

Et je l'ai poussé en direction de la muraille.

Mais il n'a pas bougé ; à la place, il m'a regardée, sourcils froncés et mâchoire serrée. Je connaissais par cœur cette expression obstinée : il ne partirait pas sans moi.

A moi de jouer, alors… Avant qu'il n'ait eu le temps de me saisir de nouveau, je me suis précipitée entre les lys et j'ai débouché à découvert, là où Tohon pouvait me voir.

Le cri de désespoir de Kerrick me hanterait jusqu'à la fin de mes jours — et ce même si j'avais dû vivre cent ans au lieu des quelques jours qu'il me restait.

— Où sont tes amis ? m'a demandé Tohon d'une voix pleine de menaces.

— Envolés.

— Kerrick aussi ?

— Kerrick aussi, oui.

— Viens ici, m'a-t-il ordonné en tendant la main.

Me préparant au pire, je me suis avancée vers lui. J'ai voulu éviter son contact, mais il s'est emparé de ma main pour l'emprisonner entre les siennes. Sa magie a résonné jusqu'au plus profond de mes os.

Il a gardé les yeux fermés pendant un moment avant de me regarder bien en face.

— Tu es une idiote ! a-t-il sifflé.

Puis, laissant tomber ma main, il a ajouté avec un rictus de dégoût :

— Tu me fais perdre mon temps.

Tohon a dégainé son épée pour la pointer sur ma poitrine. La lame a pénétré dans ma peau. La douleur était cuisante, mais je n'ai pas bougé ; j'ai attendu qu'il plonge le métal froid dans mon cœur éteint.

Pourtant, il n'en a rien fait. Après quelques secondes, il a rengainé son arme.

— Ce serait un châtiment bien trop doux, et je n'ai pas envie de faire preuve de clémence envers toi. Que vais-je faire de toi, alors ?

Il m'a considérée pendant quelques instants, l'air pensif, avant de reprendre :

— Combien de temps as-tu à vivre ?

— Dix à quinze jours. Trois semaines tout au plus.

— Et demeureras-tu fonctionnelle ?

Fonctionnelle ? Drôle de façon de voir les choses…

— Au début, je vais connaître quelques problèmes d'estomac ; ensuite, je serai lucide et capable de travailler pendant environ une semaine encore.

— Notre contrat demeure valable tant que tu es valide. D'ici là, assure-toi d'apprendre à tes aides tout ce qu'ils doivent savoir pour veiller sur la santé de mes soldats.

Ce n'était pas, et de loin, le châtiment auquel je m'attendais.

— Cela te surprend ? m'a-t-il demandé.

— Oui, ai-je répondu sans ciller.

— Tu pensais vraiment que j'allais te jeter dans un cachot, ma pauvre pestiférée ?

— Oui, ai-je répété.

— J'avoue que c'est fort tentant, mais parfaitement inutile. Rien de ce que je peux faire ne serait pire que ce que tu t'es infligé toi-même. Quand tu seras à l'agonie, en revanche, je serais là. Juste à côté de toi. Et tu me supplieras de te tuer.

Une vague de nausée a déferlé en moi. Les premiers symptômes de la peste, ou bien la peur ? Difficile à dire.

— Le feras-tu ?

— Te tuer ? *Non.* Je te regarderai souffrir jusqu'au dernier instant.

Si l'on omet les quelques épisodes de nausées, de diarrhées et autres, j'ai repris les jours suivants la routine qui était la mienne jusqu'au réveil de Ryne : je travaillais à l'infirmerie du matin au soir et retournais dormir dans mes appartements. Toutefois, certains détails avaient changé : Hiver n'était plus là pour m'assister. Tohon ne frappait plus au panneau secret de ma chambre. Il ne me demandait plus de l'aider dans ses expériences avec les lys de la mort. Son absence, à vrai dire, constituait un bienfait inattendu.

Il a fallu sept jours pour que disparaissent les symptômes gastriques. Alors, les douleurs ont commencé — insoutenables, jusqu'à la moelle de mes os. Sachant que mon temps était compté, j'ai entrepris de faire le tri parmi mes maigres biens. J'avais placé mes trois pierres de jonglage dans mes poches. Lorsque les vagues de douleur s'emparaient de moi, je les serrais dans mes mains. Elles m'apportaient un certain réconfort.

J'ai déposé mon collier dans une enveloppe, accompagné d'une lettre à destination de ma sœur Noëlle, dans laquelle je lui présentais mes excuses et tentais de lui expliquer tout ce qui s'était passé. Pourtant, rien ne m'assurait qu'elle la recevrait, ni même si dans ce cas elle prendrait la peine de la lire. Noëlle demeurerait mon plus grand regret, à l'exception du fait que j'avais blessé Kerrick sans le vouloir. J'espérais secrètement que l'un de mes patients trouverait un moyen de lui faire parvenir mon dernier message.

Quant à Kerrick, je ne pouvais compter que sur Ryne pour lui expliquer la situation. J'avais en effet tout raconté au prince au sujet de Tohon et de son utilisation de la toxine.

J'ai consacré de nombreuses réflexions au destin qui attendait Danny. S'il restait au château, le jeune garçon serait certes bien traité, mais la pensée que Tohon s'occuperait de son éducation me terrifiait. Il fallait absolument que je l'aide à s'enfuir. Malheureusement, Tohon continuerait quoi qu'il en soit ses expériences avec la toxine, du moins tant que les lys de la mort en produiraient.

Guérir Ryne était devenu avec le temps mon objectif principal, et j'y étais parvenue. Toutefois, j'aurais aimé porter un dernier coup à Tohon avant de mourir. Cette nuit-là, je me suis donc glissée dans le dortoir dissimulé derrière le laboratoire du roi. J'y ai découvert de nouveaux enfants, et j'ai remarqué que certains de ceux que j'avais vus la première fois avaient disparu. Avançant sur la pointe des pieds entre les deux rangées de lits, j'ai traversé la première salle pour me diriger vers les autres pièces dont m'avait parlé Danny. La porte du fond donnait sur un couloir perpendiculaire. J'ai tourné à gauche et découvert d'autres dortoirs où étaient allongés des malades, mais nulle trace de Danny. Retournant sur mes pas, j'ai emprunté ensuite la partie droite du couloir. C'est là que j'ai enfin découvert le jeune garçon, endormi dans une petite chambre sur la couchette inférieure d'un lit superposé.

C'est avec un immense soulagement que je me suis assise à son chevet et l'ai appelé d'une voix douce.

— Bonjour, Avry, m'a-t-il salué une fois réveillé. Que fais-tu ici ?

— Tu te souviens quand je t'ai dit que je n'aimais pas voir les enfants malades ?

— Oui.

— Et tu as répondu que nous n'y pouvions rien.

— Oui.

— Si je te disais que, justement, il existe une façon d'arrêter ça — au moins temporairement — serais-tu prêt à m'aider ?

Il a réfléchi un instant.

— Mais... les soldats ? C'est important de penser à eux.

— Crois-tu qu'il soit juste de tuer des enfants, tout ça pour tester des médicaments ?

— Non, mais...

— Il y a de nombreux moyens pour vérifier qu'un remède est efficace ou non. Aucun d'eux ne réclame de faire du mal à des enfants.

Il a froncé les sourcils, perplexe.

— Je sais tout cela parce que je suis une guérisseuse. Jamais je ne mettrai la vie de quiconque en danger, même pour une expérience.

Danny s'est reculé dans son lit, effrayé.

— Mais les guérisseurs sont de mauvaises personnes ! Ce sont eux qui ont répandu la peste.

— Ces guérisseurs-là sont morts. Je suis la dernière d'entre eux, et moi aussi je mourrai bientôt.

Jusqu'à quel point devais-je lui révéler ce que je savais ? Après un instant de réflexion, j'ai repris :

— Danny, le roi Tohon t'a-t-il expliqué que tu risquais un jour ou l'autre de développer des pouvoirs de guérison ?

Il a ramassé ses draps contre sa poitrine comme pour se protéger de cette éventualité.

— Non.

— Si cela arrive, ce n'est pas une mauvaise chose. Ce monde a besoin de guérisseurs, et je pense que les gens vont bientôt le comprendre.

Je lui ai parlé de la toxine.

— Les méthodes du roi Tohon sont odieuses, Danny. Je veux t'emmener quelque part où tu seras en sécurité.

— Moi aussi, tu veux m'emmener ? m'a demandé une voix provenant d'au-dessus de nous.

Surprise, j'ai relevé vivement la tête. Depuis la couchette supérieure, un visage angélique, encadrée par une tignasse châtaine, me fixait d'un regard inquiet.

— Je te présente Zila, m'a dit Danny. Elle a huit ans.

— Moi aussi, j'ai survécu, a-t-elle ajouté. Je veux partir. Le roi Tohon est un méchant.

— Y en a-t-il d'autres comme vous ? ai-je demandé.

— Non. Nous sommes les seuls, m'a répondu Danny.

— Nous sommes spéciaux. C'est ce qu'a dit le roi Tohon, a ajouté Zila. Deux parmi des dizaines.

— Des dizaines ? l'a reprise Danny avec une expression étonnée. Tu es sûre qu'il a dit « des dizaines » ?

— Absolument.

Danny, lui, était assez âgé pour comprendre ce que cela signifiait. Son visage a pâli, mais il a redressé les épaules et m'a regardée avec une détermination nouvelle.

— Nous t'aiderons, Avry.

Je leur ai alors exposé mon plan.

— Pourriez-vous être prêts à vous enfuir d'ici la nuit prochaine à la même heure ?

— Oui, ont-ils répondu en chœur.

— Surtout, n'en parlez à personne ! leur ai-je recommandé.

— Tu crois que j'ai huit ans ou quoi ? m'a demandé Danny, un peu vexé.

— Dis donc ! s'est écriée Zila en lui lançant son oreiller.

Mais le jeune garçon l'a esquivé sans difficulté et le lui a renvoyé.

— Au fait, quel âge as-tu, Danny ? lui ai-je demandé, curieuse.

Il a bombé le torse :

— Douze ans trois quarts, mam'zelle Avry !

***

Le lendemain, je m'en suis tenue à ma routine habituelle. Lorsque j'ai regagné mes appartements après ma journée de travail à l'infirmerie, j'ai emporté avec moi mon journal, quelques vivres et une trousse de premiers secours que j'ai glissée dans mon havresac avec la lettre destinée à Noëlle. Nous aurions besoin d'argent, mais je pouvais toujours vendre mes couteaux de jet.

Danny m'avait expliqué que les infirmières ne leur rendaient visite qu'au cours de la journée, aussi notre plan devait-il normalement se dérouler sans anicroche. J'ai laissé passer minuit avant de me diriger vers l'endroit où étaient enfermés les enfants. Libérer Danny et Zila ne m'a pris que quelques minutes. Vêtus de pied en cap, ils m'attendaient. Chacun d'eux s'était confectionné un petit sac de voyage avec un drap.

Nous avons traversé les pièces du château sans un bruit et nous sommes parvenus à nous glisser à l'extérieur sans encombre. La lune était plus brillante que je ne l'aurais souhaité, mais nous nous sommes faufilés entre les baraquements sans éveiller l'alerte. Pendant quelques minutes, je me suis arrêtée dans l'ombre de l'étable, guettant dans le silence le moindre bruit d'éventuels poursuivants. Enfin, nous nous sommes dirigés vers le jardin des lys de la mort.

Arrivés là, je me suis immobilisée devant la première fleur. Ses pétales étaient retenus par une grille d'acier, mais j'ai glissé la main à l'intérieur de son pistil. Une épine m'a piqué la main, et ma conscience est immédiatement descendue le long de la plante. Le sentiment de tristesse qu'elle éprouvait m'a envahie.

Comment puis-je vous aider ? ai-je pensé.

Des images des bogues de toxine orange sont apparues dans mon esprit. J'en possédais toujours deux dans mon sac. Puis je me suis vue en train de répandre le liquide sur le sol autour des plantes. J'ai compris instantanément que cela aurait pour effet de la tuer : car la fleur ne désirait rien d'autre que mourir. Toutefois, j'ai eu l'impression qu'il ne s'agissait pas d'une mort véritable, d'une disparition ; c'était plutôt comme couper un membre, qui repousserait ailleurs tôt ou tard.

Le pistil a relâché ma main ; j'y ai découvert deux autres bogues. Rapidement, j'ai expliqué à Danny et à Zila ce que nous devions faire. Je leur ai remis à chacun un de mes couteaux de jet, accompagné d'une mise en garde sur l'utilisation de ces objets tranchants ; puis je les ai envoyés en direction des autres lys de la mort. Quand ils se sont mis à l'œuvre, j'ai saisi mon poignard et percé une des bogues orange. J'ai répandu le poison au pied de la plante avant de passer à la suivante.

Nous avons travaillé aussi vite que possible. Tandis que les enfants s'enfonçaient dans le jardin, je me consacrais aux rangées de plantes extérieures. A cause des douleurs dues à la peste, je me déplaçais moins rapidement que Danny et Zila. *Pourvu que je parvienne à les emmener en sûreté avant que ne se déclare le troisième stade de la maladie…*

Lorsque nous avons terminé, l'aube n'était qu'à quelques heures. Au moins avais-je atteint un objectif supplémentaire : avant de pouvoir recommencer à produire et à utiliser la toxine, Tohon devrait planter à neuf tout son jardin de lys et attendre qu'ils viennent à maturité. D'ici là, Ryne et Estrid l'auraient peut-être vaincu…

Ensemble, nous avons coupé à travers le jardin mourant en direction du mur d'enceinte. Lorsqu'ils ont aperçu les lys de la paix — qui contrairement aux lys de la mort n'étaient pas retenus dans des armatures de métal — Danny et Zila se sont inquiétés : ne risquaient-ils pas d'être avalés ? Je les ai rassurés, et nous avons avancé jusqu'au pied du mur.

Danny est passé en premier, suivi par Zila, et enfin par moi. Au moment où je franchissais le sommet de la muraille, je me suis rendu compte que je n'éprouvais aucun remords à avoir enfreint la parole donnée à Tohon.

Kerrick avait raison : Tohon était fou, et il était hors de question que je laisse Danny et Zila à sa merci.

Je me suis élancée pour me laisser tomber sur le sol. Au moment où j'ai atterri, un cri de surprise s'est élevé, tout proche. En hâte, je me suis remise sur pied et je me suis tournée pour regarder dans la direction d'où provenait le bruit.

A la lisière de la forêt, Tohon me regardait avec un sourire triomphant. Il tenait Zila à la main. A ses côtés, Sepp retenait Danny en lui tordant le bras dans le dos. Ma déception a été telle que j'ai failli m'asseoir par terre pour me mettre à pleurer.

— Tu es tellement prévisible, Avry, m'a narguée Tohon. Je me suis demandé ce qui t'avait fait rester ici après avoir sauvé Ryne. C'est alors que j'ai pensé que tu avais peut-être découvert mes petits cobayes. Il m'a suffi de poster une infirmière dans un endroit discret et d'attendre. Tu ne m'as pas déçu.

J'ai regardé son escorte. Il n'avait pris que six gardes pour l'accompagner. Mon incrédulité a dû se lire sur mon visage, car Sepp m'a lancé, goguenard :

— Que t'arrive-t-il ? Tu pensais que nous aurions besoin d'une armée pour capturer deux gosses et une guérisseuse mourante ?

— Une guérisseuse qui t'a sauvé la vie, Sepp, lui ai-je rétorqué. Et dans mes souvenirs, tu as même failli mourir parce que les créatures de Tohon m'ont capturée et enlevée alors que je me rendais à la caverne. Si Kerrick n'était pas intervenu pour me tirer de leurs griffes, tu n'aurais pas survécu à tes blessures, le sais-tu ?

Sepp s'est retourné vers Tohon ; une expression de colère et d'incompréhension venait de fleurir sur son visage. J'ai profité de cette diversion pour sortir deux de mes couteaux de jet.

— Ne l'écoute pas ! a protesté Tohon. J'ai *laissé* Kerrick la secourir. Je devais la toucher avant qu'ils ne découvrent

Ryne. C'était la seule façon de m'assurer qu'elle viendrait vers moi ensuite.

Puis, se tournant vers moi :

— Ce sont toutes les armes dont tu disposes ?

J'avais semé le doute dans l'esprit de Sepp, mais cela me servirait-il à quelque chose ? Je me suis mise en garde, comme si je m'apprêtais à lancer.

— Pose ce couteau. Au moindre geste, je tue cette enfant. *Dépêche-toi,* m'a ordonné Tohon.

Je ne lui ai pas obéi immédiatement, mais Zila a poussé un cri de douleur. Encore sa magie… J'ai jeté mes couteaux au sol.

— Et maintenant retournons au château. Passe devant, et je te préviens : tente la moindre entourloupe, et c'est elle qui en pâtira.

J'ai enregistré un mouvement à la lisière de ma vision périphérique, mais j'ai gardé les yeux sur Tohon.

— Quelle entourloupe, Tohon ? ai-je lancé. Tout ce qu'il me reste, c'est ceci.

Lentement, j'ai porté la main à mes poches pour en tirer mes trois pierres.

— Qu'est-ce que c'est ? m'a demandé Sepp.

— Des pierres pour jongler. Comme ça.

Et sans attendre, je me suis mise à jongler. Belen avait raison : les pierres avaient la taille et le poids idéals. J'ai effectué quelques passes, changeant de direction, lançant plus ou moins haut, à une seule main ou tentant des figures.

Tohon et Sepp me considéraient comme si j'avais perdu l'esprit, mais les yeux des enfants et ceux des gardes étaient rivés sur moi. Je scrutais rapidement l'expression fascinée de ces derniers. Très bien : ainsi, aucun d'entre eux ne remarquait… les lianes qui s'enroulaient autour de leurs bottes. Dire que Kerrick m'avait traitée d'entêtée, *moi* ! Voilà des jours qu'il aurait dû quitter la région…

Au premier cri de surprise, j'ai jeté mes pierres aussi fort et aussi vite que j'ai pu. La première a frappé Tohon en plein visage ; la deuxième a atteint Sepp à la tempe avec un craquement sec. Sous le choc, tous deux ont lâché leur petit otage.

— Fuyez ! ai-je crié à l'intention de Danny et Zila.

Vifs comme des éclairs, ils se sont précipités en direction de la forêt tandis que Kerrick, Ryne, Quain et Loren profitaient de l'effet de surprise pour attaquer les gardes dont les pieds étaient entravés dans des lianes. J'ai plongé en avant pour ramasser mes couteaux.

Mais Tohon avait déjà analysé la situation. Comprenant que ses gardes ne résisteraient pas longtemps, il a saisi Sepp au collet et l'a entraîné avec lui en direction du château où ils seraient en sécurité… et entourés de bien plus que six malheureux gardes. Je me suis élancée sur leurs talons, mais Kerrick m'a arrêtée au passage en me saisissant par l'épaule.

— Nous sommes en territoire ennemi, Avry ! Ne t'inquiète pas, nous nous occuperons de Tohon un autre jour, m'a-t-il dit. Retrouve les enfants. Il nous faut fuir au plus vite. Nous ne sommes pas en sécurité ici.

— Je ne te le fais pas dire ! Ne devriez-vous pas être partis depuis longtemps ?

— C'est toujours agaçant quand quelqu'un refuse d'agir logiquement et avec bon sens, n'est-ce pas ?

J'ai ouvert la bouche pour lui lancer une réplique bien sentie, mais il a été plus rapide que moi :

— Nous aurons tout le temps pour nous disputer plus tard, non ?

J'ai hoché la tête en silence avant de m'éloigner vers les bois à la recherche de Danny et Zila. Je les ai vite découverts, dissimulés dans un fourré. Il m'a fallu bien des paroles rassurantes pour les convaincre de quitter leur cachette. Enfin, en les tenant par la main, j'ai suivi Kerrick en direction du nord.

Ç'a été la plus longue, la plus dure et la plus épuisante des marches de ma vie entière. Chaque parcelle de mon corps me faisait mal. De brusques accès de chaleur succédaient à de longs frissons qui me secouaient des pieds à la tête. La sueur se mettait soudain à couler le long de mon visage et dans mon dos pour y geler quelques instants plus tard.

De la forêt autour de moi, je ne distinguais plus que des formes floues, comme une gigantesque aquarelle dans un pastel de bleu et de vert. Pour finir, j'ai atteint mes limites ; trébuchant pour la centième fois, je n'ai pas pu me rattraper et je suis tombée, tête en avant. J'étais si bien, enfin immobile, que j'ai tenté de faire signe aux autres de me laisser là.

Malheureusement, mes compagnons n'ont rien voulu savoir : ils m'ont ramassée et m'ont transportée avec eux. C'est ainsi que je me suis endormie, blottie contre la poitrine de Kerrick.

Je me suis réveillée… longtemps après. Un feu de camp lançait des flammes joyeuses. Les ombres dansaient sur des murs de pierre. Encore une des cavernes de Kerrick… J'ai retenu un grognement de dépit.

— Avry ? Comment te sens-tu ? m'a demandé Ryne.

— Comme si Belen m'avait écrasé entre ses pattes.

Il a éclaté de rire.

— Eh bien au moins, tu n'as pas perdu ton sens de l'humour.

Je me suis assise. Les parois de la grotte se sont mises à tourner autour de moi et j'ai dû me cacher la tête entre les mains pour ne pas m'évanouir.

— Tiens, mange ça, m'a dit Ryne en me tendant une écuelle remplie de viande. Du gibier tout frais.

L'odeur m'a retourné l'estomac.

— Garde-le pour les enfants.

Puis, après avoir lancé un nouveau coup d'œil autour de moi :

— Où sont-ils, d'ailleurs ?

— Avec Kerrick. Il leur fait visiter les cavernes. On dirait que ça les fascine vraiment. Quant à Loren et Quain, ils montent la garde.

Ryne a planté une cuillère dans l'écuelle avant de me la tendre.

— Vas-tu manger, ou faudra-t-il que je te fasse avaler de force ?

J'ai poussé un grognement.

— Ça va te faire du bien. Je le sais.

— D'accord !

Je lui ai arraché la cuillère et l'écuelle. Après quelques bouchées, mon estomac s'est apaisé un peu. J'ai englouti le rôti jusqu'à la dernière cuillerée.

Enfin rassasiée, j'ai de nouveau regardé Ryne et je lui ai posé franchement la question qui me tracassait : pourquoi Kerrick et lui ne s'étaient-ils pas enfuis auparavant, quand ils en avaient eu l'occasion ? J'étais certaine d'une chose : dès que Tohon aurait regagné son château, il enverrait plusieurs escadrons de ses soldats, morts ou non, à notre poursuite.

— Tu connais la réponse, Avry.

Parce que Kerrick refusait de m'abandonner...

— Eh bien, vous partirez demain matin, alors. Je refuse que qui que ce soit reste en arrière pour me regarder mourir.

— Tu auras besoin de soins.

— Non. Je n'en veux pas.

— Je ne crois pas que nous te laissions le choix, m'a répondu Ryne.

— Dans ce cas, je m'enfuirai.

Il s'est contenté de sourire.

— Tu as déjà essayé cela par le passé. Cela a-t-il jamais fonctionné ?

J'ai poussé un grondement de dépit.

— Je t'ai sauvé la vie — ne devrais-tu pas me témoigner de la reconnaissance ?

— Les râleurs m'agacent, c'est tout.

J'ai fouillé mes poches à la recherche d'un projectile à lui lancer au visage.

Ryne a ouvert mon sac et en a retiré mes trois pierres de jonglage

— N'est-ce pas là ce que tu cherches ?

Il me les a tendues.

Ma colère est retombée comme un soufflé. Ainsi, il avait pris le temps de les ramasser et de les emporter avec nous. *Belen, Kerrick, Quain, Loren et Flea.* Avec moi pour la vie…

— Serais-tu capable de lire dans les pensées, par hasard ? ai-je demandé à Ryne.

— Non. Je sais simplement lire le caractère des gens.

Des rires ont fusé derrière nous. La voix de Kerrick s'est élevée, résonnant dans ma poitrine. Je me suis tournée de nouveau pour fixer Ryne dans les yeux.

— Tu prendras soin d'eux ?

— C'est promis.

Puis il s'est levé et a fait signe à Kerrick et aux enfants de nous rejoindre.

— La viande est prête et elle est délicieuse !

Danny et Zila se sont précipités vers lui, et en un clin d'œil ils se sont mis à engloutir leur nourriture comme des animaux affamés. Manger ne les empêchait toutefois pas de jacasser et de s'émerveiller des cavernes, des stalagmites ou des concrétions calcaires. Quant à Kerrick, il déjeunait en silence, apparemment ravi d'écouter les enfants.

Quand ils ont achevé leur repas, Ryne les a emmenés à l'extérieur, avec pour objectif avoué de surprendre Quain et Loren.

— Je suis sûr qu'ils se sont endormis au poste. Qui veut parier avec moi ?

— Je te parie que tu as tort, a dit Zila.

— Le perdant fait la vaisselle, d'accord ? leur a demandé Ryne.

— Tope là, lui a répondu la petite fille avant de lui serrer la main.

Le sérieux de son expression m'a fait sourire. En voilà une dont le caractère promettait… Toutefois, mon sourire s'est figé quand je me suis rendu compte que Kerrick me regardait fixement.

Il s'est approché de moi.

— Pourquoi ne m'as-tu rien dit, Avry ?

Exactement la conversation à laquelle je voulais échapper.

— J'ai toujours cru que tu savais. Qu'il t'était égal que je meure, pourvu que je sauve Ryne.

Il a secoué la tête, visiblement bouleversé.

— Comment as-tu pu imaginer que… Tu es trop intelligente pour… Pas étonnant que tu m'aies…

L'émotion le submergeait tant qu'il en bégayait, et je dois avouer que le voir ainsi m'amusait presque. J'en avais si peu l'habitude ! Je suis néanmoins parvenue à ne pas sourire.

— Tu as dit à Belen que tout ce qui comptait pour toi, c'était Ryne. C'était un peu après m'avoir frappée. On ne peut pas dire que ce soit mon meilleur souvenir.

Il s'est rembruni et a hoché la tête tristement.

— Tu as raison. Ce n'était pas notre meilleur moment.

— Et qu'aurais-tu fait si tu avais su ?

J'ai guetté la réponse, même s'il était évident que ses sentiments à ce sujet étaient contradictoires.

— Je ne te l'aurais pas demandé avec tant d'insistance, m'a-t-il répondu après avoir hésité.

— Et si j'avais décidé de guérir Ryne, connaissant les conséquences, tu te serais senti coupable. J'ai raison et tu le sais.

— Cela ne m'empêche pas de me sentir coupable maintenant…

— Tu n'as aucune raison. Je te l'ai dit dès le début : c'est une décision qui n'appartient qu'à moi. Si je me souviens bien, il n'y avait rien que tu puisses faire, ni menace, ni brutalité, ni promesse, qui aurait pu m'influencer dans un sens ou dans l'autre.

— Je m'en souviens aussi, figure-toi. C'est même gravé dans ma mémoire.

— Ça me fait plaisir de savoir que tu penses souvent à moi.

— Oh ! je pense très souvent à toi en effet. Comme on pense au caillou dans sa botte.

— Quel sentimental tu fais, Kerrick !

Il a eu une grimace de dépit.

— Je suis désolé. Cela fait bientôt quatre ans que je ne… je ne sais plus parler aux femmes, je crois.

— Sois toi-même, voilà tout. Non, attends, ai-je ajouté en feignant la panique, ne sois *pas* toi-même. Sois plutôt comme Belen : un type loyal et adorable.

Je l'ai regardé avec un sourire ironique, mais il m'a demandé :

— D'accord, mais comment vois-tu Belen ?

— Comme un bon ami. Pourquoi ?

— Parce que je ne veux pas être ton ami, Avry.

Du bout des doigts, Kerrick m'a caressé la joue avant de m'embrasser.

Au début, ç'a été un baiser d'une immense douceur… mais très vite il m'a fait comprendre que la douceur et la tendresse n'étaient pas les mots qui décrivaient le mieux son tempérament. Les termes « intense » et « passionné » auraient bien mieux convenu. Le désir a jailli dans mon ventre, et je me suis rendu compte que, moi non plus, je ne voulais pas être juste son amie…

Nous nous sommes séparés en hâte lorsque Zila a fait irruption dans la caverne pour nous signaler que le prince Ryne s'occuperait de la vaisselle ce soir-là…

— Parfait, lui a dit Kerrick. Mais si tu avais trouvé Quain et Loren endormis, crois-moi, ils auraient été de corvée de vaisselle jusqu'à la fin de notre voyage !

La petite fille a pouffé de rire. Il a fallu un peu de temps pour que les deux enfants se calment, mais la fatigue de la journée aidant, ils ont fini par s'endormir autour du feu.

— Voici le plan pour demain, nous a annoncé Kerrick. Ryne, Quain et Loren emmèneront les enfants à travers la Montagne des Neuf jusqu'à Ivdel. Moi, je les retrouverai lorsque…

— Tu devrais partir avec eux, l'ai-je interrompu. Avec les patrouilles de Tohon, ils vont avoir besoin de ta magie pour…

— Hors de question. A moins que tu ne viennes avec nous ?

J'avais épuisé mes dernières forces pour arriver jusque-là, et pour rien au monde je n'aurais laissé Kerrick me porter de nouveau.

— Je ne peux pas.

— Alors, je reste avec toi.

— Est-ce qu'au moins je peux…

— Non.

Je me suis mordu les lèvres et je suis demeurée silencieuse tandis que Kerrick et Ryne s'entretenaient de routes et de stratégies. Bien que certainement soulagée de savoir que je ne serais pas seule pour mes derniers jours, je m'inquiétais toujours du danger que couraient mes compagnons en l'absence de Kerrick pour les protéger. Mais je savais également qu'il était impossible de faire changer celui-ci d'avis, aussi ai-je décidé de cesser de m'inquiéter pour tous les autres. Peut-être le moment de se montrer un peu égoïste était-il venu…

Au matin, j'ai pris Danny et Zila à part. Au premier, j'ai donné mon journal, avec toutes les explications possibles sur les guérisseurs et leurs pouvoirs.

— Je suis désolée, mais je ne serais pas là pour vous le montrer. Simplement, un jour, vous ressentirez un besoin, comme un instinct qui vous poussera à aider quelqu'un, à le guérir. Ce jour-là, laissez-vous faire.

Du mieux que j'ai pu, je leur ai décrit la sensation. Mais

Danny n'arrivait pas à se faire à l'idée de me laisser en arrière.

— Ne t'inquiète pas, lui ai-je dit. Ces hommes sont les meilleurs. Ils vont guérir le monde entier.

— Mais personne n'aime les guérisseurs ! s'est exclamée Zila, qui se montrait ce matin-là d'un calme inhabituel.

— Si vous développez le pouvoir, les gens vous aimeront, vous. Vous n'êtes pas entachés par les erreurs passées de notre guilde. On vous verra comme des miracles.

Je les ai serrés tour à tour contre mon cœur.

— Et c'est ce que vous êtes : des petits miracles.

Puis j'ai fait mes adieux à Ryne, Quain et Loren, et les ai poussés à partir le plus vite possible… pour qu'ils ne me voient pas pleurer.

Kerrick les a accompagnés un moment pour leur montrer le sentier. Lorsqu'il est revenu, j'ai eu l'impression que la caverne se faisait plus chaude. Ou bien était-ce encore un effet de la peste ? Le premier stade avait duré une semaine, et j'étais entrée dans la deuxième phase depuis trois jours. Il pouvait me rester cinq jours avant le stade ultime. Cinq jours avec Kerrick, et puis…

— Enfin, je t'ai pour moi tout seul, m'a-t-il dit en s'asseyant près de moi.

— Alors que préfères-tu faire ? Jouer aux cartes, réfléchir à comment renverser Tohon, ou bien nous repasser nos meilleurs souvenirs ?

Au lieu de répondre, il m'a attirée à lui et nous avons roulé tous deux sur ma paillasse, où il m'a embrassée. La passion et le désir m'ont embrasée, comme une fièvre dans mon corps — une *bonne* fièvre, qui réclamait comme remède que je lui arrache ses vêtements…

— Doucement, m'a-t-il dit avec un sourire en rompant notre baiser.

— Pas cette fois, non ! ai-je répliqué.

Mes mains rêvaient de la douceur de sa peau. Je lui ai retiré sa chemise et j'ai passé les doigts le long de son dos.

A son tour, il a ôté ma tunique ; seuls ses baisers dans mon cou sont parvenus à me distraire de mes explorations. Bientôt, il n'y a plus eu le moindre pouce d'étoffe entre nous. Kerrick menait le jeu — je n'avais aucune expérience.

Mais j'apprenais vite. Chacun de ses gestes faisait chanter et frémir mon corps jusque dans ses recoins les plus secrets. Quand il murmurait mon nom, des frissons me parcouraient la nuque. Des vagues d'une chaleur délicieuse battaient dans mon corps, et j'ai décidé de me laisser porter par elle.

Après, nous sommes restés enlacés en silence. La fièvre et les douleurs étaient oubliées, remplacées par une vibrante béatitude.

A moitié endormie, je l'ai senti bouger ; j'ai protesté et me suis tournée afin de me blottir contre lui. Après avoir tiré une couverture sur nous, il m'a serrée dans ses bras.

— C'est mieux comme ça ? m'a-t-il demandé.

Son bras reposait sur ma poitrine, ferme et doux à la fois. Je me suis pelotonnée dans la chaleur de son corps.

— Oh que oui…

Je serais bien restée ainsi pour toujours, mais très vite il a remué de nouveau. Ecartant une mèche de mon visage, il s'est mis à me caresser la joue.

— Après tout ce qui s'est passé, je n'arrive toujours pas à croire que tu es bien là, dans mes bras.

— Ça me fait un peu bizarre à moi aussi.

— Tu es restée vingt-sept jours prisonnière de Tohon. Il aurait pu faire n'importe quoi de toi. Et quand je t'ai vue l'embrasser, j'ai craint le pire.

— Il n'a pas réussi à me voler plus d'un baiser ou deux, rassure-toi.

— J'ai fini par le comprendre. Mais tu sais ce que je craignais le plus ? De te perdre sans jamais avoir eu le temps de te dire ce que je ressentais.

— Est-ce pour cela que tu as risqué ta vie pour me parler ce soir-là, dans les jardins ?

— Oui. D'ailleurs, tu n'as rien répondu.

— Tu m'as eue par surprise. De toute façon, je préférais garder mes distances avec tout le monde. J'avais déjà pris la décision de guérir Ryne. Etre proche de quelqu'un m'aurait rendu plus difficile le fait de donner ma vie pour lui.

— Et pourtant tu n'as pas hésité à le soigner. Est-ce que cela signifie que…

J'ai roulé sur le côté pour lui faire face.

— Cela ne signifie rien du tout. Parce que c'est bien beau de vouloir garder ses distances, mais si tu veux tout savoir, j'ai passé ces vingt-sept jours à penser à toi. Tous les jours, je sentais dans l'air ce mélange de soleil, de printemps et de verdure. Ça me rendait folle.

Il m'a jeté un regard surpris.

— C'est ton odeur. Elle est partout sur moi et je ne peux plus m'en passer.

— Je croyais t'avoir entendu dire que je puais !

— J'ai menti.

Un sourire coquin s'est dessiné sur ses lèvres.

— Prouve-le…

C'est ce que j'ai fait ! Pour être honnête, je le lui ai prouvé un nombre incalculable de fois pendant les quatre jours qui ont suivi. Ç'a été les quatre plus beaux jours de ma vie. J'ai fini par me dire qu'il n'y avait pas au monde plus belle façon de passer le temps.

Mais la réalité m'a rattrapée au matin du cinquième jour, sous la forme d'une convulsion violente. Je venais d'entrer dans le dernier stade du mal.

Lorsque Kerrick est revenu de sa toilette matinale, j'étais assise près du feu, une de mes pierres de jonglage à la main. A l'aide de l'un de mes couteaux de jet, j'avais entrepris d'y graver mon nom, à l'opposé de celui de Flea. Je trouvais logique que nous partagions cette pierre.

— Que fais-tu ? m'a demandé Kerrick.

J'avais quasiment terminé mon inscription ; j'ai soufflé sur la pierre pour ôter la poussière des lettres gravées.

— Tiens, lui ai-je dit en lui tendant les trois pierres. Donne-les à Belen quand tu le verras, s'il te plaît. Dis-lui qu'il avait raison. Je les aurai gardées jusqu'au bout.

— Avry…

— Et si tu peux trouver ma sœur, je te prie de lui remettre ceci. J'aimerais bien te demander de rester avec elle jusqu'à ce qu'elle la lise, mais j'ai peur qu'elle soit aussi entêtée que moi. Oh ! et donne mes gants, mes bottes et mon manteau à Danny. Ils devraient lui aller l'hiver prochain.

— Avry…

— Dans ma besace, tu trouveras les herbes et les épices favorites de Loren et Quain ; si tu peux la leur rendre, ils en seront ravis. Je n'ai rien pour Zila, mais lorsque vous serez en lieu sûr, achète-lui quelques rubans à cheveux de ma part, d'accord ?

— Avry…

— Toi, tu garderas mon poignard et mes couteaux de jet. Je…

Kerrick m'a prise dans ses bras.

— Que se passe-t-il, Avry ?

Une nouvelle convulsion m'a saisie. Mes muscles se sont mis à trembler et j'ai suffoqué. La douleur était atroce, omniprésente. Je me suis accrochée à Kerrick jusqu'à ce que la crise se termine.

— Non ! a-t-il gémi d'une voix brisée. J'aurais tant voulu que nous ayons une belle journée de plus.

— Pourrais-tu faire une dernière chose pour moi ? lui ai-je demandé.

Immédiatement, il m'a jeté un regard inquiet.

— Je refuse de te faire mal.

— Je ne te le demande pas. Pourrais-tu trouver un lys de la mort dans les environs ?

— Pour après ?

— Non. Pour *maintenant*. Cet après-midi. Tu sais à quel point le troisième stade est terrible. Je ne veux pas souffrir, et je ne veux pas que tu me voies souffrir.

— Et si je refuse ?

Mais je n'ai pas eu le temps de répondre à cette question, car déjà Kerrick secouait la tête d'un air abattu en ajoutant :

— Si je refuse, tu te lèveras et tu partiras seule à la recherche d'un lys. D'accord, j'abdique.

Il s'est levé et il est parti, la démarche mal assurée.

Pendant son absence, j'ai eu quatre convulsions supplémentaires, chacune d'entre elles plus forte que la précédente. Pour m'empêcher de crier de douleur, je me suis raccrochée à l'image de la sérénité et du détachement qui m'attendaient à l'intérieur du lys de la mort.

Avec un intérêt curieux, j'ai noté à quel point la douleur, pour peu qu'elle soit extrême, parvenait à effacer la peur de mourir.

Lorsque Kerrick est revenu, je l'ai pris par la main et j'ai voulu l'entraîner dehors.

— Emmène-moi avant que la prochaine…

Je me suis pliée en deux.

Lorsque la convulsion s'est éloignée, je me suis rendu compte que je n'étais plus capable de tenir sur mes jambes. Kerrick m'a portée dans ses bras. J'ai eu encore deux convulsions avant que nous atteignions les lys. Il m'a déposée au sol ; en me tenant à lui, je me suis approchée des immenses fleurs blanches. J'en comptais trois. Au parfum anisé qui flottait dans l'air, à peine perceptible, j'ai su que l'une au moins était un lys de la mort.

Une dernière fois, j'ai embrassé Kerrick et je l'ai tenu contre moi.

— Je t'en prie, ne te retire pas du monde pour quatre nouvelles années. Tu trouveras une autre fille insupportable qui te rendra fou. Promets-moi simplement de ne pas l'attacher à un arbre, d'accord ?

En dépit des larmes qui striaient son visage, il est parvenu à sourire.

— Et écoute Belen. Papa Ours a toujours de bons avis sur tout.

Je l'ai embrassé de nouveau. Un goût salé est demeuré sur mes lèvres lorsque je me suis éloignée.

Les jambes flageolantes, je me suis avancée jusqu'aux lys. La note anisée s'est faite plus forte ; elle provenait de la fleur du milieu. Je m'en suis approchée. Un sifflement s'est élevé tandis que ses pétales s'écartaient. Je me suis retournée pour croiser une dernière fois le regard de Kerrick... avant de me retrouver dans une obscurité confortable.

Deux épines se sont enfoncées dans mes bras. L'instant d'après, je flottais dans l'espace, enfin libérée de mon corps ravagé par la douleur. Je me suis détendue et me suis laissée dériver. Mais le lys s'est mis à trembler. *Mauvais goût.* Les aiguilles se sont retirées, et la fleur m'a recrachée.

J'ai poussé un cri de rage. Tombant sur le sol, j'ai éclaté en sanglots.

Kerrick s'est approché de moi et s'est agenouillé à mes côtés, dévoré d'inquiétude.

— Que s'est-il passé ?

Je me suis essuyé les yeux et j'ai tâché de contrôler mes émotions. Mais le lys au-dessous duquel se tenait Kerrick s'est mis à son tour à siffler, et ses pétales se sont ouverts. Sans même y réfléchir, j'ai poussé Kerrick pour le projeter loin du danger, et la plante s'est refermée sur moi.

Ainsi, il y avait deux lys de la mort dans ce petit bosquet... Il n'y avait plus qu'à attendre que celui-ci me recrache.

Mais j'ai pris conscience qu'il était... étrange. A la place de l'obscurité, j'ai découvert une lumière blanche évanescente, comme si les pétales étaient translucides. Il régnait une odeur de vanille. Deux vrilles se sont enroulées autour de mes bras avant d'y planter ce qui m'a paru être des centaines de minuscules dents. J'ai poussé un cri de surprise et de douleur. Ma conscience ne s'est pas mise à flotter ; cette fois, j'ai senti *une autre présence* près de moi.

Des sentiments de fierté et d'appartenance se sont emparés de moi. C'était comme si ce lys me voyait comme son enfant. *Notre guérisseuse.* Alors, il a injecté un liquide froid dans mes veines. La toxine glaciale m'a d'abord privée de sensation, avant de se mettre à brûler comme de l'acide. J'ai tenté de me débattre ; les convulsions paraissaient douces en regard de cette agonie.

Mais j'ai eu beau m'agiter en tous sens et hurler à en perdre la voix, rien ne s'est produit. C'était comme si le lys était en train de me dévorer de l'intérieur. La brûlure continuait, inexorable. J'ai fini par me recroqueviller en position fœtale.

Et, comme la flamme vacillante d'une chandelle soufflée par un courant d'air, mon monde s'est arrêté.

J'ai repris conscience dans les bras de Kerrick. La tête penchée, il gardait les yeux fermés. M'avait-il empêché de rejoindre le sommeil paisible de la mort ? Tous mes muscles me faisaient souffrir ; un goût âcre et cotonneux me remplissait la bouche, et la gorge me brûlait. Sur mes mains, mes bras, mes jambes et mes pieds, je sentais des picotements insoutenables, comme si j'étais restée trop longtemps dans une mauvaise position.

— Mais…, ai-je lâché d'une voix rauque.

Kerrick a ouvert brusquement les yeux ; le regard qu'il a posé sur moi exprimait une surprise totale.

Incapable de parler, j'ai levé un sourcil interrogateur pour qu'il m'explique. Mais, sans un mot, il a posé deux doigts contre mon aorte pour vérifier mon pouls.

— K… Kerr…, ai-je balbutié.

— C'est un lys de la paix qui t'a enlevée. Un lys de la paix !

Il bégayait comme s'il ne parvenait pas à y croire lui-même. A vrai dire, c'était la première fois que j'entendais parler d'une telle chose ; certes, cela expliquait la lumière blanche et l'odeur de vanille… mais pas l'intolérable douleur. Je lui ai fait signe de poursuivre.

— Tu hurlais, Avry. J'ai essayé de te délivrer, mais je n'y suis pas arrivé. On pourrait faire des armures avec les pétales de cette fleur. Mon couteau n'a même pas réussi à les entailler, et…

Je lui ai tapé sur la poitrine. Qu'il en vienne au fait, bon sang !

— Oh ! pardon.

Mais il demeurait là, à me dévisager avec un sourire idiot… Alors je lui ai décoché une bourrade dans l'épaule.

— Le lys a fini par te recracher, comme le premier. Sauf que…

Son sourire a disparu.

— Tu étais morte.

Le souvenir l'a fait frissonner.

— Et maintenant… tu ne l'es plus.

J'ai réfléchi un instant. Tout comme les lys de la mort, les lys de la paix devaient contenir une toxine. J'avais donc été… tuée par le poison des lys de la paix, mais pas encore par la peste. En d'autres termes, je mourrais tout de même sous peu, et ma pitoyable tentative pour éviter la douleur n'avait servi à rien.

Je me suis débattue pour me remettre debout, mais Kerrick m'en a empêchée. Il m'a portée au fond de la grotte, où il m'a emmitouflée dans une couverture. Je me suis endormie avec au cœur la crainte de voir recommencer les convulsions.

Mais quelque chose de tout à fait inattendu s'est produit : ma santé s'est améliorée. Tout d'abord, j'ai cru que les symptômes allaient revenir. Mais, après quelques jours sans douleur, j'ai cessé de m'inquiéter au moindre frisson ou à la moindre crampe.

— Le lys de la paix t'a guérie, a dit Kerrick, incrédule.

Durant les deux jours qui venaient de s'écouler, il avait

montré une humeur enjouée que je ne lui avais jamais connue.

— Mais alors, pourquoi la plante n'a-t-elle pas aidé les milliers de personnes qui sont mortes de la peste ? Sans compter que j'étais déjà malade le jour où nous avons traversé les faux lys de la mort qui encerclaient les murs du château de Tohon. Aucun d'eux n'a bougé. Alors pourquoi moi, pourquoi maintenant ? Personne n'a jamais survécu à la peste. C'est impossible.

Kerrick a réfléchi un instant.

— Tu n'as pas survécu à proprement parler. Je n'ai pas rêvé, tu sais ? Lorsque je t'ai retrouvée, tu n'avais plus de pouls, plus aucun signe vital. A la façon dont tu racontes ce qui s'est passé pendant que tu étais à l'intérieur de la plante, on dirait… on dirait que le lys a accéléré le cours de la peste en toi jusqu'à ce que tu meures.

En tout cas, c'était bien ce que j'avais ressenti.

— Alors comment suis-je revenue à la vie ?

Il a haussé les épaules.

— Je l'ignore. Et je m'en moque. Tout ce qui compte, c'est que c'est un merveilleux cadeau.

Et se penchant sur moi, il m'a embrassée et a entrepris de déballer « son cadeau », ce qui a eu pour effet de me distraire très rapidement de mes pensées.

Bien plus tard, alors que nous étions assis près du feu, Kerrick m'a rendu les objets que j'avais confiés à sa garde.

— On dirait bien que tu vas devoir remettre toi-même ta lettre à Noëlle.

Sans compter que j'avais donné ma parole à Estrid de retourner auprès d'elle — ce que j'aurais fait même sans promesse, car ma sœur s'y trouvait aussi. Toutefois, les problèmes que j'avais laissés sans regret derrière moi se posaient de nouveau. J'avais toujours pensé qu'une fois que j'aurais guéri Ryne ma tâche serait terminée. C'était lui qui était censé tout arranger et permettre aux survivants de la peste de retrouver une vie normale.

Or, ce n'était pas le cas. Nous devions trouver ensemble un moyen de vaincre Tohon et ses troupes — les vivantes et les mortes. A présent, ce dernier comptait Sepp parmi ses rangs, ce qui rendrait la tâche plus difficile encore. Jaël, quant à elle, avait tenté de nous tuer, Kerrick et moi. Je l'avais blessée et je pouvais être certaine qu'elle voudrait sa revanche. Danny et Zila devaient également faire leur apprentissage de guérisseurs. Et la liste ne s'arrêtait pas là…

Au moins avions-nous porté un coup décisif à Tohon. Il avait perdu Ryne, Danny, Zila, une guérisseuse et ses lys de la mort. Tout ça grâce à moi. Un sentiment de fierté et de réussite s'est emparé de moi… jusqu'au moment où j'ai repensé au lys de la paix. Il fallait que j'en apprenne davantage sur cette fleur et sur les lys de la mort. J'avais la nette impression que je n'avais jusque-là qu'effleuré la surface du lien qui unissait ces plantes au destin de notre monde. Je n'en demeurais pas moins fière de moi.

Comme s'il pouvait lire dans mes pensées, Kerrick m'attira contre lui.

— Il nous reste encore beaucoup de chemin avant de remettre les choses dans l'ordre…

— Je sens venir un « mais ».

— Pourtant…, a-t-il poursuivi avec un sourire taquin, tu as promis à Danny que nous allions guérir ce monde. Nous n'y parviendrons pas sans notre guérisseuse.

— Une seule guérisseuse ne suffira peut-être pas pour tout ce qui nous attend, ai-je soupiré.

— Nous prendrons les choses comme elles viennent. Un jour après l'autre. Tu t'es déjà occupée d'un bon nombre d'entre elles. De Ryne, d'abord.

Il a détaillé ensuite la façon dont mes actions avaient contrecarré, ou au moins ralenti, les plans de Tohon.

— Et, surtout, tu as fait fondre la glace autour de mon cœur, a-t-il déclaré. Belen sera fou de joie. Il n'osait plus y croire ! Et je ne serais pas fâché qu'il cesse de me traiter de mufle et de sans-cœur chaque fois que je m'adresserai à toi.

Je me suis mise à rire.

— Je ne me souvenais pas d'avoir placé cette tâche sur mon agenda. N'ai-je donc pas mérité une récompense spéciale pour cela ?

— Bien sûr que si. J'ai bien l'intention de me faire pardonner pour mon comportement odieux et revêche.

Et, m'enveloppant de ses bras, il a ajouté tout près de mon oreille :

— Et je vais commencer tout de suite…

Retrouvez bientôt la suite du « Pouvoir des lys »
et des aventures d'Avry dans DARKISS.

Déjà parus dans la collection DARKISS
par ordre alphabétique d'auteurs

Aimée Carter	Le Manoir des Immortels La reine des Immortels La vengeance des Immortels
P.C. Cast	La prophétie maudite Chamane
Kady Cross	L'étrange secret de Finley Jayne L'étrange pouvoir de Finley Jayne Dangereux secret
Melissa Darnell	Le baiser interdit Mortelle attirance
Laura Anne Gilman	Noire magie
Paige Harbison	Moi et Becca Bridget, le jour qui a changé ma vie…
Julie Kagawa	La princesse maudite Le passage interdit* La captive de l'Hiver Le serment d'une reine Dangereuse Faerie* Le prince exilé Je suis une Immortelle L'héritier oublié La gardienne d'éternité
Caren Lissner	La vie (pas) très cool de Carrie Pilby
Katie McGarry	Hors limites
Michelle Rowen	Rencontre avec un ange**
Louise Rozett	Confidences d'une fille en colère
Gena Showalter	Dark attirance Les fiancés de l'ombre Le pacte de sang Alice au pays des Zombies

…/….

Déjà parus dans la collection DARKISS
par ordre alphabétique d'auteurs

Cara Lynn Shultz	Envoûtement L'élixir magique
Rachel Vincent	Mon âme en sursis* De toute mon âme La voleuse d'âmes Sauve mon âme ! La rose et l'ombre Le Faucheur d'âmes* Survivante N'ouvre pas les yeux La reine des âmes Echappe-toi, mon âme*
Allison van Diepen	Les secrets d'une blogueuse amoureuse La blogueuse amoureuse se reconnecte !
Maria V. Snyder	Le poison écarlate Le souffle d'émeraude Les secrets d'opale Inside Out : Enfermée Inside Out : Menacée** Précieuse

* *en e-book et maintenant dans* Darkiss poche

** *exclusivement en e-book*

Dès le 1er Novembre,

3 nouveaux romans à découvrir

dans la collection

DARKISS

à partir de
15,50 €
seulement

15,50 €

Précieuse

de Maria V. Snyder — 512 pages

Avry vit cachée. Elle est la dernière survivante du peuple maudit des Guérisseurs ; si elle se montre, elle risque la mort. Pourtant, un jour, elle enfreint ses propres règles. Cela suffit à Kerrick d'Alga pour la capturer et l'emmener de force. Au terme du voyage, Avry doit guérir un Prince au prix de sa propre vie. Mais, tandis qu'ils se lancent dans cette dangereuse expédition qui rapproche chaque jour Avry de la mort, il se noue entre elle et Kerrick une étrange relation de haine et d'intense attirance réciproques…

Tome 1 de la série «Le pouvoir des Lys »

15,50 €

La gardienne d'éternité

de Julie Kagawa — 464 pages

« Les vampires ne rêvent pas. Pourtant, moi, Allie, je rêve. Et tous mes rêves me rappellent vers le lieu que j'ai laissé derrière moi, celui où tout a commencé. » Alors qu'elle le croyait à l'abri du chaos et des vampires, Allie retrouve Zeke à New Covington, la cité de sa naissance. Il lui fait une annonce terrifiante : la catastrophe finale est programmée et, cette fois, personne n'y survivra. Seule échappatoire possible : retrouver le coupable, ensemble. Une traque semée de dangers, dont le moindre n'est pas l'instinct prédateur d'Allie, qui redoute de faire de Zeke sa proie…

Tome 2 de la série « Blood Of Eden »

15,50 €

La reine des âmes

de Rachel Vincent 480 pages

Quand elle écrit à Tod qu'elle lui appartient « corps et âme », Kaylee sait qu'ils ne se reverront jamais, car elle s'apprête à plonger dans le monde des Ténèbres pour y passer un marché avec la plus toxique de ses créatures, celle qui se déchaîne contre les êtres qu'elle aime. Un marché en forme de sacrifice puisque, si son ennemi jure de ne plus s'attaquer aux humains, Kaylee s'engage à lui livrer son âme. Mais certaines lettres d'adieu ont un étrange pouvoir, et les mots, parfois, créent des liens d'une puissance inattendue. Une puissance supérieure à tous les pactes démoniaques…

Tome 7 de la série «Les voleurs d'âmes»

DARKISS poche

7,50 € seulement

Dès le 1er novembre,

découvrez la trilogie
«Les portes du secret» de Maria V. Snyder
ainsi qu'un recueil de nouvelles inédites
sur Kaylee, Tod et Sophie
de la série «Les voleurs d'âmes»
de Rachel Vincent

Le poison écarlate

408 pages — TOME 1

Dans les geôles d'Ixia, Elena attend son exécution. Mais, au dernier moment, le fascinant Valek, puissant dignitaire secrètement amoureux d'elle, lui propose un étrange marché : si elle entre à son service, elle aura la vie sauve. Néanmoins, qu'elle ne songe pas à s'enfuir — car, pour être certain de la retenir près de lui, Valek lui fera avaler une dose mortelle du poison écarlate, dont il est seul à connaître la formule et surtout l'antidote…

Le souffle d'émeraude

480 pages — TOME 2

Une année, une seule. C'est le temps dont dispose Elena pour développer ses pouvoirs de magicienne. Mais le parcours est semé d'embûches. Les détracteurs d'Elena cherchent à la manipuler, voire à la détruire. Triomphera-t-elle de la jalousie des Magiciens, de la traîtrise du Prince exilé, et de la haine que lui voue son frère ? Libre et rebelle, elle poursuit sa quête. Avec, pour allié, le mystérieux Valek qui lui insuffle, en pensée, la force de devenir elle-même…

Les secrets d'opale

504 pages — TOME 3

La Magie est-elle un mal ? Menacée, Elena renonce à son apprentissage et fuit rejoindre Valek, à Sitia, où la magie est interdite. Mais un phénomène inquiétant l'arrête en chemin : des gens disparaissent mystérieusement. Qui les capture ? Pour les emmener où ? Confrontée à une nouvelle épreuve, contrainte de repousser l'heure tant attendue de retrouver Valek, Elena accepte de suivre dans le monde du Feu un étrange personnage qui détient des réponses…

Mon âme en sursis

Je m'appelle Kaylee. Ce jour-là, j'étais avec ma meilleure amie. On se promenait au centre commercial… Et soudain, ça a commencé. Un cri qui enfle dans ma gorge. Je le sais, quelqu'un, tout près, va mourir. Mais qui ? Et pourquoi suis-je la seule à le deviner ? Suis-je folle… ou bien ne m'a-t-on pas tout dit sur mes origines et ma véritable nature ?...

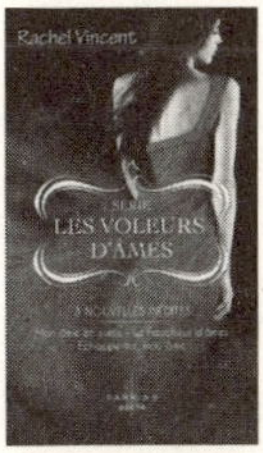

3 nouvelles inédites
312 pages

Le Faucheur d'âmes

Je suis allé chercher Nash, mon frère, au beau milieu de la nuit. On a eu un accident de voiture. Et alors que je croyais tout perdu pour Nash, un Faucheur est apparu. Il m'a mis le marché en main : mon frère pouvait survivre… à condition que, moi, Tod, je donne mon âme.

Echappe-toi, mon âme

J'ai toujours pensé que ma cousine Kaylee était folle. Mais aujourd'hui, j'ai compris que le monde des Ténèbres existe vraiment. Parce que je suis coincée dedans. J'ai croisé un Faucheur dans le couloir du lycée… et j'ai basculé. Sauve-toi, Sophie ! me crie mon âme. Mais comment faire pour traverser de nouveau et revenir chez moi ?

Composé et édité par les

éditions HARLEQUIN

Achevé d'imprimer en Allemagne
par GGP Media GmbH, Pößneck
en octobre 2013

Dépôt légal en novembre 2013